동아시아 식민지문학 사전

동아시아 식민지문학 사전

초판인쇄 2022년 8월 25일 **초판발행** 2022년 9월 1일

엮은이 동아시아식민지문학연구회 · 중국해양대학교한국연구소

펴낸이 박성모 **펴낸곳** 소명출판 **출판등록** 제1998-000017호

주소 서울시 서초구 사임당로14길 15 서광빌딩 2층 **전화** 02-585-7840 **팩스** 02-585-7848

전자우편 somyungbooks@daum.net **홈페이지** www.somyong.co.kr

값 40,000원 ⓒ 동아시아식민지문학연구회 · 중국해양대학교한국연구소, 2022

ISBN 979-11-5905-707-6 94800

    979-11-5905-664-2(세트)

이 저서는 2014년 대한민국 교육부와 한국학중앙연구원(한국학진흥사업단)을 통해 해외한국학중핵대학육성사업의
지원을 받아 수행된 연구임(AKS-2014-OLU-2250004).

동아시아
식민지문학
사전

A Dictionary of East Asia Colonial Literature

동아시아식민지문학연구회
중국해양대학교한국연구소
공편

동아시아 식민지문학의 본격적인 연구를 위하여

2005년 동아시아 식민지 지역 즉 대만, 조선 그리고 만주국의 문학을 연구하는 이들이 한국에서 처음으로 만나 공동연구를 시작하였다. 그동안 식민지 대만문학, 식민지 조선문학 그리고 만주국문학은 각 지역을 중심으로 개별적으로 진행되었기에 그들이 갖는 연관성을 해명하지 못하였다는 아쉬움이 컸다. 제국일본의 식민지 지배하에 각 지역에서 진행된 문학이었기에 결코 분리시켜 접근할 수 없었던 것임에도 불구하고 고립적으로 연구가 진행되었다. 각 국민국가의 울타리에서 벗어나 지역 전체를 놓고 연구하여야 할 필요성을 강하게 느꼈지만 실제로 언어의 제약을 비롯하여 많은 난관으로 인하여 결코 쉽지 않았다. 예상하지 못하였던 많은 문제점들에 봉착하였지만 해마다 한국에서 한 번씩 만나 회의를 하기로 결정하였다. 이렇게라도 넘어서는 노력을 해야 한다는 공동의 결의가 강했기에 해를 거듭할수록 조금씩 가닥이 잡히기 시작하였다. 중반을 넘어서면서부터는 어렴풋하게나마 방향을 잡기 시작하였다. 동아시아식민지문학연구회의 모임이 10회를 경과하면서 '동아시아 식민지문학 사전'에 대한 논의가 자연스럽게 부상되었다. 다른 지역의 사정을 잘 모르기 때문에 동아시아 식민지 전체를 바라보고 그 속에서 해당 지역의 문학을 논하는 것이 결코 쉽지 않았기에 우선 각 지역의 문학에 대한 초보적인 정보를 담은 사전이 필요하다는 것에 의견이 모아졌다. 식민지 시기 작가들의 문학적 활동을 엿볼 수 있는 작가사전이 긴요하다는 인식을 공유하고서 이 사전만을 위한 회의를 매년 정기회의 끝에 별도로 진행하였다. 11회부터는 대만, 중국, 한국, 일본 지역을 번갈아 가면서 연례회의를 하였고 이 사전을 위한 회의도 계속 되었다. 각 지역에서 집필을 하고 이 원고를 바탕으로 한국어로 번역하여 한국에서 출판하기로 결정하였다. 그런데 이를 수행하기 위해서는 각 지역의 많은 이들이 참여하여야 하기에 이들을 조직하고 집필을 마치기 위해서는 재정적 뒷받침이 긴요하였다. 다행히 중국해양대학교 한국연구소가 참여하여 기존에 사전을 준비하던 동아시아식민지문학연구회와 결합하여 재정적 문제를 해결할 수 있었다. 여러 지역이 참여하다 보니 결코 쉽지 않았지만 동아시아식민지문학연구회의 구성원들은 머리를 맞대고 하나하나 풀어나갔다. 결국 각 지역에서 원고를 완성하여 이를 한국어로 번역하여 최종적으로 원고를 완성할 수 있었고 소명출판의 호의로 이번에 이 책이 나오게 되었다. 이 사전에 수록된 문인들을 선정할 때의 기준은 각 지역의 문학장에서 이들의 갖는 문학사적 위상보다는 타지역과의 연관성이었다. 해당 나라에서 문학사적으로 큰 의미를 가지지 못하더라도 동아시아 다른 지역과의 관련성이 많은 때에는 수록하였고, 문학사적 위상이 높아도 동아시아 타지역과의 관련성이 두드러지지 않을 때에는 올리지 않았다.

대만의 책임자인 류수친 교수, 중국의 책임자인 류샤오리 교수 그리고 일본의 책임자인 오쿠보 교수 그리고 중국해양대학의 이해영 교수들의 헌신적인 노력이 없었다면 이런 책은 더 많은 세월을 기다려야 했을 것이다. 그리고 한국에서 이 사전의 기획위원으로 참여한 이경재, 장문석, 곽형덕 교수의 노력은 특별하였다. 원고를 청탁하고 모으는 힘든 일을 기꺼이 도맡았기에 이런 사전이 가능했다. 집필과 번역에 참여한 모든 분들에게 감사를 드린다. 각 지역에서 식민지의 문학을 연구하는 이들의 전문적 식견 없이는 이러한 작업 자체를 처음부터 상상하지 못하였을 것이다. 마지막으로 책의 마지막 원고를 교정하고 통일하였던 이복실 선생에게 감사드린다. 향후 이 방면의 연구가 더욱 활발해져서 동아시아 식민지문학 연구가 개별 국민국가를 넘어 글로벌 동아시아 차원에서 계속 이어지기를 충심으로 바란다. 이 사전이 이 도정에 조그만한 디딤돌이 되기를 기대한다.

2022년 여름 김재용

차례

대만

조선

만주국

중국계

일본계

조선계

황청충

黃呈聰, 1886~1963

평론가, 기자, 상인. 호는 젠루劍如이고 세례명은 황이리사黃以利沙이며 대만 장화彰化 출신이다. 와세다대학早稲田大學 정치외교학과를 졸업했다.

1921년에 연좌 보갑保甲 제도의 폐지를 청원하며 1924년 장화군 선서장線 西莊에서 '사탕수수 경작 조합'을 조직함으로써 식민지 정책에 반항했다. 이는 대만에서 최초의 농민들이 자발적으로 만든 농민조직이다. 1925년 대도정大稻 埕에서 익봉益豐상사회사를 설립했고 1932년 4월 『대만신민신문』에서 일간지 를 발행할 무렵에 논설위원 겸 사회부장을 담당하고 치열한 논설을 벌임으로 써 일본 식민지 지배에 반항했다.

1934년 대만신민신문사에서 사임하고 일본으로 건너가 고베神戸상사회 사 지사에 취직하였다. 1944년 대만으로 돌아와 본가를 교회로 개조하였고 1960년 담강淡江 영어전문대 이사직을 맡았다. 황청충은 시사 평론과 논설을 잘하고 중국어와 일본어에 능통했다. 대만문화협회 계몽운동 선구자 중의 한 명으로서 1920년대 초기 『대만청년靑年』, 『대만』 등 잡지에서 대만 경제사회문 제를 비판하고 통속적 백화문과 여성 참정을 제창하였다. 1934년 일본으로 떠나기 전까지 대만정치, 사회, 경제, 여성, 문화, 문학 등 주제에 관한 글을 발 표한 적이 있었으며 날카로운 분석과 예리한 언사로 유명했다. 예를 들어 인 도주의적 관점으로 아편흡입특허제도, 원주민의 주거지 개척을 다루는 글,

「백화문 보급의 새로운 사명」과 「대만 특유 문화를 건설해야」 등 언어 형식 개혁을 주장한 글이 있었다.

1925년에 하문廈門 장주漳州에 건너가고 남경南京과 상해上海를 전전하던 동안 참예수교회의 독실한 신자가 되었다. 그 다음 해에 중국에서 참예수교회를 대만에 도입하기 시작했고 대만 최초의 참예수교회 선교소를 설립하였으며 1926년에 선교를 진행하면서 각 지부는 이어서 설립되었다.

웡성펑(翁聖峰)

야노 호우진

矢野峰人, 1893~1988

　　영국문학 학자이자 시인이며 번역가이다. 본명은 야노 카세키矢野禾積이다. 일본 오카야마岡山 사람이다. 1918년 교토제국대학京都帝國大學 문학부를 졸업하고 1919년 교토제국대학京都帝國大學에서 근대영문학을 연구하고 1935년에 문학박사학위를 받았다. 1924년 교토 제3고등학교 교수, 1926년 대북臺北고등학교 교수로 부임하였다가 총독부 재외연구원 신분으로 2년간 방문학자로 영국과 미국에서 지냈다. 1928년 대북제국대학 서양문학강좌 교수로 부임하였다. 『대대문학台大文學』, 『문예대만文藝臺灣』 등지에 창작시와 번역시를 발표하였고 또 몇 편의 평론도 발표하였다. 전쟁시기에는 대만문학 봉공회奉公會 상무이사, 일본문학 보국회報國會 대만지부장직을 맡았다.

　　창작시집으로는 『환경집幻塵集』, 『분모墳墓』1936가 있고 논문으로는 「엘리엇의 문학론艾略特的文學論」エリオットの文學論이 있다. 야노 호우진의 단시는 정교하고 낭만적이다. 번역한 영문시들은 전쟁 전 대만작가들의 중요한 미학 원천이 되었다. 야노 호우진은 번역, 논술의 방식으로 셸리Percy Bysshe Shelley와 같은 현대의 중요한 영문시, 엘리엇의 문학론 등을 번역하여 대만에 소개하였으며 일문학과 영문학비교연구도 진행하였다. 주변의 대북제대 대학생들과 내지인 작가들은 야노 호우진의 교학과 번역 성과로부터 당대 세계문학을 접해볼 수 있었다.

장원쉰(張文薰)

천펑위안

陳逢源, 1893~1982

　　시인, 기업가. 본명 천투陳逢. 자 난두南都. 대만 대남臺南 출신. 일곱 살 때 훈장님이 펑위안逢源이라는 학명을 지어준 이후 그대로 본명으로 썼다. 1907년 대남제일공학을 졸업한 후 국어학교에 합격하였고, 1911년 졸업 후 미츠이물산三井物産 대남 지사에 들어갔다. 1913년 남사南社에 가입하여 시를 쓰는 것이 그의 생활의 일부가 되었다.

　　1920년 사직 후 일본 도쿄 및 중국 소주蘇州, 남경南京, 항주杭州, 상해上海 등 여러 곳을 돌아다녔다. 1923년 대만문화협회 이사를 역임하며, 대만의회에 적극적으로 투입되어 청원 활동을 전개했고, 치안 경찰법 위반 혐의로 입건된 적도 있었다. 1927년 대만문화협회가 분열되었고, 1928년 대만민중당臺灣民眾堂에 가입하여, 1930년에 대만지방 자치 연맹 성립대회에 참석하여 체제 내 개혁에 주력했다. 1934년 9월 단체를 이끌고 하문廈門, 홍콩, 광주廣州 등지를 십여 일 돌아다녔다. 1938년 9월 하순에 화중華中, 동북東北, 화북華北, 조선 등 각지를 여행하고 11월 중순에 대만으로 돌아갔다. 전쟁 후 초기에 화남은행 상무이사를 역임하였으며, 1952·1954년에 대만성 입시 성의회 의원으로 당선되었다. 사임 후 대만자전거회사 사장을 역임하며 잇달아 여러 회사의 이사와 상무이사, 감찰, 상무 감찰 등을 역임한 저명한 기업가이다.

　　만년에 시문을 즐거움으로 삼았고 1982년에 병으로 세상을 떠나기까지

90세로 장수하였다. 한시漢詩집과 경제 관련 저서를 출판하였는데 『계산연우루시존溪山煙雨樓詩存』1962, 『남도시존南都詩存』1972이 그의 문학대표작이다.

천평위안은 평생 고전의 영향을 많이 받았고, 문화운동이나 상업계에 뛰어들어 모두 성공을 거두었다. 특히 『계산연우루시존溪山煙雨樓詩存』에 수록된 시는 천여 수에 달하는데, 작문 연대가 수십 년에 걸쳐 있어서, 시대와 사회에 대한 수많은 관찰과 시사점을 기록하고 있으며 개인의 삶의 여정과도 밀접한 관련이 있어서 중요한 역사적 증거이기도 하다.

장징루(張靜茹)

라이허

賴和, 1894~1943

시인, 소설가, 편집자. 본명은 허河, 쿠이허葵河이며 필명으로는 란윈懶雲, 푸센甫先, 쩌우제짜이셴走街仔先 등이 있다. 대만 장화彰化에서 태어나 유년 시절에 전통적인 서재 교육과 현대적 학교 교육을 동시에 받은 후에 총독부의학교總督府醫學校에 입학하여 평생 의학에 몸을 바쳤다. 1918~1919년에 하문구랑위廈門鼓浪嶼에서 일본인이 설립한 박애博愛병원에 취직했고 대만에 돌아와서 장화의 라이허병원에서 근무하였다. 1921년 10월 대만문화협회臺灣文化協會가 설립되면서 이사로 당선되어 대만의 정치, 경제, 사회, 문화의 해방을 위해 심혈을 기울인 라이허는 감옥살이를 두 번 하게 되었다.

신문학新文學과 구문학舊文學에 모두 능하여, 한시漢詩로 문단에서 주목을 받다가 시대사조의 영향을 받아 백화白話로 신문학 창작을 하게 되었다. 1925년에 수필 「무제無題」와 신시新詩 「각오 아래의 희생覺悟下的犧牲」을 발표하고, 1926년에 『대만민보臺灣民報』 신문의 학예란을 맡아 소설 「투뇨열鬥鬧熱」, 「저울 한 대一桿稱仔」를 발표하였다. 1935년까지 라이허의 신문학 작품은 신시로는 제국의 토지 정책을 비판하는 「유리곡流離曲」1930, 무사霧社사건에서 박해를 당한 원주민을 성원하는 「남국애가南國哀歌」1931, 식민통치 시국에 대한 지시인들의 울분을 절실히 그려내는 「저기압의 산꼭대기低氣壓的山頂」1931, 「햇빛 아래의 깃발日光下的旗幟」1935 등 장편 사실寫實서사시가 있으나 출판사의 검열로 삭제된 부분이 많아 대부분 작품은 온전하게 발표되지 못했다.

산문 작품으로는 문화협회 동료들을 고무하는 「전진前進」1928, 전통과 현대교육 문제를 반성하는 「무료한 추억無聊的回憶」1928, 장화의 역사와 일사를 그려내는 「우리 고향의 이야기我們地方的故事」1932가 있으며 소설 작품으로는 널리 알려진 「뱀 선생蛇先生」1930, 「낭만외기浪漫外紀」1931, 「귀가歸家」1932, 「풍작豐作」1932, 「말썽惹事」1932, 「변호사의 이야기善訟的人的故事」1934와 출판하지 못한 「아스阿四」, 「약속赴會」, 「부잣집의 역사富戶人的歷史」 등이 있고 대부분 작품에서 1930년대 일본 식민통치 아래 대만 젊은이들의 각성, 정체성에 대한 인식, 식민체제에 대한 비판, 사회운동에 대한 열정과 갈등, 전통과 현대에 대한 반성, 자유평등과 인권에 대한 추구, 대만 역사문화에 대한 추억 기술을 통해 약소민족의 반항 정신이 충분히 드러내었다.

라이허는 모든 작품을 중국어로 작성하고 문어, 백화와 일본 한자를 섞어 쓰면서 특이한 문체로 대만신문학의 특색 있는 새로운 장을 열었으며, 또한 잡지의 편집 작업을 맡고, 후배들의 창작을 독려하고 지도하여 문학운동을 추진함으로써 사람들의 존경을 받아 '대만신문학의 아버지臺灣新文學之父'라는 존칭을 얻었다. 2000년 린루이밍林瑞明 편집장으로 편찬한 『라이허전집賴和全集』은 소설권, 신시산문권, 잡권, 한시권상·하, 부권 총 여섯 권으로 구성된다.

천완이(陳萬益)

렌원칭

連溫卿, 1895~1957

사회운동가, 세계어학자. 본명은 렌주이連嘴이고 필명은 Lepismo좀벌레(蠹魚), L, S. Ren, 원溫·렌連, 렌런廉人, 웨우越無, 천구이화이陳規懷, 스커성史可乘 등이다. 대만 대북臺北사람이며 공립학교를 졸업하였다.

렌원칭은 대만에 있던 일본인 코다마 시로兒玉四郞의 강좌에 참가하여 세계어를 배우고 1915년 일본세계어협회에 가입하였다. 1919년 쑤비후이蘇璧輝 등 사람들과 함께 대만세계어학회를 창설하고 *La Verda Ombro*녹음(綠蔭)을 발행하면서 세계어를 보급하는 데 진력하였다. 렌원칭은 세계어운동에 종사하였던 관계로 일본좌익지식인사들과도 연계가 닿아 운동의 조직경험을 대만문화협회의 창립 과정에 활용하였다. 또 '마르크스연구회'와 '사회문제연구회'에 참여하여 '러시아기근구제운동'도 발기하였다. 세계어운동 참여는 렌원칭의 언어관과 좌익사상 그리고 그의 민족관의 형성에 큰 영향을 주었다.

1927년 문협文協이 분열되고 그는 비록 신문협의 주도권을 장악했지만 1929년 신문협전도新文協全島대회에서 제명당한다. 이때부터 그는 사회운동 제1선에서 물러났다. 1930년대 이후 그는 대만세계어학회통신 및 초급세계어교과서를 발행하고 문화운동으로 계급투쟁을 할 것을 주장하면서 '프로 세계어운동普羅世界語運動'에 종사하였다. 그 뒤로는 민속연구에 진력하였고 『민속대만民俗臺灣』에 대만 민속 고찰 문장을 여러 편 발표하였다.

주요 논저로는「왜 세계어주의인가」,「언어의 사회적 성격」,「대만식민지 정책의 연변」,「대만사회운동개관」,「대만민족성에 대한 고찰」,『대만정치운동 사』등이 있다. 렌원칭은 또 세계어로 대만 민간이야기 및 원주민전설 등을 번 역하였고 서양 문학작품도 소개하는 등 문학사 번역에 지대한 공헌을 하였다. 1924년 그가 발표한「미래의 대만어」는 그 당시 평론가 류제劉捷로부터 신문학 운동의 도화선으로 되는 문장 중의 하나이자 처음으로 구체적으로 대만문법 구축에 대해 연구한 논술이라고 평가받았다. 공립학교밖에 졸업하지 못한 렌 원칭이 대만사회운동의 지도자가 된 것이나 그가 일본좌익잡지인『대중大衆』 에 필명인 천구이화이陳規懷로 두 편의 논문을 발표한 것, 또 그의 편지들이 조 선의 좌익잡지인『조선시론朝鮮時論』에 실린 것 등등은 모두 그가 세계어운동에 서 축적한 지식 및 조직경험, 그리고 세계적인 연결네트워크와 커다란 관련이 있는 것이다.

뤼메이친(呂美親)

장야오탕

張耀堂, 1895~1982

　　시인, 번역가. 중국어와 일본어 창작에 모두 능했다. 1914년 국어학교 사범부 을과國語學校師範部乙科를 졸업한 후 일본으로 건너가 도쿄고등사범학교東京高等師範學校 문과에 입학하였다. 1921년에 대만으로 돌아와 선후로 대북臺北공업학교, 대북사범학교, 대북제2사범학교에서 교직에 종사하였다. 전후에는 정부기관에서 보직을 맡기도 하였다.

　　일본유학 시절에 소설 「이상적인 여성理想の女」으로 『오사카마이니치신문大阪毎日新聞』 현상공모전에 2등으로 입상하면서 시인 이쿠타 슌게쓰生田春月와 친분을 맺었다. 대만으로 돌아온 후 『대만교육』에 일본어로 된 작품을 발표하는데 1922년의 작품 「대만에 살고 있는 사람들에게臺灣に居住する人々に」『대만교육』, 1922.8는 대만 최초의 신시라고 할 수 있다. 1924년에는 창작의 중심이 신시로부터 수필, 단문, 현대문학과 관련한 중수필로 옮겨졌다. 주요 작품들로는 「신흥아동문학으로서의 동화의 가치 연구新興児童文學たる童話の価値探究」『대만교육』, 1926.12~1927.5 연재, 「소설의 과거와 현재 그리고 미래小説の過去現在及び未來」『대만교육』, 1927.10, 「신시의 맹아와 그의 발전新しい詩の芽生と其の発育」『대만교육』, 1927.11 등이 있다. 1935년에는 그가 편찬한 『신선대만어교과서新選臺灣語教科書』가 대북신고당서점臺北新高堂書店에서 출판되었다.

　　장야오탕은 일제 치하에서 처음으로 현대문학을 창작한 본토인 가운데

한 사람으로서 한시漢詩, 한문단평漢文短評, 신시, 소설, 연극, 수필에 이르기까지 장르를 가리지 않았다. 그는 중국어, 일본어, 영어에 능통하였는데 자주 외국 작품이나 이론 서적들을 번역하였다. 영문 시인 로제티C.G.Rossetti, 조셉 패리 Joseph Parry의 시 작품을 일본어로 번역하거나, 일본 문학평론가 다카스 우메게이高須梅溪, 우메자와 와켄梅澤和軒의 평론을 중국어로 번역하고, 일본어와 중국어로 일본문학 대가를 소개하기도 하면서 외국 문화를 번역하여 소개하는 데 중요한 역할을 담당하였다. 장야오탕은 이쿠다 슌게쓰生田春月와 도쿄에서 친분을 쌓은 후 서로 간에 시로 화답하면서 우의를 이어나갔다.

장야오탕의 신시에는 다이쇼大正 시기 민중 시파의 영향과 남도 시인으로서의 강렬한 자부심이 드러나 있으며 수필에는 그의 박학다식한 문학적 소양과 문화예술에 대한 교육 의지를 엿볼 수 있다. 장야오탕은 창작, 번역, 수필을 통해 외국 문학과 지식을 소개하여 현대문학교육의 발전에 이바지하였기에 대만 신문학의 선구자로 불리기에 손색이 없다.

장스친(張詩勤)

가나세키 다케오

金關丈夫, 1897~1983

인류학자, 민속학자, 소설가. 일본 가가와현香川縣 출신으로 필명은 린슝성林熊生, 쑤원스蘇文石이고 교토제국대학京都帝國大學 의과대학을 졸업하였다. 해부학 전공 때문에 인류학 연구에 대한 흥미를 갖게 되어 1934년 대북제국대학臺北帝國大學 의과대학 교수로 취직한 후 대만에서 남도 인류학 연구에 종사하며 대만 민속학의 기초를 다졌다. 그는 니시카와 미츠루西川滿의 『대만 풍토기』에 발표한 민속 소재의 산문으로 창작활동을 시작하게 되었다. 1941년에 이케다 토시오池田敏雄와 창설한 『민속대만』은 니시카와 미츠루西川滿의 『문예대만』처럼 민속을 미화하거나 대북제국대학臺北帝國大學의 『남방 토속』에서 민속을 학술적 고찰 대상으로 삼는 것과 다른 새로운 플랫폼이었다. 그는 풍부한 창작 활동을 하였는데, 본명으로는 민속과 예술 평론 및 산문을 저술했고, 필명 린슝성林熊生으로는 탐정 소설 「선중살인船中の殺人」1943, 「용산사의 조노인龍山寺の曹老人」1946~1948 시리즈, 다른 필명 쑤원스蘇文石로 장편소설 「남풍南風」1942~1943을 창작하였다.

지식인층과 문예작가의 신분을 겸했던 그는, 대북제국대학 교수의 신분으로 전쟁 속에서 대만 민속 기록 보존의 기회를 적극적으로 쟁취하였고, 학술 전문가로서는 민속 애호가들에게 체계화된 정보 수집 방법을 제공하였다. 그의 문학 창작은 민속 관련 자료 수집과 문화 관찰의 가장 구체적인 실천이었다고 할 수 있다. 「용산사의 조노인龍山寺の曹老人」 시리즈는 현지 문화를 탐정

소설로 녹여내었고,「남풍南風」은 전쟁 중 대만 문예계의 사람 사는 이야기들을 담아내었다. 1990년대 이후, 민속 연구는 지식인층이 전쟁에 대한 책임을 분석하는 주요 영역이 되었으며, 가나세키 다케오金關丈夫와 야나기타 쿠니오柳田國男가 저술한「대동아민속학」의 전쟁 책임에 대한 논술 역시 논쟁의 중점이 되었다. 학술 연구와 서민 생활의 매개체로서의『민속대만』과 제국 지식을 현지 문화와 연결시킨 교수신 분은 모두 가나세키 다케오金關丈夫를 동아시아 다문화 연구에 있어 간과할 수 없는 연구자로 자리 잡게 하였다.

장원쉰(張文薰)

쟝샤오메이

江肖梅, 1898~1966

시인, 소설가, 민간문학작가, 편집자. 본명은 쟝상원江尚文이고 자는 즈쉬안質軒이며 호는 샤오메이肖梅이다. 대만 신죽新竹 사람이다. 1913년에 신죽공公학교를 졸업하고 총독부국어학교에 입학하였다. 1917년에 졸업하고 나서 신죽공학교와 기타 공학교에서 재직하였다. 일본으로 유학할 계획이었으나 사범학교의 의무복무 기간이 채 끝나지 않아 포기하였다. 중국어, 일본어에 모두 능하였고 대만어에도 익숙하였다. 1921년에 한시사漢詩社 '죽사竹社'와 '청연시사青蓮詩社'에 가입하였고 1922년에는 정링추鄭嶺秋, 류완춘劉頑椿 등과 함께 와카和歌, 하이쿠俳句, 자유시, 한시 연구지를 발행하였다. 1928년에 신죽제일공학교로 전근을 가게 되는데 이즈음에 『대만신문』에 소설 「의혼議婚」, 희극 〈황금마黃金魔〉, 〈병마病魔〉 등을 발표하였다. 희극 〈병마〉는 『대만민보』 지상에서 예룽중葉榮鐘의 논쟁을 이끌어 내기도 하였다. 1941년에 『대만예술』에 채용되어 편집장 직을 맡아 발행량을 늘리는 데 주력했을 뿐만 아니라 한편 본지에 통속소설을 집필하여 발표하기도 하였다. 특히 중국어 통속소설을 일본어로 번안한 단행본 『포공안包公案』대만예술사, 1943은 공전의 인기를 누리면서 4개월 동안 세 번이나 재판되기도 했다. 전쟁 후 교사 생활과 민간이야기 습작을 계속하면서 선후로 신죽시정부, 신죽현정부의 독학督學을 담임하기도 하였다.

나카지마 토시오(中島利郎)

후지노 유우지

藤野雄士, 1898~?

문예평론가, 잡지 편집자, 기자. 일본 후쿠오카현福岡県 도바타구戶畑區 출신이고 본명은 후지노 기쿠지藤野菊治이다. 중학교 졸업 후 특수 교육에 종사하였으며, 1935년경부터 대만 시사신보사時事新報社, 『아사히신문朝日新聞』 대북臺北 지국, 『동대만臺灣신보』에서 기자로 일했다.

1931년 2월, 우에 세이카나上淸哉 등과 함께 시지 『원탁圓桌子』을 출간하였고 『대만신문학』의 편집원으로 일했다. 또한 『대만 신문학』, 『대만문학』, 『대만시사지』, 『대만예술』, 『민속대만』 등 간행물에 문학 논평, 시작, 수필 등을 발표하였다. 그는 「〈밤 원숭이〉 및 기타 잡담夜猿)その他・雜談」, 「장원환 및 〈동백꽃〉에 대한 비망록張文環と〈山茶花〉についての覺え書」 등의 여러 편의 글을 통해 장원환張文環의 작품을 긍정적으로 평가한 바 있다. 그는 『문예대만』의 동료이지만, 문학적 입장차로 이 잡지의 핵심 인물인 니시카와 미츠루西川滿와 갈등이 있었다. 그러나 그는 대만 작가인 라이밍홍賴明弘, 장원환, 양쿠이楊達, 우신룽吳新榮 등의 염분지대鹽分地帶 작가들과 잦은 교류가 있었는데, 당시에 비교적 친절하고 대만인을 잘 이해하는 대만 내 일본인 작가였다.

푸케시 줌페이(鳳氣至純平)

홍옌츄

洪炎秋, 1899~1980

산문가, 일어전문가. 본명은 홍유洪槱이고 필명은 원수芸蘇이다. 대만 장화彰化 사람이다. 일본에서 일 년 반 중학교를 다녔다. 1922년 아버지를 따라 중국을 유람하였다. 1923년에 북경대학北京大學 예과預科 을조乙組 영문반英文班에 입학하였다. 1924년에 비밀리에 국민당에 가입하였다. 1925년 북경대학北京大學 교육계로 진학하였고 숭페이루宋斐如, 쑤샹위蘇薌雨 등과 함께 북경北京 대만청년회에 가입하였다. 1927년 숭원루이宋文瑞와 함께 『소년대만』이라는 잡지를 창간하고 장워쥔張我軍과 같이 주요 집필자로 활동하였다. 1929년 졸업하고 나서 하북성河北省 교육청의 직원으로 일하게 된다. 1932년에는 북평대학北平大學 부속고중附屬高中, 북평대학北平大學 농학원農學院 교원으로 취직한다. 1933년부터 1940년까지 인인서점人人書店을 경영하였다. 1937년 7·7사변七七事變 후 북경에 체류하면서 북평대학北平大學에 유임하였다.

장선체張深切가 『중국문예中國文藝』를 창간하자 거기에 십여 편의 산문을 발표하였다. 「복어를 말하자면就〈河豚〉而言」1940년 1권 6기은 고향 대만에 대한 절절한 사랑을 토로하고 있다. 「아버지와 나我父與我」1940년 2권 1기는 점령당한 곳에서도 중국의 전통문화를 견지하고 지켜나가는 지식인들의 민족적 절개를 선양하고 있다. 이외에도 1943년 『예문잡지藝文雜誌』1권 5기에 발표된 「복수復仇」를 비롯한 소설 작품들이 있다. 「복수」는 천성이 결코 나쁘지 않은 여자애가 경솔하게 남을 믿고 스스로를 다스리지 못해 학생들에게 여러 번 사기를 당하면서 인생무상을 탄식하는 이야기인데 옛 문인의 정서가 농후한 작품이다. 1945년에 북평 대만 동향회 회장에 부임하였다가 1946년에 대만으로 돌아온다. 대중사범학교臺中師範學校 교장, 대만성국어추진위원회臺灣省國語推行委員會 부위원장副主任委員, 국어일보사國語日報社 사장, 대만대학 중문학과 교수, 입법위원 등을 역임하였다. 산문 작품집으로는 『한인한화閑人閑話』, 『폐인폐화廢人廢話』, 『천인천언淺人淺言』, 『망인한화忙人閑話』, 『상인상담常人常談』 등 십여 가지가 있다.

장취안(張泉)

마스기 시즈에

真杉靜枝, 1900~1955

소설가이며 잡지발행인이다. 일본 후쿠이현福井縣사람이다. 메이지明治 말기 양친을 따라 대만으로 건너갔다. 대중여고臺中女高 를 중퇴하고 대중병원부속간호사양성학교臺中病院附屬護士養成學校에 들어가 공부하였다. 1917년쯤 부모의 명을 받들어 결혼했다. 1921년에 결혼생활에서 뛰쳐나와 오사카大阪로 가서 『오사카마이니치신문大阪毎日新聞』기자로 근무했다. 1925년 취재를 계기로 무샤노코지 사네아쓰武者小路實篤와 사귀게 된다. 1927년 그는 대만에서의 혼인생활을 그린 「역장의 젊은 아내站長的少妻駅長の若き妻」를 무샤노코지 사네아쓰가 주편으로 있는 잡지 『대조화大調和』1927.8에 발표하면서 일본문단에 들어서게 된다. 1928년부터 하세가와 시그레長谷川時雨의 『여인예술女人芸術』에 투고하여 「어느 아내或る妻」, 「창고의 2층土蔵の二階」 등 작품들을 발표하였으며 우노 치요宇野千代 등 여성작가들과 많이 교류하였다.

1933년 사카구치 안고阪口安吾, 타무라 타이지로田村泰次郎 등과 함께 동인잡지 『사쿠라櫻』를 창립했다. 처녀작을 발표한 뒤로는 대만 내지인內地人 사회의 여성생활을 주제로 한 작품을 발표하기 시작했다. 예컨대 1934년의 「남방의 묘南方の墓」 및 1936년 「남해의 기억南海の記憶」 등이다. 1937년 첫 소설집 『작은 고기의 마음小魚の心』을 출판했는데 「남방의 묘南方の墓」, 「남해의 기억南海の記憶」 등 대만과 관련된 작품을 수록했다.

1938년 두 번째 소설집 『병아리ひなとり』를 출판했다. 1939년 나카무라 치헤이中村地平와 함께 대만을 방문하였다. 그는 마두군麻豆郡으로 가서 16년 동안이나 떨어져서 지낸 모친과 재회했다. 1941년 1월 대만에 체류하면서 『남방기행南方紀行』을 출판하였고 같은 해 6월 『분부囑咐ことづけ』를 출판했다. 이 두 책에는 남진정책南進政策하의 대만을 주제로 한 수필과 소설이 수록되었다. 1955년 6월 29일 암으로 사망했다.

1940년대는 마스기의 창작전성기이다. 단행본으로는 『전언ことづけ』, 『남방기행南方紀行』, 『귀향하여 3일간帰休三日間』, 『엄마와 아내母と妻』 등 다수가 있다. 이 시기 대만을 주제로 한 작품은 『전언ことづけ』과 『남방기행南方紀行』 외에도 수필집 『무위의 날갯짓甲斐なき羽擊き』1940이 있다. 그러나 마스기는 일본과 대만의 문단에서 모두 잊힌 여성작가이다. 이는 그의 엄청난 창작량과 다양한 창작주제와는 많이 대조된다.

그는 일본통치 시기의 대만과 일본문단에서 매우 중요한 매개자의 역할을 했다. 그의 작품은 잠시 대만에 체류했던 사람들과 일본 남성작가들의 작품과는 달리 대만에서의 하층계급 일본인과 일본여성들의 생활상을 여실히 보여 주었다. 그의 평생 동안의 창작여정은 "식민지 대만"이라는 요소 및 그가 식민지에서 성장한 배경과 큰 연관이 있다. 이러한 것들은 그의 문학특징의 형성에 깊은 영향을 주었다. 작가의 초기작품에서 식민지 대만의 특징인 '혼잡성'을 엿볼 수 있는데 이러한 특징들은 그의 대만서사 이외의 주제에서도 보여진다.

우페이전(吳佩珍)

예룽중

葉榮鐘, 1900~1978

시인, 주필, 대만 역사학자. 자는 사오치少奇이고 장화彰化 녹항鹿港 사람이다. 아홉 살에 부친을 여의고 가문이 몰락하였으나 서당에서 고전한문古典漢文을 공부하였고, 1914년에는 녹항공립학교를 졸업하였다. 린셴탕林獻堂의 지원을 받아 1918년과 1927년 두 번에 걸쳐 도쿄에 유학을 다녀올 수 있었으며 1930년에 일본중앙대학 정치경제과를 졸업하였다.

1920년부터 린셴탕을 좇아 「육삼법안六三法案」 철폐운동, 대만 의회 설립 관련 청원운동 등 여러 정치, 사회, 항일민족운동에 가담하였다. 1921년에 대만문화협회臺灣文化協會가 성립되고 나서 중요한 간부직을 맡고 1930년에는 대만 지방자치연맹의 서기장을 맡게 되었다. 1935년부터 언론 생활을 시작하는데 『대만신민보臺灣新民報』통신부장과 논설위원 및 사설 편집장을 겸임하다가 1940년에 도쿄 지사장으로 파견된다. 1943년에는 일본 군부의 강제 징집으로 마닐라에 파견되어 『오사카마이니치신문大阪每日新聞』의 특파원 및 마닐라 신문사의 『화교일보華僑日報』 편집 차장에 부임한다. 1944년에 대만으로 돌아와 일본 군부가 대만의 여섯 개 신문사를 강제 합병한 후 새로이 창간한 『대만신보臺灣新報』의 문화부장 겸 경제부장에 부임한다. 광복 초기에는 환영국민정부준비위원회歡迎國民政府籌備委員會 총간사에 부임하며 성립대중도서관省立臺中圖書館의 편역編譯 팀장과 연구보도研究輔導 부장을 겸임하며 대만광복치경단臺灣光復致敬團에 참가한다. 2·28사변 시에는 대중臺中지구시국처리위원회에 참여하다가 사변 후에는 장화彰化은행에 취직하고 한때 절필하기도 한다.

1950년대 말에『린셴탕선생기념집林獻堂先生紀念集』의 주필을 맡으면서 다시 필을 들어 잡문, 수필을 창작한다. 그는 작품을 통해 사회의 악습을 비판하고 사회의 풍속과 습관을 기록하였으며 역사와 인물에 대한 개인의 소회를 표현하였는데『반로출가집半路出家集』,『소옥대차집小屋大車集』,『미국견문록美國見聞錄』,『대만인물군상臺灣人物群像』등을 잇달아 출판한다. 1978년에 병으로 타계한다.

예룽중은 어려서부터 문학에 심취하여 역사櫟社의 멤버가 되었는데 일생동안 육백여 편에 달하는 고전시가를 남겼다. 1931년에는 라이허賴和, 좡수이싱莊遂性, 궈츄성郭秋生 등과 함께『남음南音』이라는 문예잡지를 창간하여 대만백화문臺灣話文과 향토문학에 관한 논쟁에 적극 참여하였으며 '제삼문학론'이라는 새로운 이론을 제기하기도 하였다.

1967년에『장화상업은행육십년彰化商業銀行六十年』이란 저서를 통해 정치경제학적인 시각으로 일제시대의 대만 금융발전사를 완벽히 기록하였다. 1970년에「일제시대 대만 정치사회 운동사日據時期臺灣政治社會運動史」가『독립만보自立晚報』에 연재되었고 이듬해에 제목을 바꿔『대만민족운동사臺灣民族運動史』로 출판되었다. 이 책은 전쟁 후 처음으로 정치, 사회, 문화, 민족운동 등 다방면에 걸쳐 항일 역사를 기술한 저서이며 후계자들에게 방향을 제시해 주었다. 예룽중은 새로운 지식의 전파에도 적극적이었는데 1933년에 양자오자楊肇嘉, 예칭야오葉清耀와 함께 조선의 지방자치제도를 고찰하고 나서 신문 지면에 자신의 견해를 연재하였으며, 1930년에 도쿄신민회에서 출판한 3만 자 가량의『중국신문학개관中國新文學概觀』역시 일제시대의 중국 신문학사조에 대한 중요한 소개 문헌이다.

쉬슈후이(徐秀慧)

우줘류

吳濁流, 1900~1976

    소설가이며 고전시인이다. 본명은 우젠텐吳建田이고 자는 줘류濁流, 호는 라오경饒耕이다. 신죽新竹 신포新埔사람이다. 1920년 대북臺北사범학교를 졸업하고 이십여 년간 교사로 지냈다. 원래는 한시를 주로 썼으나 율사栗社에 가입한 뒤 동료들의 격려로 37세에 일본어소설 「수월水月」을 발표하고 같은 해 「진흙속의 금잉어どぶの緋鯉」를 통해 『대만신문학臺灣新文學』 응모에서 수상하였다. 1940년 일본인 교감이 공공연히 교사들을 능욕한 것에 항의하여 교사직을 사직하였다.

    1941년 중국 남경南京으로 건너가 『대륙신보大陸新報』 기자로 활동하였고 이듬해 대만으로 돌아와 『대만일일신보臺灣日日新報』 기자로 부임하였다. 이 시기 「남경잡감南京雜感」을 발표하였다. 전후에 2·28사변으로 『민보民報』가 핍박에 의해 폐간되면서 기자생활도 끝나게 되었다. 그 뒤로는 대동공직훈도주임大同工職訓導主任, 대만구 기계동업회사 전문위원臺灣區機械同業公會專門委員 등을 지냈다. 1964년경 사비를 털어 『대만문예臺灣文藝』를 창간하고 1976년 사망할 때까지 독립적으로 유지하면서 대만문학 발전에 크게 기여하였다. 1969년 퇴직금으로 "우줘류문학상"을 설립하고 후진들을 장려하고 발탁하는 일에 온 힘을 기울였다.

    우줘류는 18편의 중단편소설과 3부의 장편소설을 창작하였는데 「선생의 어머니先生媽」, 「천 어르신陳大人」, 「공을 세운 개功狗」 등 작품들은 모두 중문으로 일본식민통치에 협력한 회사 감독원들과 어용신사 및 연약한 지식인들에

대한 비판을 담고 있다. 또 「동취銅臭」, 「삼팔루三八淚」, 「파자탄과장波茨坦科長」, 「머나먼 길路迢迢」 등 작품들은 전후 대만 사회의 기형적인 상황들을 여실히 반영하였다. 일본어 장편소설 「아시아의 고아アジアの孤児」원제「후즈밍胡志明」 및 회고록 『무화과無花果』, 『대만연교臺灣連翹』 등 작품들은 일제통치 시기와 전후 대만 사람들의 조우와 운명에 대해 반성하고 역사에 대해 증언했다.

그중 「아시아의 고아アジアの孤児」는 그의 대표작으로 꼽히는데 태평양결전 시기에 쓰인 작품으로서 대만 사람들의 처지를 생동하고도 깊이 있게 부각하였다. 때문에 「아시아의 고아」는 근대 대만인들의 정신적 자화상이라고도 할 수 있다. 우쳐류는 치열한 비판정신으로 펜을 검으로 삼아 현실사회와 정치에 대해 칼날을 들이댔다. 필자는 「흉터! 무수한 흉터!瘡疤! 揭不盡的瘡疤!」에서 그의 문학특징에 대해 살펴본 적이 있다. 또 「철혈시인鐵血詩人」에서 그의 집필원칙과 확고한 입장에 대해 긍정하였다.

쉬쥔야(許俊雅)

황스후이

黃石輝, 1900~1945

작가이며 좌익운동가이다. 본명은 황즈무黃知母이다. 서우눙瘦儂, 서우퉁瘦童, 신잉心影 등 필명이 있다. 1914년에 살길을 찾아 홀로 병동屛東에 왔다가 려사礪社에 가입했으며, 정쿤우鄭坤五와 돈독하게 지냈다. 1919년 이후 잇달아 『대만문예잡지』, 『대만일일신보』, 『대남臺南신보』, 『시보』 등 잡지에 시 작품을 발표했는데, 발견된 한시는 근 이백 수에 달한다. 그리고 산발적인 시 작품도 더러 있다.

1935년 이후로는 고웅기산高雄旗山에 정착하여 '심영인방心影印房'이라는 프린트가게를 운영하면서 생계를 유지했다. 기미음사旗美吟社를 창립하여 고웅高雄의 기진음사旗津吟社, 봉강음사鳳崗吟社, 삼우음회三友吟會, 기봉음사旗峰吟社, 고웅주연음회高雄州聯吟會 및 대남臺南의 남사南社, 동려음사桐侶吟社, 녹항鹿港의 대치음사大冶吟社, 대북천뢰음사臺北天籟吟社에 참여하였다. 기봉음사旗峰吟社에서는 적극적인 활약으로 샤오첸위안蕭乾源, 젠이簡義, 류순안劉順安 등과 함께 '사대금강四大金剛'으로 불렸다.

1930년 『오인보伍人報』에 「어떻게 향토문학을 제창하지 않겠는가」라는 문장을 발표하여 대규모의 '향토문학과 대만문학논쟁'을 불러 일으켰다. 1931년에 또 「향토문학을 다시 논함」을 발표하여 대만문학에서 향토문학창작이념에 대해 계속하여 강조함으로써 향토문학운동의 맹장猛將으로 불리게 되었다. 다른 중요한 담론들로는 「언문일치의 사소한 문제」, 「비평할 필요가 없다, 먼저 대중에게 글자를 익히자」, 「부녀해방과 사회미래」, 「우리의 노동절을 환영한다」,「〈변환〉의 변환」 등이 있다. 황스후이는 구문학 면에서 많은 위대한 업적을 남겼으며 신문학 및 사회운동에 적극적으로 참여하여 프롤레타리아 사회대중들의 대변자가 되었다. 대만문학에 대한 그의 논의는 당시 신문학에 또 다른 문체 양상을 보여 주었을 뿐만 아니라 전후 대만문학의 발전 및 이론건설에도 심원한 영향을 끼쳤다.

뤼메이친(呂美親)

다키 덴데지

瀧田貞治, 1901~1946

호는 노산鱸山. 일본 도치기현栃木縣 출신. 1927년 도쿄제국대학東京帝國大學 문학부 국문과를 졸업 후 연구소에 취학했다. 1928년에 제6고등학교오카야마(岡山) 강사를 역임하고 이듬해에 대북제국대학臺北帝國大學 문정학부 조교수가 되었다. 연극과 문학에 조예가 깊어, 관련 평론도 풍부하다. 대북臺北에 서학학회西鶴學會를 조직하고 기관 잡지인 『서학연구西鶴研究』대북 : 삼성당(三省堂), 1942~1943 총 4기를 발행했다. 대만에서 출판한 전문 저서로는 『서학잡조西鶴襍俎』엄송당(巖松堂), 1937.7, 『서학고西鶴棄』노다서국(野田書局), 1941.1, 『서학의 서지학식 연구西鶴の書誌學的研究』노다서국, 1941.7 등이 있다. 대만문예에 대한 평론은 「현단계의 대만 희극現階段に於ける臺灣演劇」『대만문학』, 1943.1, 「시국문예가 지녀야 할 양상時局文芸のあり方」『대만공론(臺灣公論)』, 1942.11, 「증산과 문학增產と文學」『대만공론』, 1944.3 등이 있다. 전쟁 후 일본에 송환되기 전 대만에서 세상을 떠났다.

나카지마 토시오(中島利郎)

시마다 킨지

島田謹二, 1901~1993

비교문학학자이며 영문학자이다. 필명은 숭펑즈松風子이다. 일본 도쿄사람이다. 1922년 도쿄외국어대학를 졸업한 뒤 동북제국대학東北帝國大學 영문과에 입학했다. 1928년 문학박사학위를 받았다. 대북제대문정학부臺北帝大文政學部 서양강좌西洋講座 교수인 야노 호우진矢野蜂人의 추천으로 1929년 3월 말 대만으로 건너가서 대북제대臺北帝大 강사가 되었다.

처음에는 프랑스인의 영국문학연구를 연구주제로 정했다가 1931년에 좌우 프랑스파 비교문학연구를 진행하면서 일본에 비교문학 이론과 방법을 소개하는 동시에 1934년에 일본근대 비교문학사상 획기적인 연구라고 할 수 있는 「우에다 빈의 『해조음』—문학사적 연구上田敏의『海潮音』—文學史的研究」를 발표했다. 1935년 좌우부터 대만의 일본인 문학사연구를 시작하였고 1939년에는 필명인 숭펑즈로 『대만시보臺灣時報』를 위주로 한 잡지에 잇달아 '화려도문학지華麗島文學志' 계열 논문을 발표했다. 이를 대만통치 50주년1945 즈음에 출판하기로 예정돼 있었으나 태평양전쟁의 발발로 그 뜻을 이루지 못했다. 그가 사망한 2년 뒤인 1995년에야 『화려도문학지華麗島文學志』는 도쿄메이지서원東京明治書院에서 출판되었다.

1941년에 그는 대북고등학교 교수로 임명되었고 1944년 12월 육군사정관陸軍司政官에 임명되어 홍콩으로 건너가 홍콩도서관을 관리하였다. 1947년 7월에 제대하여 일본으로 돌아갔다. 1949년 도쿄대학 교양부 교수로 초빙되었다. 1953년에 비교문학과 비교문화전공 과정의 수석주임이 되었다. 1992년 문화공로자로 선정되었다.

대표 저작으로는 일본학사원상을 수상한 『일본에서의 외국문학日本における外國文學』, 기쿠치킨菊池寬 상을 수상한 『일노전쟁 전야의 히로세 다케오ロシヤ戦前夜の広瀬武夫』 등이 있다. 1930년대 중엽부터 1940년대 초에 이르기까지 니시카와 미츠루西川滿가 지방주의문학운동을 이끌고 있을 때 시마다 킨지는 이론적인 면에서 그에 협력하면서 대만의 외지外地문학을 배양하고 뿌리내리도록 할 것을 주장했다. 1940년대의 대만문단에서 그의 외지문학론外地文學論은 매우 큰 영향력이 있었다. 20세기 프랑스에서 성행한 식민지문학연구를 본받아 외지문학 이론을 대만에 응용하고, 역사고증을 중시하는 프랑스비교문학방법과 미학가치를 판단하는 문예학방법 등도 동시에 운용했다.

하시모토 쿄코(橋本恭子)

린후이쿤

林輝焜, 1902~1959

소설가. 대만 담수淡水 사람. 담수의 명문가에서 태어났으며 국어학교를 졸업하고 교토제2중학교京都第二中學校, 카나자와제4고등학교金澤第四高等學校에서 공부하였으며 1928년에 교토제국대학京都帝國大學 경제학부를 졸업하였다. 대만으로 돌아와 대만 흥업신탁주식회사興業信託株式會社의 사원으로 취직하였다. 1930년에 담수신용조합淡水信用組合 전무이사로 당선되었다. 1936년에 전무이사직을 사임하고 대만 농림주식회사 사무주관으로 취임하였다.

1939년 4월에 의학원에 입학하지만 7월에 하문廈門이 함락되자 퇴학하고 하문으로 건너간다. 그곳에서 하문특별시廈門特別市 정부에서 실업과장實業科長을 담당하면서 대북臺北제국대학 하문지성회廈門至誠會 간사를 겸임하였다. 전쟁 후 대북시장 우산롄吳三連의 기밀담당 비서관機要秘書직을 담당하였고 후에 장화은행彰化銀行으로 옮겨갔다. 문예창작이 많지 않으며 일본어로 창작하였다. 1932년 7월부터『대만신민보臺灣新民報』에 일본어 장편소설「정해진 운명爭へぬ運命」을 7개월에 걸쳐 170여 회 연재하였다. 이듬해 4월 대만신민보사臺灣新民報社에서 단행본을 출판하였고 일본의 유명한 화가 엔게츠 도우호鹽月桃甫가 표지封面와 장정을 그렸다. 현재『대만신민보』의 원본은 분실되어 찾을 수 없지만 대만대학 도서관에 단행본이 소장되어 있다.

1998년에 츄전루이邱振瑞가 중국어로 번역하고 황잉저黃英哲, 시모무라 사쿠지로下村作次郎가 편집한 『대만대중문학계열臺灣大衆文學系列』 제10권에 수록하였다. 우페이전吳佩珍의 연구에 따르면 1930년대 이전에 대만의 대중문학은 중국 백화문白話文, 대만 백화문話文, 일본어가 혼용되고 경쟁하는 언어환경 속에서 점차 싹트게 되었는데 일본 유학생이 많아지면서 일본 본토의 문예 자극으로 인해 대만의 일본어 문학이 급속하게 성장하였고 현지화된 일본어 대중문학이 점차 형성된 것이라고 하였다.

일본 유학 기간 『신문소설新聞小說』을 탐독하였던 린후이쿤은 일본 대중문학을 본받아 대만 대중문학의 지표를 세웠다. 처음으로 신문 지상에서 일본어 장편소설 연재를 시도하였고 단행본으로 묶어 출판까지 한 작가로서 린후이쿤은 나날이 치열해지는 매체 경쟁 속에서 『대만신민보』가 일간지를 발행하면서 독자들의 취미에 영합하는 쪽으로 방향을 틀게 하는 데 큰 작용을 하였다.

류수친(柳書琴)

셰춘무
謝春木,1902~1969

    기자, 편집자, 평론가. 필명으로는 주이펑追風, 주이펑성追風生, 난양南陽이 있다. 후에 셰난광謝南光으로 개명하였다. 대만 장화彰化 사람이다. 1925년에 도쿄고등사범학교東京高等師範學校를 졸업하였다.

    재일기간 도쿄 대만청년회臺灣青年會와 그들의 문화강연단체文化講演團에 참가하였다. 1925년에 이림사건二林事件으로 대만에 돌아가 공농운동工農運動을 지원하면서 『대만민보臺灣民報』기자직에 취임하였다. 1927년에는 대만 민중당民眾黨 창건에 뛰어들었으며 중앙상무위원中央常務委員, 노동자농민위원회勞農委員會 주석직에 취임하였다. 1930년에 황바이청즈黃白成枝와 함께 『홍수洪水』의 편집을 맡았다.

    1931년에 상해로 이주하여 『대만신민보』의 통신원通訊員이 되었다. 1932년에 화련통신사華聯通訊社를 창립하였다. 1933년에 남양화교연합회南洋華僑聯合會 서기직에 취임하였다. 1937년에 중경국제문제연구소重慶國際問題研究所의 정보 활동에 종사하였다. 1943년에 대만혁명동맹회臺灣革命同盟會 조직위원으로 활동하였다. 전쟁 후 맹군대일위원회盟軍對日委員會 중국대표단에 가입하였다. 1950년에 대표단을 떠나 천덕무역회사天德貿易會社 이사장 직에 취임하였으며 중일우호협회中日友好協會 이사로 선출되었다.

    1952년에는 비밀리에 중국으로 건너가 '특별초대인' 신분으로 정치협상회의에 참가하였으며 중국인민대표대회 대표 등 직무를 역임하였다. 처녀작

으로는 일본어 소설 「그녀는 어디로─고민하는 젊은 자매들에게彼女は何処へ─悩める若き姉妹へ」가 있는데 대만의 봉건혼인 제도를 비판하고 있으며 신문학으로 대중을 계몽할 것을 기대하고 있다. 일본어 조시組詩로는 「시의 모방詩的模仿詩の真似する」이 있는데 저항적인 내용으로 인해 천첸우陳千武로부터 대만 신시의 주제 발전에 원형을 제공하고 있다고 평가받는다. 정론 저서들로는 『내가 보는 대만 사람臺灣人は斯く観る』1930, 『대만 사람의 요구臺灣人の要求』1931 등이 있는데 대만 민족운동의 중요한 문헌으로 남았다.

셰춘무의 1920년대 문학창작은 문화계몽의 이념을 충실히 따르고 있는데 일본어 소설, 신시, 사설 등은 대만 초기 신문학의 완벽한 문체와 저항 정신을 잘 보여주었다. 천팡밍陳芳明은 「그녀는 어디로」를 이미 스토리의 추형雛形을 잘 갖추고 있는바 대만의 첫 번째 신문학 소설이라고 평가하였다.

재일시기에 도쿄 대만청년회에 참가하여 일본의 진보 인사 그리고 중국, 한국의 유학생들과도 교류하였다. 1929년 5월에는 민중당을 대표하여 남경에서 '순운봉안전례孫文奉安典禮'에 참가하였으며 중국 국민당과 적극 연락하면서 노동자와 농민들의 문제에 관심을 돌렸다. 그해 중국 견문록인 「여행자의 안경旅人の眼鏡」을 『대만민보』에 비정기적으로 발표하였는데 정치적인 고찰을 바탕으로 한 사실적인 기록이라 할 수 있다.

1931년에 상해로 이주하여 『대만신민보』의 통신원으로 되었다. 1936년 7월 『대만일일신보臺灣日日新報』는 셰춘무가 비밀임무를 맡고 상해에서 하문廈門으로 가는 도중 일본 영사관에 체포되었다는 소식을 보도하였다.

1950년대에 셰춘무는 일본에서 상업에 종사하면서 좌경左傾 실업가인 스와가라 도우제菅原通濟, 작가인 카지鹿地와 왕래하기도 하였다. 전쟁 전 셰춘무의 경력은 1931년 상해 시기를 전후하여 나뉘는데 전기의 대만에서의 정치, 문화

활동과 후기의 일본문제 전문가로서 중국에서 평론과 정치 활동을 펼친 것으로 나누어 볼 수 있다.

뤄스윈(羅詩雲)

왕바이위안

王白淵, 1902~1965

　　시인, 미술평론가, 편집자. 장화彰化 이수二水 사람이다. 1917년에 대만총독부 국어학교 사범부에서 수학하였다. 1921년에 졸업하고 나서 직계호공학교職溪湖公學校, 이수공학교二水公學校에서 교편을 잡았다. 구도우 나우타로우工藤直太郎의 『인간문화의 출발人間文化的出發』을 감명 깊게 읽고 나서 밀레Millet에 대한 동경을 안고 일본으로 건너가 그림을 배웠다. 1923년에 총독부의 추천을 받아 도쿄미술학교 도화사범과圖畵師範科에 입학하였고, 1926년에 졸업하고 나서 이와테현岩手縣의 여자사범학교에 미술교사로 취임하였다.

　　1931년 모리오키盛岡의 쿠보쇼우서점久保莊書店에서 일본어 시문집 『가시밭길棘の道』을 출판하였다. 이 책은 도쿄의 대만 유학생들이 고향으로 갖고 돌아감으로써 훗날 대만의 좌익문학을 조장하는 계기가 되었고, 나아가 왕바이위안, 우쿤황吳坤煌, 린두이林兌 등 사람들이 1932년에 '도쿄대만인문화동호회東京臺灣人文化同好會'라는 좌익조직을 건립하는 데 직접적인 영향을 미쳤다. 하지만 이 조직은 1932년 9월에 일경에 의해 금지되었는데 왕바이위안은 24일간 구속되고 이어 학교에서도 해고를 당하였다.

　　1933년 왕바이위안은 우쿤황, 장운환張文環 등 사람들을 도와 대만예술연구회臺灣藝術研究會를 발기하였고 후에 상해로 건너가 셰춘무謝春木과 함께 화련통신사華聯通訊社에 재직하면서 여전히 『후로루모사フオルモサ』에 투고를 중단하지 않았

다. 1935년부터 상해미술전과학교上海美術專科學校에서 강의를 시작하였다. 중일전쟁이 발발한 후 항일운동에 가담하였다는 죄목으로 상해의 프랑스 조계지에서 일본군에게 체포되어 대북臺北감옥에 수감되었다. 1943년에 출옥한 후 룽잉쭝龍瑛宗의 소개로『대만일일신보』의 편집으로 취직하였고 1945년에는『대만신생보臺灣新生報』의 편집부 주임직을 역임하였다. 1946년 대만문화협진회臺灣文化協進會가 성립하면서 협회의 이사직과 기관지『대만문화』의 편집직을 맡았다.

2·28사변 후 삼 개월 동안 수감되었으며 출옥한 후에는 잠깐『대만문화』의 발행인으로 재직했었다. 전쟁 후에는 문학 창작을 거의 중단하였으며 간간히 정치평론, 미술평론을 발표하며 전쟁 전의 대만 문학운동과 미술운동의 관련 문헌들을 정리하는 데 전념하였다. 1950년에는 대만 공산당원 차이샤오첸蔡孝乾이 체포되면서 함께 연루되어 다시 투옥되었다가 1954년에 출옥한 후 대동공업전과학교大同工業專科學校에서 겸직으로 지냈다. 1963년에 다시 수감되어 일 년여간 투옥생활을 하다가 출옥한 지 얼마 지나지 않아 1965년에 병으로 타계하였다.

왕바이위안의 대표 작품들은『가시밭길』에 수록되어 있는데 십여 년의 일본 유학생활 동안 예술과 인생 그리고 대만 식민지 현실에 대한 생각들을 적어놓고 있다. 이 작품들을 통해 다이쇼大正시대의 낭만주의 시가와 쇼와昭和시대의 사회주의 등 여러 사조의 영향들을 엿볼 수 있으며 일본어를 통해 서양미술사조, 정치사상, 인도문학, 독립운동 등을 접한 정황들도 포착할 수 있다. 번역 영역에서는 앙리 베르그손Henri Bergson, 로맹 롤랑Romain Rolland, 간디, 타고르 등 위인들의 작품들을 번역, 소개한 공헌이 지대하다.

탕하오위엔(唐顥芸)

우에세이 카나

上清哉, 생몰년 미상(1902년생으로 추측)

　　시인이자 가수. 본명은 우에다 히라세이조우上田平清蔵이고 필명은 우에타다시上忠司와 난유팅완궁南遊亭灣公이다. 대만총독부상업학교臺灣總督府商業學校에서 졸업 후 관청에 취직했으나 경제적 형편이 안 좋고, 아버지와의 관계도 좋지 않다. 이런 이중고로 인해 직장을 그만두고 일본에 돌아가서 한동안 방황하였다.

　　대만에 돌아간 후, 1926년 8월에 시지詩誌, 전문적으로 시·시론(詩論)을 싣는 잡지『하얀 등잔白い燈台』을 발행하였고, 그밖에『말리茉莉』를 1기만 발행하였다. 1928년 9월 후지와라 센 사부로藤原泉三郎 등과 같이『무궤도시대無軌道時代』를 창간했는데 대만총독부경무국이 좌익문예로 여겨 경고를 받아 곧 해산되었다. 1931년 2월『원탁圓桌子』이『무궤도시대』의 후속 잡지로 창간되었다. 같은 해 6월 이데이 사오和井出勳, 후에 히라야마 이사오(平山勳)로 개명와 벳쇼 코지別所孝二, 후지와라 센 사부로 등 사람과 같이 좌익문학운동을 촉진하기 위해 대만문예작가협회를 설립했고, 같은 해 8월에 기관잡지인『대만문학』을 발행하였으나 또 다시 발행이 금지되었다.

　　1933년 9월『원탁圓桌子』과『무궤도시대』의 창립자 후지와라 센 사부로, 후지노 키쿠지藤野菊治/雄士, 호사카토 키오스保阪瀧雄 등과 같이 문예지『해남문학海南文學』을 창간하였다. 1935년 2월에 2권 1호까지 발행하였고 폐간 시기는 불확실하다. 우에세이 카나는「새옥新玉, あらたま」의 화가和歌시인으로 일찍이 대만에서 시집 단행본『아득한 해명을 들었다遠い海鳴りが聞えてくる』1930.2와『하루하루 삶 속에서その日暮しの中から』1935, 같은 해 10월『네스 파ネスパ』제6호에 야마무라 아사오(山村朝夫)의 서평이 있음를 출판했다. 1938년에 중앙연구원에서 근무하였다.

나카지마 토시오(中島利郎)

장워쥔

張我軍, 1902~1955

　　문학평론가, 소설가, 시인, 편집자, 번역가. 본명은 장칭룽張淸榮이고 자는 이랑一郎이며 필명으로는 MS, 이자이以齋 등이 있다. 대북臺北 청백접보廳擺接堡에서 태어났는데 오늘의 신북시新北市 판교구板橋區이다. 1915년에 방교공학교枋橋公學校를 졸업하고 청나라 수재였던 자오이산趙一山을 스승으로 모시고 시 공부를 하였다. 1921년에 하문廈門으로 건너가 동문서원同文書院에서 수학하면서 장워쥔으로 개명하였다. 1926년에 북경의 중국대학 국문학과에 입학하였으나 1927년 북경사범대학北京師大學 국문학과로 전학하여 1929년에 졸업하였다.

　　1925년에 잠깐 대만으로 건너가 『대만민보臺灣民報』의 편집으로 재직하면서 장웨이수이蔣渭水, 웡쩌성翁澤生 등이 발기한 대북 청년독서회와 대북 청년체육회에 참가하였다. 1926년에 북경으로 건너가 『대만민보』의 북경 통신원으로 임직하였다. 1927년에는 북경 대만청년회를 재건할 것을 발기하고 숭페이루宋斐如, 홍옌츄洪炎秋, 쑤샹위蘇薌雨 등과 함께 『소년대만少年臺灣』을 창간하고 주필을 맡았다. 1928년에 북경사범대학北京師範大學에서 문학동아리 '신야시新野社'를 창립하였다. 이듬해 졸업하고 나서 북경사범대학北京師範大學 등 학교에서 일본어를 가르쳤다. 1939년에 장선체張深切가 북평北平에서 창립한 『중국문예中國文藝』에 참여하였다. 1941년에 화북문예협회華北文藝協會를 발기하였다. 1942년과 1943년에 화북華北을 대표하고 도쿄에서 열리는 제1기, 제2기 대동아문학자대회大東亞文學者

大會에 참석하였다. 1946년에 대만으로 돌아와 대만성 교육회敎育會 편찬조編纂組 주임직을 역임하였으나 후에는 상업 분야에 투신하였다. 선후로『대만차엽臺灣 茶葉』,『합작계合作界』등 월간지의 편집장을 지냈다.

1924년부터 1926년 말까지『대만민보』에 60여 편의 문장을 발표하여 중국의 신문학운동과 후스胡適, 천두슈陳獨秀, 루쉰魯迅 등 작가들의 작품을 소개하였다.「대만청년들에게 보내는 편지致臺灣青年的一封信」,「형편 없는 대만 문학계糟糕的臺灣文學界」등은 신구문학에 대한 논쟁을 불러 일으켰다.「신문학운동의 의의新文學運動的意義」라는 글을 통해 '백화문학白話文學의 건설'과 '대만 언어의 개혁'이라는 화두를 던지기도 하였다. 1925년에 출판한 시집『혼란스러운 도시의 사랑亂都之戀』은 대만문학사에서의 첫번째 중국어 현대시집이다. 그 후에 발표한 단편소설「복권사기買彩票」1926,「백씨 부인의 애사白太的哀史」1927,「유혹誘惑」1929 등은 그가 주장하는 백화문학의 구체적인 실천이라고 할 수 있다.

번역작품도 많은데 문학과 사회과학 영역을 두루 섭렵하고 있으며 일본문학을 소개한 공헌이 특히나 크다. 그가 번역한 작품들로는 자연주의 작가인 시마자키 도손島崎藤村, 도쿠다 슈우세이德田秋聲, 시라카바파白樺派 작가들인 무샤노코지 사네아쓰武者小路實篤, 좌익작가인 하야마 요시키葉山嘉樹, 야마카와 히토시山川均, 히구치 이치요우樋口一葉, 기쿠치 칸菊池寬 등 작가들의 작품들로서 중국을 공부하고 일본에 익숙한 대만 작가로서의 다문화적인 문화적 소양과 사회적 이상을 잘 보여주고 있다. 장선체張深切는 다음과 같이 장워쥔을 평가하였다. "그를 대만 신문학의 선구자라고 할 수는 없지만 제일 강력한 선구자라고 할 수 있다. 그를 대만 백화문의 발기인이라고 할 수는 없지만 제일 강력한 지도자임에는 틀림이 없다. 그는 대만 문학사에서 반드시 중요한 자리를 차지하게 될 것이다."

쉬팡팅(許芳庭)

후지와라 센 사부로

藤原泉三郎, 1902(?)~?

　　시인이자 소설가. 『대만지방행정臺灣地方行政』의 1943년 5월 5일의 기록에 따르면 본명은 하야시센 사부로林泉三郎이다. 대만총독부상업학교臺灣總督府商業學校를 졸업 후 관청에 취직했다. 우에세이 카나上淸哉, 곤코 슈쿠모로紺古淑藻郎와 함께 시문지 『아열대亞熱帶』1924.11와 『염천炎天』을 창간했지만 둘 다 얼마가지 못하여 중단되었다. 다이쇼大正 시대 『대만일일신보臺灣日日新報』에 소설과 시, 그리고 연극 대본을 투고하기 시작하였다.

　　1925년에는 연극단 '사냥꾼자리'를 조직하여, 대만철도협회의 미야자키 나오카이宮崎直介 외 여러 사람들과 함께 대만철도호텔에서 공연하였다. 이는 대만에 있는 일본인을 위한 첫 일본풍 신극 공연이었다. 그 다음 해 12월 고토 오하루後藤大治가 이끈 대만시인단에 가입하여, 『신열대시풍新熱帶詩風』에 시가 작품을 발표하였다. 1929년 9월 우에세이 카나上淸哉, 호사카 토키오스保阪瀧雄(瀧阪陽之助), 쉬위안천徐淵琛 등과 함께 『무궤도시대無軌道時代』를 발행하였고 시와 소설 「천쭝소년의 이야기陳忠少年的故事」를 발표하였다. 1930년 11월에는 발표했던 시와 소설을 모아서 대북臺北의 문명서점에 문예작품 『천쭝소년의 이야기陳忠少年的故事』를 발행하였다.

　　1931년 6월에는 우에세이 카나上淸哉, 벳쇼 코지別所孝二, 이데이 사오井出勳 등 39명의 사람들과 함께 좌익문예단 대만문예작가협회를 창립하여, 후지와라

센 사부로가 간사를 맡았다. 같은 해 9월에는 기관잡지『대만문학』을 발행했지만, 내부 사람들의 분열로 인해 협회는 1933년 6월에 해산되었다. 1933년에는 대만연극집단을 관리하였고, 그 후 대북에 네 개의 극단을 합쳐 '대북연극써클臺北演劇サークル'을 성립하기 위해 많은 노력을 기울였다.

1934년에는 대중臺中으로 주거지를 옮겨 대중주대둔군역소臺州大屯郡役所에서 근무하고, 1938년에는 대중주 총무과지방계장臺中州總務科地方系長을 맡았다. 그 후에 주로『대만지방행정臺灣地方行政』,『대만문학』장원환(張文環) 주관 등 잡지에 시가 작품을 발표하였고『대만문학』의 편집위원도 맡았다. 1943년 전쟁으로 인해 해군서기로 남부 지방에 파견되기 전 모든 시가 작품을 모아『추풍왕래秋風往來』를 만들었다. 이 책은 대북의 동도서적東都書籍에서 출판하였다.

나카지마 토시오(中島利郎)

라이칭

賴慶, 1903~1970

소설가, 변사辯士, 기자, 교원. 대중臺中 북둔北屯 사람. 대중臺中사범학교를 졸업하고 무봉霧峰, 대리大裏, 북둔北屯 등 지역의 공학교公學校에서 교편을 잡았다. 1930년에 교직을 떠나 문예창작에 뜻을 두고 잠깐 도쿄에서 지내면서 장원환張文環 등 사람과 친분을 쌓게 되었다.

1930년대에는 대만의 지방자치연맹에 가입하여 북둔北屯 지부의 주요 간부직과 순회강연의 연설자를 맡으면서 주, 시, 거리, 마을의 각 급 지방자치를 실현하고자 민중운동에 주력하였다. 1932년부터 과학보급단문科普短文, 도서소개圖書介紹, 문단에 대한 건의文壇建言 등을 발표하기 시작하였고『대만신민보臺灣新民報』,『대만신문』등 지면을 통해 라이밍훙賴明弘, 천징보陳鏡波 등과 대만 여성문제에 대한 논쟁을 벌이기도 하였다. 이후엔 일본이 패망하기까지 월간 잡지의 주필, 신문사의 촉탁기자囑託記者 등을 역임하였다. 1934년 5월에는 라이밍훙賴明弘, 장선체張深切, 린웨이펑林越峰 등과 함께 제1차 대만문예대회第一回全島文藝大會를 소집하고 대만문예연맹臺灣文藝聯盟을 설립하는 데 힘을 모았다.

그의 창작 활동은 1931년부터 1934년 사이에 집중되어 있는데 문체로는 소설, 평론, 도서 소개, 수필, 지방지鄉誌 등이 있으며 투고한 매체로는『대만신민보』,『민중법률民眾法律』,『혁신革新』,『선발부대先發部隊』,『신고신보新高新報』,『대만신문』,『포르모사フォルモサ』등이 있다. 「미인국美人局」은 라이칭이 처음으로『대만

신민보』에서 일일 연재를 맡은 소설로서 대중 작가 타이틀을 마련해준 작품이기도 하다. 이 소설은 일본사기집단이 식민지 유학생들이 일본의 신식 여성에게 갖는 성에 대한 로망을 이용하여 사기를 치는 이야기를 그리고 있다. 라이칭은 '대만—시모노세키下關—모지門司—요코하마橫濱'라는 지리적 공간을 통하여 사람과 물질, 윤리관 사이의 관계와 변화를 주목하였다. 「쟁시爭屍」는 황당하고 기괴한 에피소드를 이용하여 법률 상식을 보급하였다. 「활시活屍」는 보기 드물게 성전환이라는 의제를 다루고 있다.

라이칭은 중국어와 일어 창작에 모두 능하였는데 『대만신민보』 일어란의 초기 대표작가 중의 한 사람이었다. 류제劉捷는 그의 대중 문학 창작을 높이 평가하였다. 쇼게세이淸生는 「삼로문학의 역할「三ㅁ」文學の役割」이란 글에서 1930년대 일본에서 성행하던 프로ㄱㅁ, proletariat, 에로ㅍㅁ, eroticism, 그로ㄱㅁ, grotesque 등 문학에 대해 언급하였다. 그러나 대만에서는 프로문학만을 숭상하는 데 대해 라이칭은 "이러한 세기 말의 시기에, 특히나 자본주의가 몰락으로 치닫는 시기에 사람들은 대개 육감적이고 찰나적인 것을 요구한다. '에로'나 '그로' 같은 것이 바로 이런 데서 발생하는 것"이기 때문에 에로와 그로 문학을 제창하였다. 그러나 '일본의 기쿠치 칸菊池寬'을 기대하는 노력에도 불구하고 향토문학과 현실비판문예를 중시하는 대만 문단에서는 이러한 주장이 쉽게 받아들여지지 않았다.

류수친(柳書琴)

주뎬런

朱點人, 1903~1951

소설가. 본명은 주스터우朱石頭인데 주스펑朱石峰으로 개명하였다. 필명으로는 뎬런點人, 먀오원描文, 원먀오文苗 등이 있다. 대북 만화萬華 사람이다. 어려서 양친을 잃고 가난하여 매사에 열심이고 끈기 있는 성품을 갖게 되었다. 노송老松공학교를 졸업하고 대북의학전문학교臺北醫學專門學校의 고용직으로 들어갔다.

중국어로 창작한 처녀작 「어느 실연한 자의 일기一個失戀者的日記」를 『오인보伍人報』에 발표하면서 문학 생활을 시작하게 되었다. 1930년대의 '대만 백화문과 향토문학의 논쟁'에 참여하여 중국 백화문 창작을 지지하였다. 1933년에 랴오한천廖漢臣, 궈츄성郭秋生, 왕스랑王詩琅 등과 함께 '대만문예협회'를 창건하고 『선발부대先發部隊』를 발행하였다. 1937년에 많은 신문, 잡지들이 총독부에 영합하여 중문 코너를 폐지하자 붓을 꺾었다.

1941년에 잠깐 광주廣州에 건너가 왕스랑王詩琅과 함께 『광동신보廣東迅報』를 편집하였고 전쟁 후, 저우칭周青과 함께 『문학소간文學小刊』을 창간하였다. 그러나 당시의 정치 상황에 불만을 품던 차 마침 2·28사변이 발발하자 자극을 받아 대만 공산조직에 가담하였는데 1949년에 체포되어 1951년 1월 20일 총살로 생을 마감하였다.

주뎬런은 시가, 단문, 민간이야기를 발표하기도 하였으나 소설이 대부분이었다. 그의 작품은 대개 1930년부터 1936년 사이에 창작되었는데 두 시기로 나누어 볼 수 있다. 전기의 작품들로는 1930년의 「어느 실연한 자의 일기-個失戀者的日記」를 시작으로 1934년 「기념수紀念樹」, 「무화과無花果」까지를 들 수 있는데 작품 대부분이 사랑을 소재로 하고 있으며 낭만적인 감성이 돋보이고 심리에 대한 분석을 시도하고 있다.

후기의 작품들로는 1935년의 「매미蟬」부터 1936년의 「뽐내기脫穎」까지라 할 수 있는데 작품들이 우의寓意나 풍자, 비판을 담고 있고 기법이 노련하고 정교하다. 「매미」는 방공연습에 빗대어 전쟁의 정의롭지 못함을 지탄하고 나섰으며 「추신秋信」은 시정사십주년기념대만박람회始政四十周年記念臺灣博覽會를 참관하는 전 청나라 수재秀才의 입을 빌려 대만 식민지에 대한 일본제국주의의 지배를 비난하고 있는데 어조가 날카롭고 확신에 차있다. 「장수회長壽會」는 대만 도민島民들의 모리牟利를 꾀하고 낭비를 일삼는 근성을 폭로하고 있으며 「도도島都」는 노동자 스밍史明이 각성하고 나서 사회 운동에 투신하는 과정을 묘사하고 「뽐내기」는 도민 천산구이陳三貴의 권세에 아부하고 근본을 저버리는 행태를 풍자하고 있다.

주뎬런은 창작기법을 상당히 중요시하였는데 작품의 성공 여부는 묘사 기법에 좌우된다고 하면서 "내용이 아무리 풍부하고 소재가 아무리 참신하여도 묘사의 기법이 완숙치 못하다면 결국엔 단순한 문자 기록에 지나지 않는다. (⋯중략⋯) 문자로 그려내는 재주가 있어야지 문학 작품이라고 할 수 있다"고 하였다. 그의 작품들은 하나같이 묘사가 원숙하고 정교하여 장선체張深切는 그를 '대만 신문학의 기린아麒麟兒'라고 극찬하였다.

쉬쥔야(許俊雅)

궈츄성

郭秋生, 1904~1980

작가, 잡지 발행인. 필명으로는 츄성秋生, 제저우芥舟, 거리사진사街頭寫真師, TP 생TP生, KS 등이 있다. 대북 신장新莊 사람이다. 서당에서 한문을 배우고 공학교公學校에서 일본어 교육을 받았으며 하문집미중학교廈門集美中學에서 수학하였다.

대만으로 돌아온 후 대도정大稻埕의 유명한 식당인 강산루江山樓에서 경리 일을 보면서 그곳을 왕래하던 작가, 시인들과 친분을 쌓았다. 1931년에 남음 사南音社에 가담하여 『남음南音』 잡지를 창간하였다. 그해 『대만신문』에 「대만 백화문 건설에 관한 하나의 제안建設臺灣白話文一提案」을 발표하였다.

1933년 10월에는 황더스黃得時, 주뎬런朱點人, 왕스랑王詩琅, 천쥔위陳君玉 등과 함께 '대만문예협회臺灣文藝協會'를 설립하고 간사직을 역임하였다. 1934년 7월에는 공동으로 『선발부대先發部隊』를 발행하였고 이듬해 1월의 제2기부터는 『제일선第一線』으로 개명하였다.

1934년에 『대만문예연맹臺灣文藝聯盟』에 가입하였다. 「대만 백화문 건설에 관한 하나의 제안建設臺灣白話文一提案」이란 글에서 궈츄성은 한자로 대만 언어를 표시하고 소리가 있고 글이 없는 경우에는 새로운 글을 만들어야 한다고 지적하면서 대만어의 개혁을 주장하고 언문일치, 발음 통일의 실천방법을 제시하였다. 그는 대만 대중의 언어로 대만 특색이 묻어나는 향토문학을 창작할 것을 제창하면서 우선 현존하는 가요나 동요에서 글자를 선택하여 사용하고, 다른 한편으로는 중국 육서六書의 글자 창제 원리에 따라 새로운 글자들을 만들어서, 한자로 대만 언어를 표현하는 방법을 강구할 것을 주장하였다. 대만 언어문자화를 실천하기 위하여 궈츄성은 『남음南音』 잡지에 「대만언어시행란臺灣話文嘗試欄」을 개설하여 대만 가요, 수수께끼, 민간이야기를 수록하고 만문 만화漫文, 1920~1930년대의 일제시대 발간된 일간지와 잡지 등에 실린 만화의 한 형태 「분설선糞屑船」을 게재함으로써 대만언어의 문자화가 가능하다는 것을 증명하고자 하였다.

궈츄성의 소설로는 「농촌의 회고農村的回顧」『대만민보』, 1929, 「죽나요?死麽?」『대만민보』, 1929, 「탸오쟈관跳加冠」『대만신민보』, 1931, 「고양이貓兒」『남음』, 1932, 「귀신鬼」『대만신민보』, 1930, 「왕두샹王都鄕」『제일선第一線』, 1935 등 여러 편이 있는데 문체가 상당히 뛰어났다. 전쟁 후에는 정치적인 분위기로 인해 문단을 멀리하고 상업에 종사하였으며 대북시臺北市 대동구大同區 중재위원회調解委員會 주석 등을 역임하였다.

덩후이언(鄧慧恩)

라이구이푸

賴貴富, 1904~?

신문기자. 필명은 라이모안賴莫庵, 천둔예陳鈍也가 있다. 대만 묘률苗栗 사람이다. 취학 경력은 미상이다. 1926년 8월에 도쿄 아시히신문사朝日新聞社에 입사하였는데 당시 신문사에서 유일한 대만 기자였다. 류제劉捷의 기억에 따르면 라이구이푸는 중국 혁명을 찬성하였으며 일본의 정재계 인사들과도 많은 교류가 있었다고 한다. 라이구이푸와 교우 관계에 있었던 이들로는 쑨원孫文 혁명을 지지하는 미야자키 도텐宮崎滔天과 그의 부인, 대만의 민족자치와 의회운동에 관심이 많은 오자키 유키오尾崎行雄, 우세 이치로清瀬一郎 그리고 대만 민정장관民政長官을 지낸 적이 있는 시모무라 히로시下村宏 등이 있다.

『특고월보特高月報』 1939년 4월호의 조사 기록에 따르면 표면상으로는 1936년 12월에 사직하고 상해로 건너가 일본 외무성 소속의 일본 근대과학도서관 관원에 취임하였으나 사실은 항일지하조직에 가담하여 대만 그리고 중국 공산주의자들과 왕래하면서 중일 정재계 형세를 연구, 의논하였다고 적혀 있다. 1937년 중일사변이 발발하자 근대과학도서관은 폐관되었고 라이구이푸는 8월 25일에 피난 교민들과 함께 도쿄로 돌아왔다. 상해를 떠나기 전 라이구이푸는 왕바이위안王白淵 등과 함께 항일운동을 계속해 나갈 결의를 다졌다. 9월 1일 도쿄에 도착한 후에는 대만신민보사의 도쿄지부에 찾아가 우산롄吳三連, 류밍뎬劉明電 등에게 중국의 항일운동 형세가 고조되어 있으며 항일이 승리한다면 대만의 민족해방도 성공할 수 있다고 전하였다.

라이구이푸는 9월 10일 도쿄에서 체포된 후 2년간의 심의를 거쳐 1939년 4월에 '치안유지법위반違反治安維持法'과 '인터네셔널Третий интернационал, 일본공산주의, 중국공산주의를 계획意圖遂行共產國際'日共'中共目的'한 죄명으로 기소되었으나 판결 결과는 알려지지 않았으며 대만으로 보내져 복역하였다. 1925년에 대만을 떠나기 전 그는 '라이모안賴莫庵'이라는 필명으로 『인인人人』 잡지에 수필을 발표하였다. 1929년 그는 린바이커林百克의 『쑨원과 중국 혁명孫文與中國革命』을 번역하여 도쿄의 헤이본출판사平凡社에서 출판하였다. 1935년 후에는 '천둔예'나 본명으로 『대만문예』에 여러 번 수필과 평론을 발표하기도 하였다. 라이구이푸는 문학가는 아니지만 문예연맹의 도쿄 지부 멤버들과 왕래가 밀접하였으며 지부의 창립 다과회나 마지막 좌담회에 모두 참석하였고 『대만문예』 2권 10호에 「천둔예우편함陳鈍也信箱」 토론전문란議論專欄을 설립하기도 하였다.

라이구이푸는 중일 신문잡지를 광범위하고 구독하였고 꾸준히 동아시아 형세를 주시하였다. 그는 사상이 급진적이었는데 『대만문예』가 내세울 만한 것이 없고 자극과 재미가 부족하다고 여러 번 비판하였으며, 북경 유학 청년들은 현실을 직시하는 용기가 없기 때문에 떠돌이 지식인이 될 수밖에 없으며 격변하는 사회와 세계 형세를 파악할 수 없다고 비판하였다.

1937년 이후 라이구이푸는 왕바이위안 , 허롄라이何連來 등 사람들과 함께 상해에서 중국항일민족통일전선과 일본반파쇼인민전선本法西斯人民戰線의 합작을 위하여 노력하였다. 세 사람은 1937년 9월 잇달아 체포되기 전까지 중국항일정세, 중국공산당의 운동방침, 반전反戰 문장과 신문 등을 번역하기도 하고 필명으로 일본의 『중앙공론中央公論』, 『개조改造』, 『일본평론』 등 잡지에 투고하기도 하였으며 선전책자를 발행하는 등 활동을 멈추지 않았다.

류수친(柳書琴)

장선체

張深切, 1904~1965

작가, 문화활동가. 자는 난샹南翔이고 필명으로는 추뉘楚女, 저예者也 등이 있다. 대만 남투南投 사람이다. 장위수張玉書가 양부이다. 일곱 살에 전통 서당에서 수학하고 1913년에 초혜돈草鞋墩공학교에 입학하였다. 1917년에 린셴탕林獻堂을 따라 일본으로 건너가 일본 도쿄부립화학공업학교化學工業學校, 아오야마학원青山學院에서 공부하였다. 1932년 말에 상해로 건너가 상무인서관商務印書館 부속국어사범학교附屬國語師範學校를 다녔으며 1924년 대중臺中 초둔草屯에 잠깐 돌아와 초둔염봉청草屯炎峰青 청년연극단을 성립하였다. 그해 상해에서 반일 단체 '대만자치협회臺灣自治協會'를 조직하였다.

1926년 광주廣州로 가서 장슈저張秀哲, 리유방李友邦 등과 함께 '광동대만학생연합회廣東臺灣學生聯合會'를 설립하였는데 이는 훗날 '대만혁명청년단臺灣革命青年團'으로 확장되었으며 기관지 『대만선봉臺灣先鋒』을 간행하였다. 1927년에 광주廣州 중산대학中山大學 법과 정치학과에 입학하는데 거기서 광동廣東 대만 청년혁명단 선전부장을 맡으면서 북벌北伐과 반일 활동에 참가하였다. 장슈저와 함께 여러 번 루쉰魯迅을 방문하였고 4월에 대만으로 돌아와 자금을 모집하였으며 대중 중학생들의 동맹휴학 사건에 관여하기도 하다가 결국엔 광동사건으로 체포되어 2년간 옥살이를 하였다. 1930년 출옥하여서는 대만연극연구회를 조직하였다. 1934년에 『대중신보臺中新報』에 몸담고 있는 동안 대만의 첫 번째 문예단체인 '대만문예연맹臺灣文藝聯盟'의 설립을 적극 추진하였다. 단체가 성립되자 위원장으로 선출되고 『대만문예』를 창간하면서 편집을 담당했다. 장선체의 작품으로는 일본어 소설 「총멸総滅」, 「두 명의 살인범二人の殺人犯」, 중국어 소설 「야무鴨母 : 대만 농민봉기의 수령 주이구이(朱一貴)를 칭하는 말」, 극본 〈암지暗地〉분실, 〈접화목接花木〉분실, 〈낙음落蔭〉분실 등이 있는데 대만 신문학사상 가장 영향력이 있는 작품들이다.

1938년 3월 "함락된 곳에서 의무를 다하"장선체의 자서전 『이정비裏程碑』려는 결의를 다지면서 북경으로 건너가 국립북경예술전과학교國立北京藝術專科學校 교도주임직을 담당하였다. 그는 대형 월간지 『중국문예』를 발행하는데 그 취지는 중국문화를 통해 중화민족이 세계 속에서 당당히 자리하도록 하는 데 있었다. 1년 후 『중국문예』는 반일 색채 탓에 무덕보사武德報社에 인수되었다.

장선체는 신민인서관新民印書館으로 자리를 옮겨 『일본어요령日本語要領』1941을 출판하고 『현대일본단편명작집現代日本短篇名作集』1942을 번역, 출판하였으며 『아동신문고兒童新文庫』네 권1941, 『열세 작가단편명작집十三作家短篇名作集』1942 등 도서를 편집하였다. 이 작품들은 모두 그가 주편으로 있던 『중국문예』 잡지에서 발췌하였는데 이런 작가들이 화북華北 점령지구의 문단에서 활발히 활동하면서 함락된 북경의 신문학 복구에 중요한 공헌을 하기도 하였다.

장선체는 북평지구대만동향회台人旅平同鄕會 회장직을 맡으면서1939 화북華北지구에 있는 대만 사람들이 일본군의 징집에 동원되어 참전하는 것을 온갖 방법을 다해 저지하였다. 1942년에 중국문화진흥회를 설립하기도 하였다. 하지만 함락되면서 실업했다가 1945년 4월 체포되어 사형이 선고되지만 일본의 패망으로 목숨을 건지게 되었다. 1946년 대만으로 돌아온 후 대중사범학교의 교무주임에 취임하였다. 2·28사변 후엔 정치활동을 멀리하면서 영화극본 창작에 몰두하였다. 12권의 『장선체전집張深切全集』문경사, 1998이 있다.

장취안(張泉)

류나어우

劉吶鷗, 1905~1940

작가, 번역가, 편집자, 영화인. 본명은 류찬보劉燦波이고 필명으로는 나나어우吶吶鷗, 모메이莫美, 거모메이葛莫美, 멍저우夢舟, 뤄성洛生, 바이비白璧 등이 있다. 대만 대남臺南 사람이다. 1926년에 도쿄 아오야마학원靑山學院 고등부 영문과를 졸업하였다. 1926년 4월 상해로 돌아와 진단대학震旦大學 프랑스어 특별반에 편입하였는데 여기서 다이왕수戴望舒, 1905~1950, 스저춘施蟄存 등을 만나게 되었다.

1927년 초 동인잡지 『근대심近代心』의 출판을 도모하였으나 성공하지 못하였다. 그해 9월 말에 다이왕수와 함께 북경으로 건너가 석 달 동안 머물면서 그 곳의 문학 환경을 알아보다가 중국의 좌익 작가인 펑쉐펑馮雪峰, 딩링丁玲, 후예핀胡也頻 등을 만나게 되었다. 1928년에 제일선서점第一線書店을 창설하고 잡지 『무궤열차無軌列車』를 출판하였으며 9월에는 단편 번역소설 『색정문화色情文化』를 출판하였다. 1929년에는 수말서점水沫書店을 창설하고 잡지 『신문예新文藝』를 발행하였다. 1930년 4월에는 단편소설집 『도시풍경선都市風景線』과 번역작품 『예술사회학藝術社會學』원작 : ВпВладимиц Максимович Фриче을 출판하였다.

1932년에는 중국 영화 〈요산로맨스瑤山艷史〉의 제작에 참여하였으며 광서廣西에서 촬영하였다. 1933년에는 현대영화잡지사現代電影雜誌社를 창설하고 잡지 『현대영화現代電影』를 발행하였으며 연성영화軟性電影 이론을 제창하고 나섰다. 1933년에는 『민족의 아들딸民族兒女』이란 영화의 각색과 연출을 맡아서 예련영화제작사藝聯影業公司 배우들을 이끌고 광주廣州에서 촬영을 하였다. 1934년에는 상해강만로공원방上海江灣路公園坊에 스무 채의 양옥을 사들이는데 예링펑葉靈鳳, 무스잉穆時英 등 작가들은 모두 이곳에 묵어가던 손님들이었다.

1935년에는 자택에서 벗들과 『육예六藝』라는 잡지를 창간하고 스타제작사明星公司의 극본사무실에 합류하여 극본 〈영원한 미소永遠的微笑〉를 완성하였다. 1936년에는 중앙영화촬영장中央電影攝影場 : 국민당의 공식 영화제작 기구에 합류하여 장막극본分幕劇本 〈전신암호서密電碼〉를 창작하고 촬영에도 참여하였다. 그해 6월에는 남경으로 옮겨가 중전영화中電影 연출위원회 주임 및 극본팀 팀장직을 맡았다. 1937년에는 중전中電을 사임하고 상해로 돌아왔다.

1938년부터 1940년에 이르기까지 일본 도호영화주식회사日本東寶映畫株式會社와 합작하여 네 편의 영화를 제작하였다. 1939년에는 중화영화주식유한회사中華電影股份有限公司 제작부의 차관직을 맡았다. 1940년 4월에는 직접 자가용을 운전하여 상해를 방문한 일본 작가 기쿠치 칸菊池寬을 마중하였고 6월에는 리샹란李香蘭이 주연을 맡은 영화 〈상해의 밤上海之夜〉에 투자하였다. 그해 8월에는 왕징웨이汪精衛 정권의 기관지인 『국민신문』 사장직에 취임하였다. 그러나 9월 3일 상해 공공조계인 복주로福州路 623번지 경화술집京華酒家에서 저격을 받아 사망하였으나 사인은 베일에 감춰지고 말았다.

그의 소설집 『도시풍경선都市風景線』은 상해에서 신감각파 소설 창작의 새로운 장을 열었다. 또한 그가 발행한 『무궤열차』, 『신문예』 등 동인지들은 당시의 좌익문학잡지들과 선명한 대조를 이루면서 작품이 이론보다는 우위에 있다는 문학 이론을 제기하기도 하였다.

스저춘은 그를 이르기를 "삼분의 일은 상해 사람이요, 삼분의 일은 대만 사람이며, 삼분의 일은 일본사람이다"고 했다. 리어우판李歐梵은 '중국 모더니즘 소설의 선구자'라는 칭호로 류나어우, 스저춘, 무스잉을 불렀으며 중국 문학사에서 모더니즘을 개척한 분들이라고 추앙했다.

쉬친전(許秦蓁)

양숭마오

楊松茂, 1905~1959

    시인, 소설가. 필명은 서우위守愚, 춘라오村老 등이 있다. 대만 장화彰化 사람이다. 1910년부터 서당에서 공부하며 두터운 한학의 기초를 쌓았다. 공학교에 입학한 적도 있으나 일년 만에 중퇴하였다. 1923년부터 대만 한시 문단에서 점차 두각을 나타내기 시작하면서 많은 우수한 작품들을 산출해 내었다.

    1925년에 저우톈치周天啟, 천칸陳崁 등이 창설한 장화의 정신사鼎新社에 가입하였는데 신극을 통해 혁명사상을 전파하고자 하였다. 그해 라이허賴和, 천만잉陳滿盈 등 장화의 문인들로 구성된 유련사색구락부流連索思俱樂部에 가입하여 유모아적이고 풍자적인 방식으로 식민지사회에 대한 불만을 토로하였다. 1926년에 무정부주의조직인 '흑색청년연맹黑色靑年聯盟'에 가입하였으나 이듬해 검거되어 17일간 구속된 후 불기소 석방되었다.

    1927년에 라이허의 고무격려 속에 첫 번째 소설「토끼사냥獵兔」을『대만민보』에 발표하였다. 그 후 잇달아 한문으로 된 소설「흉년엔 죽기도 하더라凶年不免於死亡」,「결렬決裂」, 한시「나는 차마我不忍」,「흔들리는 농촌蕩盪中的一個農村」등을 발표하였는데 일제 치하의 한문신문학漢文新文學 작가들 가운데서 가장 풍작을 거둔 사람이 되었다. 1934년에 라이밍훙賴明弘, 장선체張深切 등이 발기한 대만문예연맹에 가입하였다. 그러나 1935년에 노선다툼으로 인해 양쿠이楊逵를 따라 문련을 나와서『대만신문학臺灣新文學』을 창립하고 한문란 편집장을 지냈다.

1937년에 라이허, 천만잉 등 신구문학을 두루 섭렵하는 문인들과 함께 '응사應社'를 창립해서 고전시가의 형식으로 당면한 시국을 비판하고 식민통치자들을 풍자하였다. 전쟁이 끝난 후, 장화공업직업학교彰化工業職業學校의 요청으로 국어, 역사 교사로 취임하였다. 2·28사변 후에는 전후의 유일한 신시新詩인 「같은 하나의 태양同樣是一個太陽」과 회고록 성격의 문장 「부끄러이 십 년 전을 얘기하노라報顏閒話十年前」를 발표한 외에 한시의 창작에만 전념하였다.

장헝하오張恆豪는 양슝마오의 소설은 선명한 사회주의 경향을 띠고 있으며 제재의 선택에서도 복잡하고 다양한 특징을 보여준다고 지적하고 있다. 양추이楊翠는 양슝마오의 신시에서는 농민, 공인, 부녀자의 처지를 묘사함으로써 신구사회의 교체와 빈곤에 관한 문제를 부각시켰는데 이는 한 시대의 조각상마냥 식민지 역사 현실을 생생하게 구현해 놓았다고 평가하고 있다.

스이린(施懿琳)

예타오

葉陶, 1905~1970

소설가, 시인. 대만 고웅高雄 출신이다. 1919년 타구打狗공학교 졸업 후 대남臺南 사범전문대에서 8개월 교육 받고 1919년 8월 타구공학교에 들어가서 교사직을 맡았으며 1926년 대만농민조합에 가입하였다. 1927년 양쿠이楊逵를 만난 후 12월에 교사직을 사임하고 농민운동에 헌신해 농민조합 부녀부장을 맡았다.

1928년 예타오와 양쿠이는 파벌투쟁으로 농민조합에서 나와 장화에서 독서회를 조직하여 대만문화협회 활동에 전력을 다했다. 1929년 양쿠이와 결혼하기 직전에 '2·12대검거二一二大檢擧' 사건이 터지면서 두 사람은 동시에 체포되었다. 1930년 운동무대를 잃고 다시 고웅高雄 기진旗津, 내유內惟 등지에 셋집을 얻어 장작을 패며 아기 옷을 지은 것으로 생계를 이어갔다. 1934년 온 가족이 장화로 이사해 우펑린霧峰林의 집에서 가정교사로 일하였다.

1935년 대중臺中으로 거처를 옮기고 양쿠이와 함께 대만신문학사를 창립하여 『대만신문학臺灣新文學』잡지를 발간했다. 1947년 2·28사변이 터지면서 4월에 예타오와 양쿠이가 동시에 체포되어 4개월 동안 감옥에 갇혔다. 1949년 양쿠이의 「평화선언안和平宣言案」에 연루되어 6살 어린 딸과 같이 감옥에서 12일을 지내고 8월에 또 다시 기룽基隆중학교 광명신문 사건으로 인해 4개월 동안 감옥에 있었다.

1950년대에 아이를 지키기 위해 정부의 부녀회에 참여하였다. 1957년 대중시 북구 부녀회 이사장을 역임하고 1958년 대중시 부녀회 상무이사를 역임하였으며, 1959년 대만성 부녀회 상무이사를 역임하였다. 1961년 5월 대중시 모범모친으로 뽑혔고, 1962년 양쿠이와 함께 대중에서 대출을 받아 동해화원을 경영했다. 1970년 8월 1일에 심장병과 신장염 요독증 동반으로 생을 마감했다.

1936년에 단편소설 「사랑의 열매愛的結晶」와 1979년에 현대시 「엄하신 나의 코치님我的教練真嚴厲」을 발표했다. 예타오는 현대 지식 여성들이 전통과 현대 사이에서 겪은 답답함과 노력, 그리고 이상을 표현하여 시대의 빛과 그림자를 잘 그려내었고, 여성의 주체의식 또한 잘 표현하였다. 예타오는 대만에서 많은 일본 작가들과 소통하였는데, 일본 여작가인 사타 이네코佐多稻子의 기억 속의 예타오는 항상 웃는 얼굴로 친절했다고 했으며 사카구치 레이코阪口禮子는 예타오는 의욕이 넘치는 사람이라고 평가했다.

양추이(楊翠)

장웨이셴

張維賢, 1905~1977

신극운동가, 무정부주의자. 본명은 장치스張乞食이고 필명은 나이솽耐霜이다. 대만 대북臺北 사람이다. 1923년에 18살의 나이로 일본 불교 조동종曹洞宗에서 운영하는 대만불교중학림臺灣佛教中學林, 후에 대북臺北중학교로 개명하였다을 졸업하였다. 졸업 후에는 남양과 중국 화남華南 지역을 돌아다니면서 중국의 아마추어 연극愛美劇 운동의 영향을 받아 연극은 반드시 시대정신에 부합되어야 한다는 신념을 갖게 되었다.

1924년 천치전陳奇珍, 왕징취안王井泉 등과 함께 성광연극연구회星光演劇研究會를 설립하여 신극 제작에 나섰는데 해마다 신극을 제작하여 적지 않은 호평을 이끌어냈다. 장웨이셴이 신극 활동에 종사하게 된 원인은 자신의 애호이기도 했지만 더 크게는 자신의 정치사상과 관련이 있었다. 그는 신극을 통해 사회 교화와 계몽을 실현하고자 하였던 것이다. 1927년 7월 그는 도강의숙稻江義塾의 이나가키 토우-베이稻垣藤兵衛와 무정부주의 연구단체 '고혼연맹孤魂聯盟'을 설립하나 이듬해 7월 당국으로부터 제제를 받아 해체되고 그 영향으로 성광연극연구회마저 해체되었다. 얼마 후 장웨이셴은 도쿄로 건너가 스키지築地소극장에서 극장 관리와 전공분담에 대해 연구하였다. 일본에 있는 동안 마오이보毛一波 등과 함께 일본 무정부주의 운동에 가담하였다.

1930년 대만으로 돌아와 민봉연극연구소民烽演劇研究所, 후에 민봉극단(民烽劇團)으로 개명하였다를 설립하여 강좌를 개설하고 연구생을 양성하였다. 1932년 다시 일본으로 건너가 도쿄의 무용학원에서 무용 율동 훈련을 공부하였다. 그곳에서 야마가 타이지山鹿泰治 등 무정부주의자들과 접촉하면서 일본 전국노동조합 자유연합회 사무소에 자주 드나들었다.

반년 후 대만에 돌아와 다시 예전의 연구생들을 불러 모아 다시 강의를 시작하였다. 1933년 가을 민봉극단民烽劇團은 대북 영락永樂극장을 열어 〈국민공적國民公敵〉, 〈원시인의 꿈原始人的夢〉 등 명작을 대만어로 번안 제작하였다. 이듬해 대북극단협회에서 주최하는 '신극제新劇祭'에 참가한 유일한 대만 단체로서 대북어로 번안 연출한 〈신랑新郎〉을 출품하였는데 작품성이 뛰어나 문화계의 주목을 받게 되었다. 중일사변이 발발한 후 장웨이셴은 중국 대륙으로 건너가 대만 문화계에서 자취를 감추었다. 전쟁 후 대만영화의 부흥기에 잠깐 복귀하여 〈일념지차一念之差〉1958를 연출하고 〈저녁안개 속의 홍콩霧夜香港〉1958 극본에 참여하였으나 지금 그 영화들을 찾아볼 수 없다.

장웨이셴은 민봉극단에서 번안 연출한 〈국민공적〉, 〈원시인의 꿈〉, 〈신랑〉 등 서양의 명작들은 연극의 발전을 위해 명확한 방향을 제시해 주었으나 지금 그 극본들은 소실되어 찾을 수 없다. 장웨이셴이 대만어로 번안 연출한 작품들은 짙은 지방특색을 띠고 있는데 이는 "형식과 내용의 조화를 중시"해야 한다는 그의 예술관을 구체적으로 구현한 것으로서 당시 문예계에서도 이 점을 높이 샀다. 왕스랑王詩琅은 장웨이셴에게 '대만신극제일인臺灣新劇第一人'란 타이틀을 선사함으로써 대만 신극운동에 대한 그의 공헌을 높이 칭송하였다.

바이춘옌(白春燕)

고노 케이겐

河野慶彦, 1906~1984

　　일본 미야자키宮崎縣 사람이다. 오이타大分의 사범학교를 졸업하고 규슈九州와 도쿄에서 교직에 종사하였다. 1937년 대만으로 건너와 대남臺南주의 공학교와 가정여학교에서 교사직을 담임하였다. 1942년에 『문예대만文藝臺灣』의 동인이 되고 이듬해 문예대만사文藝臺灣社의 대남지사臺南支社 책임자가 되어 달마다 정기적으로 문예모임을 조직하였다. 1944년 8월에 '대만문예봉공회臺灣文學奉公會'의 간사가 되어 『대만문예臺灣文藝』의 편집에 참여하였다. 그 후 총독부 정보과의 '파견작가'로 선출되어 유전을 둘러보고 이를 토대로 하여 「착정공鑿井工」『대만문예』, 1944.11, 후에 『결전대만소설집(決戰臺灣小說集)』건지권(乾之卷)에 수록됨을 창작하였다.

　　고노가 『문예대만』에 발표한 작품들은 니시카와 미츠루西川滿의 주목을 받게 되었고 『대만시보臺灣時報』, 『대만문예』, 『대만신보·청년판臺灣新報·青年版』에도 작품을 발표하였다. 소설 작품으로는 「흐름流れ」, 「물주전지湯沸し」, 「편백의 그늘扁柏の蔭」, 「잠자리구슬とんぼ玉」이상의 작품들은 『문예대만』에 발표되었다, 「라라치의 밤ララチの夜」『대만시보』, 「달빛月光」『대만신보·청년판』, 「나이 지긋하여年闌けて」니시카와 미츠루가 편찬한 『생사의 바다生死の海』에 수록되었다, 「억류抑留」『순간대신旬刊台新』 등이 있고 그 외 수필과 평론 작품도 있다. 전쟁 후에는 미야자키일일신보사宮崎日日新報社에서 재직하였다. 1985년에 자비로 『고향 미미츠ふるさと美々津』를 출판하였다.

나카지마 토시오(中島利郎)

쇼오지 소오이치

庄司總一, 1906~1961

소설가, 시인. 필명은 아쥬젠첸阿久見謙, 진랑산金讓三이다. 일본 야마가타山形현 출생으로 대남시臺南市남문초등학교, 대남제일중학교 및 게이오기주쿠대학慶應義塾大學 영어학과를 졸업했다. 유년 시절에 의사였던 아버지와 함께 홋카이도北海道, 대련大連 및 대동台東 등지에서 살았고 1917년 대남臺南으로 이사했다. 1926년 일본으로 돌아가 니시와키 준자부로西脇順三郎의 제자로 게이오慶應대학에 다녔다.

1931년 대학졸업 후에 도쿄에서 살면서 1940년에 장편소설『천부인陳夫人』제1부『부부』를 출판하여 문학계에서 호평을 얻었다. 이 작품은 제4회 신조사문예상新潮社文藝賞 후보작으로 선정되고 연극으로 개작되어 문학좌와 메이지좌明治座에서 공연되었다. 1942년 제2부『친자』를 완성하여 이듬해는 제1회 대동아문학상 차상을 수상했으며 대만에 와서 총독부와 일본문학보국회가 주최한 문예보국운동 순회강연회에 나갔다. 1944년 야마가타로 돌아가 거기서 일본의 패전을 맞았다. 1949년 다시 도쿄에 돌아가 강사로 지내면서『미타三田문학』의 편집위원을 맡았으며 문학동호지인『신표현新表現』을 창간하고 계속 문단에서 활동하였다.

전쟁 이전의 작품은 주로 일본과 대만 간의 용합을 주제로 하고 일본과 대만 통혼 가정에서 겪게 된 문화 차이로 인한 충돌과 동질감을 그린 대표작인『천부인陳夫人』은 당시 대만의 가족 모습과 풍습을 그려내고 특히 일본인으로서 현대와 전통 사이에 처한 식민지 신지식인의 고민을 심도 있게 묘사함으로써 독자들의 공감을 많이 얻었다. 한편 뤼허뤄呂赫若를 비롯한 대만 작가들이 이에 만족하지 못해 가족 작품 창작으로 '일본사람의 시선이 닿지 못한 대만'을 그려내고자 하는 데에 영향을 주기도 하였다. 쇼오지 소오이치 전후의 작품 성격이 크게 달라지면서 존재주의와 하느님 등을 다루는 엄숙한 작품을 창작하기 시작했다. 소설『추방자』가 제26회 아쿠타가와상芥川賞 후보작으로 선정되었다.

우이신(吳亦昕)

양윈핑

楊雲萍, 1906~2000

시인, 소설가, 사학가, 잡지사 편집자. 본명은 양유롄楊友濂이고 필명은 윈
핑성雲萍生, 윈핑雲萍이 있다. 대북臺北 사림士林 사람이다. 어려서부터 조부에게 한
문을 배웠다. 1921년에 대북제일중학교臺北第一中學에 입학하였고 1924년부터
『대만민보臺灣民報』에 「달빛아래月下」, 「광림光臨」, 「황혼의 사탕수수밭黃昏的蔗園」, 「츄
쥐의 반평생秋菊的半生」 등 인도주의적 색채가 짙은 사실주의 소설들을 발표하기
시작하였다. 1925년에 쟝멍비江夢筆와 함께 첫 번째 대만 백화문白話文 문학잡지
『인인ㅅㅅ』을 창간하였다. 1926년에 일본으로 건너가 예과에 편입하였고 1928
년에 문화학원 문학부 창작과에 입학하여 가와바타 야스나리川端康成, 기쿠치 칸
菊池寬 등 작가들의 강의를 들으면서 영국 작가 토마스 하디Thomas Hardy를 연구
주제로 한 졸업논문을 제출하여 1931년에 졸업하였다.

일본 유학 시기 도쿄대만청년회東京臺灣青年會, 사회과학연구부社會科學研究部가
인솔하는 민족운동에 가담하였다. 1933년에 대만으로 돌아와 일본인을 위해
일하지 않는다는 소신을 갖고 자택에서 남명사南明史, 대만사臺灣史를 연구하면서
관련 논문들을 『애서愛書』, 『대만일일신보臺灣日日新報』 등에 투고하였다. 1934년에
니시카와 미츠루西川滿의 『마조媽祖』 잡지에 참여하고, 1939년에는 대만시인협회
의 발기에 참여하였다. 1941년부터 1945년까지 일본어로 『문예대만』, 『대만예
술』, 『대만시보』, 『대만문예』 등 잡지에 스무 편이 넘는 시, 평론, 수필 등 작품

들을 잇달아 발표하였다. 1943년에서 시집『산하山河』를 출판하면서 시인의 지위를 굳히게 되었다. 그 사이 대만문예가협회臺灣文藝家協會, 대만문학봉공회臺灣文學奉公會, 일본문학보국회日本文學報國會 시부회詩部會, 전시사상위원회時思想委員會 등 단체에서 이사, 위원 등을 역임하였다. 1941년에『민속대만民俗臺灣』잡지가 창간되자 민속연구 관련 소논문을 여러 편 발표하면서 '대만연구'의 중요성을 피력하고 나섰는데 카나세키 타케오金関丈夫, 다테이시 테츠오미立石鐵臣, 이케다 토시오池田敏雄 등이 본지에서 많은 활약을 보였다. 이러한 경력은 1951년에『대만풍물臺灣風物』잡지를 창립하는 데 기초를 닦아 주었다. 1943년 8월에는 제2회대동아문학자대회第二回大東亞文學者大會에 파견되었다.

전쟁 후에는 대만문화의 재건에 힘쓰면서『민보』의 사론주필과 문예란 편집장,『대만문화』편집팀 팀장, 성편역관省編譯館 대만연구팀 주임,『내외요문內外要聞』편집장 등을 역임하면서 간혹 글을 발표하여 시국을 논하기도 하였다. 1946년에 대만성 행정장관공서行政長官公署의 참의參議로 임명됨과 동시에 대만성 편역관 대만연구팀 주임으로 임명되었다. 2·28사변 후 편역관이 철거되면서 역사, 민속 연구에 전념하여『공론보公論報』잡지의 대만풍토 전문란의 주요 기고자로 활약하다가 대만대학 역사계에 임용되어 1991년까지 재직하였다. 교편을 잡고나서부터는 문학계와 점차 멀어지고 오히려 점차 사학가로 이름을 알렸다. 교단에서는 남명사 연구에 전념하고 학원의 대만사 과정을 새로이 개설하는 동시에 장기적으로 민간의 대만문학사 연구를 협조하였다.

양원핑은 사학가이면서 시인으로서 언문과 백화문, 일본어를 자유자재로 구사하고 있으며 라이허賴和 등과 함께 대만신문학운동의 선구자로서 대만연구 영역의 개척자로서 혁혁한 공헌이 있다.

린루이밍(林瑞明)

양쿠이

楊逵, 1906~1985

소설가, 편집자. 본명은 양구이楊貴. 대남臺南 신화新化 사람이다. 1924년 대남 주립제2중학교를 중퇴하고 도쿄로 건너가 그 이듬해 니혼대학 전문학부 문화예술과 야간학부에 입학하였다. 재학시 마르크스의 『자본론』에 심취하여 정치운동과 노동운동에 적극적이었다. 1926년 사사키 타카마루佐佐木孝丸의 집에서 연극연구회에 참가한 것을 계기로 많은 일본 작가들과 친분을 맺게 된다.

1927년 조선인들의 항일집회를 지원하던 중 처음으로 체포되었다. 1927년 9월 학업을 포기하고 대만으로 귀국하여 대만문화협회에 가입하며 농민조합운동에도 가담하였다. 1931년에 민남閩南 방언으로 마르스크주의 서적을 번역하였다. 1934년 10월 일본어 소설 「신문 배달 소년送報伕」이 『문학평론文學評論』 이등상일등상은 공석을 수상함으로써 일본 문단에서 처음으로 수상한 대만 작가가 되었다. 더불어 후펑胡風의 중문번역본이 게재됨으로써 최초로 중국에 소개된 대만 신문학 작가가 되었다. 1934년에 『대만문예』 일본어판 편집자로 입사하였으나 1935년 12월에 『대만신문학臺灣新文學』을 새로이 창간하였다. 1937년 6월 마지막 한 부를 출판하고 도쿄로 건너가 함께 대만신문학을 발표한 협력자를 찾고자 하였으나 7·7사변으로 인해 일본 정부가 견제한 탓에 계획은 수포로 돌아가고 말았다.

대만으로 돌아온 지 얼마 지나지 않아 뉴타 하루히코入田春彦의 지원을 받아 수양농원을 꾸렸다. 1938년 5월 뉴타가 자살로 생을 마감하자 그의 유물인『대루쉰전집大魯迅全集』을 대신 보관하였다. 1943년부터『삼국연의』를 개편한『삼국지 모노가다리三國志物語』네 권을 잇달아 발행하였다. 그해 가을 러시아 원작을 개편한『포효하라 중국이여!怒吼吧! 中國』를 일본어로 연출하고 1944년 12월에는 대본을 공식 출판하였다.

제2차 세계대전 후『일양주보-陽週報』에 쑨원孫文의 사상과 삼민주의三民主義를 소개하였고 중국에서 대만으로 건너온 왕스샹王思翔과 함께 잡지『문화교류文化交流』를 창간하였으며 중일 대조본『중국문예총서中國文藝叢書』를 기획하여 중국과 대만의 문화교류에 이바지하기도 하였다. 1976년에는 녹도綠島에 구금되었던 시기의 소설「봄볕을 어이 막으리春光關不住」가「꺾이지 않는 장미꽃壓不扁的玫瑰花」이라는 제목으로 바뀌어 국민중학교 국문國文 교과서에 수록되었다. 이로써 일제 치하의 기성 작가들 중 교과서에 작품이 수록된 첫 사람이 되었다.

1982년 미국 아이오와대학의 '국제작가작업실' 초청으로 미국으로 건너갔다가 돌아오는 길에 일본에 다시 들르게 되었다. 전쟁 이전에는 일본어가 주요 창작수단이었고 전후에는 대부분 중국어를 사용하였으며 간혹 민난閩南 방언을 사용한 작품을 선보이기도 하였다.

소설가로 많이 알려져 있으나 희극, 시가, 수필, 평론, 번역에 걸쳐 다양한 장르를 섭렵하였다. 그의 작품은 대부분『양쿠이전집楊逵全集』에 수록되었다. 자칭 '인도주의 사회주의자'로서 사실주의 수법으로 불공정한 사회현상을 비판하였고 자유, 평등, 부의 평등한 분배 등 이념을 추구하였다. 양쿠이는 대만문학사상 가장 대표적인 좌익작가이다.

황후이전(黃惠禎)

양화

楊華, 1906~1936(일설로는 1907년생이라고도 한다)

    시인, 소설가. 본명은 양셴다楊顯達이고 자는 징팅敬亭이다. 필명으로는 치런器人, 양치런楊器人, 양화楊華, 양화楊花가 있다. 대북臺北에서 태어나 병동屛東으로 옮겨 살았다. 가세가 곤궁하고 어려서부터 허약하여 병치레가 잦았지만 독학으로 학문을 쌓아갔다. 서당을 열어 생계를 꾸렸으나 일본 당국의 압박과 병약한 신체로 인해 처자식에게 부담을 줄 수 없다 판단한 그는 1936년에 자살로 생을 마감하여 '박명시인薄命詩人'이라 불린다.

    양화는 중문으로 창작을 하였는데 재치가 넘치고 글이 우아하며 새로운 멋이 있을 뿐만 아니라 문언시舊詩에도 능하고 소설 창작도 범상치 않았다. 그의 작품은 소시小詩가 대부분을 차지한다.

    1926년에 신주청년회新竹靑年會에서는 『대만민보』를 통해 백화시를 모집하였는데 양화가 「소시小詩」와 「등광燈光」으로 각각 2등, 7등에 입상하여 대만신문학계에서 두각을 드러내기 시작하였다. 그러나 1927년에 치안유지법을 위반했다는 혐의로 체포되어 수감 중 「흑조집黑潮集」 53수를 창작하고 나서 소식이 끊겼다가 1932년부터 1935년 사이 다시 176수의 시, 「심현집心絃集」 52수, 「새벽빛晨光集」 59수 그리고 두 편의 소설 「한 노동자의 죽음一個勞働者的死」, 「박명薄命」을 창작하였다.

    양화의 소시는 일본 하이쿠俳句와 타고르의 영향을 받아 청아하고 담백하며 재치가 넘치고 유머러스하지만 어세語氣나 비유면에서는 중국 작가 셰빙신謝冰心, 량쭝다이梁宗岱의 영향도 많이 받았다. 후세들에게 추앙을 받고 있는 「흑조집」은 작가가 타계하고 나서야 발표되었는데 사물에 감정을 기탁하는 수법으로 자연 경물을 통해 그 시대와 사회에 대한 부득이한 정서를 표출하였고 당시 정권의 고압적인 정책을 규탄하였다.

대표적인 장시長詩로는 「여공비곡女工悲曲」을 꼽을 수 있는데 부드럽고 은근한 기법으로 착취에 찌든 여공들의 암담한 인생을 그려내어 보는 이들의 심금을 울렸다. 근래에 평론계에서는 양화의 시작에 대하여 모방이나 표절의 의혹을 제기하였는데 이 작품에 대해서도 여러 가지 논의가 있다. 그러나 「여공비곡」을 자오잉썬趙影深의 「여사공곡女絲工曲」과 비교해보면 「여사공곡」은 희극적 색채가 농후하지만 양화의 시는 노동자들의 생활을 사실적으로 묘사하였는데 작품이 보다 세련되었다.

양화의 작품은 비록 시작이 대부분이지만 빈곤과 병약한 탓에 이른 나이에 요절하지만 않았어도 그의 재능이라면 분명히 우수한 소설가로 성장할 수 있었을 것이다. 1934년에 발표한 첫 번째 소설 「한 노동자의 죽음」은 노동자 스쥔師君이 자본가의 착취 속에서 죽음으로 나아가는 비극을 그렸는데 인물과 내용 면에서는 유형화類型化와 형식화公式化에 치우치고 있다고 볼 수 있다.

후에 발표한 「박명」은 대만의 전통적인 농촌 사회에서 '어린 신부媳婦仔'가 마주한 비극적인 운명을 묘사함으로써 당시에 성행하던 양녀養女, 민며느리童養媳 문제를 들추고 있는데 한편으로는 지식인의 무기력하고 실행력이 부족한 모습도 엿볼 수도 있다. 「박명」은 그 전의 작품과는 수개월의 시간 차이밖에 나지 않지만 예술 성취 면에서는 현저한 수준 차이를 보인다. 이 작품은 후에 후펑胡風의 『산령－조선대만단편집山靈－朝鮮臺灣短篇集』상해문화출판사(上海文化出版社), 1936

에 수록되어 중국에 처음으로 소개된 일제 치하의 대만소설이 되었다. 「한 노
동자의 죽음」은 『대만선봉臺灣先鋒』에도 전재轉載되어 식민지 시기 대만 노동자의
암울한 삶을 펼쳐 보였다.

쉬쥔야(許俊雅)

황춘청

黃春成, 1906~?

잡지 편집인 및 발행인. 본명은 황판완黃潘萬이고 필명으로는 톈난天南, 춘청春丞, 춘청邨城이 있다. 대만 대북臺北 출신이고 1925년 상해지지대학上海持志大學 중문과 입학하여 1926년 겨울 가정사로 대만에 돌아갔다.

1927년 7월, 렌야탕連雅堂과 대북시 타이헤이쵸 산쪼메太平町三丁目에서 아당서국雅堂書局을 창립하고, 일본어 서적은 팔지 않는 것을 고수하였다. 렌야탕과 장위셴張維賢은 중국에서 각종 서적을 선정하는 일을 담당하였고, 황춘청은 재무 관리와 서기직을 겸하였다. 1929년, 아당서국은 불황으로 문을 닫게 되었고, 같은 해에 황춘청은 따로 삼춘서국三春書局을 창립했으나, 1930년 가을에 역시 폐업하였다.

1931년 봄, 중국 제남濟南, 요성聊城, 남경南京 등 각지를 여행하며 각종 고서를 수집하였다. 대만에 돌아가서 예룽쭝葉榮鍾, 궈츄성郭秋生과 함께 잡지를 창간하였고, 1932년 1월에는 『남음南音』 창간호를 발행하였다. 황춘청은 사회운동 조직에 참여하지 않았고, 한문적 소양을 지니고 있던 대만 내 일본 문인과의 잦은 왕래로 정부 당국의 엄격한 검열을 피할 수 있었기에 잡지 편집 및 발행인으로 추대되었다. 잡지사도 황춘청 집에 설립하게 되었다. 제4, 5기 발행 후 경찰들의 방문이 잦아져, 의사였던 황춘청 아버지의 진료소 경영에 영향을 미치게 되었고, 『대만臺灣신민신문』이 일간지로 바뀌면서 『남음南音』의 존재 필요성이 더 이상 없는 것으로 판단하여, 편집장직을 사임하게 되었다. 제7기 이후 편집 및 발행인이 장싱젠張星建으로 바뀌면서 잡지사는 대중臺中으로 이전하여 발행업무를 하게 되었다.

1932년 9월, 『남음』이 발행 금지된 후, 만주국滿洲國에 가서 일을 하게 되고, 1932년 10월부터 1933년까지 입법원 제3과장을 역임하였다. 전쟁 후 대만 문헌을 보완하고 편찬하는 일에 주력하였으며, 1958년 12월 『대북시 지고8·문화지·명승고적편臺北市志稿八·文化志·名勝古蹟篇』을 편찬하였고, 1966년까지 『대만문헌』에 자신의 글을 계속 발표해왔다. 황춘청은 고문古文에 능하여 본인 "고고학에 뜻이 있으며 대만어문을 제창하는 것이 실로 바라는 바가 아니었다志於考古, 提倡臺灣話文, 實非所望"라고 밝힌 바가 있었다. 그가 『남음』에 발표한 작품은 고서의 검열 교정과 소개 위주였다. 신구문학에 대해 "먼저 구문학을 읽으면서 기초를 세운 다음에 신문학에 착수해야 한다"고 주장하였고, 당시 대만 시문학계의 진실성이 결여된 현상에 대해서도 비판하였다.

1931년 황춘청은 중국을 두루 다닌 견문을 「도화참관한적기渡華參觀漢籍記」와 「민월시찰기閩粵視察記」로 기록하여 『대만신민신문』에 발표하였다. 전쟁 후 저술한 『일제 치하 시기의 중문 서국日據時期之中文書局』은 일제 치하에 서적 검열 제도가 중문 서적 시장에 미친 영향 및 서적이 중국을 전전하여 대만으로 유입되는 과정을 기록한 것으로 중요한 문헌으로 여겨지고 있다.

신페이칭(辛佩青)

린커푸

林克夫, 1907~?

시인, 소설가, 평론가. 필명은 쿵이지孔乙己, HT생HT生이며 대만 대북臺北 출신이다. 1931년 향토문학논쟁에 참가했고 1933년 대만문예협회에 참여했으며 『선발부대先發部隊』, 『제일선第一線』의 시가 편집을 담당했고 1935년 대만문예연맹 북부위원을 역임했다. 중문창작을 중심으로 하여 소설 「아즈阿枝의 이야기」는 인쇄공의 비참한 이야기를 서술했고, 시가 「폭죽의 폭발」은 자본가가 직원들을 온갖 고통을 겪게 하는 것을 비판했다. 이 외에 소설 「츄쥐秋菊의 고백」, 시가 「실업의 시대」, 「햇빛 아래의 깃발」, 문학비평 「향토문학의 검토」, 「전설의 취재 및 묘사의 여러 문제」 등을 창작했다.

그는 1935년 대만전도全島문예대회와 1942년 「문학논쟁상의 사명」이라는 글에서 전통 문언을 강렬히 반대했고, 사회주의 사실기법을 많이 사용하여 자본주의 강압 아래 가난한 대중의 고통스러운 삶을 묘사하고, 가치 있는 작품을 창작해야 한다고 주장하였다. 린커푸는 대만어문 및 향토문학논쟁 중에 중국 백화문 창작을 주장하는 대표자 중의 하나로 대표 논문은 「향토문학 대만어문에 대한 철저한 반대」 등이 있다. 이 외에 민간문학에 관심을 보였던 그는 민간문학은 환경, 사회경제구조와 긴밀한 관계가 있다고 주장했다.

웡성펑(翁聖峰)

쉬나이창

許乃昌, 1907~1975

문예평론가, 정치운동가, 신문 잡지 편집자 등. 대만 장화彰化 출신으로 필명은 슈후秀湖, 슈후성秀湖生, 쉬슈후許秀湖, 모윈沫雲이다. 1922년(보다 더 일찍이라는 주장도 있음) 남경기남학교南京暨南學校에 입학하고 1923년 상해대학 사회학과 입학했으며 1924년에 소련에서 유학하고 1925년 니혼대학에 입학하였다. 상해 유학 시절 상해대만청년회上海臺灣青年會, 상해대만인대회上海臺灣人大會 제창에 참여했고 대만인과 조선인으로 구성된 평사平社, 대한동지회를 조직했다. 1924년 천두슈陳獨秀의 추천으로 중국인의 신분으로 소련에서 공부하게 되었는데, 이는 대만인이 소련에서 유학한 첫 사례가 되었다.

1925년 일본 유학 기간 중 상해에 가서 대만학생연합회 제창에 참여했으며, 다음 해 도쿄에서 대만신문화학회를 조직했다. 1927년 도쿄대만청년회에서 투쟁을 시작하고, 좌경조직인 사회과학연구부를 설립했으며, 후에 사회과학연구회로 독립시키고, 그 후로 대만학술연구회로 이름을 바꾸어 1929년 1월까지 연구회 활동에 참여했다.

1930년경 가의嘉義에 정착하여, 대만신민신문사 가의 지사의 운영 업무를 맡았다. 1922년 말 그는 중국 『민국일보·각오부간民國日報·覺悟副刊』에서 「예술담─표현주의Expressionismus의 견해」라는 글을 발표했으며 대만인이 독일 현대주의를 소개하는 최초의 글이었을 것이다. 1923년에 발표한 「유럽 전쟁 후의 중국 사상계歐戰後の中國思想界」,「중국신문학운동의 과거, 장래와 미래」,「대만의회와 무산계급 해방臺灣議會と無産階級解放」 등에서는 처음으로 중국 5·4운동 후의 사상계 및 혁명의 새로운 형국을 대만에 소개했다. 1926년부터 1927년까지, 천펑위안陳逢源과 함께 중국개혁논쟁을 펼쳤고, 문화협회가 분열되기 전 대만 좌경과 우경사상 대립 본격화의 징조를 지적하기도 하였다.

그는 사회사상 및 문예사조 쪽에서 모두 최초로 대만에 신사조 및 신동향을 소개한 사상 계몽의 선구자라고 할 수 있다. 전쟁 후에 대만문화협진회 창설에도 많은 기여를 했다.

바이춘옌(白春燕)

쉬쿤취안

徐坤泉, 1907~1954

신문 편집자, 소설가, 기자, 중국어 작가. 팽호澎湖 망안望安 출신이고 필명
으로 아큐의 동생阿Q之弟, 라오쉬老徐가 있다. 1918년에 고웅 기진高雄 旗津으로 거처
를 옮기고, 천시루陳錫如의 유홍헌서방留鴻軒書房에 들어가 기진음사旗津吟社에 가입
하였다. 1927년 대북臺北으로 거처를 옮기고, 후에 하문廈門의 영화英華서원, 홍콩
의 발수拔粹서원에서 공부하였다.

1934년 상해 세인트존스대학을 졸업한 후 『대만신민신문』 상해 지사
의 해외 통신원으로 근무했고, 일본과 동남아 일대를 왕래하며 사업을 했다.
1935년 필리핀에서 대북 총사 인쇄국으로 동원된지 얼마 되지 않아 학예부 기
자직을 인계 받고, 학예란 편집 작업을 맡게 되었다. 1937년 4월 총독부에서
중국어란을 폐지하면서, 상해에 가서 개인 발전을 모색하고 또 호남 장사湖南 長
沙로 가서 호표영안당虎標永安堂의 관리 책임을 담당하였다.

국민당 정부에게 간첩으로 의심 받아 중일전쟁 후 사임하였으나, 다시
대만에 돌아와서는 중국간첩으로 의심을 받아 체포당한 적이 있었다. 1937년
10월부터 『풍월보風月報』 제55기부터 77기까지의 편집을 맡았고, 1938년 말 편
집직을 우만사吳漫沙에게 넘기고 해외 경영에 몰두하며 상해, 홍콩, 화남華南 등
지를 자주 왕래하였다. 1946년 8·15대만독립사건에 말려들어 대만 경비사령
부에 체포되었으나 무죄로 석방되고 북투北投에서 문사각여관文士閣旅館을 경영하

게 되었다. 1950년 말에 대만성 문헌위원회에 초청을 받아 랴오한천廖漢臣, 장원환張文環과 함께『대만성통지고臺灣省通志稿』학예지 문학편을 편찬하였으나, 불행히도 금지당했다. 1951년『문헌전간』에「대만조기문학사화」를 발표하고, 1954년 간암으로 생을 마감했다.

1935년부터「귀여운 원수」,「암초」,「영육지도靈肉之道」등 세 편의 한문 장편소설이『대만신민신문』에 연재되고 이 신문의 '도도습령島都拾零'란에 수필도 발표되면서 많은 인기를 얻었다.「귀여운 원수」는 연재 기간에도 많은 호평을 받았고, 1936년『대만신민신문』출판사에서 단행본으로 출판된 후 1939, 1942년에 재판되어, 1938년에는 대만 대성大成영화회사에서 장원환張文環이 일본어판을 출간하여 영화로 찍으려다가 결과 없이 끝나게 되었다. 이는 일제시대 대만에서 가장 인기 있던 대중臺中 소설이었다. 그는 해외에 나가서 사업을 하는 동안에도 계속 대만에 투고하였는데,『풍월보風月報』1941년 7월『남방』으로 명칭 바꿈에 연재한 소설「신맹모」1937~1943, 총 33회, 미완와「중국예인 롼링위阮玲玉 애사」1938~1939 그리고 많은 수필, 소품문, 시 등이 있다.

예스타오葉石濤는 그를 '대만의 장헌수이張恨水'라 불렀다. 그의 소설 속 장면은 도쿄, 상해, 천주泉州, 하문, 싱가포르, 홍콩 등에 두루 걸쳐 있다. 문체는 장쯔핑張資平 등의 연애 소설의 특색을 활용하면서 식민지의 다양한 가치관을 잘 표현해 내었다. 소설에서 보여준 유교적 부녀자 도덕관, 기독교 정신, 일화친선日華親善, 동아시아 공영론, 아시아먼로주의 등의 관념은 그 당시 경험이 풍부한 대만의 일부 상인들의 적극적인 해외 개척 욕망 및 보수적인 윤리도덕 추세를 드러내고 있다.

장위징(張籲璟)

우신룽

吳新榮, 1907~1967

    시인, 의사. 호는 전잉震瀛이다. 대남臺南 장군將軍향에서 태어났다. 1925년 부터 1927년 사이 일본 오카야마岡山의 카나가와중학교金川中學를 다니다가 1928년에 도쿄의학전문학교東京醫學專門學校에 입학하였다. 의학을 공부하는 동안 도쿄 대만 사람들의 좌익단체인 「도쿄대만청년회東京臺灣青年會」와 「도쿄대만학술연구회東京臺灣學術研究會」에 가입하였는데 1929년에 4·16대검거사건四一六大檢擧으로 투옥되었다. 1932년에 의전을 졸업하고 대만으로 돌아와 숙부 우빙딩吳丙丁이 개설한 가리의원佳裏醫院을 인수하여 경영하였다.

    우신룽의 문학창작은 1930년부터 1940년까지가 전성기였는데 궈수이탄郭水潭, 쉬칭지徐清吉, 린칭원林清文, 쫭페이추莊培初, 린팡녠林芳年, 왕덩산王登山 등과 함께 염분지대鹽分地帶에서 맹활약하는 시인이었다. 대표작으로는 「고향과 봄 축제生れ裏と春の祭」, 「마음을 훔친 자心の盗人」, 「혼란기의 종말混亂期の終末」, 「자화상自畫像」 등 시 작품이 있고 산문 「죽은 아내의 기록亡妻記」, 평론 「거리와 친구町と仲間」 등이 있다. 전쟁 후 적극적으로 정치활동에 참여하였는데 1947년에 2·28사변처리위원회 북문北門구 지부주석위원支會主席委員직을 역임하였는데 이로 인해 백 일 동안 구속되었다.

    1950년대에는 대남 지방의 문학사고찰文史考察을 추진시켰는데 1952년에 대남현 문헌위원회文獻委員會가 성립되면서 위원 겸 편찬팀 팀장으로 초빙을 받게 되었다. 1953년에 『남영문헌南瀛文獻』이 창간되자 편집장을 담당하였다. 1954년에 리루李鹿사건에 연루되어 다시 4개월 동안 옥살이를 하였다. 1960년에 『대남현지고臺南縣志稿』 10권총 13책을 완성하였는데 1967년 임종 전에 편찬한 『남영문헌』 제12권 합간본총 18책과 더불어 남영학의 기초를 정립해 주었다. 작품집으로는 생전에 출판한 『전잉수상록震瀛隨想錄』1966 외에도 타계한 뒤 출판된 『전잉회억록震瀛回憶錄』1977, 『우신룽전집』1981 등이 있다.

『전잉회억록震瀛回憶錄』에서 우신룽은 자신의 문학 생애를 청년시기의 낭만주의 시기, 장년시기의 이상주의 시기와 노년시기의 현실주의 시기로 나누고 있다. 1943년 이전에 주로 창작한 일본어 시가와 단론短論은 낭만주의와 더불어 강렬한 현실 인식과 저항 정신을 보여주고 있는데 천팡밍陳芳明은 그를 일컬어 1930년대 대만 '좌익시학의 기수左翼詩學的旗手'라고 칭하였다. 1944년부터 전쟁이 끝날 때까지 점차 작품이 적어지다가 민속조사보고에 전념하였다. 1950년대에는 대남지방문학사臺南地方文史조사에 투신하였는데 낭만적이고 진보적이었던 시인으로부터 사회와 풍속 연구에 매진하는 민간역사가로 탈바꿈하였다. 우신룽은 대만의 대표적인 의사작가로서 해외의 대만민족운동에 참여하고 지방의 민주운동에 투신하였으며 작품 창작에 몰두하고 지방문사연구를 선도하는 등 파란만장한 일생을 지냈는데 이는 식민지 시대 지성인의 풍성한 내면을 보여주고 있다.

린페이룽(林佩蓉)

카와아이 사부로

川合三良, 1907~1970

소설가, 가수. 필명은 다치카와 미츠오立川三夫이다. 일본 오사카大阪에서 태어났다. 오카야마현립岡山縣立제2중학교, 제6고등학교를 졸업하고 교토제국대학京都帝國大學 국문과를 나왔다. 대학생 시기 좌익단체에 참여하였다가 체포되어 '전향轉向'을 약속하고 나서야 석방되었다. 1933년에 교토대학京都大學을 졸업하고 징집입대하여 간도에서 병역에 복무하다가 이듬해 만기 제대하였다. 1935년에 대북臺北으로 건너가 아버지, 형과 함께 '지천합명회사之川合名會社'를 경영하였다. 1937년에 재징집되어 중국 강소江蘇 전장戰場에 투입되었다가 부상을 입고 대만으로 돌아왔다.

1941년부터 1942년 사이 『대만문예臺灣文藝』에 여러 편의 소설을 발표하면서 주목을 받게 되었다. 1943년 또다시 임시 징집되어 대북臺北에서 전쟁이 끝날 때까지 병역에 복무하였다. 전쟁이 끝난 후 일본 오카야마岡山로 돌아가 산요여자고교山陽女子高校에서 국어교사를 담당하였다. 1949년에 처자식과 함께 친척에게 양자로 들어가 다카다高田로 성을 고치고 이듬해 효고兵庫로 이사하였다. 선후로 하마사카고교浜阪高校, 도요오카고교豊岡高校에서 교직 생활을 하면서 일본민주주의문학동맹의 타지마但馬 지부의 책임자로서 『타지마신문예但馬新文藝』를 발행하였다.

주요 작품은 소설로서 대만 일본사람들의 생활고 고뇌를 묘사하고 있는

데 자전적 색채가 농후하다. 「전학転校」, 「어떤 시기或る時期」, 「출생出生」, 「혼약婚約」 등 네 편의 소설은 제1회문예대만상第一屆文藝臺灣賞을 수상하였다. 앞의 세 작품의 주인공은 동일 인물로서 어린 시절 대만에서 성장한 일본 소년이 일본으로 돌아가 공부를 계속하지만 동포들의 기시를 받고, 성년이 되어 대만으로 다시 오지만 대만 사회에서도 고립되는 상황에 처한다. 그러다가 징집되어 중국의 전장에서 평생 지울 수 없는 상처를 남긴다.

예스타오葉石濤는 그의 작품을 분석하면서 일본침략전쟁에 대해 찬양하는 모습을 전혀 찾아볼 수 없고 전쟁 중의 대만의 일본사람들의 일상생활을 담담히 묘사하고 있지만 그 속에서 전쟁에 반대하는 메시지를 읽어낼 수 있다고 하면서 독특한 시각과 입장을 전달하고 있다고 지적하였다. 전쟁 후의 작품은 대개 일본의 식민지통치와 전쟁에 대한 반성이 주를 이루고 있다.

우이신(吳亦昕)

궈수이탄

郭水潭, 1908~1995

    시인. 필명은 궈첸츠郭千尺이다. 대남臺南 가리佳裏사람이다. 1916년 가리흥공학교佳裏興公學校, 현재 가흥국초등학교(佳興國小)에 제1기생으로 입학했다. 위쑤신與蘇新과 같은 반이었다. 1922년 가리흥공학교佳裏興公學校고등부에 제1기생으로 입학했다. 1924년부터 1927년까지 사숙私塾 '서향원書香院'에서 한문을 배웠다. 1930년부터 1932년까지 와세다대학早稻田大學 외생강의록外生講義錄에서 문학을 공부했다. 1925년 북문군역서무과北門郡役庶務課에 고용되었고 1929년 일문시사日文詩社 남명악단南溟樂園, 후에 남명예원(南溟藝園)으로 개명함에 가입하여 재능을 펼쳤다. 일본어로 창작하였으며 천치윈陳奇雲과 매우 친하게 지냈다. 1930년 아라타미新珠短歌會, あらたま에 가입하여 단카短歌 수업을 받았다.

    1935년 대만문예연맹 가리지부臺灣文藝聯盟佳裏支部를 발기하는 일에 함께 했다. 지부원들은 이때로부터 모두 염분鹽分지역동인으로 통칭되었다. 1937년부터 1943년 연고로 옥에 갇히기까지 지방 정계와 재계에서 맹활약하면서 한때는 북문군기수北門郡技手로 불리기도 했다. 전후 대북臺北으로 이사해 선후로 상업계과 정부기관에서 일하다가 1980년 대만구 야채수출업회사臺灣區蔬菜輸出業公會에서 퇴직했다. 1995년 향년 88세로 사망했다.

    궈수이탄은 '남명예원'의 등장으로부터 전쟁이 끝날 때까지 많은 일본어 신시, 단카, 소설, 평론 등을 발표하였는데 시로 유명해졌다. 그의 「관을 바라

보며 운 날向棺木慟哭棺に泣く日」은 롱잉쭝龍瑛宗으로부터 1939년 가장 감동적인 걸작이라고 평가받았다. 전후, 언어전환이 어려워 단카 창작 외에는 큰 업적을 남기지 못했다. 가리지부佳裏支部의 열성분자였던 그는 지부 성립선언 중 '염분지대鹽分地帶'라는 표현으로 문예의 지방성을 강조하였다. 그는 또 동인들을 이끌고 그에게 인색파라고 비난을 받은 풍차시사風車詩社와 다른 길을 걸었다.

그는 뤼허뤄呂赫若로부터 현실에 입각하여 시의 진실로 개인의 진실을 표현하면서 사람들의 진실한 생활을 잘 파악했다는 평가를 받았다. 장싱젠張星建은 그의 문학이 대만 신문학에 "화합人和, 장대함壯碩, 건강健康, 강인强韌"의 활력을 주입했다고 긍정하였다. 니시카와 미츠루西川滿는 그의「세기의 노래世紀之歌」를 읽고 그를 고토 다이지後藤大治, 우에세이 카나上清哉, 후지와라 센 사부로藤原泉三郎를 계승한 신예인생파新銳人生派 시인이라고 극찬했다. 궈수이탄은 일본 통치 시기의 대표적인 일문학시인이다. 일본인이 주최하는 시사, 단카사에 참여한 외에도 위다푸鬱達夫가 대만에 방문했을 때 문학에 대해 논의하였다. 또『오사카마이니치신문大阪每日新聞』에「모 남자의 수기某男人的手記或る男の手記」를 발표하여 가작상을 수상하였었고 이 신문 '남도문예란南島文藝欄'의 특별기고작가로 활동하기도 했다.

천위샤(陳瑜霞)

나카무라 치헤이
中村地平, 1908~1963

소설가. 본명은 오가와 지혜에治兵衛이고, 치혜이地平는 필명이다. 일본 미야자키현宮崎縣사람이다. 대북臺北고등학교를 졸업한 뒤 1930년 도쿄제국대학東京帝國大學 미술사학과에 들어가 공부하였다. 고등학교 시절 동인잡지『발자국足跡』을 발행했으며 또 츠무라 히데오津村秀夫 등과 함께 동인잡지『네 사람四人』을 창립했다. 도쿄제국대학東京帝國大學시절 이부세 마스지井伏鱒二를 스승으로 모시고 배웠으며 다자이 오사무太宰治 등 작가들과 교제하였다. 1932년 1월,『작품作品』에「열대류의 종지熱帶柳の種子」를 발표하면서 문단의 주목을 받았다.

1933년 도쿄제국대학을 졸업하고 1년 뒤에 도신문사都新聞社에 들어가 문화기자생활을 약 2년 반 동안 하다가 니혼대학 예술부 강사가 되었다. 이 시기에 일본낭만파에 가입하여「들쥐 우두머리도 실패할 수 있다土竜どんもぼっくり」1937를 발표하였다. 이 작품으로 향토적인 색채와 낭만적인 풍격을 동시에 개척했다.「남방우신南方郵信」1938에 이르면 창작기교는 한층 더 노련해진다. 전시에 그는 육군보도원陸軍報導員의 신분으로 말레이시아반도에 약 1년간 체류하였다. 전후에는『일향일일신문日向日日新聞』의 편집총무를 맡았으며 또 미야자키현宮崎縣 도서관 관장직을 10년 동안 담당했다. 그 뒤로는 가업을 계승하여 미야자키 상호相互은행 사장이 되었다. 1963년에 심장마비로 사망했다.

나카무라는 사토 하루오佐藤春夫의 소설「여계선기담女誡扇綺譚」의 영향을 받아 대만에 온 뒤 대북고등학교를 다녔다. 처녀작 「열대류의 종지熱帶柳の種子」는 대만을 무대로 한 그의 남방 낭만작품 중에서 선구적인 작품이다. '자무사사건自霧社事件'에서 소재를 얻어서 1939년 12월에 발표된 「무중번시霧中番社」와 1874년의 '목단사사건牡丹社事件'을 배경으로, 대만 호촌恆春 현지에서 소재를 얻은 장편소설 『장이국표류기長耳國漂流記』1940.10~1941.6는 모두 대만, 일본 역사와 식민통치의 중대한 사건들을 개편한 것이다. 1946년 묵수서방墨水書房에서 출판한 『대만소설집』은 전쟁 전 '남방서사南方書寫'의 대표작으로서 그로 하여금 사토 하루오佐藤春夫를 계승하는 남국낭만계보南國浪漫系譜 대표작가로서의 지위를 굳힐 수 있게 하였다. 전후 그의 문장풍격은 현실에 대한 응시로 전환하는데 강렬한 사소설私小說의 경향을 보인다.

1971년 개미사皆美社에서 『나카무라 치헤이 전집』전 3권을 출판하였고 1997년 광맥사礦脈社에서 『나카무라 치헤이 소설집』을 출판했다. 나카무라 치헤이 『대만소설집』1941과 오오시카 타쿠大鹿卓의 「야만인野蠻人」1936 모두 사토 하루오佐藤春夫의 낭만주의로 원주민 서사의 미학적 요소들을 구축하는 방식을 답습하여 일본인 남성작가 원주민서사의 전통으로 되었다. 나카무라와 마스기 시즈에真杉靜枝의 연애는 문단의 주목을 받았는데 실제로 두 사람 사이에는 문학적인 교류가 더욱 많았다. 이들은 대만부호符號의 중요한 연역자演繹者들이다. 마스기 시즈에의 「대만징벌전쟁과 번녀 오타이征台戰と蕃女オタイ」와 나카무라 치헤이의 『장이국표류기長耳國漂流記』의 창작시간은 거의 겹친다. 두 작품에는 모두 목단사牡丹社사건으로 일본군 포로가 되어 일본으로 보내져 교육을 받는 원주민 여성 '오타이'가 등장한다. 두 작가가 오타이형상 창조에서 보여준 차이는 두 작가가 깊이 있는 문학적 교류를 했으며 또 젠더와 정치에 대한 상징 기호 응용에 있어서의 차이를 보여 주기도 한다.

우페이전(吳佩珍)

니시카와 미츠루

西川滿, 1908~1999

시인, 소설가, 도서장정가. 필명은 구이구즈鬼穀子, 류스미劉氏密 등 23개가 있다. 일본 후쿠오카현福岡県 아이즈와카마쓰會津若松시 사람이다. 2세 때 아버지 니시카와 준西川純을 따라 대만에 왔으며 대북臺北에서 초등학교와 중학교교육을 받았다. 1928년 와세다대학早稲田大學 제2고등학원에 들어가 공부하였다. 1930년 와세다대학 법문과에 입학하였고 1934년 4월 대만일일신보臺灣日日新報사에서 문예판 주편직을 담당하면서 『애서愛書』 주편도 겸직하였다. 선후로 잡지 『마조媽祖』1934.9, 『대만풍토기臺灣風土記』1939.2, 『화려도華麗島』1939.12 등을 창간하였다.

1939년 9월 대만시인협회를 설립하였다가 1940년 1월 대만문예가협회로 명칭을 바꾸고 『문예대만文藝臺灣』 잡지를 창간하였다. 1942년 4월 대만일일신문사를 그만두고 10월 제1회 대동아문학자대회第一回大東亞文學者大會에 참석하였다. 1943년 4월 문학보국회 대만지부 이사장직을 담당하였고 1944년 문학봉공회본부 전시사상문화회위원을 지냈다. 일본이 패전한 뒤 대만문화의 최고 지도자이자 책임자인 그는 총독부 정보과의 전쟁범 명단리스트에 올랐다.

주요 작품으로는 소설집 『이화부인梨花夫人』1940, 『적흠기赤崁記』1942, 『대만종관철도臺灣縱貫鉄道』1943~1944 연재. 1979 출판, 시집 『마조제媽祖祭』1935, 『화려한 섬 송가華麗島頌歌』1940, 『하나의 결의一つの決意』1943, 그 외에 또 수필, 편저와 번역작품이 있다. 1943년 『적흠기赤崁記』로 대만총독부 대만문화상을 받았다.

롼페이나阮斐娜는 니시카와 미츠루의 초기소설과 시가 창작은 프랑스 문학의 낭만주의 신비한 풍격과 대만 민남어閩南語 어휘와 민속종교, 중국한시문학의 전통 등을 결합하여 동양주의시각과 젠더 함의가 담긴 화려한 복고적인 환상세계를 구축하였다고 평가하였다.롼페이나(阮斐娜) 1942·1943년 사실주의수법으로 전쟁기 "다양한 형식의 미"를 보여주었는데 대만 역사 소재를 일본제국의 남방건설사로 전환시켰다. 전기 작품은 프랑스 신비주의와 대만민속종교를 결합하였다. 1946년 일본으로 돌아간 뒤 대만이나 중국 소재로 지속적으로 소설창작을 하였고 '천후회天後會'를 세우고 마조종교媽祖宗教와 문화활동에 종사하였다.

주후이주(朱惠足)

쑤웨이슝

蘇維熊, 1908~1968

주편이자 교수이다. 대만 신죽新竹 사람이다. 1917년 신죽공학교新竹公學校에 입학하였다가 신죽순상고등소학교新竹尋常高等小學校로 전학하였다. 1928년 대북臺北고등학교에 진학하였고 1931년 도쿄제국대학 문학부 영문과에 입학하였다. 1933년 웨이상춘魏上春, 장원환張文環, 왕바이위안王白淵, 우쿤황吳坤煌, 우융푸巫永福 등 사람들과 함께 '대만예술연구회臺灣藝術研究會'를 조직하여 발기하고 순수문학지 『복이마사福爾摩沙フォルモサ』를 발행하였는데 주편 겸 발행인으로 천거되어 발행사를 썼다.

1935년 대만으로 돌아온 뒤 도쿄에서 문화활동을 진행한 연고로 통치당국의 주목을 받아 대학교에 들어가 강의를 하는 길이 막히자 회사에 취직하였고 일본이 전쟁에서 패하는 날까지 문화활동에 종사하지 못했다. 전후에 대만대학 외국문학학과에 들어가 교수생활을 시작하였고 영미문학연구와 셰익스피어 및 영시선독 등 과목을 개설하고 강의하였다.

1947년 주편이 되어 동화서국東華書局중일대조『중국문예총서中國文藝叢書』총4집을 출판하였는데 제1집은 양쿠이楊逵가 번역한 노신의『아Q정전阿Q正傳』, 제2집은 양쿠이가 번역한 마오둔茅盾의『큰 코 이야기大鼻子的故事』, 제3집은 양쿠이가 번역한 위다푸鬱達夫의『진눈깨비가 흩날리던 아침微雪的早晨』, 제4집은 양쿠이가 번역한 쩡전둬鄭振鐸의『황공후의 최후黃公俊的最後』이다. 본토의 시 동아리 '립쏜'

에 가입하였고 동시에 우쮜류吳濁流의『대만문예臺灣文藝』, 바이셴융白先勇의『현대
문학』에 영미시가 연구논문을 발표하였다. 1968년 병으로 사망할 때까지 연
구와 교학에 정진하였다. 1967년에『영시음률학英詩韻律學』을 출판하였는데 이는
전후 대만 최초의 영시음률 연구저서 중의 하나이다.

리원칭(李文卿)

양츠창

楊熾昌, 1908~1994

    시인, 소설가. 대만 대난臺南 사람. 필명으로는 수이인핑水蔭萍, 웨이저푸梶哲夫가 있다. 1922년 죽원심상竹園尋常초등학교를 졸업하고 대남臺南제2중학교에 입학하였으며 1930년에는 일본으로 건너가 도쿄문화학원에 편입하였다가 이듬해 대만으로 돌아와 통신 교육으로 학업을 마쳤다. 양츠창의 재일 기간은 마침 일본에서 신흥예술파新興藝術派가 양산되던 시기로서 신감각파인 이와토우 유키오岩藤雪夫, 류탄지 유龍膽寺雄 등을 만나 그들의 영향하에 모더니즘 경향의 일본어 시가를 창작하게 되었다. 대만으로 돌아와서도 붓을 멈추지 않고 일본의 『고베시인神戶詩人』, 『시학詩學』, 『시노기椎之木』 등 잡지에 투고를 이어갔다.

    1933년에는 린용슈林永修, 리장루이李張瑞, 장량뎬張良典, 토다 후사코戶田房子, 키시 레이코岸麗子, 나오카지 텟베이尙梶鐵平 등과 함께 '풍차시사風車詩社'를 만들고 기관지인 『풍차風車』를 발행하였는데 4기까지만 출판되었다. 『풍차』의 시들은 상징주의 기법의 모더니즘 풍격이 주를 이루었다. 양츠창은 『풍차』 외에도 『대남신보臺南新報』, 『대만일일신보臺灣日日新報』, 『문예대만文藝臺灣』 등 잡지에 작품을 발표하였다. 1937년에는 「장미의 피부薔薇的皮膚」로 『대만일일신보臺灣日日新報』의 소설부문 일등상을 수상하면서 1939년에 니시카와 미츠루西川滿가 이끄는 '대만시인협회臺灣詩人協會'에 가입하였다.

    양츠창의 본업은 편집자, 신문기자였으나 일찍 『대남신보臺南新報』 학예란의 편집 내무를 대리하던 중 작가들과 교류하게 되었는데 이때 시사를 만들 생각을 하게 되었다. 1935년에 『대만일일신보』에 입사하였으며 주요 업무는 사회 신문 쪽이었다. 전쟁이 끝난 후에도 『대만신생보臺灣新生報』 기자직을 계속 하였으나 1947년의 2·28사변을 보도한 뒤로 "강도와 내통通匪"한다는 모함을 받아 국민당 정부에 체포되어 반 년 투옥하게 되었고 그 후로는 작품 발표가 극히 드물어졌다.

그의 주요 시집으로는 『열대어熱帶魚』1930와 『수란樹蘭』1932이 있으나 모두 유실되어 버렸다. 전쟁 후 출판한 『타오르는 얼굴燃燒的臉頰』1979에는 1933년부터 1939년까지의 작품들이 수록되어 있다. 이외에도 평론집 『램프의 생각洋燈的思惟』1937과 소설집 『장미의 피부』1938, 산문집 『종이고기紙魚』1985 등이 있다. 양츠 창은 일제 치하의 모더니즘 문학을 대표하는 시인으로서 그의 작품은 프랑스 초현실주의의 '초현실 영역의 묘사', 상징주의의 '순수시' 개념, 일본의 모더니 즘 시인 하루야마 유키오春山行夫와 니시와키 준자부로西脇順三郎의 '상상력'과 '이 성主知'에 관한 문학실천 그리고 탐미주의 등을 다양하게 받아들여 자신만의 독특한 '이성적 초현실주의主知的超現實主義'를 개척하였다.

린진리(林巾力)

왕스랑

王詩琅, 1908~1984

소설가, 문사연구사. 필명은 왕진쟝王錦江, 이강一剛이고 대북臺北 맹갑艋岬 출신이다. 유년 시절에 수재였던 왕차이푸王采甫의 서당에서 전통 한학 교육을 받고 1918년 노송공학교老松公學校에 입학하여 1923년에 졸업했다. 후에 친구와 함께 여학회勵學會 모임을 만들어 서로 독려하면서 학문을 연마하였다. 1923년 일본 무정부주의자 오스기 사카에大杉榮가 학살을 당했다는 소식을 듣고 자극을 받은 왕스랑은 도쿄 서점 주인을 통해 무정부주의 관련 도서와 잡지를 얻고 점점 좌경적인 사상을 갖게 되고 일본 신감각파와 프로문학, 중국 1930년대의 문학을 널리 수용하면서 문학 창작의 토대를 마련하였다.

1927년 2월에 가입하던 대만흑색청년연맹臺灣黑色青年聯盟 조직이 조사받게 되면서 징역 1년 6개월을 선고 받았다. 1935년 이후 주로 중국어로『제일선第一線』,『대만문예』,『대만신문학』등 잡지에 시, 논평과 소설 작품을 발표하였다. 1937년 중일전쟁이 발발한 후, 장웨이셴張維賢과 함께 상해로 떠나 일본 육군 특무부 홍보반特務部宣撫班에서 근무하고 이듬해 광주廣州 신迅신문사에서 편집직을 맡았으며 1941년부터 겸직으로 통신사, 신문사, 영화사를 전전하다가 1946년에 대만으로 돌아갔다.

전후 민보民報 편집인, 중국국민당 성당부省黨部 간사, 대만통신사 편집장을 역임하고 1947년에는 대만 민속 문헌과 문학사 정리 작업에 착수했다. 1948

년에 초청에 응해 대북시 문헌위원회의 준비 작업에 참여해『대북시지^志』,『대북문헌』 관련 업무를 담당하면서 편집장으로『대북문물』도 편찬하였다. 1955년 대북시 문헌위원회 업무를 그만두고 아동문학에 전력하여『학우』,『대중^{臺中}의 벗』 등 잡지 편집장을 역임하였다. 1975년부터『대만총독부 경찰 연혁지』 제1장1988년 대만사회운동사로 출판의 번역을 시작했다.

1980년대에는 국가문학상, 염분지대 대만신문학특별상, 제2회 대만미국기금회 인문과학상 등을 연이어 수상하고 1984년 11월 질병으로 삶을 마감했다. 왕스랑의 작품은 소설, 아동문학, 민담, 대만민속, 역사 저술 등이 있고 전쟁 전의 대표작으로「밤비」,「몰락」,「사거리」,「청춘」,「늙은 양반^{老孃頭}」 등 소설이 있으며 사회주의운동 패배자들의 심리 상태를 도시 지식인의 관점에서 다루면서 대만 좌익운동에 대한 관찰과 반성을 드러냈다. 한편, 전후에 발표된 소설「사기길에서의 사별^{沙基路上的永別}」은 전쟁 시기에 그의 광주^{廣州} 경험을 바탕으로 했다. 1979년 장량쩌^{張良澤}가 편찬한『왕스랑 전집』 11권이 덕형실^{德馨室}에서 발행되었다.

천링양(陳令洋)

천치원

陳奇雲, 1908~1940

시인. 대만 팽호澎湖사람이다. 1921년 팽호청마궁공학교澎湖廳媽宮公學校 군수장郡守獎졸업, 그해 대남臺南사범학교에 합격하였으나 가정사로 인해 학교에 다닐 수 없었다. 같은 해, 고웅주망안공학교高雄州望安公學校에 들어가 대리교사가 된다. 1926년부터 1928년에 이르는 동안 공학교公學校 을종乙種 부교원准敎員, 부교도주임, 을종학부정교원자격을 취득하였다. 일본어로 창작하면서 1929년 9월부터 일본어 신시 잡지인 『남명낙원南溟樂園』에 시를 발표하기 시작하였다. 1930년 5월 아라타 마미新珠短歌會 · あらたま에 가입하여 단카短歌 지도를 받았다. 같은 해 6월 감찰관과의 마찰 및 연애사건으로 공학교 부교도주임 직위가 면직되었다. 11월에 시집 『열류熱流』를 발표하였다.

1931년에 결혼하여 대북으로 갔으며 선후로 대북시 역소위생과役所衛生課, 철도부 등에서 근무했다. 1935년 『대만』이라는 일본어단카집 편집에 참여했다. 1936년 보통문관필기시험에 통과되었다. 1939년 철도부 경리과經理課 용품과用品科에 채용되었다. 1940년 5월에 『대만예술臺灣藝術』 가단歌壇 평선인選評者이라는 역할을 담당하였다. 그해 6월 심장마비로 34세에 세상을 떠났다.

천치원의 창작은 주로 신시와 단카가 위주이다. 시집 『열류』는 대만 시단에서 명성을 떨쳤지만 그 후로는 일본 고전단카 연구에만 몰두하여 더는 신시를 창작하지 않았다. 그의 단카 작품도 크게 명성을 떨침으로써 선가총평원

選歌總評員 자격을 지닌 소수의 대만작가 중 한 명이 되었다. 『열류』는 마치 용감하게 나아가는 조류마냥 때로는 강하게 때로는 철학적으로, 때로는 소곤소곤 박해에 대해 항변했고, 사랑, 혈육 간의 정, 계절 변화에 대해 낭만적인 토로를 하였다. 장단이 같지 않고 짧은 것은 3행, 긴 것은 140행에 달하기도 한다. "심장이 뛰고, 혈액의 온도, 분개"와 같은 그의 시구들이 보여 주듯이 불필요한 수식이 없이 무위의 진심을 반영했다.

　　대만 첫 번째 일본어 시집인 『열류』는 1930년대 대만작가들이 이미 일본인작가들과 경쟁할 수 있는 실력을 갖추었음을 보여준다. 궈수이탄郭水潭은 천치원의 돌연적인 사망을 당시 문단의 가장 큰 손실이라고 했다. 천치원은 남명예원南溟藝園 시기 염분鹽分지역의 작가인 궈수이탄郭水潭, 쉬칭지徐淸吉 등과 함께 신시에 대해 연구했다. 대북으로 이주한 후로는 룽잉쭝龍瑛宗과 가깝게 지냈다. 그의 주요한 성과는 단카에 있으며 이를 통해 대만에 이름을 알렸고 도쿄 적벽음사赤壁吟社에서 주최한 '배인서전시회俳人畵展覽會', 『신만엽집新萬葉集』에 입선되기도 했다. 기타 작품들도 당시의 『대만』, 『가단신보歌壇新報』 등 단카 간행물에 분산 게재되었다.

천위샤(陳瑜霞)

천휘취안

陳火泉, 1908~1999

    소설가, 산문가. 필명은 TK성TK生, 칭난성靑楠生, 가오산칭난高山靑楠, 칭난산런靑楠山人, 천칭난陳靑楠, 산츠퉁즈三尺童子, 가오판스高凡石이다. 대만 장화彰化 사람이다. 1914년 녹항문개서당鹿港文開書塾에서 3년 동안 한학漢學교육을 받고 1918년부터 녹항제2공학교, 녹항제1공학교 고등과에서 공부하다가 1925년에 대북주립공업학교臺北州立工業學校 응용화학학과에 들어가 공부하였다. 1930년 공업학교의 추천으로 대만제뇌製腦주식회사에 취직하였으나 4년 후 회사가 해산되면서 자리를 옮겨 대만총독부 전임직원이 되었다. 1940년 증류장뇌蒸餾樟腦의 화전식 부뚜막火旋灶을 발명하여 '일본 전국 산업기술전사 창현대회全日本産業技術戰士彰顯大會'의 표창을 받았다.

    1941년에 자발적으로 성씨를 바꾸었으나 일본사람은 신분상승이 안 된다는 것을 알게 되고 격분하여 장편소설 「길道」을 창작하였는데 1943년에 『문예대만』에 실리면서 이름을 날리기 시작했다. 1945년에 이르기까지 전쟁예찬, 국책에 호응하는 각종 문학작품을 자주 발표하였다. 전후 대만성 전매국기좌專賣局技佐, 건설청장뇌국建設廳樟腦局, 임무국林務局등에서 일했다. 독학으로 중문학을 공부하고 일본어와 중국어로 평생 동안 꾸준히 많은 작품을 창작하였다.

    천휘취안은 문자로 내심 세계와 자아를 잘 표현하고 바깥 세계를 훌륭히 묘사하였다. 그의 사실주의 수법은 전쟁 전 양쿠이楊逵의 미발표 원고에서 극찬을 받았다. 전후 그의 작품은 소설, 산문, 방송극본, TV극본 등 유형이 다양하다. 일본통치 시기 천휘취안은 『전매통신專売通信』, 『대만의 전매臺灣の專売』, 『문예대만』, 『대만문예』, 『대만신보청년판臺灣新報靑年版』 등 잡지에 「뇌요순시소감腦療巡視所感」, 「하이쿠와 좌우명俳句和座右銘」, 「길」, 「장선생張先生」 등 작품을 발표하였다. 그중 「길」은 니시카와 미츠루西川滿와 하마다 하야오濱田隼雄로부터 황민문학의 전범이라는 극찬을 받았으며 그가 문단에서 활약하게 된 중요한 대표작으로 되었다.

1943년 12월, 타치야 타로우田彌太郎가 장정하고 삽화를 그리고 오오사와 테이키치大澤貞吉가 서언을 쓰고 일본시인 이케다 카츠미池田克己가 추천서를 쓴 단행본 소설 『길』을 출판하였는데 전후에 혹독한 비판을 받았다. 천휘취안은 평생 동안 창작에 적극적이었고 문장으로 후대들을 적극적인 인생을 살아갈 수 있도록 고무격려하였다. 황더스黃得時는 일본 '백화파白樺派' 작가 무사 쇼로 아츠시小路實篤와 매우 비슷한 점이 많다고 하면서 천휘취안을 '인파 속의 격려자이며 조타수'라고 평가했다.

천차이치(陳采琪)

츄춘광

邱淳洸, 1908~1989

시인이며 서예가이다. 본명은 츄먀오챵邱森鏘이고 호는 친촨琴川이며 대만 장화彰化사람이다. 대중臺中사범학교를 졸업하고 일본국학원국문학강좌日本國學院 國文學講座를 졸업했다. 장화에서는 전미田尾, 육풍陸豐직을, 해남도海南島에서는 감은感恩, 신기新街직을 맡았었다. 장화, 계주溪洲 등 공公학교와 국민학교의 교사로도 지냈으며 나중에는 대중도행국교臺中篤行國校 교장을 지냈다.

일본어로 창작하였는데 일제통치 시기 발표한 시 작품들은 대부분『화려도華麗島』,『시간詩刊』,『대만예술』과『대만문예』등 잡지에 실렸다. 전쟁 전의 시 작품들은 일본어 단카短歌, 하이쿠俳句와 신시新詩가 위주이다. 전후에는 중국 구체시舊體詩와 신시 창작에 종사하면서 또 서화書畵예술의 교육과 보급에 전념하였다. 일제통치 시기에 쓴 시집으로는『화석의 련化石の戀』1938과『비애의 해후悲哀的邂逅悲哀の邂逅』1939가 있다. 전후에는『십 년 이삭을 줍다十年拾穗』1955,『금천시집琴川詩集』1977 등 저작을 남겼다.

츄춘광의 시풍은 감상적이며 유미적인 경향이 있다. 작품은 사랑을 묘사하거나 사계절을 읊은 것들이 많다. 천첸우陳千武는『화석의 련』은 매우 귀엽고 정교한 소곡집小曲集이고『비애의 해후』는 낭만적인 의미가 농후한 시편이라고 평가했다.

츄춘광은 전쟁 전에는 대만시인협회의 기관지인『화려도』에 시 작품을 투고했었고 전후에는 서예에 진력했다. 일본서예원書藝院의 심사원으로 지내기도 했으며 대일서예국제회의台日書法國際會議 제1, 3기 대표를 지내기도 했다.

린진리(林巾力)

나카야마 유우

中山侑, 1909~1959

시인, 극작가, 문예평론가, 언론인. 필명은 녹자목룡鹿子木龍, 지마육평志馬陸平, 경산춘부京山春夫 등이다. 대만 대북臺北에서 출생했다. 부모들은 일본식민통치 초기에 대만에 왔으며 나카야마는 대북에서 태어나 성장했다. 즉 소위 말하는 '만생灣生, 대만에서 출생한 일본인'이다. 대북1중臺北一中을 졸업했다.

중학교 시기부터 동인잡지『배룡선扒龍船』에 작품을 발표하였다. 그 이후 『수전과 자동차水田と自動車』,『빨간 중국옷赤い支那服』,『모던대만モダン臺灣』등 문예잡지를 잇달아 창설했다. 문예잡지를 꾸려나가는 한편 사마귀자리かまきり座, 남쪽의 소극장南の小劇場 등 극단도 조직했다. 1932년 일본으로 건너가 1년 반을 지내다가 대만으로 다시 돌아왔다. 1934년쯤『대만경찰시보臺灣警察時報』에서 편집기자로 근무하다가 1937년에 대만방송협회라디오TV방송국 문예부에 들어갔다. 1939년 대만시인협회 회원이 되었다. 이 단체의 구성원들은 대부분이 대만에 있는 일본사람들이어서 이듬해 대만문예가협회로 이름을 바꾸었다. 그는 이 협회에 참여하면서 기관지『문예대만』의 편집위원이 되었다.

푸케시 줌페이(鳳氣至純平)

린웨펑

林越峰, 1909~?

소설가, 평론가, 시인. 원명은 린하이청林海成이다. 대중臺中 풍원豐原 사람이다. 공학교 졸업, 소시적 한서방漢書房에 가입하였다가 풍원대중서점과 접촉하면서 대만문화협회, 연극연구사단 등에 가입하여 활동하면서 영화변사辯士 및 문학활동을 시작한다.

1933년 9월『대만신민보臺灣新民報』에「'대만향토문학건설의 형식적 추의芻議'에 대한 이의異議」라는 문장을 발표하여 병음拼音자모한자대체설을 반대하고 중국백화문을 주장한 동시에 그의 소설「최후의 함성最後的喊聲」을『대만신민보』에 연재하였다. 같은 해, 그는『신고신보新高新報』의 특약 기자로 활동하면서「신고新高논설─축첩蓄妾제도에 대하여」등과 같은 평론을 발표하였다. 1934년 5월 6일, 장선체張深切, 라이밍훙賴明弘 등과 함께 제1회 섬島전체문예대회를 발기하고 대만문예연맹을 성립하였다. 1년 뒤, 대만문예연맹이 분열된 후 양쿠이楊逵가 소속되어 있는 대만신문학사臺灣新文學社에 가입한다. 1937년 중일전쟁폭발로 신문학 창작은 정체된다. 1945년 이후 치원棄文을 따라 사업을 하면서도 '대만영업회사臺灣影業公司'의 대만영화〈애정십자로愛情十字路〉의 제작에 참여했다.

린웨펑의 창작은 소설, 시, 동화, 민간문학, 평론 등을 포괄한다. 주요 소설로는「최후의 함성」외에도「마지막 유언最後的遺囑」,「시집갔던 처녀嫁過後的處女」,「유병의 어머니油瓶的媽媽」,「도시로 가다到城市去」,「무제無題」,「달빛 아래의 정담月下

情話」, 「좋은 세월好年光」, 「빨간 무紅蘿蔔」 등이 있다. 린웨펑은 소설로 낡은 제도를 개혁하고 민족의식을 드높일 수 있기를 희망한다고 늘 말했었다. 그의 작품들은 대체로 이 핵심을 둘러싸고 탐색한 것이라고 할 수 있다. 예를 들면 「빨간 무」는 '동지' 간의 배반과 배신행위를 그려냄으로써 1930년대 대만사회운동 분열시기의 상황과 인성의 충돌을 보여 주었다.

천수룽(陳淑容)

우쿤황

吳坤煌, 1909~1989

시인, 평론가, 연극종사자. 필명으로는 우예성梧葉生, 기타무라 토시오北村敏夫, 위둥황성譽炯煌生이 있다. 대만 남투南投 사람이다. 1923년에 대중臺中사범대학에 입학하였으나 1929년 학생운동의 여파로 퇴학을 당하였다. 그 후 도쿄로 건너가 일본치과전문학교, 일본신학교, 니혼대학, 메이지대학明治大學을 다녔다.

1932년 8월에 왕바이위안王白淵, 린두이林兌 등과 함께 일본「프롤레타리아 문화연맹コップ」의 산하 조직인 '도쿄 대만인 문화동호회サークル'를 설립하려고 하였으나 단속을 피하지 못하고 학업도 중단하게 되었다. 1938년 대만으로 돌아오기 전까지 도쿄에 머물면서 전향轉向이라는 거대한 소용돌이 속에서도 좌익문화운동을 견지하였다.

1933년에는 장원환張文環, 우융푸巫永福 등 재일 유학생들과 대만 예술연구회를 조직하고 『포르모사フォルモサ』를 출판하였는데 이는 대만의 첫 번째 일본어 순문학 잡지였다. 1934년에는 대만문예연맹에 가입하였고 이듬해에는 도쿄지부의 설립을 주도하였으며 지부장을 맡아 대만의 문예계와 일본 문단 그리고 중국 좌익작가연맹 도쿄지부와의 교류를 추진하였다.

희극에서의 활동으로는 일본 프롤레타리아 희극연맹, 스키지소극장築地小劇場, 신교우극단新協劇團, 한국 삼일극장, 중화동학신극공연회中華同學新劇公演會 등에 참여하여 각본과 연출 작업을 한 경력이 있다. 1936년에는 좌익연맹 지부左聯

支盟의 신간 『탕ㅈ▷ㄴ』을 기획하다가 일본 정부의 제제로 인해 또다시 체포되었다. 석방된 후 대만으로 돌아 왔다가 1939년 중국으로 건너가 북평신민학원北平新民學院에서 교편을 잡기도 하였고 서주徐州, 상해로 거처를 옮기기도 하였다.

1934년부터 1936년까지 우쿤황은 많은 작품들을 쏟아내었는데 대표적인 시가 작품으로는 〈아오이군을 슬퍼하며悼晨在葵君〉, 〈새벽꿈曉夢〉, 〈어머니母親〉 등이 있다. 평론으로는 「대만의 향토문학을 논함論臺灣的鄕土文學」, 「현재의 대만 시단現在的臺灣詩壇」 등이 있는데 문예이론이 결핍하고 일본어 작품 속에 한문 문언문漢語舊調을 섞어 사용하는 등 문제를 지적하면서 자연주의와 민족적 색채가 다분한 대만 향토문학을 지향하는 풍토를 비판하면서 좌익문학의 관점을 드러냈다. 그는 대만의 『대만문예』에 투고하는 한편 일본의 좌익 시가, 희극 단체인 『시정신詩精神』, 『시인詩人』, 『데아토로ᄃ゙ᅡᄐロ』, 좌익연맹 도쿄지부인 『동류東流』, 『시가詩歌』의 동인들과 밀접히 왕래하면서 시가, 시평을 발표하기도 하였고 중국, 일본, 대만의 시가와 희극활동을 번역해서 소개하는 일에 종사하기도 하였다. 그가 이끌던 도쿄 지부의 활약상은 「대만문학 당면의 문제들 - 문련도쿄지부좌담회臺灣文學當前的諸問題-文聯東京支部座談會」 등 기록에서 확인할 수 있다.

우쿤황은 줄곧 대만문예운동의 추진과 국제 반파시즘운동의 동아시아 진영 문제를 함께 고민하였고 일본과 재일조선희극단체와의 합작을 도모하였으며 나아가 도쿄의 중국 좌익문화, 『만주국滿洲國』 작가들까지 합작의 범위를 넓혀갔다. 「도쿄 - 상하이회랑東京-上海走廊」을 통해 우쿤황은 일본, 중국, 조선, 대만을 넘나드는 좌익 문화운동의 네트워크 속에서 식민지 작가로서는 보기 드문 중요한 역할을 해내고 있었다.

류수친(柳書琴)

우시성

吳希聖, 1909~?

    소설가, 기자. 대북臺北 담수淡水 사람이다. 담수공학교淡水公學校를 다닌 것 외에는 알려진 바가 없다. 1933년 3월 대만예술연구회臺灣藝術研究會가 도쿄에서 창립되어 순문학잡지 『포르모사フォルモサ』를 발행하게 되었는데 우시성은 투고를 통해 잡지의 동인이 되었다. 그는 주로 일본어로 작품을 창작하였다. 1934년 대만문예연맹臺灣文藝聯盟이 성립되자 집행위원회 북부위원으로 선출되었다.

    1934년 6월에 『포르모사』 제3호에 일본어 단편소설 「돼지豚」를 발표하였는데 대만의 양돈농가 아산阿山 일가의 비참한 생활을 그려내어 대만 문학계에 강렬한 반향을 일으켰다. 이 소설은 1934년 12월에 양쿠이楊逵의 「신문배달부新聞配達夫」와 함께 대만문예연맹臺灣文藝聯盟에서 추천한 그해의 우수작품으로 선출되어 장려금도 받게 되었다. 리융츠李永熾가 중국어로 번역하여 『광복전대만문학전집 3－돼지光復前臺灣文學全集3－豚』대북현립문화중심, 1995에 수록하였다. 출세작 「돼지」 외에 일본어로 된 소설은 「리나의 일기麗娜の日記」『대만신민보』, 1933.1.20, 「걸식부부乞食夫妻」『대만문예』, 1934.12 두 편 밖에 없다. 그 외 보도문학 「인간 양자오쟈ー기념비적인 프로펠러人間·楊兆佳ー形見のプロペラー」『대만문예』, 1935.3가 있다.

    쉬원위須文蔚는 이 작품이 대만의 첫 번째 비행사 양칭시楊清溪의 항공 사고와 그 후원자 양자오쟈楊兆佳의 실제 이야기를 모티브로 하고 있고, 작가가 허구적 수법을 배제하고 있으며, 발표된 시기가 양쿠이楊逵의 「대만지진재해지구위

문답사기臺灣震災地慰問踏查記」『사회평론』, 1935.6보다 빠르기 때문에 대만문학사의 첫 번째 보도문학작품으로 보아야 한다고 주장하고 있다. 우시성은 본업이 기자로서 활약이 두드러진 작가가 아니고 내지일본로의 유학 경험도 전무한 데 반해 유모아적인 필치와 일본어 방언을 능란하게 운용하여 수준 높은 일본어 작품을 창작해 내었는데 그 풍격으로 보아 프로문학작가 다케다 링타로武田麟太郎의 영향을 많이 받았음을 알 수 있다. 「돼지」는 생동한 언어와 심각한 사회 묘사로 인해 대만문학사에서 극히 중요한 문학사적 위치를 차지하고 있다.

『속수담수진지續修淡水鎮志』의 기록에 의하면 중일전쟁 기간에 우시성은 중국으로 잠복해 가서 '대만의용대臺灣義勇隊'에 참가하였고 『강서일보江西日報』의 기자 돤수위段淑玉와 결혼해 자녀를 낳고 살았다고 전해진다. 전쟁 후 점차 문단을 멀리하고 선후로 대만 사탕공장, 신문 업계, 화남은행 등에서 일했다.

시모무라 사쿠지로(下村作次郎)

우톈상

吳天賞, 1909~1947

소설가, 시인, 문예평론가. 필명은 우위산吳鬱三이다. 대만 대중臺中 사람이다. 어머니의 성을 따랐는데 기독교 가문의 출신이다. 1923년부터 1928년 사이 제1기 대중사범학교 연습과 출신으로서 웡나오翁鬧, 우쿤황吳坤煌, 양싱팅楊杏庭, 장시칭張錫卿, 쟝찬린江燦琳 등과 동기 혹은 후배 사이인 동문들이다. 1932년에 도쿄로 건너가 성악을 공부하다가 그만두고 이듬해 아오야마학원青山學院 영문과로 진학하여 1937년에 졸업하였다. 도쿄에 머무는 동안 대만예술연구회臺灣藝術研究會, 대만문예연맹臺灣文藝聯盟 도쿄지부에 참가하면서 소설, 시, 수필을 발표하기도 하고 미술, 음악, 무용에 관한 평론을 발표하기도 하였다.

동생 천쉰런陳遜仁과 천쉰쟝陳遜章은 그의 영향 아래 문련文聯의 도쿄지부 좌담회에 출석하기도 하고 일본어로 시를 창작하기도 하였다. 대만으로 돌아와서는 점차 미술운동에 관심을 갖기 시작하였다. 1938년 부인과 딸을 데리고 도쿄를 여행하던 중 웡나오翁鬧 사건에 연루되어 두 동생과 함께 3주 동안 수감되기도 하였다. 1939년에 린셴탕林獻堂의 소개로 대만신민보사臺灣新民報社의 기자로 취직되었다. 그동안 양산랑楊三郎 화실에서 지내면서 천청보陳澄波, 옌수이룽顏水龍, 리스챠오李石樵 등 대양미술전람회台陽展 화가들과 긴밀히 왕래하였는데 이때부터 문예창작의 방향을 미술평론으로 전환하고 대만총독부 미술전람회臺灣総督府美術展覽會에 심사제도 개혁을 건의하기도 하였다.

우텐상의 미술 평론은 초기에는 예술의 유미주의를 중시했다면 후기에는 본토의 사실주의 기법을 중시하였다. 전쟁이 끝나고 1945년 10월에 『대만신생보臺灣新生報』의 대중 지사 주임으로 취임하였다. 1947년에 발발한 2·28사변으로 인해 도주하던 중 6월에 심장병으로 별세하였다. 중요한 작품으로는 소설 「용龍」, 「꽃망울蕾」, 「거미蜘蛛」, 「들종다리野雲雀」 등이 있고, 시 「얼굴顔」, 「찻집喫茶店」, 「사랑愛」 등이 있으며, 수필로는 「염분지대의 봄에 기탁하여塩分地帯の春に寄せて」가 있고, 미술 평론 「대만미술론臺灣美術論」이 있으며 음악 평론 「음악감상—향토방문음악회를 듣고나서音楽感傷－郷土訪問音楽演奏會を聴きて」가 있고, 무용 평론 「최승희의 무용の舞踊」이 있는데 모든 작품이 다 일본어로 창작되었다.

그의 소설은 새로운 시기 남녀 사이의 사랑을 섬세하게 묘사함으로써 개성해방과 같은 현대인의 심리를 엿볼 수 있게 하였다. 그의 작품은 농후한 서정적 색채로 인해 '예술을 위한 예술爲藝術而藝術'이라고 일컬어지면서 우신룽吳新榮, 궈수이탄郭水潭, 좡페이추莊培初, 뤼허뤄呂赫若 등 사람들의 비난을 사기도 했지만 사실 그는 여전히 인생과 예술을 동시에 관조하려는 『포르모사』의 '인생을 위한 예술爲人生的藝術' 노선을 엄수하였다.

우텐상은 우융푸巫永福, 웡나오翁鬧 등과 함께 1930년대 일본 신감각파의 영향을 받았고 1940년대에는 사실주의로 기울면서 표현주의를 제창하는 다테이시 데츠오미立石鐵臣와는 「대만미술론臺灣美術論」에 관한 논쟁을 벌이기도 했다. 우텐상은 왕바이위안王白淵과 더불어 일제 치하에서 문학창작과 미술평론 두 개의 장르를 동시에 넘나드는 소수의 지성인이었다.

궈즈광(郭誌光)

장원환

張文環, 1909~1978

소설가, 잡지사 편집자. 대만 가의嘉義 사람. 1927년 매자갱공학교梅仔坑公學校를 졸업하고 오카야마岡山로 건너가 중학교를 다녔으며 1930년 동양대학교 예과에 입학하였다. 1932년 좌익조직의 도쿄 대만 문화동호회에 가담하였으나 일제 경찰의 단속으로 인해 9월에 해산되고 말자 자퇴하고 문학을 독학하였다. 1933년에는 왕바이위안王白淵 등과 함께 대만 예술연구회를 발기하고『포르모사福爾摩沙』를 발간하였다. 1935년 초 대만문예연맹 도쿄지부를 성립하고 핵심인물로 활동하였다. 1935년『중앙공론中央公論』응모작이었던 소설「아버지의 얼굴父之顏」이 가작상을 받아 활발한 창작활동을 시작하게 되었다.

1938년 대만으로 돌아와 쉬쿤첸徐坤泉의 베스트셀러 소설『귀여운 원수可愛的仇人』대만신민보사(臺灣新民報社), 1936를 번역하기도 하고 대만영화주식회사에 재직하기도 하였으며 잠깐『풍월보風月報』일본어란의 편집을 맡기도 했었다. 1939년 말에는 니시카와 미츠루西川滿 등이 설립한 대만문예가협회에 가입하기도 하였으나 많이 참여하지 않았다.

1941년에는 나카야마 유우中山侑, 천이숭陳逸松 등과 함께 계문사啟文社를 설립하고『대만문학』을 발행하였는데 1943년 말까지 편집을 맡아 니시카와 미츠루西川滿가 편집장으로 있는『문예대만』과 선의의 경쟁을 이어갔다. 1941년 6월 그는 황민봉공회皇民奉公會 대북주臺北州 참의원으로 포섭되어 황민봉공회의 여러 직책을 두루 거치게 되었다. 1942년에는 도쿄에 파견되어 제1회 대동아문학자대회第一次大東亞文學者大會에 참가하였다. 1944년에는 황민신봉회 대중주臺中州 대둔군大屯郡 지부 무봉霧峰 분회에서 업무를 주관하였고 1945년에는 대중주 다리大裏 쇼장莊長직에 취임하였으며 이를 계기로 지방 정치무대에서 활약하게 되었다.

2·28사변 후 점차 공직에서 물러나 상업, 은행, 식당 등 사업에 뛰어들었다. 『대만문학』이 간행되던 시기는 장원환의 작품활동이 가장 활발하던 때로서 「예단의 집藝旦之家」, 「논어와 닭論語與雞」, 「올빼미 원숭이夜猿」, 「거세닭閹雞」, 「지방생활地方生活」, 「미아迷兒」 등 소설들이 쏟아져 나왔다. 그 중에서 「올빼미 원숭이夜猿」는 황민봉공회 대만문학상을 수상하였고 「거세닭」은 희극으로 개편되어 지금까지 널리 회자되고 있다.

1975년 문학유고의 형식으로 삼부곡을 창작하였는데 그중 첫 번째 곡인 『땅에 기는 것地に這うもの』은 도쿄에서 출판 후 입상하였고 이듬해 중국어 버전인 『곤지랑滾地郎』이 출판되었다. 1978년 심장마비로 사망하기까지 말년의 복귀작들은 향토 문학의 발전에 크게 이바지하였다. 장원환은 소박하고 진중한 사실주의 기법으로 산촌의 생활과 농민들의 성품을 생동하게 묘사하였는 바 예스타오葉石濤는 그의 소설이 식민지 사회의 '인간의 조건이 없는 사람'들에게마저 깊은 동정을 보내고 있다고 칭찬하고 있다. 장원환은 재일 기간 다케다 린타로武田麟太郎, 히라바야시 효고平林彪吾 등 일본 작가들뿐만 아니라 중국의 좌익연맹 도쿄지부 레이스위雷石楡 등 멤버들과의 다양한 교유를 맺으면서 대만, 일본, 중국 작가들 사이의 교류에 힘써왔다.

류수친(柳書琴)

차이츄퉁

蔡秋桐, 1909~1984

소설가, 시인. 필명은 차이처우둥蔡愁洞, 처우둥愁洞, 츄둥秋洞, 츄쿼秋闆, 처우퉁愁童, 쾅런예匡人也, 차이뤄예蔡落葉 등이 있다. 원림雲林 원장元長 사람이다. 공학교를 졸업하고 북항군北港郡 원장장元長莊 오괴료五塊寮에서 20년간 보정保正직을 지내면서 원장元長의 지역 정치, 사회와 문화 활동에 무척 적극적이었다. 그는 북항北港 지역의 대만문화협회에 참가했을 뿐만 아니라 대만 공산당 외곽단체인 적동호회원들과 함께 『효종曉鐘』을 발행하였다. 1934년 5월 6일, 대중臺中에서 적색구원회赤色救援會를 지원하기도 하였다. 1931년 12월에는 북항 지역의 문학칙하는 제1회전도문예대회第一回全島文藝大會에 참석하였고 대만 문예연맹의 남부위원직에 부임하였으며 『대만문예』, 『대만신문학』 등지에 작품을 발표하기도 하였다.

1937년 이후의 전쟁 기간에는 신문학 활동이 거의 정지되다시피 하였으나 그는 여전히 전통 시사인 포충음사褒忠吟社, 원장시학연구회元長詩學研究會 등에서 활동을 이어 나갔다. 1945년 일본이 패전하자 원장元長의 초대 향장 및 대남臺南의 초대 참의원으로 당선되었다. 1948년 10월에는 대남의회 시찰단에 참가하여 중국을 한 달간 고찰하기도 하였다. 1953년에는 '사실을 알고도 신고하지 않았다'는 죄명으로 3년간의 형을 선고받았으나 2년 복역하고 출옥하였다. 출옥한 후에는 다시 정치에 관여하지 않다가 1984년에 작고하였다.

차이츄퉁의 신문학 작품은 한문 소설이 위주였으며 1930년부터 19936년에 절정기를 맞이하였다. 그의 소설은 생동한 대만 언어를 사용하여 자기만의 독특한 스타일을 완성했다. 소설 「제군장의 비사帝君莊的秘史」, 「보정 백보正伯」, 「방시백성放屎百姓」, 「연좌連座」, 「유구필응有求必應」, 「새로운 슬픔新興的悲哀」, 「치癡」, 「이상향理想鄕」, 「매파媒婆」, 「왕야차王爺豬」, 「넉 냥의 땅뙈기四兩仔土」 등은 보정의 시각에서 관찰한 식민지 농촌의 통치자, 자본가 그리고 하층 농민들의 몸부림과 고뇌를 경험으로 하고 있으며, 1930년대 대만 농촌의 지역 정치의 다원화 상태를 펼쳐 보이고 있다. 차이츄퉁의 사실주의 기법은 소설, 신시, 민간 가요의 채록採錄에 이르기까지 대만 언어에 기반한 표현 방식에서 더욱 두드러진다. 차이츄퉁은 또한 보정의 시각으로 구사회를 비판하고 식민지 체제 하의 약소 군상의 슬픔, 상층 계급의 모순, 근대화의 아이러니와 반성하는 모습 등을 그려냈다. 그는 작품에서 속어, 비속어를 구사하면서 신랄한 풍자 기법으로 심각하고도 엄숙한 주제를 표현해 냈다.

천수룽(陳淑容)

하마다 하야오

濱田隼雄, 1909~1973

소설가. 필명은 덴룽佃龍 등이다. 일본 미야기 센다이宮城仙台사람이다. 센다이仙台제2중학교, 대북고등학교 문과을류臺北高等學校文科乙類, 동북제국대학 법문학부東北帝國大學法文學部를 졸업했다. 그 후 도쿄에서 『실업시대實業時代』의 특약기자로 활동하다가 1933년에 다시 대만으로 돌아와 여학교 교사가 되었다. 1927년 대북고등학교臺北高等學校 재학시절 대만 최초의 고등학생 순수문학동인지인 『발자국足跡』 발행에 참여하였다. 1940년 1월에 대만문예가협회에 가입하여 그 협회의 기관지인 『문예대만』을 중심으로 소설을 적극적으로 발표하였다. 「횡정지도巷弄之圖橫丁之圖」로 두각을 내타내기 시작하다가 대표작인 장편소설 『남방이민촌南方移民村』으로 대만문단에서 지위를 확립했다.

1942년 11월 니시카와 미츠루西川滿, 장원환張文環, 룽잉쭝龍瑛宗과 함께 명을 받고 대만작가를 대표하여 도쿄에서 열린 제1회 대동아문학자대회大東亞文學者大會에 참석했다. 1943년 2월 『남방이민촌南方移民村』으로 제1회 대만문학상을 수상했다. 그해 5월, 대북사범학교 교수로 임명되었다. 이듬해 11월 징집되어 입대했으며 12월 대만군사령부 보도부臺灣軍司令部報導部로 배속配屬되어 군부 선전사업에 종사하였다.

대만에 있는 동안 『남방이민촌南方移民村』, 『초창草創』, 『가래나무萩』 등 저작들을 썼다. 전후 1946년 일본 센다이仙로 송환된 후 고등학교에서 교직에 몸

담고 있으면서 문학활동을 계속하였다. 주로『동북문학東北文學』,『동북작가東北作家』,『산문散文』,『현대동북現代東北』,『센다이문학仙台文學』,『민주문학센다이民主文學仙台』,『신미야기新宮城新みやぎ』등 센다이의 신문과 잡지에 작품을 발표했다. 그의 작품은 소설 외에 다수의 수필과 평론도 있다. 주요 저작으로는 전쟁 전에 쓴 중편소설「횡정지도」, 장편소설『남방이민촌南方移民村』,『초창草創』, 및 전후의 평전「토미 노시자 링타로전富ノ澤麟太郎傳」, 연작「"센다이유신仙台維新"계열소설」,『모노가타리 미야기현민중의투쟁物語 宮城縣民のたたかい』이 있다. 하마다 하야오는 일본 통치 말기 대만문단의 중심인물인 니시카와 미즈루西川滿와 어깨를 나란히 할 수 있는 대표적인 일본인 작가이다. 그의 문학은 사회 관점에 입각하여 사실주의를 지향한 특징을 보인다는 것이 보편적인 견해이다. 또 장편소설가로서의 웅장한 구상과 탁월한 습작 능력을 보여 주었다.

하마다 하야오는 대만에 있는 동안에는 주로 대만에서의 일본사람들의 생활을 묘사하였으며 전후에는 매몰된 센다이 출신 작가들을 발굴하는 데 진력하였다. 그는 센다이 번차에도藩自江戶 중기로부터 에도 막부 말기번의 정치에 이르기까지의 혁신인물들의 여러 형상과 그 시대 농민이 발동한 혁신적인 에너지들을 작품화하여 미야지마현宮島縣 민중의 사회변혁투쟁사에 소중한 한 페이지를 남겼다.

마츠오 나오키후토시(松尾直太)

황더스

黃得時, 1909~1999

시인, 작가, 편집, 문학과 문화 연구자. 대북臺北 수린樹林 사람. 부친 황춘칭 黃純靑은 저명한 실업가이며 전통 시인이다. 어려서부터 서당을 다녔고 판교板橋 공학교 고등과高等科, 대북臺北 주립제2중학교를 졸업하였다. 1929년에 일본으로 건너가 와세다대학早稻田大學을 다녔으며 대만으로 돌아온 후 대북대학에 진학 하였다. 1933년에는 대북제국대학臺北帝國大學 문정학부文政學部 문학과에 입학하여 중국문학과 일본문학을 전공하였다. 재교 기간에 벌써 두각을 나타내기 시작 하였으며 「대만문학혁명론臺灣文學革命論」, 「대만의 향토문학에 대하여談談臺灣的鄕土文 學」, 「건곤대乾坤袋」 칼럼, 「중국 국민성과 문학의 특수성中國國民性與文學特殊性」 등 문장 을 『남음南音』, 『선발부대先發部隊』, 『대만문예』에 선후로 발표하였다.

1933년에는 랴오한천廖漢臣, 궈츄성郭秋生 등과 함께 대만문예협회臺灣文藝協會 를 설립하고 기관지인 『선발부대先發部隊』의 총무 편집을 맡았다. 1934년에 『대 만신민보』에 입사하여 『수호전』 세 권을 일본어로 번역해 5년에 걸쳐 연재하 였으나 전쟁 탓에 출판은 하지 못하였다. 1940년 니시카와 미츠루西川滿의 대만 문예작가협회에 가입하고 『문예대만』의 편집위원을 맡았다. 그러나 곧 1941 년에 탈퇴를 하고 장원환張文環, 왕징취안王井泉 등과 함께 계문사啟文社를 설립하고 『대만문학』을 발행했으며 이와 동시에 『흥남신문興南新聞』의 학예란도 책임지게 되었다.

황민화운동시기 중국어, 대만어로 된 중국역사 이야기와 희극 연출은 금지되었다. 황더스는 보존을 위해서는 "개선하여 금지를 해제改良以解禁"시킬 것을 촉구하였는 바 일본이야기를 인형극으로 각색하기도 하고, 대사에는 일상에서 쓰는 일본어를 섞어 쓰기도 하며, 인형극에서 중국과 일본의 무대 의상을 함께 입히고, 배경음악으로는 서양 음악과 축음기를 사용하는 등 노력을 아끼지 않았다.

1944년에 대만의 여러 신문사가 강제로 합병되어 『대만신보』가 새로이 창간되었고 황더스는 여전히 총무 편집을 역임하였다. 전쟁 후에는 『대만신생보臺灣新生報』로 다시 이름이 바뀌었고 여전히 부편집장을 역임하였으며 그해 대만대학의 초빙을 받아 출강을 하게 되었다. 1951년 대북시 문헌회文獻會의 위원으로 취임하였다. 1970년에는 노벨문학상 수상자 가와바타 야스나리川端康成가 대만을 방문해 '아시아작가회의亞洲作家會議'에 참석하였을 때 함께 일월담日月潭을 유람하기도 하였다. 1978년에는 국가회國科會, 국가과학위원회의 후스강좌교수胡適講座教授로 선발되기도 하였다. 1980년에는 대중臺中 중문학과에서 퇴임하고 대북 영사瀛社 부사장 직에 취임하였다. 황더스는 1998년에 개인과 부친 황춘칭黃純青이 소유한 도서 잡지, 친필 원고를 국립문화자산보관연구중심國立文化資産保存研究中心 준비처籌備處에 기증하고 이듬해인 1999년에 타계하였다.

황더스는 일생을 신문 사업과 교학, 연구에 헌신하였고 문헌 정리에 특히나 정성을 쏟았다. 그 외에도 작품 창작과 연구를 병행하였는데 한시, 신시, 소설, 수필을 창작하기도 하였고 아동 문학을 개편하기도 하였다. 연구에 있어서는 중국문화, 대만 문화, 향토 민속, 일본 한학, 대만/중일문화교류사 등 손대지 않은 곳이 없을 정도이며 중국어, 일본어로 된 방대한 저작들을 남겼다. 그는 중국어문학술기념휘장中國語文學術紀念章, 대만 제9회 문예종사자 영예상臺

灣區第九屆資深優良文藝工作者榮譽獎을 수상하였다. 2012년에 국가대만문학관國家臺灣文學館에서는 황더스의 저작, 친필 원고를 묶어『황더스 전집』11권을 출판하였다. 황더스는 대만 문학사를 체계화시킨 첫 인물로서 그가 집대성한 대만 문학작가들의 분류 방법은 지금까지도 그대로 사용되어 오고 있다.

장바오차이(江寶釵)

마츠이 도우로

松居桃樓, 1910~1994

    희극대가戱劇家, 극작가, 감독. 본명은 마츠이 도우타로松居桃多郞이다. 일본 도쿄사람이다. 와세다대학 정경학부早稻田大學政經學部를 졸업하였다. 희극 명문가 출신으로서 아버지 마츠이 쇼우요우松居松葉는 저명한 희극가戱劇家이면서 소설 가였는데, 마츠이 도우로는 아버지 덕분에 어릴 적부터 당시의 저명한 희극대 가들을 가까이에서 접할 수 있었다. 중학생 때 이미 문학과 희극 창작을 시작 하였는데 조모인 마츠이 츠루코松居鶴子의 시집을 편집, 출판하였고 성년이 되고 나서는 소년가부키운동少年歌伎運動에 심취하여 1940년에 가부키 배우 이치카와 사단지市川左團次의 전기를 편찬하기도 하였는데, 가부키와 신파극 같은 극장 예 술에 조예가 깊었으며 오사나이 가오루小山內薫의 연극 이념에 많은 계시를 받 기도 하였다.

    대동아전쟁이 발발한 뒤 대만총독부와 황민봉공회皇民奉公會 본부에서는 대만에 연극협회를 설립하려 일본의 전문가들에게 자문을 구하던 중 당시 마 츠타케회사松竹會社에서 편집, 감독과 기획을 책임지고 있던 마츠이를 중앙정보 부에서 발탁하게 되었다. 마츠이는 1942년 3월 하순에 대만으로 건너가 대만 연극협회의 주사主事직을 맡고 협회의 실질적인 책임자로서 되었으며 동시에 문학봉공회의 희극계 대표로서도 행사하게 되었다. 마츠이는 대만에서 지내 는 3년여 동안 「대만연극론臺灣演劇論」, 「대만연극사관臺灣演劇私觀」, 「연극과 위생演劇

與衛生演劇と衛生」,「제사와 연극祭典與演劇祭典と演劇」,「청년과 연극青年與演劇青年と演劇」 등 글들을 발표하여 대만을 중심으로 하는 대동아희극관大東亞戲劇觀을 수립할 것을 주장하였다.

그는 또한 극본을 창작하기도 하였는데 〈고우사섬의 배우들高砂島の俳優達〉은 대동아전쟁 기간의 대도정극장大稻埕劇場의 이야기를 기록하고 있고, 〈젊은 우리들若きもの我等〉은 교육적 색채가 짙은 향토극이며, 후지와라 요시에藤原義江의 가극단을 위해 〈니시우라의 신西浦の神〉을 창작하기도 하였다. 마야 마세이카眞山青果의 〈장군 되어 에도를 떠나다將軍江戶を離れる〉를 연출하였고, 치카마츠 몬자에몽近松門左衛門의 〈고쿠센야카츠센國姓爺合戰〉의 일부분과 〈사쿠라나라櫻花國〉를 연출하였다. 1943년 7월에는『흥남신문興南新聞』산하의 예능문화연구회에 참여하여 야기루우 이치로우八木隆一郎의 〈적도赤道〉를 상연시켰는데 다케우치 치이竹內治와 공동 연출을 맡았다. 이번 공연은 후생연극연구회를 자극하여 그해 9월 영락좌永樂座에서 〈거세닭閹雞〉 등 연극을 상연하는 계기가 되기도 하였다.

전쟁 기간에 일본인 희극인들이 주도한 대만 희극 활동은 극장에 활력을 불어넣지 못하였을 뿐만 아니라 얼마 지나지 않아 자취를 감추고 마는데 이는 여러 가지 역사적 현실들로 초래된 결과였다. 마츠이는 일본의 전문가 신분으로 대만에 건너와 전시의 희극통제기구의 대표로서 황민화운동시기의 대만 희극정책들을 실행하였다. 그는 황민화皇民鍊成운동에 맞춰 교육과정을 개설하고 극단을 훈련시켰으며 공연을 기획하고 지방에 내려가 연극 활동을 지도하였다. 마츠이는 도쿄 중심의 희극관을 반대하였는데 "황민화라고 함은 무엇이나 내지를 따라 하고 도쿄를 모방하는 것은 아니다. 대만은 우선 신문화를 창조하고 중앙일본을 계시하는 기개가 있어야만 한다"라고 지적하였다.

전쟁 후 마츠이는 일본으로 돌아가 얼마간 도호東寶에서 영화 기획에 종사하다가 점차 연극계에서 멀어져갔다. 그는 선후로 나라의 양식개발정책에 발맞추어 황무지를 개간하는가 하면 전쟁 후 터전을 잃은 하층 계급을 위해 구제부락을 설립하는 데 발벗고 나서서 '개미거리의 마츠이 선생蟻之街的松居先生'이라는 애칭을 얻게 되었다. 말년에 마츠이는 생명철학과 종교 연구에 몰두하였다.

츄쿤량(邱坤良)

웡나오

翁鬧, 1910~1940

　　시인, 소설가. 대만 장화彰化 사람. 대중 청무서보 관왕청장臺中廳武西堡關帝廳莊의 진씨 가문 넷째 아들로 태어났으나 다섯 살 때 장화의 웡翁씨 집안 양자로 입양되었다. 1923년에 대중臺中사범학교 제1기생으로 입학하였으며 1929년 졸업 후 원임員林, 전중田中에서 초등학교 교사직을 역임하였다. 1934년 도쿄로 건너가 학업을 이어간 듯 하나 재일 기간의 학력은 현재 확인이 되지 않고 있다.

　　시 「민물 해변에서淡水的海邊」가 『포르모사フォルモサ』 창간호에 실렸으며, 재일 기간에 『대만문예』, 『대만신문학』 등에 시, 소설, 번역시를 잇달아 발표하였다. 대만문예연맹 도쿄지부의 다과회와 좌담회에 참석하였다. 1935년 4월 발표한 수필 「도쿄 교외의 낭인 거리東京郊外浪人街」에서는 빈번한 이사로 인해 늘 공중에 떠 있는 듯한 느낌이지만, 도쿄 교외의 고원사高圓寺 역전 부근의 낭인 거리에서만큼은 안정감을 찾는 자신의 도쿄 생활을 그리고 있다.

　　1935년에는 소설 「어리석은 할아버지戇伯」가 일본 개조사改造社의 『문예』 잡지 제2회 현상공모전에서 가작佳作으로 입상하였다. 대중사범대학의 동창 양이저우楊逸舟는 그를 '준재俊才', '천재작가天才作家'라 추켜세웠고 류제劉捷와 에스타오葉石濤는 그를 '순문예 신감각파純文藝新感覺派', '소설 영역에서 신경향을 개척한 작가'라고 불렀다. 1940년에 타계하였으나 사인에 대해서는 의견이 분분하였다. 수상작품 「어리석은 할아버지戇伯」가 『대만문예』에 발표되었고 「가여운 아뤼아줌마可憐的阿蕊婆」,「뤄한쟈오羅漢腳, 대만에서 청나라 통치 시기부터 집도 마누라도 하는 일도 없는 중년의 남성을 일컫는 단어」와 더불어 대만 농촌과 고향 장화의 골목 소시민을 묘사한 대표작이 되었다. 「날 밝기 전의 사랑 이야기天亮前的愛情故事」는 독백 형식으로 현대 도시의 광기와 초조함을 펼쳐 보였는데 도시 남녀를 주인공으로 한 「잔설殘雪」과 더불어 대만 문학에서의 모더니즘을 담론할 때 제일 많이 인용되는 작품이 되었다.

장편소설 「골목이 있는 거리有港口的街市」는 『대만신민보』 학예란 편집인 황더스黃得時가 기획·연재한 「신예중편창작집新銳中篇創作集」 제1편의 첫 번째 작품으로서 1939년 7월 6일부터 연재되기 시작하였는데 국제 도시 고베神戶의 번화함과 암울함을 동시에 묘사하였다.

웡나오의 작품은 모두 능숙한 일본어로 창작되었는데 초기에 발표한 시 작품과 번역시에서는 일본어의 여러 문체에 능한 모습을 보여주었고 소설 「어리석은 할아버지」에서는 생동한 일본 방언까지 사용하고 있는데 이는 대만 문학작품 가운데서 매우 흔치 않은 경우였다. 도쿄에서 지내면서 그는 고원사高圓寺 부근에 살고 있던 니이 이타루新居格, 코마츠 키요시小松清, 우에후키 스스무上脇進 등 문예계 인사들을 널리 사귀었다. 웡나오는 자기가 창작한 작품 외에도 열 수의 번역시가 남겨져 있는데 아일랜드, 인도 시인의 영문시를 골라 번역한 것으로 보아 당시 휘몰아치던 민족운동에도 관심이 있었음을 짐작할 수 있다.

황위팅(黃毓婷)

쟝원예

江文也, 1910~1983

음악가, 시인. 본명은 쟝원빈江文彬이다. 대만 대북臺北 사람이다. 1932년 3월에 도쿄東京의 무사시노고등공업학교武藏野高等工業學校 전기기계과電氣機械科를 졸업하였다. 야마다 코우사쿠山田耕筰, 하시모토 쿠니히코橋本國彦, 다나카 규구사田中規矩士 등을 스승으로 모시고 음악 이론을 공부했었다.

1932년 3월에 가요제를 통해 일본 음악계에 진출하는데 1932년부터 1938년(1937년에는 잠시 중단) 사이 1회부터 6회에 이르는 전국가요제에서 세 번이나 당선되고 세 번이나 2등에 입상하였다. 1933년에 후리와라 요시에 가극단藤原義江歌劇團에서 바리톤을 맡아 가극 연출에 참여하였다. 1934년 4월, 대만에서 순회공연을 하던 중 피아노곡 〈성내의 밤城內夜〉을 완성하고 8월에 다시 대만으로 돌아와 양자오쟈楊肇嘉가 이끄는 향토방문음악단의 순회공연에 참가하였으며 9월 상순에는 '유럽과 아시아의 조화歐亞合聲'를 제창하는 러시아 음악가 치르핀A. N. Tcherepnin과 조우하여 동양의 민족적 색채를 서양 음악에 접목시키는 풍격에 눈을 뜨면서 9월 하순에 세 번이나 대만으로 돌아와 민요를 수집하였다.

1935년 5월, 『대만문예』에 「청년에게 드림青年に捧ぐ」이란 시를 발표하였다. 1936년 여름, 〈대만무곡臺灣舞曲〉원래의 피아노곡 〈성내의 밤(城內夜)〉을 관현악으로 개편한 것으로 제11회 베를린 올림픽운동회의 예술경기 음악부문에서 '등외가작等外佳作'4등으

로 입상하였다. 그해 겨울 장싱젠張星建의 주선으로 대중臺中에 돌아와 독창회를 개최하였다. 1938년 3월, 북경北京으로 건너가 장위쥔張我軍, 홍옌츄洪炎秋 등 동향들과 만나면서부터 1940년에 이르기까지 북평北平에 있는 '신민회新民會'의 회가會歌를 작곡해 주기도 하고 장선체張深切가 이끄는 『중국문예中國文藝』 잡지를 위해 기고하기도 하였다.

1938년 후부터 서양의 번잡한 창작기법 대신 쇤베르크A. Schoenberg의 무조성無調性과 중국의 5성음계五聲音階를 빌려 명상적이고 신비한 '법열경法悅境' 경지의 미니멀리즘 음악 풍격을 추구하였다. 1950년대부터 중앙음악학원의 작곡가 교수로 재직하였으나 1957년의 반우파운동으로 교직을 잃게 되었다. 1966년부터 문화대혁명으로 인해 창작활동이 거의 중단되었다. 누명을 벗은 후 1975년에는 예전에 수집해 두었던 대만 산노래山歌를 정리하여 관현악 성악곡으로 개편하였다. 1978년에 〈아리산노래阿裏山之歌〉를 창작하던 중 발병하여 반신불수로 지내다가 1983년에 북경에서 타계하였다.

장원예는 일본을 통해 서양의 현대철학, 미술, 문학자양분을 흡수하였고 보들레르Charles Baudelaire, 말라르메Stephane Mallarmé, 발레리Paul Valery 등 작가들을 사랑하였다. 고향 대만을 여행한 경험과 북경에 거주했던 체험들은 그의 시적 감성을 자극시켰는데 전쟁기간에 「북경명北京銘」1942, 「대동석불송大同石佛頌」1942, 「천단에 바치는 시賦天壇」1944 등 세 권의 시집을 출간하기도 하였다. 이외에도 류메이렌劉美蓮의 기술에 따르면 장원예는 『고시집古詩集』, 『북경추광보北京秋光譜』 등 일본어로 하이쿠俳句 창작을 하기도 했다고 전해진다. 왕더위王德威는 장원예를 선충원沈從文과 대등하게 평가하고 있는데 그들 모두 서사시적인 시대에서 서정적인 목소리를 내었고 문예의 현대성으로 이데올로기의 패권에 저항해 나섰다고 높이 평가했다.

장원예는 대만에서 태어나 일본에서 성장했고 중국에서 말년을 보냈으나 이러한 경력은 오히려 그의 신분을 모호하게 만들어 아시아 문화계의 고아로 만들어 버렸다. 그러나 그가 대만, 일본, 중국, 러시아와 서양의 영향을 받아 창작한 음악과 시가들은 정치적인 틈바구니 속에서도 여전히 찬란히 빛나고 있다.

귀즈광(郭誌光)

룽잉쭝

龍瑛宗, 1911~1999

소설가, 평론가, 편집자. 대만 신죽新竹 사람. 1926년 신죽 북포北埔공학교를 졸업하고 대만 상공학교商工學校에 진학하였으며 1930년에 졸업과 동시에 대만은행에 입사하였다. 1937년 4월에는 「파파야 마을植有木瓜樹的小鎮」이 일본『개조改造』잡지 제9회 현상공모전에서 가작으로 입선되어 일약 일본과 대만의 주목을 받게 되었다. 그해 6월 수상을 위해 도쿄로 향했고 그동안 중앙 문단과 교류 관계를 맺게 되었다. 중일전쟁이 발발하자 대만 문단은 크게 소침해졌다. 그러나 룽잉쭝은 여전히 활발하게 대만의 신문, 잡지 문예란에 작품을 발표하였다.

1940년대에 대만 문단이 다소 회복되자 그는 대만의 일본 작가 니시카와 미츠루西川滿가 주최하는『문예대만』의 동인들과 가까이 지내면서 일본 문예계의 대표적인 대만인 작가가 되었다. 1942년에는 대만일일신보사日日新報社에 입사하여『황민신문皇民新聞』의 편집을 맡았다. 그 후로도 도쿄에서 진행되는 제1차 대동아문학자대회第一次大東亞文學者大會에 파견되기도 하고 대만에 돌아와서는 문학봉공회文學奉公會 등이 주최하는 문예좌담회에 참석하기도 하였다.

1943년에는 소설집『도금양과 정원蓮霧的庭院』을 기획하였으나 출판이 금지되어 대신 평론집『고독한 두어孤獨的蠹魚』를 출판하였다. 일본이 패전한 후 1946년 2월에 남하하여 대남臺南에서『중화일보中華日報』일어판 편집을 담당하면서 평론집『여성을 묘사한다描寫女性』를 출판하였다.

1949년 후에는 다시 대북臺北은행 계통에 복귀하여 여기서 퇴직하였다. 퇴직 후에는 중·일 양국어로 창작을 계속하였으며 유일한 일본어 장편소설 『홍진紅塵』을 완성하였다. 룽잉쭝의 작품은 단편소설이 위주이며 식민지 시기 대만의 지식인과 여성을 작품의 소재로 많이 사용하였다. 전자를 소재로 한 작품들로는「황가黃家」,「초저녁달宵月」,「백색의 산맥白色的山脈」등이 있으며 후자를 소재로 한 작품들로는「석양夕影」,「남모르는 행복不爲人知的幸福」,「아낙네의 죽음村姑娘逝矣」,「헤이뉴黑妞」등이 있다. 작품들은 사실주의 기법을 사용하여 일제 말 대만 지식인들이 식민지 통치와 봉건 풍습, 전쟁 등으로 인해 방황하고 고뇌하는 모습을 그려내었으며 그와 동시에 대만 여성들의 비극적 운명에도 보다 깊은 연민과 관심을 나타냈다. 그의 문학은 심리 갈등에 대한 묘사가 탁월하며 모더니즘의 자아 성찰과 신감각파의 섬세하고도 유려한 감각을 동시에 지니고 있다.

예스타오葉石濤는 "룽잉쭝이 나타나서야 대만의 소설에는 현대인의 심리적인 좌절, 철학적인 고뇌 그리고 농후한 인도주의 정신 등이 그려지고 있다"며 극찬하였다. 일본인 작가들과의 교류 외에도 그는 조선의 일어 작가들인 장혁주張赫宙, 김사량金史良 등과 서신 왕래를 하기도 하였다. 룽잉쭝은 수상했을 당시 대만의 장혁주張赫宙라고 불리기도 했으며 1944년 장혁주가 대만을 방문했을 당시 출판에 도움을 주기도 하였다. 룽잉쭝은 김사량金史良과 더불어『문예수도』의 동인으로서 이 잡지를 무대 삼아 서로 교류를 나눴다.

왕후이전(王惠珍)

류제

劉捷, 1911~2004

　　문예평론가. 자는 민광敏光이고 필명으로 궈톈류郭天留, 장멍산張猛三이 있다. 대만 병동屛東 사람이다. 1926년에 병동공학교 고등과를 졸업하고 1928년에 일본으로 건너가 상업학교에 진학하였으며 1931년에는 메이지대학明治大學 법과 전문학부에 입학하였으나 자퇴하고 독학하였다. 1923년에 대만으로 돌아와 『대만신문』의 병동지사에서 취재기자로 일하였다. 1933년에는 『대만신민보臺灣新民報』에 입사하여 문예평론을 발표하기 시작하였다. 그해 11월에 도쿄지국으로 파견되었는데, 이 시기에 대만 예술연구회 성원들과 긴밀히 교류하면서 『포르모사フォルモサ』에 문장을 발표하기도 하였다.

　　1934년에는 대만으로 돌아와 『대만신민보』 전화 속기사와 학예란 편집을 담당하였다. 이후 연속 평론을 발표하고 우신룽吳新榮, 양쿠이楊逵 등 작가들과 논쟁을 벌이면서 대만 문단에서 활약해 나갔다. 1936년에는 『대만문화전망臺灣文化展望』을 출판하려고 계획하였으나 출판이 금지되어 계획이 수포로 돌아가고 말았다. 그해 일본으로 건너가 잡지 『대만정보臺灣情報』를 창간하려고 하였으나 이마저 좌절되었다. 우여곡절 끝에 1938년에 중국으로 가서 천진天津, 북경, 서주徐州, 상해 등지에서 일하게 되었다. 1946년 대만으로 돌아와 『민보民報』, 『국성보國聲報』에 취임하였으나 2·28사변 후 사직하고 고향으로 내려갔다. 그러나 얼마 지나지 않아 구면식이던 사람들의 일에 연루되어 좌익 서적을 소지하고 있다는 이유로 두 번 체포되었다.

　1953년에 출옥한 후 명리학命理業, 금융업, 축목업 등에 종사하다가 1964년에 『농목순간農牧旬刊』을 창간하였다. 류제가 전쟁 전에 발표한 작품들로는 「대만 문학에 관한 비망록有關臺灣文學的備忘錄」, 「민간문학의 정리 및 방법론民間文學的整理及其方法論」 등 여러 편의 문예 평론이 있고, 1936년에 일본어로 창작한 소설 「예단藝旦」이 있다. 류제는 일생 동안 여러 분야에 걸쳐 대량의 저작을 남겨 놓았다. 한때 출판 금지를 당했던 『대만문화전망臺灣文化展望』이 1994년에 린수광林曙光이 새로이 번역하고 주해를 달아 다시 빛을 보게 되었다. 그해에는 또 『광명선－명월청풍光明禪－明月淸風』과 『광명선－염화미소光明禪－拈花微笑』 등 두 권의 철학 도서가 출판되었다. 1998년에는 『나의 참회록我的懺悔錄』이 출판되었는데 이는 회고록 성격의 저작이었다.

　류제는 전쟁 전의 대만 문단에서 흔치 않았던 프로 의식이 강렬했던 문예평론가로서 유려한 문필과 폭넓은 이론으로 '대만의 구라하라 고레히코藏原惟人'라 불렸었다. 류제는 다양한 체험과 풍부한 문화교류 경험을 갖고 있는데 재일 시기 아키다 우자쿠秋田雨雀, 나카노 시게하루中野重治, 오오야 소이치大宅壯一, 모리야마 케이森山啟 등 작가들과 교우관계를 맺기도 하고 상해에서는 평론가인 후펑胡風과 프로문학에 관한 견해를 나누기도 하였다.

쉬베이룽(許倍榕)

나카무라 테츠

中村哲, 1912~2004

정치, 경제, 헌법 학자. 하문厦門서 태어났다. 도쿄부 제3중학교, 도쿄 제국대학東京帝國大學 법학부를 졸업하였다1934. 1937년 대북제국대학臺北帝國大學에서 문정학부 교수, 1946년 호세이대학法政大學 교수, 1965년 호세이대학 총장을 역임했다. 1983년 사회당 참의원 의원으로 활동한 바 있다. 1940년대 「외지문학의 과제外地文學の課題」『문예대만』, 「문화정책으로 보는 황민화문제文化政策としての皇民化問題」『대만시보臺灣時報』, 「근래 대만문학에 관해昨今の臺灣文學について」『대만문학』, 「대만문학잡감臺灣文學雜感」『대만문학』 등 많은 논문을 발표하였다.

나카지마 토시오(中島利郎)

쉬츙얼

徐瓊二, 1912~1950

    시인, 소설창작자, 문화평론가, 기자. 본명은 쉬위안천徐淵琛이고 대만 대북臺北 출신이다. 대만 상공업학교를 졸업했으며 일본어를 주요 창작 언어로 하여 1932년부터 여러 편의 실업시를 발표했다. 또한 평론문 「문화와 사회생활文學と社會生活」『대만신민신문』, 1932, 「대만 프로문학 운동의 방향에 관하여臺灣プロ文學運動の方向に就て」, 양쿠이楊逵의 〈신문배달부〉에 대한 평론楊逵氏作「新聞配達夫」を評す」『대만신민신문』, 1934, 「라이허의 〈풍작〉에 대한 비평과 나의 재출발에 대한 근심賴和氏「豐作」批評と我再出発の絆」『대만신문』, 1936, 소설 「한 차례의 결혼식或る結婚」1936 등이 있다. 전후 좌익 활동에 투신하면서 쑤신蘇新, 왕바이위안王白淵과 함께 『자유 신문自由報』을 편집하여 2·28사변 때 『중외일간지中外日報』에 참가해서 1950년 간첩 죄명으로 목숨을 잃었다.

    사회 관찰이 날카롭고 1935년 1월 『제일선第一線』에 「섬의 근대풍경島都の近代風景」를 게재했다. '시정 40주년 기념 대만박람회'를 비판하고 상해 신감각파의 관능적인 시각을 모방하여 격변 중인 대북 도심 문제를 묘사했다. 1936년의 「중국과 대만의 초빙료 징수 실태支那と臺灣に於ける聘金徴收の実狀」, 1940년의 「대만문화의 길臺灣文化への道」 등 논평을 통해 사회 문화 개혁과 젠더 문제에 대한 견해를 피력했다. 1946년 『대만의 현황을 이야기하지臺灣の現実を語る』천핑징(陳平景) 역, 『대만의 현상을 논함(談談臺灣的現狀)』, 해협학술, 2002에서 전후 1년간 대만 사회의 움직임을 반영

했다. 일본치하에 대만문화예술협회에서 활약하였던 적이 있었고 궈츄성郭秋生, 황더스黃得時와 함께 『선발 부대先發部隊』, 『제일선第一線』을 편집했으며 대만문화예술연맹에 참가하여 북부위원을 담당했다. 또한 재대만일본인 문화예술단체에 가입해 시마 코지島虹二 등이 발행한 『풍경風景』, 『붉은 중국 복장』, 우에 타다시上忠司가 편집한 『무궤도시대無軌道時代』, 『원탁圓桌子』, 타이라 야마쿤平山勳이 편집한 『대만문학』, 『남해문학南海文學』 등 여러 문예 잡지의 동인이다. 류제는 쉬츙얼徐瓊二을 '싸우는 이론가'라고 평가한 바가 있다.

웡성펑(翁聖峰)

우만사

吳漫沙, 1912~2005

소설가, 편집인, 기자. 본명은 우빙딩吳丙丁이며 필명으로는 만사漫沙, B·S, 샤오우小吳, 샤오펑曉風, 사딩沙丁, 번보笨伯, 후볜커湖邊客 등이 있다. 복건福建 천주泉州 출생으로 유년 시절에 서당 교육 받았고 중학교 수료한 후에『신보申報』,『동방 잡지東方雜誌』,『소설세계』,『붉은 장미』등 상해 신문과 잡지, 또한 루쉰魯迅, 바진 巴金, 장헌수이張恨水의 작품을 구입하여 독학하였다. 아버지가 대만에서 장사하 는 관계로 1929년부터 1931년까지 대만에서 잠깐 머물렀다가 1931년 복건으 로 돌아가 초등학교 교원으로 재직하고 반일구국회에 가입하며 홍엽紅葉극단 을 창설하고 민생초등학교도 설립하였다.

1936년에 가족과 대북臺北에서 정착하면서 소설「기자고氣仔始」를『대만신 민신문』에 투고하면서 학예란 편집장이었던 쉬쿤취안徐坤泉으로부터 칭찬을 받았다. 1939년 우만사는 쉬쿤취안徐坤泉의 업무를 인계 받아『풍월보風月報』의 편집장이 되어 영향력이 날로 커졌다.

우만사의 작품은 주로 통속소설, 현대시 및 극본이고 단행본으로는『부 추꽃』흥남신문사, 1939,『새벽의 노래』남방잡지사, 1942,『대지의 봄』남방잡지사, 1942,『사앙 莎秧의 종』동아출판사, 1943 등이 있고 일제 치하 시기 대만 통속문예의 주요 대표작 가로서 그의 작품은 흔히 대북 및 민남閩南, 상해, 항주杭州등 지역을 배경으로 하 고 있다. 예를 들자면『부추꽃』중의 상해와 하문廈門은 대만 청년들이 사업을 펼치는 새로운 터전이 되고 '총후봉공銃後奉公'을 표방하는 「대지의 봄」에서 상해 학생들의 '애국'운동 및 '일화친선日華親善'의 동향을 그려냈다. 류수친柳書琴은 우만사가 소설에서 상해를 모던도시로부터 '날개를 펼치는 대륙'으로 그려내는 경향이 있다고 평가하였다.

1941년 말 우만사가 일본 경찰에게 잡지를 빌려서 반일 정보 작업을 몰래 한다는 죄명으로 체포되어 형벌을 받았고 전쟁 후에 그 당시 비밀 반일 작업을 한 적이 있었다고 자백하였다. 편집 방침에 있어 독자들의 반응에 특별히 관심을 두던 우만사는 여성 편집인 '린징쯔林靜子'의 신분으로 부덕婦德 교화 및 가정지식 관련 잡문 여러 편을 쓰고 '야오웨칭姚月淸'이라는 여성 가명으로 남녀 주제에 관한 논쟁을 벌였다.

상해『흥건월간興建月刊』과 일본이 중국 피점령 지역에서 발행한『화문오사카마이니치華文大阪每日』에 투고한 우만사의 「평화의 노래」가『화문오사카마이니치』첫 회 장편소설 응모작품 가작으로 선정되었다. 또는 인기 통속소설가와 잡지주필을 겸하는 우만사는 다지역에서의 발표를 통해 잡지의 사회적 위상을 높이고 대만 문예의 대외적 발전을 도모하는 전략으로『풍월보』,『남방南方』과 동아시아 지역의 다른 잡지의 교류를 추진하면서 '우방의 문예 동지와 손잡고 동아시아 신문예의 정립을 위해 함께 노력하자'고 하여 적극적으로 시도하였다.

차이페이쥔(蔡佩均)

아라가키 코오이치

新垣宏一, 1913~2002

소설가. 대만 고웅高雄에서 출생했다. 1931년 대북고등학교 문과류 갑甲학과에 들어갔다. 1934년 대북제국대학臺北帝國大學 문정학부文政學部 문학과에 입학했다. 대북고등학교 재학시절 황더스黃得時를 알게 되었는데 그의 요청으로『대고신문台高新聞』에 처녀작인 단편소설「백화점개점百貨公司開張」でぱあと開店, 1931을 발표했다. 대북제국대학에 들어간 뒤 이하라 사이카쿠井原西鶴와 타키타 데이지瀧田貞治로부터 학문을 배웠으며 동시에 야노 호우진矢野峰人, 쿠도 요시미工藤好美 및 시마다 킨지島田謹二의 가르침도 받았다. 재학시절 대만대학 단카회短歌會를 중심으로 나카무라 다타유키中村忠行과 함께『대대문학台大文學』잡지를 창간하여 꾸려나갔다. 이 시기 그는 또 대만신문학잡지『대만문예』,『대만신문학臺灣新文學』등에도 투고하였다. 1937년 졸업 후 대남臺南제2고등여학교에서 국어과 교사로 근무하였다. 임직 기간에 그는『대남신보臺南新報』문예부장 안둥런岸東人과 지기가 되어 이 신문에 사토 하루오佐藤春夫에 대한 평론을 발표하였다. 1940년 전후로 니시카와 미츠루西川滿와 접촉이 잦았으며 니시카와 미츠루가 꾸린 잡지『마조媽祖』,『화려도華麗島』,『문예대만文藝臺灣』에 투고하였다. 1941년 말 대북제1고등여학교에서 근무하다가 다시 대북으로 돌아왔다. 제2차 세계대전 후에는 국민정부에 임용되었다.

1947년 5월 고향 덕도현德島縣으로 돌아갔고 그 이후 덕도현의 고등학교 교장 및 4국여자대학四國女子大學 교수를 역임했다. 대학 재임 기간의 문학업적으로는 나쓰메 소세키夏目漱石에 대한 연구가 유명하다. 2002년에 사망했다.

그의 서사의 범주로는 시, 산문, 평론, 고증, 소설 등이 있는데 대부분『문예대만』에 발표되었다. 아라가키 코오이치가 사람들에게 가장 널리 알려진 것은 사토 하루오佐藤春夫의 『여계선기담女誡扇綺譚』에 대한 고증이다. 예를 들면 「독두항기禿頭港記」불두항기, 「『여계선기담』과 대남시가지〈女誡扇綺譚〉と台南の町」, 「『여계선기담』에 대한 단상 1, 2〈女誡扇綺譚〉断想ひとつふたつ」1940.7, 심지어는 시마다 킨지島田謹二가『여계선기담』의 이국정서에 대해 평가한 대표작이라고 하는 「사토 하루오 씨의『여계선기담』佐藤春夫氏の〈女誡扇綺譚〉」1939.9보다 더 빠르다. 사토는『여계선기담』연구의 선구자이다.

아라가키 코오이치 소설의 주요 특징은 대만 사람에 대한 묘사가 주를 이루는 것이다. 예를 들면 「성문城門」, 「번화가에서在繁華街盛り場にて」, 「정맹訂盟」, 「사진砂塵」, 「선거船渠」 등이다. 그의 문학 특징은 '2세문학二世文學'이나 '대만에 뿌리내리기劓根臺灣'의 경향을 보인다고 평가받았다. 아라가키 코오이치와 실질적인 교류가 있는 대만문학청년으로는 왕위린王育霖과 왕위더王育德형제 및 츄융한邱永漢이다. 두 형제는 왕위린과 대남제2고臺南第二高 여졸업생의 혼사를 위해 함께 아라가키 코오이치를 방문한 적이 있었다. 이 일은 그 뒤 단편소설 「정맹」에 반영되었다. 니시카와 미츠루西川滿의 영향을 받은 츄융한은 대북고등학교에서 고향 대남으로 돌아갈 때면 늘 아라가키 코오이치의 집에 방문하여 문학에 대해 토론했었다고 한다. 츄융한은 자서전에서 1947년 2·28사변이 발생했을 때 그는 아라가키 코오이치의 집에서 유탄의 습격을 걱정하면서도 두 사람은 날이 밝을 때까지 얘기를 나누었다고 회고했다.

우페이전(吳佩珍)

우융푸

巫永福, 1913~2008

    소설가, 시인, 하이쿠俳人시인. 대만 남투南投 사람. 필명으로는 톈즈하오田子浩, EF생EF生, 융저우永州 등이 있다. 푸리埔裏초등학교를 다녔고 무사사건霧社事件의 당사자인 하나오카 지로花岡二郎와 동창이었다. 1927년에 대중臺中1중에 진학하였고, 1930년부터 1932년까지는 아츠다중학교熱田中學, 지금의 아이치(愛知)현 즈이료우 고등학교로 전학하였으며, 1932년부터 1935년까지는 메이지대학明治大學 문예과에 적을 두고 요코미쓰 리이치横光利一, 기시다 구니오岸田國士, 하기와라 사쿠타로萩原朔太郎로부터 사사를 받았다.

    1933년 3월에는 장원환張文環 등이 창간한 순문예잡지『포르모사フォルモサ』에 소설「머리와 몸首與體」,「흑룡黑龍」과 희극『홍녹적紅綠賊』, 모더니즘시「거지乞丐」,「조국祖國」등을 발표하였다. 1934년에는 대만 문예연맹 소속인『대만문예』가 창간되었는데 도쿄 지부의 동인으로 활동하며 평론「우리들의 창작 문제我們的創作問題」를 발표하였다.

    1935년 부친상을 당해 대만으로 돌아온 후 대만신문사 기자로 재직하면서『대만문예』지상에서 활발하게 활동하는데 1936년까지「강변의 부인들河邊的太太們」,「동백꽃山茶花」,「아황과 그의 아버지阿煌與其父」,「졸고 있는 봄살구愛眶的春杏」등 많은 소설을 발표하였다. 1941년에는『대만문학』에 소설「욕慾」과 평론「천부인에 관하여關於陳夫人」를 발표하였다. 2·28사변 후 중국어 공부를 그만두었으며 1967년에는 문단으로 복귀하여 '입시사笠詩社'라는 시문학 단체에 가입하였다. 1969년에는 도쿄 와카和歌 잡지 『탱자나무枸橘』의 대북臺北 지부장을 맡아 일본어 단카회短歌會와 하이쿠회俳句會를 설립하였다. 1977년에는 우쥐류吳濁流를 대신해 전쟁 후 『대만문예』의 발행인을 맡게 되었다. 1980년에는 대만 최초의 평론상 「우융푸평론상巫永福評論獎」을 설립하고 1993년에는 「우융푸문학상巫永福文學獎」을 추가 설립하여 본토 문학의 이론과 창작, 실천에 힘을 실어 주었다.

1930년부터 1940년 사이에 쓰여진 그의 작품들은 널리 회자되고 있다. 소설 「머리와 몸」은 상징적인 기법으로 도쿄에 머물러 있는 지식 청년들의 고뇌를 묘사하고 있으며, 「졸고 있는 봄살구愛睏的春杏」는 '심리적 시간의 묘사'와 '인칭의 통합'으로 대만 사실주의 소설에 등장하던 기왕의 차머우-셴査某嫺, 민남(閩南) 방언으로서 구시대 하녀나 여종을 칭하던 말에 대한 진부한 묘사를 극복하였다. 「마쿠라고 토바枕詩」는 초현실주의 풍격을 띠고 있으며 2003년에 출판한 『춘추-대만어 하이쿠집春秋-台語俳句集』은 하이쿠俳句의 문체, 수사, 음률 등 다방면에 걸쳐 대만 모더니즘 시의 발전에 영향을 주었다.

우융푸의 작품은 짙은 민족 의식을 내포하면서도 의식의 흐름 등 기법을 기용하여 대만 최초의 모더니즘 문학을 이룩하였다. 그는 재일 기간에 요코미쓰 리이치橫光利一의 문체를 많이 모방하였는데 요코미쓰 리이치는 1920년부터 1930년 사이에 신감각파, 순수문학과 통속문학을 겸비한 「순수소설론純粹小說論」을 거쳐 '도시풍정을 묘사'하기도 하고 마지막에는 신심리주의新心理主義에 도달하는 여러 번의 전환을 이룩한다. 요코미쓰 리이치의 영향 속에서 우융푸巫永福의 작품은 중국 신감각파와는 다른 듯 비슷한 행보를 보여 왔다.

세후이전(謝惠貞)

허페이광

何非光, 1913~1997

　　감독, 배우. 본명 허더왕何德旺, 대만 대중臺中시 출신. 대중주립제일중학교 및 일본 도쿄 다이사이大成중학교에 다녔으며 대만에 머무는 동안에 장선체張深切가 주관한 대만연극연구회에 참가하고 후에 상해 와서 연화聯華사의 「모성의 빛」1933, 「체육황후」1934 등 영화에 출연하였다. 1935년 여권을 휴대하지 않았다는 이유로 상해 소재 일본 영사관에 의해 대만으로 강제 송환되었다. 그 후 다시 일본에 가서 유학하는 동안에 '중화유일연극협회' 공연에 참여하였다.

　　1937년에 다시 중국으로 와서 처음으로 자신이 쓴 각본으로 제작된 영화 〈새북풍운塞北風雲〉미완성에 출연했을 때, 항일전쟁이 발발하여 중국영화제작소에 들어왔다. 중경重慶에 와서 처음으로 연출한 〈보가향保家鄉, 고향을 수위하자〉1939은 높은 평가를 받았다. 두 번째로 연출한 〈동아시아의 빛東亞之光〉1940은 일본의 포로를 출연케 하여 한동안 떠들썩하게 하였다. 기타 작품으로는 〈기장산하氣壯山河〉1943, 〈혈천앵화血濺櫻花, 벚꽃에 피가 튀어〉1944가 있다.

　　항일전쟁 이후 국공내전이 진행되던 시기에 그는 짧은 시간 내에 홍콩에서 〈루화번백연자비蘆花翻白燕子飛〉1946, 〈모 부인某夫人〉1946을, 상해에서 〈그림자를 파는 자出賣影子的人〉1948, 〈동시천애륜락인同是天涯淪落人〉1948을 촬영하고 대만에서도 〈화련항花蓮港〉1948을 촬영하였다. 하지만 상해에서 〈인수지간人獸之間〉 촬영 당시 갑작스러운 명령으로 촬영이 중지되었다.

1959년 반혁명의 죄로 판결을 받고, 1979년이 되어서야 상해 홍구虹口 인민법원에서 재선고 후 무죄로 판결받았다. 허페이광은 국공 양측의 영화 역사에서 오랫동안 잊혀진 사람이나 그는 1930년대 중국의 걸출한 악역배우 중 한 명이고, 또한 항일전쟁시기에 '항전편'을 제일 많이 연출한 감독 중의 한 명일 뿐만 아니라 중경, 상해, 홍콩, 대만 등지에서 영화를 제작한 사실들이 그가 중화권에서 보기 드문 특별한 영화인임을 증명한다.

미사와 마미에(三澤真美惠)

뤼허뤄
呂赫若, 1914~1950(?)

소설가, 성악가, 극작가. 본명은 뤼스두이呂石堆이고 대만 대중臺中 사람이다. 1934년에 대만총독부 대중사범학교를 졸업하였다. 1935년 1월에 일본의 프로문학잡지『문학평론文學評論』에 단편소설「우차牛車」를 발표한 후로 잇달아『대만문예』,『대만신문학臺灣新文學』등지에 소설과 평론들을 발표하였는데 대만 신문학시기의 가장 중요한 일본어 작가이다. 그 후에는 성악가를 꿈꾸며 일본으로 건너가 1941년에 도쿄의 극단 다카라즈카寶塚의 연극부에 들어가 도호東寶 성악대의 일원이 되어 무대생활을 시작하였다.

1942년 3월에는『대만문학』에 소설「재자수財子壽, 재물, 자식, 천수라는 뜻」를 발표하고 그해 5월에 대만으로 돌아와 문필 창작에만 몰두하였으며 그로 인해『대만문학』의 대표작가 중의 한 사람으로 되었다. 1943년 1월 대만 흥행통제회사興行統制會社에 입사하여 방송 시나리오를 썼다. 11월에는 제1기 대만문학상을 수상하였다. 1944년 3월에는 소설집『청추淸秋』를 출판하였다. 1946년 1월에는『인민보도人民導報』의 기자로 취직하였다. 그해 중국어로 창작한 작품을『정경보政經報』와『신신新新』잡지에 발표하였다. 12월에는 대만 문화협진회의 초빙을 받아 성악전문 심사위원으로 되었다.

1947년에『대만문화』지상에 한어로 쓴 소설「겨울밤冬夜」을 발표하였다. 1949년에 대안인쇄소大安印刷所를 개설하고 지하 간행물을 발행하였으나 8월 기룽중학사건基隆中學事件으로 인해 영업을 중단하게 되었다. 그 후 대북현大北縣 석댕石碇의 녹굴鹿窟 기지에서 피난을 이어 가다 1950년 여름에 사망하였다(일설로는 1951년에 사망하였다고도 전해진다).

「우차牛車」는 소달구지를 끄는 남자의 시선으로 대만 농촌사회가 일본식민지의 통치로 인해 변화하며 그로 인해 초래되는 고뇌들을 그리고 있다. 「풍수風水」는 『대만문학』에 게재된 후 『대만소설집』에 수록되었으나 자신의 소설집 『청추』에는 수록하지 않았다 이 수작은 조상 숭배로 응집되던 대만 전통사회 공동체의 붕괴 과정을 묘사하고 있다. 뤼허뤄는 수준 높은 일본어를 구사하였고 출중한 스토리텔링 능력을 갖췄으며 대만 문화에 대한 뿌리 깊은 이해를 기반하여 식민지 통치를 비판해 왔기에 가장 대표적인 일본어 작가라고 할 수 있다. 「우차」는 먼저 『문학평론』에 발표되었다가 후에 후펑胡風이 번역한 『산령—조선대만단편소설집山靈-朝鮮臺灣短篇小說集』(상해문화생활출판사(上海文化生活出版社), 1936)에 수록되었다. 문학적 성취뿐만 아니라 뤼허뤄는 음악과 희극에서도 활발한 활동해 왔기에 종합적인 문화인이라고 할 수 있다.

타루 치에(垂水千惠)

린슈얼

林修二, 1914~1944

시인. 본명은 린융슈林永修, 필명은 린수얼林修二, 난산슈南山修이다. 대만 대남臺南사람이다. 1933년 대남 1중학교를 졸업, 1940년 일본 게이오대학慶応大學 영문학과를 졸업했다. 1933년 『대남신보臺南新報』에 투고하여 당시 문화면의 대리편집이었던 양츠창楊熾昌에게 깊은 인상을 남겼다. 그 뒤 그의 요청에 의해 모더니즘문학 경향의 '풍차시사風車詩社'에 가입하여 일본어로 창작활동을 하였다.

린슈얼은 게이오대학 시절 일본의 유명한 초현실주의 시인이며 시평론가인 니시와키 순사부로西脇順三郎를 스승으로 모시고 배웠다. 그리고 미요시다츠지並頗受三好達治, 키다가와 도우비코北川冬彦 등 시인들의 영향을 많이 받았다. 그러나 불행하게도 유학시절 폐결핵에 감염되어 1940년 도쿄 무역회사의 일을 그만두지 않으면 안 되었다. 고향인 대남 요양소에 돌아와 요양하였지만 1944년 31세의 젊은 나이에 사망했다.

린슈얼은 주로 『대남신보臺南新報』, 『대만신문臺灣新聞』과 『대만일일신보臺灣日日新報』에 작품을 투고하였는데 시가 위주였으며 산문도 발표하였다. 전후에 그의 아내 린먀오즈林妙子가 작품을 정리하면서 친한 친구인 양츠창에게 도움을 청하여 유고집 『창성蒼星』을 200권 한정하여 출판하였다. 주요 작품은 대부분 『창성』蒼い星, 1980과 『남영문학가一린슈얼집南瀛文學家一林修二集』2000에 수록되었다. 이 작품들은 상징주의 풍격이 농후하고 짧은 시가 대부분이다.

양즈챠오는 린슈얼을 시가의 이미지 경영에 매우 뛰어나다고 하면서 순간적인 정경이나 마음속 깨달음을 파악함에 독특한 재주가 있다고 하였다. 그의 시 작품은 주로 애정, 향수와 고독 등을 주제로 한다. 산문은 우아하면서도 지적인 필치가 매우 돋보인다. 린슈얼은 1936년 요코하마橫濱 항구에서 프랑스 시인 콕토를 배웅하였었는데 그와 악수하면서 기념사진을 남기기도 했다. 1939년에는 게이오대학을 대표하여 중국으로 고찰을 갔다가 「홰나무 추억槐樹の憶ひ出」과 「개똥벌레螢」라는 두 편의 견문기를 남기기도 했다.

린진리(林巾力)

사카구치 레이코

坂口䙥子, 1914~2007

소설가. 원래 성은 야마모토山本이다. 난죠우 사유리南條小百合, 야마모토 레이코山本れい子, 사카구치 레이코坂口れい子. 일본 구마모토熊本에서 태어났다. 1933년 구마모토여자사범학교를 졸업하였다. 1928년에 단편소설 「고장난 시계にはれた時計」로 『소녀구락부少女俱樂部』 응모전에서 특등상特優獎을 수상하였다. 1933년에 다이요우소학교代陽小學에서 교편을 잡았으며 야쓰시로향토사연구회八代鄕土史研究會에 가입하였는데 야쓰시로중학교의 동양사 교사였던 이다바치 겐板橋源이 스승이었다. 1935년에 처음으로 대만에 갔다. 1938년에 다시 대만으로 건너가 대중주臺中州 북두군北門郡 북두소학교北門小學에 취직하면서 『대만신문』 문예부의 다나카 야스오田中保男를 만나게 되었다.

1939년에 병으로 고향에 돌아가기도 하였으나 1940년에 다시 대만으로 건너와 사카구치 타카토시坂口貴敏와 결혼하였다. 그해 말 일본의 농업 이민을 묘사한 소설 「흑토黑土」가 대만방송국십주년 기념응모전에서 특등상을 수상하였다. 이때부터 본격적인 창작의 길로 들어서는데 소설 「춘추春秋」, 「정일가鄭一家」 등 작품을 잇달아 발표하였다. 1942년에 양쿠이楊逵를 만나면서 『대만문학』에 「시계초時計草」를 발표하는데 처음으로 무사사건霧社事件에 관심을 보인 작품으로서 검열당국에서 대폭적인 삭제를 행하였다. 1943년에 소설 「등燈」이 『대만문학』에서 주최한 제1기 대만문학상에 입선하였다. 1945년에 자녀를 데리고 대중臺中 주산구州山區의 중원中原 부락部落으로 피신하였다. 1946년에 일본으로 돌아가게 되었는데 1948년에 니와 후미오丹羽文雄가 주도하는 『문학자文學者』에 가입하여 대만 원주민을 주제로 한 창작을 계속 이어갔다.

1953년, 「번지蕃地」로 제3회 신조사新潮社 문학상을 수상하였다. 그 후 1960년에 「번부 로보우의 이야기蕃婦ロボウの話」, 1962년에 「고양이가 있는 풍경猫のいる風景」, 1964년에 「풍장風葬」으로 아쿠타가와상芥川賞을 세 번이나 수상하고 나서는 신작을 발표하지 않았다. 2007년에 타계하였다.

처녀작 「고장난 시계」와 더불어 전쟁 전의 대표작으로는 「정일가」, 「시계초」, 「서늘함微涼」, 「서광曙光」, 「우란분盂蘭盆」 등이 있다. 대만에 체류하던 기간 동안 단카短歌, 라디오 이야기, 단편소설과 두 권의 소설집을 발표하였는데 전쟁 전 대만의 많지 않던 여류작가 가운데 한 사람이었다. 그녀의 작품은 식민지 지배자의 시선에서 벗어나 계급, 종족, 정치 등 다양한 주제를 다루었으며 풍격이 소박하였는데 이국 정서를 읊조리거나 남쪽에 대한 동경을 그리는 부류의 글과는 사뭇 달랐다.

전쟁 후의 작품으로는 중원 부락에서의 생활경험을 바탕으로 하고 있는데 무사사건이나 리번정책理蕃政策 및 그로 인해 파생된 문제들을 다루고 있다. 그러한 작품들로는 「비키의 이야기ビッキの話」, 「번지」, 「무사霧社」, 「번지의 딸蕃地の女」, 「타다오 모치의 죽음タダオ・モーナの死」 등이 있다. 그녀는 "문학사에서 소외한 현대 일본역사의 상처들을 드러내 보이고" "심리적인 측면과 사건의 근원으로부터 일본식민통치하의 번지蕃地를 이야기하고 있는데 일본문학사에 새로운 요소를 주입시켰다"는 평가를 받고 있다. '번지작가蕃地作家', '번지작자蕃地作者'의 타이틀을 갖고 있다.

양즈징(楊智景)

라이밍훙

賴明弘, 1915~1958

작가, 기자, 잡지사 편집자. 본명은 라이밍황賴銘煌이고 필명으로는 라이황賴煌, 밍훙明弘이 있으며 호는 유쥔幼君이다. 대만 풍원豐原 사람이다. 공학교를 졸업하였다. 1931년에 발표한 「향토인이 된 감상做個鄉土人的感想」『대만신문』, 2.24 이 문장으로 향토문학과 대만언어문자화話文 논쟁 중에서 두각을 나타내었다. 이 글은 대만언어문자화를 반대하고 있는데 프로계급의 연관성과 언어의 도구성 등 입장에서 출발하여 세계어나 중국어 백화문으로 창작하여야 한다고 주장하였다.

1932년 2월과 6월에는 『대만문학』에 「우리 문학의 탄생에 대하여—하나의 제의俺達の文學の誕生について--一つの提議」와 「두 개의 논박兩個駁論」을 발표하고 8월에는 『신고신보新高新報』에 「최근 문단에 대한 감상對最近文壇上的感想」을 발표하였다. 뒤의 두 문장은 『남음南音』의 작가들을 예리하게 비판하고 있는데 계급을 초월할 것을 표방한 예룽중葉榮鐘의 제3문학론, 황스후이黃石輝의 향토문학론이 그 대상이었다. 라이밍훙은 프로문학을 대대적으로 제창함으로써 'Marx Boy', '투쟁이론가鬪爭理論家'라는 수식어를 얻게 되었다.

1933년에 『신고신보新高新報』의 특약기자로 채용되는데 그해 10월에 「향토문학, 대만언어문자화에 대한 철저한 반대對鄉土文學臺灣話文徹底的反對」란 문장으로 논쟁에 대한 첫 번째 총비평을 발표하고, 1934년 2월부터 4월까지 「봉건적인 대만언어문자화를 절대 반대하며 모든 사설을 번복한다絕對反對建設臺灣話文推翻一切邪說」

라는 문장으로 두 번째 총비평을 발표하면서 중국어와 문자로 된 프로문학으로 대만신문학을 건설하여야 한다고 강력히 주장하고 나섰는데 이 문장이 이번 논쟁의 종편으로 되었다. 그 후 라이밍홍은 문학연합전선의 건설에 주력하였다. 5월 6일에 장선체張深切 등과 함께 제1회전도문예대회第一回全島文藝大會를 소집하고 대만문예연맹臺灣文藝聯盟을 창립하였다. 9월에는 도쿄로 건너가서 일본과 중국의 좌익문학가들에게 대만문학에 대한 지도를 구하였다.

1935년 2월에는 대만예술연구회와 문련文聯의 합작을 성공시켰다. 그러나 그해 12월에 문련이 분열하면서 양쿠이楊逵 등과 함께 『대만신문학臺灣新文學』을 새로이 창립하였다. 1936년부터 창작에 전념하기 시작하였다. 중일전쟁이 끝난 후 중국, 일본, 대만 등지를 전전하다가 상해에서 대만으로 복귀하였다.

1948년 8월에 랴오한천廖漢臣과 함께 대만성통지관臺灣省通志館의 협찬을 역임하였다. 1954년 12월에 『대북문물臺北文物』에 「대만문예연맹의 창립에 관한 단편적인 추억臺灣文藝聯盟創立的斷片回憶」이란 문장을 발표하였다. 1956년에 린웨펑林越峰 등과 함께 대만영화산업에 투신하여 극본 「서래암사건西來庵事件」을 각색하여 영화 〈혈전타파니血戰噍吧哖〉로 탄생시켰다. 1958년에 타계하였다.

「봉건적인 대만언어문자화를 절대 반대하며 모든 사설을 번복한다絕對反對建設臺灣話文推翻一切邪說」라는 논설은 라이밍홍의 대표적인 작품으로서 그 시기 대만신문학운동의 문화전향과 문예혁신에 많은 화두를 던져주었다. 소설 「마력-혹은 어떤 시기魔のカ--或ひは一時期」는 황더스黃得時, 좡페이추莊培初 등으로부터 사회운동소설로 추앙되었으며 소설 「가을바람이 분다秋風起了」는 『대만일일신보臺灣日日新報』의 우수응모작품으로 선발되었다. 일본에 있던 시기에 일본과 중국의 좌익 작가들과 긴밀히 교류하면서 동아좌익문화東亞左翼文化의 역사에 지울 수 없는 발자취를 남겨 놓았다.

궈즈광(郭誌光)

린징난

林荊南, 1915~2002

고전시인, 통속소설가, 편집자. 본명은 린웨이푸林爲富이고 호는 징난荊南이다. 필명으로는 난南, 란스懶糸, 위뤄린餘若林, 란잉嵐映, 주탕저푸竹堂哲夫, 저푸哲夫, 제즈러우주芥子樓主 등 수십 가지가 있다. 장화彰化 죽당竹塘 사람이다. 1929년에 서당에서 수학하였다. 1938년에 도쿄고등실무학교東京高等實務學校 만몽과滿蒙科, 만주와 몽고 학과에 입학하여 1년간 수학하면서 저녁에는 고급 북경어를 공부하였다.

1938년 4월에 대만으로 돌아온 후 선후로 대북臺北 관청役所, 시영市營 어시장에서 임직하였다. 1935년에는 『대만신민보臺灣新民報』 공모전에서 가작에 입상하면서 이듬해부터 『대만신민보』, 『대만신문학臺灣新文學』, 『신고신보新高新報』 등 잡지에 백화문으로 된 산문과 현대시들을 발표하기 시작하였다. 1941년에 『남방南方』 잡지에 「한시인의 일곱 가지 버릇에 대한 논쟁漢詩人七大毛病論戰」이 발표되는데 이로 인해 세 번째 신구문학 논쟁新舊文學論戰 이 전개되자 린징난은 신문학파 진영에 참여하여 정쿤우鄭坤五를 대표로 하는 구문학파와 첨예하게 대립하였다.

1941년 12월에는 문우들을 불러 모아 전쟁 기간에는 도저히 불가능하던 중국어잡지 『남국문예南國文藝』를 교묘하게 기획, 발행하였다. 고전시를 제외한 그의 현대 문학은 주요하게 『풍월보風月報』에 발표되었는데 「대도시의 진풍경－전차를 타러 오라고 시칭 동생을 초대하는 편지大都會的珍風景－請惜卿妹來坐電車的信」, 「애련추기哀戀追記」, 「합장合葬」 등을 비롯한 통속적인 애정소설이 대부분이었다. 그는 또 반전反戰 시가인 「고아부대―망부의 품속으로遺兒部隊-跑上亡父的懷抱裡」를 발표하고 당시의 베스트 소설인 히노 아시헤이火野葦平의 「손간성혈전血戰孫圷城」「보리와 병정(麥と兵隊)」의 발췌부분을 번역하기도 하였다. 린징난은 전쟁 시기 문단에서 지속적으로 활약하던 몇 안 되는 중국어 작가였다.

그가 발행과 주필을 맡고 있던 『남국문예南國文藝』는 혁명당원을 묘사한 바진巴金의 소설 「비雨」, 톨스토이의 단편소설 「사랑과 신愛與神」의 중국어 번역본 등을 익명의 형식으로 발표하였는데 검열 제도가 무척이나 삼엄하던 당시에서는 매우 쉽지 않은 결정이었다. 중국어 작품 뿐만 아니라 그는 12세기 일본의 고전소설 『츠츠미 츄나곤 모노가다리堤中納言物語』 중의 「송충이를 좋아하는 아가씨愛蟲公主」, 대만의 일본 작가 타다 미치코多田道子의 대만과 일본을 넘나드는 연정소설 「해양비추곡海洋悲愁曲」 등을 번역하기도 하였다.

린징난은 또한 전쟁시기 탄압받던 중국의 좌익소설과 러시아의 기독교 인도주의 작품들을 기획, 출판하였다. 『남국문예』는 비록 한 부밖에 발행되지 않아 그 영향력이 다소 제한적이긴 하였지만 대만에서 중국어 전문란이 폐지되던 특수한 시기에 성공적으로 발행되었다는 것만으로도 충분한 가치와 의의가 있었다. 이 문예지는 중일사변 전에 활약하던 신문학 작가, 『풍월보·남국風月報·南國』의 한시인과 통속작가, 대북臺北 제국대학 동양문학 교수 등 세 유파의 문화인들이 잠시 화합을 이루었던 장이었다.

류수친(柳書琴)

중리허

鍾理和, 1915~1960

소설가, 산문가. 필명은 쟝류江流, 리허裏禾, 중정鍾錚이고 대만 병동屛東 출신이다. 1922년 염포鹽埔공公학교에 입학하고 1930년 장치長治공학교 고등과를 졸업했으며 서당에서 한문을 공부한 적 있다.

1932년에 아버지와 함께 고웅高雄 미농美濃에 가서 농장을 경영하며, 중타이메이鍾台妹를 알게 되었는데 동성同姓 때문에 결혼이 반대에 부딪히자 중국에서의 생활을 동경하면서 1938년 홀로 만주국滿洲國 봉천奉天현재 심양(瀋陽)에 가서 운전기술을 배우고, 1940년 가을에 면허를 취득하여 대만에 돌아가 중타이메이를 데리고 함께 중국 동북東北 지역으로 갔다. 중문 단편소설 「도시의 황혼」후에 「버드나무 그늘」로 쓰임은 그가 유일하게 봉천에서 창작한 작품이고, 「태동여관泰東旅館」, 「지구지매地球之黴」, 「문門」은 봉천에서의 경험을 그려낸 작품이다.

1941년 온 가족이 중국 북평北平으로 옮기면서 그는 창작에 대한 의지를 굳게 다졌다. 1943년 일본 작가의 작품을 번역하여 신문사에 투고하는 것으로 생계를 유지해 나갔다. 1945년 북평北平 마덕증馬德增 서점에서 첫 소설집 『협죽도夾竹桃』를 출판했고, 여기에는 「협죽도」, 「신생」, 「유사遊絲」, 「박망薄芒」 네 편의 소설이 수록되었으며 그가 생전에 출판한 유일한 작품집이었다.

1946년 대만인이 중국에서 어려운 상황에 놓인 것을 「고구마의 슬픔」으로 그려냈고, 3월에 대만으로 돌아왔다. 1947년 폐결핵으로 대만대학 병원에 입원했는데, 병상에서 2·28사변을 겪게 되고, 수술 후 미농美濃에 돌아가서 창작 활동에만 전념했다. 1956년 「입산농장笠山農場」으로 중화문예상금위원회 '국부탄신기념 장편소설상國父誕辰紀念長篇小說獎' 2등을 수상하게 되고, 이로써 1957년 중자오정鍾肇政이 일으키고 대만 본토 작가들을 모아 차례로 읽어보는 간행물인 『문우통신文友通訊』에 참여하게 되었다. 1959년부터 작품이 『연합보聯合報』 문예란에 많이 등재됐다. 1960년 「비」의 원고를 수정하던 때 폐병이 재발되면서 세상을 떠났다.

글동무였던 천훠취안陳火泉은 그를 "피바다 속에 쓰러진 글쟁이"라 칭했다. 중리허의 유일한 장편소설인 「입산농장笠山農場」과 「고향」 4부에서는 대만 남방 농촌의 일본 통치 시기부터 전쟁 이후까지의 변천사를 기술했고, 하카和歌 민요와 하카어 어휘를 사용한 것이 주요 특색이다. 1976년에 장량쩌張良澤가 편집 주관한 『중리허 전집』원행출판사이 출판 되었는데, 이는 대만 최초의 작가 전집이었다.

중리허는 일본어에 능통했음에도 평생을 중국어로 작품 창작을 해왔고, 루신魯迅의 영향을 깊이 받아 전쟁 전후의 문체가 완전히 다르긴 하나 삶에 대한 사실적인 묘사는 변함이 없었다. 그는 1950년대 대만의 대표적인 작가일 뿐만 아니라 전쟁 이후 대만 향토 문학의 선구자이고, 농민 문학의 창시자이다.

왕신위(王欣瑜)

왕창슝

王昶雄, 1916~2000

소설가, 산문가, 치과 의사. 본명은 왕룽성王榮生이고 대북臺北 담수淡水 사람이다. 담수공公학교, 대만상공학교, 일본 이쿠분칸중학郁文館中學, 니혼대학 전문부 치과를 선후로 졸업하였다. 재일 기간에는 『청조靑鳥』, 『문예초지文藝草紙』에 가입하여 동인으로서 문학 활동에 적극적이었는데 『대만신민보臺灣新民報』에 작품을 발표하기도 하였다.

1942년에 대만으로 돌아와서는 치과에서 일하면서 『대만문학臺灣文學』의 편집에 참여하기도 하였다. 그의 작품들은 『대만문학』, 『문예대만文藝臺灣』, 『대만일일신보臺灣日日新報』 등지에서 찾아볼 수 있으며 소설로는 「이원의 가을梨園の秋」, 「담수하의 잔물결淡水河の漣漪」, 「소박데기 아가씨回頭姑娘」, 「격류奔流」, 「거울鏡子」 등이 있는데 이 소설들은 작품 속의 희극이나 영화들과 상호텍스트성을 체현하고 있다. 그는 영화, 희극, 문학을 응용하여 소설 속의 인물, 성격, 운명, 결말과 대응·대조시키는데 능수능란한 기법으로 인해 일제 말기 대만의 중요한 작가로 되었다.

전쟁 후 문학 활동을 잠정 중단하였으나 금방 언어 환경의 변화에 적응하였다. 1950년대에는 번역과 창작품을 발표하기도 하고 많지는 않지만 신시新詩, 수필, 대만어 가사를 발표하기도 하였다. 전쟁 후 그의 작품은 서정抒情과 언지言志를 다루는 산문이 많아졌는데, 전쟁 전의 작가들 중에서 산문에서 가장 높은 예술 성취를 이룩한 한 사람이 되었다.

1965년 9월에는 『국제화보國際畫報』에서, 1967년에는 『금일생활今日生活』에서 각각 왕창슝의 「부상심영扶桑心影, 부상은 옛날 일본의 다른 이름」과 「보도심영寶島心影」 시리즈를 간행하였는데 전자는 일본 왕실과 공상업의 발전을 분석하는 글이고 후자는 대만 각지의 명승고적을 답사하는 기록이었다. 이 시기 왕창슝은 많은 작품을 발표하였다. 담수는 그의 영원한 고향으로서 늘 시에서 읊조리는 대상이 되거나 작품이 펼쳐지는 무대가 되었다.

1980년에 「인생은 한 폭의 칠색 그림人生是一幅七色的畫」이란 산문으로 문단을 들썩이게 했는데 문필이 수려하고 감정과 생각이 풍만하였다. 그가 가사를 쓰고 뤼취안성呂泉生이 작곡한 노래 〈마음의 문을 연다면阮若打開心內的門窗〉은 아름다운 정서와 감미로운 음악으로 사람들을 감동시켰는데 한 시대를 풍미하고도 여전히 회자되고 있다.

왕창슝의 작품들은 스스로가 얘기했듯이 "문학의 진정한 임무는 인생을 재현하고體現人生 인생을 깨우치啟發人生"는 것을 특징으로 하고 있다. 그의 소설은 사회에 대한 묘사와 비판, 각성을 주제로 하고 있는데 「격류奔流」가 바로 그러하다. 이 소설은 황민화 시기 지배당하는 자들의 비틀린 마음을 생생하게 재현해냈는데 1943년에는 『대만소설집』 1대북대목서방(臺北大木書房)에, 전쟁 후에는 『대만작가전집』전위출판사(前衛出版社), 1993에, 구로가와黑川創가 편집한 『외지일본어문학선外地の日本語文學選』도쿄신주쿠서방(東京新宿書房), 1996 등에 수록되었는데 전쟁 후 대만과 일본 학자들의 열띤 토론을 유발하기도 하였다. 왕창슝은 2000년에 병으로 별세하였다. 2002년 10월에는 쉬쥔야許俊雅가 편집을 맡은 『왕창슝 전집』 전11권을 대북현지금의 신북(新北市) 문화국에서 책임지고 출판하였다.

쉬쥔야(許俊雅)

이케다 토시오

池田敏雄, 1916~1981

　　민속 연구가. 필명으로 황지黃雞, 첸뉴즈牽牛子, 우스창어吳氏嫦娥, 황스징화黃氏瓊華, 주스잉즈朱氏櫻子, 쉬스비위徐氏碧玉, 천스자오자陳氏照子, 멍쟈성孟甲生, 모리모토 준코森元淳子, 유스아란遊氏阿蘭, 라이스진화賴氏金花, 리싱화李杏花, 리스싱화李氏杏花, 린스싱즈林氏幸子, 루스핀盧氏品, 웨잉月英, 셰비안謝必安, 주잉타이진祝英台近, 칭산러우青山樓, 둥먼성東門生, 멍샤성艋舺生, 뤼멍정呂蒙正 등이 있다.

　　일본 시마네현島根県에서 태어나 1924년 가족과 함께 대만으로 이주하였다. 1935년에 대북臺北 제일사범대학 졸업 후 용산공학교龍山公學校에서 교사로 근무했는데, 그 기간 동안 대만민속문화에 대한 흥미가 생겼다. 1939년, 니시카와 미츠루西川滿가『대만풍토기』를 창간하였을 때 그가 협력 기고한『대만도등고臺灣挑燈考』는 대만 민속에 관련된 그의 첫 번째 글이다. 같은 해, 그는 대만시인협회에 가입하여 위원을 담당하였다.

　　1940년 대만시인협회가 대만문예가협회로 바뀌고『문예대만文藝臺灣』이 창간되었는데, 그는 계속 편집자를 역임하며 장원환張文環 등 대만 작가와 친분을 맺게 되었다. 1941년 3월, 그는 교사직을 그만두고 대만총독부의 부탁으로 출판물 편집을 맡았다. 같은 해, 황더스黃得時와 함께『대만문학서목』을 편찬하였고, 7월에 가나세키 다케오金關丈夫 등과『민속대만』을 공동으로 창간하였다. 1943년 황민봉공회皇民奉公會 홍보부로 옮겨 기관 잡지『신건설』의 편집 작업을 담당하였다.

1944년 징집되어 전쟁이 끝날 때까지 병동屛東으로 파견되었다. 1945년 그는 계속하여 『쑨원선생전』, 『초급 중국어 회화』 등 책을 편집하였다. 1946년, 그는 대만성 홍보위원회에서 계속 남아 일하였고, 같은 해 10월 대만성 편집 번역관에 들어가게 되었다. 1947년 2·28사변 후, 정부 당국은 고용 중인 일본인을 모두 송환하기로 결정을 내렸고, 그는 그해 5월 대만을 떠나 일본 시마네島根현으로 돌아가서, 오랫동안 헤이본샤平凡社에서 편집자로서 일하였다. 1981년에 그는 생을 마감하였다.

저작으로 『대만의 가정생활』1944이 있다. 그의 작품은 많진 않으나, 오랜 시간 동안 대만 민속연구에 종사하며 많은 성과를 거두었으며 깊은 영향을 미쳤다. 그가 수집한 대만의 민간이야기를 니시카와 미츠루가 편집하여 『화려도민간설화집華麗島民話集』1942으로 출판하였다. 또한 그는 일제 치하 시기의 소녀 작가 황스펑쯔黃氏鳳姿를 도와 『칠석七娘媽生』1940 등 책을 출판하였으며, 이는 대만 민속문학, 아동문학의 고전이 되었다.

푸케시 줌페이(鳳氣至純平)

장둥팡

張冬芳, 1917~1968

시인. 대만 대중臺中에서 태어났다. 1939년에 일본 도쿄제국대학東京帝大 중국철학과를 졸업하였다. 대만으로 돌아와 대북방송국臺北放送局에서 임직했었는데 전쟁이 끝난 후에는 대만대학 중문학과에서 교편을 잡았다. 1945년 12월에 쑤웨이슝蘇維熊, 황더스黃得時 등과 함께 대북대학 선수반先修班의 초대 교수가 되었고 후에는 『연평학원』의 기획, 설립에 참여하였다. 1946년 9월에 『신신新新』 잡지에서 조직하는 '대만문화의 전도에 대하여'란 주제의 회의에 참가하는데 왕바이위안王白淵, 황더스, 왕징취안王井泉 등 작가들도 참석하였다.

백색테러가 만연하던 시기, 뤼허뤄呂赫若와 긴밀히 왕래하면서 함께 몸을 숨길 방도를 찾았다. 장둥팡은 풍원豐原의 고향에서 피신하는 등 쫓기는 동안 도망일기逃亡日記와 시를 창작하여 고민과 비분을 토로하기도 하였는데 후에 자수하여 투옥되었다. 1950년대에 대중 풍원豐原으로 돌아가 창작을 멀리하고 상업에 종사하다가 1968년에 타계하였다.

전쟁 전의 작품으로는 『대만문학臺灣文學』에 발표한 「여행자旅人」, 「대추가 익을 때棗の熟れる頃」, 「남국南の國」, 「발자취足跡」, 「아름다운 세계美しい世界」 등 일본어로 된 시가 있고 그 외에도 라이허賴和의 유고 「나의 조부私の祖父」, 「타카기 토모에 선생高木友枝先生」을 일본어로 번역하기도 하였다.

전쟁 후의 작품으로는 「비애悲哀」, 「하나의 희생一個犧牲」, 「대화對話」 등 중국어로 된 시가 있다. 그의 시들은 천첸우陳千武가 편찬한『대중현 일거시기 작가 문집臺中縣日據時期作家文集』과 천밍타이陳明台가 책임 편집한『천첸우 역譯 시선집』,『망향望鄉』에 수록되었다. 그 외에도 산문「나의 모교我的母校」,「두 번의 설兩個過年」, 단편소설「아차이녀阿猜女」 등이 있다. 장둥팡張冬芳은 전쟁 기간1937~1945에 등단한 시인으로서 양윈핑楊雲萍, 츄춘광邱淳洸 등과 함께 이 시기 가장 중요한 시인 가운데 한 사람이다.

결전 시기의 시가들은 대개 낭만적인 개인 서정주의과 이성적인 대아大我 서정주의로 나뉘는데 장둥팡은 이성적인 서정시의 대표주자이다. 그의 시는 풍격이 참신하고 언어가 간결하고 세련되었으며 철학적인 사고를 내재하고 있는데 철리시哲理詩는 가히 걸작이라고 할 만큼 대만 시단의 진귀한 보물임에 틀림이 없다.

전쟁 후에는 2·28사변 직전에 발표한「대화對話」가 있는데 사건이 터지기 전야의 대만 사회의 빈궁한 형상을 그대로 보여주고 있다. 그의 작품은 백색테러 분위기와 문예정책의 영향으로 말미암아 본인과 친구들의 도망 경험을 소재로 한 경우가 많은데 당시의 폭정을 폭로, 비판하고 공포스런 분위기와 대만 사람들의 비참한 운명을 묘사하고 있다.

장둥팡은 일본어와 중국어 모두에 능했으며, 철학을 공부한 관계로 그의 시는 철학적 사고와 숙명감이 짙게 깔려 있었는데 어떤 시에서는 타고르의 영향도 엿볼 수 있다. 장둥팡은 라오서老舍의 소설「이혼離婚」을 일본어로 번역하여『대만문학』에 발표하기도 하였다. 전쟁 후의 시 작품에서는 루쉰魯迅의 시적 세계에 공명을 표하기도 하였다.

양즈징(楊智景)

린퇀츄

林摶秋, 1920~1998

극작가, 연극 영화감독, 사업가. 린보츄林摶秋, 일제시대에 사용한 이름, 린이윈林翼雲
등 이름을 사용하기도 하였다. 대만 도원桃園 사람이다. 1934년에 신죽新竹중학
교에서 공부를 시작하였으나 1938년에 학교를 그만두고 일본으로 건너가 니
혼대학 부설고등학교에 입학하였다. 1940년에는 메이지대학明治大學 정치경제
과에 입학하였다. 1942년에 졸업한 후 일본 신주쿠新宿에 있는 물랭루즈극단ム
ーラン·ルージュ, Moulin Rouge 문예부에 입사하여 그해 연말에 무대 처녀작 『오구야
마사大奧山社』를 발표하는데 이로써 린퇀츄는 도쿄 연극계에 진출한 첫 번째 대만
극작가로 되었다.

린퇀츄는 일본에서 활동하던 중 대만에 건너가 도원 '쌍엽회雙葉會'의 연극
활동에 참여하기도 하였는데 이 단체는 당시의 청년연극운동 가운데서 가장
우수한 성적을 거두었다. 1943년 초에 대만으로 돌아와 왕징취안王井泉, 장원환
張文環, 뤼취안성呂泉生 등과 함께 '후생연극연구회厚生演劇研究會'를 설립하고 각본 및
연출 부문을 책임짐으로써 중일사변 전의 신극운동新劇運動의 명맥을 이어나가
고자 하였다.

전쟁이 끝난 후인 1946년에는 '인극좌人劇座' 극단을 설립하여 「의덕醫德」,
「죄罪」 등을 공연하였으나 얼마 후 2·28사변으로 인해 극단활동을 중단하고
고향으로 돌아가 가업을 물려받았다. 1957년에 옥봉영화제작사玉峰影業公司를 설

립하고 호산영화촬영소湖山電影製片廠를 건설하여 대만어로 된 영화를 제작하였다. 그의 영화들은 보다 신중하게 제작되어서 팔로우샷과 스냅샷이 난무하던 당시의 상황에서는 보기 드문 현상이었다. 1965년에는 객관적인 환경이 대만어 영화산업에 불리하게 작용하자 영화사업을 접고 제조업으로 사업 중심을 옮기고 나서 다시는 문예사업에 발을 들여놓지 않았다. 1998년에 심근경색으로 세상을 하직하였다.

그의 작품으로는 연극 14편(현존하는 작품은 5편), 영화 5부(현존하는 작품은 4부), 영화극본 십여 편이 있다. 대표적인 극작품으로는 〈거세닭閹雞〉 전편, 〈고사관高砂館〉, 〈의덕醫德〉 등이 있고 영화작품으로는 〈아삼출마阿三哥出馬〉, 〈잘못된 사랑錯戀〉, 〈여섯 용의자六個嫌疑犯〉 등이 있다. 1943년 9월에 린퇀츄가 각색, 연출한 〈거세닭〉 전편, 〈고사관〉후생연극연구회 등 작품은 연극의 종합예술 특징을 응용하여 대만의 식민지 현실과 본토문화에 대한 감회를 교묘하게 풀어놓음으로써 당시 "대만 신극운동의 여명臺灣新劇運動的黎明"이라 추앙되었으며 현대극장연극사現代劇場史의 이정비적인 작품으로 되었다. 1961년에 연출한 대만 영화 〈잘못된 사랑〉은 훗날 '명작 200─최고의 중국어 영화 200부'대북금마영화제(臺北金馬電影節) 주최, 2002에 당선되었다.

바이춘옌(白春燕)

저우진보

周金波, 1920~1996

소설, 잡문, 평론, 하이쿠, 단카를 창작한 문학가. 대만 기륭基隆 사람. 1926 년에 기륭수基隆壽공학교지금의 신의초등학교(信義國小)를 졸업하고 1933년에 일본으로 건너가 니혼대학 부속제3중학교에 진학하였으며 1941년에 니혼대학 치과전 문부齒科專門部를 졸업하였다. 어릴 적 유학하는 부친을 따라 일본에서 생활한 적 이 있으나 관동대진재로 인해 대만으로 돌아왔다. 다시 일본으로 건너가서는 전위예술에 관심을 보였고 극단 활동에 참여하기도 하였다.

1941년 3월에 도쿄에서 창작한 소설 「수암水癌」이 대만에서 발표되었다. 그해 4월에 대만으로 돌아와 아버지의 치과진료소를 물려받은 동시에 문학창 작도 본격적으로 시작하게 되었다. 1941년 9월에는 소설 「지원병志願兵」을, 1942 년 1월에는 소설 「'자'의 탄생'尺'的誕生」을 발표하였고 2월에는 개편된 대만문예 가협회의 극작부劇作部門 이사로 취임하였으며 6월에는 '문예대만상'을 수상하 였다. 한창 대만 문학자들의 주목을 받고 있을 무렵 저우진보周金波는 1942년 9월의 「독자의 편지讀者來信」, 1943년 1월의 「기후와 신앙과 질병氣候信仰與宿疾」이란 작품에서 일본과 대만의 관계에 대한 의문을 나타내기 시작하였다.

1943년 6월에 가두소설街頭小說을 창작하기 시작하였다. 8월에는 양원핑楊雲萍, 나가사키 히로시長崎浩, 사이토 이사미齋藤勇와 함께 대만을 대표하여 제2회 대동 아문학자대회에 참석하였다. 1944년에는 대만총독부 정보과의 문학가파견사업의 일원으로 되었으며 9월에는 소설「조교助教」를『대만시보臺灣時報』에 발표하였는데 이는 정보과에서 편찬한『대만결전소설집臺灣決戰小說集』에도 수록되었다.

1975년경에는 단카短歌 단체에 가입하여『대북단카집臺北短歌集』에 단카短歌를 발표하기도 하였다. 1994년 8월 일본의『들풀野草』이라는 잡지에「저우진보 강연 기록 : 내가 걸었던 길―문학, 희극, 영화」를 발표하는데 1993년에 강연했던 내용들을 문자화한 기록들로서 저우진보가 일제 치하에서 해왔던 문학활동을 회고한 소중한 자료가 되었다. 1996년에 일본에서 세상을 떴다.

전쟁과 황민화皇民化 정책을 시행하던 시기의 일본과 대만 사이의 인간관계를 살펴본 작품들로는「지원병」,「'자'의 탄생」,「독자의 편지」,「기후와 신앙과 질병」,「조교助教」 등이 있는데 이는 저우진보의 가장 중요한 대표작들이다. 처녀작「수암」을 시작으로 저우진보는 늘 전쟁과 황민화운동이 기존의 인간관계와 감정에 미치는 영향을 탐구해 왔다.「수암」에서는 의사와 환자,「지원병」과「'자'의 탄생」에서는 동창,「독자의 편지」에서는 하층 고용인과 작가,「기후와 신앙과 질병」에서는 친지가족,「조교」에서는 사생을 선택한 것과 같다.

장원쉰(張文薰)

양첸허

楊千鶴, 1921~2011

소설가, 산문가, 기자. 대만 대북臺北 사람이다. 1934년에 대북제2사범부속공학교臺北第二師範附屬公學校를 졸업하고 대북 정수고등여학교靜修高等女學校에 입학하였는데 소설가 하마다 하야오濱田隼雄가 교편을 잡고 있던 시기였다. 1941년 6월부터 1942년 4월 사이, 『대만일일신보臺灣日日新報』에서 가정문화란의 기자로 활동하였는데 상사는 니시카와 미츠루西川滿였다. 그곳에서 요우 치즈코楊千鶴子라는 기명署名으로 전문란에 기고하였는데 대만문화, 육아, 위생지식에 관련된 문장들이 대부분이었다. 라이허賴和를 방문하기 위해 장화彰化로 찾아가기도 하였으며 대만에서는 첫 번째 여기자였다. 1943년에 결혼하고 나서 가정과 전쟁후의 언어의 교차가 어려운 등 여러 원인으로 여러 해 펜을 멈추었다.

1950년에 대동현台東縣의 제1기 현 의원으로 당선되었다. 1953년에 남편 린쟈슝林嘉雄이 정치박해를 받게 되자 홀로 가계를 책임지고 세 아이를 부양하였는데 1977년에 온 집안이 미국으로 이민을 떠났다. 1989년부터 대만 일본을 왕래하면서 대만문학과 관련된 회의나 특강에 참석하고 논문, 수필을 발표하여 일제 치하의 대만문단을 회고하기도 하였는데 2011년에 미국에서 별세하였다.

1941년부터 1943년까지가 양첸허의 창작 전성기였다. 주로 일본어로 창작하였는데 『문예대만』, 『민속대만』, 『대만문학』, 『대만공론』 등지에 작품을

발표하였다. 1942년 7월에 발표한 소설 처녀작 「꽃피는 계절花咲く季節」은 자기의 경험을 바탕으로 해서 여성의 정의情誼와 예교禮敎의 속박을 그려냈는데, 일제시기 유일하게 대만의 고등지식인 여성의 자주적인 풍격과 주체적인 사고를 그려낸 작품으로 된다.

1993년에 출판한 장편 자서전 소설 『인생프리즘人生のプリズム』에 대해 장량쩌張良澤는 '대만문학사의 소중한 참고문헌'이라고 높이 평가하였다. 2001년 남천서국南天書局에서 출판한 중국어작품선집 『꽃피는 시절花開時節』에는 그녀의 전쟁 전후의 소설, 수필, 평론, 전문란 기고작품, 강연고, 서신 등이 번역되어 수록되어 있다.

양첸허는 유창하게 일본어를 구사하였고 서정적인 사실주의 수법으로 당시 남성작가들이 부각한 인물형상과 이성적인 예술특징을 탈피하였는데 그로 인해 우융푸巫永福로부터 일제시기 대만 최고의 여성작가로 불리기도 하였다.

천이쥔(陳怡君)

천첸우

陳千武, 1922~2012

시인, 소설가, 아동문학작가, 평론가, 번역가. 필명은 환푸桓夫이고 본명은 천우슝陳武雄이며 대만 남투南投 출생으로 1935년에 대중臺中 제일중학교5년제에 입학하여 1941년에 졸업하였다.

중학교 시기부터 창작을 시작해 1939년에 「여름밤의 일각夏夜深き一時」을 천첸우라는 필명으로 『대만신민보臺灣新民報』 학예란에 발표하고 창작활동을 시작하였다. 1940년 첫 일본어 시집 『헤매는 풀피리彷徨ふ草笛』를 출판하였으며, 1942년에 2년 동안의 일본어 시와 단편소설 작품을 모아 『꽃의 시집花の詩集』을 펴냈다. 1943년에 징집되어 남양南洋으로 파견되면서 창작이 잠시 중단되었다.

전쟁 후 1946년에 싱가포르 강제 수용소로 송환될 때 『명대신문明臺報』 총 5기 편집을 맡았으며, 같은 해 대만으로 되돌아가 임무국林務局 대중현 팔선八仙산 삼림농장에서 일하게 되었다. 그동안에 일본어 단편소설 「애수야哀愁夜」를 발표했으나 언어 전환 때문에 창작이 계속 중단되어 작품이 극히 적었다. 1958년에 들어서야 첫 중문시 「외경外景」이 『공론보公論報』의 「남성주간藍星週刊」에 실렸다. 그 후 언어 장벽을 넘어 『현대문학』과 『대만문예』 등 잡지에 많은 작품을 발표하면서 1963년에 첫 중문 시집 『밀림시초密林詩抄』를 출간하였다.

1964년, 대만 시인들이 시를 발표할 터전이 부족하다는 이유로 우잉타오吳瀛濤, 잔빙詹冰, 린헝타이林亨泰와 진롄錦連 등과 함께 '입시사笠詩社'를 설립하였다.

1970년대부터 일제 치하 시기의 신시를 정리·번역하고 1979년에 『대만일보』 어린이판 편집을 맡으면서 아동문학, 청소년문학의 창작과 보급에 관심을 갖게 되었다. 이와 동시에 외국 시인 작품의 번역과 소개에도 진력하여 일본과 한국 시인의 작품 번역 외에도 대만과 동남아 국가 간의 시와 문학 교류를 적극적으로 추진하고 우줘류吳濁流 문학상, 제6회 국가문예상을 수상하였다.

천첸우의 작품은 일제 치하 시기부터 전후까지, 일본어로부터 중국어로까지 창작되어 장르별로는 시, 소설, 평론, 아동문학과 번역 등 여러 가지가 있다. 널리 알려진 시집은 전쟁 전의 『헤매는 풀피리』1940 외에 전후의 『밀림시초』1964, 「마조신의 전족媽祖的纏足」1974이 있으며 소설은 「여수 잡기獵女犯」1984가 있고 평론으로는 「현대시의 탐구現代詩的探求」1969와 『대만신시논집臺灣新詩論集』1997 등이 있다. 천첸우는 대만에서 다언어세대 중에 손꼽히는 작가로서 많은 작품들이 여러 외국어로 번역되고 현대시사에서 시문학의 국제 교류를 추진하는데에도 현저한 공헌을 하였다. 그가 제기한 현대시의 '두 개의 뿌리兩個球根'설은 대만 현대시 발전사를 구축하는 데에 중요한 영향을 미쳤다.

린진리(林巾力)

왕위더

王育德, 1924~1985

독립운동가, 대만어연구가, 작가. 필명은 왕모처우王莫愁, 리밍黎明, 웡졔翁傑, 장만구이章漫龜, 린하이수이林海水 등으로 대만 대남臺南 출신이다. 1936년 말 광공廣公학교를 졸업하고 1942년 대북臺北고등학교를 졸업하였다. 1969년에는 논문 「민남어 음운 체계 연구」로 도쿄대 문학박사학위를 취득했다.

전쟁 후 초기에는 왕위더는 평론과 극본에 대한 평론을 통해서 시사문제를 비판한다는 이유로 정부 당국의 주의를 받은 데다가, 검사관이던 형 왕위린王育霖이 2·28사변에서 조난을 당해 홍콩을 경유하여 일본으로 망명했다. 일본에 간 후 도쿄대에 복학하여, 대학과 석박사 과정을 잇달아 수료하였다. 1957년 『대만어 상용 어휘臺灣語常用語彙』도쿄 : 영화어학사(永和語學社)를 자비로 출판하기 위하여 집을 팔아서 자금을 마련했다.

1964년 『대만—고민의 역사臺灣−苦悶するその歴史』도쿄 : 홍문당(弘文堂)를 출판하자 일본 각계에서 보도가 이루어졌다. 1960년 대만독립 운동의 거점으로서 도쿄에 대만청년사를 창립하고 『대만청년』이라는 잡지를 발행하였다. 그 밖에 1983년에 문학연구논문집 『대만해협臺灣海峽』도쿄 : 일중(日中)출판사도 출판되었다. 왕위더는 정치 운동가이자, 치밀한 연구가이다. 그는 대만어는 대만 민족의 문화적 뿌리라고 생각하였고, 그의 대만어 연구와 민족 논술은 언어민족주의의 이론적 기반을 마련하였다. 그는 1985년 심근경색으로 도쿄에서 생을 마감하였다.

해외 망명자로 30년이나 망명생활을 하고 대만으로 돌아가지 못했지만 그의 정치 운동 및 언어 저술과 역사 연구는 대만에 지대한 영향을 미쳤다. 왕위더는 「과도기過渡期」, 「봄의 놀이春の戱れ」, 「떠도는 민족漂える民族」 등 여러 편의 소설을 저술하고 단카短歌, 칠언절구七絶, 현대시, 수필, 평론 등도 저술했다. 그는 연극을 전쟁 후 대만 초기 문학의 주체로 간주하였다. 1945년 9월 황쿤빈黃昆彬 등과 희곡연구회를 설립하고 「신생지조新生之朝」, 「투주병偸走兵」, 「청년의 길」 등 여러 편의 연극을 창작하여 대남연평희원臺南延平戱院 공연에서 호평을 받았다.

1959년 『일본중국학회보日本中國學會報』에 발표한 「문학혁명이 대만에 끼친 영향文學革命の臺灣に及ばせる影響」은 전쟁 후, 일본에서 최초로 발표된 대만문학 연구이다. 그가 전력을 다한 대만어 연구는 언어적인 측면에서 많은 불리함이 있어 좋은 발전을 거듭할 수 없었던 대만 문학의 발전을 위하여 기반을 닦는 작업이었다. 대만어의 문자화와 대만 문학의 재건 사업으로 이 작업은 향후의 대만어 문화 발전 방향에도 영향을 미쳤다. 작품집은 『떠도는 민족—왕위더 선집漂泊的民族—王育德選集』대남시정부문화국, 2017이 있다.

뤼메이친(呂美親)

예스타오

葉石濤, 1925~2008

소설가, 잡지사 보조 편집자, 번역가, 문학평론가. 필명으로는 예줘진葉左金, 덩스룽鄧石榕, 예셴궈葉顯國, 뤄상룽羅桑榮 등이 있다. 대만 대남臺南 사람이다. 1952년 대남시에서 태어났다. 대남 주립제2중학교를 졸업하였다.

40여 년간『문예대만사』의 보조 편집, 성립대남공학원省立臺南工學院, 지금의 성공대학에서 총무처 보관조 조장, 대남시 건설청臺南市建設廳 수도감독처自來水督導處 노동자, 국민소학교 교원 등을 지냈다. 1951년에는 '성노사정안省工委會案'에 연루되어 '사실을 알고도 신고하지 않은知匪不報' 죄명으로 3년형을 선고받았다. 1999년에는 성공대학 명예 문학박사 학위를 수여받았으며 본교의 대만 문학연구소 교수 및 중화문화부흥총회 부회장, 총통부 국책고문 등을 겸임하였다.

소설로는「후루골목의 춘몽葫蘆巷春夢」,「카살스의 첼로卡薩爾斯之琴」,「빨간신紅鞋子」,「시라야의 말예 판은화西拉雅的末裔潘銀花」,「대만 남자 젠아타오臺灣男子簡阿淘」,「나비골목의 춘몽蝴蝶巷春夢」 등이 있다. 수필로는「어떤 대만 늙은 작가의 오십년대一個臺灣老朽作家的五〇年代」,「서울에서의 잡다한 생각들府城瑣憶」,「문학세월을 추억하며追憶文學歲月」 등이 있다. 논술 저서들로는『예스타오 평론집』,『땅이 없는 곳에 어찌 문학이 있으리沒有土地哪有文學』,『대만문학사강臺灣文學史綱』,『대만문학입문ー대만문학에 대한 57개의 문답臺灣文學入門ー臺灣文學五十七問』,『대만문학회고臺灣文學的回顧』 등이 있다. 번역 작품들로는『대만문학집』 1·2,『니시카와 미츠루 소설집西川滿小說

集』1 등 80여 종이 있다.

예스타오는 60여 년 동안 자신의 창작 풍격을 부단히 변주해 갔다. 초기의 「춘원春怨」, 「임군의 편지林君寄來的信」 등 작품은 니시카와 미츠루의 탐미주의 영향을 받아 낭만적 색채가 농후하나, 1940년대 작품은 자조적이고 냉소적인 유머로 가득찼으며 1965년 후의 복귀작들은 전쟁 전의 낭만주의를 탈피하고 인도주의와 사실주의 기법을 기용하고 있다. 「청춘青春」, 「귀신달鬼月」 등 30여 편의 작품들은 "유머러스한 독특한 문학적 스타일幽默文學的獨特格調"평루이진彭瑞金이라 평가받고 있으며 1980년대의 「빨간신」은 1950년대에 몸소 겪었던 백색테러의 경험을 회억하고 있다. 말년의 「시라야의 말예西拉雅的末裔潘銀花」를 비롯한 평부족平埔族에 대한 작품은 대만 소설의 소재를 위한 새로운 장을 열어 놓았다.

소설 창작 외에도 예스타오는 문학평론, 문학사 저술, 수필, 번역 등 다방면에 걸쳐 활동하였으며 그중에서도 『대만문학사강』은 오늘에 이르기까지 지대한 영향을 미치고 있다. 『대만문학사강』은 대만 사람이 처음으로 저술한 대만 문학사로서 대만 문학의 발전과 변화를 기록하고 있다. 이 책은 '전통구문학의 이식傳統舊文學的移植', '대만 신문학 운동의 전개臺灣新文學運動的展開', '40년대의 대만 문학―눈물 흘리며 뿌린 씨앗은 반드시 환호하며 수확하리40年代的臺灣文學─流淚灑種的,必歡呼收割', '50년대의 대만 문학―이상주의의 좌절과 퇴폐50年代的臺灣文學─理想主義的挫折與頹廢', '60년대의 대만 문학―허무와 추방60年代的臺灣文學─無根與放逐', '70년대의 대만 문학―향토냐 인성이냐70年代的臺灣文學─鄉土乎, 人性乎', '80년대의 대만 문학―자유와 용서, 다원화를 향하여80年代的臺灣文學─邁向更自由, 寬容, 多元化的途徑' 등 총 7장으로 구성되어 있다. 일본어판나카지마 토시오(中島利郎)·사와이 릿지(澤井律之) 역, 2000, 한국어판김상현 역, 2013으로 번역 출판되었으며 대만 문학의 명맥을 이어가려는 자주적인 노력을 인정받아 세계 문단에서도 더욱 빛나고 있다.

리민중(李敏忠)

황펑쯔

黃鳳姿, 1928~

아동문학자, 민속작가. 필명은 황스펑쯔黃氏鳳姿, 이케다 호우시池田鳳姿이다. 대만 맹갑艋岬 출신이며 용산공학교龍山公學校와 대북臺北주립 제3여고를 졸업하였다. 1938년 용산공학교 4학년 때 동지를 주제로 쓴 「경단おだんご」은 지도교수 이케다 토시오池田敏雄로부터 높은 평가를 받아 이듬해 니시카와 미츠루西川滿가 운영하던 잡지 『대만 풍토기』 창간호에 게재되었다. 그 후 이케다 토시오池田敏雄한테 지도와 편집의 도움을 받아 작품집을 출판하고 1947년에 이케다 토시오와 결혼하여 일본으로 이주하였다.

『칠석七娘媽生』일효(日孝)서재, 1940; 도토서적 대북지점, 1940, 『저승사자七爺八爺』도토서적 대북지점, 1940, 『대만의 소녀臺灣の少女』도토서적주식회사, 1943; 도토서적 대북지점, 1944 총 3권의 작품집을 출판했으며 1941년 1월에 『칠석』, 『저승사자』는 대만 총독부 정보부의 추천도서로 선정되었다. 문학소녀로 주목을 받아 기쿠치 칸菊池寬으로부터 '대만의 도요타 마사코豊田正子'라는 평을 받은 황펑쯔는 이케다 토시오의 격려와 지도 아래 맹갑의 전통 명절과 전설, 가정생활 등 현지인의 삶을 민속 연구 및 창작의 대상으로 활용하였다. 황펑쯔 가족들과 이케다 토시오를 비롯한 『민속대만』의 동료가 맹갑에서의 민속 연구에 협조하였다.

주후이주(朱惠足)

쿠도 요시미

工藤好美, 1989~1993

　　일본 오이타大分현 출신. 1924년 와세다대학早稻田大學 문학부 영문과 졸업 후 대북제국대학臺北帝國大學 문정부 조교수를 역임하고 교수가 된 후 영국문학 과정을 개설했다. 전쟁 후 일본에 돌아가 와세다대학, 나라奈良여자대학, 나고야名古屋대학, 교토京都대학, 아오야마青山학원대학, 도카이대학東海大學 등에서 교수를 역임하였다. 월터 페이터Walter Pater, 영국의 문학평론가를 연구하는 전문가로 관련 연구 저서와 논문들이 대다수 보존되어 있고, 대북제국대학에서의 강의 내용도 『Coleridge연구コールリッジ研究』로 기록되어 이와나미岩波서점에서 출판됐다. 그 밖에 『문학론文學論』, 『영문학연구英文文學研究』朝日新聞社, 『연구소研究社』, 『언어와 문학ことばと文學』, 『문학개론文學概論』南雲堂 등의 저서가 있다.

　　영국문학 연구 외의 저술이 많진 않으나, 『대만시보臺灣時報』279호에 게재한 문학평론인 「대만문화상과 대만문학臺灣文化賞と臺灣文學」에서 황민봉공회 중앙본부에서 창설한 대만문학상 중 일부의 모순을 지적하고, 당시 대만의 대표작가 3인인 하마다 하야오濱田隼雄, 니시카와 미츠루西川滿 그리고 장원환張文環의 작품들을 평가하여 비현실주의 논쟁을 일으켰다.

나카지마 토시오(中島利郎)

다나카 야스오

田中保男, 생몰년 미상

기자, 평론가, 신문사 편집자. 필명은 스쿠류우 노스케惡龍之助이다. 대만 이주 전의 학력·경력 미상. 1931년 대만신문사에 입사하여 기자와 편집국 정리부장을 역임하고 1943년 편집국 문학부장직을 맡았다. 『대만신문』 문예란의 주요 책임자이며 같은 잡지의 「월요문단月曜文壇」의 소설 선정 업무도 담당했다. 재직 기간 동안에 사카구치 레이코坂口䙱子와 뉴타 슌겐入田春彦을 비롯한 대만의 일본인 작가 외에도 대만 작가의 작품도 게재하여 『대만신문』 문예란을 '염분鹽分지대작가' 작품 발표의 중요한 터전이 되었다. 작가 본인의 작품이 많지 않고 평론가와 지도자로서 제2차 세계대전시기의 대만문단에서 활동하면서 지방 문화 건설 및 국어일본어능력 향상의 중요성을 강조했다.

1942년 수필 「남교잡기南郊雜記」를 발표하고 '지방주의문학'을 주창하며 향수鄕愁에 잠겨 있었던 지방분위기가 강한 향토적 창작을 비판하면서 현 단계 지방 인물의 삶과 정신을 주제로 삼아야 한다고 주장했다. 1943년은 짧은 논평문 「나는 이렇게 생각한다—대만의 문학을 위하여私は斯う思ふ—臺灣の文學のために」에서도 형식과 흥미성에만 구애받고 현실과 삶과 동떨어진 작품을 비판했다. 다나카 야스오는 앞서서 '황민문학'이라는 단어를 내걸고 온 대만 작가를 대상으로 국어 능력을 향상시키고자 호소하며 자유하고 풍부한 국어 문장 실력으로 창작해야 '올바른 황민문학'을 확립하고 작가 지위를 확보할 수 있고 '본섬

의 문예'를 '외지外地문학'이나 '지방문학'이라는 차별대우를 면하게 하고 진정한 '일본문학'의 일부로 자리 잡게 할 수 있다고 주장하였다. 비록 그의 관점은 식민지 지배자와 전쟁 협력의 입장에서 벗어나지 못했으나 현지 작가의 육성에 힘을 기울여 대만인이 주로 참여했던 『대만신문학』과 『대만문학』 등 잡지의 편집과 문예좌담회에도 적극적으로 참여하고 양쿠이楊逵를 비롯한 대만 작가들의 신뢰를 얻었다.

우이신(吳亦昕)

시부야 세이이치

澁穀精一, 생몰년 미상

문예평론가. 대만 중력中壢으로 이주. 1941년 5월 잡지사 『대만문학』 편집위원으로 근무하였으며, 그는 주로 이 잡지의 '문예시평'에 작품을 발표하였다. 『붕남신문鵬南新聞』에서 기자로 활동한 경력이 있지만 구체적인 기록은 남아 있지 않다. 이후 나카야마 유우中山侑의 추천으로 대북臺北 방송국에 성우로 입사하여, 라디오 방송 및 희극 등에 출연하였고, 1942년 사림군士林郡 청년연극정신대青年演劇挺身隊 작품인 〈부친이 돌아왔다父帰り〉나카지마 토시오(中島俊男) 윤색에도 출연하였다. 1943년 집안 사정으로 도쿄로 돌아갔으나 『대만문학』에 투고하는 활동은 멈추지 않았다.

「소설의 어려운 점小說の難しさ」, 「문예평론에 대하여文芸批評に就て」『대만문학』, 「문예시평·고담활론文芸時評·餘りに放談的な」『만시보』 등의 평론을 썼으며 『대만공론』에도 '문예시평'의 짧은 글을 발표하였다. 당시 문예평론이 발달되지 않은 대만에서 그의 평론은 엄격하지만 풍자성을 띤 아주 표준적인 평론문이라고 할 수 있다. 예를 들어 "『대만문학』이 대만문학계에 큰 공을 세웠으나 그의 자본계급의 흥미성을 추구하는 것은 또 어떻게 봐야 하는가? 그리고 그림책이나 동화책의 소개 같은 것은 나에게는 어쨌든 이해할 수 없는 악취미이다"라는 평은 그의 방향성을 시사해 준다.

나카지마 토시오(中島利郎)

장칭탕

張慶堂, 생몰년 미상

    소설가, 시인. 필명은 탕더칭唐得慶이고 대남臺南 신화新化 출신이다. 학력 미상. 같은 대남 출생인 문예동호인 자오리마趙櫪馬, 황퍄오저우黃漂舟, 둥유펑董祐峯, 정밍鄭明, 쉬아런徐阿壬, 주펑朱鋒 등 10명과 함께 대남시 예술 동호회를 조직했는데, 그 구체적인 시기는 정확하지 않다. 동호회는 문예부와 연극부로 나누어, 대만 구문헌 정리 위원회를 만들어 대만과 관련된 옛 문헌들을 수집하고 베껴적으면서 자료를 정리하고 증명하였다.

    그의 작품은 모두 『대만문예』와 『대만신문학』에 발표되었고, 중국어 위주의 작품으로 대표작은 「선혈鮮血」, 「연관年關」, 「늙음과 죽음老與死」, 「그는 눈물을 흘렸다他是流眼淚了」, 「비정상적인 방畸形的屋子」 등의 소설과 소수의 미발표된 시 작품 원고가 남아 있다. 그의 작품은 식민 통치하에 있던 대만 농민의 고달픈 삶과 억압 받는 상황을 집중 조명하고 있는데 지주를 향한 소작인의 투쟁, 식민체제에서 차별대우를 받는 농민들의 비굴함, 도시와 농촌의 격차 등의 문제를 다루고 있다. 예스타오葉石濤와 중자오정鍾肇政은 그의 힘 있는 필력과 사회에 대한 날카로운 통찰력, 현실주의와 심리묘사를 융합하여 가난한 농민들이 적극적으로 살 방법을 도모하며 현실에 굴복하지 않는 강인함을 잘 표현해냈다며 호평하였다.

스팅위(石廷宇)

쿠로키 오우시

黒木謳子, 생몰년 미상

　시인. 일본의 나가노長野현에서 태어났다. 본명은 타카야마 마사토高山正人이고 필명은 쿠로키 오우시이다. 1930년 5월 대만에 간 것으로 추정되고 병동屛東에서 의료 관련 업무에 종사하였다. 1934년부터『대만신문』에 시가 작품을 발표하며 이 신문의 신년문예로 자주 입선되어, 편집자 다나카 야스오田中保男로부터 높은 평가를 받았다.

　1934년에 대만문예연맹에 가입하여『대만문예』에서 시가 작품을 한 편만 발표하였다. 1936년 7월에는 양쿠이楊逵가 이끈 대만신문학단의 편집위원이 되었고『대만신문학臺灣新文學』에서 시가 작품과 역시譯詩, 번역한 시를 발표하였다. 같은 해 여름 모리유키 사카에森行榮와 함께 병동예술연맹屛東藝術聯盟을 창립하여 문예, 연극, 영화 세 부문을 설립하였고 문예부에서『남도시인잡지南島詩人雜誌』를 발행하였다. 1929년 2월에는 나가노에서 제1권 시집『고요한 산맥靜かな山脈』을 출판했다. 1937년 6월에 대만에 간 후, 첫 시집『남쪽 과수원南方の果樹園』을 출판했다. 하지만 불행히도 이 시집을 출판한 지 얼마 되지 않아 업무 등 기타 스트레스로 인해 정신적으로 힘든 시간을 보냈다.

나카지마 토시오(中島利郎)

타케무라 타케시

竹村猛, 생몰년 미상

　　문예평론가. 1942년 4월 대북臺北 경제전문학교에서 교수를 역임했다. 1944년 대만문학봉공회기관잡지『대만문예』편집위원으로 활동한 바 있다. 일본 본토에서 타치하라 미치조우立原道造 등과 같이 동인지를 출판한 적이 있지만 구체적인 기록이 남아 있지 않다. 대만에 온 후부터 일본 패전까지「작가와 작가의 소양作家とその素質」『대만문학』, 「작가와 작품作家と作品」『대만시보』, 「작가의 태도作家の態度」『대만공론』, 「문학자의 신중함文學者の矜持」『대만공론』, 「어느 작가에게ある作家へ」『대만공론』「새로운 문예 잡지新しい文芸雜誌」대만문학봉공회『대만문예』창간호 등 논평을 저술하였고, 그의 논평은 추상적인 문체로 유명하다.『문예대만』5권 1호 간행물에 하마다 하야오濱田隼雄에 대한 논평인「〈남방이민촌〉 및 그 주변『南方移民村』近傍」」을 게재하였다.

나카지마 토시오(中島利郎)

황바오타오

黃寶桃, 생몰년 미상

　시인, 소설가. 대만 기릉基隆에서 태어났다. 주로 일본어로 창작하였다. 1935년 10월에 처음으로 『대만신문』 문예란에 여성심리를 주제로 한 시 「가을의 여인 목소리秋天的女人聲音」(일본어 제목은 전해지지 않는다)를 발표하였다. 그 후 잇달아 단편소설 「인생人生」, 「감정感情」, 시 「고향故鄉」, 「시인詩手」 등 작품들을 발표하였다. 「인생」은 자본주의사회의 생산 과정이 여성들에 대한 소외와 여성들이 노동 현장에서 직면한 성적 모욕과 성적 관음 등 현실을 반영하였다. 「감정」은 한편으로는 대만과 일본의 혼혈 아동의 심리에 초점을 맞추어 식민지의 특수한 문화적인 모호 현상을 반영하였고 다른 한편으로는 여성들이 정치, 국가, 남권과 같은 문화 질서 속에서 억압받는 현실에 대해 불평을 토로하였는데 당시로서는 보기 드문 사실적인 소재였다. 황바오타오의 창작 소재는 경험에만 국한되지 않고 예타오槳陶와 마찬가지로 부녀운동의 시야를 갖추고 있었는데 여성 의식과 젠더 정체성에 입각하여 사실주의 수법으로 예리한 젠더 의식을 표현해냄으로써 대만 여성들이 종족, 계급, 성별, 직업에서 처한 열세를 폭로하였다. 예스타오槳石濤는 그의 소설을 높이 사서 다음과 같은 평가를 남겼다. "좌파의 사상이 농후한데 보편적인 인권과 여성 인권을 결합시킬 줄 알고, 약소 군체의 빈곤한 생활에 대해 적극 항의할 줄 알았다."

천이쥔(陳怡君)

조선

이인직

李人稙, 1862~1916

호는 국초菊初. 고조부 이사관李思觀은 정승을 역임하였으나, 증조부인 면채 冕采는 서자였다. 따라서 면채의 3남인 조부 해서海瑞와 생부 윤기胤耆, 그리고 이 인직은 모두 서얼이라고 할 수 있다. 이러한 신분적 한계로 인해 높은 품계의 관직에는 오르지 못했던 것으로 추정된다.

출생 후 도일 이전까지 청년 시기의 행적에 대해서는 알려진 바가 거의 없다. 흔히 39세 때인 1900년 2월에 관비유학생으로 선발되어 도일한 것으로 알려져 있지만 이는 사실과 다르다. 1900년 3월 13일 자『황성신문』의 「사비 이관私費移官」이라는 기사에 이인직은 이미 일본에 와 있던 사비유학생 12인 중 의 한 명으로 기록되어 있으며, 이때 조선 정부의 조치에 의해 관비유학생으 로 전환되었음을 알 수 있다. 따라서 1898년경부터 도쿄정치학교 청강생의 신분으로 조중응과 함께 수강했다는 고마쓰 미도리小松綠의 회고록의 언급은 거의 틀림없는 사실이라고 할 수 있다.

이인직의 일본 체류 경험에 있어 중요한 계기적 사건으로는 도쿄정치학 교 수학受學과『미야코신문都新聞』견습기자 활동을 들 수 있다. 대한제국관헌 이 력서에는 도쿄정치학교를 1900년 9월에 입학한 것으로 기재되어 있지만,『황 성신문』을 참조할 때 이미 그 이전부터 수학하고 있었던 것으로 볼 수 있다. 또한 이력서상 졸업 일자가 1903년 7월 16일이라는 사실을 고려하면 재학 기간을 최소 3년에서 최대 5년으로 볼 수 있으므로 기존의 연구에서는 이인직이 교장이었던 마쓰모토 금페이松本君平나 강사였던 우키타 가즈타미浮田和民, 아리가 나가오有賀長雄 등의 영향을 많이 받았을 것으로 추정해 왔다. 그러나 최근의 한 연구에서는 도쿄정치학교가 설립 초기부터 운영에 어려움을 겪었을 뿐만 아니라 오랜 기간 동안 학교로서의 기능을 정상적으로 수행하지 못했다는 기록이 제시된 바 있다. 때문에 이인직이 이 학교와 강사들로부터 어떠한 영향을 받았는가 하는 의문은 좀 더 고구考究될 필요가 있다.

한편 이인직種은 도쿄정치학교에 재학 중이던 1901년 11월 25일부터 『미야코신문』의 견습생이 되어 「몽중방어夢中放語」1901.12.18, 「설중참사雪中慘事」1902.2.6 등 일본어로 표기된 여러 편의 글을 발표했다. 그중에서도 단편소설 「과부의 꿈寡婦の夢」1902.1.28~29은 이인직의 첫 번째 작품이라는 점에서 특기할 만하다. 문예물과 대중 취향적 기사를 주로 게재하여 이른바 소신문小新聞으로 분류되는 『미야코신문』에서의 견습기자 체험은 귀국 후 언론 활동과 소설 창작에 적지 않은 영향을 주었을 것으로 판단된다. 특히 「과부의 꿈寡婦の夢」을 교열補했고 이인직과 간담상조하는 사이였다고 직접 언급한 바 있는 『미야코신문』기자 겸 소설가 치즈카 레수이遲塚麗水는 청일전쟁 당시 『유빈호치신문郵便報知新聞』의 종군기자로서 평양 전투를 직접 취재한 후 『진중일기陣中日記』1894라는 보고문학작품을 남긴 바 있다. 「혈의루」역시 평양 전투를 서사적 배경으로 삼고 있다는 점에서 『미야코신문』을 통해 맺어진 치즈카 레수이와 이인직의 교분은 고찰의 필요성이 충분하지만 현재로선 더 이상의 관련 자료를 찾을 수 없다.

1904년 2월 22일 이인직은 일본 육군성 제1군사령부 소속 한어韓語 통역으로 임명되어 귀국하였고, 그해 5월까지 러일전쟁에 종군한 바 있다. 동년 9월에는 『국민신보』의 11월 창간을 목표로 『황성신문』에 주식 모집 광고를 게재했으나 이때에는 뜻을 이루지 못했다. 역시 같은 해 11월에는 그가 일역한 「별주부전」이 「용궁의 사자龍宮の使者」라는 제목으로 개제改題되어 이와야 사자나미巖谷小波가 편찬한 『세계옛이야기전집世界お伽噺全集』1904에 수록되었고, 이 책은 박물관博文館에서 간행되었다. 1905년 이후로는 경성과 도쿄를 오가며 체류하되 주로 일본에서 활동하다가 1906년 1월에 창간된 『국민신보』의 주필을 맡게 되면서 조선에 정착한 것으로 보인다. 동년 6월 창간된 『만세보』의 주필로 자리를 옮긴 이인직은 「혈의루」와 「귀의성」을 발표함으로써 이른바 신소설 작가로서의 명성을 얻게 된다. 1907년 5월 『만세보』가 폐간되기 직전 이인직은 잠시 『제국신문』에 「혈의루」 하편을 연재했지만 미완인 채로 곧 중단하고 7월부터는 『대한신문』의 사장으로 취임한다. 『대한신문』의 발행분은 전하지 않지만, 1907년 9월부터 1910년 9월까지 『황성신문』과 『대한매일신보』 등 여타 신문들의 기사에서 이인직이 대한신문사장으로 표기되고 있는 것으로 보아 그는 창간 때부터 폐간에 이르기까지 『대한신문』의 사장을 역임했던 것으로 추정된다. 또한 그는 『대한신문』의 전속 소설가이기도 했다. 1907년 9월 순국문판 창간호에는 「강상선」이라는 작품을 연재한 사실이 확인되었고, 1908년 초에는 「은세계」를 연재한 것이 확실시되며, 그보다 조금 앞선 시기에 「치악산」 또한 연재했을 것으로 추정되기 때문이다. 『대한신문』 사장 재직 시기에도 이인직은 여러 차례 일본을 방문했고 활동의 편폭이 매우 컸던 것으로 보이지만 그 구체적인 내용에 대해서는 역시 알려진 바가 거의 없다.

한일강제병합조약 체결 직후인 1910년 8월 30일 『대한신문』은 결국 폐간되었고, 이인직 역시 사장에서 물러났다. 1910년 9월부터 1916년 사망 때까지는 도일했다는 기록을 찾을 수 없다. 1911년 7월 일제에 의해 경학원經學院의 사성司成으로 임명된 후, 『경학원잡지』의 편찬 및 발행인을 맡아 1916년 사망 전까지 지속적으로 활동했던 것으로 보인다. 그러한 와중에서도 1912년 11월 10일에는 기존의 「혈의루」를 개작改作·개제改題한 「모란봉」을 집필하여 단행본으로 출판하였고, 1913년 2월 5일부터 6월 3일까지 『매일신보』에는 이전에 『제국신문』에 단 11회 연재되었던 「혈의루」의 하편과는 다른 내용을 담은 새로운 하편을 역시 「모란봉」이라는 제목으로 연재한 바 있다. 말년에는 일본 신도神道 13개 교파의 하나이자 18세기 중기에 일본에서 일어난 신흥 종교인 천리교天理敎를 신봉한 것으로 알려져 있으며, 1916년 11월 25일 사망한 후 이 천리교 예식에 맞춰 장례식이 치러졌다고 한다.

강현조

이해조

李海朝, 1869~1927

호는 동농東濃, 열재悅齋, 이열재怡悅齋. 필명은 선음자善飲子, 하관생遐觀生, 석춘자惜春子, 신안생神眼生, 해관자解觀子, 우산거사牛山居士 등이다. 본관은 전주全州이며, 1869년 경기도 포천抱川에서 태어났다. 인평대군麟坪大君의 후손이며, 그의 조부는 대원군파의 숙청으로 1883년 처형되었다가 갑오개혁 무렵 복권된 이재만李載晩이다.

이해조는 한학을 수학하며 성장하였다. 그는 1901년부터 1년여간 양지아문量地衙門의 양무위원으로 활동하였는데, 이 시기에 산술과 외국어 등 근대적 지식을 본격적으로 접하게 되었을 것으로 추정된다. 1903년 무렵부터 낙연의숙洛淵義塾에서 학원學員으로 종사하였으며 1905년 7월에 연동예배당蓮洞禮拜堂의 신자가 되어 개화지식인들과 교유했다. 1906년 아버지 이철용李哲鎔이 설립한 신야의숙莘野義塾에서 간사원幹事員과 의숙감義塾監으로 근무하였다.

1906년 11월부터 이해조는 국민교육회國民敎育會가 중심이 되어 만든 잡지 『소년한반도少年韓半島』에 한문현토소설「잠상태岑上苔」를 연재하면서 문학작품을 발표하기 시작한다. 이러한 이력은 이해조가 이후 자신의 소설에서 중국 명대明代 백화한문단편소설집『금고기관今古奇觀』의 화소들을 서사진행에 활용하는 점과도 연결된다. 이해조는 1907년 무렵부터 1908년까지 돈명의숙敦明義塾의 숙감으로 근무하면서 『제국신문帝國新聞』에 소설을 연재하였다. 1908년 기호흥학회畿湖興學會의 월보 편집위원으로 활동하고, 1909년에는 기호학교畿湖學校의 겸임 교감을 맡는다. 그가 1908년 12월부터 1909년 7월까지『기호흥학회월보畿湖興學會月報』에 연재했던「윤리학倫理學」은, 모토라 유우지로元良勇次郞의『중등교육 원량씨 윤리서中等敎育 元良氏倫理書』상권을 번역하고 내용을 덧붙인 것이다. 1909년 6월부터 1910년 5월에 걸쳐 이해조는『대한민보大韓民報』에 소설을 연재한다.

그는 1910년 10월부터『매일신보每日申報』에 열한 편의 신소설을 연재하고, 판소리 산정刪正과 한시를 게재한다. 이해조는 잡지와 신문 매체를 기반으로 활동하였으나, 연재를 거치지 않고 단행본으로 출판된 작품도 있다.『화성돈전華盛頓傳』1908과『철세계鐵世界』1908,『자유종自由鐘』1910이 그것이다. 이 중 이해조의『화성돈전華盛頓傳』1908은 중국의 정금丁錦이 일본의 후쿠야마 요시하루福山義春의『華聖頓』1900을 번역하여『화성돈華聖頓』으로 펴낸 것을 다시 한국어로 번역한 것이다. 또한 이해조의『철세계鐵世界』1908의 원작은 프랑스 소설가 쥘 베른의『인도 왕녀의 오억 프랑Les Cinq Cents Millions de la Begum』1879으로, 이 작품은 영역본 The Begum's Fortune1880, 모리다 시겐三田思의 일역본『철세계』1887, 바오텐샤오包天笑의 중역본『철세계』1903로 차례로 번역되었다. 이해조는 중국 상해의 문명서국文明書局에서 발행된 바오텐샤오包天笑의『철세계』1903를 저본으로『철세계』1908를 역술했다.

이해조 소설의 주요한 특징 중 하나는 조선 외부의 공간 배경이 빈번하게 등장한다는 점이다.『빈상설鬢上雪』1908에서는 중국의 상해가,『원앙도鴛鴦圖』1908에서는 미국의 하와이가 제시된다.『모란병牡丹屛』1911에서는 미국,『구의산九疑山』1912과『춘외춘春外春』1912과『봉선화鳳仙花』1913,『우중행인雨中行人』1913 등에서는 일본이 상징적으로 그려진다. 이러한 해외 공간은 대체로 근대문명을 학습하는 유학지의 성격을 띤다. 한편,『월하가인月下佳人』1911과『소학령巢鶴嶺』1913에서는 각각 멕시코와 러시아령 연해주를 배경으로 조선인 이주노동자들이 겪는 곤경을 다루었다.

1913년 이해조는 『매일신보』를 퇴사한 뒤 시조집 『정선 조선가곡精選朝鮮歌曲』1914을 편찬하고, 『홍장군전洪將軍傳』1918, 『강명화실기康明花實記』1925 등을 발표하였다. 1927년 5월에 포천에서 타계하였다.

김윤진

안국선

安國善, 1878(1879)~1926[*]

이명異名은 안주선安周善, 안명선安明善. 호는 천강天江, 농구실주인弄球室主人. 본관은 죽산竹山이며, 경기도 고삼古三에서 태어났다. 1911년 큰아버지 안경수安駉壽의 양자로 입적하였다. 소설가 안회남安懷南의 아버지이다.

안국선은 1895년에 관비유학생으로 선발되어 8월에 경응의숙慶應義塾 보통과普通科에 입학하고 1년 뒤인 1896년에 졸업했다. 이후 1896년 와세다대학早稻田大学의 전신인 도쿄전문학교東京專門學校의 방어정치과邦語政治科에 입학하여 1899년 졸업한 뒤 귀국하였다. 귀국 직후 박영효朴泳孝와 관련된 역모사건에 연루되어 투옥되었다가 전라남도 진도珍島로 유배되었다. 1907년 3월 유배에서 풀려난 뒤 서울로 온 안국선은 이용익李容翊이 설립한 출판사 보성관普成館의 번역원으로 활동하며『비율빈전사比律賓戰史』1907 등을 번역하였다.『비율빈전사』의 번역 저본은『남양지풍운南洋之風雲』1901으로, 필리핀인 마리아노 폰세Mariano Ponce가 스페인어로 저술한 *CUESTION FILIPINA*를 미야모토 헤이쿠로우宮本平九郎와 후지다 스에타카藤田季莊가 공역한 것이다.『남양지풍운』은 '동시상심인同是傷心人'이라는 필명의 역자譯者가『비렵빈독립전사飛獵濱獨立戰史』1902라는 제목으로 중국 상해의 상무인서관商務印書館에서 출간한 바 있다.

---

[*] 안국선이 태어난 연도와 관련해서는 의견이 엇갈린다. 1893년에 간행된『죽산 안씨 족보』에 의하면 1879년이고, 일제강점기에 만들어진 호적에 따르면 1878년이다.

1907년 10월 안국선은 이치시마 켄키치市島謙吉의 동명의 책에 영향을 받아 『정치원론政治原論』을 편술하였고, 1907년 11월에는 효과적 연설을 위한 이론과 실제 연설문의 예들로 구성된 『연설법방演說法方』을 저술 간행하였다. 1907년 11월 30일부터 1개월 동안 안국선은 제실재산정리국帝室財産整理局 사무관으로 근무한다. 1908년 2월에 펴낸 『금수회의록禽獸會議錄』은 안국선이 관직에서 물러나 있던 시기에 쓰인 소설로서 동물들의 연설을 통해 당시의 사회상을 신랄하게 비판하고 풍자한 것이 그 내용이다. 이 소설은 발행 후 3개월 만인 1908년 5월에 재판이 발행될 정도로 인기를 모았으나 1909년 5월 치안 담당자들로부터 금서禁書 처분을 받았다. 안국선은 1908년 기호흥학회畿湖興學會의 월보 저술원, 대한협회大韓協會 회원 등으로 활동했다. 1908년 7월부터 1910년 8월까지 탁지부度支部 이재국理財局의 감독과장과 국고과장을 역임했으며, 1911년 3월에는 경상북도 청도淸道 군수로 임명되어 2년 3개월 동안 근무하였다.

군수를 그만둔 뒤 상경한 안국선은 1915년 8월 단편소설집 『공진회共進會』를 펴냈다. 『공진회』에는 「기생妓生」, 「인력거군人力車軍」, 「시골노인이야기地方老人談話」 등 세 편의 단편이 실려 있다. 조선총독부는 1915년 9월 11일부터 50일간 경복궁에서 조선물산공진회朝鮮物産共進會를 개최하였는데, 안국선은 책의 서문에서 이 공진회의 여흥을 돕기 위하여 소설을 썼다고 서술했다.

1919년 12월 조선경제회朝鮮經濟會의 상무이사를 맡았고, 1920년 이후 해동은행海東銀行에서 서무과장 등의 직책을 역임했다. 1921년 조선인산업대회朝鮮人産業大會의 위원으로 활동하였다. 1920년대에 안국선은 「세계경제와 조선」『동아일보』, 1920.6.15~18, 「조선인을 본위로 하라—산업조사회産業調査會에 대한 요망」『동아일보』, 1921.6.13 등 경제에 관한 글을 주로 발표한다. 1926년 7월에 서울에서 사망했다.

김윤진

신채호

申采浩, 1880~1936

    호는 단재이며, 1880년 할아버지의 처가가 있는 대전 대덕구 어남리에서 태어나서 자랐다. 아버지가 작고한 후 충북 청원군 귀래리에 있는 신씨 마을로 이사를 하여 그곳에서 할아버지와 주변 지식인들로부터 전통 교양을 배웠다. 1895년 향리에서 풍양 조씨와 결혼하였다. 1898년 상경하여 성균관을 다녔고 장지연 등 계몽지식인들과 교류하면서 신지식을 쌓았다.

    1906년 양기탁의 천거로 『대한매일신보』의 주필이 되어 보호국하의 조선을 독립시키기 위한 다양한 활동을 하였다. 「지구성 미래몽」과 같은 소설을 통하여 제국주의 근대성의 세계를 재현하면서 제국주의 저항운동을 벌였다. 또한 세계사 속에서 조선의 역사를 규명함으로써 조선 사람들로 하여금 자긍심을 갖도록 다각도로 노력하였다. 문학과 역사를 바탕으로 한 신채호의 이러한 저항적 인문학의 정신은 옥사할 때까지 이어진다.

    1907년 양기탁, 안창호 등과 함께 비밀리에 신민회를 조직하여 항일운동을 하다가 결국 강점 이후 연해주 쪽으로 망명을 한다. 『권업신문』 등을 발간하면서 해외 독립운동을 하다가 신규식의 초청으로 상해로 가서 새로운 길을 모색하였다. 만주에서 고구려를 비롯한 고대 한국인의 흔적을 찾는 노력을 하였고 특히 광개토대왕비를 보면서는 몇 권의 역사서보다 이 비석 하나가 중요하다는 말을 남겼다. 1916년 「꿈하늘」을 창작하였으나 발표는 하지 못한 채

유고로 남겼다. 일제가 물리력에 기초한 억압적 지배뿐만 아니라 동의에 기반한 헤게모니적 지배를 하고 있음을 간파하고 이에 맞서기 위해 이런 작품을 썼다. 이후 북경 등지에서 망명 지식인으로서의 저항의 인문학 저술을 하던 신채호는 3·1운동 이후 임시정부가 세워지자 여기에 참여하면서 독자적인 주장을 하였다. 안창호 등을 중심으로 한 개조파는 『독립신문』을 기반으로 실력양성운동을 앞세웠다.

신채호는 『신대한』 신문을 중심으로 임시정부의 재편을 요구하는 창조파의 일원이 되어 제1차 세계대전 이후 벌어지는 세계질서 속에서 조선의 독립을 구상하였다. 내부적으로 붕괴하던 유럽을 대신하여 나선 미국이 주도한 국제연맹의 실체를 확인하면서 더 이상 미국에 기대는 방식으로 독립운동을 할 수 없다고 생각하였다. 미국의 워싱턴 군축 회의에 기대를 거는 것을 비판하였던 것도 이러한 인식에서 나온 것이다. 또한 신채호는 당시 조선의 많은 지식인이 참가하였던 소련 주도의 모스크바 극동피압박민족대회도 비판하였다. 제국주의를 하는 나라의 무산자와 식민지 나라의 무산자를 함께 보는 것은 현실에 어긋나는 것이라고 하면서 프롤레타리아 국제주의를 외치던 당대 사회주의들과는 선을 그었다. 북경을 기반으로 1921년 『천고』 잡지를 발간하면서 저항의 인문학을 지속하던 신채호는 과거의 민족주의에서 벗어나 무정부주의자로 변신한다.

이러한 사상적 전환 이후 신채호는 문학에서는 「용과 용의 대격전」을 역사서술에서는 『조선사』를 집필하였다. 소설 「용과 용의 대격전」은 발표하지 못하고 유고로 남겼지만, 조선사는 옥중에 있던 1931년 『조선일보』에 연재하였다. 이 무렵 신채호는 많은 중국의 지식인들과 교류하면서 중국 역사서들을 탐독하고 이를 비판적으로 읽음으로써 조선고대사를 서술할 수 있는 터전을 마련하였다. 이 과정에서 국가의 이성보다는 민중의 이해를 중요시하는 새로운 사상을 터득하게 되었고 이를 기반으로 동방무정부주의연맹에 참가하여 활동하다가 대만에서 체포되었다. 과거의 민족주의에서 벗어나되 소련 중심의 프롤레타리아국제주의와는 다른 새로운 형태의 국제주의 운동을 벌였던 것으로 추정된다. 1930년 대련 법정에서 10년을 받고 여순 감옥에 있다가 1936년에 옥사하였다.

해방 후 중국의 지식인들이 신채호학사를 만들어 일본에 맞선 조선과 중국의 연대를 기념하려고 하였을 정도로 신채호는 동아시아에서 반제국주의 국제주의 연대의 대명사였다. 발표되지 못하였던 단재의 유고는 해방 후 북한의 인민대학습당에 전해졌다가 안함광 등이 이 자료를 정리한 『용과 용의 대격전』을 발간함으로써 널리 알려져 현재에 이르고 있다.

김재용

조중환

趙重桓, 1884~1947

호는 일재一齋. 필명은 일재一齋, 조일재趙一齋. 본관은 양주楊州이며, 서울에서 태어났다. 숙부는 조선시대 말기에 5국 전권대신全權大臣을 지내고 대한제국 시기에 법무협판法務協辦 겸 특명전권공사特命全權公使를 지낸 조신희趙臣熙다.

조중환은 1900년에 초창기의 사립 일본어학교인 경성학당京城學堂에 입학하여 1903년에 제5회로 중학부中學部를 졸업했다. 졸업 직후에 경성학당 교사, 탁지부度支部의 일본인 고문 보좌관 통역을 지내다가 1907~1910년경에 일본에 유학하여 니혼대학日本大學에서 수학했다. 귀국 직후 매일신보사每日申報社에 입사하여 1912~1915년에 번안소설을 연재했으며, 1915~1917년에 경파주임硬派主任으로 재직한 뒤 1918년에 퇴사했다.

조중환은 1912년 3월에 윤백남尹白南과 함께 극단 문수성文秀星을 창립하여 번역 및 번안, 각색을 담당하는 한편 배우로 활동했다. 문수성은 1911년에 임성구林聖九가 조직한 혁신단革新團과 차별화된 공연을 기획했는데, 창립 기념작으로 공연된 번역극 〈불여귀不如歸〉전 9막에서 조중환은 나미코浪子의 부친 가다오카 기片岡毅 중장 역을 맡아 출연했다. 또한 1912년 8월에 단행본으로 출판된 조중환의 번역소설 『불여귀』전 2권는 도쿠토미 로카德富蘆花의 인기 가정소설 『호토토기스不如歸』를 완역한 것으로, 일본 근대문학의 대표작을 번역한 희귀한 사례이자 1910년대 신극 무대의 인기 레퍼토리로 큰 성공을 거두었다.

조중환은 『쌍옥루雙玉淚』1912.7~1913.2, 『장한몽長恨夢』1913.5~10, 『국菊의 향香』 1913.10~12, 『단장록斷腸錄』1914.1~6, 『비봉담飛鳳潭』1914.7~10, 『속편장한몽續篇長恨夢』 1915.5~12을 잇달아 『매일신보每日申報』에 연재했다. 조중환의 신문 연재소설은 모두 일본 메이지明治시기 후기와 다이쇼大正시기 초기의 인기 가정소설을 한 국식으로 바꾼 번안소설이다. 『쌍옥루』는 기쿠치 유호菊池幽芳의 『나의 죄己が罪』, 『장한몽』은 오자키 고요尾崎紅葉의 『곤지키야샤金色夜叉』, 『단장록』은 야나가와 슌 요柳川春葉의 『의붓자식生さぬ仲』, 『비봉담』은 구로이와 루이코黑巖淚香의 『첩의 죄妾の 罪』, 『속편 장한몽』은 와타나베 가테이渡辺霞亭의 『소용돌이渦巻』를 각각 번안한 소 설이다. 또한 조중환의 번안소설은 연재를 마치자마자 단행본으로 출판되는 동시에 연극으로 여러 차례 공연되었다.

특히 조중환의 대표작인 『장한몽』은 한국 번안소설의 대명사로 일컬어 지며 대중적으로 가장 유명하다. 『장한몽』은 식민지 시기 최고의 베스트셀러 이자 인기 레퍼토리이며, 소설뿐 아니라 연극, 연쇄극連鎖劇, 영화, 대중가요, 만 담漫談, 라디오 방송극으로 탈바꿈하면서 해방 후에도 생명력을 유지했다. 『장 한몽』은 한국 대중문학과 대중문화에서 광범위하고 지속적인 영향력을 발휘 한 번안소설이다.

한편 조중환은 한국 최초의 근대 희곡이자 번안극인 「희극병자삼인喜劇 病者三人」1912.11~12을 『매일신보』에 연재했으며, 본격적인 연극 평론 「예성좌藝星 座의 초初 무대舞臺－『코르시카의 형제兄弟』를 보고」1916.3를 실명實名으로 발표한 신극 운동의 선구자다. 『매일신보』를 퇴사한 이후에 조중환은 윤백남尹白南이 1922년 1월에 조직한 민중극단民衆劇團에서 번역 및 번안, 각색을 담당했다.

또한 조중환은 1920년대 중후반에 영화 제작자로 활약했다. 영화감독으 로 변신한 윤백남에 의해 1923년에 설립된 백남白南 프로덕션과 이구영李龜永, 이

필우李弼雨의 주도로 1925년에 조직된 고려영화제작소高麗映畫製作所의 주요 제작진을 중심으로, 조중환은 1925년에 계림영화협회鷄林映畫協會를 창립했다. 고려영화제작소는 1925년 9월에 조중환의 번안소설『쌍옥루』를 영화로 제작하여 상설 영화관 단성사團成社에서 상영했으나 곧 해산된 단체다. 조중환의 계림영화협회鷄林映畫協會는 첫 번째 영화로 이경손李慶孫 감독의 〈장한몽〉을 제작했다. 1926년 3월에 단성사에서 개봉된 무성영화無聲映畫 〈장한몽〉은 조중환이 직접 번안과 각색을 맡았다. 계림영화협회鷄林映畫協會는 잇달아 이경손 감독의 〈산채왕山寨王〉1926.9을 제작하고, 주식회사로 전환한 후 심훈沈熏이 영화소설로 먼저 발표한 뒤에 각색 및 감독을 맡은 〈먼동이 틀 때〉1927.10를 제작하여 개봉했다.

그 밖에도 조중환은『매일신보』에 장편소설『관음상觀音像』1920.7~1921.3, 역사소설『금척金尺의 꿈』1934.7~1935.12, 『안동의기安東義妓』1939.11~1940.5, 『동지사비화冬至使秘話』1940.5~11를 연재했으며, 1941년에 경성방송국京城放送局 제2방송부에서 라디오 소설 담당 촉탁囑託으로 근무했다. 해방 후인 1947년 5월에 조중환은 우익 일간지『독립신문獨立新聞』의 주필로 취임하여 소설『해방전후解放前後』1947.7~8를 연재했으나 미완으로 그쳤다. 조중환은 1947년 10월에 서울에서 숙환으로 사망했다.

박진영

윤백남

尹白南, 1888~1954

　　충남 논산에서 윤시병尹始丙의 삼남 일녀 중 이남으로 태어났다. 본명은 교중敎重, 아명은 학중學衆이다. 부친 윤시병은 독립협회 탄압시기 일본으로 망명하였고, 이후 일진회 회장을 역임한 인물이다. 11살 되던 해1898 윤백남은 서울로 이주하여 1903년 경성학당京城學堂 중학부를 졸업하고, 도일하여 후쿠시마福島 반조우盤城중학교 3학년에 편입한다. 1904년에는 와세다早稻田실업학교 3학년에 편입, 정치과 진학을 희망하였으나 황실 국비장학생에 추가 선정되어 통감부 요구로 도쿄관립고등상업학교에 진학하였다. 1909년 『대한흥학보』에 한시와 번역물을 발표하며 문필활동을 시작하였다. 예명으로 '윤백남', '틔빅南人', '미봉眉峰'을 사용하였다. '극광劇狂'이었다 회고할 만큼 유학시절 윤백남은 이인직李人稙, 극작가 김정진金井鎭 등과 교류하며 연극공부에 몰두하였고, 연극개량운동에 특히 관심을 두었다. 비평 「연극과 사회」『동아일보』, 1920.5.4~16의 일본 연극개량회演劇改良會, 국민문예회國民文藝會 등의 서술에서 그러한 관심을 확인할 수 있다. 윤백남의 첫 희곡 〈국경國境〉『태서문예신보(泰西文藝新報)』, 1918.12은 다구치 기꾸데이田口掬汀의 희곡 〈국경國境〉『연예구락부(演藝俱樂部)』, 1907.6을 재창작한 작품이다.

　　귀국 후 윤백남은 조일재趙一齋와 극단 문수성文秀星을 창립1912, 「불여귀不如歸」도쿠토미 로카(德富蘆花) 원작를 공연하며 극계에 투신한다. 문수성文秀星은 와타나베 카테이渡邊霞亭의 소설 「쇼후진想夫憐」, 오오쿠라 토로大倉桃郞의 소설 「비와가琵琶歌」 등의 가정비극류 레퍼터리를 무대에 올렸다. 1916년 이기세李基世와 조직한 예성좌藝星座에서는 뒤마A. Dumas 원작 「코르시카의 형제The Corsican Brothers」Dion Boucocault를 선보이며 서구 근대극 공연을 시도하기도 하였다.

예성좌藝星座 해산 이후 『매일신보』 기자생활을 거쳐 1920년 비평 「연극과 사회」를 발표하며 '민중에 즉卽한 흥극운동興劇運動'을 제창한 윤백남은 예술협회1921, 민중극단1922을 조직하며 연극운동을 재개한다. 사회극 「운명運命」1920 등의 희곡은 이 시기의 노작이다. 20년대 중반부터는 조선영화 제작에 관여하였고, 20년대 후반에는 야담野談 연사활동, 신문연재 역사소설 창작, JODK 초대 편집과장 재직1932 등 대중문화 전반에 걸쳐 활동하였다. 1931년 극예술연구회 창립동인으로 가담하였으나 그의 입장은 극예술연구회의 번역극·근대극론과 궤를 달리하고 있었다.

1935년 윤백남 일가는 만주로 이주하여1936~1937경 봉천奉天과 신경新京, 연길延吉 등지에서 거주하다 해방 직전 귀국하였다. 약 8년간 중국에서의 구체적 행적은 좀처럼 찾기 힘드나 그의 책 『조선의 마음』1945에 의하면 '재만조선농민문화협회在滿朝鮮農民文化向上協會 상무이사'직을 맡았고, 유족 증언으로는 교편을 잡았다 한다. 「사변전후事變前後」『매일신보』, 1937.1.1~1938.5.2, 「팔호기설八豪奇說」『만몽일보(滿蒙日報)』, 1937, 「선악일대善惡一代」『만선일보(滿鮮日報)』, 1940, 「벌통」『신시대(新時代)』, 1945.1은 이 시기 작품이다. 「팔호기설八豪奇說」은 「대도전」 주인공의 후손이 동북지역 조선인 이주민을 규합하여 누르하치努爾哈赤를 도와 후금後金을 건국하는 과정을 그린 대중소설로, 해방 후 『대호전大豪傳』으로 간행되었다. 「사변전후事變前後」에서는 만주사변 전후 동북지역·만주를 배경으로 조선인 마적단의 활동과 만주국 건국이 다루어지고 있다. 「벌통」은 조선인 소작인 일가의 만주 정착을 다룬 개척민소설이다. 해방 후 귀국한 윤백남은 조선영화건설본부 위원장으로 피촉되었고, 계몽구락부를 조직하여 야담운동을 기획하였으며, 「회천기回天記」 『자유신문(自由新聞)』, 1949로 신문소설 집필을 재개한다. 한국전쟁기 해군 정훈장교로 종군한 윤백남은 예편 후 서라벌예술학교 초대학장으로 활동하던 중 1954년 9월 29일 지병으로 소천하였다.

백두산

최남선

崔南善, 1890~1957

호는 육당六堂. 아명은 최창흥崔昌興. 필명은 곡교인曲橋人, 공륙公六, 남악주인南嶽主人, 대몽大夢, 대몽생大夢生, 백운향도白雲香徒, 육당六堂, 육당학인六堂學人, 일람각주인一覽閣主人, 축한생逐閒生, 한샘, NS생NS生. 본관은 동주東洲이며, 서울의 중인 출신 관료인 최헌규崔獻圭의 3남 3녀 중 차남으로 태어났다. 형 최창선崔昌善은 청년기부터 최남선과 함께한 선구적인 출판인이며, 동생 최두선崔斗善은 중앙고등보통학교 교장, 동아일보사 사장을 지냈다.

최남선은 1902년에 초창기의 사립 일본어학교인 경성학당京城學堂에 입학했으나 3개월 만에 그만두었다. 1904년 10월에 대한제국 황실 특파 유학생으로 선발된 최남선은 11월에 도쿄부립東京府立 제일중학교第一中學校에 입학했다가 12월에 귀국했다. 1906년 9월에 두 번째로 일본 유학을 떠난 최남선은 와세다대학早稻田大學 고등사범부 역사지리과에 입학했지만 1907년 3월에 벌어진 모의국회模擬國會 사건으로 자퇴했다. 최남선은 곧바로 귀국하지 않고 대한유학생회大韓留學生會가 도쿄東京에서 발행한『대한유학생회학보大韓留學生會學報』1907.3~5 편집을 맡았다.

최남선은 1908년 6월에 서울에서 신문관新文館을 창립하여 전문 편집자로 활약했다. 신문관은 우수한 기술력을 갖춘 독자적인 인쇄소를 소유하고, 편집과 경영이 분리되어 운영된 근대적인 종합 출판사로서 정기 간행물 발행 및 단행본 출판의 양대 부문에서 획기적인 공적을 남겼다. 특히 최남선에 의해 창간된 『소년少年』1908.11~1911.5은 한국 최초의 종합 교양 월간지이며, 창간호 권두卷頭에 최초의 신시新詩인 「해海에게서 소년少年에게」가 게재되었다. 한일병합韓日倂合 후에 『소년』이 강제 폐간되자 최남선은 아동 독자를 대상으로 한 반월간지 『붉은 저고리』1913.1~6, 월간지 『아이들 보이』1913.9~1914.10, 학생 독자 중심의 『새별』1913.9~1915.1, 종합 교양 월간지 『청춘靑春』1914.10~1918.9을 잇달아 발행하여 근대적인 잡지 문화를 개척했다. 또한 최남선은 '십전총서十錢叢書'1909와 '육전총서六錢叢書'1912~1913를 비롯한 문고본 및 학술, 문예, 교양, 실용의 다양한 영역에 걸친 단행본을 기획하여 출판했다.

최남선은 1909년 8월에 청년학우회靑年學友會를 조직하는 데에 참여했으며, 1910년 10월에 조선광문회朝鮮廣文會를 설립하여 한국학 고전을 체계적으로 간행하기 시작했다. 최남선은 1919년 3·1운동에서 「선언서宣言書」를 집필하여 체포되었다가 1921년 10월에 가출옥했다. 최남선은 1922년에 신문관을 동명사東明社로 개칭하고 주간지 『동명東明』1922.9~1923.6을 발행했으며, 1924년 3월 31일에 일간지 『시대일보時代日報』를 창간했다. 또한 최남선은 부정기 간행물무크 형식의 1인 잡지 『괴기怪奇』1929.5~12를 발행했다.

최남선은 1927년에 계명구락부啓明俱樂部를 중심으로 진행된 조선어 사전 편찬 계획에 참여했다. 또한 최남선은 1920년대 중반부터 단군檀君 신화, 고대사, 민속, 문화에 대한 독보적인 연구 역량을 발휘했으며, 일본어로 집필된 사론史論인 「불함문화론不咸文化論」1927을 발표했다. 최남선은 최초의 창작 시조집 『백팔번뇌百八煩惱』1926, 역대 가집歌集에 수록된 시조를 집성하여 편찬한 『시조유취時調類聚』1928, 역사서 『아시조선兒時朝鮮』1927, 『조선역사朝鮮歷史』1931, 기행 수필 『심춘순례尋春巡禮』1926, 『백두산 근참기白頭山覲參記』1927, 『금강예찬金剛禮讚』1928, 기행 가집 『조선유람가朝鮮遊覽歌』1928를 잇달아 출판했다.

한편 최남선은 1928년 12월부터 조선총독부 부설 기관으로 설치된 조선사편수회朝鮮史編修會 위원으로 활동했다. 조선사편수회는 1925년 6월에 발족하여 1945년 8월까지 『조선사朝鮮史』 편찬을 통해 식민사학植民史學을 집대성한 관변官邊 역사 편찬 기구다.

최남선은 1936년 6월부터 1938년 3월까지 조선총독부 자문 기구인 중추원中樞院 참의參議를 역임하고, 중일전쟁 발발 직후인 1937년 9월에 국책 기업인 선만척식주식회사鮮滿拓殖株式會社의 지원으로 중국 동북 지역과 관동주關東州를 시찰했다. 뒤이어 1938년 3월에 『만몽일보滿蒙日報』, 10월에 『만선일보滿鮮日報』 편집 고문에 취임한 최남선은 1938년 4월부터 1943년 2월까지 만주국 신경新京에 설립된 건국대학 교수로 부임하여 동양사와 만몽문화滿蒙文化를 강의했다.

중일전쟁과 태평양전쟁 시기에 각종 어용 조직 및 반민족 단체에서 활동한 최남선은 일본의 만주 및 중국 침략을 정당화하고 대동아공영권의 논리를 미화하면서 강제 동원 정책에 적극적으로 부응했다. 특히 1943년 11월에 일본 메이지대학明治大學 강당에서 열린 '조선학도 궐기대회朝鮮學徒蹶起大會'에서 최남선은 일본 유학생의 학병學兵 지원을 독려하는 연설 활동을 벌였다.

최남선은 식민지 시기 말기에 『고사통故事通』1943을 저술하고 『삼국유사』1943를 편찬하여 출판했다. 해방 후에 최남선은 역사와 문화 저술에 매진하여 『신판조선역사新板朝鮮歷史』1945, 『조선독립운동사朝鮮獨立運動史』1946, 『조선상식문답朝鮮常識問答』1947, 『국민조선역사國民朝鮮歷史』1947, 『역사일감歷史日鑑』1947~1948, 『조선의 산수山水』1947, 『조선의 고적古蹟』1948, 『조선의 문화文化』1948, 『조선상식朝鮮常識』전 3권, 1948, 『천만인千萬人의 상식常識』1948을 잇달아 출판했다.

최남선은 1949년 2월에 반민족행위특별조사위원회反民族行爲特別調査委員會에 체포되어 기소되었다. 최남선은 수감 직후에 집필한「자열서自列書」를 위원회에 제출하고 언론에 공개한 뒤 보석保釋 상태에서 공판을 받았으나 반민족행위처벌법이 무력화되면서 재판이 중단되었다. 최남선은 1957년 10월에 서울에서 사망했다.

박진영

이광수

李光洙, 1892~1950

1892년 2월 22일 평안북도 정주定州의 몰락한 양반 집안에서 태어났다. 11세에 콜레라로 부모를 모두 잃고 고아가 되어 친척집을 전전하다가 12세 되던 해 겨울 동학東學에 입도했다. 1905년 동학의 일진회一進會 유학생 자격으로 일본에 유학하여 1906년 타이세이중학大成中學에 입학했으나 한 학기만에 학비가 중단되어 귀국, 이듬해 1907년에는 황실유학생 자격으로 메이지학원明治學院에 편입학한다. 약소국의 유학생으로서 1905년 조국이 외교권을 강탈당하고, 1907년 고종高宗의 강제 퇴위에 잇달아 군대가 해산되는 것을 지켜보아야 했던 이광수는 『신한자유종新韓自由鍾』을 비롯하여 『태극학보太極學報』, 『대한흥학보大韓興學報』 등 유학생단체의 학회지에 비분강개한 성격의 애국적 문장들을 다수 발표하며 문필활동을 시작한다. 한편 톨스토이와 바이런에 심취하여 문학에 눈뜨면서부터는 일본어 단편 「사랑인가愛か」1909를 비롯하여 단편 「무정無情」, 산문시 「옥중호걸獄中豪傑」, 번안 단편 「어린 희생」 등 다양한 장르에 걸친 조선어 창작에도 힘을 쏟았다.

1910년 8월 조선은 결국 일본에 합병되어 국권을 잃고 만다. 그해 3월 이광수가 졸업과 동시에 고향 정주의 오산학교五山學校에 교사로 부임한 지 5개월 만의 일이다. 국권을 잃고 더욱 강화된 언론 통제 속에서 이광수는 스토H. B. Stowe의 「엉클 톰스 캐빈Uncle Tom's Cabin」을 「검둥의 설움」1913이라는 제목으로 번역 간행하여 자유와 해방, 문명화와 독립을 추구하는 민족주의적 열망을 우회적으로 담아냈다. 한편 1913년 늦가을 오산학교를 떠나 대륙방랑의 길에 오른 이광수는 상해에서 연해주沿海州의 블라디보스토크, 북만주의 목릉穆陵, 시베리아의 치타에 이르기까지 해외 각지에 흩어져 있던 망명 지사들의 근거지를 편력했다. 중국이 아편전쟁에서 패배한 상흔이자 신해혁명辛亥革命의 근거지이기도 했던 국제도시 상해에서는 서구 제국주의의 위력과 약소민족의 비애를 실감했고, 연해주에서 북만주, 시베리아까지 흩어져 있던 해외 동포들의 열악한 삶을 목도하면서는 독립 준비로서의 조선 문명화의 사명을 되새겼다. 이 무렵 『권업신문勸業新聞』과 『대한인정교보』에 발표한 문장들은 대륙방랑의 경험을 통해 확장되고 심화된 독립준비론의 구상을 담고 있다.

1915년 재차 일본에 유학하여 와세다대학早稻田大學 고등예과에 편입학한 이광수는 유학생학우회留學生學友會 소속 지인들과 함께 조선학회朝鮮學會를 설립하여 조선문제를 연구하는 한편 유학생학우회 기관지 『학지광學之光』의 편집을 맡아 활발하게 활동했다. 1916년 여름 9월의 대학 진학을 앞두고 경성일보京城日報 사장 아베 미츠이에阿部充家와 편집국장 나카무라 켄타로中村健太郎와 만났던 이광수는 이해 가을부터 총독부 기관지 『매일신보每日申報』에 엄청난 분량의 계몽논설을 잇달아 발표하여 문명을 떨치고, 이듬해에는 근대적 개인으로서의 자각과 더불어 민족 구성원으로서 조선 문명화의 사명에 눈떠가는 청년 주인공들의 이야기를 담은 한국 최초의 근대 장편 『무정』을 연재하여 독자들의 다대한 호응을 얻었다.

1918년 1월 제1차 세계대전 종결을 앞두고 미국의 윌슨이 '민족자결의 원칙'을 반영한 14개조 원칙을 발표하여 식민지 약소민족들 사이에서는 독립운동의 기운이 고조되어 토쿄東京에서도 유학생들을 중심으로 '조선청년독립단朝鮮靑年獨立團'이 조직된다. 당시 독립단 대표의 한 사람으로 참가했던 이광수는 2·8독립선언서를 기초한 후 해외 언론 선전의 임무를 띠고 상해로 망명하여 3·1운동 소식을 대외적으로 알리는 데 적극 나서는 한편, 상해의 독립운동 단체인 신한청년당新韓靑年黨에 가담하여 임시정부의 수립을 도왔다. 1919년 4월 임시정부 수립 직후 국무총리國務總理 대리 안창호安昌浩를 도와「독립운동방략獨立運動方略」을 작성하고 임시사료편찬회臨時史料編纂會의 주임을 맡아 독립운동사를 정리했고, 이어서 8월『독립신문獨立新聞』을 창간하여 독립정신과 국민성을 고취하는 언론 활동에 힘썼다.

1921년 3월 이광수는 국내에서의 합법적인 민족운동의 가능성을 타진하며 귀국한다. 세간에서는 독립운동을 배반한 변절자라는 비난이 거셌지만, 이듬해 2월 총독부의 양해를 받아 수양동맹회修養同盟會를 조직하고 5월에는 안창호의 흥사단興士團 사상에 기반한「민족개조론」을 공식 발표함으로써 국내 활동을 본격화했다. 문학 방면으로도 1924년『조선문단朝鮮文壇』을 주재하며 민중과 전통에 기초한 조선문학의 구축을 주도하는 한편,「허생전許生傳」1923,「일설춘향전一說春香傳」1925,「마의태자麻衣太子」1926,「단종애사端宗哀史」1928,「이순신李舜臣」1931 등 고전·역사소설을 잇달아 연재하여 호응을 얻었다.

1931년 만주사변滿洲事變을 일으킨 일본은 이듬해 만주국을 세우고 1933년 국제연맹에서 탈퇴함으로써 본격적인 대륙 침략에 나선다. 일시적인 만주 붐의 이면에 농촌의 참상은 극에 달하여 이 무렵 조선에서는 농촌생활개선책의 일환으로 브나로드운동이 전개된다. 이광수는 또한『동아일보』에 장편『흙』1932을 연재하여 적극 참여했다. 한편 1932년 4월 동우회의 실질적 지도자 안창호가 상해에서 체포되어 징역 4년형을 선고받는다. 이윽고 1937년 6월 중일전쟁을 한 달 앞두고는 치안유지법治安維持法 위반 혐의로 동우회 회원의 검거가 시작되어 이광수도 체포된다. 1931년 만주사변 이래 노골화된 군부 파시즘 체제의 탄압이 사회주의 진영에 이어 민족주의 진영까지 덮쳤음을 알리는 신호였다.

1938년 3월 동우회의 책임자였던 안창호가 사망한다. 안창호의 뒤를 이어 동우회의 책임자 위치에 놓이게 된 이광수는 병상에서 단편「무명無明」과 장편『사랑』의 집필에 몰두했다. 결국 이 해 11월 전향 성명서를 제출한 이광수는 이듬해 3월 황군위문작가단皇軍慰問作家團 결성, 10월 조선문인협회朝鮮文人協會 결성에 이어 1940년 2월 카야마 미즈로香山光郎로의 창씨개명에 앞장서 본격적인 대일협력의 길에 나선다. 같은 달 이광수는 단편「무명」으로 모던일본사モダン日本社에서 주관한 제1회 조선예술상을 수상했고, 이후『가실嘉實』,『유정有情』,『사랑』의 잇단 번역 출간과 더불어 일본 문단에도 소개되었다. 한편 1940년 8월 전쟁의 장기화 국면을 타개하기 위해 고도국방국가 건설을 목표로 신체제新體制에 돌입한 일본은 결국 이듬해 12월 '아시아의 해방'이라는 명분을 내걸고 태평양전쟁을 도발한다. 일본 국내는 물론 식민지 조선에도 일본주의로의 철저한 사상 전향의 강요와 더불어 적극적인 전쟁 협력이 요구되었다. 이광수역시 1940년 12월 황도학회皇道學會의 결성, 이듬해 9월 조선임전보국단朝鮮臨戰保國團의 결성에 나서 국책에 적극 협력하는 한편, 일본문학보국회日本文學報國會 주최로 열린 제1회1942.11, 제3회1944.11 대동아문학자대회大東亞文學者大會에 조선 대표로 참가하여 대외적으로도 전쟁 지지 의사를 확고히 표명했다. 또 이듬해 11월에는 동년 8월 조선에 실시된 징병제徵兵制에 이어 10월에 시행된 조선인 학도특별지원병제學徒特別支援兵制 지원 차 일본의 각 지역을 돌며 학병지원 권유 강연에 나서기도 했다.

1945년 8월 해방과 더불어 이광수는 친일파, 민족반역자라는 세간의 집중적인 공격을 받는다. 1년 남짓 사릉思陵에 머물며 칩거하던 이광수는 이듬해 흥사단의 의뢰를 받아『도산島山 안창호』1947를 쓰면서 문필활동을 재개, 장편『꿈』을 비롯하여 자전소설『나』, 회고록『나의 고백』1948 등을 잇달아 써냈다. 특히 1948년 9월 제정된 반민족행위처벌법反民族行爲處罰法의 시행을 앞두고 쓴『나의 고백』은 일찍이 민족주의에 눈떴던 그가 대일협력 행위에 나서기까지의 경위에 대해 회고한 글로, '민족을 위한 친일'의 신념을 피력하고 있다. 이광수는 1949년 2월 반민특위反民特委에 의해 검거·수감되었으나 8월 불기소 처분을 받았다. 이듬해 7월 한국전쟁 발발 직후 북한군에게 연행되어 이번에는 평양 교도소로 이송되었고, 결국 1950년 10월 25일 자강도慈江道 강계江界에서 폐결핵으로 사망했다.

최주한

진학문

秦學文, 1894~1974

호는 순성瞬星, 필명 및 이명은 몽몽夢夢, 몽몽생夢夢生, 순성瞬星, 순성생瞬星生, 진
순성秦瞬星, 하타 마나부秦學. 본관은 풍기豐基이며, 서울 혹은 경기도 이천利川에서
태어났다. 생부는 무관武官 출신으로 추정되며, 양부는 무안務安 감리서監理署 초대
감리를 지낸 진상언秦尙彦이다.

진학문은 1907년에 일본 유학을 떠나 1908년에 게이오기주쿠慶應義塾 보통
부普通部에 입학했으나 가세가 기울어 1909년에 귀국했다. 1909년에 서울의 보
성중학교普成中學校校에 입학하여 1912년에 졸업한 뒤 잠시 진주晉州에서 교사 생
활을 했다. 1913년에 와세다대학早稻田大學 영문과에 입학했으나 곧 그만두었고,
1916년에 도쿄외국어학교 러시아어과에 입학했다가 1918년에 중퇴했다.

진학문은 첫 번째 유학 시기에 「쓰러져 가는 집」1907.5, 「병중病中」1907.5,
「요조오한四疊半」1909.12을 일본 유학생 잡지에 발표했다. 두 번째 유학 시기에
러시아 문학에 심취한 진학문은 투르게네프의 산문시, 코롤렌코, 안드레예프,
자이체프, 체호프의 단편소설을 번역했으며, 단편소설 「부르짖음Cry」1917.4을
『학지광學之光』에 발표했다. 또한 모파상의 단편소설 「더러운 면포麵麭」1917.6를
번역하고, 알렉상드르 뒤마의 『춘희椿姬』를 번역한 『홍루紅淚』1917.9~1918.1를 『매
일신보』에 연재했다.

진학문은 1916년 7월 11일에 요코하마橫浜의 별장 산케이엔三溪園에서 일

본을 방문 중인 타고르와 면담했다. 와세다 대학의 나카기리 가쿠다로中桐確太郎 교수가 인솔한 23명의 일행은 한국인 진학문과 C, 일본인, 중국인, 대만인, 하와이인, 남녀 교사와 학생으로 구성되었다. 진학문은 일주일 뒤에 두세 명의 친구와 함께 산케이엔을 다시 방문하여 최남선崔南善이 주재한 잡지『청춘靑春』을 언급하면서 타고르에게 글을 청탁했다. 진학문은 타고르 방문기를『청춘』1917년 11월호에 발표하고 타고르의 삶과 대표적인 저작을 소개했다. 특히『청춘』에는 타고르의 시 "The Song of the Defeated" 원문과 함께 번역가가 명기되지 않은 채「쫓긴 이의 노래」가 수록되었다.

1918년에『오사카아사히신문大阪朝日新聞』경성京城지국 기자로 귀국한 진학문은 1920년 4월『동아일보』창간에 참여하여 초대 논설위원, 정치경제부장 겸 학예부장으로 재직했다. 또한 진학문은 최남선이 1922년에 창간한 주간지『동명東明』, 1923년에 창간한 일간지『시대일보時代報』의 편집 겸 발행인으로 활동했다. 1920년대 초반에 진학문은 후타바테이 시메이二葉亭四迷의 장편소설『그 모습其面影』을 번안한「'소小'의 암영暗影」1922.1~4을『동아일보』에 연재한 뒤『암영暗影』1923이라는 표제의 단행본으로 출판하고, 처음으로 고리키의 단편소설「의중지인意中之人」1922.7,「첼카슈」1922.8~9를 번역했다.

진학문은 1927년 4월에 브라질로 이민을 떠났다가 1928년 4월에 귀국했다. 진학문은 1934부터 만주국 고위 관료로 활동하고, 1940년 5월부터 1945년 8월까지 만주생활필수품주식회사滿洲生活必需品株式會社 이사理事로 재직했다. 해방 후에 반민족행위처벌법反民族行爲處罰法이 통과되자 1948년 8월에 일본으로 이주한 진학문은 1950년대에 재계 인사로 복귀했으며, 1963년부터 전국경제인연합회全國經濟人聯合會의 전신前身인 한국경제인협회韓國經濟人協會 부회장을 지냈다. 진학문은 1974년 2월에 서울에서 사망했다.

박진영

조명희

趙明熙, 1894~1938

호는 포석抱石. 충청북도 진천읍鎭川邑 벽암리碧巖里에서 태어났다. 부친이 별세한 후 서당에서 『천자문千字文』과 사서삼경四書三經을 배우는 한편, 모친 슬하에서 한글을 배웠고, 『조웅전趙雄傳』, 『심청전沈淸傳』, 『춘향전春香傳』 등 고소설을 즐겨 읽었다. 이후 그는 신설된 사립 문명학교에 진학하였고, 누나들을 따라 읍내 성공회聖公會 교회에 나가 서양인 선교사를 만나기도 하였다. 1911년 서울 중앙고등보통학교中央高等普通學校에 입학하여 수학하다가, 1914년 북경 무관학교에 입학하기 위해 가출을 시도하지만 실패하였다. 귀향 후 고소설과 신소설, 『삼국지』 등 중국소설을 두루 읽었으며, 특히 민태원閔泰瑗이 「희무정噫無情」이라는 제목으로 번역한 『레 미제라블Les Miserables』을 탐독하였다. 고향에서 교사로 일하던 중 3·1운동에 참여하였고, 그 일로 수감되기도 하였다.

1919년 조명희는 도쿄 도요대학東洋大學 인도철학윤리학과印度哲學倫理學科에 입학하였다. 1920년 도쿄에서 김우진金祐鎭, 홍해성洪海星, 김영팔金永八 등과 극예술협회를 결성하였고, 방학 중에는 조선 전국을 순회하며 공연을 하였다. 1923년 희곡집 『김영일金永一의 사死』를 발간하였지만, 경제 사정으로 대학을 중퇴하고 귀국하였다. 그는 1924년 시집 『봄 잔디밭 위에』를 간행하였고, 『조선일보』에 투르게네프Ivan Turgenev의 『그 전날 밤Nakanune』을 번역하여 연재하였다. 또한 톨스토이Leo Tolstoy의 희곡 『산송장The Live Corpse』을 번역하여 출간하였다.

1925년 『개벽開闢』에 「땅속으로」를 발표한 이후, 소설 창작에 매진하였다. 조명희는 경제적 어려움으로 팥죽장사를 한 적도 있으며, 조선프롤레타리아예술동맹KAPF의 일원으로 활동하며 이기영李箕永, 한설야韓雪野 등과 교유하였다. 1927년 연극단체 불개미 극단을 조직하였다.

1928년 창작집 『낙동강洛東江』을 발간한 뒤, 이기영과 함께 공동출판기념회를 가졌다. 그해 여름, 소련 연해주沿海州의 신한촌新韓村으로 망명하였다. 조명희는 연해주 고려인 마을에 거주하며 잡지 『선봉』에 시를 싣고 장편 『붉은 깃발 아래서』를 집필하였으며, 육성촌六姓村 벼재배 전문 농민학교에서 조선어 교사로 근무하였다. 1934년 작가 파자예프의 추천으로 소련작가동맹 맹원으로 가입하였고, 1935년부터는 하바로프스크로 이사하여 조선사범대학의 교수로 재직하였다. 하지만 1937년 소련 내무인민위원회NKVD에 연행되며 1938년 일본의 스파이라는 죄목으로 처형되었고, 1956년 복권되었다.

조명희는 그가 즐겨 읽은 고리키와 투르게네프의 서술 기법과 서사적 구도를 참조하여 소설을 창작하였다. 그의 소설에서 발견할 수 있는 서정성과 낭만성은 그의 러시아문학 독서체험과 밀접한 관계가 있다. 조명희는 식민지 조선의 비참한 현실과 계급 해방의 당위성을 형상화하였으며, 동시에 사실성과 서정성을 결합하여 현실의 변혁을 염원하는 소설을 창작하였다. 소설의 앞부분에 민요가 삽입된 「낙동강」은 조명희소설의 특징이 잘 드러난 1920년대 프로문학의 수작秀作이다. 연해주로 망명한 이후에는 고려민족의 항일투쟁상을 형상화한 소설을 꾸준히 집필하였다.

장문석

오상순

吳相淳, 1894~1963

1894년 서울 장충동奬忠洞에서 출생했다. 호는 공초空超이며, 어린 시절 동네 서당과 양사동소학교養士洞小學校, 경신학교儆新學校를 거쳤다. 1911년 도쿄 아오야마靑山학원에서 단기간 공부하다가 이듬해 도시샤同志社대학 신학부 종교철학과에 입학하여 1917년 졸업했다. 잡지 『폐허廢墟』1920.7 창간호에 「시대고時代苦와 그 희생犧牲」을 발표하면서 문필활동을 시작했다. 귀국 후 불교중앙학림佛敎中央學林과 보성중학교普成中學校에서 교사로 근무했다.

오상순은 특히 1920년대 초반에 일본 및 중국의 지식인들과 활발하게 교유하며 관심사와 가치관을 공유했다. 이때 일본 지식인들과의 네트워크는 『폐허』 동인인 염상섭廉想涉, 황석우黃錫禹, 남궁벽南宮璧, 김억金億, 변영로卞榮魯 등도 함께 형성한 것이었다. 교류 상대는 대체로 일본 '시라카바파白樺派'의 중심인물들, 즉 야나기 무네요시柳宗悅, 무샤노코지 사네아쓰武者小路実篤, 아사카와 타쿠미浅川巧, 스즈키 다이세쓰鈴木大拙, 영국인 도예가 버나드 리치Bernard Leach 등이었다.

오상순은 시라카바파 이외에, 아키타 우자쿠秋田雨雀, 가미치카 이치코神近市子, 소마 곡코相馬黒光, 러시아 시인 바실리 예로센코Vasilli Eroshenko 등 '나카무라야中村屋' 살롱의 인사들과도 친밀했다. 오상순과 나카무라야 인물들은 공통적으로 에스페란토를 학습했고, 일본 에스페란토협회와 직간접적으로 관련돼 있었다. 또한 미국인 선교사 아그네스 알렉산더Agnes Alexander로부터 당대의 신홍종교 '바하이 신앙Baha'i Faith'을 접하여 신앙 집회에 함께 참가했다. 오상순은 귀국 후 조선에 바하이 신앙을 적극적으로 소개했고, 알렉산더의 조선 방문과 강연회 개최를 돕기도 했다.

오상순과 그 주변의 일본 지식인들 중 일부는 루쉰魯迅과 저우쭤런周作人 형제 등 중국 신문화운동 세력과도 교유했다. 일례로 루쉰, 저우쭤런, 예로센코, 오상순은 중국에서 열린 에스페란토협회에 함께 참가했다. 특히 저우쭤런은 시라카바파의 무샤노코지武者小路가 시작한 이상촌 건설 프로젝트 '새로운 마을新しき村'운동에 감화되어, 북경에서 '신촌新村'운동을 주도했고, 마찬가지로 이상촌을 건설하고자 했던 재중 조선인들을 도와주기도 했다. 오상순은 그중 이정규李丁奎, 이을규李乙奎 형제를 저우쭤런에게 직접 소개해 주었다.

한편 1923년 오상순은 간도間島에 위치한 동양학원東洋學院의 강사로 초빙되어 철학개론과 서양철학사를 가르쳤다. 동양학원은 '프롤레타리아 민주주의를 기초로 한 새로운 교육을 창시한 학교'임을 내걸고 설립되어 일본영사관의 감시 대상이 되었는데, 오상순 또한 일본 특별고등경찰의 관찰 대상자 명단에 포함되어 그 행보를 추적당한 바 있다.

1930년경에도 중국을 왕래했다는 주변 인물들의 진술이 있으나 정확히는 알 수 없다. 1939년 6월에는 도쿄에서 간행된 잡지 『조선화보朝鮮画報』에 야나기 무네요시와 아키타 우자쿠를 수신자로 하여 1920년대의 활동을 떠올리는 내용의 공개서한을 실었다. 이후 오상순은 일제 말기에 공백기를 가졌다가, 광복 후 줄곧 한국 내에서 문단활동을 펼쳤다. 오상순의 글은 『오상순 전집』이은지 편, 소명출판, 2022에서 확인할 수 있다.

이은지

이기영

李箕永, 1895~1984

    충청남도 아산군牙山郡 배방면桃芳面 용곡리龍谷里에서 아버지 이민창과 어머니 박씨 사이에서 장남으로 태어났다. 본관은 덕수德水로서 이순신李舜臣의 후손이다. 증조부 이좌희는 무과급제하여 선전관宣傳官이 되었고 조부 이규완도 무인으로 지냈다. 아버지 이민창 역시 1892년 무과급제하였다. 1905년 어머니가 장질부사로 사망하고, 이를 계기로 이기영은 이야기책에 빠져들게 된다. 서당에서 한문을 공부하다가 1906년 아버지가 군수 안기선안막의 부친, 심상만 등과 함께 설립한 사립 영진학교寧進學校에 입학한다. 1909년 영진학교를 중퇴하고, 토목공사장 일꾼, 논산영화여학교論山永化女學校 교원, 천안天安 군청 임시고원, 호서湖西은행 천안지점에서 근무하였으며 가출하여 경상, 전라, 충청도 일대를 방랑하기도 하였다.

    1922년 일본으로 건너가 도쿄 세이소쿠正則 영어학교를 다니고, 직업적인 사회운동가가 된 친구로부터 사회주의 서적을 접하게 된다. 1923년 아나키즘 단체에서 조명희趙明熙를 처음 만나게 되고, 9월에 발생한 관동대진재關東大震災로 유학생활을 포기하고 9월 30일에 귀국한다. 1924년 단편 「오빠의 비밀편지」가 『개벽開闢』 현상작품 모집에 3등으로 당선되어 등단한다. 1925년 여름에 서울로 이주하여 조선지광사朝鮮之光社 편집기자로 취직하고, 8월에 카프KAPF에 가맹한다. 1930년 4월 카프 조직 개편에 따라 중앙위원회 위원과 서기국 산하

출판부 책임자로 임명된다. 이듬해에는 카프 제1차 검거사건으로 2개월간 옥살이를 한다. 1933년에는 카프의 대표작이자 한국 리얼리즘 소설의 대표작인 「고향」을 『조선일보』에 연재하기 시작한다. 1934년 카프 제2차 검거 사건으로 8월에 체포되어 16개월 동안 수감생활을 한다. 1936년 「인간수업」을 『조선중앙일보』에 연재하기 시작하였고, 한성도서漢城圖書에서 「고향」이 출간된다.

1939년 10월에 조선문인협회朝鮮文人協會 발기인으로 가담하고, 10월 12일부터 이듬해 6월 1일까지 『조선일보』에 「대지의 아들」을 연재한다. 이기영은 「대지의 아들」을 연재하기 2달 전에 2주간 만주를 다녀온 바 있으며, 이 때의 경험을 「국경의 도문―만주소감」『문장(文章)』, 1939.11과 「만주와 농민문학」『인문평론(人文評論)』, 1939.11이라는 산문으로 남긴 바 있다. 이 산문의 많은 제재와 주제는 「대지의 아들」과도 많은 유사성을 보여준다. 1944년 창씨개명과 일어집필을 강요받았으나 모두 거부하고, 3월에 강원도 내금강內金剛 병이무지리竝伊武只里로 이사하여 농사를 짓는다. 10월에는 식민지 시기 마지막 소설이라고 할 수 있는 「처녀지」를 삼중당서점에서 출판한다. 「대지의 아들」과 「처녀지」는 모두 만주를 배경으로 한 작품들이다. 두 작품에서 만주 로컬리티는 도시와 농촌으로 선명하게 이분되고, 전자에는 부정적인 의미가 후자에는 긍정적인 의미가 주어진다. 하얼빈哈爾濱과 신경新京이라는 도시는 개인의 이익만을 절대적으로 추구하는 자본주의적 논리를 체현한 거대한 기계로 형상화된다. 이러한 도시를 대타화하며 새롭게 발견된 농촌은 근대에 대항하는 긍정적인 가치의 표상으로서 자리매김된다. 이것은 이기영이 평생에 걸쳐 견지한 노동 중시, 생산력 중시 등을 반영한 것이라 할 수 있다. 「대지의 아들」이 주로 이주와 정착이라는 차원에서 서사가 전개된다면, 「처녀지」는 계몽과 개척의 차원에서 서사가 전개된다. 두 작품 모두에서 만주는 민족 간의 차이나 갈등이 소거된 무갈

등의 시공으로 등장한다는 점이 중요한 특징이다. 그것은 각각 조선과 일제라는 중심과의 관계 속에서 비로소 의미가 획득되는 하나의 지방으로서 만주가 존재한다는 의미이기도 하다.

1945년 해방이 되자 한설야 등과 조선프롤레타리아예술연맹 창립에 주도적인 역할을 한다. 1946년 2월에 월북을 하고, 조소친선협회朝蘇親善協會 중앙위원회 위원과 북조선문학예술총동맹北朝鮮文學藝術總同盟 중앙위원에 임명된다. 같은 해 북조선문예총의 기관지인 『문화전선文化戰線』에 북한에서 이루어진 토지개혁을 다룬 「개벽」을 발표하고, 8월에 소련을 방문한다. 1948년에 해방 이후 첫 번째 장편소설인 「땅—개간편」을, 1949년에는 「땅—수확편」을 발표한다. 1954 · 1957 · 1961년에 각각 『두만강』 1부제1장 빈농의 집~제29장 두만강 · 2부제1장 바른 골노인~제37장 여명 · 3부제1장 역사적 전환기~제36장 투쟁의 불길 속에서를 연이어 조선작가동맹출판사朝鮮作家同盟出版社에서 간행한다. 1959년 「두만강」으로 조선민주주의인민공화국인민상을 수상한다. 「두만강」에서는 다시 만주가 주요한 작품의 배경으로 등장하고, 이 소설에서 만주는 박씨동 같은 투사들이 반제반봉건투쟁을 벌이는 공간이다. 무엇보다 만주는 '김일성 장군의 영도 밑에 창건된 항일유격대'가 민족의 희망으로 자리잡고 있는 희망의 땅이기도 하다. 이 작품의 기본 서사는 결국 박씨동을 비롯한 핵심 인물들이 유격대 본부가 있는 만주의 어랑촌을 향해 떠나는 것으로 끝난다. 1967년 조선문학예술총동맹 중앙위원회 위원장이 되고, 사망할 때까지 북한 문학계의 원로로서 대우받는다. 1984년 8월 9일 별세하여 신미리 애국열사릉에 안장된다.

이경재

황석우

黃錫禹, 1895~1959

서울에서 출생했다. 호는 일민一民, 상아탑象牙塔, 하윤河潤이며, 보성전문학교普成專門學校를 거쳐 1920년 4월 일본 와세다早稻田대학 전문부 정치경제과에 입학했으나 1922년 9월에 제적되었다. 도쿄에 체류하면서 『근대사조近代思潮』 1916.1, 『삼광三光』 1919.2, 『음악音樂과 문학文學』 1921.2, 『대중시보大衆時報』 1921.5 등 잡지들의 창간에 참여했고, 서울에서도 『폐허廢墟』 1920.7, 『장미촌薔薇村』 1921.5, 『조선시단朝鮮詩壇』 1928.11 등의 잡지를 창간했다. 식민지 시기에 『중외일보中外日報』 기자와 『동아일보』 장춘長春지국 고문으로 근무했으며, 광복 후에는 『대동신문大東新聞』 주필과 국민대학교 교무처장을 역임했다. 시집으로 『자연송自然頌』 1929이 있다.

일본 유학 초창기에 황석우는 일본의 상징주의 시인 미키 로후三木露風의 가르침을 받았으며, 미키가 속한 미라이未來사 동인으로 활동하면서 미라이사 기관지 『리듬リズム』과 우에노上野음악학교 기관지 『음악』에 시를 발표했다고 한다. 이로부터 음악에 대한 황석우의 관심을 짐작할 수 있다. 실제로 그는 이후 재동경유학생 악우회樂友會라는 이름하에, 당시 우에노음악학교에 재학 중이던 홍영후洪永厚, 동요작사가 유지영柳志永 등과 함께 잡지 『삼광』 및 『음악과 문학』을 창간했다. 한편 황석우는 「일본 시단詩壇의 이대二大 경향」 1920을 통해 일본의 상징주의를 소개했는데, 이 글에서는 미라이사 동인에 속하는 야마미야 미쓰루山宮允의 설명이 언급되는 등 미라이사의 시각이 감지된다.

황석우는 일본 유학 기간에 여러 사회운동단체에 가담하면서 조선 및 일본의 사회주의자들과 밀접하게 교류했다. 먼저 1920년 11월 황석우는 도쿄의 조선고학생동우회朝鮮苦學生同友會에 가입했다. 이곳에서 함께한 박열朴烈, 김약수金若水, 백무白武 등은 이후 황석우가 가담하는 사회운동단체의 주도자들이기도 하다. 1921년 1월 17일 황석우는 원종린元鍾麟, 정재달鄭在達 등과 함께 의권단義拳團을 조직했다. 당시 조선총독부 경무국은 의권단이 사회주의자들과 결탁하여 친일자나 밀정을 징계하기 위한 단체라고 보고했다. 한편 1921년부터 황석우는 원종린과 함께 코스모구락부에 출입했다. 코스모구락부는 코스모폴리타니즘을 목적으로 1920년 11월 25일에 결성된 아나키스트 조직으로, 그 구성원에는 조봉암曹奉岩, 정태신鄭泰信, 김약수金若水 등이 있었다. 이 단체를 통해 황석우는 사카이 도시히코堺利彦, 오스기 사카에大杉榮 등 일본에서 공산주의와 아나키즘 운동을 펼쳤던 인물들과도 교유했다.

그가 1921년 11월 흑도회黑濤會 결성에 참여한 것도 이러한 이력의 연장선상에 있다. 흑도회는 사카이 도시히코, 오스기 사카에, 다카츠 세도高津正道 등의 영향을 바탕으로 하여 박열, 정태신鄭泰信, 김약수, 서상일徐相日, 원종린, 황석우, 백무, 조봉암, 정태성鄭泰成 등이 1920년 1월 25일에 만든 아나키스트 모임이다. 그 취지는 한국의 현실을 양심적인 일본인에게 전달하고, 국가적 편견과 민족적 증오가 없는 세계융합을 실현하자는 것이었다. 흑도회는 1922년 7월에 일어난 시나노가와信濃川 수력발전소 조선인 노동자 학살사건에 대해 항의운동을 일으킨 후 1922년 9월 해체되었다. 이후 흑도회는 박열 중심의 흑우회黑友會와 김약수 중심의 북성회北星會로 분리되는데, 이때 황석우는 북성회의 회원이 되었다.

사회운동가로서 황석우가 작성한 글로는 「일본 정치 급及 정당政黨」1921과

「현現 일본 사상계의 특질과 그 주조主潮」1923를 들 수 있다. 전자의 평론에서 그는 일본이 지세로 보아 바다에서 발전할 나라임에도 불구하고 육지로 진출하려는 그릇된 정치를 펼치고 있다고 비판했고, 후자의 평론에서는 그가 생각하는 당대 일본 사상계의 네 가지 주요 이데올로기를 공산주의, 무정부주의, 인도주의, 허무주의로 정리하여 소개했다.

　1927년 황석우는 돌연 만주로 떠나 그곳의 조선농민문제와 관련된 활동을 펼쳤다. 2월 27일 만주이주조선농민보호연구회의 부회장을 맡게 되었다. 이 단체는 만주 장춘長春 지역에 거주하는 조선인들이 만든 것으로, 그들의 생활 상태를 살피고 대책을 강구한다는 목적을 지녔으며, 회장은 독립운동가 함석은咸錫殷이었다. 같은 해 4월 28일 황석우는 『동아일보』 장춘지국의 고문이 되었다. 한편 여러 곳을 순회하며 만주의 농민문제에 관한 강연을 했다. 가령 4월 27일 장춘에서는 '재내 동포의 생활사정과 만주 이주에 대하여'라는 제목으로, 8월 20일 개성開城에서는 '식량 문제와 만주 이주민에 대하여'라는 제목으로, 11월 16일 길림吉林에서는 '민족운동의 방향전환에 대하여'라는 제목으로 강연했다. 특히 황석우는 4월 30일 『동아일보』 장춘지국 사옥 신축 낙성기념회에서도 만주 이주민 보호에 대해 연설했는데, 신문지상에 보도된바 그 내용은 만주이민 보호기관 설치, 신문 및 잡지 발행, 금융기관 설치 등을 주장하는 것이었다. 그해 8월 30일부터 황석우는 『동아일보』의 후원으로 조선 남부지방 순회강연회를 시작했다. 그러나 8월 10일 평양 강연, 9월 15일 청주淸州 강연은 경찰의 금지로 취소되었다.

　순회강연을 하는 것 이외에, 황석우는 일본과 조선에서 그러했듯이 만주에서도 여러 인쇄매체 신설을 주도했던 것으로 보인다. 1927년 7월 장춘에서 시 잡지 『느릅나무』를 창간했고 거기에 「사랑이 있을까戀のアリか」라는 일본어

시를 비롯한 작품들도 수 편 발표했다고 하나, 잡지의 실물은 확인되지 않는다. 1927년 11월에는 만주통신사滿洲通信社를 창설하고 사장으로 취임했다. 당시의 보도에 따르면 만주통신사는 재만주 조선인 사회에서 일어나는 사건들을 조선 내 언론 및 해외언론에 전하기 위해 설립되었다고 한다. 이후 1928년부터 황석우는 다시 조선으로 돌아왔다. 1931년 7월 16일 중국의 시단을 시찰한 후 귀국했다는 기록이 있으며, 1930년대에는 도쿄 유학 시절을 회고하는 글들을 발표하기도 했으나, 만주에서 돌아온 이후에는 국내에서 활동을 계속했다.

이은지

김일엽

金一葉, 1896~1971

　　1896년 평안남도 용강군龍岡郡 삼화면三和面 덕동리德洞里에서 기독교 목사 가정의 장녀로 출생한다. 1904년 평남平南 용강군 구세학교救世學校를 무작정 찾아가 그곳에서 수학하며 윤심덕尹心悳과 교류하였고, 이후 진남포鎭南浦 삼숭보통학교三崇普通學校 보습과補習科를 수료하였다. 1913년 이화학당梨花學堂에 입학하여 김활란金活蘭 등과 교분을 쌓고 1918년 이화학당 대학예과大學豫科를 졸업하였다. 1919년 도쿄의 아오야마여학원青山女学院에 수학하고, 유학 중이었던 이광수李光洙, 나혜석羅惠錫과 교류하였다.

　　귀국하여 연희전문延禧專門 교수 이노익李老益과 결혼하였으며, 1920년 3월 조선 최초로 여성만의 잡지『신여자新女子』를 창간하고『폐허廢墟』창간 동인으로 활동하였다. 이노익과 이혼 후 두 번째 일본 유학을 떠나게 되었으며, 노월 임장화蘆月 林長和 등과 잠시 연인 관계를 유지하기도 하였다. 김일엽은 1920~1930년대 초반 식민지 조선의 신문과 잡지에 여성의 자아 각성과 해방에 관한 여러 편의 글을 발표하였다. 1923년 충청남도 예산 수덕사修德寺에서 만공선사滿空禪師의 법문을 듣고 발심하며, 1928년 경성 선학원禪學院에서 수계를 받는다. 이후 잡지『불교佛敎』의 필자로 활동하며, 백성욱白性郁과 교제하며 불교를 깊이 이해하게 되었고, 낭만적 사랑의 이상을 경험한다. 하지만 백성욱의 홀연한 금강산 입산으로 김일엽은 큰 충격을 받고 이것이 계기가 되어 자신도

1933년 9월 만공선사 문하로 수덕사 견성암見性庵으로 출가한다. 1960년대 여러 회고록과 에세이집을 간행하고, 1967년 8월 25~31일 이광수의 『이차돈異次頓의 사死』를 포교 법극으로 각색하여 명동明洞 국립극장國立劇場에서 공연하기도 하였다. 1971년 열반하였다.

일엽一葉이라는 필명은 일본의 근대문학 형성기 여성문학자 히구치 이치요樋口一葉의 이름을 빌려서, 이광수가 지어준 것이다. 1920년대 초반 김일엽은 일본의 『세이토靑鞜』를 모델로 '청탑회靑鞜會'를 결성하는가 하면, 김활란, 김명순金明淳, 나혜석, 박인덕朴仁德 등과 함께 『신여자』1920.3~1920.6, 전 4호를 창간하고 주간을 맡았다. 김일엽은 조선의 여성이 '가정'이라는 전통적인 삶의 영역을 벗어나, 근대적 교육을 통해 '자아'를 발견해야 한다고 주장하였다. 이는 당시 일본에 유입된 엘렌케이Ellen Karolina Sofia Key의 사상과 '노라이즘Noraism'에 깊게 공명한 것이었다. 이에 동인들과 『인형의 집人形の家』의 번역과 공연을 준비하였다. 결국 공연은 무산되지만, 『신여자』의 편집고문인 양건식梁建植의 번역으로 『노라』영창서관(永昌書館), 1922가 간행되며, 김일엽은 이 책의 발문을 썼다.

『신여자』를 폐간하고 두 번째 일본 유학에서 돌아온 후, 김일엽은 보다 급진적으로 여성해방을 주장하며 낭만적 사랑과 연애를 통해 여성의 욕망을 긍정하는 고백적 수필과 소설을 발표하였다. 또한 그녀는 조선의 여성이 직업을 가져 경제적 독립을 갖추는 것이 필요하다고 주장하였고, 정조, 모성, 의복 등 삶의 다양한 영역에 대해 발언하였다. 산문 「나의 정조관」1927에서 그녀는 여성의 정조를 육체의 차원이 아니라 정신의 차원에서 이해하고자 해야 함을 강조하며 '신정조관'을 주장하기도 하였다.

하지만 김일엽은 이상과 현실 사이에서 고민하다가 결국 불교에 귀의하게 된다. 창작 활동 초기부터 김일엽은 포괄적으로 산문의 영역에서 이해될 작품을 주로 창작하였는데, 특히 여성의 내면을 '서간체書簡體' 형식에 담아 고백하는 형식을 취하였다. 이는 여성의 내면 고백을 가장 효과적으로 담아낼 수 있는 전략적 장치로서 특히 수신자인 독자들에게 효과적인 계몽의 역할을 수행하고 있다는 점에서 주목할 만하다.

김우영

김억

金億, 1896~?

1896년 평안북도 정주定州에서 출생했다. 본명은 희권熙權, 호는 안서岸曙이며, 오산五山학교 중학부를 졸업한 후 일본으로 건너가 도쿄 세소쿠正則영어학교와 게이오慶應의숙을 차례로 거쳤다. 귀국 후 오산학교와 숭덕崇德학교 교원 및 『동아일보』와 『매일신보』 기자로 일했고, 광복 후에는 KBS 부국장과 공군사관학교 국어교수로 일하다가 한국전쟁 중 납북되었다. 창간에 관여한 매체로는 『창조創造』1919, 『폐허廢墟』1920, 『가면假面』1925 등이 있다. 유학 생활을 하는 동안 유학생잡지 『학지광學之光』에 시 작품 「이별離別」을 발표한 것이 그의 첫 문필 활동이었다. 이후 번역시집 『오뇌懊惱의 무도舞蹈』1921, 『기탄자리』1923, 『신월新月』1924, 『원정園丁』1924, 『잃어진 진주』1924, 한시 번역시집 『동심초同心草』1923, 『망우초忘憂草』1934, 『꽃다발』1943, 『지나명시선支那名詩選』1944, 『야광주夜光珠』1944, 『금잔디』1947, 『옥잠화玉簪花』1949, 창작시집 『해파리의 노래』1923, 『불의 노래』1925, 『안서시집』1929, 『안서시초岸曙詩抄』1941, 『먼동이 틀 제』1947, 『안서민요시집』1948, 산문집 『사상산필沙上散筆』1931 등을 꾸준히 출간하며 활발하게 활동했다.

김억은 한국 에스페란토 역사에서 중요한 인물로 손꼽히는데, 그가 처음으로 에스페란토를 배운 것은 일본의 공학자 오사카 겐지小阪狷二로부터였다. 그는 귀국 후 1930년대 중반까지 꾸준히 에스페란토 보급 운동을 펼쳤고, 그 과정에서 홍명희洪命熹, 박헌영朴憲永 등 조선인 동료들은 물론 오야마 도키오大山時

雄, 야마모토 사쿠지山本作次 등 일본인 에스페란토 운동가들과도 교유했다. 에스페란토 창작물이나 번역물을 발표하기도 했다. 창작물로는 일본에스페란토 협회 기관지 *Japana Esperantisto*1916.10에 발표한 시 "Mia Koro나의 마음", 『삼천리三千里』에 발표한 산문 "Kastelo el Sablo모래성"1932.2 등이 있고, 번역물로는 *Japana Esprantisto*1918.4에 게재한 오가와 미메이小川未明의 단편 "La Mensogo거짓말", 재조일본인 잡지 『조선시론朝鮮時論』, 일본에스페란토학회지 *Renuo Orienta* 등지에 발표된 이광수李光洙 소설 "Iun matenon어떤 아침", 현진건玄鎭健 소설 "Piano피아노"외 다수가 있다.

한편 일본 체류 기간에 김억은 당대의 신흥종교 바하이 신앙Bahá'í Faith을 접하고 이를 조선에 적극 소개했다. 당시 일본에서 활동한 바하이 전도사 아그네스 알렉산더Agnes Alexander와 연락한 흔적이 있다. 김억에게 에스페란토를 가르친 오사카 겐지는 일본에서 간행된 바하이 신앙잡지 『동쪽의 별東の星』의 발행인이기도 했다.

또한 김억은 염상섭廉想涉, 오상순吳相淳, 변영로卞榮魯 등 다른 『폐허』 동인들과 마찬가지로, 일본의 미술평론가 야나기 무네요시柳宗悅와 친분이 있었던 것으로 보인다. 오상순이 야나기에게 보낸 편지에서, 위 인물들과 더불어 김억의 안부도 전하기 때문이다.

김억은 서구의 시, 인도의 시, 한시, 일본의 와카和歌 및 논문 등 세계 각국의 다양한 작품을 조선어로 번역했다. 와카의 경우 「만엽집초역万葉集鈔譯」1943, 『선역애국백인일수鮮譯愛国百人一首』1944 등이 있으며, 논문으로는 구리야가와 하쿠손厨川白村의 『근대문예십강近代文学十講』을 발췌 번역한 「근대문예近代文藝」1921~22, 오스기 사카에大杉栄의 일역을 중역한 로맹 롤랑Romain Rolland의 「민중예술론民衆藝術論」1922 등이 있다.

이은지

한용운

韓龍雲, 1879~1944

    자는 정옥貞玉, 속명은 유천裕天, 법명은 용운龍雲, 법호는 만해萬海. 본관은 청주淸州이며 충청남도 홍성군洪城郡 결성면結城面에서 태어났다. 몰락한 양반의 후손으로 가난한 풍요롭지 못한 환경에서 성장하였다. 어린 시절에 서당에서 『통감通鑑』, 『서경書經』, 『대학大學』, 『서상기西廂記』 등을 배웠으며, 1897년 고향을 떠나 설악산雪嶽山 백담사百潭寺, 시베리아, 만주 등지를 방랑하며 조선과 동아시아의 운명을 체험하게 된다. 1903년 오대산 월정사月精寺에서 불교 공부를 시작하였으며, 1905년 김연곡金蓮谷 스님을 스승으로 삼아 정식 승려가 된다. 1908년 일본의 시모노세키馬關, 미야지마宮都, 교토, 도쿄 등지를 여행하며 일본의 발달된 모습을 체험하고, 유학생 최린崔麟을 만나기도 한다. 1911년 한국불교의 일본화를 추진하는 '한일불교동맹조약韓日佛敎同盟條約'과 친일불교단체인 원종에 반대하는 활동을 벌이고, 조선 불교의 정신을 계승한 '임제종臨濟宗'을 설립한다. 가을에 만주로 가서 독립운동가 김동삼金東三, 이시영李始榮, 이동녕李東寧 등을 만난다. 1919년 3·1운동에 불교계 대표로 참여하여 '공약삼장公約三章'을 추가하는 등의 적극적인 활동을 펼친다. 1925년 8월 29일 설악산雪嶽山 백담사百潭寺에서 대표작인 『님의 침묵』을 탈고하고, 이듬해에 회동서관匯東書館에서 『님의 침묵』을 출간한다. 한용운은 문인으로만 한정시킬 수 없는 다양한 활동을 펼친 사상가라고 할 수 있다. 그는 자유시와 한시, 시조, 소설 등을 창작한 것은 물론이고, 동시에 조선불교의 독립과 근대화를 위해 투신한 승려이기도 하고, 일제 시대 가장 선명하게 조국의 독립을 위해 앞장선 독립운동가이기도 한 것이다. 1944년 6월 29일 조선총독부를 바라보지 않겠다는 의지에 따라 북향으로 지어진 성북동城北洞의 심우장尋牛莊에서 입적하였다.

이경재

염상섭

廉想涉, 1897~1963

　　서울에서 태어나 일제강점 직전인 1907년에 관립사범보통학교에 입학하여 근대적 교육을 받는다. 강점 직후인 1911년에 보성중학에 입학하나 1912년에 일본으로 유학을 떠난다. 1913년 아자부중학에 편입하여 도쿄에서 학생생활을 한다. 1915년 교토로 옮겨 교토부립제2중학교를 다닌다. 이 때 제1차 세계대전을 경험하고 그것에 대한 세계의 반응에 민감하게 반응한다. 유럽의 전쟁을 간접적으로 체험하면서 유럽 근대에 대한 일방적인 매혹을 접기 시작하고 근대에 대한 질문을 던지기 시작한다.

　　1918년 교토부립제2중학교를 졸업하고 다시 도쿄로 와서 게이오기주쿠대학 문과에 입학하나 곧 자퇴한다. 제1차 세계대전의 종결을 논의하던 파리회담을 목격하면서 이에 대한 비판적 지지 차원에서 오사카 천황사 공원에서 조선노동자대표의 이름으로 독립운동을 하다가 잡혀 수감된다. 풀려난 후 유럽 승전국들의 이기주의적 행태를 접하면서 더욱 유럽 근대에 대한 비판적 생각을 강하게 갖게 된다. 이러한 경험을 바탕으로 쓴 소설이 「표본실의 청개구리」이다.

　　1920년 귀국하여 『동아일보』 정경부 기자로 일하면서 황석우, 오상순, 김억 등과 함께 문학동인지 『폐허』를 발간한다. 제1차 세계대전 이후 유럽의 상태를 폐허로 인식하면서 인류가 새롭게 개조되어 일어나야 한다는 생각을 갖고 이 잡지를 발행하였다. 이 무렵 염상섭은 구미의 근대화론에 비판적일 뿐만 아니라 소련의 사회주의에 대해서도 거리를 두었다. 프롤레타리아 국제주의는 식민지 민중을 동원하기 위한 전략일 뿐이고 실제로 민족문제에 대해서는 깊은 이해가 없는 것이기에 소련 중심의 사회주의는 매우 한정적일 수밖에 없다는 것이 염상섭의 견해였다. 이 시기에 창작한「윤전기」는 사회주의에 대한 비판적 거리를 가졌던 염상섭의 지향이 아주 잘 드러난 작품이다.

이후 염상섭은 카프의 논자들과 이러저러한 논쟁을 거치면서 자신의 지향을 아주 강하게 가지게 되었다. 민족문제와 계급문제를 동시에 사유해야만 된다는 염상섭의 이러한 지향은 신간회를 중심으로 한 좌우합작에 깊이 연루되게 된다. 1920년대 중반 이후 창작한 장편소설들『사랑과 죄』,『삼대』,『무화과』등은 바로 이러한 염상섭의 고민에서 나온 것들이다.

1926년 일본에 다시 건너가 약 3년 정도 머무르면서 쓴 일본문학에 대한 글「배울 것은 기교」를 발표한다. 일본문학에서는 나쓰메 소세키가 죽고 난 다음 문학이 세말적인 것으로 변했기에 배울 것은 거의 없고 오로지 기교뿐이라고 매우 비판적인 언급을 하였는데 당시 염상섭의 이러한 논평은 제국주의 모국이었던 일본의 문학을 정면으로 비판한 것이기에 주목을 요한다.

귀국 후에 프롤레타리아 국제주의를 신봉하는 이들에 의해 신간회가 해소되자 이후 뚜렷한 비전을 가지기 못하였던 염상섭은 내적으로 심한 괴로움에 고통을 받게 된다. 이 무렵에 흥미로운 것은 일본인 시인 노구치 요네지로가 루쉰魯迅을 만난 일화에 대한 염상섭의 논평「노신의 말」이다.『매일신보』에 발표된 이 글은 염상섭의 동아시아관을 잘 대변해주는 것이기에 살피는 것이 적절하다. 노구치 요네지로는 아시아를 위한 아시아를 강조하던 이였기에 인도의 타고르를 만나 이러한 견해에 대해 들어보고 인도의 사정을 알기 위해 1935년에 인도를 방문하는 도중에 상해에서 루쉰을 만나 자신의 견해를 말한다. 중국이 혼란스럽기 때문에 차라리 다른 정부가 중국을 대신 통치해주는 것이 어떠냐고 말하자 루쉰이 극구 반대하였다. 일본의 진보적 지식인에 대해 매우 강한 신뢰를 가졌던 루쉰이기에 당시 일본에서 매우 국제적이었던 노구치 요네지로를 만나게 되었던 것이다. 그런데 노구치의 그러한 언사를 듣고 루쉰이 그를 반대하면서 민족문제를 매우 강조하였던 것을 신문의 보도를 보고서는, 과거 프롤레타리아 국제주의자였던 루쉰이 비로소 민족문제에 눈을 뜬 것을 매우 흥미롭게 적고 있다. 염상섭은 일본 제국주의에 대해 강한 저항감을 가졌는데 특히 손기정 일장기 사건 이후에 제국주의 파시즘의 위험을 아주 강하게 체감했다.

일본 군부의 쿠데타를 보면서 곧 조선에도 내선일체와 같은 억압적인 정책이 관철될 것을 예상하고 만주국으로 이주한다. 당시 염상섭은 내선일체가 판을 치는 조선 안에서는 내가 조선인이다고 말할 수 없지만, 만주국에서는 오족협화이기 때문에 내가 조선인이라고 말해도 아무런 문제가 되지 않는다고 잘 알고 있는 터라 만주국으로 이주하게 되었던 것이다. 생계의 문제로 『매일신보』 기자생활도 하던 염상섭은 더 이상 국내에서 있어서는 자신이 아무 것도 할 수 없다는 위기를 크게 느꼈던 것이다. 1937년 만주 신경으로 가서 『만선일보』의 편집국장으로 일하게 된 것에는 바로 이러한 역사적 맥락이 존재한다.

처음 신경으로 건너간 염상섭은 조선인의 정체성을 확인하면서 『만선일보』를 적극적으로 만들었으나 1938년 무한삼진 함락 이후 제국주의 일본이 만주국 깊숙이 개입하게 되자 더 이상 신경에서 거주할 필요성을 느끼지 못하게 된다. 오족협화를 믿고 왔던 만주국에서 과거와 같은 민족적 자립을 확보

할 수 없게 되었다는 것을 직감하고서는 『만선일보』를 그만두게 된다. 제국주의 일본은 국제사회의 눈치를 보았기에 만주국을 독립국으로 계속 유지하면서 자신의 오족협화 정책을 무화시키지는 않았다. 하지만 내부적으로는 과거와는 비교가 되지 않을 정도로 깊숙이 개입하기 시작하였기에 염상섭은 크게 위기를 느꼈던 것이다. 그리하여 『만선일보』를 그만 둔 염상섭은 안동으로 가서 그곳에서 해방을 맞게 된다. 아마도 일제 정책의 최전선을 피하면서도 오족협화의 틈을 노렸던 것이 아닌가 한다. 안동은 그러한 곳으로는 매우 적절한 곳이기도 하다. 제국주의 일본의 직접적인 개입은 적고 그러면서도 조선 국내가 아니고 만주국이기 때문에 적절하게 조선의 정책성을 유지할 수 있는 곳이다. 신경과는 다소 다른 안동의 이점을 최대한 활용했던 것으로 보인다. 안수길 등이 낸 창작집에 서문을 쓴다든가 혹은 조선인 창작집에 격려하는 서문을 보냄으로써 오족협화의 틈을 활용하는 조선인들의 글쓰기를 응원하였다. 특히 일본인들이 만주국의 조선인을 일본인처럼 취급하는 것에 대해서는 과감하게 비판하였다. 가와바타 야스나리 등이 주도하여 만주국의 각 민족집단이 창작한 작품을 묶으면서 조선인 작가가 쓴 것을 누락시킨 것을 보고 비판한 것도 바로 이러한 맥락에서이다. 러시아 몽골 출신 작가들의 작품을 수록하면서 조선인의 것은 한 편도 집어넣지 않는 일본인들의 맹목성을 비판한 것이다.

　만주에서 해방을 맞이한 염상섭은 신의주에서 지내다가 1946년 중반 무렵 고향인 서울로 귀가한다. 삼팔선 이북에서 소련과 소련군의 비상식을 경험하였음에도 불구하고 염상섭은 미국과 소련이 행하는 미소공동위원회를 비판적으로 지지하였다. 그 길만이 통일독립정부를 세우는 길이라고 믿었기 때문이다. 하지만 미소공동위원회가 결렬된 1947년 말 이후에는 본격적으로 남북협상운동에 뛰어들어 여론을 주도하다가 미군정에 의해 구속되기도 한다. 염상섭은『신민일보』를 만들어 그것을 발판으로 남북협상운동을 벌였지만 역부족이었다. 이 무렵에 쓴 장편소설「효풍」은 남북협상을 통한 통일독립정부 수립을 열망하던 그의 비전이 잘 담겨진 작품이다. 염상섭은 일본과 중국을 거치면서 동아시아를 직접 체험하기도 했지만 그것을 동아시아 지역 차원이 아닌 글로벌한 층위에서 보았기에 더욱 더 깊고 큰 시야를 가졌던 한국 최고의 작가이다.

김재용

김우진

金祐鎭, 1897~1926

　전남 장성에서 김성규金星圭의 삼남 칠녀 중 장남으로 태어났다. 부친은 유럽 파견 전권대사 서기관을 시작으로 장성군수, 강원도관찰사 등을 지낸 개화 관료로 이후 실업계에 진출하였고, 모친은 다섯 살에 소천하였다. 동생 철진哲鎭은 조선공산당, 신간회 활동에 가담하였다가 전향한 바 있고, 삼남 익진益鎭은 중국 홍군紅軍에 종사하다 부친 사후 귀국하여 가톨릭에 귀의하였다. 필명으로 '수산水山'을 주로 썼고, '초성焦星', 'S. K'라는 이름으로 문필활동을 한 기록도 보인다. 김우진의 발표 작품과 미발표 유고遺稿, 편지, 일기, 논문은 『김우진 전집』서연호·홍창수 편, 연극과인간, 2000으로 간행되었다.

　김우진은 1905년 부친이 설립한 선우의숙先憂義塾에서 수학하다 1907년 목포로 이주하여 1910년 목포공립보통학교木浦公立普通學校를 졸업한다. 1913년 목포공립 심상고등소학교尋常高等小學校 고등과 1년 수료 후 1914년 도일하여 사립학교 정화전수精華專修에서 수학하였고, 이듬해 구마모토농업학교熊本農業學校에 입학, 1918년 초 졸업한다. 스무 살 되던 1916년에는 한학자 운람雲藍 정봉현鄭鳳鉉의 딸 정점효鄭点孝와 결혼하여 슬하에 1남 1녀를 두었다. 농업학교 시절부터 영문학에 관심을 두었던 김우진은, 졸업 직후 도쿄로 건너와 와세다早稻田大 대학 고등예과에 진학, 1920년 와세다대학 문학부에 입학하였다. 이즈음 남아 있는 김우진의 일기는 3·1운동 이후의 사회문화에 대한 기록과 흥분, '자아와 정신의 혁명'을 강조하게 된 과정이 일문과 한글을 사용하여 서술되어 있다.

1920년 봄, 도쿄에서 조명희趙明熙, 홍해성洪海星, 고한승高漢承, 김영팔金永八 등 20여 명의 유학생들과 극예술협회劇藝術協會를 조직하였다. 이즈음에 발표한 그의 첫 연극비평에서는 프랑스 자유극장Theatre-Libre과 입센의 연극운동으로부터 오사나이 가오루小山內薰의 자유극장自由劇場과 번역극 운동에 대한 소개를 통해 '인류의 영혼의 해방과 구제'로서 근대극 운동을 주장하고 있다. 또한 글의 후반부에는 '통합 예술의 지배자'로서 레지스올régisseur, 연출가의 출현과 연출법의 사회적 지위 획득을 근대연극 발달의 조건으로 보고 있기도 하다.「소위 근대극에 대하여」,『학지광(學之光)』, 1921.6 스보우치 쇼오요오坪內逍遙 이후 와세다대학 영문과의 극예술 연구 전통과 연관하여 그의 근대극 인식에 고든 크레이그E. Gordon Graig 이후의 연출가 중심 연극론과 동시대 일본 근대극 운동에 대한 관심이 직·간접적으로 드러나 있다는 사실은 흥미롭다. 그러나 아직까지 조선 연극의 현실과 연극운동론에 대한 구체적 관점은 글에서 엿보이지 않는다.

극예술협회는 1921년 순회공연단 조직과 공연으로 한국연극사에 모습을 드러낸다. 1921년 도쿄의 유학생·노동자 모임인 동우회同友會에서 회관 건립 기금 마련을 위한 순회공연을 요청하자 극예술협회를 중심으로 동우회순회연극단同友會巡廻演劇團을 조직하게 된다. 수산은 순회연극단의 무대감독으로 활동하면서 아일랜드 극작가 로드 던세이니Lord Dunsany의 「찬란한 문The Glittering Gate」을 번역·공연하기도 하였다. 동우회순회연극단은 1921년 7월 8일 부산 공연을 시작으로 김해·경성·개성·함흥 등지에서 40여 일간 공연하였다.

1922년과 1923년 김우진의 연극관련 활동은 밝혀진 바 없으나, 이 시기 그의 일기에는 충군보국을 강조하는 아버지를 극복하고자 하는 내적 갈등이 담겨 있다. 1924년 극작가 버나드 쇼를 다룬 논문 "Man and Superman : A

Critical Study of its Philosophy"로 와세다대학 영문과를 졸업한 후 수산은 목포로 돌아와 상성합명회사祥星合名會社 사장에 취임한다. 이 시기 수산은 문학단체 오월회Société Mai를 조직하는 등 문예활동을 모색하다 1926년 6월 출가出嫁하여 서울을 거쳐 도쿄로 떠났다. 그의 비평과 창작활동은 내면적 갈등이 첨예화되었던 1925년, 1926년에 절정을 맞았다. 동시대 쓰키지 소극장築地小劇場을 의식하며 홍해성과 함께 집필한 「우리 신극운동의 첫 길」『조선일보』, 1926.7.25~8.2은 1930년대 극예술연구회에서 재론되었던 소극장운동, 번역극 수용, 관객양성론이 담긴 1920년대 최고 수준의 실천적 연극 운동론이다. 자연주의, 표현주의 연극을 실험한 희곡 〈이영녀〉1925, 〈난파〉1926, 〈산돼지〉1926 역시 이 시기의 노작이다. 김우진은 1926년 8월 4일양력경, 30세의 나이에 현해탄에 투신하였다 전해진다. 윤심덕과의 정사情死로 세간에 알려진 그의 실종사건은 보다 세밀한 검토가 필요하다.

백두산

주요한

朱耀翰, 1900~1979

본관은 신안新安. 필명은 송아頌兒, 송아지, 낭림산인狼林山人, 주낙양朱落陽, 요耀, 목신牧神, 마쓰무라 코우이치松村紘一, 마쓰무라 요한松村耀翰. 평양에서 태어났다. 아버지 주공삼朱孔三, 1875~?은 평양 출신 장로교 목사로, 어려서 한학을 수학하고 1910년 평양신학교平壤神學校를 졸업하고 목사 안수를 받았다. 장로·감리교 연합으로서는 최초로 도쿄 유학생 선교 목사가 되어, 1912년 도쿄한인연합교회東京韓人聯合教會 목사, 1914년 평양 연화동烟花洞 교회 목사를 역임했다. 어머니 양진심梁鎭心의 집안은 농업에 종사하다가 부동산 매매업으로 성공하였으며 유복한 편에 속했다. 주요한은 어린 시절부터 주일학교 교육을 받고 성경을 읽었다. 기독교 계통의 숭덕소학교崇德小學校 6학년이었던 1912년 부친을 따라 도쿄로 건너갔으며, 1913년 기독교 계열 메이지학원明治學院 중등부에 입학했다. 1915년부터 가와지 류코川路柳虹, 1888~1959의 문하에서 시작詩作 수업을 받았다. 1918년 10월 가와지 류코의 추천으로 『현대시가』에 일문시 「비 내리는 5월의 아침5月雨の朝」으로 등단한 전후로 『반주伴奏』, 『현대시가』 등 일본 문예지에 1919년 2월까지 총 40여 편의 일본어 시를 발표하였다. 1917년 11월에는 최남선崔南善이 주간하던 잡지 『청춘靑春』의 현상문예에 소설 「마을집」이 당선되어 게재된다. 이 소설은 주요한이 어린 시절 겪었던 사실을 그대로 쓴 것으로, 주요한 자신을 모델로 하는 도쿄 유학생 창호가 마을집에 돌아와서 그 낙후된 삶을 개선하고자 노력하다가 실패하고는 전망이 없는 조선의 삶에 절망하고 이를 저주하며 떠난다는 내용이다.

1918년 3월 메이지학원 중등부를 석차 4등으로 졸업하고 도쿄제국대학의 예과과정이라 할 수 있는 도쿄제일고등학교에 조선인 최초로 입학한다. 1918년 말의 민족자결주의 운동의 확산 속에서 1918년 10월 5일 '센슈대학專修大學 주최 각 학교 연합웅변회'에서 전쟁의 실상과 조선 사회를 위한 유학생의 각오를 주제로 연설한다. 당시 도쿄 유학생 집단의 열띤 혁명의 열기 속에서 주요한은 친우 김동인金東仁과 함께 조선 최초의 순純문예지 『창조創造』1919.2.1를 창간하였다. 그들은 이 잡지에 근대적 문학으로 근대적 국가를 건설하고자 했던 꿈을 반영하였다. 창간호에 실린 주요한의 「불노리」는 한국근대시사에서 널리 주목된 산문시로 흥겨운 축제 속에서 외로운 젊은이의 방황과 갈등, 그리고 마침내는 이를 극복하고 '불노리' 축제에 합류하는 모습을 보여준다. 「불노리」의 내용은 이후 2·8 도쿄 유학생 독립선언과 3·1운동과 같은 혁명적 분위기의 확산 속에서 도쿄제일고등학교를 중퇴하고 귀국하는 주요한의 심정을 보여주기도 한다. 이런 와중에도 그는 시를 꾸준히 『창조』에 발표하는데, 「새벽꿈」, 「아츰처녀處女」, 「하아얀안개」, 「해의 시절」 등의 시에서는 일관되게 '애인'과 '아츰'이라는 상징으로 조국의 광복을 희구하였다.

이후 주요한은 1919년 5월 상해로 건너가서 흥사단 원동遠東위원부의 단우로 활동하는 한편, 대한민국임시정부 기관지 『독립신문獨立新聞』을 이광수李光洙와 함께 편집하였으며, 이 신문에 「추회追懷」 등의 수필, 「아라사혁명기俄羅斯革命記」 등의 번역, 「대한大韓의 누이야 아우야」 등의 시를 게재하였다. 이 시들은 일관되게 희생을 통해서만 승리를 이룰 수 있다고 주장하였고, 같은 피로 묶인 동포로서 한민족韓民族을 호명하였다. 특히 「대한의 누이야 아우야」에서 그는 일본에 의해 살해된 '대한의 누이와 아우'의 혼의 비명을 듣는 무당을 시적 주체로 설정하여, 이들의 영혼을 축복으로 인도하며 모든 대한의 누이와 아우에게 희망적인 미래를 예언하였다. 주요한은 1920년 9월 상해上海 호강대학沪江大学 화학과에 입학하였으며, 통신교수로 전기공학도 함께 공부하였다. 이후 그는 『창조創造』, 『개벽開闢』, 『폐허이후廢墟以後』, 『영대靈臺』, 『조선문단朝鮮文壇』 등 여러 잡지에 활발하게 시와 평론을 발표하였다. 특히 그는 『조선문단』에서 시 심사위원으로 활동하고, 1924년 12월 15일 첫 시집 『아름다운 새벽』을 조선문단사에서 간행하였다. 이 시기에 발표한 시에서 주요한은 잃어버린 낙원으로 표상되는 고향을 집중적으로 그렸다. 평론 「노래를 지으시려는 이에게」『조선문단(朝鮮文壇)』, 1924.10~12에서는 '노래'란 형식도 중요하지만, 내용이 더욱 중요하다고 주장하였으며, '조선적인 사상과 정서'를 추구해야 한다고 강조했다. 1925년 6월 주요한은 후장대학을 졸업하고, 난징南京 동명학원東明學院에서 영어교사로 1년 동안 근무하였다.

1926년 조선으로 귀국한 주요한은 같은 해 5월 창간된 수양동우회修養同友會 기관지 『동광東光』의 편집인 겸 발행인으로 일한다. 『동광』에는 「겨울밤에」 등 창작시와 「신시운동新詩運動」 등의 평론을 활발하게 발표하는 한편, 월트 휘트먼Walt Whitman의 시나 레프 톨스토이Lev Tolstoy의 소설 등을 번역하였다. 1927년 7월 주요한은 동아일보사에 입사하여 학예부장, 평양지국장, 편집국장 등을 역임하였다. 그는 『동아일보』에 「강남의 가을」 등의 시와 「오월의 문단」 등의 평론을 게재하는 한편, 1927년 영국 작가 윌리엄 윌키 콜린스의 『흰옷을 입은 여인』을 「소복의 비밀」이라는 제목으로 번역하였으며, 1929~1930년 번안소설 『사막의 꽃』을 연재하였다. 『사막의 꽃』은 1932년 대성서림에서 단행본으로 간행되었다. 또한 『동아일보』 도쿄 지국장 이태로의 부탁으로 타고르가 쓴 시를 1929년 4월 2일 번역하여 소개하였다. 이 시는 후일 「동방의 등불」로 알려진다. 1929년 10월 이광수, 김동환金東煥과 함께 『삼인시가집三人詩歌集』을 삼천리사三千里社에서 발간하였다. 이 시기 시에서 주요한은 '죽음보다 못한 삶'「도상소견(途上所見)」, 『조선지광』, 1929.4 속에서 살아가는 조선 민중을 재현하고, 민요를 창조적으로 수용하였다.

그는 아우이자 소설가였던 주요섭朱耀燮과 함께 직접적 혁명단을 지지했으며, 조병옥趙炳玉과 함께 수양동우회가 직접 정치투쟁을 전개해야 한다고 주장하였다. 그의 사상적 면모는 안창호安昌浩에게 보내는 시인 「사랑─T선생에게」『삼인시가집』에서도 잘 드러난다. 이 시에서 화자는 자신이 '사랑의 사도'이지만, 그렇기 때문에 '피를 뿌릴 수밖에 없'음을 주장하고 있다. 주요한은 수양동우회를 중심으로 민족주의 진영을 결집해 민족해방운동을 주도하고자 하였으나, 안창호의 실력양성단체 유지론과 수양동우회 내부의 인격훈련 중심론에 의해 좌절되고, 주요한은 개인 자격으로 민족통일전선 신간회新幹會에 참여하였다. 이 시기 주요한의 대표작은 「채석장」『조선지광』 1929.6이다. 이 시는 민요 노동요의 '선창─후창' 방식을 채용하고, 주체적인 민중의 힘을 찬양한 시이다. 1929년 11월 주요한은 『동아일보』 사장 송진우宋鎭禹, 『조선일보』 부사장 안재홍安在鴻을 포함하여 조병옥, 홍명희洪命熹, 한용운韓龍雲 등 10명과 함께 민중대회 개최를 결의하였다가 발각되어 수감된다.

1930년 10월에 시집 『봉사꽃』을 세계서원에서 발간한 이후 주요한은 시작 활동을 간헐적으로 이어간다. 1932년 9월 그는 조선일보사에 입사하여 잡지부장, 편집국장, 전무취체역을 역임하였으며, 1934년 2월 주식회사 화신和信의 취체역으로 근무하고 1934년 6월 수양동우회 이사장이 된다. 하지만 1937년 흥사단 사건으로 기소되어 1심에서 징역 4년을 선고받고, 5년 뒤의 3심에서 무죄로 판결되는 과정에서 식민권력의 회유로 주요한은 대일협력의 길로 나아간다. 그의 대일협력 문필활동은 시「여객기旅客機」『조광(朝光)』 1940.9가 처음으로, 시조형식으로 대동아공영권의 이데올로기를 노골적으로 표현하였다. 이후「동양해방東洋解放」,「청년이제靑年二題」,「첫 피—지원병志願兵 이인석李仁錫에게줌」 등의 시에서 '동양 겨레'를 위한 희생을 요구하며, 일제를 위해 피를 뿌려야 진정한 의미에서 조선인이 천황의 백성이 될 수 있다고 선동한다.「임전조선臨戰朝鮮」『신시대(新時代)』, 1941.9 등의 평론에서도 조선인들이 피를 제물로 바쳐야, 다가올 영화로운 동아東亞를 누릴 수 있다고 주장하였다. 1943년 12월 4~5일에 만주국 수도 신경新京에서 개최된 '결전문예전국대회'에 조선문인보국회 소속으로 유치진柳致眞, 데라모토 기이치寺本喜一과 함께 초청되었으며 이후 대회참관기「결전하 만주의 예문태세」『신시대』, 1944.1를 발표하였다.

　　해방 이후에 주요한은 대한무역협회 회장1947, 민주당 의원1958, 상공부 장관1960을 역임하는 한편, 흥사단 계열의 잡지『새벽』의 편집에 관여하였다

정기인

현진건

玄鎭健, 1900~1943

    대구大邱 출생. 호는 빙허憑虛이며, 본관은 연주延州. 조상 대대로 역관을 지 내온 중인 출신이다. 현진건은 어린 시절 한학을 공부하였고, 1908년에 부친 현경운玄炅運이 건립한 대구노동학교에서 신학문을 익혔다. 1915년 11월에 보 성普成고등보통학교에 입학하였지만 다음 해에 자퇴하였다. 1916년에 일본으 로 건너가 도쿄 세이소쿠正則 예비학교에 입학한다. 1917년 귀국하여 고향인 대구에서 이상화李相和 등과 동인지 『거화炬火』를 만들지만, 다시 일본으로 건너 가 세이조成城중학교 3학년에 편입한다. 1918년 귀국하였다가 셋째 형 정건이 있는 상해로 가서 호강滬江대학 독일어 전문부에 입학한다. 1919년에 귀국하고 이듬해에 「희생화」『개벽(開闢)』, 1920.11를 발표하며 등단한다. 현진건의 초기 3부 작이라 일컬어지는 「빈처」『개벽』, 1921.1, 「술 권하는 사회」『개벽』, 1921.11, 「타락자」『개 벽』, 1922.1~4에는 작가의 유학체험이 일정 정도 반영되어 있다. 이들 소설에는 유학을 다녀온 지식인 남편과 신교육을 받지 못한 구여성 아내의 관계가 나타 나며, 긍정적이거나 생산적인 활동을 할 수 있는 가능성을 발견하지 못한 식 민지 지식인의 내면적 고뇌가 섬세하게 표현되어 있다.

    1921년에 『백조白潮』 동인으로 활동하였으며, 『조선일보』, 『시대일보時代日 報』, 『동아일보』 등에서 기자로 활동하였다. 『동아일보』 사회부장으로 재직 중 이던 1937년 베를린 올림픽 마라톤 금메달리스트 손기정孫基禎 선수 사진의 일

장기 말소 사건으로 피검되어 1년의 선고를 받고 복역하였다. 그의 문학세계는 단편을 주로 창작한 전반기와 장편 역사소설을 주로 창작한 후반기로 나뉘어진다. 단편소설들은 식민지 조선의 일상에 대한 적확한 묘사, 반어적 기법의 능란한 사용, 억압적인 제도에 대한 사회적 인식 등을 드러내었다. 후기에 창작된 역사소설들은 대중성이 강화되고 민족정신이 추상화되었다는 지적도 있지만, 시대적 압박에 맞서 우회적으로 현실에 대한 전망을 드러냈다는 점에서 의미를 발견할 수 있다. 현진건은 김동인金東仁, 염상섭廉想涉과 함께 근대적 한국단편소설의 미학을 확립한 작가이다. 또한 식민지 조선의 현실을 독창적인 미학으로 형상화함으로써, 근대적 사실주의 문학의 초석을 놓은 소설가이기도 하다. 1943년 4월 25일 밤 제기동祭基洞 자택에서 지병인 폐결핵과 장결핵으로 별세하였다.

이경재

한설야

韓雪野, 1900~1976

　　본명은 병도秉道. 필명은 만년설萬年雪, 한형종韓炯宗, 김덕혜金德惠. 한씨 집성촌인 함경남도 함흥군咸興郡에서 태어났다. 아버지 한직연韓稷淵은 청주清州 한씨 안양공安襄公파 31대손이며 이제마李濟馬의 문하생으로『동의수세보원東醫壽世保元』을 1901년에 간행한다. 1915년 경성제일고보京城第一高普에 입학하나 학교생활에 만족하지 못하고, 1918년 함흥고보咸興高普로 전학한다. 1919년 함흥고보를 졸업하고 함흥법전咸興法專에 입학하다. 동맹휴교 사건의 주동자로 몰려 제명당한다. 1920년부터 1년 남짓 북경北京의 익지영문학교益知英文學校에서 사회과학을 수학하며, 중국 육군성 관리인 조선인의 집에서 가정교수 노릇을 한다. 이 때의 경험은 고스란히 1958년에 출간된『열풍』조선작가동맹출판사에 드러나 있다.「열풍」은 신채호를 모델로 한 손빈孫彬이라는 인물을 통하여 '민족적 사회주의'를 강조하고 있는 작품이며, 이를 통해 한설야의 사상적 기반을 확인할 수 있다.

　　1921년 북경에서 귀국한 후 북청北靑 학습강습소에서 교사로 생활하다가 일본의 니혼日本대학 사회학과로 유학한다. 문학작품을 습작하며 사회과학 공부에 열중하던 중, 1923년 관동關東대지진으로 인해 휴학하고 귀국한다. 1925년『조선문단朝鮮文壇』에「그날 밤」을 발표하며 등단한다. 1926년 봄에 부친이 타계하고 생활난이 심각해지자 중국 동북지방의 최대 탄광 지대인 무순撫順으로 이주한다. 탄광 지대로 유명한 무순에서 한설야는 직접적인 육체 노동을

한 은 아니지만 만주에서 살아가는 여러 민족의 삶을 생생하게 체험한다. 무순에 머무는 동안 한설야는 『만주일일신문滿洲日日新聞』에 「초련初戀」1927.1.12~14, 「합숙소의 밤合宿所の夜」1927.1.26~27, 「어두운 세계暗い世界」1927.2.8~13와 같은 초기 일본어 삼부작을 창작한다. 뿐만 아니라 평론 「예술적 양심이란」, 「계급문학에 관하여」, 「프로예술선언」 등의 글을 잇달아 발표한다. 귀국 후에도 작품 속에 만주가 등장하는 「그릇된 동경」『동아일보』, 1927.2.1~10, 「합숙소의 밤合宿所の夜」『조선지광』, 1928.1, 「인조폭포」『조선지광』, 1928.2, 「한길」『문예공론』, 1929.6을 발표한다. 「그릇된 동경」은 한설야 소설에서 처음으로 만주가 등장하는 소설이다. 조선인만의 공간인 만주는 내셔널리즘으로 충만한 상상적 공간이라고 할 수 있다. 「합숙소의 밤」, 「인조폭포」, 「한길」에서는 민족 모순과 계급 모순이 공존하는 역동적이며 사실적인 만주를 형상화하고 있다. 또한 이들 작품은 카프의 1차 방향전환 이후의 작품들로서 노동자들의 단결된 힘을 통한 변혁의 가능성을 강력하게 제시하고 있는 작품이다.

1929년에는 압록강변의 국경을 건너 장백현長白縣 지사知事를 만나기도 하는데, 이 때의 견문과 감상을 「국경정조國境情調」『조선일보』, 1929.6.12~23라는 산문으로 남겨 두었다. 1933년 『조선일보』에 기자로 근무하며, 간도間島에 특파되어 공산당의 적색 봉기인 '팔도구八道溝 습격 사건'을 취재하기도 한다. 이 때의 체험은 산문 「북국기행北國紀行」『조선일보』, 1933.11.26~12.30에 생생하게 기록되어 있다.

카프 제2차 검거사건으로 인하여 수감생활을 하고 풀려난 한설야는 함흥으로 귀향하여 「귀향」『야담』, 1939.2~7, 「이녕」『문장(文章)』, 1939.5, 「모색」『인문평론(人文評論)』, 1940.3 등의 여러 문제적인 전향소설을 발표한다. 이 와중에 한설야는 경장편인 일본어 소설 「대륙大陸」『국민신보』, 1939.6.4~9.24을 발표한다. 「대륙大陸」은 매우 문제적인 작품으로서, 이 작품에서 만주는 섬나라와 대비되는 '대륙'으로서 형상화된다. 이 때의 '대륙'은 패권적인 일본을 반성케 하며 민족간의 협화協和를 상징하는 공간이다. 그러나 이 작품에서 그러한 대륙의 정신은 조선인에게까지는 미치지 못한다. 조선인은 끔찍한 삶의 곤경에 시달리는 타자화된 존재로 그려지는데, 이것은 일본인과 만주인이 중심적인 지위를 차지하고 조선인은 주변인에 지나지 않았던 만주국 당시의 역사적 리얼리티를 반영한 결과라고 할 수 있다. 비슷한 시기에 한설야는 「관북關北, 만주滿洲 문학좌담회」『삼천리』, 1940.9에 참여하기도 하였고, 「대륙문학 등大陸文學 等」『경성일보』, 1940.8.2~4이라는 간단한 평문을 남기기도 하였다.

1940년 6월 경에 북경을 두 번째로 방문하여 6개월 정도 머문다. 이 때의 체험을 바탕으로 하여 「북지기행」『동아일보』, 1940.6.18~7.5, 「연경예단 방문기」『매일신보』, 1940.7.17~23, 「연경의 여름」『조광(朝光)』, 1940.8, 「북경통신─만수산기행」『문장』, 1940.9, 「천단」『인문평론』, 1940.10 등의 산문을 남겼다. 식민지 시기 북경을 다녀온 조선의 지식인들은 북경의 유적지와 유물의 거대함과 위대함을 찬양하는 태도를 보인다. 그러나 북경에 살고 있는 사람들을 향할 때는 그 논조와 태도가 변모하여, 중국인들은 반개半開 내지는 야만의 형상으로 표상한다. 이와 달리 한설야의 북경 기행 산문에서는 중국 일반 민중들의 모습을 객관적으로 드러내려 노력하며, 조선과 중국이 일제의 침략 앞에 놓여 있는 공동운명체라는 인식을 드러내기도 한다. 이러한 특징은 「열풍」에서도 확인되는 것이다. 1943년 유언비어 유포혐의로 문석준文錫俊과 함께 징역형을 받고, 1944년 5월 감옥에서 병보석으로 풀려난다.

1945년 자전적 장편소설 「해바라기」를 집필하던 중 해방을 맞고, 9월에 이기영李箕永 등과 함께 조선프롤레타리아예술연맹 창립에 주도적인 역할을 한다. 해방과 더불어 한설야는 만주를 다시 창작의 주요한 배경으로 삼기 시작한다. 첫 번째 단편소설인 「혈로」와 첫 번째 장편소설인 「역사」는 모두 만주를 배경으로 하여 김일성金日成의 항일무장투쟁을 그리고 있는 작품들이다. 이들 작품에서 만주는 민족(주의)만으로 가득한 성스러운 공간으로 형상화되고 있다. 이러한 특징은 「설봉산」조선작가동맹출판사, 1956과 「초향」조선작가동맹출판사, 1958에서도 확인할 수 있는 특징이다. 1951년 조선문학예술총동맹朝鮮文學藝術總同盟 위원장에 임명되고, 1953년 임화林和를 중심으로 한 남로당南勞黨계 월북문인의 숙청에 주도적인 역할을 담당한다. 그 경과는 「전국작가예술가대회에서 진술한 한설야 위원장의 보고」『조선문학』, 1953.10에 잘 나타나 있다. 1957년 교육문화상教育文化相이 되고, 1960년 9월에 김일성의 만주항일투쟁을 다룬 『력사』로 인민상을 수상한다. 이 해에 한설야 선집이 15권 계획으로 출간되기 시작한다. 1962년 12월 10일 당4기 5차 전원 회의에서 숙청이 결정되고, 1963년 자강도慈江道 시중군의 협동농장으로 쫓겨난다. 1976년 별세한 것으로 알려져 있으며, 2000년대 들어 복권되었다.

이경재

김동인

金東仁, 1900~1951

　　본관은 전주, 호는 '시어딤', 금동琴童, 춘사春士. 평안남도 평양平壤에서 김대
윤金大潤과 후처 옥씨玉氏 사이에서 차남으로 태어났다. 아버지와 이복형 김동원
金東元 모두 평양 교회의 장로를 지낸 독실한 기독교 집안 출신이다. 1914년 숭
덕崇德소학교를 졸업하고 미션 스쿨인 숭실崇實중학에 다니다 성경시험을 거부
하고 도쿄로 건너가 도쿄학원에 입학한다. 이듬해에 도쿄학원이 문을 닫자 메
이지학원明治學院 2학년으로 편입한다. 1917년 아버지의 장례를 치르기 위해 평
양에 왔다가 문학에 뜻을 두고, 정규학교인 메이지학원을 그만둔다. 9월에 다
시 도쿄로 건너가 가와바타미술학교川端畵學校 양화과洋畵科에 다니면서 다이쇼기
大正期에 낭만주의적 탐미주의로 일본 화단에서 주목받던 후지지마 다케지藤島
武二의 문하에서 그림을 공부한다. 이 시절 익힌 예술에 대한 기본적인 소양은
김동인 문학의 기본적인 바탕이 되었다. 여러 사람이 증언하듯이 김동인은
'괴물'이나 '독립자존' 등의 말을 들을 정도로 자부심이 굉장히 강한 성격이었
다. 이러한 김동인의 개성은 다이쇼기의 자유분방하고 귀족적인 문학과 친연
성이 높았다고 할 수 있다.

　　1919년 2월에 자비로 한국 최초의 문예동인『창조』를 발간한다. 고향친
구인 주요한朱耀翰, 전영택田榮澤, 김환金煥 등이 동인으로 참여하였으며 1921년 9호
를 마지막으로 폐간된다.『창조』에「약한 자의 슬픔」,「배따라기」등을 발표하

였으며, 이들 작품은 한국 단편소설의 형식미학을 확립하는 데 결정적인 기여를 하였다. 1927년 방탕한 생활로 물려받은 재산을 모두 탕진하자 아내 김혜인이 어린 딸을 데리고 가출한다. 도쿄에 가서 아내와 딸을 만나지만, 딸만 데리고 귀국한다. 초기에는 오만한 예술지상주의자로서의 면모를 과시했으나 1930년대 이후에는 경제적 이유 등으로 통속역사소설과 야담의 세계로 나아갔다. 그의 문학세계는 크게 세 범주로 나뉘어진다. 첫 번째는 「감자」, 「김연실전」, 「발가락이 닮았다」와 같은 자연주의적 경향과 「배따라기」, 「광염소나타」, 「광화사」처럼 탐미주의적 경향을 보인 단편소설의 세계이다. 이들 작품들은 문학을 공리적인 것으로 보는 계몽주의나 프로문학과 대척점에 놓여 있다. 두 번째는 「젊은 그들」1929, 「대수양」1932, 「운현궁의 봄」1933과 같은 통속적 성격의 역사소설이다. 세 번째 범주는 「조선근대소설고」1929와 「춘원연구」1934와 같은 평론 활동이다. 이들 평론들은 한국근대문학사와 관련해 선구적인 업적일 뿐만 아니라 김동인의 비평적 재질을 유감없이 드러내 보여주고 있다.

1938년 봄에 김동환의 『삼천리』사에서 일본천황에 대한 비하발언을 했다가 '천황모독죄'로 약 반 년간 수감생활을 한다. 1939년 4월에는 박영희, 임학수와 함께 황군위문작가단皇軍慰問作家團으로 뽑혀 1개월 동안 북중국을 시찰한다. 전선시찰 보고문을 써야 한다는 강박관념에 시달리던 김동인은 여행에서 돌아오던 길에 정신을 잃고 쓰러지며 전선시찰에 대한 글은 남기지 못한다. 해방 이후에 이광수李光洙 등을 변호하는 소설 등을 발표하다가 1949년 7월에 중풍으로 쓰러진다. 한국전쟁 중에 가족이 모두 피난 간 상태에서 죽음을 맞았다.

이경재

이상화
李相和, 1901~1943

호는 상화尙火. 대구大邱에서 태어났다. 그는 유년 시절 현진건玄鎭健, 이장희 李章熙 등과 교유하였고 조부가 세운 사숙私塾 우현서루友弦書樓에서 백부로부터 한문을 수학하였고, 집안의 강의원講義院에서 독선생으로부터 초등교육을 받았다. 1915년 경성 중앙학교中央學校에 입학하였지만 1918년 중퇴하였다. 이후 그는 3개월 동안 금강산 일대를 유랑하였는데, 이때 우연히 만난 중년 프랑스 부인으로부터 보들레르의『악의 꽃』시집을 건네받기도 하였다. 이후 그는 보들레르, 베를렌느, 랭보 등 프랑스 상징주의 시인들의 시를 탐독하였고, 형 이상정李相定이 일본에서 구입해온 톨스토이, 도스토예프스키, 투르게네프, 고리키, 푸시킨 등 러시아 소설을 두루 읽었다. 1919년 그는 대구에서 3·1운동을 주동하였으며, 서울로 탈출하였다.

1921년 현진건의 소개로 박종화朴鍾和를 만나『백조白潮』동인이 되었으며, 1922년부터『백조』에 시를 발표하였다. 같은 해 프랑스 유학을 위해 일본에 건너간 이상화는 도쿄 아테네 프랑세Athenée francais에서 프랑스어와 문학을 공부하였다. 이따금 도쿄의 프랑스 요리점 고노소鴻の巣에서 나가이 가후永井荷風를 만났다. 이즈음 형 이상정은 만주로 올라가 독립군에 합류하였고, 1923년 이상화는 관동대진재關東大震災를 겪으며 자위단원에게 붙잡히기도 하였다. 결국 1924년 그는 아테네 프랑세의 졸업을 1년 남기고, 2년의 일본 유학을 정리하고 조선으로 돌아오게 되었다. 이상화는 1925년에서 1926년까지 월간지, 일간지 등 각종 지면에 다수 시와 수필, 평론과 번역 소설을 발표하였다.

1927년 서울 생활을 정리하고 대구로 귀향하였다. 이후 그는 의열단義烈團 사건에 연루된 혐의로 감옥에 수감되기도 하였으며, 가끔 시를 발표하고 『조선일보朝鮮日報』 경북총국慶北總局을 경영하기도 하였다.

1937년 이상화는 형 이상정 장군을 만나기 위해 중국에 가서 북경, 천진天津, 서주徐州 일대를 3개월간 유랑하였다. 귀국 후 이상화는 중국에서 이상정을 만났다는 혐의로 3개월간 수감되었다. 1938년 즈음 대구 교남학교嶠南學校 교사로 취임하였고, 1943년 타계하였다.

이상화의 시는 그가 일본어 번역으로 탐독한 보들레르, 베를렌느 등 프랑스 상징주의 시의 영향 속에서 시작된다. 「말세末世의 희탄欷嘆」으로 대표되는 초기 시는, 시인 자신의 꿈과 낭만, 정열과 우울을 격정적인 토로의 형식으로 표현하였다. 이후 자신이 경험한 사랑을 토대로 「나의 침실로」를 발표하였는데, 육체적 관능과 정열, 낭만과 꿈을 격정적으로 형상화한 이 시는 당시 조선에 큰 반향을 일으켰다. 유학의 실패와 연인의 죽음 등 아픔을 겪은 후, 이상화는 직설적이고 격정적인 어조로 현실의 궁핍함과 유랑을 시의 주제로 삼았다. 이후 그는 프로문학에 참여하여 『문예운동文藝運動』에 노동자와 농민 등 무산 계급을 다룬 시와 평론을 발표하였다. 봄날의 들판을 통해 망국의 슬픔을 노래한 「빼앗긴 들에도 봄은 오는가」는 그의 후기 대표작이다.

이상화의 시는 시인 자신의 꿈과 좌절을 격정적인 어조로 노래하였는데, 이후 임화林和를 비롯하여 많은 조선의 시인들은 이상화 시의 문학적 성취를 적극적으로 계승하였다. 또한 그는 기 드 모파상Guy de Maupassant, 워싱턴 어빙 Washington Irving, 폴 모랑Paul Morand 등의 소설과 G.W. 러셀George William Russell의 시를 번역하였고 도스토예프스키Feder Mikhailvicho Dostoevski에 관한 평론을 발표하기도 하였다.

장문석

최서해

崔曙海, 1901~1932

　　본명은 학송鶴松. 아명은 저곡苧谷. 호는 설봉雪峰, 설봉산인雪峰山人, 풍년년豊年年. 함경북도 성진군城津郡 임명면臨溟面에서 빈농의 외아들로 태어났다. 부친은 한말 지방 소관리를 지냈으며 한학과 한의학에 조예가 있었으며, 1910년 간도間島로 떠났다. 아버지는 1931년 서울의 최서해 집에 몇 달간 머무른 것을 제외하고는 계속 간도에 거주한 것으로 추정된다. 학력에 대해서는 정확한 기록이 없으며 소학교를 졸업한 것으로 짐작되며, 어린 시절에 『청춘靑春』,『학지광學之光』 등의 잡지와 신소설, 고소설 등을 열심히 읽었으며 특히 이광수李光洙의 「무정」을 읽고 큰 감명을 받았다.

　　1918년 어머니와 함께 간도로 들어가 유랑생활을 하였다. 목도꾼, 부두노동자, 머슴, 음식점 심부름꾼 등의 밑바닥 생활을 전전하였으며, 죽음 직전의 굶주림도 여러 번 겪었다고 한다. 이런 힘든 생활로 위장병을 얻었으며, 이 병은 나중에 죽음의 직접적인 원인이 되기도 하였다. 간도를 배경으로 한 서해의 대표작은 대부분 이 당시의 간도 체험이 밑바탕이 되어서 창작된 것들이다.

　　1923년 간도 생활을 끝마치고 귀국하여 서해曙海라는 필명을 쓰기 시작하였으며, 이듬해에 무작정 상경해 이광수를 만난다. 이광수의 소개로 경기도 양주군楊州郡 봉선사奉先寺에서 3개월간 머물렀으며, 이 무렵에 처녀작 「토혈吐血」을 『동아일보』에 연재하고, 단편 「고국故國」을 『조선문단』에 발표하면서 본격적인 작가생활을 시작하였다. 이후 마지막 작품인 장편소설 「호외시대號外時代」를 발표할 때까지, 소설 60편, 수필 47편, 평론 19편, 그 외 몇 편의 시와 잡문을 발표하였다. 1925년은 서해가 한국문단에서 소설가로서의 입지를 확고히 구축한 시기라고 할 수 있다. 이광수의 소개로 방인근方仁根이 주재하던 잡지 『조선문단』에 입사했으며, 김기진金基鎭의 권유로 KAPF조선무산자예술가동맹(朝鮮無産者藝術家同盟)에도 가입하였다. 단편 「탈출기脫出記」, 「살려는 사람들」, 「박돌의 죽음」, 「기아飢餓와 살육殺戮」, 「기아棄兒」, 「큰물진 뒤」 등을 발표하며 문단의 주목을 받았다.

최서해는 생계를 잇기 위해 삶의 마지막 순간까지 신문이나 잡지사의 기자 생활을 창작과 병행해야만 했다. 『현대평론現代評論』 문예란 담당기자, 『중외일보中外日報』 기자, 서울 기생들의 잡지 『장한長恨』지 기자 등으로 활동하였다. 1929년에는 KAPF를 탈퇴하였고, 이듬해에는 최독견崔獨鵑의 갑작스런 사임으로 『매일신보每日申報』 학예부장으로 근무하였다.

최서해의 모든 작품이 당대 우리 민족이 처한 궁핍과 간도 유랑 이민의 고단한 삶을 형상화한 것은 아니다. 최서해의 작품 중에는 궁핍을 다루지 않거나 간도가 아닌 국내를 배경으로 삼은 것도 존재하고 심지어는 애정 소설의 범주에 드는 것도 있다. 그러나 작품의 질과 양은 물론이고 문학사적 의의라는 측면에서 보아도 최서해 문학의 본령은 간도를 배경으로 한 작품들에서 찾아야 할 것이다.

최서해의 대표작인 「토혈」『동아일보』, 1924.1.23~2.4, 「고국」『조선문단』, 1924.10, 「탈출기」『조선문단』, 1925.2, 「박돌의 죽음」『조선문단』, 1925.5, 「기아와 살육」『조선문단』, 1925.6, 「홍염紅焰」『조선문단』, 1927.1 등이 여기에 속하며 이 작품들은 1920년대 유이민들이 간도에서 겪은 다양한 고통을 정밀하게 묘사하고 있다. 임화는 초기 경향소설을 크게 '박영희적 경향'과 '최서해적 경향'의 작품으로 구분하였다. 전자가 주관적·추상적·관념적인 성격을 지닌다면, 후자는 객관적·구체적·현실적인 성격을 지닌다는 것이다.임화(林和), 「소설문학의 20년」, 『동아일보』, 1940.4.16 임화의 선구적인 지적처럼 이 시기 최서해 소설은 간도 이민자들의 극한적인 빈곤 상황을 감각적이면서 생동감 있게 형상화하고 있다. 겨울, 밤, 홍수, 험악한 골짜기, 불, 피 등의 적극적인 활용은 당대 우리 민족이 처한 고단한 현실을 감각화하는 데 효과적으로 기능하였다.

최서해는 자신의 빈곤과 간도 체험을 바탕으로 하여 우리 민족이 유리방랑할 수밖에 없는 현실과, 그러한 현실에 굴복하지 않는 굴강한 기개를 객관적이고 사실적으로 형상화하였다. 그러나 이러한 직접적인 빈곤과 억압의 형상화가 당대 현실의 전체적인 조망을 수반하지 못했다는 한계 역시 뚜렷하다. 이러한 한계는 최서해의 대표작 대부분이 살인, 방화, 폭행 등의 충동적인 폭력 행위로 끝나는 것과도 긴밀하게 관련되어 있다. 1932년 지병인 위문협착증이 급격히 악화되어 개복수술까지 하였으나 결국 사망하였다. 1932년 7월 11일 한국 최초의 문인장으로 장례식이 치러졌고, 미아리 공동묘지에 안장되었다. 이후 묘는 1958년 9월 25일 망우리忘憂里 공동묘지로 이장되었다. 1966년 조선작가동맹朝鮮作家同盟 중앙위원회에서 탄생 65주년 기념회를 개최할 정도로 북한에서도 높게 평가되고 있다.

이경재

박영희

朴英熙, 1901~1950

호는 회월懷月. 1901년 한성漢城에서 태어났다. 유년시절 최남선崔南善이 간행한 어린이 잡지『붉은 저고리』를 읽었으며 공옥소학교攻玉小學校를 졸업하였다. 1916년 배재고등보통학교培材高等普通學校에 입학한 후, 잡지『청춘靑春』을 읽는 한편 일본인 교사 야마가타山縣의 영향으로 문학에 눈을 떠서 하이네Heinrich Heine, 괴테Heinrich Heine, 베를렌Paul-Marie Verlaine, 다카야마 쵸규高山樗牛의 시에 심취하였으며, 나도향羅稻香, 김기진金基鎮 등과 문학에 관해 토론하였다. 1920년 졸업을 앞두고 잠깐 일본에 건너가지만 곧 귀국하였다.

이후 박영희는 박종화朴鍾和 등과 친분을 나누는 한편, 1921년부터『신청년新靑年』의 편집에 관여하였고『장미촌薔薇村』을 창간하였다. 이후 그는 시, 소설, 비평, 번역을 발표하였다. 박영희는 1921년 하반기 도쿄로 건너가 그곳에 반년 정도 머무르며 김기진金基鎮, 박승희朴勝熙, 이서구李瑞求 등과 토월회土月會를 조직하였다. 그는 세이소쿠영어학교正則英語學校에서 수학하였으며, 이 시기에 에드거 엘런 포Edgar Allan Poe의「까마귀The Raven」를 탐독하였다. 1922년 박종화朴鍾和, 나도향羅稻香, 홍사용洪思容, 변영로卞榮魯, 이상화李相和 등과『백조白潮』를 창간하였다. 이 시기 박영희는 낭만적이며 감상적인 시를 발표하였으며, 체호프Anton Chekhov, 보들레르Charles Baudelaire 등을 소개하는 글을『개벽開闢』에 발표하였고, 모파상 Guy de Maupassant의「코코, 코코, 시원한 코입니다」, 오스카 와일드Oscar Wilde의

「사로메살로메」, 체코의 과학소설가 카렐 차페크Karel Capek의 「인조노동자人造勞動者, R.U.R」와 「인조인간에 나타난 여성」, 러시아의 여성 아나키스트 예로센코 Vasilli Eroshenko의 「써러지령으로 쌌는 탑」, 「호랑이의 쑴」 등을 번역하였다.

이후 박영희는 신칸트주의 철학자 루돌프 오이켄Rudolf Eucken의 저작을 일본어로 읽었으며, 낭만주의와 자연주의를 넘어서 신이상주의新理想主義를 통해 '인생의 실제 생활'에 도달하고자 하였다. 1925년 진화론의 바탕에서 사회주의를 이해한 사카이 도시히코界利彦의 저작에 공명하여 유물사관으로 전회하였고, 과학성에 기반한 계급주의 문학을 주장하였다. 1925년부터는 『개벽』의 편집을 맡아, 문예면을 확장하였고 신경향파新傾向派 작가들의 작품을 다수 수록하였다. 또한 독자들에게 '현상소설懸賞小說'을 공모하였다. 이 시기에 박영희는 파스큐라PASKULA를 결성하였고 나카니시 이노스케中西伊之助 방문을 전후하여 염군사焰郡社와 회합하여 조선프롤레타리아예술동맹KAPF을 결성하였다. 이즈음 박영희, 김기진 등은 프로문학을 지지하는 입장에 서서, 프로문학을 비판하는 이광수李光洙, 김동인金東仁, 염상섭廉想燮 등과 논쟁하기도 하였다.

조선프롤레타리아예술동맹 시절 박영희는 김기진과 '내용—형식' 논쟁을 벌였으며, 목적의식론을 제기하며 카프의 제1차 방향전환을 주장하였으며, 또한 신간회新幹會에 가입하였다. 1930년 카프의 연극과 강연회를 위해 오토 뮐러 Otto Müller의 희곡 〈하차荷車〉를 번역하였지만 당국에 의해 공연이 금지되었다. 이 시기에 그는 루나찰스키A.V.Lunacharskii와 플레하노프G.V.Plekhanov 등의 문학이론을 번역하였다. 1930년 『소설·평론집』을 간행하였으며, 1931년 카프 맹원 검거사건으로 구속된 후 이듬해 불기소처분 되었다. 제2차 검거사건으로 다시 체포되어 1년 정도 복역한 뒤 1933년 카프에 탈퇴원을 제출하였다.

1934년 "얻은 것은 이데올로기이며 상실한 것은 예술 자신이었다"라는 전향선언을 발표하였다. 1937년『회월시초懷月詩抄』를 간행하였고, 1939년 3월 황국위문작가단皇國慰問作家團 의장으로 선출되어 '황군위문 조선문단 사절'로 김동인, 임학수林學洙와 약 1달간 북경을 거쳐 북 중국 전선戰線, 통주通州, 노구교蘆溝橋 등을 다녀온 뒤『전선기행戰線紀行』을 간행하였다. 박영희는 조선문인협회朝鮮文人協會 간사, 국민총력조선연맹國民總力朝鮮聯盟 문화위원을 거쳐 1943년 조선문인보국회朝鮮文人報國會 총무부장總務部長을 역임하였다. 1941년에 개봉한 안석영安夕影 감독의 영화〈지원병志願兵〉의 원작을 맡았으며, 1942년 11월 이광수, 유진오俞鎭午, 데라다 에이寺田暎, 가라시마 다케시辛島驍 등과 함께 '조선측 일본대표'로 도쿄에서 열린 제1회 대동아문학자대회大東亞文學者大會에 참여하였다.

창씨개명한 이름은 요시무라 고도芳村香道였다. 해방 후에는 반민족자 명단에 오르기도 하였다. 1947년 평론집『문학의 이론과 실제』를 간행하였고 1949년 서울대학교 사범대학에서 국문학사 강의를 맡기도 하였으나 6·25전쟁 때 납북되었다. 박영희는 1948년 무렵『현대한국문학사現代韓國文學史』를 탈고하였지만, 조판 과정에서 전쟁이 일어나 출간되지 못하였다. 이후 그 원고는 백철白鐵이 보관하다가 전광용全光鏞에 의해『사상계思想界』1958.4~1959.4에 연재되었고, 나머지 부분은 김윤식金允植이 발굴하여 소개하였다.

장문석

심훈

沈熏, 1901~1936

본명은 대섭大燮으로 호는 해풍海風이다. 습작기 '금강샘', '백랑白浪' 등의 필명을 사용했지만 본격적인 문단 활동 이후 훈熏이라는 필명을 사용했다. 경성고보京城高普를 중퇴했으며, 상해上海의 원강대학元江大學과 항주杭州의 지강대학之江大學에서 수학했다. 시인이자 소설가였을 뿐 아니라 언론이자 영화 감독으로 다방면에서 활동했다. 백형伯兄 심우섭沈友燮은 언론인이자 방송인으로, 이광수李光洙의 『무정』에 등장하는 신우선의 모델로 알려져 있다. 중형仲兄 심명섭心明燮은 감리교 목사로 작가 사후 유고를 묶어 전집으로 편찬하는 작업을 했다.

심훈은 습작 시절 나쓰메 소세키夏目漱石와 구니키타 돗보國木田獨步 등의 소설을 읽으며 문학적 소양을 쌓았으며, 1919년 경성고보 재학 시절에 3·1운동에 참여해 구치소에서 옥고를 겪었다. 당시의 수감 경험을 바탕으로 「찬미가에 쌓인 원혼」을 창작했다. 작가는 출옥 후 1920년에 중국으로 건너가 북경과 상해, 남경南京, 항주 등에서 체류하다 1923년에 귀국한 것으로 알려져 있다. 중국 체류 시기, 원강대학元江大學과 지강대학之江大學에서 지적 소양을 쌓은 심훈은 항일 망명 인사인 신채호申采浩와 이회영李會榮 등을 만나 정치적으로 감화를 받았으며, 잡지 『천고天鼓』 발간에 참여하기도 했다. 유고 시집 『그날이 오면』에 수록된 「북경의 걸인」, 「고루鼓樓의 삼경三更」, 「심야에 황하를 건너다深夜過黃河」, 「상해의 밤」, 「돌아가지이다」와 같은 시편과, '항주유기杭洲遊記'라는 제목으로 실린 시조는 중국에서 창작한 작품이다.

심훈의 중국행은 작가의 정치사상적 지향성을 보여준다. 당시 상해는 조선 임시정부의 본거지였을 뿐 아니라, 천두슈陳獨秀나 오스기 사카에大杉榮 등이 활동했던 동아시아 사회주의 운동의 중심지였다. 중국 시기 심훈의 사상적 지향성을 보여주고 있는 대표적인 작품으로『동방의 애인』을 들 수 있다.

『동방의 애인』은 3·1운동에 가담했던 두 친구, 이동렬과 박진이 독립 운동에 투신하기 위해 상해로 밀항하는 내용을 다루고 있다. 상해에 도착한 두 사람은 항일 망명인사인 X가 주도하는 ○○당에 가입해서 활동한다. 박진은 X의 조언을 따라 군관학교에 입학해서 항일 무력투쟁을 위해 힘을 키우고 이동렬은 모스크바로 가서 국제공산당 회의에 참석한다.『동방의 애인』은 당국의 검열에 의해 연재 중단되지만, 중국에 있던 당시 작가가 사회주의 사상에 경도되었음을 보여준다. 특히『동방의 애인』에 등장하는 이동렬은 경성고보 동창인 공산주의 운동가 '박헌영朴憲永'을 모델로 했다고 알려져 있다. 심훈과 '박헌영'의 친분은「박군의 얼굴」이라는 시를 통해서도 드러난다.

중국 생활을 마치고 1923년 조선에 귀국한 작가는 언론 활동과 사회주의 예술운동에 투신한다. '염군사焰群社'에 가입한 심훈은 1925년 '조선 프롤레타리아예술가동맹KAPF'의 발기인으로 이름을 올리고, 연극 운동 단체 '극문회劇文會'에도 참여한다. 1924년부터『동아일보』기자로 활동했지만, 1926년 '철필구락부鐵筆俱樂部' 사건으로 퇴사한 후 영화 제작에 관심을 기울인다. 1926년 영화소설『탈춤』을 연재하고, 1927년에는 영화를 공부하기 위해 도일渡日해 일활촬영소日活撮影所에서 무라타 미노루村田實가 제작한 영화〈춘희椿姬〉에 출연했다. 짧은 일본 생활을 마친 심훈은 귀국 후 자신이 시나리오와 감독을 맡은〈먼 동이 틀 때〉를 계림영화사에서 제작한다.

1928년『조선일보』에 입사해『동방의 애인』과『불사조』를 연재하지만 당국에 의해 연재 중단된다. 1931년『조선일보』를 사직하고 충남忠南 당진에 귀향해 시집『그날이 오면』을 출간하려 했지만 당국의 검열에 의해 수포가 된다.『그날이 오면』은 작가 사후 유고 시집으로 발간된다. 1933년 잠시『조선중앙일보』학예부장으로 취임하지만, 다시 당진으로 돌아와 장조카 심재영沈載英과 함께 농촌 공동체 운동을 펼치고, 자신이 세운 필경사筆耕舍에서 소설 창작에 매진한다. 농촌 삼부작으로 볼 수 있는 장편소설『영원의 미소』,『직녀성』,『상록수』가 이 시기에 발표된다.

『영원의 미소』는 '김수영'과 '최계숙' 같은 도시 지식인이 도시의 사치와 허영을 버리고 농촌으로 귀향하는 과정을 다루고 있으며,『직녀성』은 구여성舊女性인 '이인숙'이 자아를 각성하고 '박세철', '윤봉희' 등과 농촌에서 대안 공동체를 만드는 모습을 보여준다. 작가의 대표작인『상록수』는 관제의 농촌진흥운동으로부터 벗어나 농촌운동을 펼치는 젊은 농촌운동가 박동혁과 채영신의 사랑을 형상화한 작품이다. 주인공 박동혁과 채영신은 장조카 심재영과 YWCA 농촌 운동가인 최용신崔容信을 모델로 했다. 심훈의 농촌 삼부작은 넓은 의미에서 농촌계몽운동, 브나로드Vnard 운동을 소설로 형상화한 것으로 이해되지만, 작가의 지적 소양과 행보를 살펴보면 당대 동북아시아에서 유행했던 '촌치파村治派' 운동과 밀접한 상관관계를 맺고 있음을 알 수 있다.

심훈은 일본의 비평가 무로후세 코신室伏高信의 영향을 상당 부분 받았다. 실례로 심훈이 발표한 논설「결혼의 예술화」는 무로후세 코신의「예술로서의 결혼藝術としての結婚」을 초역한 것으로, 작가의 장서 목록에서 무로후세 코신의 저서가 다수 발견된다. 발터 라테나우Walter Rathenau와 오스발트 슈펑글러Oswald Spengler 등의 영향을 받은 그는 도시 문명의 합리성과 기계주의를 비판했다.

무로후세 코신은 중국의 촌치파村治派 운동의 영향을 받아서『흙으로 되돌아가다土に還る』등을 저술하고 일본촌치파동맹日本村治派同盟을 구성한 사회운동가였다. 현대사회의 문제가 도시 중심의 금융 자본주의에 있다고 보고 이를 극복하기 위해서는 농촌 공동체의 자립이 대안이 될 수 있다고 봤다. 심훈의 농촌 삼부작에서 나타나는 문제의식과 농촌 공동체의 형상은 무로후세의 사상과 조우하고 있다.

권철호

주요섭

朱耀燮, 1902~1972

　　호는 여심餘心, 여심생餘心生. 1902년 목사 주공삼朱孔三의 8남매 중 둘째 아들로 평양平壤에서 출생하였다. 한국 근대시의 확립에 큰 기여를 한 주요한朱耀翰의 아우이다. 평양의 숭덕소학교崇德小學校를 거쳐 1916년 숭실중학교崇實中學校에 입학하였다. 1918년 숭실중학교 3학년 때 아버지와 함께 일본으로 건너가 아오야마학원靑山學院 중학부 3학년에 편입하였다. 1919년 3·1운동 발발 후에 귀국하여 등사판 지하신문을 발간하다가 출판법 위반으로 10개월간 수감생활을 하였다. 출옥 이후 중국으로 건너가 무려 6년여 동안 중국에 머물렀다. 그가 상해로 유학을 간 이유는 그의 친형인 주요한이 이 무렵 상해에서 활발한 활동을 한 것과 관련되어 있다. 1921년 3월 상해에 도착하여 소주안성중학교蘇州晏成中學校를 잠시 다니고1921.4~6 다시 호강대학滬江大學 부속중학교에 입학하였다. 1923년 중학을 마친 후에는 호강대학에 진학한다. 상해 시기 주요섭은 상해한인유학생회上海韓人留學生會, 상해한인청년회上海韓人靑年會, 흥사단원동지부興士團遠東支部에 가입하여 활동하였다.

　　이 기간 동안 「추운 밤」『개벽(開闢)』, 1921.4을 발표하면서 등단하였고, 이후에도 「죽엄」『신민공론』, 1921.7, 「인력거군」『개벽』, 1925.4, 「살인」『개벽』, 1925.6, 「첫사랑 값」『조선문단(朝鮮文壇)』, 1925.9~11·1927.2~3, 「영원히 사는 사람」『신여성』, 1925.10, 「천당」『신여성』, 1926.1, 「개밥」『동광』, 1927.1 등의 문제작을 남겼다. 이외에도 주요섭은 상해에 머무는 동안 '상해 5·30사건'과 '북벌군의 상해 진주사건'을 경험하였으며, 사회주의에 깊이 공감하였다. 청년 주요섭은 '5·30사건' 당시 총동맹파업을 선동하고, '북벌군의 상해 진주사건' 당시 공산당원들의 피신을 도왔다고 한다. 이 시기의 대표작인 「인력거꾼」과 「살인」에도 사회주의적인 의식이 적지 않게 드러나 있다. 두 작품은 하나의 짝을 이룬다고 말할 정도로 흡사하다. 두 작품 모두 아찡과 우쌘라는 중국인을 등장시키고 있으며, 그들은 인력거꾼과 창녀라는 최하층에 속해 있다. 결말 역시 죽음과 살인이라는 극단적인 모습을 보여준다. 이 두 작품은 주요섭에게 신경향파 작가라는 이름을 안겨준 대표작들이다.

1927년에 호강대학 교육학과를 졸업하였고, 1928년 미국으로 건너가 스탠퍼드대학원에서 교육심리학을 전공하였다. 1934년 중국의 북경 보인대학輔仁大學 교수로 취임하였고 1943년 일본의 대륙 치략에 협조하지 않는다는 이유로 추방 명령을 받아 귀국할 때까지 북경에 머물렀다. 보인대학은 로마교황청에서 아시아에 직접 설립한 유일한 천주교 대학으로서 주요섭은 서양언어문학학과에 재직하며 교육학과 서양문학을 담당하였다. 식민지 시기 한국의 문인들 중에서 가장 오랫동안 북경에 머물렀으며, 북경에서도 활발한 작품 활동을 선보였다. 주요섭은 북경에 머물며 30여 편의 소설, 시, 수필, 평론 등을 창작하였고, 이 중에서 북경을 배경으로 한 작품만 10여 편(소설 「죽마지우」, 『여성』, 1938.6~7, 시 「북해에서」, 『신가정』, 1935.1, 「산해관」, 『신가정』, 1935.5, 산문 「북평잡신」, 『동아일보』, 1934.11.11~21, 「북평北平의 겨울밤」, 『신인문학』, 1935.1, 「취미생활과 돈」, 『신동아』, 1935.7, 「북평잡감北平雜感—이국수상異國隨想」, 『백광』, 1937.6, 「중국인들의 생활을 존경한다」, 『조선문학』, 1937.6 등)에 이른다.

뛰어난 문학적 기량을 보여준 「사랑 손님과 어머니」, 『조광(朝光)』, 1935.11와

「아네모네의 마담」『조광』, 1936.1 역시 북경에 머물던 당시에 창작한 작품들로서, 이들 작품에는 미묘한 인간 심리와 진정한 사랑에 대한 탐구가 품격 있게 드러나 있다. 이러한 사랑에 대한 탐구는 1930년대 한국문학사에서도 특이한 현상이며, 주요섭의 전체 문학세계에서도 이채로운 부분이다. 이러한 문학적 성과는 주요섭이 중매결혼을 한 유씨劉氏와 헤어지고 『신가정』 기자인 김자혜와 1936년 북경에서 결혼을 했던 개인적인 이력이 일정 부분 작용한 결과라고 할 수 있다.

북경에 머무는 동안 주요섭이 남긴 글을 당대 북경과 그곳에 사는 중국인, 조선인 등의 삶에 대한 비교적 충실한 기록이라고 할 수 있다. 소설 「죽마지우」는 북경에 사는 친일 한인들의 모습을 간결하게 보여주고 있으며, 여러 편의 산문에서도 균형 잡힌 시각으로 북경의 모습을 기록하고 있다. 주요섭의 산문에는 공통적으로 멋스러운 낭만과 잔혹한 현실이 공존한다. 「북평의 겨울밤」에서는 추운 겨울밤 북경의 행상이 외치는 소리를 들으며 그것이 "음악이오, 신비요, 꿈"이라고 말하다가 곧 "한 달에 돈 1원이 없어서 밤바람에게 붙잡혀가는 가련한 인생들"을 걱정한다. 「북평잡감─이국수상」에서는 처음 북경이 삼다三多─수목, 담장, 인력거의 도시로서 "인구 150만이 사는 한 공원"이라고 말하지만, 곧 그곳에 사는 중국인과 조선인의 곤궁한 삶에도 관심을 기울인다. 특히 이 산문의 마지막에는 "조선 저고리 치마"와 "게다"의 이미지가 겹쳐진 조선 부인을 등장시킴으로써, 1930년대 후반 북경에서 살아가던 조선인의 미묘한 민족적 상황을 압축해놓고 있다. 이외에도 주요섭은 북경에서 「대서」『신가정』, 1935.4와 「북소리 두둥둥」『조선문단(朝鮮文壇)』, 1936.3과 같은 만주 항일투쟁에 관한 소설과 만주에서 살아가는 조선인의 모습을 그린 「봉천역 식당」『사해공론』, 1937.1 등을 창작하였다.

주요섭의 산문에는 보인대학 시절 주요섭이 수필가 피천득皮千得, 화가 김영기金永基 전무길全武吉과 교류했던 기록이 남겨져 있다. 소설가 김사량金史良이 북경을 방문하고 쓴 「북경왕래北京往來」『박문』, 1939.8에서는 김사량이 주요섭 부부의 초대로 중국 일류 요정에서 저녁을 먹은 이야기가 등장한다. 이로 보아 이 무렵 주요섭은 북경의 조선인들 중에서 일종의 명사로 자리매김하고 있었음을 알 수 있다.

1953년부터 작고할 때까지 경희대학교 영문과 교수로 근무하였다. 이외에도 『신동아新東亞』, 『코리아 타임스』등에서 언론활동을 하였고, 국제펜클럽 한국본부 사무국장, 한국문학번역협회 회장 등을 역임하였다. 이 기간 동안 수십 편의 소설을 창작하였으며 시, 희곡, 동화 등 거의 모든 장르에 걸쳐 작품을 창작하고 외국 소설도 번역하였다. 1972년 미국으로 가기 위해 수속을 밟던 중, 심장마비로 사망했다.

이경재

채만식

蔡萬植, 1902~1950

　　전라북도 임피군臨陂郡에서 태어났다. 그는 가내의 독서당에서 한문을 수학하고 고소설을 탐독하였으며, 1910~1914년 임피보통학교에서 수학하였다. 경제적인 문제 등으로 바로 상급 학교에 진학하지 못하고 집에서 한문을 수학하다가 1918년 중앙고등보통학교에 입학하였다. 1922년 중앙고등보통학교를 졸업하고 일본 와세다대학早稻田大學 부속 제일와세다고등학원 문과에 입학하였으며, 같은 학교 축구선수로 활동하였다. 1923년 와세다대학 본과 영문과에 진학하였으나, 곧 가정 형편으로 귀국하였다. 중편 「과도기過渡期」를 탈고하고 경기도 강화江華의 사립학교 교원으로 잠시 근무하였다.

　　1924년 이광수李光洙의 추천으로 『조선문단朝鮮文壇』에 소설을 발표하며 등단하였다. 1925년 『동아일보』 정치부 기자로 입사하지만, 동아일보사의 재정 악화로 기자 직에서 물러나 낙향하였다. 이후 고향에서 사회주의 및 무정부주의 계열의 저작을 읽었다. 1929년 개벽사開闢社에 입사하여, 『별건곤別乾坤』, 『혜성彗星』, 『제일선第一線』 등 잡지를 편집하였으나, 1933년 개벽사의 몰락으로 실직하였다. 1934년 『조선일보』 사회부 기자로 입사 후 1935년 퇴사 후 개성開城으로 이사를 하여 본격적인 전업 작가로 활동하며 많은 단편소설과 희곡을 발표하였다. 이후 『탁류濁流』1937, 『태평천하太平天下, 천하태평춘(天下泰平春)』, 1938 등 여러 소설과 희곡을 발표하고, 『채만식 단편집』1939, 『탁류』초판 1939, 재판 1942 등 작품집을 간행하였다. 1938년 잠시 금광 브로커로 활동하지만, 사업은 실패하였다. 1939년 개성의 송도중학교松都中學校 학생들이 결성한 '불온한' 독서회에 관여하였다는 혐의로 2달 정도 유치장에 수감되었다가, 조선문인협회朝鮮文人協會로부터 온 엽서를 핑계로 석방되었다. 1940년 안양安養으로 이사하였고, 「나의 '꽃과 병정'」을 발표하였다. 1941년 경성 동대문 바깥 광장리廣壯里로 이사하였고, 조선총독부는 『탁류』 3판을 발행금지 처분하였다.

1941년 11월 조선문인협회가 주최한 경성 아서원雅敍園에서 열린 국민문학 실천을 위한 내선 작가 간담회에 참석하였다. 1942년 12월 조선문인협회가 주관한, 징병제 선정을 위한 순국영령방문단殉國英靈訪問團의 일원으로 전라북도에 파견되었다. 또한 1942년 12월에서 1943년 1월 조선문인협회의 파견을 받아, 이석훈李石薰, 이무영李無影, 정인택鄭人澤, 정비석鄭飛石과 만주국滿洲國 간도성間島省을 시찰하고 산문 「간도행間島行」을 발표하였다. 1943년 4월 조선문인보국회朝鮮文人報國會 소설희곡부회 평의원이 되었다. 장편소설집 『금金의 정열情熱』 1941, 중편소설집 『배비장裵裨將』 1943, 단편집 『길』 1943 등을 간행하였으며, 1945년 소개령疏開令에 의해 전북 임피로 낙향하였다가 해방을 맞이하였다. 1945~1946년에는 서울에 거주하였으나, 이후 다시 전북 임피와 이리시裡里市에 거주하며 문단의 여러 조직 및 활동과는 거리를 두면서 창작활동을 이어갔다. 중편집 『허생전許生傳』 1946, 작품집 『제향祭享날』 1946, 장편집 『아름다운 새벽』 1947, 장편집 『태평천하』 1948, 단편집 『잘난 사람들』 1948, 작품집 『당랑螳螂의 전설傳說』 1948, 장편집 『탁류』 1949 등을 간행하는 동시에 여러 소설을 발표하였다. 1950년 6월 11일 타계하였다.

채만식은 견우직녀 설화, 「심청전深淸傳」과 「흥부전興夫傳」 등 판소리계 고소설 등 한국의 고전, 이인직李人稙, 최찬식崔瓚植 등의 신소설新小說, 이광수, 염상섭廉想

^海 등의 한국 근대문학을 탐독하였다. 또한 그는 오이디푸스Oedipus, 프로메테우스Prometheus 등 서양의 신화, 투르게네프Turgenev, 졸라Zola, 발자크Balzac, 입센Ibsen, 체호프Chekhov 등 서양 근대문학, 시마자키 도손島崎藤村과 시가 나오야志賀直哉 등 일본 근대문학을 두루 섭렵하였다. 1923년 채만식은 장편소설「과도기」를 탈고하고 그것을 한성도서주식회사漢城圖書株式會社에서 출간하고자 하였으나, 총독부의 검열에 의해 좌절되었다. 현재 남아 있는「과도기」의 원본에는 검열관의 적색 잉크와 '삭제削除' 도장의 흔적이 남아 있다. 1924년에 등단한 이후 1930년대 말까지 채만식은 지식인의 실직 및 비판정신의 위기, 농민과 노동자의 궁핍, 지주와 자본가의 정신적 타락, 자본주의 욕망의 문제, 봉건적 가부장제가 여성에게 가하는 폭력과 억압 등 다양한 대상과 주제의 단편소설 및 희곡을 발표하였다. 그의 초기 작품은 서양 문학을 자원으로 주로 활용하였다.

채만식은 1930년 전후에는 프로문학으로 이해할 수 있는 소설을 창작하였으나, 1932년 이갑기李甲基와 논쟁을 하면서 프로문학의 경향과 멀어졌다. 1933년 채만식은 입센의『인형의 집』이 주장한 여성의 자아 각성 및 가부장제로부터의 해방, 베벨August Bebel의『부인론婦人論, Die Frau und Der Sozialismus』이 주장한 사회주의 페미니즘에 공명하면서, 식민지 조선에서 여성의 문제를 다룬『인형의 집을 나와서』를 발표하였다. 1934년에는 추리소설『염마艶魔』를 발표하였다.

1930년대 중반 채만식은 한국 문학의 전통을 재인식하고, 이를 창작에 활용하였다. 채만식의 대표작『탁류』1937와『태평천하』1938는 자본주의의 욕망, 봉건 가부장제의 여성 억압, 남성 지식인의 고민 등의 주제를 서양 문학 및 한국 문학의 전통의 재구성 위에서 창작한 장편소설이다. 채만식은「냉동어冷凍魚」1940를 통해 제국의 문화산업에 맞서 조선문화의 경계를 새롭게 구획하고 그 정체성을 옹호하고자 하였다. 하지만 이후 채만식은 『아름다운 새벽』1942, 『여인전기女人戰紀』1944~45 등 대일협력의 입장을 드러낸 장편소설을 발표하는 한편, 자전적인 단편소설을 여러 편 창작하여, 체제의 무게감과 시대적 압력의 공포를 그려내고 그것과 작가 의식 사이의 긴장을 형상화하였다. 또한 '방송소설放送小說'을 창작하여 명랑한 시대 분위기를 그려내는 동시에 그 안에 어둠과 그늘을 기록하였다. 해방 후 채만식은 서울의 문단과 거리를 두면서, 전시기 자신이 범한 '대일 협력'이라는 과오를 반성하며 해방공간에서 민중 중심적인 탈식민의 가능성을 탐색한 소설을 발표하였다.

장문석

나도향

羅稲香, 1902~1926

　　호는 도향稲香, 은하隱荷. 필명은 빈彬. 본명은 경손慶孫. 1902년 경성부京城府 청엽정青葉町 1정목丁目, 지금의 서울시 청파동(青坡洞)에서 태어났다. 할아버지 나병규羅炳奎는 한의사로 자수성가하였으며, 아버지 나성연羅聖淵 역시 의사였다. 1909년 공옥攻玉보통학교에 입학하였으며, 1914년에 배재학당培材學堂에 입학하였다. 1918년에 배재학당을 졸업하고 의사 집안의 장손으로 가업을 이으라는 할아버지의 뜻에 따라 경성의학전문학교京城醫學專門學校, 지금의 서울의대에 입학하였다. 그러나 문학에 뜻을 두고 가족 몰래 1919년 일본으로 밀항하지만 집안의 지원을 받지 못해 결국 쓸쓸하게 귀국하고 만다.

　　나도향은 문학을 위해 일상의 행복을 거부하고 스스로 가난과 질병을 선택한 작가이다. 1921년 박영희, 최승일 등과 『신청년新青年』 편집에 관여하고 이 잡지에 「나의 과거」1921.1, 「박명한 청년」1921.7을 발표한다. 1922년에는 『백조白潮』 1호에 「젊은이의 시절」1922.1을 발표하며 동인활동을 지속한다. 『신청년』과 『백조』에서의 활동은 배재고보 동창이었던 회월 박영희와의 인연이 큰 역할을 하였다. 같은 해에 출세작인 「환희」를 『동아일보』1922.11.21~1923.3.21에 연재하며 엄청난 인기를 얻는다.

　　1925년 연말에 본격적인 문학공부를 하기 위해 두 번째로 도일하지만 폐병과 가난에 시달리다 1926년 6월 초에 아픈 몸을 이끌고 귀국한다. 그의 작품경향은 초기의 낭만주의 시기와 후기의 사실주의 시기로 나뉘어진다. 초기에 쓰여진 「젊은이의 시절」, 「별을 안거든 우지나 말걸」, 장편 『환희』 등은 젊은이들의 정열과 애틋한 사랑을 다루었으며 청년기의 감상을 그대로 드러내고 있다. 1923년 발표한 「여이발사」를 시작으로 하여, 「행랑자식」, 「자기를 찾기 전」, 「벙어리 삼룡이」, 「물레방아」 등에서는 사실주의적 현실비판을 시도한다. 1926년 「화염에 싸인 원한」을 연재하다가 8월 26일에 급성폐렴으로 요절했다.

이경재

정지용

鄭芝溶, 1902~1950

1902년 충북 옥천군沃川郡에서 출생하였다. 아버지는 한약상을 경영했다고 하나 홍수 피해 때문에 재산을 잃고 경제적인 상황은 좋지 않았던 모양이다. 그는 1913년에 만 11세의 나이로 결혼, 1914년에 옥천공립보통학교沃川公立普通學校를 졸업했다. 1918년 휘문徽文고등보통학교에 입학. 성적은 우수한 편이었으며 박팔양朴八陽 등과 함께 동인지 『요람搖籃』등사판을 만들었다고 한다. 휘문고보에는 2년 선배에 박종화朴鍾和가 있었고, 1년 선배에 김영랑金永郎, 1년 후배에 이태준李泰俊 등이 있었다. 1919년에 『서광曙光』지에 소설 「삼인三人」을 발표. 1922년에는 휘문고보 문우회의 문예부장이 되어 『휘문徽文』 편집위원을 맡기도 했다. 1923년 5월 일본 도시샤대학同志社大學 예과에 입학, 1926년 예과를 수료, 같은 해 4월 도시샤대학 영문과에 입학, 1929년 6월에 동 대학을 졸업했다. 1923년 4월에 도시샤전문학교 신학부에 입학하여 그 후 예과로 옮겼다고도 하며, 또 졸업이 6개월이 늦어진 것은 신앙에 몰두했기 때문이라는 견해가 제출된바 있다.

1929년 9월부터는 모교인 휘문고보에서 영어를 가르쳤다. 같은 교원에 이병기李秉岐가 있었는데 이병기는 1922년부터 휘문에서 교원을 하고 있었기 때문에 동료이라기보다는 제자라고 하는 편이 적당할 것이다. 정지용은 이병기에게서 일정한 문학적 영향을 받았을 가능성이 있다. 1933년에는 구인회九

社에 가입, 1935년『정지용 시집』을 간행했다. 이 시집은 당시 조선에서 시를 공부하는 학생들에게 큰 영향을 미쳤다. 그 중 한 사람이 윤동주尹東柱이다. 정지용은 기억을 못했던 모양이나, 윤동주는 정지용을 직접 찾아가기도 했었다. 정지용은 해방 후『경향신문京鄕新聞』에 윤동주의 시를 소개하며 추천문을 썼고, 또 윤동주 유고집에 서문을 보내기도 했다(두 시인 모두 도시샤대학에 적을 둔 관계로 현재 도시샤대학에 정지용과 윤동주의 시비가 각각 있다). 1939년『문장文章』지의 시 부문 심사위원이 되어 적지 않은 시인들을 등단시켰다. 박두진朴斗鎭, 박목월朴木月, 조지훈趙芝薰, 박남수朴南秀, 김종한金鍾漢 등이 그 대표일 것이다. 특히 김종한은 정지용의 시를 일본어로 많이 번역 소개했다. 정지용의 시를 일본어로 번역한 사람으로 김소운金素雲도 있다.

1941년에『백록담白鹿潭』을 간행. 그 후 해방을 맞이하여 이화여자전문학교 교수, 문과 과장이 되기도 했다. 1946년 이화여자전문학교가 이화여자대학교로 바뀌어 교수로 취임. 같은 해 경향신문사의 주간이 되었다. 1947년 서울대학교에 출강하여『시경詩經』을 강의하기도 했다. 1948년 이화여자대학교를 사임하고 서예를 즐기는 나날을 보냈다고 한다. 이 해에『문학독본文學讀本』을 간행했고 1949년에는『산문散文』을 간행했다. 한국전쟁 때에 납북되어 북한 측의 자료에 의하면 1950년 9월 25일에 사망한 것으로 전해져 있으나 정확하게는 파악하기 어렵다.

정지용은 교토 도시샤대학 재학 중 적지 않은 일본어 시를 썼다. 정지용의 일본어 시 발표는 크게 세 단계로 나눌 수 있다. 첫째로 동인지『마치街』, 『자유시인自由詩人』,『도시샤대학예과학생회지同志社大學豫科學生會誌』에 작품을 발표한 1925년부터 1926년까지, 둘째로 기타하라 하쿠슈北原白秋 주재『근대풍경近代風景』 및 도시샤의『도시샤문학』,『공복제空腹祭』에 시를 발표한 1927년경부터 1929년까지, 셋째로 1942년에 일본의 천주교 잡지에서 발표된 3편의 시편들이다. 단, 1942년의 3편은 기존의 시를 번역한 것으로 시의 표현 방법도 예전과 상당한 차이가 나는 점으로 보아 그가 일본어로 번역한 것으로 보기 어려운 측면도 있다. 아마도 다른 사람이 번역한 가능성이 크다. 실질적으로 도시샤대학 시절이 그가 일본어 시를 창작한 시기에 해당된다고 해도 무방하다.

정지용이 『마치』, 『자유시인』, 『도시샤대학예과학생회지』에 작품을 발표한 시기의 작품은 습작적 요소가 농후하다. 단, 1919년의 소설 「삼인」을 제외하면 정지용의 시가 활자화^{등사판 포함}된 것도 현존하는 것으로는 『마치』 게재 작품이 처음이며 여기에 발표된 시들이 그의 시 발표의 출발점으로서의 의미를 지닌다고 볼 수 있다. 이 시기의 작품에 느낄 수 있는 그의 시의 특징은 망국민으로서의 자의식(「까페 프랑스^{カフツエー・フランス}」), 그것에 따른 소외감과 고독감이다(「다리 위^{橋の上}」 등). 그의 울적한 마음은 자학이나 공포와 같은 표현으로 그려지기도 했었다(「채플린 흉내^{チヤツプリンのまね}」・「두려운 낙일^{恐ろしき落日}」 등). 이 시기 그는 식민지 지식인으로서 민족적 자의식에 상처를 입고 있었던 것으로 보인다.

그는 『자유시인』 이후 도시샤의 동인들과의 새 문예지 창간에 참가하지 않았고, 기타하라 하쿠슈^{北原白秋}가 주재한 『근대풍경』지에 시를 보내게 된다. 정지용과 문학을 같이 한 동인들 중에서 주목할 만한 인물은 고다마 사네치카^{兒玉實用}일 것이다. 고다마는 『자유시인』을 창간한 인물이었으며 그 후에도 『교토시인^{京都詩人}』, 『도시샤문학』 등에 관여하면서 활동했다. 정지용은 고다마와 가깝게 지냈던 모양이다. 그러나 정지용이 연상이었다는 점이나 그가 내면에 지녔던 민족적 자의식 때문에 두 사람은 반드시 깊은 교우관계를 맺을 수 있었던 것은 아닌 것처럼 보이기도 하다. 오히려 정지용은 선배격으로 독자적으로 시세계를 추구한 감이 농후하다. 한편, 정지용과 깊은 관계가 있었다고 생

각되는 조선인으로 같은 휘문고보 출신의 박제찬朴濟瓚이 있다(진학에 따라 '박제
환'으로 이름을 바꾸었음. 고려공산청년회高麗共産靑年會와 관련해서 징역형을 받았으며, 나중
에 조선총독부 관리를 거쳐 해방 후에는 국회의원, 장면張勉 내각에서는 농림부 장관을 역임
했다. 학생 때에는 시를 쓰고 정지용이 그의 시를 번역하기도 했다).

　소외감과 고독감 속에서 정지용은 1926년에『근대풍경』에 시를 투고, 수
백 편에 이르는 작품들 중에서 뽑혀 시가 게재된다. 이후, 그는 계속적으로 20
편을 넘는 시를 이 잡지에 발표하게 된다. 그러나『근대풍경』에서의 발표는
1928년 2월을 마지막으로 끊기게 된다. 아마도 정지용은 자신이 시를 발표하
는 곳은 조선이라는 자각이 강했고 일본에서 본격적으로 문단활동을 할 의향
이 없었던 것 같다. 정지용이『근대풍경』에서 발표한 작품들은 거의 이미 동
인지 등에서 발표를 한 것들로 표현을 절제하는 등 약간의 수정을 가한 것들
이었다. 그만큼 시적 수준은 높은 작품들이었다. 단, 그는 '일본어'라는 도구를
쓰면서도 어디까지나 조선의 시인이었다. 그가 스스로 "침묵과 원모遠慕로 동
양풍으로 사숙私淑하겠습니다"「편지 한통(手紙一つ)」라고 썼듯이 그는 기타하라 하쿠
슈北原白秋에게도 의식적으로 일정한 거리를 두고 있었던 것처럼 보인다. 또, 박
제찬과 가깝게 지내면서도 당파성에는 거부감도 있었던 모양이다.

　물론 이 무렵 정지용이 일본어 시만을 쓴 것은 아니다.『학조學潮』교토의 유학
생 잡지,『신소년新少年』,『신민新民』,『문예시대文藝時代』,『조선지광朝鮮之光』등 많은 잡
지에 조선어 시를 발표했었다. 도시사에서 일본어와 조선어의 양 언어로 시를
썼으면서도『근대풍경』에서 일본어 시의 절정을 보이고 나서는 그는 일본 시
단을 떠나 이미 활동을 시작하고 있었던 조선 시단에서의 작품 발표에 몰두하
게 되는 것이다. 그의 희망은 어디까지나 조선어 시 쓰기와 조선의 시문학 발
전에 있었던 것이었다. 이 무렵의 시작 대부분이『정지용 시집』에 수록되었다.

이후, 그는 종교시에 경도하는 과정을 거쳐 동양적인 색채가 농후한 시작으로 기울어지게 된다. 이는 식민지 조선이 전쟁에 휘말려 들어가는 과정에서의 그의 시대에 대한 대처 방법을 암시하기도 하다. 특히 1940년대 전반기의 어려웠던 시기, 완전히 시국을 무시할 수 있었던 것은 아니었으나 그의 자세는 기본적으로 외부세계를 되도록 멀리하여 동양적인 자연의 세계에 몰두하는 데 있었다. 그런 그가 해방을 맞이했을 때 쓴 시가 종전의 시들과는 판이하게 다르게 감정을 억누르지 못한 작품들「愛國의 노래」·「그대들 돌아오시니—」이었던 것은 어떻게 보면 지극히 자연스러운 일일 수도 있었을 것이다.

1950년 한국전쟁이 일어난 뒤 김기림金起林, 박영희朴英熙 등과 함께 서대문형무소에 수용되었다. 이후 북한군에 의해 납북되었다가 사망하였다.

구마키

김기진

金基鎭, 1903~1985

충청북도 청원淸郡에서 태어났으며, 팔봉八峰이라는 필명을 사용하였다. 1916년 영동공립보통학교永同公立普通學校를 졸업한 김기진은 형 김복진金復鎭과 함께 배재고등보통학교에 입학하였다.

그는 박영희朴英熙와 교류하였고 오스카 와일드Oscar Wilde, 존 밀턴John Milton, 알렉산드르 뒤마Alexandre Dumas 등의 문학을 탐독하였다. 고보 졸업을 얼마 앞둔 상태에서, 김기진은 1920년 도쿄로 건너가 국민영어학교를 다니며 보통학교 동창 김휴金烋와 함께 지냈으며, 이후 박영희, 이서구李瑞求 등과 간다神田에서 생활하였다. 1921년 그는 릿쿄대학立敎大學 영문학부 예과豫科에 입학하고, 아테네 프랑세Athenée francais에서 프랑스어를 공부하였으며 하인리히 하이네Heinrich Heine, 아르튀르 랭보Arthur Rimbaud, 샤를 보들레르Charles Baudelaire, 폴 베를렌Paul-Marie Verlaine 등의 시를 읽었다. 그는 나카니시 이노스케中西伊之助의 『붉은 흙에 싹이 트는 것赭土に芽ぐむもの』을 읽고 감동을 받아 「조선인朝鮮人」이라는 소설을 『가이조改造』에 투고하였지만 반송되었다. 이후 이반 투르게네프Ivan Turgenev, 표트르 도스토예프스키Fyodor Dostoevskii, 막심 고리키Maxim Gorky 등의 소설을 탐독하였고 『씨뿌리는 사람種蒔く人』을 통해 로맹 롤랑Romain Rolland과 앙리 바르뷔스Henri Barbusse의 논쟁을 지면紙面으로 접하였고, 또한 사카이 도시히코界利彦, 오스기 사카에大杉栄 등의 글과 잡지 『R조』를 읽었다.

그는 박승희朴勝熙, 이서구 등과 토월회土月會를 조직하여 1923년 조선에서 신극을 공연하였다. 1923년 일본의 사회주의자 아소 히사시麻生久의 조언으로 본과本科 1학년을 중퇴하고 귀국하였다. 이후 『매일신보每日申報』, 『시대일보時代日報』, 『중외일보中外日報』의 기자로 일하는 한 편 『백조白潮』의 동인으로 활동하였으며 박영희, 김복진金復鎭, 김석송金石松, 이익상李益相 등과 파스큐라PASKULA를 조직하여 문예강연회를 열기도 하였다. 1924년 김기진은 보그다노프Bogdanov의 '프로레트쿨트Proletcult'의 노선을 참고하여, 부르주의 전통문화와 절연한 프롤레타리아 고유의 문화를 통해 인간 본연의 감성을 회복할 것을 주장하였다. 김기진은 '감각'과 미학적 감수성을 현실 변혁의 원동력으로 이해하였다.

1925년 조선프롤레타리아예술동맹KAPF을 결성하였고, 「조선인」을 보완하여 「Trick」으로 개제하여 『개벽開闢』에 실었지만, 발행과 동시에 압수되어 삭제되었다. 이후 그는 박영희와 '내용—형식' 논쟁을 전개하였다. 1926년 기 드 모파상Guy de Maupassant의 『녀자의 한평생여자의 일생』, 토마스 하디Thomas Hardy의 『번롱翻弄, 더버빌 가의 테스』, 1927년 로버트 스티븐슨Robert Stevenson의 『괴적怪賊, 지킬박사와 하이드』, 1928년 모리스 르블랑Maurice Leblanc의 『최후의 승리수정마개』를 번역하였다. 또한 그는 1928년 당대 광범위하게 유통되던 딱지본 소설의 존재를 염두에 두면서, 내용, 사상, 표현기법, 매체 등을 복합적으로 고려하여 대중화론을 주장하였다. 하지만 대중의 즉각적인 교화를 요청한 김기진의 이론은 임화林和에 비판되었고, 김기진은 레닌Lenin의 이론을 통해 예술의 역할과 부르주아 문화의 유산의 의미를 재점검하였다. 일찍이 1920년대 김기진이 주장하였던 형식론形式論은 1930년대 중반 임화의 형상론形象論과 뒤늦게 공명하였다. 1935년 그는 임화, 김남천金南天과 카프 해산계를 제출하였으며, 1938년부터 1940년 1월까지 『매일신보』 사회부장을 역임하였다.

1938년 7월 3일 시국대응 전선사상 보국연맹時局對應全鮮思想報國聯盟의 결성위원으로 참가하였으며, 같은 해 9월 미나미 지로南次郎의 호남湖南 시찰을 수행하였다. 1939년 조선문인협회朝鮮文人協會의 발기인으로 참여하였고, 1942년 조선영화제작주식회사朝鮮映畫製作株式會社 촉탁을 역임하였다. 1944년 중국 남경南京에서 열린 제3회 대동아문학자대회大東亞文學者大會에 이광수李光洙와 함께 조선 대표로 참석하였다. 1945년 2월 일본 신타이요사新太陽社가 주관한 제6회 조선예술상 문학부분 심사위원으로 활동하였으며 조선언론보국회와 조선문인보국회의 이사를 맡았다. 창씨명은 가네무라 야미네金村八峯이었다. 한국전쟁 중 서울에서 '인민재판'으로 즉결처분을 받지만, 구사일생으로 살아나 육군종군작가에 입대하였다. 1960년대 이후로 『경향신문京鄕新聞』 주필, 재건국민운동중앙회再建國民運動中央會 회장, 한국펜클럽 및 한국문인협회의 고문을 역임하였으며 식민지 시기 한국문학에 관한 다수의 회고를 남겼다.

장문석

최명익

崔明翊, 1903~1972(?)

1903년 평남 강서군江西郡에서 태어났다. 부친은 평양平壤에 거주하던 상인으로 상당한 재산가였으나, 일제의 한반도 강점을 계기로 평양 외곽으로 이사해 살았다. 어린 최명익은 마을의 사설학교에 다녔으나, 그 학교의 한 명뿐인 늙은 선생이 일제 헌병대에 붙잡혀 가자 인근의 보통학교에 입학하여 졸업하였다. 이 시기 최명익은 이야기를 좋아하던 아버지의 영향으로 문학, 특히 소설에 관심을 갖게 되었다고 한다.

1916년 최명익은 집을 떠나 평양고등보통학교에 입학하였다. 고보 시절에 그는 톨스토이Lev N. Tolstoi를 접하면서 작가가 되려는 희망을 품지만, 1917년 부친의 갑작스런 사망에 따라 유산을 노리는 친척들의 등쌀에 시달리면서 인간성의 이면을 보고 겪게 된다. 1919년 3·1운동 때에는 서울에서 독립선언 장면을 직접 보고 평양으로 돌아가 만세 시위에 참여하였다가 문제가 되어 고보를 중퇴하였다. 이후 최명익은 『맹자』, 『삼국지』 등을 읽으면서 한문을 독학하였다.

1921년 최명익은 일본 도쿄의 세이소쿠영어학교正則英語學校에 입학하지만, 학교 공부보다는 도스토예프스키Fyodor M. Dostoevskii 문학에 사숙하다시피 집중하면서 인간의 고뇌와 울분에 대해 깊이 생각하게 되었다. 이러한 도스토예프스키에의 경도는 1930~1940년대 최명익 소설의 주요한 분위기를 형성하는 단초가 된 것으로 보인다. 이후 최명익은 세이소쿠영어학교를 졸업하지 못하고 1923~1924년 무렵에 평양으로 되돌아와, 1926년 결혼 후 평양의 창전리倉田里에 정착하였다. 이후 그는 생계를 위해 부친의 남은 유산을 모아 작은 초자공장유리병 공장을 차려 운영하였다.

1928년 최명익은 홍종인洪鍾仁·김재광金在光 등과 함께 동인지『백치白痴』를 만들었다. 이 동인지에 최명익은 '유방柳妨'이라는 필명으로「희련시대」와「처의 화장」을 발표하였다. 그러나 2호까지 내는 데 그친 이 동인지는 큰 주목을 받지는 못하였다. 1930년에 최명익은『중외일보中外日報』와『조선일보朝鮮日報』에 콩트를 발표하고, 1931년에는『비판批判』에 평론「이광수李光洙의 작가적 태도를 논함」을 발표하였다. 이 평론은 이광수를 통속적 이상주의 작가로 보면서 이광수가 주장했던 민족적 단결은 계급적 의식을 무시한 일률적인 단결일 뿐이라고 비판하는 내용이었는데, 최명익이 1926년 이광수가 주도했던 수양동우회修養同友會의 창립회원이었다는 점에서 사회주의나 공산주의에 일정 부분 공감하게 된 사상적 변화를 짐작할 수 있게 하는 글이라고 할 수 있다.

1936년 최명익은『조광朝光』에 단편「비오는 길」을 발표하면서 일약 문단의 주목받는 신진 작가로 등장하였다. 당대에는 '도스토예프스키적인 고뇌'를 그린 것으로 평가받기도 했던 이 작품은 이른바 저개발의 모더니즘 또는 식민지의 모더니즘이 우리 소설사에서 본격화하는 역할을 하였다. 그리고 1937년에는 아우 최정익과 유항림俞恒林·김이석金利錫이 주축이 되어 펴냈던 동인지『단층斷層』의 정신적·재정적 후견인으로서 식민지 서울의 모더니즘과 구별되는 평양의 모더니즘 문학을 이루는 중추적 역할을 하기도 하였다. 이후 최명익은 1941년까지「무성격자」,「역설」,「봄과 신작로」,「심문」,「폐어인」,「장삼이사」등을 발표하면서 이른바 민족주의 및 공산주의 작가와 구별되는 신세대 작가의 중심으로 떠오르게 된다.

1930년대에서 1940년대 초의 최명익 문학의 중심적 경향은 식민지 상황에서 들어온 근대적 일상의 이면을 들여다보면서 근대 또는 자본주의가 약속한 미래에의 낙관을 섣불리 동의할 수 없는 지식인의 고뇌를 그리는 데 있었다. 「비오는 길」, 「무성격자」, 「역설」, 「폐어인」 등의 작품은 식민지적 근대가 낳은 현실에 비관적 태도를 보여주는 지식인의 내면이 중심이며, 특히 「심문」은 제국주의와 식민지적 근대에 저항하던 인물의 좌절을 통해 역설적으로 사회주의에 대한 작가의 긍정적 관점을 내밀히 보여주고 있다. 이러한 최명익의 문학적 성향은 많은 식민지 하의 모더니스트들이 식민지적 근대와 자본주의에 대한 부정의식을 지녔던 것과 상통한다. 그러나 최명익이 단순히 지식인의 고뇌에 머문 것은 아니었는데, 예를 들어 「장삼이사」 같은 작품은 지식인의 자의식과는 관계없이 그 자체의 방식으로 존재하는 민중상을 포착하였다는 점에서 해방 이후 최명익 문학의 방향을 미리 암시해 주는 것이기도 하다.

일제의 압박이 심해지던 1942년부터 최명익은 문학적으로 침묵하는 대신 새롭게 인수한 담배공장을 운영하는 데 당분간 전념하였다. 그러나 일제의 억압이 더욱 거세지면서 1944년에는 평양을 떠나 외가가 있던 강서군江西郡 취룡리聚龍里에 은거하면서 일제 말기를 보냈다.

1945년 해방 이후 최명익은 소설 「맥령」에서 보듯이 공산주의로 전향하였다. 1946년 3월 북조선문학예술총연맹이후의 북조선문학예술총동맹에 참가하였고, 북조선 도·시·군 인민위원으로 선출되었다. 해방 이후부터 1950년대 초까지 최명익의 작품 경향은 일제 강점기와는 달리, 사상 전향의 과정과 토지개혁, 해방 이후의 능동적인 노동자상을 그려내는 것으로 전환되었다. 그러나 최명익에게는 인텔리적·자연주의적·부르주아적이라는 비판이 따라다녔고, 작품

활동을 할 수 없는 상황을 맞기도 하였다.

　최명익이 다시금 북한 문예에서 전면에 나섰던 것은 1956년 장편 역사 소설『서산대사』를 통해서였다. 그는 이 작품에서 능동적이고도 자발적인 민중상과 그들을 영도하는 지도자서산대사의 모습을 조화롭게 그려냄으로써, 북한 문예의 한 모범으로 칭송받게 되었다. 그러나 그는 1960년대 말 이후 공식적인 행적을 멈춘다. 다만 주체사상이 성립되던 시기인 1960년대 말에 숙청되어서 문학 활동을 못하게 되었고, 결국 1970년대에 죽은 것으로 추정될 뿐이다. 이후 최명익의 복권은 1984년에 이루어졌다. 1993년에는『서산대사』와『임오년의 서울』이 다시 간행되었으며, 이른바 주체문예사상을 소개하는 책들에서『서산대사』는 북한을 대표하는 역사소설로 자주 언급되었다.

장수익

김두용

金斗鎔, 1903~?

1903년 9월 26일 함경남도 함흥咸興 출생으로 함흥에서 보통학교를 다니다 1919년 이후에 일본으로 유학을 떠난 것으로 추정된다. 도쿄에 있는 사립 긴조중학錦城中學을 1922년 3월에 졸업한 후 교토의 제삼고교第三高校를 1926년에 졸업했다. 이후 도쿄제국대학東京帝國大學 미학미술사학과에 입학했지만 1928년 3월에 제적됐다. 김두용은 제삼고교에 재학할 때부터 사회주의 관련 서적을 읽었다. 이 당시 쓴 글로 「움직이는 혼과 생활動く魂と生活」『악수회잡지(嶽水會雜誌)』, 1925.12이 있다.

김두용은 고교를 졸업하고 도쿄제대에 입학한 후 일본공산당의 하부 조직이기도 했던 도쿄제대 신인회新人會, 1918~1929에 가입하면서 공산주의를 받아들였다. 신인회는 1920년대와 1930년대 초반까지 사회주의와 마르크시즘을 지식인 사회 전반에 침투시키는 데 큰 역할을 했다. 당시 '마르크스 보이'라는 말이 유행했던 것을 보아도 사회주의가 사회적으로 큰 관심을 끌었음을 알 수 있다. 이후 김두용은 1927년 3월 도쿄에서 결성된 '제3전선사第三戰線社'에서 문학 활동을 본격적으로 펼치기 시작했다. 이후 '제3전선사'는 카프와 통합되지만 김두용은 카프 도쿄지부를 떠나서 이북만李北滿 등과 '무산자사'를 결성해서 독자적인 활동을 펼쳤다.

이후 그는 몇 차례 투옥됐다가 전향을 표하기에 이른다. 이후 그는 재일 조선인으로서 독자적 문학 운동을 전개해야 할 필요성을 강하게 느끼고 연극 운동 등에 적극적으로 참여했다. 해방 이후에도 도쿄에 머물면서 『해방신문민중신문』의 주필을 맡았다가, 1948년 11월 북한 평양에서 살았다. 사망 연도는 미상이다.

곽형덕

권환

權煥, 1903~1954

　　본명은 권경완權景完. 호는 하석河石. 필명은 원소元素, KO生, 권생權生, 권윤환權允煥 등. 1903년 1월 5일 경상남도 창원군昌原郡 진전면鎭田面에서 태어났다. 아버지 권오봉權五鳳은 백산상회白山商會의 주주株主였다. 1919년 가출하여 경성의 중동학교中東學校를 거쳐 휘문徽文고등보통학교에 편입하여 수료하였다. 1923년 일본의 야마가타고등학교山形高等學校에 진학하였고, 1926년 4월 교토제국대학 문학부에 입학하여 독일문학을 전공하였다. 같은 해 겨울 경성으로 돌아와 카프 맹원들의 비밀합평회에 참가하였으며, 1927년 폐결핵이 발병하였다.

　　1929년 3월 대학을 졸업한 권환은 같은 해 5월 이북만李北滿의 권유로 조선프롤레타리아예술동맹KAPF 도쿄지부東京支部에 가입하였다. 1929년 가을 조선으로 귀국한 후, 1930년 조선프롤레타리아예술동맹 조직 개편으로 신설된 기술부技術部의 책임을 맡았으며, 카프 중앙위원회 위원이 되어 제2차 방향전환을 주도하였고 『카프시인집KAPF詩人集』에 시를 발표하였다. 1931년 8월 카프 제1차 검거로 체포되었다가 병보석으로 풀려나게 되며, 이후 경성여자의학강습소 강사와 『조선중앙일보』 기자로 활동하였다.

　　1932년 8월 극단 신건설사新建設社 창설에 관여하지만, 카프 제2차 검거로 다시 체포된다. 체포 중에 전향 서약을 하였으며, 1935년 12월 전주지방법원 형사부에서 치안유지법 위반으로 징역 1년 8월과 집행유예 3년을 선고받는다. 1935년 12월 판결문에 의하면 당시 권환은 경성 안국동安國洞 중앙인서관中央印書館에 주소를 두고 있었고『서울시보』기자였다. 1936년에서 1938년까지는 전향자와 관련된 농장인 하자마 김해농장迫間金海農場에서 사감으로 근무하였다. 1939년 경성으로 올라와서 경성제국대학京城帝国大學 부속도서관 사서로 근무하였으며, 이후 곤다칸權田煥으로 창씨개명을 하였다.

　　해방 후에는 조선프롤레타리아문학동맹에 가입하였으며, 1946년 2월 8~9일에 열린 조선문학자대회朝鮮文學者大會에서「조선농민문학의 기본방향」을 보고하였으며, 조선문학가동맹의 제2대 서기장으로 선출된다. 1948년 남한 단독정부 수립 이후 마산馬山으로 낙향하였으며 1954년 지병인 폐결핵으로 타계하였다. 시집으로『자화상自畵像』조선출판사, 1943,『윤리倫理』성문당서점, 1944,『동·결凍結』건설출판사, 1946이 있다.

장문석

이육사
李陸史, 1904~1944

    1904년 경상북도 안동군安東郡 도산면陶山面 원촌遠村에서 태어났으며, 퇴계退溪 이황李滉의 14대손이다. 본명은 이원록李源祿이다. 어려서는 집안에서 조부 치헌공痴軒公 이중직李中稙으로부터 한학漢學을 수학하였고 형제들과 시를 지었다. 1919년 도산공립보통학교陶山公立普通學校를 졸업하고 1920년 대구大邱로 옮겨 석재石齋 서병오徐丙五에게 그림을 배웠다. 이후 백학학원白鶴學院에서 수학하고 1924년 도쿄 금성고등예비학교錦城高等豫備學校에서 1년간 수학하였다. 1925년 귀국하여 대구에서 지내며 조양회관朝陽會館을 중심으로 활동하였다.

    1926년 7~8월 무렵부터 1927년 8~9월 무렵까지 북경에 체류하였고, 중국대학中國大學 전문부專門部 상과商科에서 수학하였다. 1927년 장전홍張鎭弘의 의거에 연루되어 구속되었지만, 1929년 무혐의로 사건은 종결되었다. 1930년 이육사는 대구청년동맹大邱靑年同盟 간부로 구속되었으며 2월 『중외일보中外日報』의 대구지국 기자가 되었다가 3월 다시 검속되었다. 또한 1931년 1월 레닌의 생일을 기해 대구지역에 뿌려진 격문 사건으로 구속되었다가 불기소 방면되었다.

    1931~1932년 사이에는 『조선일보』 대구지국 기자로 근무하였으며 이활李活이라는 필명으로 사회 문제 및 국제 정세에 관한 평론을 발표하였다. 이육사는 1932년 중국 봉천奉天으로 가서 나경석羅敬錫을 만났으며, 윤세주尹世胄와 교유하였다. 이후 그는 윤세주 등과 천진天津으로 갔다가 북경을 거쳐 남경南京으

로 이동하였다. 남경에서 이육사는 김원봉金元鳳이 설립한 조선혁명군사정치간 부학교朝鮮革命軍事政治幹部學校, 정식명칭은 중국국민정부 군사위원회 간부훈련반 제6대에 1기생으로 입교하여 6개월간 훈련받았다. 1933년 6월 상해에서 머물던 중 쑨원孫文의 비서 양싱푸楊杏佛의 장례식장에서 루쉰魯迅을 만났다. 7월 이육사는 조선으로 돌아와 경성에 머물렀지만, 1934년 조선혁명군사정치간부학교 출신자 검거 때 구속되었다가 기소유예로 석방되었다.

1934~1936년 이활이라는 필명으로 동아시아 정세에 대한 시사평론을 발표하였고, 이즈음부터 1940년대까지 이육사라는 필명으로『신조선新朝鮮』,『개벽開闢』,『비판批判』,『풍림風林』,『시학詩學』,『문장文章』,『인문평론人文評論』등 여러 잡지에 논설과 시를 발표하였다. 1935년 정인보鄭寅普, 홍명희洪命熹, 홍기문洪起文 등이 관여한 신조선사新朝鮮社에서 잡지『신조선』의 편집과 다산茶山 정약용丁若鏞의 고문헌 출판에 참여하였다. 1936년 이육사는「루쉰추도문」을 발표하며, 그의「고향故鄕」을 번역하여 발표하였다. 1930년대 중후반에 이육사는 홀로 혹은 신석초申石艸 등 벗과 함께 경주慶州, 마산馬山, 부여夫餘, 원산元山 등 곳곳을 여행하며 엽서를 보내고 한시漢詩를 남겼다. 1941년 폐질환을 앓았으며, 1942년 경주 옥룡암玉龍庵에서 요양을 하였다. 1943년 봄 북경에 갔다. 하지만 그해 가을 잠시 귀국한 와중에 피검되어, 북경 일본영사관 감옥에 구금되었다. 1944년 1월 16일 감옥에서 타계하였다. 해방 후 그의 동생 이원조李源潮는 유작시「꽃」과「광야」를 발표하고, 그의 시를 수습하여『육사시집陸史詩集』서울출판사, 1946을 간행하였다. 김소운金素雲은 1940년 이육사의「청포도靑葡萄」,「절정絶頂」을『젖빛 구름乳色の雲』에 번역하였고, 1943년「청포도」,「절정」,「해후邂逅」,「아편阿片」등을『조선시집(중기)朝鮮詩集(中期)』에 번역하였다.

이육사는 1926년 북경에 유학하면서, 도쿄제국대학 출신 북경대학北京大學

교수 마유자오馬裕藻에게 가르침을 받았다. 음운학과 금석학에 조예가 깊은 마유자오는 루쉰과 깊이 교유한 학자였다. 이육사는 마유자오와 함께 자금성紫禁城 인근을 산책하고 문학, 고서, 고고학 등 다양한 분야에 대한 가르침을 받았다. 또한 1932년 남경 조선혁명군사정치간부학교에서 변증법적 유물론, 유물사관 등 사회주의 사상과 삼민주의三民主義 등을 학습하고 군사 훈련을 받았으며, 중국어를 집중적으로 연습하였다.

이러한 학습을 바탕으로 이육사는 귀국한 후안 1935년을 전후하여 동아시아 국제정세와 중국에 대한 평론을 발표하였다. 또한 이육사는 「루쉰추도문」에서 1933년 루쉰과의 만남을 감동적으로 서술한 후, 루쉰의 문학을 유학시기, 아Q정전 시기, 그리고 문화전사 시기 등 3단계로 구분하였다. 그는 루쉰의 문학을 통해 예술과 정치의 관계를 규명하고자 하였으며, 루쉰의 창작 태도를 통해 진정한 리얼리즘의 '창작 모랄'을 제시하고자 하였다. 또한 그는 진정한 프로문학의 건설을 위해 노력한 '문화전사'로서 루쉰의 비장한 생애를 강조하였다. 이육사는 루쉰의 「고향」을 번역하였고, 희망을 지운 혁명의 길을 걸어갔다. 그의 시 「청포도」를 통해 길 위의 자신을 환대하는 한편, 희망을 지운 혁명을 귀환시키는 동시에 미래로 개방하였다.

이육사李陸史는 어려서 수학한 중국 한시 전통의 정형성을 존중하고, 기승전결의 시상 전개방식, 동양적 이미지를 가진 시어 등을 활용하였다. 하지만 그는 동양적 전통만을 지향한 것이 아니라, 서구적 근대성과 동아시아의 역사적 경험의 긴장과 모순을 문학적으로 형상화하였다. 이육사는 루쉰을 비롯한 중국신문학에 관심을 가졌으며, 1941년 무렵에는 후스胡適의 「중국문학오십년사中國文學五十年史」와 쉬즈모徐志摩의 시를 번역하기도 하였다. 이육사는 루쉰의 경우와 비슷하게, 동양의 전통으로 회귀하지도 않으며 무반성적으로 서구추수주의에 빠지지도 않은, 또 다른 근대문학의 가능성을 모색하였다. 그것은 전통과 근대가 긴장을 이루는 문학이었으며, 그 문학은 다시 현실과 긴장을 이루는 것이었다. 이육사는 비평과 수필, 그리고 시를 통해서 자신의 문학관을 실천하였다.

장문석

김태준

金台俊, 1905~1949

호는 천태산인天台山人이며, 별호는 고불古佛, 성암聖巖. 평안북도 운산군雲山君 동신면東新面 성지동聖旨洞에서 출생하였으며 취학 전에 한문교육을 받았다. 운산 雲山공립보통학교, 영변농학교寧邊農學校, 이리농림학교裡里農林學校를 거쳐 1926년 경 성제국대학京城帝國大學 예과豫科 문과文科 을류乙類에 입학하였다. 김재철金在喆, 이재 욱李在郁 등이 동기이며, 김태준은 예과 교우회지『청량淸凉』에 한문으로 된 글을 발표하였고, 조선인 학생들의 문우회에 가입하여 동인지『문우文友』를 발간하 였다.

이후 법문학부法文學部 문학과文學科 지나어학급지나문학전공支那語學及支那文學專 攻에 진학하였으며, 중국 소설사 전공인 조교수 가라시마 다케시辛島驍의 지도 를 받았다. 그는 본과 시절 유진오兪鎭午가 중심이 된 경제연구회經濟研究會에 가입 하여 플레하노프의『유물사관의 근본문제』, 부하린의『유물사관』을 읽었고, 이강국李康國, 박문규朴文圭, 최용달崔容達 등과 교유하였다. 또한 경성제국대학교 학생 동인지『신흥新興』에 참여하였고, 조윤제趙潤濟가 주도하는 조선어문연구 모임에도 관여하였다. 1930년 연구 자료 수집을 위해 북경北京을 다녀왔으며, 1931년 재차 중국을 방문하여 중국의 지식인들과 교유하였다. 이 때 그는 루 쉰魯迅의『중국소설사략中國小說史略』과 궈모뤄郭末若의『중국고대사회연구中國古代社會研 究』를 접하였다.

1930~1931년『동아일보』에 「조선소설사」를 연재하였고, 1931년 대학을 졸업한 후 명륜학원明倫學院 강사가 되며, 이후 명륜전문학교明倫專門學校 조교수가 되었다. 1930년대에 김태준은 일간지와 월간지, 그리고『조선어학회보朝鮮語學會報』 등을 비롯한 학술지 등 여러 지면에 조선의 고전과 전통에 관한 글을 활발히 발표하였다. 그는 1931년『조선한문학사朝鮮漢文學史』, 1933년『조선소설사朝鮮小說史』, 1934년『조선가요집성－고대편朝鮮歌謠集成－古代篇』 등을 간행하였다. 1934년 미야케 시카노스케三宅鹿之助 사건으로 연행되었지만 곧 석방이 되었고, 다산 정약용茶山 丁若鏞 서거 100년을 맞아 활발히 논의된 '조선학' 운동의 주요한 논자가 되어 '과학적 조선연구'를 주장하였다.

1939년 1월 김두헌金斗憲과 함께 일본 학사원學士院 학술연구보조부로부터 조선문화 연구의 요원으로 선발되어 연구비를 지원 받고, 경성제국대학교 조선어학급조선어전공의 교수 다카하시 도오루高橋亨가 퇴임하자, 강사로 위촉되었다. 또한 임화林和가 창립한 학예사學藝社에 참여하여『조선문고』를 공동으로 기획하였고,『인문평론人文評論』 등에 활발히 글을 기고하였다. 1940년 경상북도 안동安東 진성眞城 이씨李氏 종가에서『훈민정음訓民正音』 해례본解例本 원본을 발굴하여, 간송澗松 전형필全鎣弼이 매입하도록 주선하였다. 이 해부터 조선공산당 재건 경성위원회朝鮮共産黨 再建 京城委員會, 경성콤그룹의 일원으로 박헌영朴憲永, 이현상李鉉相, 정태식鄭泰植, 이관술李觀述, 김삼룡金三龍 등과 함께 지하에서 활동하였다. 1941년 경성콤그룹 활동으로 검거되었다가 1943년 병보석으로 석방되었다. 이후 김태준은 조선에서의 지하투쟁에 제약을 느끼고, 1944년 11월 박진홍朴鎭洪과 연안延安으로 탈출하였다. 김태준과 박진홍은 압록강鴨綠江을 건너 봉천奉天, 천진天津을 지나 팔로군八路軍 지역으로 탈출하였다. 이후 이가장李家莊, 천가구泉家溝를 지나 조선의용군을 만났으며, 1945년 4월 5일 연안에 도착하였다.

김태준은 1945년 11월 해방된 서울에 돌아와 경성대학교에 복귀하였다. 1946년 2월 조선문학가동맹朝鮮文學家同盟 전국문학자대회全國文學者大會에서 「문화유산文化遺産의 정당正當한 계승방법繼承方法」이라는 제목으로 보고 강연을 하였으며 조선문학가동맹 중앙집행위원회中央執行委員會 평론분과評論分科 위원장委員長을 역임하였다. 이후 남로당南勞黨의 문화부장文化部長으로 활동하며 여러 좌익단체의 간부가 되었고, 1949년 남로당의 문화공작 책임자로 지리산智異山에서 무장투쟁에 돌입하였다. 1949년 7월 체포되어 11월 수색水色에서 처형되었다.

김태준은 유년 시절 전통적인 서당 교육을 받았으며, 이후 최남선崔南善, 권상로權相老 등 태동기 한국문학 연구자들과 교류하기도 하였다. 하지만 그는 경성제국대학이라는 근대적 아카데미에서 가라시마 다케시辛島驍로부터 중국소설 연구를 사사하면서 본격적인 근대적 학술 훈련을 받았다. 그는 가라시마를 통해 근대 중국문학 연구의 기틀을 세운 시오노야 온塩谷溫과 루쉰의 학술 교류에 대해 식견을 갖추었고, 또한 1920~1930년대 중국의 '국고정리 운동'과 신문화운동, 그리고 시경詩經 연구, 특히 구제강顧頡剛, 궈모뤄郭末若 등의 연구를 두루 섭렵하였다.

1931년 김태준金台俊은 중국에서 웨이젠공魏建功, 장샤오위안江紹原, 저우쭤런周作人 등을 방문하였고 북평도서관北平圖書館에서 사고전서를 열람하였다. 김태준은 전통적인 한학 교육, 일본의 '동양학'과 중국의 국학, 그리고 한국의 자국학을 두루 섭렵한 바탕 위에서, 자신의 학술적 입장을 구성하였다. 그는 조윤제, 이재욱, 김재철 등 동료들과 조선고전문학 연구를 진행하였으며, 동시에 조선고전의 1차적인 정리 및 간행에도 관심을 기울였다.

1930년대 중반 이후 김태준은 마르크스주의적 입장에서 과학적인 조선연구를 주장하였으며, 사회경제사학자 백남운白南雲과 입장을 같이 하여, 세계사적 보편성의 맥락에서 조선사와 조선고전문학의 특수성을 이해하고자 하였다. 그는 제국 일본의 조선학 연구자들, 민족주의를 기반으로 한 연구자들, 조선의 특수성을 강조하는 사회주의 계열의 연구자들을 모두 비판하며, '과학적 조선연구'를 주장하였다. 김태준은 조선의 한문학, 소설, 가요 등 문학의 개별 양식 연구를 비롯하여, 다수의 조선 역사에 관한 논문을 발표하였다.

장문석

송영

宋影, 1903~1979

    서울 서대문에서 태어났으며, 1917년 배재고등보통학교에 입학했다. 배재고보 1년 선배로는 훗날 카프Korea Arista Proleta Federatio 창립에 주축을 담당하게 되는 김기진金基鎭, 박영희朴英熙가 있었다. 1919년 3·1운동이 발발하자 송영은 동급생들과 비밀신문을 발간하였다. 그는 3·1운동이 잠잠해질 무렵 학교로 돌아가지 않고 운송부 잡역으로 사회생활을 시작하였다. 하루 14시간 잡일을 하는 중에도 동료들과 잡지를 발간하고 습작활동을 지속하며 대문호의 꿈을 키웠다. 이 시기에 송영은 도스토예프스키, 고리끼의 소설과 레닌의 「무엇을 할 것인가?」, 마르크스의 「자본, 임금, 잉여가치」, 「공산당 선언」 등을 읽기 시작했다. 가난한 자기의 삶을 투영할 수 있었던 작품과 이론에 빠져든 것이다.

    1922년 여름 송영은 일하던 우편국의 장을 잉크병으로 때려죽이고 일본 도쿄로 건너가서 유리 공장의 직공이 된다. 일본 도쿄에서의 노동자 생활은 작가로서 송영에게 큰 전환기가 된다. 당시 일본에서는 한·일 사회주의 연대조직 '흑도회黑濤會'가 활발하게 활동 중이었으며 파업 투쟁, 보통선거를 위한 투쟁이 이루어지고 있었다. 송영은 당시 일본의 사회주의 운동과 담론적 지평으로부터 큰 영향을 받은 것으로 보인다. 당시 경험은 「용광로」『개벽(開闢)』, 1926.2, 「석탄 속의 부부들」『조선지광(朝鮮之光)』, 1928.5, 「우리들의 사랑」『조선지광』, 1929.1, 「교대시간」『조선지광』, 1930.3~6을 비롯한 여러 작품에 투영되었다. 이들 작품에서 송영은 일본을 배경으로 한·일 노동자의 연대와 사랑을 표현했다. 요컨대 1920년대 송영 소설의 대부분은 1922년 일본에서의 경험에 뿌리를 두고 있는 것이다.

1922년 겨울 귀국한 송영은 이호李浩, 이적효李赤曉, 최승일崔承一 등과 사회주의 문화운동 단체 '염군사焰群社'를 조직하고 잡지『염군焰群』발간을 시도했다. '염군사焰群社'는 지하 사회주의 조직 '북풍회北風會'에 참여할 만큼 운동성이 강한 조직이었다. 이로 인해 잡지『염군』은 발매 금지를 당하고, '염군사'의 구성원들은 흩어지기 시작했다. 송영은 김기진, 박영희 등 기성문인 중심의 조직 '파스큘라PASKYULA'와 '염군사' 통합의 가교駕轎역할을 한다. 김기진 등과의 배재고보 인연이 작용한 것이다. 1925년 7월 단편소설「늘어가는 무리」가『개벽』현상공모에 입상하여 등단했으며, 그해 8월 카프가 창립하게 된다.

1927년 카프 기관지『예술운동藝術運動』에 첫 희곡『모기가 없어지는 까닭』을 발표하며 희곡작가로서의 삶을 시작했다.『조선문예朝鮮文藝』1929,『문학창조文學創造』1931 등의 잡지 발간에 참여했으며, 1920년대 후반에는 지방에서 학생들을 가르치고 잡지『별나라』발간에 공헌하는 등 아동교육에 힘쓰기도 했다. 송영은 1925년 카프 창립부터 1935년 해산까지 소설과 희곡 창작, 매체 발간, 아동 교육 등 다양한 활동을 한 작가이지만, 1930년 카프 서기국 명단에 처음으로 이름을 드러낸다. 기성문인도 이념적 색채가 뚜렷한 작가도 아니었기에 조직권력의 중심에 설 수 없었던 것이다. 1946년 월북하였으며, 1957년 제2기 최고인민회의 대의원, 조국전선 중앙위원에 1959년 대외문화연락 위원장으로 임명되기도 했다.

송영의 소설을 읽다보면 민족 경계를 초월한 프롤레타리아의 연대의식이 전면에 드러나고 있음을 쉽게 알 수 있다. 이는 민족문제와 계급문제를 다룬 카프소설과 구별되는 지점이다. 이로 인해 당대에는 동료들로부터 허황된

의식의 소유자라고 비판받았으며 조직의 중심에 있지도 못했다. 송영은 자기 스스로를 "불같은 의기意氣 웅대雄大한 계획計劃"만을 품고 행동을 하지 못한 작가라고 평하기도 했다. 1930년대 초 카프 서기장에 올랐던 임화林和는 1936년에 "문화적 자각을 통하기보다도 사회적 자각을 통하여 문화를 살펴 본, 즉 노동운동 그것의 높은 문화적 관심을 표시"했던 '염군사'에 주목한다. 카프 해산 이후에야 '염군사'와 송영 문학에 주목한 것이다.

이러한 정황들은 송영이 사회주의 이데올로기를 도식적으로 적용하여 작품을 창작한 것이 아니라 산 인간의 감정에 주목하여 창작활동을 했음을 보여준다. '파스큘라'라는 기성문인 집단에 밀려서 제대로 평가받지 못했지만 '염군사'는 노동자 생활과 창작 활동을 병행한 집단이었다. 즉 자기의 '삶'에서 우러나는 감정에 충실한 작품 활동이 가능한 조직이다. 송영의 자기에 대한 "불같은 의기"란 표현은 삶에 대한 감정을 나타낸 것이다. 특히 1922년 일본 도쿄에서의 노동자 생활은 국제주의적 감각을 장착할 수 있는 계기로 작용했다. 당시 송영은 안광천安光泉, 손필원孫弼源 등과 같은 사회주의자들과 교류하며 생활했다. 노동 현장에서 보고 느낀 것, 그리고 사회주의자들과의 교류를 통한 이론적 학습이 더해져서 문학 작품으로 탄생한 것이다. 비록 일본에 체류한 기간은 6개월 정도였지만 이후 사회주의 작가로 성장할 수 있었던 중요한 계기가 되었다. 특히 노동자 생활에 기반을 둔 작품은 1930년대 임화 등이 주장한 조선적 생활에 토대를 둔 문예의 성격을 선취한 것으로 그 의미가 있다고 할 수 있다.

최병구

이태준

李泰俊, 1904~1978(?)

　　호는 상허尙虛 또는 상허당주인尙虛堂主人. 강원도 철원鐵原에서 아버지 이창하李昌夏와 어머니 순흥順興 안씨安氏의 1남 2녀 중 장남으로 태어났다. 1909년 개화당이었던 아버지를 따라 블라디보스토크로 이주를 하고, 겨울에 아버지가 사망한다. 1912년에는 어머니마저 사망하고, 1915년 당숙 이용하李龍夏에게 입양된 후 철원에 있는 봉명학교鳳鳴學校에 입학한다. 1921년 휘문徽文고등보통학교에 입학하여, 정지용鄭芝溶, 박종화朴鍾和, 박노갑朴魯甲, 이병기李秉岐 등과 교류하며 습작기를 보낸다. 1924년 교장의 불합리한 행동에 저항하는 동맹휴교同盟休校를 주도했다가 퇴학당하고, 일본 유학길에 오른다. 1925년 『시대일보時代日報』에 「오몽녀五夢女」를 발표하며 등단하였으며, 일본 생활은 '공기만 먹고 사는 궁핍한 생활'이라고 회고할 정도로 궁핍하였다. 이 때 나도향羅稻香 등과 교류하였으며, 1927년 4월 일본 조치上智대학 예과에 입학하나 11월에 중퇴하고 귀국한다. 1929년 개벽사開闢社에 입사해 기자로 활동하였으며, 1930녀 이화여전 음악과를 졸업한 이순옥李順玉과 결혼한다.

　　1931년 조선중앙일보사 학예부 기자가 되고, 1933년에는 박태원朴泰遠, 이효석李孝石 등과 구인회九人會를 조직한다. 같은 해에 서울 성북동城北洞으로 이사하고, 근처에 살던 오세창吳世昌 등과 교류하여 전통 문화에 대한 안목을 기른다. 이 시기 이태준은 「달밤」『중앙(中央)』, 1933.11, 「손거부孫巨富」『신동아(新東亞)』, 1935.11, 「까마귀」『조광(朝光)』, 1936.1, 「복덕방福德房」『조광』, 1937.3 등의 명작을 남겼으며, 이들 작품을 통해 한국의 단편소설 양식을 완성한 작가 중의 하나로 인정받고 있다.

1938년 4월에는 혼자 만주 지방을 답사하고, 이 때의 체험을 바탕으로 「이민부락견문기移民部落見聞記」『조선일보』, 1938.8~21, 11회를 발표한다. 이 글은 평양을 출발해 봉천奉天, 현재의 심양(沈阳)과 신경新京, 현재의 장춘(長春)을 거쳐 만보산萬寶山 근처의 강가와보姜家窩堡 마을까지 다녀온 것을 기록한 글이다. 이 글에는 만주이민 국책사업滿洲移民國策事業으로 인해 식민지인이 겪는 고통과 우울이 다양하고 참신한 감각으로 묘사되어 있다. 이듬해에는 만주에 사는 조선인들의 삶을 실감나게 묘사한 「농군農軍」『문장(文章)』, 1939.7을 발표하기도 하였다. 이 작품은 일제에 대한 협력과 저항의 양측면이 미묘하게 복합되어 있어 2000년대 이후 한국문학연구자들 사이에서 활발한 논쟁의 대상이 되기도 하였다. 1939년에는 정지용, 이병기와 함께 문학 전문지『문장』에서 활동하며, 우리말과 우리문화를 보존하고 발전시키는 데 큰 기여를 하였다. 단정하고 세련된 산문으로도 유명했던 이태준은 1939년 2월부터 10월까지『문장』에 연재한 글을 모아『문장강화文章講話』를 1940년에 출판하였으며, 이 저서는 이후 남한 글쓰기 교육의 고전古典으로서 큰 역할을 하였다. 일제 말기 이태준은 황군위문작가단 및 조선문인협회 등에서 활동하기도 하였으며, 1944년에는 국민총력조선연맹國民總力朝鮮聯盟 기관지『국민총력國民總力』에 「제1호선박의 삽화第一號船舶の揷話」1944.9를 발표한 사실이 밝혀지기도 하였다. 이것은 이태준이 우리의 말을 무엇보다 중요시했던 모습에 비춰볼 때 이례적인 일로 평가된다.

친일을 거부하고 칩거해 있던 강원도 철원에서 해방을 맞이했으며, 해방이후에는 좌파 문인으로서 활발하게 활동한다. 조선문학가동맹朝鮮文學家同盟의 부위원장, 남조선민전南朝鮮民戰 문화부장,『현대일보』주간 등을 역임하였다. 순수문학의 대표적 문인이였던 이태준의 이러한 변모는 제1회 해방문학상 수상 작인 「해방전후解放前後」『문학(文學)』, 1946.6에 잘 나타나 있다. 1946년 7월경 월북하여 방소문화사절단訪蘇文化使節團의 일원으로 소련을 여행하고, 이듬해 5월 『쏘련 기행』을 출판한다. 월북 당시엔 '조선의 모파상'이라고 불릴 정도로 이북에서 극진한 대접을 받기도 하였으나, 1956년 한설야韓雪野 등에 의해 숙청된 후 현재까지 생사가 분명하게 밝혀지지 않고 있다.

이경재

장혁주
張赫宙, 1905~1997

대구大邱 출신으로 경주慶州에 있는 계림桂林보통학교를 나왔다. 이때 교장이었던 오사카 긴타로坂金太郎의 눈에 띄어 1919년 오사카 교장이 설립한 간이 농업학교에서 배웠다. 1923년 무렵부터 아나키즘과 공산주의 사상을 접하고 1925년에는 대구에서 아나키스트 단체 '진우연맹眞友聯盟'에 참가했다. 1926년 대구고등보통학교를 졸업한 후 경상북도 안덕면립학교安德面立學校 교원으로 부임했다.

1930년에는 일본문단에 진출할 꿈을 꾸며 현상 소설에 응모하기 시작했다. 일본문단에서 활동하던 시인이자 평론가였던 가토 가즈오加藤一夫에게 편지를 보내 서신을 주고받았다. 같은 해 10월 가토가 주재하던 『대지에 서다大地に 立つ』지에 일본어 단편 「백양목白楊木」 데뷔작을 게재했다. 1932년 4월 「아귀도餓鬼道」가 『개조改造』 현상소설 공모에서 2등으로 입선해 도쿄에서 열린 입선 초대 연회에 참석했다. 이때 제1회 『개조改造』 현상소설에 당선됐던 야스다카 도쿠조保高德蔵를 만났다. 야스다카는 후일 신인작가의 등용문으로 자리매김 해갔던 『문예수도文藝首都』1933.1~1970.1를 만들었고 장혁주의 많은 작품을 이 잡지에 게재했다. 장혁주는 『개조』지에 「쫓겨 가는 사람들追はれる人々」1932.10, 「권이라는 사나이權といふ男」1932.2, 「하루一日」1935.1, 「성묘 가는 사나이墓参に行く男」1935.8 , 「월희와 나月姫と僕」1936.11, 「골목길路地」1938.10, 「밀수업자密輸業者」1940.5 등의 많은 작품을 게재했

다. 장혁주는 개조사에서 「아귀도」 등 단편소설 7편을 정리해서 소설집 『권이라는 사나이』1934.6를 간행했다. 일본문단에서의 왕성한 활동에 힘입어 1936년 6월 창작의 거점을 도쿄로 완전히 옮겼다.

당시 『개조』 현상소설은 아쿠타가와상芥川賞, 1935~이 제정되기 이전에 권위 있는 작가 등용문이었던 만큼 식민지 출신 작가의 작품이 뽑혔다는 사실은 일제의 식민지에도 많은 영향을 끼쳤다. 장혁주의 일본어 소설은 대만에서도 널리 읽혔다. 특히 대만인 작가 뤼허뤄呂赫若, 1914~1951는 장혁주의 작품을 탐독했는데, 자신의 필명에 장혁주의 이름 첫 자를 넣었을 정도였다. 이를 통해 장혁주가 일본문단에서 활동했던 것이 일제의 식민지였던 대만에 살고 있는 대만인 작가들에게는 선망의 대상이었음을 알 수 있다. 『개조』 현상공모 입선작인 「아귀도」는 경상북도에서 한발旱魃로 발생한 이재민을 구제하려고 시작된 저수지 공사에 농민들이 동원되면서 벌어지는 참상을 고발하는 내용의 작품이다. 조선인 작가가 일본어로 쓴 프로문학이 일본 내 프로문학이 쇠퇴기에 접어들고 있던 시기에 현상 공모에 뽑혔다는 사실은 이색적인 작품을 발굴하려는 개조사의 출판 전략만이 아니라, 일본 프로문학이 처한 위기적 상황과 연동해 고찰돼야 할 필요성이 있다. 장혁주는 『개조』만이 아니라 기시 야마지貴司山治가 주재하는 『문학안내文學案內』1935.7~1937.4를 비롯해 많은 일본 잡지에 작품을 기고했다.

일본문단 진출에 성공한 장혁주였지만 조선문단 내의 장혁주에 대한 평가는 그렇게 좋지 않았다. 조선문단측에서는 장혁주의 작품에 대한 내재적 평가는 물론이고 조선인 작가가 일본어로 글을 쓰는 것에 대해서 곱지 않은 시선을 보냈다. 장혁주는 특히 후자에 대해 "나는 그러한 민중의 비참한 생활을 널리 세계에 알리고 싶다. 호소하고 싶다. 내 문학은 그것을 위해 존재하며 가

치가 매겨지길 원한다"「나의 문학(僕の文學)」, 『문예수도(文藝首都)』 창간호, 1933.1, 13쪽고 썼다. 다만 장혁주는 이 시기에 조선어 창작을 계속해서 해나갔다. 1937년 봄 장혁주는 당시 도쿄제국대학 학생이었던 김사량金史良의 방문을 받았다. 이때 인연으로 1939년 무라야마 도모요시村山知義의 신협극단이 〈춘향전〉장혁주 작을 평양에서 공연할 때 김사량은 이를 도왔다. 1938년 장혁주는 10월 24일 경성부민관에서 열린 좌담회 '조선문화의 장래와 현재座談會 朝鮮文化の将来と現在'에 참석했다.

장혁주가 조선문단과 크게 틀어지게 되는 계기는 그가 조선인의 성격적 결함을 폭로하며 자성을 촉구하는 「조선의 지식인에게 호소한다朝鮮の知識人に訴ふ」『문예(文藝)』, 1939.2를 발표한 후부터였다. 장혁주의 작품 세계가 조선의 현실이나 풍속을 쓰던 것에서 시국 협력적인 색채로 바뀌어가는 것도 바로 이 무렵부터였다. 장혁주는 대륙개척문예간화회大陸開拓文藝懇話會가 발족할 때 참여해 시마키 겐사쿠島木健作, 다카미 준高見順 등과 함께 만몽개척 청소년 의용군 훈련소를 방문했고, 같은 해 4월에는 『가토 기요마사加藤清正』를 펴냈다. 같은 해 6월에는 대륙개척문예간화회大陸開拓文藝懇話會에서 파견돼 제2차 펜 부대원 자격으로 만주 등지를 세 달 동안 시찰했다. 한편 장혁주는 조선붐이 일고 있던 1940년 일본에서 유진오俞鎭午, 무라야마 도모요시村山知義, 아키타 우자쿠秋田雨雀와 공편으로 『조선문학선집朝鮮文學選集』전3권, 赤塚書房을 냈다.

1942년 이후 장혁주의 활동은 전시 체제와 맞물린 작품 활동에 있었다. 1942년에 펴낸 장편 『화평과 전쟁 모두 불사한다和戦何れも辞せず』나 1944년 펴낸 『이와모토 지원병岩本志願兵』은 그 대표적인 소설이다. 또한 그는 1942년 5월 조선총독부 탁무과 위촉으로 유치진柳致眞, 정인택鄭人澤, 유아사 가쓰에湯浅克衛와 함께 만주 개척촌을 시찰했다(장혁주는 패전 직전인 1945년 5월 만선문화사 초청으로 만주를 여행했다). 1943년 4월에는 만주 개척촌을 배경으로 한 장편소설 『개간開墾』

을 펴냈다. 같은 해 8월 26일에는 제2회 대동아문학자대회에 참석했다. 1944년 1월 펴낸 『이와모토지원병岩本志願兵』은 사이타마埼玉현 고라이진자高麗神社를 '내선일체' 및 동조동근을 강조하는 역사적 실체로서 그렸다. 장혁주는 1930년대 말부터 패전에 이르기까지 일본 도쿄를 거점으로 삼고, 만주와 조선을 대상으로 제국 일본의 시국적 정책에 맞물리는 역할을 수행하면서 많은 작품을 펴냈다. 장혁주는 1947년부터 일본 사이타마 고라이진자高麗神社 근처인 사이타마현 히다카日高시에서 거주했다. 1997년 2월 1일 뇌혈전으로 타계했다.

곽형덕

유치진

柳致眞, 1905~1974

호는 동랑東朗. 아버지 유준수柳焌秀와 어머니 박우수朴又守의 장남으로 태어났다. 둘째 동생은 시인인 청마靑馬 유치환柳致環이다. 동랑과 청마의 출생지를 둘러싸고 거제시巨濟市와 통영시統營市 간에 소송이 일어나기도 했으나, 상고심에서 통영시가 승소한 바 있다. 유치진은 1910년부터 동네의 서당에서 한학 공부를 시작했으며, 1914년에는 통영보통학교에 입학했고, 1921년에는 일본으로 유학하여 야오야마중학교豊山中學校에 편입한다. 1926년에는 릿쿄대학立敎大學 예과에 입학하였고, 이듬해 영문학 전공을 택한다.

관동대진재를 겪으며 피식민 민족의 설움을 체험했던 유치진은 민중 계몽에 대해 막연한 관심을 두기 시작한다. 대학 예과 시절에 로망 롤랑Romain Rolland의 『민중연극론』을 읽고 연극 특유의 감화력을 깨닫게 된 그는 향후 진로를 연극으로 정하게 된다. 특히 그는 식민지 조선과 비슷한 처지에 놓여 있던 아일랜드의 극작가들에 주목하게 되는데, 그중 숀 오케이시Sean O'Casey는 릿쿄대학 졸업논문으로 다루었을 정도로 큰 관심을 보였던 작가이다.

1931년에 학업을 마치고 귀국한 유치진은 민중에게 직접 연극을 가져다주어야 한다는 이상을 실천하고자 하나 현실의 벽에 부딪혀 무위로 돌아가고 만다. 그해 6월, 축지소극장築地小劇場에서 활동하다가 귀국한 홍해성洪海星을 후원하기 위해 '연극영화전람회'가 열리게 된다. 이때 만들어진 '극영동호회劇映同好

會'를 기초로 하여 조선 신극문화 건설을 목표로 내건 '극예술연구회劇藝術研究會, 이하 '극연'가 조직되게 되는데 유치진은 12인의 창립동인 중 하나로 참가하면서 본격적인 연극 활동을 시작한다.

1932년에 발표한 평론「최근 십년간의 일본의 신극운동」『조선일보』, 1932.11.12 ~12.2은 그가 품었던 연극적 이상을 잘 보여주고 있다. 그는 오사나이 가오루 小山內薫가 이끌었던 축지소극장의 활동을 중심에 놓고 일본 신극운동의 흐름을 살피고자 한다. 그러나 그는 축지소극장의 연극운동이 "문학청년의 서재"에 서 "시험관을 흔드는 일"에 불과한 감이 있음을 지적하면서, 기존 소극장 운동 의 폐쇄성을 문제 삼기도 한다. 아울러 그는 축지소극장의 쇠퇴를 계기로 일 본의 신극이 보다 대중 속으로 파고들게 되었다는 점을 긍정적으로 평가한 바 있다.

유치진은 1931년「토막土幕」『문예월간』, 1931.2~1931.3을 발표하면서 극작가로 서의 첫 발을 내딛게 된다. 1933년 극연의 3회 공연 레퍼토리인 〈토막〉은 극 연이 상연한 첫 창작극이기도 하다. 토지를 잃고 떠도는 식민지 조선 농민의 신산한 삶을 그려내고 있으며, 그가 대학시절 심취했던 허무주의와 아나키즘 의 영향이 짙게 배어 있는 작품이다. 이후 1934년의 극연 5회 공연에서는「버 드나무 선 동리의 풍경」을 발표하는 등, 유치진은 리얼리즘적 작풍의 농촌극 을 통해 극작가로서의 지위를 굳건히 하게 된다.

한편, 극연의 연출가였던 홍해성洪海星이 상업극단 연출을 병행하게 되자 유치진에게 연출을 맡기자는 의견이 대두되게 되었고, 1934년에 유치진은 연 출 공부를 위해 일본으로 2차 유학을 떠나게 된다. 일본에서 그는 '도쿄학생 예술좌東京學生藝術座'의 학생들과 긴밀한 관계를 유지하면서 창작과 비평 활동을 계속해나간다. 재동경 조선인 극단인 '삼일극장三一劇場'에 의해 공연된 〈빈민

가〉는 전작의 리얼리즘적 작풍을 이어나가는 가운데 도시 노동자의 삶을 조명하고 있으며, 계급투쟁의 모티프가 나타나고 있어서 주목된다. 극의 배경이 상해로 설정되어 있고 등장인물 역시 중국인으로 설정된 것은 검열을 우회하기 위한 전략으로 추정되는 대목이다. 또한 '도쿄학생예술좌'의 창립공연으로 무대화된 〈소〉는 사카나카 마사오阪中正夫의 〈우마馬〉와 내용상 유사점이 적지 않지만 식민지의 구조적 모순에 대한 인식을 심화시키고 있다는 점에서 차별화되기도 한다.

1935년에 귀국한 유치진은 극연의 연출을 전담하게 된다. 주로 서양의 번역극을 연출하나, 11회 공연에서는 중국 작가 톈한田漢의 〈호상湖上의 비극悲劇〉을 연출하기도 한다. 한편 그는 일본에 체류하는 동안 일본 신극계의 변화에 큰 관심을 기울이게 된다. 「일본신극별견기―푸로극의 몰락과 그 후보後報」『동아일보』, 1934.10.1~5와 「동경문단·극단 견문초」『동아일보』, 1935.5.12~21에서는 프로트 PROT, 일본프롤레타리아극장동맹의 해산 이후, 무라야마 토모요시村山知義가 제창한 신극 대동단결론을 계기로 '신협극단新協劇團'이 조직되게 된 경위에 대해 주목하고 있으며, 이 때 제창된 대중획득 방법론을 긍정적으로 평가하고 있다. 이와 같은 일본 신극계의 대중화 방안은 극연의 차후 활동에 중요한 참조점이 된다. 유치진은 소극장 중심의 운동방법론 대신 신극의 대극장 진출을 모색하고, 아마추어리즘을 지양하는 한편 직업극단화의 필요성을 강조하면서 극연의 노선 변화를 이끈다.

작풍의 변화 역시 이 시기와 맞물려 감지된다. 특히 〈소〉가 조선에서 검열을 통과하지 못하고, 도쿄에서의 공연도 문제시되면서, 유치진은 리얼리즘 극의 한계를 절감하게 된다. 이에 그는 평론 「역사극과 풍자극」『조선일보』, 1935.8.27을 발표하면서 기존의 리얼리즘적 현실묘사 경향으로부터 벗어나겠다는 뜻을 내비친다. 이후 그는 〈춘향전〉을 각색하고, 역사극인 〈개골산〉『동아일보』, 1937.12.15~1938.2.6을 창작하는데, 특히 〈춘향전〉은 극연의 대극장 진출을 본격화시킨 작품이며, 이후 신협극단의 레퍼토리로 채택된 〈춘향전〉의 내선공연이 이루어졌을 때 연출자였던 무라야마 토모요시村山知義와의 만남을 가능케 해 주었던 접점이 되기도 한다.

중일전쟁의 발발과 함께 시국이 불안정해짐에 따라 극연은 '극연좌劇硏座'로 개칭하지만 1년 뒤인 1939년에 해산하고 만다. 1941년부터 그는 체제협력적 성격을 띤 '현대극장現代劇場' 활동을 시작하는데, 이 시기의 그는 만주의 인구 확보를 목표로 일제가 장려했던 분촌운동과 만주개척 과정을 형상화한 〈북진대〉, 〈흑룡강〉을 발표하며, 〈대추나무〉는 1942년의 '국민연극경연대회'에서 각본상을 수상하기도 한다. 해방 이후에는 일제에 협력했던 과거 활동을 반성하는 의미로 잠시 칩거하기도 하나, 오래지 않아 우파 연극의 중심에 서서 활동을 재개하게 된다. 대한민국의 국립극장 건립을 위해 다방면으로 애썼으며, 그 공로를 인정받아 초대 국립극장장으로 추대된다. 국립극장에서의 제1회 공연은 그의 작품인 〈원술랑〉이며, 2회 작품은 차오위曹禺의 작품 〈뇌우雷雨〉이다. 그러나 한국전쟁의 발발 때문에 그의 임기는 오래 지속되지 못한다.

휴전 이후에는 '대한민국예술원大韓民國藝術院' 회원으로 피선되었으며 다수의 반공극을 창작하고, 연극정책과 관련된 다수의 평론을 발표한다. 1962년에는 남산 자락에 '드라마센터'를 건립하고, '서울예술전문대학'의 모체가 된 '서울연극학교'를 설립하는 등 후진 양성 사업에도 역점을 두게 된다. 1974년 연극진흥을 위한 간담회를 진행하다가 쓰러진 후 회복하지 못하고 영면하였다.

이광욱

마해송

馬海松 1905~1966

    1905년 경기도 개성開城에서 태어났다. 1919년 개성제일공립보통학교를 졸업하고 개성간이開城簡易상업학교를 거쳐 서울의 중앙고등보통학교를 다니다 중퇴했다. 보성普成고등보통학교로 옮겼으나 1920년 동맹휴학사건으로 퇴학하였다. 1921년 일본으로 건너가 니혼대학日本大學 예술과에서 배웠으며, 당시 니혼대학에서 영문학 강의를 하던 기쿠치 칸菊池寬의 수업을 들었다. 이때의 인연이 계기가 돼 1924년 문예춘추사文藝春秋社에 사원으로 입사했다. 한국의 각종 백과사전류에 마해송이 문예춘추사의 초대편집장을 거쳤다는 기록이 보이는데 이는 사실과 다르다. 『문예춘추文藝春秋』, 1925년 신년 특별호에 발표된 마해송의 「구게누마행鵠沼行」에는 구메 마사오久米正雄의 원고를 가지러 갔을 때 순박한 신입 사원이었던 마해송의 모습이 잘 그려져 있다. 이 당시 마해송은 일본 내의 조선인 차별에 대해서 강한 저항감을 지니고 있었다. 이는 그가 쓴 「'지상방송실' 민족 대 민족」『요미우리신문(讀賣新聞)』, 1925.9.29에 명확히 드러나 있다. 이는 「토끼와 원숭이」『어린이』 1931.8부터 연재로 이어지는 마해송의 사상적 경향의 한 부분이다.

    마해송은 1932년 1월부터 문예춘추사가 발간하는 『모던니뽄モダン日本』의 사장으로 취임해 잡지 발간을 주도했다. 이는 전시기 일본 내의 조선문학붐을 주도한 『모던니뽄조선판』1939.11·1940.4의 발간과, 조선예술상으로 이어졌다. 마

해송이 결혼식을 기쿠치 칸의 집에서 올린 것에서 알 수 있듯 마해송은 체일 기간 내내 기쿠치 칸과 돈독한 관계를 유지했다. 마해송은 일본의 패망이 가까워진 1945년에 일본을 떠나 조선으로 돌아왔다. 1966년 11월 6일 타계했다.

곽형덕

이하윤

異河潤, 1906~1974

    강원도 이천伊川에서 이종석異宗錫와 이정순李貞順의 장남으로 태어났다. 태어나서 '대벽大闢'으로 입적했다가 후에 항렬을 따라 '하윤'으로 개명했으며 호는 연포蓮圃이다. 이하윤은 1918년 이천공립보통학교를 졸업하고 1년간 한문을 수학하다가 경성제일고등보통학교로 입학하여 1923년에 졸업했다. 이하윤은 1926년 일본 호세法政대학 예과豫科 제1부를 졸업하고 1929년 같은 대학 법문학부法文學部 문학과영어영문학 전공를 졸업했다. 그리고 그 사이 이하윤은 도쿄 유학 시절 아테네 프랑세에서 2년간 프랑스어를, 도쿄외국어학교 야간부에서 이탈리아어를, 도쿄제일외국어학원에서 각각 반년간 독일어를 수학했다. 일본 유학시절 이하윤은 『시대일보時代日報』에 시 「잃어버린 무덤」1926을 발표하는 한편 『해외문학』지의 동인1927으로서 본격적인 문학 활동을 시작했다. 그리고 『해외문학』지에 영국, 아일랜드, 프랑스, 벨기에의 시를 번역하여 소개하며 번역가로서의 면모를 드러냈다. 특히 양주동梁柱東과 벌인 번역을 둘러싼 논쟁을 통해 중역重譯이 아닌 직역直譯, 축자역逐字譯이 아닌 자유역自由譯, 번역을 통한 모국어의 발굴과 문체의 고안 등의 의의를 역설하기도 했다「『海外文學』 讀者 梁柱東 氏에게」, 『동아일보』, 1927.3.19~20.

    한편 이하윤은 일본 유학을 마치고 귀국한 직후인 1929년부터 1년간 경성여자미술학교에서 교원 생활을 했다. 이후 1930년부터 1932년까지 이하윤은 중외일보사中外日報社 학예부에서 기자 생활을 했으며, 1932년부터 1935년까지 경성방송국 제2방송부 편성계編成係에서 근무했다. 이 시기 이하윤은『시문학詩文學』동인1930~1931, 극예술연구회劇藝術硏究會 동인1931 등으로 활동하며 문학적 편력의 절정기를 지낸다. 이 시기에도 이하윤은 번역가로서의 면모가 뚜렷한데, 낭만주의 이후 유럽의 근대시를 번역한『실향失香의 화원花園』詩文社, 1933은 그의 대표적인 성과이다. 이 번역시집에는 영국과 아일랜드 등 모두 6개국 63명의 시인의 110편의 시가 수록되어 있는데, 일단 작가 수나 작품 수 등 규모의 면에서 김억金億이 간행한『오뇌의 무도』1921, 1923를 앞지른다.

이『실향의 화원』은 광복 이후 이하윤의 다른 번역시집들의 저본底本이기도 하다. 특히『실향의 화원』은 장의 구성, 수록 시인과 작품의 면에서 고바야시 아이오小林愛雄의『현대만엽집現代萬葉集』1916, 산구 마코토山宮允의『현대영시초現代英詩鈔』1917, 호리구치 다이가쿠堀口大學의『월하의 일군月下の一群』1925 등 근대기 일본 번역시 선집의 영향을 드러낸다. 또한 이하윤의 아일랜드 시에 대한 애착은 산구 마코토는 물론 사이조 야소西條八十의 번역시선집『백공작白孔雀』1920에서도 엿보이는 1920년대 일본 영문학계의 아일랜드 경도의 분위기를 반영하기도 한다.

한편 이하윤은 1935년부터 1937년까지 2년간 미국 콜럼비아레코드사의 일본 법인인 일본콜럼비아축음기주식회사日本コロムビア蓄音器株式會社 경성지사에서 문예부장을 지냈다. 이 시기 이하윤은 일본 대중음악계의 신민요 유행의 분위기를 조선에서도 재연하고자 하는 한편 유행가요 개량을 통해 조선인의 심성을 개량하고자 음반제작자로 활동했다「유행가작사문제일고(流行歌作詞問題一考)」, 『동아일보』, 1933.9.20~24. 또한 본명 이외에도 김백오金白烏, 김열운金悅雲, 천우학千羽鶴 등의 필명으로 〈처녀 열여덟엔〉1934을 비롯하여 154편 여의 유행가요 가사를 작사하기도 했다. 그런가하면 중일전쟁이 발발한 직후에는 〈총후銃後의 기원祈願〉1937,

〈승전勝戰의 쾌보快報〉1937와 같은 군국가요를 발표하여 전쟁에 협력하기도 했다. 일본콜럼비아축음기주식회사를 퇴사한 이후 이하윤은 창작시집『물레방아』청색지사(青色紙社), 1939를 간행한다. 이하윤이 이 시집을 두고 시신詩神을 배반한 몇 년 생활의 부산물이라고 한 발문跋文에서도 알 수 있듯이, 이 시집은 당시까지 창작한 시와 유행가요 가사를 수습한 처음이자 마지막 시집이었다.

1945년 광복 이후 이하윤은 중앙문화협회中央文化協會 회장을 역임하면서 회원들의 작품 선집인『해방기념시집解放記念詩集』中央文化協會, 1945,『현대국문학정수現代國文學精髓』中央文化協會, 1946 등을 간행하는 한편, 신탁통치반대운동, 이승만李承晚의 정치활동을 지원하며 문학계의 좌우대립의 한 가운데에 있었다. 그 가운데에서도 이하윤은『실향의 화원』의 일부를 고치고 덧붙여『불란서시선佛蘭西詩選』수선사(首善社), 1948을 간행하기도 했다. 광복 이후 이하윤은 혜화惠化전문학교東國大學校의 전신의 교수로 부임하여, 1949년까지 동국대학교 교수로서, 이후 서울대학교로 옮겨 사범대학에서 재직하면서, 문학계를 떠나 교육자로서 활동했다. 이 시기 이하윤은 역시『실향의 화원』의 연장선에서『근대영국문학시인집近代英國詩人集』합동사(合同社), 1949을 간행하는 등 번역가이자 영문학자로서 자리 잡는다. 그리하여 1952년부터 1954년까지는 유네스코 한국위원회 부회장, 1956년부터 1957년까지는 국제 펜PEN클럽 한국대표를 역임했으며, 1959년에는 한국비교문학회를 창립하여 1964년까지 회장직을 맡아 한국에 비교문학연구의 기반을 닦는 데에도 앞장섰다. 그 가운데 이하윤은『실향의 화원』이후 번역, 번역시연구의 결산이라 할『영국애란시선英國愛蘭詩選』受驗社, 1954을 간행한다. 1971년 이하윤은 서울대학교에서 정년으로 퇴직한 후에도 덕성德成여자대학교 교수, 성공회신聖公會神학원 이사를 역임하기도 했다. 이하윤은 1974년 3월 68세의 일기로 사망했다.

구인모

엄흥섭

嚴興燮, 1906~?

1906년 9월 9일 충청남도 논산論山에서 태어났다. 부모를 여의고 경상남도 진주晉州로 이사하여 소학교 5학년 때부터 숙부 밑에서 자랐다. 소학교를 졸업하고 1923년 경남도립사범학교에 입학했다. 1926년에 사범학교를 졸업하고, 졸업한 직후부터 1929년까지 평거平居보통학교에서 훈도로 근무했다.

1925년 2월 『조선문단朝鮮文壇』에 소곡 「엄마 제삿날」을 발표하고, 10월에는 「나의 시」를 발표하면서 시를 통해 등단하였다. 1930년 단편소설 「흘러간 마을」『조선지광(朝鮮之光)』, 1930.1을 발표하여 문단의 주목을 받고 소설을 본격적으로 창작하기 시작한다.

1929년 카프에 가입하고 1930년에는 카프 중앙위원회 위원으로 활동하지만 1931년『군기群旗』 사건 후 카프에서 제명되었다. 이후 동반자작가로 활동했다. 『여성지우女性之友』, 『별나라』, 『고려시보高麗時報』 등에서 편집을 담당하였으며 1939년에 중앙인서관中央印書館을 경영한 바 있다.

1945년 12월에 결성된 인천문학동맹仁川文學同盟의 위원장이었으며 1945년 10월부터 1946년 1월까지 『대중일보大衆日報』 편집국장을 맡았다. 1946년 3월부터 『인천신문』의 편집국장으로 활동했으며 1947년 7월『제일신문』의 편집국장으로 자리를 옮겨 근무하였다. 해방기에 발표한 소설 「귀환일기」『우리문학』, 1946.2와 그 속편續篇인 「발전」『문학비평』, 1947.6은 일제강점기에 강제 징용되어 일본으로 갔던 조선 출신의 사람들이 해방 후 돌아와 조선에서 정착하기까지의 과정을 다루고 있다. 1951년에 월북했다.

김윤진

서인식

徐寅植, 1906~?

함경남도 함흥咸興에서 태어나, 1924년 경성중앙고등보통학교를 졸업하였다. 와세다대학早稻田大學 고등학원 문과를 거쳐 1926년 4월 와세다대학 문학부 철학과에 진학하지만 1928년 12월 중퇴하였다. 1927년 7월 재동경유학생학우회 순례대에 참여하여 함경남도 고원高原의 공립보통학교 대강당에서 학술 강연회를 개최하였다.

1920년대 말에서 1930년대 초반 서인식은 ML계 사회주의자로 활동하였다. 1928년 8월 29일 그는 도쿄 무사시노武藏野 백화점 앞 공터에서 150여 명의 조선인 학생 및 노동자들과 집회를 하였으며, 경찰과 시가전을 벌였다. 1930년 즈음 상해를 거쳐 조선으로 들어온 서인식은 고경흠高景欽 등과 조선공산당 재건운동을 주도하였다, 1931년 12월 김남천金南天 등과 함께 경찰에 검거되었고, 1936년 말에서 1937년 초까지 복역하였다. 출옥 후 1938년 서인식은 최재서崔載瑞가 주관하는 『인문평론人文評論』을 비롯한 잡지와 신문에 글을 발표하였으며, 1939년 11월 평론집 『역사와 문화』가 간행되자 11월 10일 출판기념회를 개최하였다.

서인식은 니시다 기타로西田幾多郎, 고야마 이와오高山岩男, 미키 기요시三木淸 등 교토학파京都學派와 동아협동체론東亞協同體論을 비판적으로 이해한 비평가였다. 그는 중일전쟁기의 담론 지형 속에서, '세계'라는 보편주의적인 이념을 주창하였고, 식민지의 시각에서 '보편'이 가능한 세계성의 실현을 탐색하였다. 이러한 논리를 통해 그는 제국의 '동양론東洋論'에 비판적인 거리를 확보하였는데, 그의 입장은 같은 시기 김남천金南天 문학의 사상적 기준이 된다. 1945년 해방 후 조선문학가동맹의 위원으로 이름이 올랐으나, 그 이후 행적은 불분명하다.

장문석

유진오

俞鎭午, 1906~1987

서울 종로구鐘路區 가회동嘉會洞에서 태어났다. 그의 부친 유치형俞致衡은 1895년 대한제국 관비유학생으로 게이오의숙慶應義塾과 주오中央대학에서 법학을 공부하고 귀국 후 법률가, 교육자, 관리 등으로 일한 한국 근대 법학의 선구자였다. 유진오의 집안은 기계杞溪 유씨로서 『서유견문西遊見聞』1895을 쓴 유길준俞吉濬, 한국 최초로 『법학통론』1905을 쓴 유성준俞星濬, 연희전문延禧專門의 법학 교수 유억겸俞億兼 등이 그의 친척이었다. 이처럼 일본 경유의 서양 근대 사상, 특히 근대법 정신으로 충만한 가계에서 자랐음에도 정작 유진오 자신은 해외 유학을 한 적이 없다. 그는 조선 최초의 근대 대학인 경성제국대학 법문학부 법학과 제1회 졸업생으로 보성普成전문학교 헌법 교수를 지내면서 조선의 토착 근대 사상을 대표하는 지식인이 된다.

유진오에게 일본은 양가적인 존재였다. 한편으로는 조선이 지향해야 하는 근대적 사회를 먼저 이룬 나라이면서 동시에 조선을 식민지로 삼은 침략 국가이기도 했다. 전자의 측면은 서양을 배워 일본이 구성한 학지에 대한 동경으로 드러난다. 그의 독서 취향에서도 알 수 있듯이 유진오는 『개조改造』, 『중앙공론中央公論』과 같은 일본의 종합잡지를 즐겨 읽으면서 일본의 사상 동향에 민감한 반응을 보인다. 이러한 유진오의 관심은 도쿄의 사상적 지점支店이었던 경성제국대학의 교수진에 대한 것으로 이어진다. 그에게 영향을 준 경성제국대학교 교수진은, 처음에는 다이쇼大正 교양주의의 영향을 받은 신칸트학파 철학자들, 특히 철학과의 아베 요시시게安倍能成, 미야모토 와키치宮本和吉 등이었고, 나중에는 마르크스주의자 미야케 시카노스테三宅鹿之助, 국가학의 오다카 도모오尾高朝雄, 로마법의 후나다 교지船田亨二 등이었다.

"경성제대는 일본의 식민지 대학이요 그 권위의 본거지는 일본이요, 도쿄였기 때문에 경성제대 출신자로서는 한번 그 본거지를 찾아 자신의 위치를 확인해 보고 싶은 마음이"「편편야화(片片夜話)」, 『동아일보』, 1974.4.1 있어 후배인 최용달崔容達, 이강국李康國과 함께 유진오는 1929년 여름 일본으로 '학문에의 성지 순례'를 다녀온다. 한 달간의 학문 유람에서 유진오가 만난 사람은 좌익잡지인『신흥과학』의 주간 미키 기요시三木淸, 일본 노동당 당수이자 와세다早稲田대학 정치학 교수인 오오야마 이쿠오大山郁夫, 마르크스 경제학자이자 도시샤同志社 교수인 구시다 다미조櫛田民蔵, 마르크스 법학자이자 도쿄제대 법학부 교수인 히라노 요시타로平野義太郎, 마르크스 경제학자이자 도쿄대 경제학부 교수인 오모리 요시타로大森義太郎 등 일본 사상의 대가들이었다. 수십 명의 일본 대표 사상가를 만나고 돌아온 유진오는 "무엇인지 모르게 자신감이 생긴 것 같았"고 그것은 "경성제대라는 일본학문의 경성 지점에서 얻은 나의 학문이 최소한 본점에서도 통할 수 있다는 확인을 얻은 것 같은 심정"앞의 글, 1974.4.2 때문이었다.

반면에 유진오에게 일본은 조선을 침략한 식민지 본국이기도 했다. 이러한 생각은 재조 일본인으로부터 차별을 당한 경험에서 나온 것인데, 구체적으로는 유진오가 지향한 학문의 세계에서 좌절한 경험이 그것이다. 그는 경성제국대학교 조수, 부수를 거쳐 예과 강사를 지냈으나 결국 교수가 되지는 못했던 것이다. 이러한 차별의 경험은 그의 소설「김 강사金講師와 T교수」1935에서 잘 드러난다. 이 소설은 이상이념과 현실의 격차에 대한 조선 지식인의 좌절을 그런 것인데, 그때 이념이란 마르크스주의이기도 하면서 동시에 근대 사상이기도 했다. 그에게 근대란 논리로 구성되는 것으로서 비합리적이고 봉건적인 요소에 의해 인간이 평가받지 않는 것이기도 했다. 그러나 현실은 근대 사상=식민주의로서 그의 이상을 끊임없이 좌절시켰던 것이다.

한편 동아시아의 한축인 중국에 대한 유진오의 생각은 연대감이다. 그러나 그러한 연대감은 시기에 따라 내용을 달리한다. 초기 동반자 작가 시절 유진오에게 중국은 혁명적 연대의 대상이었다. 중국 상해를 배경으로 한 「상해의 기억」1931이 그것을 잘 보여주는데, 유진오가 상해를 실제로 가보았는지는 명확하지 않다. 도쿄에서 유학하던 시절에 같은 하숙에 있던 중국인 친구를 상해 여행에서 우연히 만나 휘말리게 된 좌익 검거 사건을 그린 이 소설은 처형을 앞둔 중국 좌익 인사들의 비장한 신념이 인상적이다. 그들은 처형의 순간에도 장엄한 인터내셔널의 노래를 부르면서 인간의 존엄성과 이념에 대한 존경을 잃지 않았는데, 이러한 장면이 관찰자인 조선인 주인공의 입을 통해 서술되고 있다. 이는 중국의 좌익 혁명 운동에 대한 조선인의 연대감을 드러낸 것이라 할 수 있다.

유진오의 이러한 연대감은 일제 말기에 이르면 동아시아, 나아가 아시아에 대한 연대감으로 이어진다. 이는 연대의 내용이 추상화되었음을 의미하기도 하고, 그런 만큼 그것이 일본에서 주창된 동아시아 신질서론, 대동아 공영권론과 맥을 같이함을 의미하기도 한다. 이를 잘 보여주는 것이 중국여행기인 「별견瞥見의 북지北支」1941인데, 이 글은 1941년 9월 13일부터 24일까지 중국 북부지방을 여행한 기행문이다. 중국에서 유진오가 본 것은 중국 문화나 중국인의 특성이 아니라 중국이 처해온 정치적 현실이었다. 그가 주로 관찰한 것은 중국에 들어온 서양 세력의 운명이었다. 주중 프랑스 군인의 침묵에서 프랑스의 운명을 보며, 그들이 건설한 도시에서 "거대한 국제자본의 촉수가 대륙벌판의 일각에 건설한" 문명의 기형성이 가진 "야비하고 노골한 얼굴을" 본다. "그들은 동양에의 침략자였고 동양을 식민화하려는 음모가였"으나 "그 침략의 마수와 함께 근대 문명의 향기를 실고 온 것 또한 사실이었다". 이처럼 중국에서 유진오는 근대, 곧 서양문명의 운명을 보았는데, 1942년 5월 만주 지방의 신경新京을 다녀온 뒤에 쓴 소설 「신경」1942에서도 "사변이라는 커다란 사실의 얼굴을" 느끼며 "건축의 새로운 양식도 동양이 서양의 영향에서 벗어나서 자기의 것을 창조하려는 노력의 한 나타남"이라는 식으로 새로운 시대를 절감한다.

그러나 이러한 서양 세력에 대항하는 (동)아시아의 연대는 일본 제국의 논리이기도 했다. 김종한金鐘漢·최재서崔載瑞 등의 신지방주의론에 대한 동조를 통해 일본 제국의 아시아론과는 조금 다른 시각을 보였으나, 두 번1942.11·1943.8이나 대동아문학자대회(모두 도쿄에서 개최)에 참석하거나 조선문인보국회朝鮮文人報國會 임원을 역임하거나 각종 시국 강연회에 참석하면서 일본 제국의 아시아론을 거의 되풀이하다시피 한다. 「우리는 승리한다」1944.9에서 그는 그동안 아시아·아프리카는 서양의 식민지로서 고통을 받아왔고 일본이 일으킨 전쟁은 아시아 각성의 길이라고 주장한다. 아시아 해방의 주체에 대해서는 일본 제국의 아시아론과 다른 견해를 보였으나 세계사에 대한 인식에서는 일치된 견해였음을 이를 통해 알 수 있다.

윤대석

이효석

李孝石, 1907~1942

호는 가산可山이며 필명으로 아세아亞細兒, 효석曉晳, 문성文星 등을 사용하기도 하였다. 이효석은 1907년 강원도 평창군平昌郡 봉평면蓬坪面에서 이시후李始厚와 강홍경康洪卿 사이에서 1남 3녀의 장남으로 태어났다. 부친은 한성漢城사범학교 출신으로 교육계 사관仕官으로 봉직하였다. 1920년 평창平昌공립보통학교를 졸업하고 경성제일고등보통학교에 입학하였으며, 1925년에는 경성제국대학 예과豫科에 입학하였다. 이 해에 『매일신보』 신춘문예에 시 「봄」이 입선되고, 콩트 「여인」을 예과 학생지인 『청량淸凉』에 발표하였다. 1927년에 경성제국대학 법문학부 영어영문학과에 진학하였으며, 1928년에 단편 「도시와 유령」을 『조선지광朝鮮之光』에 발표하며 동반자작가同伴者作家로 주목받았다.

1930년 경성제국대학교를 졸업하고, 1931년 6월에 최초의 창작집인 『노령근해露領近海』를 동지사同志社에서 출판하였다. 이 시기 이효석李孝石은 블라디보스토크 3부작이라 할 수 있는 「노령근해」『조선강단(朝鮮講壇)』, 1930.1, 「상륙上陸」『대중공론(大衆公論)』, 1930.6, 「북국사신北國私信」『매일신보』, 1930.9을 통해 블라디보스토크海參崴를 다루고 있다. 「노령근해」는 조선을 떠나 블라디보스토크로 향하는 배안에서의 일들이, 「상륙」은 말 그대로 망명객이 석탄고石炭庫 속에서 사흘 밤낮을 보내고 블라디보스토크에 오르는 과정이 주요한 서사를 이룬다. 「북국사신」은 블라디보스토크에서 겪었던 일들을 친구 R에게 편지로 적어 보내는 형식으로 되어 있다. 이 연작에는 동반자작가 시절 이효석의 날카로운 사회의식이 드러나기도 하지만, 기본적으로는 블라디보스토크가 추상적 관념으로서의 아름다움을 지닌 대상으로 나타나고 있다.

1931년 7월에 나진羅津고등여학교를 갓 졸업한 이경원李敬媛과 결혼한다. 총독부에 근무하던 일본인 은사의 소개로 잠시 조선총독부 경무국 검열계에 취직하였다가 그만두고 부인의 고향인 경성鏡城으로 내려간다. 1932년 함북 경성농업학교에 영어교사로 취직하였으며, 1933년에 구인회九人會 창립에 관여하기도 하였다. 1936년 평양平壤 숭실전문학교崇實專門學校에 교수로 부임하고 평양으로 이사한다. 등단 직후인 1920년대 후반부터 1930년대 초반까지는 도시를 배경으로 빈부 갈등과 사회적 모순에 관심을 기울이기도 하였지만, 그의 문학 세계는 심미주의審美主義를 본질로 삼았다고 할 수 있다. 그의 심미주의는 예술 지상주의적藝術至上主義的 성격, 생활에서의 탐미耽美, 데카당스 풍조로 구체화되었다. 그의 심미주의 문학은 매우 진지하고도 본격적인 것으로서, 한국문학사의 우뚝한 봉우리를 형성한다고 할 수 있다. 이효석은 「메밀꽃 필 무렵」 등의 대표작은 물론이고 「문학진폭옹호의 변文學振幅擁護의 辯」『조광(朝光)』, 1940.1과 같은 에세이를 통해서도 자신의 심미주의적 신념을 강하게 표출하였다.

1938년 숭실전문학교 폐교에 따라 교수직을 퇴임하고, 1939년 숭실전문학교의 후신인 대동大東공업전문학교의 교수로 취임한다. 1940년 부인과 사별하고, 곧이어 3개월 된 아들 영주도 잃는다. 이듬해에는 부인과 차남을 잃은 괴로움을 달래기 위해 중국, 만주, 하얼빈 등지를 여행한다. 이효석은 하얼빈을 배경으로 한 단편소설『하얼빈哈爾濱』『문장(文章)』, 1940.10과 장편소설『벽공무한碧空無限』박문서관(博文書館), 1941을 창작하였다. 이들 작품에서 하얼빈은 혼종성混種性과 교란성攪亂性을 그 핵심적인 특징으로 삼는 헤테로토피아heterotopia적인 공간으로 형상화되고 있다. 1942년 5월 결핵성 뇌막염 진단을 받고 평양 도립병원에 입원해서 치료를 받다가 5월 25일 35세를 일기로 생을 마감한다. 1943년 유고 단편「만보萬甫」가『춘추春秋』7월호에 발표되었고, 5월 25일 서울 소재 부민관府民館에서 1주기 추도식이 열렸다.

이경재

신남철

申南澈, 1907~1958

경기도 양평楊平에서 태어나 경성 중앙고등보통학교를 거쳐 1926년도 경성제국대학京城帝國大學 예과 3회로 입학하였다. 그는 법문학부 문학과 예비과정인 '문과B'에 소속되었으며 최재서崔載瑞와 현영섭玄永燮이 동기생이다. 본과로 진학한 후에는 법문학부 철학급철학사哲學及哲學史 전공에서 수학하였다. 당시 철학급철학사 전공의 교수는 아베 요시시게安倍能成, 미야모토 와키치宮本和吉, 다나베 시게조田邊重三 등 3명이었는데, 이들은 이와나미岩波 그룹의 소장학자로 이와나미 서점에서 전 10권으로 간행한 칸트 저작집의 주요 역자들이었다. 그는 유진오兪鎭午, 이강국李康國 등이 조직한 경제연구회에 참여하였고, 마르크스Karl Marx의 『독일이데올로기』와 『자본론』, 그리고 플레하노프Georgy Plekhanov의 『유물사관의 근본문제』, 부하린Nikolay Bukharin의 『유물사관』, 힐퍼딩Rudolf Hilferding의 『금융 자본론』 등을 탐독하였다. 그리고 아나키스트를 자처하는 현영섭과 논쟁하기도 하였다. 또한 이 시기 신남철은 독일관념철학을 공부하는 한편, 하이네Heinrich Heine의 시를 탐독하며 '낭만'과 '이성'의 간극과 고민에 주목하였다.

1931년 3월 논문 「브렌타노의 표향적 대상과 의식과의 관계에 대하여ブレンタノニ於ケル表向的對象ト意識トノ關係ニ就テ」로 졸업하였고, 1931년 경성제국대학 대학원에 진학하여 문학부의 조수로 근무하였다. 그리고 조선사회사정연구소朝鮮社會事情研究所에 참여하였고, 잡지 『신흥新興』을 편집하였다. 신남철은 2년의 조수 생활을

마친 후 『동아일보』 기자, 중앙고등보통학교의 교유敎諭로 재직하였다. 1932년 그는 경성제국대학 및 일본 및 구미에서 수학한 철학 연구자의 모임인 '철학연구회哲學硏究會'에 참여하고, 백남운白南雲이 주도한 '중앙아카데미' 수립에 동참하며 대학의 바깥에서 아카데미즘을 구성하고자 하였다. 1932년 신남철은 조선어학회와 조선어연구회의 '철자법' 논쟁에 개입하였고, 1934년 다산茶山 정약용丁若鏞 서거 99주년을 맞아 '조선학' 운동이 일어나자 경성제국대학교의 식민지학과 민족주의 연구자들의 비과학적 연구를 비판하였다. 신남철은 역사발전의 보편적 법칙에 입각한 '과학적 조선연구'를 주장하였고, '아시아적 생산양식' 논쟁에서 백남운의 입장에 동의하였다. 또한 신남철은 객관적인 사료와 과학적 연구방법의 중요성을 강조하였는데, 그는 정인보鄭寅普 등 부르주아의 조선학 연구가 가진 계급성의 한계는 지적하면서도, 그 축적된 성과를 기반으로 조선학을 발전시켜야 한다고 주장하였다.

1934년 신남철은 당대의 문학작품이 역사발전의 법칙을 파악하지 못하고 사상성이 약화되었다고 주장하였고, 이에 대해 김남천金南天, 이태준李泰俊, 임화林和가 반론을 제기하였다. 1930년대 말에서 1940년대 초 동양론과 '근대초극론' 앞에서 신남철은 마르크스의 고전적 역사발전론과 생산하는 인간의 자유의지라는 근대적 가치를 끝까지 고수하였다. 해방 이후 신남철은 조소문화협회朝蘇文化協會에 참여하였고, 조선신민당朝鮮新民黨에서 백남운과 함께 활동하였다. 또한 서울대학 교수로 재직하며 '국립 서울대학교 설립안'에 반대하였다. 월북한 후 신남철은 김일성종합대학金日成綜合大學 교수로 재직하며 박지원朴趾源과 실학사상實學思想을 연구하였다. 논저로는 식민지 시기의 글을 모은 『전환기轉換期의 이론理論』과 『역사철학歷史哲學』 등이 있다.

장문석

김문집

金文輯, 1907~?

필명은 화돈花豚. 대구大邱 출신으로 일본 와세다중학早稲田中學과 마쓰야마고 등학교松山高等學校를 거쳐 도쿄제국대학 문과를 중퇴했다고 전해진다. 김문집은 1930년대 초 전반 일본에서 다양한 활동 경로를 모색하며 류탄지 유龍胆寺雄를 시작으로 이시카와 다쓰조石川達三, 나가사키 겐지로長崎謙二郎, 미즈카미 다키타로 水上瀧太郎, 호리 다쓰오堀辰雄, 그리고 다무라 타이지로田村泰次郎 등과 교류했다. 또한 김문집은『미타문학三田文学』에 일본어로「짚신과 나女草履と僕」1932.11,「아리랑 고 개ありらん峠」1933.9,「경성이문京城異聞」1936.5 등의 소설을 썼다.

다무라 타이지로田村泰次郎에 의하면 김문집은 소에이宗瑛에게 빠져서 같은 시기에 그녀를 좋아한 호리 다쓰오堀辰雄에게 나이프를 들이대며 뒤쫓아 갔다 고 한다. 김문집의『아리랑고개ありらん峠』1958에는 '내 애인 F코子'를 둘러싸고 "호리 다쓰오를 죽이지 못하고 자포자기하는 심정에 빠져 술집에서 여자를 찔렀다"후기(あとがき)」고 하는 이 사건으로 김문집은 1935년 8월 무렵 일본에서 조선으로 강제 송환 당했다. 이후 그는 이무영의 환대를 받고 조선문단에서 『동아일보』를 거점으로 예술주의 비평을 전개했다. 이후 그는 문학적 라이벌 로 여긴 최재서를 폭행하는 등 조선문단 내에서 물의를 일으켰고, 1939년 1월 31일에는 동양지광사東洋之光社의 가메다 자와이치로鎌田澤一郎가 주최한 좌담회를 방해해 중단시키기도 했다.

김문집은 오에 류노스케大江龍之介로 창씨개명을 했으며 조선총독부의 시국 활동에 적극 협력했다. 김사량金史良은 「천마」1940.6를 쓸 때 김문집을 모델로 참고하면서 '현룡'의 인물상을 만들었다. 김문집은 공갈 및 강간미수 혐의로 다수의 고발장이 접수돼 1940년 4월 수감됐다. 당시 그는 조선총독부 학무국장 시오바라 도키사부로鹽原時三郞의 비호를 받고 있었던 것으로 보인다. 이때의 기록은 「김문집 판결문」경성지방법원, 昭和十五年刑公第一三二五号, 1940.11.12, 복심覆審 「김문집 판결문」경성복심법원, 昭和十六年刑公第五八号, 1941.5.30에 자세하다. 복심을 거쳐 풀려난 그는 1941년에 일본으로 건너가 귀화하였다. 몰년은 미상이다.

곽형덕

김소운

金素雲, 1907~1981

　　부산釜山에서 태어나 1919년 옥성玉成보통학교 4년을 중퇴하고 1920년 도일했다. 가이세이중학교開成中學校 야간부를 관동대진재關東大震災 당시 중퇴했다. 이후 제국통신帝國通信 기자로 일했다.

　　이와나미岩波茂 서점의 창업주인 이와나미 시게오岩波茂雄나 기타하라 하쿠슈北原白秋의 후원을 받아『조선민요집朝鮮民謠集』1929,『조선동요선朝鮮童謠選』1933,『조선민요선朝鮮民謠選』1933,『조선구전민요선朝鮮口伝民謠集』1933을 펴내서 식민지 조선의 문학에 대한 정보가 거의 전무한 상태에서 일본 문화계에 신선한 자극을 줬다. 이후 일본 내지에서 조선붐朝鮮ブーム이 한창이던 1940년에『조선시집 젖빛 구름朝鮮詩集·乳色の雲』을 번역해 펴냈다. 이 시집은 일본에서 나온 사상 첫 조선 현대시 모음집이라는 점과 일본적 '정감', '서정'을 5·7조에 담아내서 큰 반향을 일으켰다. 특히 이 시집 서문에는 당시 일본문학계에서 저명한 위치에 있던 시마자키 도손島崎藤村과 사토 하루오佐藤春夫가 추천문을 썼고, 삽화는 다카무라 고타로高村光太郎가 담당했다. 조선인 시인에 의해 일본어로 번역돼 나온 이 시집은 정감 넘치는 번역으로 일본에서 널리 읽혔다.

　　1943년에는『조선시집 전기朝鮮詩集 前期』와『조선시집 중기朝鮮詩集 中期』를 간행했다. 1940년과 1943년에 나온 이 세 권의『조선시집』에는 총 284편의 조선시가 번역돼 실려 있다.『조선시집 중기』가 나온 1943년 6월 8일 김소운은『매일신보』에「야마모토 이소로쿠 원사 국장의 날山本五十六元師國葬の日」이라는 시를 발표해 "해 떠오르는 나라의 수호신"인 야마모토의 "숭고한 죽음"을 애도했다. 임종국은 『친일문학론』에서 김소운의 일제 말 조선시집 번역 활동을 "조선 작품의 일역 또는 일본 작품의 조선어역은 바로 내선의 문화교류 및 국어보급 문제에 직결되는 것"이었다는 평가를 내리고 있다. 1981년 11월 2일 타계했다.

곽형덕

이석훈

李石薰 1908~?

평안북도 정주定州에서 태어나서, 평양平壤고등보통학교 4학년을 수료한 후 일본 제1와세다고등학원第一早稻田高等學院 문과를 거쳐서 와세다대학 노문과에서 배웠다고 전해지고 있다. 다만 시라카와 유타카白川豊가 와세다대학 교무부에 확인한 결과 그가 제1와세다고등학원 문과에 재학1926.4.26~1927.3.30, 지병으로 퇴학한 것은 확인됐지만 와세다대학 노문과에서 배웠다는 것은 확인되지 않았다. 다만 이석훈은 1927년 도중에 병을 얻어서 학교를 중퇴해 조선으로 돌아와 요양했다. 1929년 이후 신문기자 및 조선방송협회 직원으로 활동했다.

이석훈은 당시 일본어로 소설을 써서 일본문단에 진출하려고 생각했지만, 장혁주張赫宙가 「아귀도餓鬼道」『개조(改造)』, 1932.4로 『개조』 현상공모에 입선하게 되자 강한 라이벌 의식을 갖게 됐다. 이석훈은 1930년 『동아일보』 신춘문예에 희곡 「궐녀는 왜 자살했는가」의 당선으로 등단한 이후 『경성일보』에 일본어 소설 「이주민열차移住民列車」『경성일보』, 1932.10.14~16·29·20를 발표했다. 하지만 이 작품을 끝으로 그는 「고향ふるさと」『녹기(綠旗)』, 1941.3을 발표하기까지 조선어로만 소설을 썼다.

이석훈은 「고향」을 발표한 이후 '마키 히로시牧洋'라는 필명 또한 써가며 일본어 소설을 대량으로 써냈다. 특히 조선문인협회에서 활동했던 이석훈은 1940년 12월 시국강연을 위해 함경도 방면으로 갔다. 이때의 체험이 「고요한

폭풍静かな嵐」1941.11·1942.6·1942.11 3부작에 잘 드러나 있다. 이석훈은 1941년 8월에 조선문인협회 간사로 취임했고, 1942년 9월에는 재조일본인 작가 다나카 히데미쓰田中英光 및 김용제金龍濟와 함께 조선문인협회朝鮮文人協會 총무부 상무가 됐다. 같은 해 11월에는 제1회 대동아문학자대회가 끝난 후 경성을 들른 만몽滿蒙 대표 바이코프 등을 맞이해서 환대했다. 같은 해 12월에 이석훈은 '만주국' 간도성 정부의 초청을 받고 조선인 개척촌을 시찰하러 갔을 때의 체험을 「여정의 끝旅のをはり」1943.6, 「북으로의 여정北の旅」1943.6, 「혈연血緣」1943.8에 담아냈다. 1943년에는 일본어 작품집『고요한 폭풍』을 출판했으며 이는 국민총력 조선연맹의 국어문예 연맹상을 받았다. 같은 달, 그는 조선문인보국회 소설 희곡부의 간사장으로 선출됐다.

한편 그는 이 시기에 소설뿐만이 아니라 시국과 관련된 수필과 논설 등을 다수 발표했다. 이는 대부분 전시 총동원 체제 하에서 '반도의 신문화 건설', '국민문학 건설', 새로운 '반도문단의 구상', '국민문화'의 창출 등과 관련된 것으로 그의 시국 협력의 정도를 알 수 있다. 이석훈은 1943년 8월에 열리는 제2회 대동아문학자대회大東亞文學者大會에 참가가 결정됐지만 '개인적인 사정'을 들어 이를 고사하고 만주국 신경新京으로 거처를 옮겨 만선일보사滿鮮日報社에서 근무했다. 1945년 3월에는 그의 마지막 일본어 작품집『요모기 섬 이야기蓬島物語』를 간행했다. 그는 8월 장춘長春에서 해방을 맞이했다. 한국전쟁 직후 북한군에 의해 체포돼 행방불명되었다.

곽형덕

최재서

崔載瑞, 1908~1964

    황해도 해주海州에서 출생하였으며, 호는 석경우石耕牛이며, 필명은 학수리 鶴首里, 상수시尚壽施, 석경石耕, 석경생石耕生, 석전경인石田耕人 등이다. 아버지가 과수원 을 경영했기 때문에 유년 시절 그의 집은 '과포집'으로 불렸으며, 소년 시절 최 재서는 이곳에서 낭만과 고독을 경험하였다. 하지만 대학 예과에 입학하던 해 과수원이 실패하면서 그는 빈궁과 결핍을 경험하게 된다.

    1921년부터 경성京城공립제2고등보통학교에서 수학하였고, 1926년 경성 제국대학京城帝國大學 예과豫科에 입학하였다. 1928년 경성제국대학 법문학부法文學 部 문학과文學科 영어급영문학전공英語及英文學專攻으로 진입하여 사토 기요시佐藤清의 지도를 받았으며 워즈워스William Wordsworth, 콜리지Samuel Taylor Coleridge, 키츠 John Keats, 셸리Percy Bysshe Shelley 등 18~19세기 영국 낭만주의 시를 연구하였 다. 그는 "The Development of Shelly's Poetic Mind"라는 논문으로 졸업하였고, 1931~1933년 대학원에서 수학한 뒤 1933~1934년 경성제국대학 법문학부 영 문학 강사를 역임하였다. 대학 시절 그는 『청량清凉』과 『경성제대영문학회회보 京城帝大英文學會會報』 등에 연구 성과를 기고하였다.

    1934~1936년 경성법학전문학교 강사를 역임하면서, 영문학자로서 일본 의 『개조改造』, 『사상思想』, 『영문학연구英文學研究』, 『미타문학三田文學』 등에 T.E.흄T.E. Hulme, I.A.리처즈I.A. Richards, T.S.엘리어트T.S. Eliot, 어빙 배빗Irving Babbitt 등 주지

주의主知主義 문학에 한 논문을 발표하였다. 또한 일본 영어영문학회의 1935년 제7회 발표대회와 1939년 제10회 발표대회에 참가하여 사토 기요시와 함께 논문을 발표하였으며, 1939년 개조사改造社에서 어빙 배빗의 『루소와 낭만주의ルーソーと浪漫主義』를 일본어로 번역하여 출간하였다.

최재서는 '비평이론의 수립을 통한 완전한 개성 추구'를 목표로 하였으며, 비평을 통해 현대의 모럴리티 결핍을 보충하는 동시에, 통일적이며 보편적인 주체를 구성하고자 하였다. 그의 비평은 '전통─교양─지성─모랄'이라는 논리의 연쇄로 구성되었다. 같은 시기 최재서는 비평가로서 카프 해산 이후 1930년대 중반 세계적 동시성과 보편성의 맥락에서 조선 문학에 관한 비평을 발표하였고, 리얼리즘론과 풍자문학론을 전개하였다. 하지만 그는 조선 문학을 다룬 실제 비평에서는 '모랄의 결여─지성의 부재─교양의 결핍─전통 부재'를 확인하였다. 중일전쟁이 발발한 1937년 여름 최재서는 도쿄에서 『문학계文學界』와 『개조』의 편집부를 방문하여 출판과 잡지 발간에 관해 연수하였다. 1938년 최재서는 종합출판사 인문사人文社를 창립하여 조선문학과 세계문학에 관련된 서적을 출판하는 동시에 '전작장편소설총서全作長篇小說叢書' 및 '세계명작총서世界名作叢書' 등을 기획하였으며, 1년 간 조선 문화의 동향을 정리한 『조선문예연감朝鮮文藝年鑑』을 발간하였다. 또한 자신의 비평집 『문학文學과 지성知性』 1938과 번역 시집 『해외서정시집海外抒情詩集』 1938을 발간하였다.

최재서는 폴 발레리Paul Valery를 의장으로 한 '지적협력 국제작가회의知的協力 國際作家會議'와 앙드레 지드Andre Gide가 중심이 된 '문화옹호 국제작가대회文化擁護 國際作家會議'를 염두에 두고 T.S. 엘리어트의 『크라이테리언Criterion』과 일본의 『문학계』를 모델로 하여, 1939년 『인문평론人文評論』을 창간하였다. 『인문평론』은 비판적 산문정신을 견지하고 시민적 교양을 옹호하였으며, 조선 문학과 서구

문학을 게재하였다. 저널리즘과 아카데미즘의 교차를 지향한『인문평론』은 중일전쟁기 '전시변혁戰時變革'과 동아협동체론東亞協同體論의 가능성 앞에서 시도된 굴절된 '공동전선'의 성격을 가졌으며, 좌左와 우右를 포괄하여 근대성과 합리성을 지지하는 조선 문학자와 인문학자들이 참여하였다. 하지만 인문사 대표로서 최재서는 1939년 학예사學藝社의 임화林和와 문장사文章社의 이태준李泰俊과 함께 황군위문작가단皇軍慰問作家團 조직을 주도하였으며, 1941년『인문평론』폐간 후,『국민문학國民文學』을 창간하였다.『국민문학』은 경성제국대학교 영어급 영문학전공의 문화자본과 네트워크를 기반으로 하였으며, 사토 기요시, 데라오토 기이치寺本喜一, 스기모토 나가오杉本長夫, 콘도 도키지近藤時司, 도키에다 모토키時枝誠記, 가라시마 다케시辛島驍 등을 비롯한 경성제국대학교 교수 및 동문 다수가 기고하였다.

최재서는『국민문학』을 편집하며 일본어 비평을 통해 '신지방주의적 국민문학新地方主義的 國民文學'의 입장에서, 조선문학을 일본문학의 일부로 이해하는 동시에 조선문학의 독자적인 전통을 인정 받기 위해 고투하였다. 1943년 비평집『전환기의 조선문학轉換期の朝鮮文學』를 간행하였다. 1943년 4월 조선문인협회朝鮮文人協會를 개편한 조선문인보국회朝鮮文人報國會 상무이사로 선출되었으며, 같은 해 8월 제2회 대동아문학자대회大東亞文學者大會를 마치고 돌아오는 길에 유시마 성당湯島聖堂을 방문한 후 논리 너머의 생리적이며 본질주의적인 국민문학 인식으로 나아갔다. 이후 그는 일본어로 소설을 창작하였으며, 1944년 이시다 고조石田耕造로 뒤늦게 창씨개명을 하였다.

해방 후 1949년 반민족행위특별조사위원회反民族行爲特別調査委員會에서 조사를 받았으며 기소유예로 처분되었다. 1945~1953년 최재서는 침묵하였으며, 1950년대 중반 이후 전통론, 교양론, 셰익스피어 예술론을 여러 매체에 발표하였다. 또한 동아대학교東亞大學校, 1947~1948, 연세대학교延世大學校, 1949~1960, 동국대학교東國大學校, 1960~1961, 한양대학교漢陽大學校, 1963~1964 교수를 역임하였다. 김활金活의 도움과 번역으로 식민지 시기에 일본어와 조선어로 쓴 비평을 모아『최재서 평론집』1961을 간행하였으며,『매카―더 선풍』1951,『문학원론文學原論』1957,『영문학사』3부작1957~1960,『셰익스피어 예술론藝術論』1963 등의 저서,『교양론』1963 등의 편서, 그리고『아메리카의 비극』1952,『주홍글씨』1953,『햄릿』1954,『포 단편집』1954 등의 역서를 다수 발표하였다. 타계한 후, 미국에서 *Shakespeare's Art as Order of Life*1965가 간행되었다.

장문석

백철

白鐵, 1908~1985

본명은 세철世哲. 평안북도 의주군義州郡 월화면月華面 정산동亭山洞에서 소지주였던 아버지 백무근白茂根과 천도교天道敎인이었던 어머니 조근회趙根嬅, 誠建堂 사이에서 태어났다. 형 세명世明은 마을의 유일한 서울 유학생이었으며, 천도교의 계몽기관인 농민사農民社의 지방간부로서 활동하기도 하였다. 어린 백철에게 근대에 대한 동경을 심어 주었으며, 평생에 걸쳐 큰 영향을 끼쳤다. 1919년 어머니에게 한글을 배웠고 서당에서는 사서삼경을 배웠다. 형 백세명白世明이 3·1운동에 앞장서고, 이로 인해 어머니가 일본 관헌으로부터 고문 받는 것을 목격한다.

1920년 4년제 사립소학교인 입성학교 4학년에 입학하고, 1921년에 신의주新義州보통학교 6학년에 편입한다. 1922년 5년제인 신의주고등보통학교에 입학하고, 1927년 신의주고등보통학교를 졸업한 뒤 4월 도쿄고등사범학교 영문학과에 입학하였다. 『지상낙원』 동인으로 1년간 활동하였고, 이후 마르크스주의 경향의 동인지 『전위시인』을 창립한다. 『전위시인』에 슈프레히콜 형식의 선동시와 사회주의 성향의 평론을 발표하였으며, 1930년에는 일본프롤레타리아예술동맹NAPF에 가입하였다. 이 무렵 천도교청년당 도쿄당부의 예술위원회 책임자로 활동하며 천도교 유학생들과 '인내천연구회人乃天研究會'를 결성하기도 하였다. 1931년 3월 도쿄고등사범학교를 졸업하고, 그해 말 형의 소개로 천도교 기관지인 개벽사開闢社 기자로 취직되면서 귀국한다. 이 해에는 농민문학 논쟁을 일으킨 「농민문학문제」『조선일보』, 1931.10.1~20을 발표하면서 국내 문학계에 데뷔하였다. 이 글에서 백철은 안함광의 농민문학론이 좌편향의 오류를 범했다고 비판하면서 농민은 프롤레타리아 계급의 동맹자로서의 지위를 갖는다고 주장하였다. 1932년 카프KAPF 중앙위원으로 해외문학파와의 논쟁에 참여하는 등 좌익계 비평가로 맹렬하게 활동하지만, 동시에 인간탐구를 주장하는 독특한 문학관을 피력하기도 한다. 백철은 그의 문학 활동 전시기에 걸쳐 '인간'을 강조하며, 이 때의 '인간'은 개성, 능동성, 창조성 등의 의미가 함축된 것이라고 할 수 있다. 이러한 '인간'에 대한 강조는 천도교적 성장배경과 관련된 것으로 이해된다.

1934년 카프 제2차 검거사건에 연루되어 1년 수개월 동안 전주형무소에 수감된다. 1935년 12월 21일에 석방되고 전향선언문인 「출감소감—비애의 성사」『동아일보』, 1935.12.23를 발표한다. 이 글에서 참된 문학자는 정치주의를 버려야 하며, 이 시대의 문학은 고뇌하는 인간을 묘사해야 한다는 주장을 펼치고 있다. 이후 백철은 휴머니즘론(「웰컴! 휴먼이즘」『조광(朝光)』, 1937.1), 풍류인간론(「동양인간과 풍류성」『조광』, 1937.5, 「풍류인간의 문학」『조광』, 1937.6), 사실수리론(「시대적 우연의 수리」『조선일보』, 1938.12.2~7)으로 전개되어 나간다. 「사실수리론」에서 "기왕 허물어질 성문이라면 하루라도 속히 허물어져 버리는 것이 역사적으로 진보"라고까지 주장하며, 어떤 우연일지라도 그것이 시대의 사실인 이상 그것을 받아들여야 한다는 논리를 펼치고 있다. 이후 문인 시국강연에 참여하거나 조선문인협회朝鮮文人協會에서 간사로 활동하는 등 적극적으로 친일활동을 펼쳐나간다. 1939년 백철은 총독부 기관지『매일신보每日新報』에 문화부장으로 취임하고, 이듬해에 중편소설 「전망展望」『인문평론(人文評論)』을 발표하기도 한다. 일제 말기에 중국과 깊은 인연을 맺게 된다. 1939년 잠시 동안 시찰여행을 중국으로 다녀온 후, 1943년 2월에는 매일신보사 북경지국 지사장으로 부임한 것이다. 이후 결혼을 위해 6월에 잠시 귀국한 것을 제외하고는 1945년 8월 2일 귀국할 때까지 무려 2년 반 동안이나 북경에 머물렀다. 이 시기에 북경에서 김팔봉金八峯, 안막安漠, 노천명盧天命, 김사량金史良, 박진朴珍, 조택원趙澤元, 최승희崔承喜, 이인범李仁範, 김천애金天愛, 남인수南仁樹, 장세정張世貞 등의 문화예술인들을 만난다. 백철과 함께 북경에 머물렀던 나카조노 에이스케中薗英助가 "조선사설대사朝鮮私設大使"『중앙공론』, 1974.10, 286면라고 칭할 만큼 막강한 권력을 지닌 존재였다고 할 수 있다.

이러한 일제 말의 적극적인 친일행위로 인해 해방공간에서 백철은 적극적인 문단활동에서 물러나 한국근대문학을 정리하는 연구를 차분하게 수행한다. 이러한 노력의 결과『문학개론』동방문화사, 1947, 『조선신문학사조사』수선사, 1948,『조선신문학사조사 현대편』백양당, 1949을 출판하게 된다. 특히 백철의 문학사는 특정한 이념에 치우치지 않은 채, 문예사조의 수용과 적용이라는 맥락에서 한국근대문학의 전개양상을 정리하고 있다. 경성여자京城사범학교 교수1946와 동국東國대학교 교수1949를 거쳐 1955년에는 중앙中央대학교 문리대학장에 취임한다. 1957년에 미국의 예일대학과 스탠포드대학에 교환교수로 방문한 것을 계기로 하여, 한국에 뉴크리티시즘을 소개하는데 정열을 기울인다. 그 성과는 1959년 김병철金秉喆과 공역한 르네 웰렉과 오스틴 워렌의『문학의 이론』을유문화사을 번역하는 것으로 나타나기도 한다. 1966년 예술원藝術院 회원에 선임되었고, 1968년에는 회갑을 맞아『백철문학전집』전 4권이 신구문화사新舊文化社에서 간행되었다. 1975년에는 자서전『진리와 현실』상·하을 박영사博英社에서 간행하였고, 1985년 10월 13일 서울 동작구銅雀區 흑석동黑石洞 자택에서 사망하였다.

이경재

임화

林和, 1908~1953

　　1908년 경성京城 낙산駱山 기슭에서 태어났으며 본명은 임인식林仁植이다. 1921년 보성普成고등보통학교에 진학하였으며, 1925년 즈음 학교를 그만 두고 가출하여 『개조改造』와 크로포트킨Peter Kropotkin 등 일본어 서적을 남독하며 다양한 분야의 지식과 문학을 섭렵하였다.

　　임화는 1926년 무렵부터 시를 발표하였으며, 1927년 조선프롤레타리아예술동맹KAPF에 가입하였고, 1928년 카프의 중앙위원으로 활동하였다. 비슷한 시기 임화는 영화 〈유랑流浪〉1928과 〈혼가昏街〉1929의 주연을 맡았고, '단편서사시'를 발표하였다. 그는 1929년 일본으로 건너가 1930년 도쿄 무산자사無産者社에서 이북만李北滿, 김남천金南天, 안막安漠, 한재덕韓載德 등과 활동하였다. 1931년 귀국한 후 이북만의 누이 이귀례李貴禮와 결혼식이라는 허식虛飾 없이 동지이자 부부가 되었다. 이후 임화는 볼셰비키화를 주장하였고 카프 조직을 재편하였지만 공산주의협의회共産主義協議會로 검거되었다. 1932년 임화는 카프 서기장書記長으로 활동하였고 1933년 소설 「물!」을 둘러싸고 김남천과 논쟁하였다.

　　1934년 카프 제2차 검거 당시 폐결핵으로 검거를 모면하였지만 결국 다음 해 5월 21일 경기도 경찰부에 카프 해산계를 제출하였으며, 이 즈음 이귀례와 결별하였다. 1935년 7월 요양을 위해 경상남도 마산馬山에 내려가서 같은 해에 「조선신문학사론 서설朝鮮新文學史論 序說」을 집필하였다. 임화는 마산에 머물면서 후에 지하련池河蓮이라는 필명으로 활동하는 이현욱李現郁과 결혼하였으며, 경상남도 지역의 사회주의자들과 교류하였다. 1936년 9월 조선공산당재건경남준비그룹 사건朝鮮共産黨再建慶南準備 그룹事件과 김해적색농민조합 사건金海赤色農民組合事件에 연루되어 예비 검속을 당하기도 하였다. 그는 카프 해산 이후인 1930년대 중후반에 다양한 지면에 시와 비평을 발표하였으며, 기교주의 논쟁에 참여하였고 낭만주의론과 사실주의론을 주장하였다. 1938년 2월 임화는 상경과 동시에 첫 시집『현해탄玄海灘』을 발간하였다. 1939년 무렵에는『인문평론人文評論』에 적극적으로 참여하는 한편, 출판사 학예사學藝社를 운영하며「개설 신문학사槪說新文學史」를 연재하였다. 1940년 평론집『문학文學의 논리論理』를 간행하였고, 고려영화사高麗映畫社 문예부文藝部 촉탁囑託으로 활동하였다.

　　1941년 임화는 이여성李如星과 함께 오문출판사梧文出版社에 관여하였으며 총력연맹문화부장總力聯盟文化部長 야나베 에이사부로矢鍋永三朗와 대담을 진행하였고, 조선영화문화연구소朝鮮映畫文化研究所에서 근무하였으며 1944년 삼중당서점三中堂書店을 운영하였다. 해방 후 임화는 조선문학건설본부朝鮮文學建設本部 서기장, 조선문학가동맹朝鮮文學家同盟 중앙집행위원中央執行委員등을 역임하여 문학 활동을 재개하였다. 1946년 조선문학자대회朝鮮文學者大會에서 조선문학의 역사에 관해 발표하였으며, 민족문학론을 주장하였다. 그는 1947년 시집『찬가讚歌』와『회상시집回想詩集』을 간행하였고, 월북하여 황해도 해주海州 제1인쇄소에서 근무하면서, 조소문화협회朝蘇文化協會 중앙위원회 부위원장으로 활동하였다. 1950년 조선문화총동맹朝鮮文化銃同盟 부위원장이 되어 종군하며, 1951년 시집『너 어느 곳에 있느냐』를 간행하였고 1952년『조선문학朝鮮文學』을 출간하였다. 1953년 8월 남로당南勞黨 숙청 과정에서 처형되었다.

　　시인으로서 임화는 1920년대 중반 다다이즘 경향의 시를 창작하였으며 정치적 실천을 형상화한 시를 발표하였다. 그리고 1920년대 말로부터 1930년대 초 「우리 오빠와 화로火爐」, 「네 거리의 순이順伊」 등 '단편서사시短篇敍事詩'를 발표하였다. 그는 나카노 시게하루中野重治의 「비 내리는 시나가와品川 역驛」에 응답하며 「우산받은 요코하마橫浜의 부두」를 쓰기도 하였다. 1936년 박세영朴世永, 이용악李庸岳, 이찬李燦, 오장환吳章煥 등과 동인지 『낭만浪漫』을 간행하였으며, 1930년대 중반 임화는 청년의 의지와 식민지 조선의 역사를 다룬 '현해탄玄海灘' 연작을 발표하였고, 1930년대 말 운명의 초극을 노래한 시를 발표하였다. 해방 후에는 다시 정치적 실천을 형상화한 시들을 썼다.

비평가로서 임화는 예술을 통해 인간의 해방을 기획하고 그것을 논리화하였다. 1920년대 임화는 중후반 변혁에의 갈망과 과학적 사회주의가 결합한 프로문예를 주장하였으며, 문학, 영화, 연극, 미술 등 다양한 영역에서 비평을 발표하였다. 도쿄에서 돌아온 후, 그는 카프의 볼셰비키화를 주장하였다. 1930년대 중반 마르크스와 엥겔스의 원전을 읽으면서 임화는 문학의 본질이 무엇인지 질문하였고, 낭만주의론을 거쳐 사실주의론을 이론화하며 주체의 재건을 기획하였다. 동시에 세태소설론世態小說論과 본격소설론本格小說論을 비롯하여 당대 창작에 관한 많은 비평을 발표하였다. 또한 임화는 비평과 글쓰기 자체에 대한 이론적 성찰을 지속하여 '신성한 잉여'라는 텍스트의 무의식을 발견하기에 이른다. 해방 이후에는 조선문학가동맹의 조직적 활동에 참여하면서, 민족문학론을 통해 근대성의 성취와 극복을 동시에 요청하였다.

문학사가로서 임화는 카프 해산 직후 이광수李光洙로부터 신경향파新傾向派에 이르는 조선 근대문학의 변증법적 발전 과정을 다룬 「조선 신문학사론 서설」을 발표하였다. 이후 조선영화사 사장 최남주崔南周의 출자로 출판사 학예사에서 '조선문고朝鮮文庫'를 발간하는데, 이때 임화는 김태준金台俊, 이재욱李在郁 등 경성제국대학교의 고전문학 연구자들과 교류하며 민요를 채집하였고 고전문학 자료를 수집 및 정리하였다. 그리고 1939~1940년 「개설 신문학사」를 연재하며, 문학사 이론을 「신문학사新文學史의 방법方法」1940으로 체계화하였다. 그는 신문학사의 전개과정을 통해 조선 근대문화의 정체성을 탐색하였으며, '이식성移植性'이라는 개념을 매개로 조선 근대문학의 보편성과 특수성을 체계화하였으며 근대극복의 계기를 탐색하였다.

'조선의 발렌티노'로 불린 임화는 김유영金幽影이 감독한 〈유랑〉1928과 〈혼가〉1929의 배우로 참여하였다. 또한 영화제작단체 '청복키노靑服키노'에 참여하며 영화비평을 발표하였고 송영宋影이 편집한 『별나라』에 영화소설을 발표하였다. 도쿄에 머무는 동안 임화는 일본 프롤레타리아 영화 잡지 『신코에이가新興映畫』에 조선영화사에 관한 글을 발표하였으며, 귀국 후 1931년 강로姜湖가 감독한 〈지하촌地下村〉에도 출연하지만 상영 허가를 받지 못했고, 김유영金幽影이 감독한 '〈화륜火輪〉 논쟁'을 통해 영화 조직을 정비하였다. 1936년 영화 〈최후의 승리〉에도 출연하지만 이 역시 개봉되지 못하였다. 1940년 조선영화령朝鮮映畫令이 발표된 이후, 임화는 최초의 조선영화사인 「조선영화발달소사朝鮮映畫發達小史」1941를 작성하였으며 이 글은 이치카와 사이市川彩의 『아시아 영화의 창조와 건설アジア映畫の創造及建設』1941의 일부로 수록되며 후에 조선영화문화연구소의 「조선영화삼십년사朝鮮映畫三十年史」1943로 발표되었다. 또한 「조선영화론」1942을 통해 임화는 조선영화의 의미와 존재를 옹호하였다. 그는 영화 〈그대와 나君と僕〉1941의 대본을 교정하였고, 조선영화문화연구소에서 『조선영화연감朝鮮映畫年鑑』의 편집에 참여하였다.

장문석

김기림

金起林, 1908~?

　　함경북도 학성군 학중면 임명동에서 출생하였다. 그의 부친은 고향 임명에서 과수원을 경영하였는데, 김기림이 수필 「별들을 잃어버린 사나이」에서 적고 있는바, 그 규모가 상당히 컸던 것으로 짐작된다. 고향에서 경제적으로 어려움이 없는 유년시절을 보낸 김기림은 서울에서 보성고등보통학교를 3년간 재학한 뒤, 18세 되던 1925년 봄, 일본 도쿄로 건너가 메이교名教중학 4학년에 편입하여 학업을 이어간다. 이듬해 김기림은 문부성에서 치르는 검정시험에 합격하여 졸업자격증을 획득하고, 1926년 니혼日本대학 전문부 문과에 입학하여 본격적인 유학생활을 시작한다.

　　김기림이 1926년부터 1929년까지 유학한 니혼대학은 1889년 일본법률학교로 출발하였으며, 일본 대학령에 기반하여 1903년 니혼대학으로 그 명칭이 변경되었다. 메이지유신 이후 개국을 선언한 일본은 프랑스, 영국, 독일 등의 유럽 국가들의 법제들에 상당한 관심을 가졌고, 니혼대학은 이러한 국제적 감각 속에서 탄생된 학교였다. 특히 1921년에 니혼대학은 미학과를 개설하여 예술과 미학 전반에 대한 교육을 실시하였다.

　　일본에서는 1920년에 '미래파미술협회'를 창립하면서 일본미래파가 구성되었고, 관동대진재 이후 '액션'1922, '마보'1923, '삼과'1924와 같은 단체가 연이어 창립되어 일본 미래파 예술운동을 이어나갔다. '액션'은 미래파의 창시자인 필리포 마리네티의 글을『시와 시론詩と詩論』에 번역하여 발표하기도 했던 칸바라 타이神原泰의 주도로 창립되었고, '마보'는 1922년 베를린에서 유학하며 미래파와 다다, 그리고 구성주의의 영향을 받고 귀국하여 '의식적 구성주의'를 주창한 무라야마 도모요시村山知義가 중심에 있었던 예술단체이다. 베를린에서 유학하며 러시아 구성주의 이론을 익힌 무라야마 도모요시는 당시 일본으로 건너와 러시아 구성주의 이론을 소개하고 함께 예술 작업을 펼쳐나간 러시아 여류 예술가 바바라 부브노바와 교류를 이어나가며 예술작업과 일상생활의 일체화를 지향하는 조형 예술과 포스터 디자인, 책 장정과 같은 산업 디자인 예술작업을 통해 회화 중심의 미술의 범주를 넓혀나갔다.

김기림이 니혼대학에서 유학하던 20년대 후반 일본은 '삼과'의 후속 단체라고 할 수 있는 '단위삼과'를 중심으로 '삼과'의 전위적 예술관에 과학지식이 더해진 기계미학적 예술관이 엿보이는 작품들이 창작되고 있었다. 일본 유학을 다녀온 이듬해에 발표된 「오후와 무명작가들」『조선일보』, 1930.4.28~5.3에서 김기림은 이탈리아 미래파, 프랑스의 초현실주의, 독일의 퓨리즘, 러시아의 네오리얼리즘, 구성주의, 일본의 포비즘 등 서구 유럽의 전위 예술에 대해 언급하고 있다. 이 글에서 읽을 수 있는 현대 전위 예술에 대한 김기림의 폭넓은 지식과 김기림의 모더니즘 시론 전반에서 발견되는 독특한 기계미학적 관점은 1926년부터 1929년까지의 니혼日本대학 유학시절에 접한 전위적인 예술관으로부터 영향을 받았을 가능성이 높다.

1929년 니혼대학을 졸업하고 귀국한 김기림은『조선일보』에 입사하여 사회부 기자로 활동하며, 시작 및 비평 활동도 본격적으로 시작한다. 1933년 한국 모더니즘 문학 집단 '구인회'에 창립 멤버로 가담하면서 이태준李泰俊, 정지용鄭芝溶, 이상李箱, 박태원朴泰遠, 김유정金裕貞 등과 문학적 교류를 이어나가던 김기림은 『조선일보』 방응모方應謨 사장의 후원으로 1936년 다시 일본 유학길에 오른다. 그래서 김기림의 일본 유학 시절은 크게 1, 2차로 나눠 볼 수 있는데, 1926년에서 1929년까지 도쿄의 니혼대학에서의 유학 생활이 제1차 유학이라면, 1936년부터 1939년까지 센다이의 토후쿠東北제국대학에서의 유학 생활은 제2차 유학이라고 할 수 있다. 또한 2차 유학 전 김기림은 와세다早稲田대학과 토후쿠제국대학에 지원하여 두 학교 모두에서 합격통지서를 받았고, 토후쿠제국제학을 선택했다고 알려져 있다.

1차 유학 시절 전위적인 예술관과 대면하며 새로운 예술의 가능성을 탐색했던 김기림은 2차 유학 시절인 토후쿠대학에서는 영문학을 전공하면서 자신의 문학 이론을 보다 체계적으로 점검한다. 토후쿠제국대학에서 김기림의 지도교수는 도이 코우치土居光知라는 영문학자였다. 그리고 해방 후 발행된 『시의 이해』와 『문학개론』, 『문장론신강』 등은 대학 과정 중에 정리한 내용을 바탕으로 집필된 저서들이다. 특히 I.A.리차즈의 시론을 중심으로 저술된 『시의 이해』는 그의 토후쿠제국대학 졸업 논문"I. A. Richards' Theory of Poetry"의 내용을 바탕으로 한 교양서다. 리차즈의 텍스트와 '과학적 시학'에 입각한 리차즈의 문학 이론은 김기림이 토후쿠제국대학 입학 전부터 가져왔던 관심 주제였으며, 대학 수학과정을 마친 뒤 작성한 리차즈 시 이론에 대한 졸업논문을 통해서 김기림은 보다 체계적으로 문학 이론을 정리할 수 있었다.

그러나 센다이仙台에서의 유학 생활 자체는 김기림에게 매우 외롭고 쓸쓸한 경험이었던 것으로 보인다. 센다이에서의 소회를 적고 있는 「동방기행」의 시편들에는 이방인으로서 느끼는 향수와 외로움의 감정들이 여기저기 묻어 있다. 게다가 그는 자신이 가장 아꼈던 문우 이상의 사망 소식을 센다이에서 듣는다. 김기림이 센다이로 유학을 떠나고 나서 얼마 되지 않아 병든 몸으로 현해탄을 건넜던 이상은 1937년 도쿄에서 죽음을 맞는다. 이상이 죽기 전에 도쿄에서 그와 재회하기도 했던 김기림은 이상의 죽음을 매우 안타까워했으며, 그런 그의 심정은 수필 「고 이상의 추억」『조광(朝光)』 3권 6호, 1937.6이나 이상을 주피타에 비유하고 있는 시 「주피타 추방」 등을 통해 짐작해볼 수 있다.

김예리

이북명
李北鳴, 1908~1988

본명은 이순익李淳翼. 1908년 9월 18일 함경남도 함흥咸興에서 출생하였다. 1925년 함흥고등보통학교 전기과電氣科에 입학하였고, 조선과 일본의 좌익 작가들의 문학을 읽으며 작가의 꿈을 키웠다.

1927년 함흥고등보통학교를 졸업하고 조선질소비료주식회사朝鮮窒素肥料株式會社 흥남공장興南公場, 흥남질소비료공장에서 취직하여 3년간 노동자로 근무하였다. 일본 제국주의의 확장과 더불어 성장한 노구치野口 콘체른은 규슈九州 미나마타水俣에 설립한 일본질소비료주식회사에 이어, 1920년대 중반 식민지 조선의 함경도 지역으로 진출하였으며 수력발전소와 질소비료공장을 건설하였다. 이북명이 노동자가 된 1927년에 질소비료공장은 건설 중이었고, 이후 공장은 1930년부터 본격적으로 가동된다. 3년의 노동자 생활을 통해 이북명은 열악한 조선인 노동자의 근무 조건과 환경을 체험하였고, 친목회에 가입하면서 노동운동에 관심을 가졌으며 소설을 습작하였다. 이후 그의 습작 소설은 동향 출신인 한설야韓雪野에게 건네진다.

한설야는 카프KAPF 작가들에게 이북명을 소개하고 원고의 발표를 주선하였다. 1932년 5월 첫 소설인 「질소비료공장窒素肥料工場」을 『조선일보』에 발표하지만, 2회 연재된 후 중단되었고 이북명은 피검되었다. 카프의 '제2차 방향전환' 속에서 이북명은 노동자 출신 작가로 호명되며 문단의 주목을 받았지만, 동시에 압도적인 '경험' 때문에 미학적 완성도가 부족하다는 비판을 받기도 하였다. 1930년대 중반까지 이북명이 발표한 공장 소설은 자신의 공장 노동자 체험을 바탕으로 이미 1932년 이전에 창작한 것으로 추정되지만, 검열로 인해 뒤늦게 발표되었으며 연재 중단이나 전문 삭제를 당한 소설도 적지 않다. 「암모니아 탱크」는 공장 건설 중에 일어난 사고를 다루었고, 「기초 공사장」은 공장 준공 10여 일 전을 배경으로 하고 있다. 「질소비료공장」, 「출근중지」, 「여공」, 「오전 3시」 등의 소설은 한참 가동되는 조선질소비료공장 노동자의 생활과 투쟁을 포착한 소설들이다.

이북명은 자본가의 착취 및 부당한 대우, 열악한 작업 환경뿐 아니라, 질소비료공장 고유의 화학 공정으로 인한 노동자의 건강 상실을 재현하는 동시에, 이에 저항하는 의식의 상승, 노동조합 조직 및 연대와 투쟁을 다루었다. 식민지 조선에서 제대로 발표되지 못한 「질소비료공장」은 1935년 5월 시마키 겐사쿠島木建作의 추천으로 『문학평론文學評論』 '임시증간 신인추천호臨時增刊 新人推薦號'에 「초진初陳」이라는 제목으로 번역되어 발표된다. 또한 「암야행로」는 1937년 2월 『문학안내文學案內』에 「벌거 벗은 부락裸の部落」라는 제목으로 번역되었다

해고 후 이북명은 공장이라는 공간을 벗어나 흥남공업단지의 주변을 배경으로 지식인을 형상화한 소설을 발표하였다. 1930년대 초반에는 함흥지역의 활발한 노동운동과 탄압을 주제로 지식인이 노동자로 전신하는 소설 「공장가」, 「현대의 서곡」, 「어둠에서 주운 스케치」 등을 발표하였다. 하지만 이후 노동운동에 대한 탄압의 강도가 심해지면서 정세는 폐색되었고 카프 작가들이 검거되고 재판을 받게 되자, 이북명은 「한 개의 전형」, 「도피행」, 「야광주」 등 지식인의 생존욕구와 신념 상실을 다룬 소설을 발표하였다.

폐병과 생활고에 시달리던 이북명은 1936년 하반기에 결혼하였고, 1937

년 4월 함흥을 떠나 장진長津으로 이주하여 노구치콘체른 계열의 장진강長津江 수력발전소에 입사하였다. 그전까지 투쟁하던 노구치콘체른에 입사한 것이었기에 논란이 되었고, 이북명은 이에 대한 해명을 해야 했다. 이 시기 이북명은 자본가와 노동자의 대립이나 이념과 생활의 긴장이라는 주제를 떠나서 장진 부근에서 만난 화전민의 삶을 형상화한 「비곡」, 「칠성암」, 「화전민」 등의 소설을 발표하였다. 이 시기의 소설들은 자연 속에서 평화로운 삶을 살아가던 화전민들이 근대문명의 상징인 수력발전소의 건설에 의해 삶의 터전을 상실하는 과정을 다루거나, 화전민의 전근대적이며 반문명적인 삶을 건강한 삶으로 형상화한 것이다. 1942년 이북명은 국책문학國策文學의 성격을 가진 「형제」, 「빙원」, 「철을 파내는 이야기鐵を掘る話」 등을 발표한다. 이들 소설은 전시에 '국민'들이 일심으로 단결하여 총후보국에 헌신해야 한다는 것을 강조하고 있으며, 인간은 노동을 통해 자연과 대결하며 주어진 목표를 달성하는 생산소설生産小說이었다.

1945년 이북명은 장진강 수력발전소에서 해방을 맞이하였고, 조선프롤레타리아문학동맹에 참여하였다. 1946년 북조선예술총동맹에 참여하였고 흥남지구 공장에서 문예총 흥남시위원회 위원장, 흥남노동예술학원 원장으로 활동하였다. 1948년 북조선노동당 제2차대회에 참가하였고, 북조선노동당 중앙위원회 위원에 선정된다. 1949년 중국에서 열린 아시아 및 대양주 직맹 대회에 참가하였고, 1950년 평양으로 이주하였다가 한국전쟁을 맞아 종군작가로 활동하였다. 1956년 조선작가동맹 중앙위원회 위원을 거쳐 1961년 조선문학예술총동맹위원회 위원, 1962년 최고인민위원회의대의원 중앙선거위원회 위원을 역임하였다. 1958년 『질소 비료 공장』평양:조선작가동맹출판사, 1959년 『해풍』평양:조선작가동맹출판사, 1961년 『현대조선문학선집』 12권 (리북명 편)평양:조선작가동맹출판사 등의 소설집을 발간하였다. 말년에는 금성청년출판사金星青年出版社 창작실에서 활동하였으며, 1988년 타계하였다.

장문석

유치환

柳致環, 1908~1967

　　1908년 음력 7월 14일 경남 거제巨濟에서 출생했다. 한의韓醫로 일하던 아버지 유준수柳焌秀와 어머니 박우수朴又守 사이의 8남매 중 차남이었다. 한국을 대표하는 극작가 유치진柳致眞이 장형長兄이다. 1910년 3세 때 경남 통영統營으로 이주하여, 11세까지 외가外家의 사숙私淑에서 한문漢文 공부를 했다. 1918년 통영보통학교에 입학, 4학년을 마친 후, 1922년 도일渡日하여 일본 도요야마중학교豊山中學校에 입학했다. 하지만 1926년 4학년 재학 당시 부친의 사업 실패로 인해 조선으로 귀국, 부산釜山의 동래東萊고등보통학교 5학년으로 편입했다. 1927년 연희전문학교延禧專門學校 문과에 입학했지만 학내 분위기 등을 이유로 1년 만에 중퇴했다.

　　그는 비록 졸업은 못했지만 조선과 일본 학교를 다니면서 현대시의 공부와 창작에서 다양한 경험과 실력을 쌓았다. 도야마중학豊山中學 재학 당시에는 유치진이 주도한 토성회土聲會에 참여하며 동인지『토성土聲』에 시를 발표했다. 연희전문 재학 시절에는 더욱 다양한 시작詩作 활동을 펼쳤다. 이를테면 1927년 '통영 참새 모임회' 간행의『참새』제2권 제1호에「단시短詩」9편을 발표했다. 1928년 무렵에는 일본의 아나키스트 시인 다카무라 고타로高村光太郎, 쿠사노 심페이草野心平 등과 당시 조선시단을 대표하던 정지용鄭芝溶의 시에 깊은 감명을 받았다.

이런 영향은 유치진과 함께 회람지回覽誌『소제부掃除夫』를 창간하는 계기가 되었다. 유치환은 프린트판『소제부 제1시집』에 「五月의 마음」을 비롯한 25편의 신작시新作詩를 게재하는 등 창작열을 더욱 불태웠다. 이를 토대로 1931년 박용철朴龍喆 주관의『문예월간文藝月刊』제2호1931.12에 「정적靜寂」을 발표하며 공식적인 시인으로 등단하기에 이른다.

이후 그는 1932~1934년 평양과 부산으로의 이주를 거쳐, 1937년 고향 통영에 정착한 후 통영협성統營協成 상업학교 교사로 근무하게 된다. 이 무렵 시동인지『생리生理』제1집 1937.7.1, 제2집 1937.10.1를 최상규崔上圭, 장응두張應斗 등과 함께 부산의 초량草梁에 발행한다.

1939년 12월 첫 시집『청마시초靑馬詩抄』를 청색지사靑色紙社에서 간행한다. 출판사 소개는 시인 김소운金素雲이, 시집 장정裝幀은 화가 구본웅具本雄이 맡았다. 자서自序에 이어 총 55편의 시를 3부로 나누어 수록했다. 대표작으로는 생명에 대한 사랑과 의지를 노래한 「깃발」, 「오랜 태양太陽」, 「일월日月」, 「분묘墳墓」, 「향수鄕愁」, 순수한 자연의 서정을 노래하는 「입추立秋」, 「산山」(1)~(4), 「추해秋海」 등이 널리 손꼽힌다. 이 가운데 '생명' 시편은 원초적인 생명 현상, 생生이 지닌 근원적인 고뇌 등을 장중하고 진솔하게 노래했다는 고평을 받았다.

한편 1930년대 후반 조선시단朝鮮詩壇에서는 유치환, 서정주徐廷柱, 오장환吳章煥, 김동리金東里 등의 젊은 시인들이 '생명파生命派'로 통칭되기에 이른다. 생명의 본질과 모순 탐구, 생生에의 의지와 역사현실의 초극을 시와 삶의 진정한 가치로 삼았기 때문이다. 이들은 선배세대인 정지용류의 기교주의·주지주의技巧主義·主知主義 및 임화林和류의 혁명주의·계급주의革命主義·階級主義 양자를 모두 거부했다. 그 대안으로 생명의 근원성과 모순성, 영원성을 탐구하고 추구하는 '생명의식'을 내세웠으며, '조선적인 것'의 긍·부정성 양면에서 생명현상의 잠재성과 가능성을 다각도로 모색했다.

유치환은 1940년 3월 모종의 사건 때문에 통영협성상업학교統營協成商業學校를 사임한다. 같은 해 봄, 가족들을 이끌고 만주 빈강성濱江省 연수현延壽縣 유신구維新區로 이주하여 농장과 정미소 관리인으로 취직한다. 이 농장은 형 유치진의 처가에서 운영하던 곳으로 알려진다. 유치환이 일제의 냉혹한 지배와 착취에 처했던 빈한한 조선 이주민에 비해 양호한 여건 아래 만주 생활을 영위한 것으로 평가받는 이유다.

한편 유치환의 만주국에서의 양가兩價적 위치, 즉 탈향민·이주민으로서의 식민지적 성격과 일제 협력의 농장 관리인으로서의 식민주의적 성격은 만주국 체류 당시의 시편에 여러 모의 영향을 끼치게 된다. 그 영향 관계는 1945년 6월 말 통영으로 귀향하기 전까지 창작된 세 가지 성향의 만주 시편들에 잘 드러나 있다.

첫째, '생명파'에 귀속되는 시편들이다. 「바위」, 「생명生命의 서書」(1)~(2), 「광야曠野에 와서」, 「절명지絶命地」, 「목숨」, 「절도絶島」 등이 여기 속한다. 이것들은 시인의 유년기 체험과 만주벌판에서 경험한 허무의식을 바탕으로 근원적인 생명의지를 노래한다. 이 때문에 남성적 어조가 두드러진다. 또한 우주와 자연, 인간 생명의 장엄하고도 냉혹한 비정성非情性에 고통과 초극 의지가 시적 정서의 중심을 이룬다.

둘째, 만주 생활을 여러 주제와 각도에서 노래한 시들이다. 통영에 대한 향수, 낯설고 외로운 이국 생활의 고통, 이민족의 생활과 정서에 대한 호기심 등이 골고루 표현되고 있다. 「수首」, 「도포道袍」, 「우크라이나 사원寺院」, 「하르빈哈爾濱 도리공원」, 「나는 믿어 좋으랴」 등이 여기 속한다. 20편을 상회하는 만주 시편들은 해방 후 한국에서 간행된 제2시집 『생명生命의 서書』행문사(行文社), 1947에 모두 수록된다. 그는 시집 말미에서 만주 경험을 "허무 절망한 그곳 광야"의 위협으로, 또 "지낸 날의 어둡고 슬픈 기억"으로 토로함으로써 제국주의의 지배와 통치 아래 놓인 식민지인의 고통과 좌절을 잊지 않고 새겨둔다. 시인의 이런 태도와 성향은 해방 이후의 격렬한 좌우 대립 상황에서 보수적 민족주의와 전통적 가치, 순수문학에 기초한 시작詩作을 굳건히 진행하는 원동력이 된다.

셋째, 유치환의 만주 시편 가운데는 일제 협력, 곧 '친일시'로 의심되는 2편의 작품이 존재한다. 「전야前夜」『춘추(春秋)』, 1943.12와 「북두성北斗星」『조광(朝光)』, 1944.3이 그것이다. 두 시편은 '역사歷史의 심포니', '정복征服의 명곡名曲', '불멸의 빛', '아세아의 산맥山脈', '동방東邦의 새벽' 등과 같은 비유를 통해 일제의 '대동아공영'론에 대한 지지와 참여 의지를 당당하게 밝히고 있다. 두 시편은 농장 관리인으로 일하며 시를 쓰는 상황이 낳은 '강요된 협력'으로 해석되기도 한다. 하지만 이 시들은 여타의 만주 시편에 비해 일제의 총력전에 대한 부응과 긍정이 매우 선명하다는 것, 이후 그의 개별 시집 어디에도 수록하지 않았다는 점에서 '친일시'의 혐의에서 좀처럼 벗어나지 못하는 형편이다.

유치환은 해방 이후 '청년문학가협회靑年文學家協會', '한국문인협회韓國文人協會', '한국시인협회韓國詩人協會' 등 일련의 우파적 문학단체에서 '보수주의적 민족문학' 활동을 전개했다. 한국전쟁 당시에는 문총구국대文總救國隊의 일원으로 종군從軍하면서, 그 경험을 담은『보병步兵과 더불어』1951를 출간한 것에도 이런 사정이 반영되어 있다. 1953년 귀향한 이후 줄곧 교직敎職에 몸담으면서 여러 학교의 교장校長으로 재직하다가 1967년 교통사고로 인해 향년 60세로 작고했다. 앞서 언급한 시집 외에도『울릉도鬱陵島』1948,『청령일기蜻蛉日記』1949,『청마시집靑馬詩集』1954,『파도波濤야 어쩌란 말이냐』1965 등을 출간했다.

최현식

백신애

白信愛, 1908~1939

　　백신애는 경북 영천永川에서 출생했다. 아버지 백내유白乃酉는 영천 근동에서 사업기반을 잡아 대구大邱에까지 진출한 지방 부호였다. 오빠 백기호白基浩는 조선공산당 당원이었던 사회주의자로 1926년 '제2차 조선공산당 탄압사건' 때 구속되기도 했다. 백신애 역시 '조선여성동우회朝鮮女性同友會', '경성여자청년동맹京城女子靑年同盟' 등의 사회주의 단체에서 활발한 활동을 벌이기도 했다. 백신애가 정규교육을 받은 기간은 길지 않다. 영천永川공립보통학교, 대구 신명信明여학교 등에 적을 두었으나 재학기간은 길지 않았다. 1923년 경북사범학교 강습과講習課 입학, 1924년 졸업과 동시에 영천공립보통학교 교사로 재직했다. 1926년 여성단체 가입을 이유로 재직 중이던 자인慈仁보통학교에서 권고사직당한 후 서울에서 여성단체 활동에 매진했다.

　　1929년 『조선일보』 신춘문예에 「나의 어머니」가 당선되면서 등단한 이후 1930년 일본 도쿄에서 유학했다. 니혼日本대학 예술과에 적을 두고 문학과 연극을 공부했다고 하나 기록을 찾을 수는 없다.

　　1935년 『중앙中央』에 1회 게재되었으나 연재가 중단된 「의혹疑惑의 흑모黑眸」는 이 시기의 경험에 바탕한 것으로 보인다. 1932년 귀국하여 집안의 권유에 따라 이근채李根采와 결혼했으나, 1938년 남편과 별거하고 11월 이혼수속을 밟았다. 지병인 위장병이 악화되어 1939년 췌장암으로 사망했다. 그의 주요 작품들은 주로 1933~1938년까지의 결혼생활 기간 동안 집필되었으며, 이 기간 동안 20여 편의 소설과 25여 편의 수필을 남겼다. 대표작으로는 지방 촌민들의 적나라한 가난을 묘사한 「적빈赤貧」, 소련으로 건너간 조선인 유이민들의 수난을 그린 「꺼래이」가 있다. 농촌 빈민 여성들의 삶에 대한 핍진한 묘사, 봉건적 가부장제와 근대적 열정 사이에서 갈등했던 여성의식 등이 그의 문학의 핵심을 이룬다고 할 수 있다.

　「꺼래이」는 소련에서 사망한 아버지의 유해를 찾기 위해 국경을 넘은 순이 가족의 이야기를 바탕으로 당시 조선 농민들의 처참한 현실을 보여주고 있다. 작가의 시베리아 여행 체험에 바탕한 소설로 한국문학에서 드물게 재소련 유이민들의 삶을 그려낸 작품이라는 점에서 주목할 필요가 있다. 수필 「나의 시베리아 방랑기」를 통해 백신애가 시베리아에 간 시기를 1927년 무렵으로 추정해 볼 수 있으며 「꺼래이」는 1934년에 발표되었다. 「꺼래이」가 다루고 있는 현실은 1920년대 후반에서 1930년대 전반 무렵의 것이었다고 짐작할 수 있다. 이 시기는 산미증산계획産米增産計劃 등을 통해 구체적으로 진행된 식민지 수탈정책으로 조선 민중들의 빈곤이 극에 달했던 시기와 겹쳐진다. 러시아 혁명 이후 사회주의 정권 하에서 무상으로 땅을 분배한다는 소식이 순이 아버지를 소련까지 이주하도록 했던 것이다. '아무 죄도 없이' 살기 위해 국경을 넘었으나, 일본인 첩자라는 의심 때문에 감금생활을 해야 했던 조선인들을 통해 식민지인의 이중적 고통을 짐작할 수 있다. 제국주의의 조건 하에 놓인 조선의 현실을 더욱 폭넓은 시각으로 확인할 수 있게 하는 작품이다.

서영인

김환태

金煥泰, 1909~1944

호는 눌인訥人. 전라북도 무주군茂朱郡 무주면茂朱面에서 태어났다. 그는 1916
년 무주보통학교에 입학하였고, 1922년 전주全州고등보통학교에 입학하였지
만 '일본인 교장 추방사건'의 주모자로 정학 처분을 당했고 보성普成고등보통
학교로 편입하였다. 1928년 4월 교토 도시샤대학同志社大學 예과豫科에 입학하여
정지용鄭芝溶과 교유하였으며, 어느 그믐날 밤 정지용은 김환태를 쇼코쿠지相國寺
뒤 묘지로 데려가서 「향수鄕愁」를 낭송하기도 하였다. 1931년 후쿠오카福岡에 있
는 규슈제국대학九州帝國大學 법문학부法文學部 영문학 전공에 입학하였으나, 경제적
궁핍으로 식당에서 일하며 고학을 하였다. 1934년 졸업식을 앞두고 귀국하여
조선에서 비평가로 활동을 시작하였다.

김환태는 이광수李光洙 등 중진 문학자와도 교류하였고, 이광수의 소개로
도산島山 안창호安昌浩를 만나 그의 가르침을 받기도 하였다. 1936년 3월 12일 구
인회九人會에 가입하였으며, 이 시기를 전후로 김환태는 안창호의 사건에 연루
되어 1개월 정도 동대문東大門 경찰서에 수감되었다.

1938년부터는 황해도 재령載寧 명신明新중학교에서, 1940년에는 경성무학京
城舞鶴공립고등여자학교에서 교사로 근무하였다. 1940년의 글을 마지막으로 절
필하였다가, 1944년 타계하였다.

김환태는 대학 시절에 연구한 매슈 아놀드Matthew Arnold와 윌터 페이터

Walter Horatio Pater의 이론을 바탕으로 문학 비평을 전개하였고, 1930년대 중반 기교주의 논쟁과 1930년대 후반 세대논쟁에 참여하였다.

장문석

박치우

朴致祐, 1909~1949

함경북도 성진成津에서 태어나 함북 경성鏡城 고보를 거쳐 경성제국대학교 철학과에 진학하여 서양철학을 전공했다. 그는 깊이 있는 철학적 탐구를 현실 변혁에 적용하고자 한 지식인이었다. 그것은 경성제국대학교 조수, 『조선일보』 기자, 숭실전문崇實專門 교수, 『조선일보』 기자, 경성제국대학교 대학원생 등 아카데미시즘과 저널리즘에 번갈아 종사한 이력에서도 알 수 있다. 해방 정국에서 박치우는 남로당南勞黨의 대남 유격대에 참여하여 1949년 빨치산으로서 생을 마감한다.

이력에서도 알 수 있듯이 박치우는 순수 국내파 지식인이었다. 그의 유일한 국외 경험인 중국 체류도 해방을 전후한 짧은 시기에 불과했다. 더군다나 그가 중국에 간 이유도, 또 정확한 시기도 알 수 없다. 그의 중국 체류 기록은 해방 직후 잡지 좌담회에서 한 짧은 발언이 전부이지만, 국내파 지식인이 기록한 해방 전후의 중국과 만주의 모습이라는 점에서 의미를 지닌다.

박치우의 증언은 1945년 8월 8일 북경에서 시작한다. 그는 그날 단파방송을 통해 일본이 항복하리라는 소식을 들었으며 10일에는 일본의 항복 결정을 뉴스로 듣고 조선으로 돌아가기로 결심하고 11일 천진天津으로 향한다. 천진의 외국인들이 환희에 젖어 있는 것을 보고 친구들과 함께 축하회를 했다. 반면에 일본인 거리는 비관에 빠져 있었다. 12일 당산唐山에 갔지만 일본 관헌

이 기차운행을 금해 역구내에서 하룻밤을 지내고 13일 산해관^{山海關}을 거쳐 15일 오후에 장춘^{長春}에 도착하여 종전 소식을 들었다. 그러나 장춘에서는 시가전이 벌어지고 있었는데, 박치우는 "일부 중국인, 주로 하층계급의 몰이해로 조선 사람에게 대한 피해가 상당했기 때문에" 조선인 보호를 위해 민단^{民團}을 조직하고 지하조직체인 중국 국민당^{國民黨} 관계자와 만나 조선인과 중국인의 우호를 선전했다. 그 후 그는 두 달 장춘에 체류하다 북한을 거쳐 서울로 돌아왔다.

윤대석

현덕

玄德, 1909~?

　　본명은 현경윤玄敬允. 본관은 연주延州이고 현동철玄東轍의 3남 2녀 중 차남으로 태어났다. 서울 삼청동三淸洞에서 태어났으나 가세가 기울어 인천仁川 가까운 대부도大阜島의 당숙집에서 성장하였다. 1923년 대부大阜공립보통학교에 입학하고, 이듬해에 대부공립보통학교를 중퇴하고 중동학교中東學校 속성과 1년을 다녔다. 1925년 경성제일고등보통학교現 경기고등학교에 입학하지만, 어려운 집안 형편으로 같은 해에 그만둔다. 중퇴 후에 염인증厭人症에 걸리기도 했으며, 도스토예프스키와 시가 나오야志賀直哉의 작품을 탐독하였다.

　　1927년 본명 현경윤으로『조선일보』주최 독자공모에서 동화「달에서 떨어진 토끼」로 1등에 당선된다. 1932년 동화「고무신」1932.2.10~11이『동아일보』신춘문예에 가작 입선된다. 이후 수원, 발안 근방의 매립공사장에서 토공 생활을 한 후에, 일본으로 건너가 교토, 오사카大阪 등에서 신문배달 자유노동 등을 하며 최하층의 생활을 하였다. 이후 문학의 길에 전념할 각오로 구경하여, 김유정金裕貞과 절친한 사이가 되어 문학적 교류를 이어간다. 1938년『조선일보』소설 부문에「남생이」가 당선되어 일약 인기작가로 도약하게 된다. 현덕은 아동인물을 내세워 식민지 조선의 현실을 형상화하는 데 탁월한 재능을 보여주었다.

　　1940년까지 단편소설 8편, 콩트 1편, 동화 37편, 소년소설 10편, 방송극

동화대본 2편을 발표하는 정력적인 모습을 보여준다. 해방 이후인 1946년 조선문학가동맹朝鮮文學家同盟의 소설부, 아동문학부, 대중화위원회의 위원으로 참여하고, 이듬해에는 문맹의 출판부장으로서 기관지『문학』의 편집 겸 발행인을 역임하며, 서울지부 소설부위원장까지 지낸다. 1950년 서울 수복 때 월북, 1962년 한설야韓雪野와 함께 숙청당한 후 행방이 분명치 않다.

이경재

이원조
李源朝, 1909~1955

호는 여천黎泉. 경상북도 안동군安東郡 도산면陶山面 원촌遠村에서 태어났다. 그는 퇴계退溪 이황李滉의 14세손으로 어려서 집안에서 조부 치헌공痴軒公 이중직李中稙으로부터 한학漢學을 수학하였고 형제들과 시詩를 짓기도 하였다. 시인 이육사李陸史가 그의 형이다.

1922~23년 무렵 이원조는 대구大邱로 옮겨가서 1926년 교남학교嶠南學校를 졸업하였다. 이후 이원조는 서울에 올라가 위당爲堂 정인보鄭寅普의 문하에서 장안長安 삼재三才의 한 사람으로 명성을 얻었다. 정인보의 소개로 왕족인 일성一星 이관용李灌鎔의 딸 이해순李海順과 결혼하였다.

1930년 신간회新幹會 대구지회大邱支會 사람들과 함께 검거되기도 하였으며, 같은 해 일본 니혼대학日本大學 전문부專門部 예술과藝術科에서 수학하였고, 1932년 호세이대학法政大學 법문학부 문학과에 입학하였다. 이원조는 호세이대학法政大學에서 미키 기요시三木淸와 도사카 준戶坂潤 등으로부터 철학을 배우고, 요도노 유조淀野隆三의 지도 아래 프랑스 문학을 공부하였고, 앙드레 지드André Gide를 연구하여 졸업하였다.

1935년 이원조는 조선을 돌아와 『조선일보』에 입사하여 홍기문洪起文과 학예부學藝部에 근무하며 1939년까지 문예면文藝面을 편집하였다. 편집자로서 이원조는 『조선일보』 학예면에 휴머니즘론과 고전부흥론의 지면을 제공하였고,

기명 및 무기명으로 논쟁에 참여하였으며 논쟁을 정리하는 비평을 다수 발표하였다. 비평가로서 그는 서구적 교양과 불문학 지식에 기반하여 다수의 비평을 발표하고 포즈론, 교양론을 제시하였고 꾸준히 월평月評을 발표하였다. 동시에 이원조는 동아시아의 전통과 교양을 바탕으로 많은 산문을 발표하였다.

그는 1930년대 동안 양반 출신인 이관용, 정인보, 홍명희洪命憙, 홍기문洪起文으로부터 가르침을 받았으며, 김춘동金春東, 이육사, 신석초申石艸 등과 한시漢詩를 기반으로 교유하였다. 중일전쟁기에는 임화林和, 최재서崔載瑞, 백철白鐵 등과 함께 『인문평론人文評論』을 중심으로 비평적 활동을 수행하였고, 1938년 최재서가 기획한 『해외서정시집』에 베를렌느의 시를 번역하였다. 1939년 전후로는 대동출판사大東出版社의 편집주간을 맡아서 조선의 고문헌 출판을 시도하였으며 최익한崔益翰, 이여성李如星, 송석하宋錫夏, 이병기李秉岐 등과 교류하였다.

1941년 그는 담헌湛軒 홍대용洪大容의 「연기燕記」를 번역하기도 하였지만, 전쟁이 격화되면서 그가 글을 발표하는 빈도는 점차 감소하였다. 1943년 조선문인보국회朝鮮文人報國會 평론수필부 평의원을 역임하였다. 해방 후 조선문학가동맹朝鮮文學家同盟의 서기장이 되어 다시금 활발히 비평을 발표하였으며, 1946년 타계한 형 이육사의 유작시 「광야」와 「꽃」을 신문 지면에 발표하고, 시집 『육사시집』서울출판사, 1946을 간행하였다.

1947년 월북하여 해주인쇄소에서 근무하였다. 해방공간 이원조는 마오쩌둥毛澤東의 신민주주의론新民主主義論과 공명하며, 세계의 불균등성을 인식하고 비서구 조선의 역사적 경험을 그 자체로서 인식하고자 하였다. 1948년 이원조가 제출한 「민족문학론—인민적 민주주의 민족문학 건설을 위하여」는 조선의 근대문학을 식민지의 근대문학으로 이해하면서, 새로운 문학의 주체와 새로운 내용—형식을 제안하였다. 1951년 조선공산당 중앙위원회 선전선동 부부장을 역임하였지만, 1953년 남로당 숙청과정에서 재판을 받고 1955년 옥중에서 타계한다.

장문석

박태원

朴泰遠, 1909~1986

경성부京城府 다옥정茶屋町에서 약국을 경영하던 부친 박용환과 모친 남양 홍씨 사이의 자녀 4남 2녀 중 차남으로 태어났다. 태어날 때 등에 큰 점이 있어서 아명은 '점성點星'이었다. 8세 때이던 1916년에는 백부에게 천자문과 통감 등을 배웠는데, 이는 1930년대 말 이후 박태원의 창작에 중요한 배경이 된다.

1918년에 '태원泰遠'으로 개명한 뒤 경성사범부속보통학교에 입학하고, 1922년에 졸업하였으며, 같은 해 경성제일공립고등보통학교에 입학하였다. 1923년 『동명東明』 33호에 수필을, 1926년에 『조선문단朝鮮文壇』, 『동아일보』, 『신생新生』 등에 '박태원泊太苑'이라는 필명으로 시와 평론을 발표하였다. 1927년에 경성제일공립고등보통학교를 휴학하고, 이광수李光洙에게 사사를 받기도 하였다. 1928년 다시 복학하여 1929년에 졸업하고 일본 도쿄의 호세이대학法政大學 예과에 입학하였다. 이 시기에 영미 모더니즘 문학에 관심을 가지게 되었는데, 이는 이후 박태원에게 창작의 출발점이 되는 것이기도 하였다. 1930년 호세이대학法政大學을 중퇴하고 돌아와, 중편 「적멸」, 단편 「수염」과 「꿈」(필명은 몽보夢甫로 씀)을 발표함으로써 본격적인 문학 활동을 시작하였다.

박태원의 초기 소설은 일상적인 경험을 단편적으로 드러내는 소품 차원에 머물렀지만, 「피로」에서 보듯이 다양한 기법을 선보이는 쪽으로 이행하였다. 종래의 한국 소설에서는 부분적인 기교 정도로 쓰이던 관찰과 연상 등이 소설의 틀을 만드는 중요 기법으로 채택되었고, 선전 문구나 수식, 영화적 장면 등이 과감하게 소설 속으로 들어와 당대 독자들에게 충격을 주었다. 이러한 기법 실험이 의미 있는 성과로 나타난 것이 1934년에 발표한 「소설가 구보씨의 일일」인바, 식민지 수도 경성의 거리를 하루 종일 다니면서 하게 된 관찰과 연상이 이 소설의 핵심을 이루었다.

이 시기 박태원은 조이스James A. Joyce 등의 영미 모더니즘 문학의 기법과 함께 곤 와지로今和次郎 및 요시다 겐이치吉田健一가 내세웠던 고현학考現學, modernology을 자신의 주요한 창작방법으로 삼았다. 그러나 1920년대 도쿄의 근대적 일상을 객관적으로 관찰하여 기록하였던 곤 와지로今和次郎에 반해, 박태원은 식민지적 근대가 가져온 서울의 일상을 문학적 감수성으로 성찰하는 것으로 고현학을 변용하였다. 곧 식민지 하의 도시적 일상을 미적 주체가 어떻게 반성적으로 고찰하는지 보여주었던 것인데, 이로써 박태원은 한국 모더니즘 소설의 본격적인 출발을 알리는 작가가 되었다.

1933년 박태원은 사회주의 및 민족주의를 대타화하면서 나타났던 구인회九人會에 가입하여 이태준李泰俊, 정지용鄭芝溶, 김기림金起林, 이상李箱, 김유정金裕貞 등과 함께 활동하였다. 회원 간의 인간적·문학적 교류를 중시하는 이 모임은 이후 한국 모더니즘의 주요 계보를 형성하는데, 특히 이상 및 김유정金裕貞과 가까웠던 박태원은 「애욕」, 「제비」 등의 작품을 통해 이들과의 교류를 드러낸 바 있다.

1936년 박태원은 「소설가 구보씨의 일일」에서 벗에게 다짐했던 '좋은 소설'을 시도하였다. 그것이 바로 『천변풍경川邊風景』이다. 박태원이 잘 알았던 서울 청계천변의 서민들의 삶을 그려낸 이 소설은 1년간의 사계절 순환과 궤를 같이하여 고난을 겪던 서민들이 '행복'에 도달한다는 내용으로, 식민지 상황의 근대를 표상하는 경성에서 일종의 도시 공동체를 그려내려 했다는 점에서 박태원에게 문학 활동의 정점을 이루는 작품이 되었다.

그러나 이 작품 이후로 박태원은 비록 「골목안」, 「성탄제」 같은 작은 성 과도 있었지만 한동안 작품적 소강상태에 머문다. 이는 무엇보다 1930년대 제국주의 및 자본주의의 위기 속에서 파시즘으로 달려가던 당대 사회의 흐 름 속에서 모더니즘 문학도 더 이상 대안이 되지 못했고, 따라서 박태원도 인 물들을 '행복'으로 이끌 새로운 문학적 전망을 찾기 어려웠기 때문으로 보인 다. 박태원이 『천변풍경』 이후 시도했던 여러 장편들이 미완으로 그치거나 의 미 있는 성과를 거두지 못했던 이유도 여기에 있다. 1940년에서 1941년 사이 에 발표된 「음우」, 「투도」, 「채가」 등 자화상 삼부작에서 보듯이 시대상황을 견 디거나 넘어설 문학적 전망 없이 무능한 자신에 대한 자조적 상태를 벗어나지 못했던 것이다.

이러한 난관에서 박태원이 발견한 것은 중국의 전기소설傳奇小說과 영웅을 내세운 역사소설이었다. 1939년 박태원이 번역했던 『지나소설선支那小說選』이 우 연을 통해 난관을 극복하는 이야기들이었다는 점, 중국 역사소설 중 특히 『수 호지水滸志』를 주목하여 3년 동안 번역하였다는 점을 보면, 박태원은 문학적 출 구를 우연과 영웅적 행위를 보여주는 중국 고전소설에서 찾았다는 것을 알 수 있다. 이후 박태원 소설은 그러한 우연과 영웅적 행위를 찾을 수 있는 공간으 로서 개화기 이후의 한국 역사 및 민중적 공간을 주요한 배경으로 삼게 된다.

1945년 8월 해방 이후 박태원은 이념 선택의 기로에 서게 된다. 박태원 은 1946년 결성된 좌익 단체였던 조선문학가동맹朝鮮文學家同盟의 중앙집행위원이 되었지만, 1948년 남한 정부 수립 이후 좌익 행위에 대한 선처를 전제로 설립 된 관변단체인 국민보도연맹國民保導聯盟에 가입하였다. 박태원은 1949년 첫 장편

역사소설로 이순신을 전면에 내세운 『임진왜란壬辰倭亂』을 발표하지만, 역사 기록에 매몰되어 전기 차원에 머물렀다. 다음으로 박태원이 역사 기록을 배경으로 삼아 인물을 재창조하려 한 『군상群像』이 있지만 미완에 그치고 만다. 그러나 19세기 후반을 무대로 한 이 소설은 이후 박태원이 죽을 때까지 집중적으로 그려내려 했던 역사적인 영웅적 행위의 형상화가 처음 나타난 작품이라는 데 그 의의가 있다.

1950년 한국전쟁이 일어나자 박태원은 이태준과 안회남安懷南을 따라 월북하였다. 가족을 두고 단신으로 월북한 것이지만, 이후 북한에서 장녀 설영을 다시 만나게 된다. 북한에서 박태원은 평양문학대학平壤文學大學 교수를 지냈으나, 1956년 남로당 계열의 숙청에 따라 창작금지조처를 받았지만, 이 조처가 1960년에 풀림에 따라 작가로 복귀하였다. 1963년에는 '혁명적 창작 대그루빠'에 들어가 안정된 창작 생활을 하게 되고, 1967년에 1860년대 농민의 민란을 다룬 『계명산천은 밝아오느냐』를 발표하였다. 이 장편에서 박태원은 오수동이라는 영웅적 인물과 그를 배태하고 키우는 민중들의 형상을 연계하는 성과를 거두었다.

1965년 무렵 박태원朴泰遠은 지병이었던 당뇨병의 악영향으로 실명하였고, 1975년 무렵에는 고혈압으로 인해 반신불수가 되었다. 그러나 이러한 고통 속에서도 창작에 대한 집념은 꺾이지 않아서 1977년 동학혁명을 그려낸 장편 역사소설 『갑오농민전쟁甲午農民戰爭』 1부를, 1980년에 그 2부를 출간하였다. 그리고 사망한 해인 1986년에는 박태원이 구술한 내용을 기록한 3부를 출간함으로써 『갑오농민전쟁』이 완간되었다. 『갑오농민전쟁』은 북한의 문학사에서 최명익崔明翊의 『서산대사西山大師』와 함께 고평 받은 역사소설이지만, 박태원 개인으로 볼 때도 모더니즘에서 보여준 다양한 문학적 기법을 원용하면서도 영웅적 인물과 민중의 성공적인 화합을 그려내었다는 점, 그리고 역사 기록에 근거하되 문학적 형상화를 통해 당대 상황을 재창조해 내었다는 점에서 그의 문학적 생애를 총합하는 작품이라고 할 수 있다.

장수익

김용제

金龍濟, 1909~1994

충청북도 음성군陰城郡에서 태어났다. 청주淸州중학교를 다니던 1927년 1월 고학을 목적으로 도쿄로 갔다. 당시 많은 조선인 고학생이 그렇듯이 김용제 또한 신문배달과 우유배달을 하며 학업을 이어갔다. 김용제가 도일한 1927년 은 관동대진재로부터 4년 밖에 지나지 않은 시기여서 주변에서 조선인 학살 에 대한 이야기를 들었던 것으로 보인다. 김용제는 「진재의 기억－9월 1일을 위해震災の思い出－九月一日のために」『부인전기(婦人戦旗)』, 1931.10에서 살해당한 조선인에 대한 기억을 환기하면서 "원한에 목이 메는 그 피를 프롤레타리아 전열의 길에 살 리자"면서 프롤레타리아 국제주의적 입장을 취했다. 그는 1929년에는 추오대 학中央大學 전문부 법과에 입학하지만 바로 학교를 그만뒀다.

1930년에는 『신흥시인新興詩人』 동인이 됐으며 같은 해에 프롤레타리아 시 인회의 창립회원 중 한 명으로 참여했다. 그 다음 해에 김용제는 「사랑하는 대 륙이여愛する大陸よ」『나프(ナップ)』, 1931.10를 발표했고, 이 시는 『일본 프롤레타리아 시 집 1932년日本プロレタリア詩集 －九三二年』에 수록되는 등 상당히 높은 평가를 받았다. 이 시는 "아아 식민지 지옥의 야산에는 / 물 한 방울 풀 자유도 없고 / 한 다발 의 잔디를 깎을 나무 그늘도 없다"고 하며 일본 제국주의의 식민지 지배의 참 상을 고발하는 동시에, "아 어머니인 너 / 사랑하는 대륙이여 / 식민지 프롤레 타리아 인고의 노래를 / 국경의 저편으로— / 세계의 심장까지 울리자!"고 하며 프롤레타리아 국제주의로 넘고자 하는 의지를 담아내고 있다. 김용제의 「현해탄玄海灘」『프롤레타리아시(プロレタリア詩)』, 1931.3과 「사랑하는 대륙이여」를 추천한 것은 시인 이토 신키치伊藤信吉였다. 1932년 일본 프롤레타리아 작가동맹 회원에 대한 일제 검거에 걸려서 구속됐다 1936년 출옥했다. 김용제에게 신원 보증을 서준 것은 소설가 에구치 칸江口渙이었다. 이후 기시 야마지貴司山治의 호의를 얻어 문학안내文學案內사에서 일하다 1936년 10월 '조선예술좌' 사건으로 다시 체포됐지만 불기소 석방을 조건으로 귀국을 강요받았다. 송환되기 전인 1937년 5월 나카노 시게하루中野重治의 여동생 나카노 스즈코中野鈴子와 연인이 된다.

1937년 7월 조선으로 강제 송환되고 1년이 채 되지 않아 정치적인 전향을 선택한다. 1940년에는 『동양지광東洋之光』의 주간이 된 후 적극적으로 전시 협력 활동을 전개했다. 1943년 4월에는 『아시아시집亞細亞詩集』대동출판사, 1942.12이 국어문예 총독상을 받았다. 이 시집의 「서시序詩」의 일부를 살펴보자. "내 첫 번째 시집은 / 불행한『대륙시집』이었다 . 그것은 슬픈 사상 속에서 / 햇빛을 보지 못하고 / 추억의 도쿄東京에서 죽어 버렸다 (…중략…) /호국의 영령에게 바치노라! / 그리고 또한 / 이 새로운 대륙의 노래를 / 성전의 용사에게 위문글로 보내어 / 후방의 애국심을 호소하노라!" 「서시」는 과거 프롤레타리아 시인으로서의 자신을 반성하는 것으로부터 시작해 '대동아'의 정신을 노래하면서 끝난다. 이후 김용제는 1943년에는 제2회 대동아문학자대회大東亞文學者大會에 참가했으며 패전 직전까지도 시국 활동을 전개했다. 하지만 일본이 패전함에 따라 임화林和, 김남천金南天, 유진오兪鎭午가 조선문인보국회朝鮮文人報國會를 찾아와 김용제에게 재산 모두를 양도해 줄 것을 요구했다. 김용제는 상무이사 자격으로 양도 증서를 써줬다. 1994년 타계했다.

곽형덕

정인택

鄭人澤, 1909~1952

1909년 9월 12일 서울 안국정安國町에서 『매일신보每日申報』의 주필이자 계몽운동가였던 정운복鄭雲復과 조성녀趙姓女 사이에서 3남 2녀 중 차남으로 태어났다. 1922년 3월 22일 수하동 공립보통학교를 졸업한 뒤 4월 22일 경성제일고등보통학교경기중고등학교의 전신에 입학했다. 1920년 부친이 사망한 뒤에는 일본 의대를 졸업한 이복형 정민택鄭民澤이 보호자 역할을 했다. 1927년 경성제국대학 예과에 입학했으나 곧 중퇴하고, 1931년 일본 도쿄로 유학을 떠났다. 그러나 학업에 뜻을 이루지 못하고 1934년 중반에 귀국하여 『매일신보』정치부 기자로 입사했다가 얼마 후 학예부로 옮겼다.

1930년 1월 사회주의자의 좌절과 전향을 다룬 「준비準備」가 『중외일보中外日報』현상공모 2등에 당선되면서 등단했다. 일본 체류시절 도쿄의 풍경을 소재로 한 산문 「도쿄의 삽화」를 『매일신보』1931.8.29~9.11에 연재하는 것으로 글쓰기를 시작하다 귀국 직후인 1934년에 매일신보사에 입사, 당시 정치부장이었던 염상섭廉想涉이 정인택을 정치부로 데려가 일본어 번역 일을 맡겼다. 염상섭이 『만선일보滿鮮日報』편집국장으로 가게 되자 정인택은 정치부에서 학예부로 옮겼다. 1940년 10월 문장사를 퇴사하고 다시 매일신보사 학예부에 재입사하여 해방이 될 때까지 재직했다.

일제시기 문학자로서의 정인택이 가장 활약했던 부분은 만주개척이민

사업에 대한 적극적인 홍보에 있었다고 할 수 있다. 1940년대 전반기에 걸친 수차례의 만주 시찰은 조선인들의 만주 개척을 팔굉일우八紘一宇의 정신이 구현된 성업聖業으로 호도하면서 「검은 흙과 흰 얼굴」,「농무濃霧」 등의 소설작품에 반영했고, 또 일련의 좌담회에 참석하여 만주시찰에 대한 보고를 기록으로 남겼다. 1942년 6월 1일부터 약 한 달간 장혁주張赫宙, 유치진柳致眞과 함께 만주개척민부락을 시찰한 뒤에 발표한 「만주개척민시찰보고」를 비롯하여 「개척농민시찰좌담회」,「개척민부락장 현지좌담회」 등이 바로 그것이다. 1942년 12월 26일부터 1943년 1월까지 만주국 간도성이 초청하고 조선문인협회가 파견하는 형식으로 채만식蔡萬植, 이석훈李石薰, 이무영李無影, 정비석鄭飛石과 함께 조선인 개척민부락을 시찰하여 만주 개척민들을 독려했다. 이때의 기록은 「간도성 시찰작가단 보고」,「낙토에 충천하는 개척민의 의기」,「만주개척지 기행」 등으로 남아 있다.

한편 1942년 11월 중순 국민총력조선연맹과 조선문인협회의 초빙으로 '대동아문학자대회'에 참석했던 만주, 몽골, 중국 대표 21명을 안내했다. 그해 12월 하순 간도성의 초빙으로 채만식, 이석훈, 이무영, 정비석과 함께 개척부락을 견학하고 돌아와 만주 이민을 장려하는 글들을 발표했다. 또한 1943년 1월 채만식, 이석훈, 이무영과 함께 '간도개척촌을 시찰한 작가들의 좌담회'에 참석하여 간도성 이민부락의 교육상황과 이민정책에 대해 토론했다. 같은 해 2월 6일 주요한朱耀翰, 이태준李泰俊, 김억金億, 유치환柳致環 등과 국민총력조선연맹이 개최한 '국어문학총독상'에 대한 간담회에 참석했다. 1943년 4월 29일 조선문인보국회가 주최한 '일본작가환영간담회'에 참석하여 일본인 남방종군작가 이노우에 고분井上康文, 우에다 히로시上田廣와 의견을 교환했다. 같은 해 5월 일본 작가 가토 다케오加藤武雄 등 5명을 맞이하여 조선문인보국회가 마련한 '내선작가교환회'에 참석했다. 또한 같은 해 6월 4일 가토 다케오를 중심으로 한 '전선^{全鮮}시찰종합좌담회'에 조선문인보국회의 일원으로 참석했으며, 같은 달 13일 조선문인보국회 소설희곡부회 간사를 맡았다. 정인택은 전쟁문학에 대한 공로를 인정받아 1945년 3월 22일 『반도의 육독 다케야마 대위』와 『청량리 계외』로 제3회 '국어문학총독상'을 수상했다. 표제작인 「청량리계외」는 『매일신보』 1937년 6월 26일부터 7월 2일 4회에 걸쳐 연재한 수필을 기초로 창작되었으며, 이것은 다시 1941년 11월 『국민문학国民文学』에 소설작품으로 발표되었다. 6·25전쟁 중 정인택은 부인과 세 딸을 데리고 인민군이 후퇴할 때 월북했으나 1952년 북한에서 사망했다.

이혜진

현경준

玄卿駿, 1909~1950

함경북도 명천군明川郡에서 출생했다. 일부 저서에 1908년에 출생했다는 기록이 있어 출생연도 확정에 혼란을 겪고 있으나, 연구자들 사이에서는 1909년으로 보는 경우가 대다수이다. 호는 경운생耕雲生 혹은 금남錦南을 사용했고, 김경운金卿雲이라는 이름을 필명으로 사용하기도 했다.

11세 때 춘원春園 이광수李光洙의 『무정無情』을 읽고 '소설다운 소설'이 주는 감동을 받은 이후에, 타고르의 『고라Gora』, 톨스토이의 『부활復活』, 도스토예프스키의 『죄罪와 벌罰』 등 소설 읽기에 재미를 붙였다. 1925년 16세에 경성고등보통학교鏡城高等普通學校에 입학한 이후에는 소년소녀문학, 모험담, 탐정소설, 연애소설 등을 읽으면서 '먹고 자는 것을 잊을 정도로' 소설 읽기에 몰두했다. 일본작가인 나쓰메 소세키夏目漱石의 「도련님坊っちゃん」, 도쿠도미 로카德富蘆花의 「불여귀不如歸」 등의 작품에서 감명을 받고, 다카야마 초규高山樗牛의 글도 좋아했다고 회고하고 있다.

1927년 경성고보 3학년 1학기 재학 중 '시대의 조류'에 따라 학업을 중단하기로 결심하고, 약 2년 동안 서시베리아 지역을 방랑한다. 어떤 이유로 학업을 중단했는지는 분명치 않으나, 그가 말하는 '시대의 조류'란 1926년 6·10만세운동 이후 학생 집단에 급속하게 확산되었던 반제항일운동으로 짐작된다. 여름 방학이 끝난 이후 학교에 복귀하지 않은 채 청진淸津, 웅기雄基, 중국 길림성

吉林省 연변주延边州 훈춘시琿春市의 방천防川 등을 통과하여 러시아로 건너갔다. 중국을 거쳐 러시아로 건너간 현경준의 체험은 「시베리아방랑기西伯利亞放浪記」『신인문학』, 1935.3~4에 소략하게 실려 있다. 이 글에는 방천防川의 '양관洋館坪'에서 '비자visa'를 얻어 러시아 국경을 넘은 일, 블라디보스토크Vladivostok에 도착한 직후 영문을 모른 채 관리들에게 체포되어 곤경을 치른 일, 블라디보스토크 '신한촌新韓村'의 '고려 공산청년 회관' 청년들과 교류한 일 등 주로 중국과 러시아로 이주한 조선인들과 만났던 체험이 담겨 있다.

1929년 시베리아에서 돌아온 이후에는 평양平壤숭실崇實중학교에 재학했다. 당시 일본 신조사新潮社에서 출판된 세계문학전집을 통독하면서,『조선일보』의 학생문단에 시를 기고하여 가작으로 뽑히기도 했다. 중학 재학 중 일본으로 유학하여 후쿠오카福岡 규슈九州 지역에 있는 모지도요쿠니門司豊國중학에 입학했다. 이후 사상사건에 연루되어 학교를 중퇴하고 고향으로 돌아오는데, 이 사건의 성격이나 내용에 대해서는 알려져 있지 않다. 다만 「나의 소설이력小說履歷」『문장(文章)』, 1940.1에 적어놓은 내용으로 짐작하건대, 아마도 문학 창작에 흥미를 잃고 도쿄東京를 오가며 사회주의 운동에 실제로 관여했던 것으로 짐작된다.

일본 유학 기간이나 귀국 동기는 확실하지 않으나, 일본에서 돌아온 이후 그는 한동안 고향에서 실의에 찬 나날을 보낸다. 이때 한 친구의 제안으로『조선일보』에 투고했던 소설인 「마음의 태양」1934이 이석二席으로 입선되면서 삶의 의욕을 되찾게 된다. 이에 자극을 받아 상경하여 도서관에 파묻혀 의욕적으로 써낸 소설이 이듬해『동아일보』신춘문예에 당선된 「격랑激浪」1935이다. 「격랑」은 당시『동아일보』에 김경운金卿雲이라는 필명으로 연재되었다. 현경준에 대한 작가연보 중 그의 필명을 김향운金鄉雲이라 명기한 것이 종종 있으나, 이는 '경卿'을 '향鄉'으로 착각한 데에서 생겨난 오류이다. 신춘문예로 등단한 후부터 본격적으로 소설을 쓰기 시작하여 이 해에「명암明暗」,「귀향歸鄕」,「탁류濁流」 등 초기 대표작으로 평가되는 단편소설 들을 연달아 써냈다. 이들 대표작들은 빈곤에 잠식된 조선 농어촌 하층민 사회의 계급적 부조리, 부모의 뜻을 거역하고 사회주의 운동에 투신했던 청년들이 현실과 갈등을 빚는 양상 등을 그리고 있다.

사회의 구조적 모순과 하층민 계급의 빈곤상, 사회주의 이데올로그의 환멸 등은 그가 1930년대 중반 만주간도로 이주한 이후에도 보존·심화된 문제의식이라 할 수 있다. 현경준이 만주로 이주한 시기나 동기는 분명치 않으나, 1937년부터 1940년까지 약 4년 동안 북간도연변 도문圖們의 공립백봉국민우급학교公立白鳳國民優給學校에서 교원생활을 하고, 1940년 8월부터는『만선일보滿鮮日報』에서 반 년간 기자로 일한 것으로 알려져 있다.「벤쏘바꼬속의 금괴金塊」1938,「소년록少年錄」1939,「유맹流氓」1939,「싹트는 대지」1941,「마음의 금선琴線」1943 등 훗날 작가의 대표작이 된 소설들을『문장』,『인문평론人文評論』,『만선일보滿鮮日報』 등의 잡지·신문에 기고하였다. 이들 작품에는 만주로 이주한 조선인들의 신산한 삶, 이념적 유효성이 다한 시공간에 남겨진 사회주의자의 환멸 등이 담겨 있다. 특히 만주국을 배경으로 하는「유맹」,「싹트는 대지」,「마음의 금선」 등에는 일본의 군국주의 정책이나 만주국의 통치 이념에 협력하는 내용이 섞여 있어, 창작 당시의 정치적 환경을 고려한 신중한 독해가 요구된다.

1945년 해방이 된 이후에는 조선으로 돌아와 함경북도 예술공작단 단장, 조쏘문화협회 함경북도위원장, 문학동맹 함경북도위원장 등을 역임하였다. 1949년에는 중편소설『불사조』를 발표한다. 1950년 한국전쟁이 발발하자 종군기자로 전선에 나갔다가 그 해 10월에 전사한 것으로 알려져 있으나, 사망 날짜는 분명하지 않다.

정주아

이상

李箱, 1910~1937

본명은 김해경金海卿. 필명으로는 이상李箱, 보산甫山, 히쿠比久 등을 사용하였다. 본관은 강릉江陵. 서울 토박이로 1910년 9월 23일음력 8월 20일 아버지 김연창金演昌과 어머니 박세창朴世昌의 2남 1녀 중 장남으로 경성부京城府 반정동半井洞에서 태어났다. 3세가 되었을 때 이상의 10대조부터 살아온 백부 김연필金演弼의 집경성부 통인동(通仁洞) 154번지에 양자로 가서 그곳에서 24세까지 생활하였다.

1926년 보성普成고등보통학교를 졸업하고 경성고등공업학교서울대 공대의 전신 건축학과에 입학하였으며, 건축과의 유일한 한국인 학생으로 3년 동안 수석을 차지하였다. 경성고등공업학교 시절 일본인 가와카미 시게川上繁 등과 교우하며 함께 그림을 그리고 데카르트, 칸트, 쇼펜하우어 등의 철학을 논의하기도 하였다. 1929년 경성고등공업학교를 졸업한 뒤 조선총독부 기수技手로 취직하였으며, 총독부 건축과 기관지인『조선과 건축朝鮮と建築』표지 현상 도안에 당선된다. 1930년 처녀작인「12월 12일」을『조선』에 발표하였고, 1931년 일문시「이상한 가역반응異常ナ可逆反応」,「삼차각설계도三次角設計圖」등을『조선과 건축』에 발표하였다. 1929년부터 1933년까지 이상은 건축기사, 화가, 시인, 소설가로 활발하게 활동하며 한글과 일본어로 된 여러 편의 작품을 남겼다. 이상처럼 한글과 일본어를 전면적으로 동시에 사용한 것은 한국문학사에서 매우 드문 사례라고 할 수 있다.

1933년 폐결핵이 악화되자 총독부 기수직을 그만두고 요양차 간 황해도 배천온천白川溫泉에서 금홍錦紅을 만나 동거생활을 시작한다. 1934년 구인회九人會에 가입하였으며『조선중앙일보』에 시「오감도烏瞰圖」연작을 발표하였으나 독자의 항의로 연재가 중단된다. 1935년 카페 '제비', '쓰루鶴', '69', '맥' 등의 경영에 실패하고, 한 달여 동안 평안북도 성천成川 등지를 여행한다. 1936년 변동림卞東琳과 결혼하고「날개」『조광(朝光)』, 1936.9를 비롯한 시, 소설, 수필 등 다양한 작품을 발표하며 문단의 큰 주목을 받는다.「날개」는 이상의 대표작으로서 한국 문학사에서 가장 많은 주목을 받은 작품 중의 하나이다. 이상의「날개」는 그동안 작가의 삶이 여실하게 드러난 사소설私小說의 측면, 현대인의 어두운 내면 의식을 표출한 초현실주의적超現實主義的 측면, 패러독스, 아이러니, 위트, 에피그램 등의 수사적修辭的 장치로 가득한 기호학적 글쓰기라는 측면에서 다루어져 왔다. (포스트)모더니즘과의 친연성 속에서 깊이 있는 논의가 진행되어 온 것이다. 최근에는「날개」가 배경으로 삼고 있는 경성京城이라는 시대적 공간과의 관련성 속에서 많은 논의가 이루어지고 있다. 이를 통해 이 작품이 당대의 그 어떤 작품보다도 기술공학적技術工學的 엄밀성으로 식민지 도시 경성의 본질과 환영, 그리고 절망을 깊이 있게 형상화한 것이 밝혀지고 있다.

비상飛上에의 절규絕叫로 끝나는「날개」를 마지막으로 발표하고, 이상은 1936년 10월 홀로 식민지 본국本國의 수도인 도쿄로 간다. 그것은 생활이나 예술 모두에서 한계지점에 내몰린 이상에게는 그야말로 새로운 돌파구를 내는 비상飛上에 해당하는 것이었다. 그러나 이상의 짧았던 일본 체류滯留와 그가 남긴 몇 편의 글, 그리고 그의 허망하기까지 한 죽음은 두 가지 시도에서 그가 결코 성공하지 못했음을 알려준다. 일본에 머물던 이상이 평소에 친분이 깊던 김기림金起林에게 쓴 편지에는 도쿄에서 느낀 환멸과 실망이 잘 나타나 있다. 20

세기 아시아 최대의 모더니스트 이상에게는 도쿄는 진정한 모던과는 거리가 먼 표피적인 서구적 악습의 수입상 정도로만 비춰졌던 것이다. 1937년 2월에 불령선인不逞鮮人이라는 죄목으로 니시간다西神田 경찰서에 구금되었다가 건강 악화로 3월 중순에 보석으로 풀려난다. 도쿄제대 부속병원附屬病院에 입원하여 치료를 받다가 4월 17일 새벽 4시에 도쿄제대 부속병원에서 생을 마감하였다. 그의 아내 변동림이 유골을 가지고 5월 4일 귀국하였으며, 같은 해 사망한 김유정金裕貞과 추도식을 한 후 6월 10일 미아리彌阿里 공동묘지에 안장安葬되었다.

그의 빼어난 문학적 성과와 요절은 이상의 삶과 작품에 신화적 아우라 aura를 드리우고 있다. 이상은 한국문학사를 대표하는 천재 문인으로서 연구자들과 일반인들에게 끊임없는 관심의 대상이 되어 오고 있다. 임종국이 1956년 전3권으로 『이상 전집』을 출판한 이후 이어령1997, 김윤식金允植·이승훈1995, 김주현2005, 권영민2009 등이 계속해서 전집을 보완하여 출판하고 있다. 뿐만 아니라 이상의 작품과 삶을 소재로 한 소설이나 영화 등도 계속해서 창작될 정도이다. 이상은 시간이 지나도 빛이 바래지 않는 가장 난해하면서도 모던한 문인으로 한국인의 마음 속에 여전히 살아 있다.

이경재

이찬

李燦, 1910~1974

이찬은 네 개의 이름을 가진 시인이다. 첫째 1930년대 그는 한문 '이찬李燦'이란 이름으로 작품을 발표했다. 1927년 식민지 조선의 시단에 나타난 이찬은 도쿄 유학을 거쳐 카프 활동을 하고, 이후 2년여의 감옥생활을 한다. 이후 출판한 시집 『대망』1937, 『분향』1938, 『망양』1940은 현대문학사의 중요한 시집으로 기록되어 왔다. 둘째, 친일문학에 참여하던 1940년대 그의 이름은 '아오바 가오리青葉薫'였다. 셋째, 1950년대 그는 '리찬'이라는 이름으로 북한의 혁명시인이 된다. 넷째, 1987년 이후 남한에서 해금된 그는 '이찬李燦'이라는 이름으로 연구되고 있다.

이찬의 시력詩歷은 경향시, 옥중시, 낭만적인 내면화의 시, 친일시, 북한 혁명시 등 우리 문학의 첨예한 변화를 모두 보여 준다. 정리하자면, 시인 이찬은 한국문학의 근대성을 관통하는 시인이다.

이찬의 친일문학에 대해, 민족문학작가회의가 발표한 성명서 「모국어의 미래를 위한 참회─친일문인 명단」2002.8.14에 이찬은 전쟁동원과 내선일체를 잣대로 한 42명의 친일작가 명부에 이름이 올라 있다.

첫 친일시 「어서 너의 기─타를 들어」『조광』 1942.6월호는 인도네시아 원주민을 노래한 풍물시처럼 보인다. 1941년 12월 8일 일본의 진주만 공격 이후에 그의 시는 결정적인 변모를 보인다. 남방의 석유 자본을 획득한 일본은 대동아

전쟁을 백인식민주의에 대항하는 '인종주의 전쟁'이었다고 설파하여 대동아 공영권론을 계속 강조했다.

시 「병정」『신시대』1943.3월호은 1942년 6월 미드웨이 해전에서 일본군이 패한 후, 1942년 8월 미국군이 솔로몬제도의 과달카날섬에 상륙하여 일본군을 봉쇄하여, 결국 1943년 2월 일본군은 2만 명의 사상자를 내고 과달카날섬에서 철퇴했고, 대륙에서도 점점 수세에 몰리는 '우울한' 소식이 들려왔던 시기였다. 이렇게 본다면 패배를 거듭하고 있는 일본군의 정황을 묘사한 시로 볼 수도 있겠다.

시 「송, 출진학도」『신시대』, 1944.2는 고향산천에 "슬프지 않은 씩씩한 거수"를 남기며 떠나는 병사들의 모습은 이찬이 볼 때 아름다웠다. 이렇게 이찬은 그들 "사나히의 아름다움'에 눈시울 적시면서, 징병제와 전쟁동원론을 옹호하고 있다. 일본어시 「아이들의 놀이子等の遊び」『국민문학(國民文學)』, 1944.2, 「잘 죽을 수 있도록せめてよく死に」『동양지광(東洋之光)』, 1944.3가 있다. 그가 '내적인 자발성'으로 친일시를 썼는가도 확인할 수 있다. 이찬의 희곡 〈세월〉 등을 분석해보면 연구하면 그의 협력논리를 볼 수 있다. 먼저 이 희곡을 통해 〈세월〉의 필자 '아오바 가오리青葉 薰'는 이찬이며, 또한 작가 자신이 '李'라는 주요인물로 등장한다. "아오바 가오리=이찬=작품 안의 인물 '李'"라는 등식이 성립된다. 「세월」에 숨겨 있는 주요인물 '李'의 의도는 작가 아오바 가오리=이찬李燦의 작가의도와 직결된다고 할 수 있겠다. 등장인물 주朱는 진영陳英을 계속 대동아공영권을 설득한다.

작가는, 반反서양을 실천하여 동양의 단결을 도모하자는, 일제의 '내선일체'와 '대동아공영권'의 논리를 그대로 드러낸다. 반도인 주朱가 끈질기게 설득하는 가운데 중국인 진영이 갈등하며 술잔을 기울이는 장면에서 제1막은 끝난다. 아울러 그의 희곡에는 '황국신민의 국어日語교육'에 대한 명확한 선전이 돋아 보인다.

북한에서 친일문학을 어떻게 보고 있는가도 이찬을 통해 볼 수 있다. 이찬은 친일시를 썼는데도 불구하고, 이른바 '김일성 면죄부'를 받고 북한에서 끝까지 영웅대접을 받고, 혁명열사릉에 묻힌다.

김응교

안함광

安含光 1910~1982(?)

1910년 5월 18일 황해도 신천信川에서 태어나 해주海州에서 자랐다. 해주고 등보통학교에 재학 중 『조선일보』, 『동아일보』의 학생문예란學生文藝欄에 시를 여러 차례 발표하기도 하였고, 1930년 11월 『조선일보』에 평론을 발표하면서 평론가로 정식 등단하였다.

그가 한국근대문학사에서 본격적으로 모습을 드러낸 것은 1931년 백철白鐵과의 농민문학논쟁農民文學論爭을 통하여서이다. 그는 농민문학논쟁 이외에 동반자문학同伴者文學 논쟁에도 참여하였다. 이 무렵 그는 카프KAPF, 朝鮮프롤레타리아藝術同盟 해주海州지부 일원으로 활동하는 한편으로, 연극운동 단체인 '연극공장演劇工場'에 가담하였고, 1932년에는 해주청년동맹사건海州靑年同盟事件으로 일본 경찰에 의해 체포되기도 하였다.

그가 한국근대문학비평사에서 더욱 뚜렷한 족적을 남기게 된 것은 사회주의리얼리즘 논쟁에 참여하면서부터이다. 안함광은 이 논쟁에서 사회주의 리얼리즘을 조선의 특수성 속에 어떻게 구체화할 것인가를 주로 논구論究하게 된다. 그는 이 논쟁을 통해 프로문학의 정통성을 옹호하는 한편으로, 문학이 한 사회나 시대의 물질적 조건에 의해 결정되고 그것을 반영한다는 점, 동시에 문학의 현실 반영 과정에서 사회발전의 객관적 법칙을 인식함으로써 인간의 의식이 능동적 역할을 한다는 점을 강조함으로써 비평가로서의 입지를 구축한다.

그는 금융조합金融組合에 근무하며 생업에 종사하는 한편으로 1937년 중일전쟁中日戰爭 이후 당시 조선문학이 나가야 할 방향을 모색하는데 그것은 문학의 주체主體를 어떻게 설정할 것인가에 대한 문제로 집중된다. 많은 작가들이 중일전쟁과 더불어 강화된 일제의 파시즘적 탄압에 무력하게 좌절하는 상황에서 그는 이에 대처할 주체의 모습에 대해 탐구함으로써 진보적 문학의 정통성을 이론적으로 구체화시켜 간다. 그것은 이 시기에 평단에서 주요한 화제로 대두되었던 휴머니즘 논쟁을 비롯한 다양한 논쟁들을 거치면서 완성되어 가는 모습을 보인다.

한편, 이 무렵1939년 그는 일본 와세다대학早稻田大學 전문부專門部 정치경제과政治經濟科에 유학하여 정치학, 철학, 문학 등을 공부하고, 1941년 졸업, 귀국한다. 이 무렵 안함광은 평안남도 맹산군孟山郡 맹산금융조합孟山金融組合 이사로 재직 중이었다. 와세다대학 전문학교를 졸업할 때 창씨를 광안정광廣安正光으로 개명한 것으로 보인다.

일본 유학 중에도 안함광은 주체론에 상응하는 소설론을 본격적으로 내놓았다. 그는 소설론에서도 문학이 현실을 반영하는 문제와 현재의 현실을 극복하여 미래를 전망할 가능성을 지속적으로 탐구하였다. 그러나 1940년대로 넘어가면서 일제 말기 안함광은『매일신보每日申報』,『국민문학國民文學』에 당시 일본 제국주의의 논리인『국민문학』과 관련한 글을 기고하는 등 친일문제로부터 완전하게 자유롭지는 않았다.

1945년 8월 15일 해방 이후 안함광은 고향인 해주에서 문학활동을 재개한다. 그는 해방직후 황해도예술연맹위원장黃海道藝術聯盟委員長, 황해도 임시 인민위원회人民委員會 총무부장을 맡은 바 있고, 1945년 11월 20일부터 22일까지 열린 전국인민위원회全國人民委員會 대표자대회代表者大會에 황해도 대표로 서울을 방문하기도 한다. 이후 고향인 황해도에 머물면서 자연스럽게 북한의 문예운동에 뛰어들어 북조선문학예술총동맹北朝鮮文學藝術總同盟 결성을 주도하고, 1946년 북조선문예총을 결성할 때 제1서기장書記長으로 피선된다.

이런 사회적, 문단적 활동 이외에 그는 해방 이후 민족문학民族文學의 이론적 틀을 마련하는 데 매진하였는데, 이때 그의 평론 활동의 결과는 『민족民族과 문학文學』1947.6과 『문예론文藝論』1947.11이라는 두 권의 저서로 남았다. 그가 이 시기에 주장한 민족문학론民族文學論은 일제시대 프롤레타리아 문학의 전통을 지양하면서 민족 이념에 적극적으로 의미를 부여하는 것이었다. 그는 당黨 문예정책과 갈등을 빚기도 하지만 지속적인 평론활동에 큰 장애가 되지는 않았다. 한국전쟁韓國戰爭 직전인 1950년 평론집 『문학文學과 현실現實』을 발간한 것이 그의 이런 활동을 보여주고 있다.

그는 전쟁 이후 김일성종합대학金日成綜合大學 조선어문학부朝鮮語文學部에서 문학사를 연구하고 강의에 전념하면서 북한 최초의 문학사인 『조선문학사朝鮮文學史』를 1955년에 출간하고, 1956년에는 『최서해론崔曙海論』을 발간하는 등 문학사 연구자로서도 활발한 활동을 보인다. 그러나 1957년 반당反黨, 반혁명反革命 종파분자宗派分子와 결탁되었다는 혐의로 비판받고 문필활동을 접게 된다. 1960년 이런 혐의가 벗겨지면서 문필활동을 재개하고 1964년에는 자신의 주도 아래에 김일성종합대학 조선어문학부朝鮮語文學部에서 16권짜리 『조선문학사朝鮮文學史』를 발간하게 된다. 이와 함께 1966년에는 평론집 『문학文學의 탐구探究』를 발간한다. 그러나 1967년 천세봉千世鳳의 『안개 흐르는 새 언덕』에 대해 발표한 평론이 직접적으로 김일성金日成의 비판을 받게 되는 것을 계기로 당과 대학으로부터 숙청肅淸당한다. 그러나 안함광의 숙청은 북한이 이때부터 주체사상主體思想을 중심으로 하는 유일사상체제唯一思想體制를 사회 전반에 걸쳐 확립하게 되면서 문학사에 있어서도 식민지 조선의 프롤레타리아문학보다는 김일성 주도의 항일 혁명문학抗日革命文學을 중심에 놓게 되는 흐름과의 연관 속에서 일어난 일로 이해할 수 있다. 1967년 숙청 이후에 북에서 안함광의 문학 활동이나 연구 활동은 더 이상 발견되지 않으며 1982년에 사망한 것으로 전해진다.

이현식

안회남

安懷南, 1910~?

본명은 필승必承. 1910년 11월 15일 경성 다옥정茶屋町에서 삼대독자로 태어났다. 그의 양조부養祖父 안경수安駉壽는 군부대신을 역임하고 독립협회獨立協會의 초대회장을 맡는 등 정계의 주요 인물이었으나, 고종 양위미수사건에 관여하면서 일본으로 망명하였다가 1900년 귀국 후 처형되었다. 아버지 안국선安國善 또한 일찍이 관비유학생으로 선발된 개화기의 지식인이었지만 양부의 몰락으로 관직의 꿈을 버리게 되었다. 안회남의 출생을 전후한 시기 그의 집안은 개간, 금광, 미곡 등 투기사업에 관여하지만 실패하였다. 가세가 기울자 집안은 경기도 용인龍仁으로 이주하였고, 안회남은 아버지의 사랑 속에서 집에서 '한학漢學'을 수학하며 유년기를 보내게 된다. 다시 경성으로 올라와 1920년 수송壽松보통학교에 입학했지만 곧 그만두었고, 한성강습소漢城講習所에서 수학하였다. 1923년 휘문徽文고등보통학교에 입학하며 평생의 벗 김유정金裕貞을 만난다.

1926년 아버지 안국선이 타계하고 집안이 몰락하자, 안회남은 결석이 잦아졌고 결국 1927년 12월 퇴학을 당한다. 이후 도서관을 다니며 문학 공부를 하였다. 1931년 『조선일보』 신춘문예에 「발髮」이 3등으로 당선되었고, 1932년 『매일신보』 신춘문예에 「애정의 비애」가 2등으로 당선되면서 정식으로 문단에 등장하였다. 1933년 개벽사開闢社에 취직하여 『제일선第一線』과 『별건곤別乾坤』의 편집을 맡기도 하였다.

1935년 집안의 반대를 무릅쓰고 결혼을 하였으며, 이즈음 개벽사를 사직하고 생활인이 되어 많은 소설과 비평을 발표하였다. 당대에 '신변소설身邊小說'이라 불릴 정도로, 안회남은 '자기'의 이야기를 거듭 소설로 창작하였다. 식민지 조선의 작가들이 대부분 '고아의식'을 가지고 있었던 것과는 달리, 안회남은 아버지라는 존재와 그가 남긴 '부채'에 대한 성찰 위에서, '관계'로서 구성되는 '자기'에 대한 윤리적 질문을 담은 소설을 다수 창작하였다. 그러한 탐색의 과정에서 그는 자신과 식민지 조선의 지식인과 대중들에게서 '아Q적인 것'루쉰(魯迅)을 발견하고 성찰하는 소설들을 발표하였다. 1940년 이후 안회남은 유산遺産이 있는 충청남도 연기군燕岐郡으로 이주하였다.

1944년 9월 일본 기타규슈北九州의 탄광으로 연기군 사람 134명과 함께 징용徵用을 당했는데, 안회남이 징용을 가기 직전, 문인들은 그가 산업영웅이라도 되는 것처럼 장행회壯行會를 개최하였다. 해방 후 1945년 9월 귀국하였으며, '조선문학건설본부朝鮮文學建設本部'에서 활동하였고 이듬해 2월 '전국문학자대회全國文學者大會'에서 「조선 소설에 관한 보고와 금후의 방향」을 보고하였다. 조선문학가동맹朝鮮文學家同盟의 소설분과 부위원장, 농민문학위원회 서기장을 역임하면서, 징용체험을 소설로 발표하였다.

1948년 8월 '남조선인민대표자대회'에 참석차 월북한 것으로 추정된다. 한국전쟁 당시 종군작가단의 일원으로 서울에 나타났으며, 당시 직함은 '남조선문학가동맹'의 제1서기장이었다. 이후의 행적은 정확하지 않다. 월북 이전 소설집으로 1939년 『안회남 단편집』학예사(學藝社), 1942년 『탁류濁流를 헤치고』영창서관(永昌書館), 1944년 『대지大地는 부른다』조선출판사(朝鮮出版社), 1946년 『전원田園』고려문화사(高麗文化社), 1946년 『불』을유문화사(乙酉文化社) 등이 있다.

장문석

안막

安漠, 1910~?

본명은 안필승安弼承, 필명은 추백秋白. 萩白. 1910년 4월 18일 경기도京畿道 안성安城에서 출생하였다. 경성제2고등보통학교京城第二高等普通學校에 진학하였으나, 재학 중 3·1운동에 참여했다는 이유로 퇴학당한 것으로 알려져 있다. 1928년 교토京都 도시샤대학同志社大學을 거쳐 도쿄東京의 와세다대학早稻田大學 부속附屬 제일와세다고등학원第一早稻田高等學院에 입학하여 러시아문학을 전공하였다. 도일 중 이북만李北滿, 임화林和, 김두용金斗鎔, 김남천金南天 등과 '무산자사無産者社'로 활동하였다. 제2차 카프 방향전환에 관여하였으며, 1930년에서 1933년까지 루나찰스키A.V.Lunacharskii, 플레하노프G.V.Plekhanov, 구라하라 고레히토藏原惟人의 이론을 토대로 한 비평을 발표하였다.

1930년 4월 카프 중앙위원中央委員 및 연극부演劇部 책임자로 선임되었고, 1931년 3월 『나프ナップ』에 「조선에 있어서 프롤레타리아예술운동의 현세朝鮮に於けるプロレタリア芸術運動の現勢」를 발표하였다. 같은 해 5월 무용가 최승희崔承喜와 결혼하였으며 『카프시인집KAPF詩人集』에 시를 발표하였다. 같은 해 9월 제1차 카프 검거사건으로 체포되었고 이듬해 1월 불기소 처분으로 석방되었다. 1932년 10월에는 조선총독부 고등법원 검사국檢事局 사상부思想部에서 펴내는 『사상월보思想月報』에 「조선프롤레타리아예술운동약사朝鮮プロレタリア芸術運動略史」를 발표하였다. 1933년에는 그간의 프로문학과 그 운동을 비판하고 사회주의 리얼리즘을 제

안한 비평「창작 방법 문제의 재토의再討議를 위하여」를 발표하여 창작방법논쟁을 촉발하였다. 1935년 3월 와세다대학早稻田大學을 졸업하였고, 이후에는 아내인 최승희崔承喜의 공연기획자로 활동하며 1938년 최승희崔承喜의 유럽 공연, 1939년 미국 공연, 1940년 남미 공연을 기획하였다.

1941년 야스이 와타루安井和로 창씨개명하였다. 1945년 북경北京에서 최승희崔承喜의 동방무용연구소를 운영하다가 연안延安으로 탈출하여 조선독립동맹에 가담하였다. 1946년 월북하여 조선노동당 중앙당 선전선동부 부부장, 문학예술가총동맹 상무위원으로 선임되었으며, 1949년에는 평양음악학원 초대 학장, 1956년에는 문화선전성 부상 및 작가동맹 중앙상무위원에 선임되었다. 1958년 '연안피延安派'로 숙청되었다.

장문석

김남천

金南天, 1911~?

김남천은 한국의 대표적인 프로문학자 중 한 사람이다. 1911년 평안남도 성천군成川郡에서 태어났다. 평양平壤고등보통학교 재학 중 문학에 뜻을 품고 동창인 한재덕韓載德 등과 함께 동인지『월역月域』을 발간하기도 했다. 이 시기 아쿠타카와 류오노스케芥川龍之介, 시가 나오야志賀直哉 등의 문학을 탐독했으며, 중학 졸업 무렵 도쿄에서 발행되던『문예전선文藝戰線』및 정치서적을 읽고 신흥문학에 흥미를 느꼈다고 한다. 일본 유학 역시 이러한 신흥문학에 대한 관심에서 비롯된 것이다. 1929년 평양고보를 졸업하고 도쿄 호세이대학法政大學에 유학했으며 같은 해 일본에서 한재덕, 안막安漠 등을 만나 사회주의 문학 활동에 관여하기 시작했다. 카프 도쿄지부 소속 극단의 조선 공연에 동행하고, 도쿄에서 카프 도쿄지부가 발행했던『무산자無産者』에도 참가했다.

1930년 임화林和와 함께 카프 개혁을 주장하며 1931년 제2차 카프 방향전환을 이끌었다. 제2차 카프 방향전환은 전위당에 의한 문학 활동을 주장한 급진 노선으로 문학사에서는 제2차 방향전환 이후의 카프 문학을 '볼세비키화'라고 정리하고 있기도 하다. 1931년 '무산자사' 참여 등 사회주의 조직 활동을 이유로 호세이대학에서 제적당한 후 귀국하여 본격적으로 문학 활동을 전개했다. 「공장신문工場新聞」, 「공우회工友會」 등 이 시기 발표한 소설은 평양 고무공장 파업 취재에 바탕한 작품으로, 모두 공장 내 조직 활동과 전위의 활동을 주장한 것이며 이는 당시 카프의 방향전환과 성격을 같이 한다. 1931년 제1차 카프 검거 때 카프 문인 중 유일하게 구속되어 2년의 실형을 받은 바 있다.

1935년 임화와 함께 카프해산계를 제출한 이후 김남천은 '자기고발론自己告發論', '고발론告發論', '모랄·풍속론', '관찰문학론觀察文學論' 등을 통해 카프 해산 이후 진보적 문학의 진로를 고민했다. 변화하는 객관적 현실을 올바로 파악하지 못한 작가의 공식성과 추상성을 비판하며 김남천은 작가의 '자기고발'을 카프 해산 후의 새로운 문학론으로 내세운다. 이후의 '고발론', '모랄·풍속론', '관찰문학론' 등은 구체적 현실에 입각하여 사회적 진보의 계기를 찾을 수 있어야 한다는 주장으로 요약된다. 작가의 세계관에 앞서 존재하는 현실의 진보를 구체적 형상화를 통해 그려낼 수 있어야 하며, 이를 위해서 작가는 집요한 고발과 관찰의 정신을 가져야 한다는 것이다.

자기고발론의 대표 저작인 「유다적인 것과 문학」은 카메이 카츠이치로龜井勝一郎의 「살아 있는 유다生けるユダ」에서 원용한 것이나 유다를 인용하는 맥락은 조금 다르다. 카메이 카츠이치로가 유다를 일종의 희생양, 죄의식의 표본으로 거론하면서 그것을 전향론의 기반으로 삼은 반면, 김남천은 유다를 그리스도에 대한 배반을 끝까지 추궁한 인물로 파악하면서 지식인적 이념의 허약성에 대한 반성, 자기비판의 근거로 삼았다. '모랄·풍속론'은 도사카 준戸坂潤의 '모랄론'에 영향 받은 것으로, 이념의 주체화, 사회적 본질의 일상적 발현이라는 문제에 관심의 초점을 둔 것이다. '관찰문학론'은 '발자크 연구'라는 부제에서 알 수 있다시피 현실에 대한 철저한 관찰과 재현이라는 '리얼리즘론'으로 제출되었다.

김남천이 이러한 이론적 모색과 함께 지식인 작가의 자기고발 소설인 「처妻를 때리고」1937, 「춤추는 남편男便」1937, 개화기開化期 조선 자본주의의 발달과정을 그려낸 장편 『대하大河』1939, 소년의 성장을 통해 시대적 윤리를 탐문하는 「소년행少年行」1937 연작을 썼다. 이 시기는 중일전쟁 발발 이후 일본의 제국주의가 바야흐로 대륙침략에 박차를 가하며 서구 자본주의와의 대결을 내세우고 있던 시기이기도 했다. 당시 많은 지식인, 작가들에게 일본이 내세우는 '신체제新體制'는 몰락하는 서구 자본주의에 대한 대안으로 받아들여지기도 했고, 그 작가들은 대부분 친일의 길을 걸었다. 서구 자본주의의 몰락을 지켜보며 '피안의 세계'를 탐색하고 있던 김남천金南天에게도 이는 중요한 관심사일 수밖에 없었다. 김남천은 「경영經營」1940과 「맥麥」1941 연작을 통해 일본 제국주의의 사상적 기반에 대해 우회적 비판의 태도를 취했다. 이는 일제 말기 김남천의 문학이 한국문학사에 남긴 중요한 성과이기도 하다.

이러한 그의 입장은 평론 「소설의 운명小說의 運命」1940, 「문단과 신체제文壇과 新體制─전환기와 작가轉換期와 作家」1941 등을 통해서도 알 수 있다. 그는 당시가 세계사적 전환기에 있음을 인정하면서도 신체제론의 이론적 토대라 할 '동양론'에 대해서는 비판적 입장을 취한다. 서양에는 서양을 중심으로 한 세계사가 있는 반면, 동양에는 동양을 중심으로 한 세계사가 있다는 다원적 세계사론은 일본을 동양적 세계사의 중심에 내세운 논리였다. 그리고 이러한 논리는 일본 제국주의의 대륙진출 및 아시아 지배를 합리화하는 이론적 기반이기도 했다. 당시 대표적 동양론자였던 코우야마 이와오高山岩男의 이론을 구체적으로 거론하면서, 김남천은 첫째, 이는 동양인 자신들의 주장일 뿐 서양인들에게 보편적으로 설득력을 가지지 못한다는 점, 둘째, 동양적 세계사를 주장하기에는 동양 각국이 어떤 문화적 정치적 공통성을 갖지 못했다는 점을 들어 동양론의 문제성을 지적한다. 이는 당시 마르크스주의적 기반 위에서 '근대초극론' 및 '동양론'을 비판했던 서인식徐仁植의 논리와 궤를 같이 하는 것이기도 했다. 이러한 김남천의 신체제론은 동양론을 앞세운 일본 제국주의에 대한 저항의 최저선으로서의 의의를 지닌다. 그러나 한편으로는 여전히 서구중심주의적 세계관을 벗어나지 못함으로써 '식민지 근대'라는 당시 조선의 구체적 조건을 충분히 사유하지 못했다는 한계가 지적되기도 한다.

1945년 8월 해방 이후 김남천은 좌파 문인단체인 '조선문학가동맹朝鮮文學家同盟'의 서기장을 역임하며 새로운 국가건설에 앞장섰다. 평론 「민족문화건설의 기본임무」, 「새로운 창작방법에 관하여」 등을 통해 해방된 국가의 '민족문학론' 구성을 위해 노력했으며, 『1945년 8·15』미완, 『동맥動脈』『대하』의 속편-미완 등의 소설을 남겼다. 1947년 월북한 김남천은 1953년 임화林和, 이원조李源朝 등과 함께 남로당계 숙청과정에서 숙청된다. 그의 사망 시기는 몇 가지 설이 분분하지만 아직 확인된 바 없다.

서영인

임학수

林學洙, 1911~1982

이명은 임영택林榮澤, 임악이林岳伊, 임내홍林乃洪. 본관은 나주羅州이며, 전라남도 순천順天에서 태어났다. 1926년에 순천공립보통학교를 마친 뒤 상경하여 경성제일고등보통학교에 입학했다. 1931년 4월에 경성제국대학 예과에 입학하면서 시를 발표하기 시작한 임학수는 영문학을 전공하여 1936년 3월에 법문학부法文學部 문학과를 제8회로 졸업했다.

임학수는 1937년 개성開城 호수돈好壽敦여자고등보통학교, 1939년 경성 성신誠信가정여학교 교사로 생활하면서 시집『석류石榴』1937,『팔도풍물시집八道風物詩集』1938,『후조候鳥』1939, 번역시집『현대영시선現代英詩選』1939을 잇달아 출판해 주목을 받았다.

1939년 3월에 문인과 출판업자를 중심으로 조직된 황군위문작가단皇軍慰問作家團은 3인의 황군위문조선문단사절皇軍慰問朝鮮文壇使節을 중일전쟁 전선에 파견하기로 결정했다. 시인 임학수는 소설가 김동인金東仁, 비평가 박영희朴英熙와 함께 1939년 4월 15일에 서울을 출발하여 4월 16일에 북경에 도착했다. 황군위문조선문단사절은 3개월 동안 전선을 시찰할 계획이었으나 경비 부족과 교통문제로 일정이 1개월로 단축되어 5월 13일에 서울로 돌아왔다. 임학수 일행은 보름가량 북경에 머물렀으며, 실제 전선으로는 하북성河北省 서부의 석가장石家莊, 산서성山西省 남부의 유차榆次, 태원太原, 운성運城, 임분臨汾, 안읍安邑을 짧은 기간 동안 방문했다.

전선에서 돌아온 직후에 임학수는 여러 보고문, 르포, 시를 발표하여 중일전쟁을 예찬하고 일본의 침략을 미화했다. 특히 1939년 9월에 임학수는 북중국北中國 전선 시찰의 경험과 서정을 담은 『전선시집』을 출판했다. 『전선시집』에는 이광수李光洙가 머리말을 붙였다. 그런데 『전선시집』은 구체적인 여행 일정이나 긴장감 넘치는 전장 체험보다 중국의 자연과 풍경을 묘사하면서 향수를 드러내거나 중일전쟁 초기의 낭자관娘子關 전투를 낭만적으로 회고하는 시편이 대부분이다.

임학수는 1940~1941년에 호메로스의 서사시를 소설로 번역한 『일리아드』전 2권, 찰스 디킨스의 『두 도시 이야기』를 번역한 『이도 애화二都哀話』를 출판했다. 해방 후에 마지막 시집 『필부匹夫의 노래』1948를 상재한 임학수는 영문학 번역에 전념하여 앤솔러지 『세계단편선집世界短篇選集』1946, 『19세기 초기 영시집十九世紀初期英詩集』1948을 펴냈다. 또한 임학수는 토머스 하디의 『슬픈 기병騎兵』1948, 타고르의 『초승달』1948, 블레이크의 『블레이크 시초詩抄』1948, 루이스 캐럴의 『앨리스의 모험冒險』1950을 잇달아 번역하고 『표준영한사전標準英韓辭典』1948을 편찬했으며, 1949년 3월에 고려대학교 영문학과 교수로 부임했다.

임학수는 한국전쟁 기간 중인 1951년 4월에 가족 일부와 함께 월북했다. 1953년 9월에 평양에서 출판된 『소련시인선집蘇聯詩人選集』전 3권의 공역자로 처음 등장한 임학수는 북한에서 근대 영문학 작품의 번역을 주도하면서 외국문학사 저술에 적극적으로 참여했다. 또한 임학수는 김일성종합대학金日成綜合大學과 평양외국어대학平壤外國語大學에서 영문학 강좌장講座長을 맡아 후학을 양성했다. 임학수는 1982년 6월에 평양에서 사망했다.

박진영

정비석

鄭飛石, 1911~1991

본명은 서죽瑞竹. 필명은 비석飛石, 비석생飛石生. 평안북도 의주義州에서 무역업을 통해 큰돈을 번 집안의 넷째 아들막내 아들로 태어났다. 신의주新義州중학교 4학년 때, 학생독서회사건으로 1년간 신의주형무소에서 복역한 뒤 징역 10개월, 집행유예 5년의 선고를 받고 출감한다. 1929년 히로시마廣島의 구산중학교를 졸업하고 도쿄 니혼日本대학 문과에 입학한다. 재학 중인 1932년 일본어 단편 「조선 아이로부터 일본 아이에게朝鮮の子供から日本の自供たち」가 나프NAPF, 일본무산자예술동맹계 대학신문 공모에 당선된다.

1932년 법과에 다니지 않던 것이 장형에게 적발되어 귀향한 후 창작에 몰두한다. 1936년 단편 「졸곡제卒哭祭」가 『동아일보』 신춘문예에 입선하고, 1937년 단편 「성황당城隍堂」이 『조선일보』 신춘문예에 1등으로 당선된다. 이 때까지 정비석의 문학세계는 토속성과 섹슈얼리티를 결합한 독특한 특징으로 하여 당시 문단의 큰 주목을 받았다. 1939년 세대논쟁이 벌어졌을 때 김동리金東里, 김영수金永壽 등과 더불어 신세대의 대표적인 논자로 나서기도 하였다.

이 무렵부터 정비석은 「이 분위기雰圍氣」『조광(朝光)』, 1939.1나 「삼대三代」『인문평론(人文評論)』, 1940.2와 같은 친일적인 경향의 작품을 발표하기 시작하였으며, 1941년에 조선총독부 기관지인 『매일신보』 기자가 된 이후에는 보다 노골적으로 친일적인 논설과 작품들을 발표하기 시작하였다. 논설 「새로운 국민문예의 길 ─

작가의 입장에서 『국민문학(國民文學)』, 1942.4, 수필 「국경」 『국민문학』, 1943.4 등에서는 일본 제국과 대동아전쟁을 찬양하는 입장을 확인할 수 있다. 이러한 변화는 향토성과 고향에 대한 강조가 국가라는 대주체로 포섭된 것으로 이해된다. 1943년에는 친일문인단체인 조선문인보국회朝鮮文人報國會 간사도 역임하였다. 해방 이후 조선문화건설중앙협의회朝鮮文化建設中央協議會 회원으로 참여하였고, 1946년 계용묵桂鎔黙과 함께 종합지 『대조大潮』를 창간하고 편집주간을 맡았다. 이후 『중앙신문』 문화부장을 역임하고, 전조선문필가협회全朝鮮文筆家協會에 참여하였다.

1950년 한국전쟁이 발발하였을 때, 서울에 3개월간 머물렀으며, 1951년 1·4후퇴 때는 대구로 피난하여 육군본부 정훈감실政訓監室과 육군종군작가단陸軍從軍作家團의 일원으로 활발하게 활동하였다. 1954년에는 전후의 혼란한 사회풍조와 문란한 성윤리를 형상화한 『자유부인自由婦人』 전215회을 『서울신문』에 연재하여 대중의 큰 주목을 받았다. 이외에도 말년에 이르기까지 『홍길동전』, 『황진이』, 『김삿갓 풍류기행』과 같은 역사소설과 중국의 병서나 역사물을 번안翻案한 『소설 손자병법』, 『소설 초안지』, 『삼국지』 등을 발표하여 대중의 큰 관심을 받는 인기작가로 군림하였다. 1991년 10월 19일 서울시 용산구 동부이촌동 자택에서 지병으로 별세하였으며 천안 공원묘지에 안장되었다.

이경재

백석

白石, 1912~1996

    본명 백기행白夔行. 1912년 7월 1일 평안북도 정주군 갈산면 익성동 1013번지에서 아버지 백시박과 어머니 이봉우의 3남 1녀 중 장남으로 태어났다. 1918년 오산소학교에 입학해서 1924년에 졸업하고, 남강 이승훈이 설립한 오산학교에 입학했다. 입학 당시만 해도 오산학교는 4년제였다가 1926년 학제 개편으로 5년제로 바뀌어 오산고등보통학교가 되었다. 백석이 2학년 때 조만식曹晩植이 교장으로 부임했다. 백석은 오산고보 선배 김소월金素月을 동경하며 시인의 꿈을 키워나갔고, 1929년 3월 5일 오산고보를 졸업했다.

    1930년 단편소설「그 모母와 아들」로『조선일보』신년현상문예에 당선되었다. 이때부터 백석과『조선일보』의 인연이 시작되었다. 같은 해에『조선일보』장학생으로 뽑혀 일본 도쿄의 아오야마학원靑山學院 영어사범과에 입학했다. 일본 유학 중 일본 시인 이시카와 다쿠보쿠石川啄木의 시를 즐겨 읽었으며, 당시 일본 현대시에 커다란 변혁을 일으킨 모더니즘 운동에 깊은 관심을 가지게 되었다. 졸업 무렵 도쿄 아래쪽 이즈伊豆반도 남단에 있는 해안도시 가키사키柿崎로 여행을 다녀왔고 그 경험이「가키사키의 바다」에 표출되었다. 1934년에 백석은 아오야마학원靑山學院을 졸업한 후 귀국해서 4월에『조선일보』교정부에 입사했다. 7월에『조선일보』출판부로 발령이 나서 같은 계열사 잡지『조광朝光』의 창간에 참여했다.

1935년 8월 30일 『조선일보』에 시 「정주성定州城」을 발표했다. 이 시기 허준의 결혼 축하 모임에서 이화여고보에 다니던 통영 여자 박경련을 만나 첫눈에 반했다. 1936년 1월 20일 선광인쇄주식회사에서 첫 시집 『사슴』을 100부한정판으로 출간했다. 김기림金起林, 박용철朴龍喆 등이 『사슴』에 대해 긍정적인 평가를 남겼다. 백석은 4월 초에 조선일보사에 사표를 내고 함흥의 영생고보 영어교사로 부임했다. 함흥에서 소설가 한설야韓雪野, 시인 김동명金東鳴 등과 만나 교유했다. 기생 김진향을 만났고, 그녀에게 '자야'라는 이름을 지어주었다. 연말에 통영에 내려가 박경련에게 청혼했으나 성사되지 못했다. 이 시기에 백석은 화가 정현웅鄭玄雄과도 가까이 어울렸다.

1937년 4월에 백석이 흠모하던 여인 박경련과 친구 신현중이 결혼식을 올렸다. 이 무렵 백석은 소설가 최정희崔貞熙, 시인 모윤숙毛允淑, 노천명盧天命 등과 자주 어울렸다. 1938년 함흥의 교사 생활을 접고 경성으로 왔다. 이 해에 「나와 나타샤와 흰 당나귀」, 「석양夕陽」, 「고향故鄕」, 「절망絶望」, 「내가 생각하는 것은」, 「내가 이렇게 외면하고」, 「멧새소리」 등 여러 편의 시를 발표했다. 1939년에 청진동에서 자야와 동거하면서 다시 『여성』지 편집일을 하게 되었다. 9월에 일자리를 알아보려고 중국 안동安東을 다녀왔다. 백석은 10월 21일 조선일보사를 사직하고, 12월에 자야에게 만주로 가자고 제안하지만 거절당한다.

1940년 2월 초에 백석은 만주의 신경新京으로 간다. 3월부터 만주국 국무원 경제부의 말단직원으로 근무하다가 창씨개명의 압박이 계속되자 6개월 만에 그만둔다. 6월부터 만주 체험이 담긴 시들을 발표하기 시작했다. 10월 중순 『테스』 번역 출간을 위해 경성에 다녀왔다. 이 해에 「목구木具」, 「수박씨, 호박씨」, 「북방北方에서」, 「허준許俊」 등의 시를 발표했다. 1941년에는 「귀농歸農」, 「국수」, 「흰 바람벽이 있어」, 「촌에서 온 아이」, 「조당澡塘에서」 등을 발표했다.

1942년 만주의 안동安東 세관에서 잠시 일했다. 1945년 8월 15일 해방이 되자 백석은 신의주를 거쳐 고향인 평안북도 정주로 돌아왔다. 조만식의 통역비서로 일하기 위해 평양으로 갔으며, 10월에 조만식을 따라 '김일성 장군 환영회'에 참석해 러시아어 통역을 맡았다. 12월 29일 리윤희와 평양에서 결혼식을 올렸다.

1947년 10월 문학예술총동맹 외국문학 분과위원이 되었다. 이때부터 러시아 문학작품을 번역하는 일에 매진했다. 1948년 10월 『학풍』 창간호에 「남신의주 유동 박시봉방南新義州柳洞朴時逢方」을 발표했다. 같은 해 허준이 월북했다.

1949년 숄로흐프의 『고요한 돈강』 1권, 러시아 농민시인 미하일 이사코프스키의 『이사코프스키 시초』 등을 번역했다. 1950년 6월 25일 한국전쟁이 일어났고 9월에 백석과 절친한 정현웅鄭玄雄이 월북했다. 1952년 8월 11일 『재건再建타임스』에 「병아리싸움」을 발표했다. 전쟁이 끝난 후에도 백석白石은 번역 작업에 몰두했다. 1955년에 마르샤크의 『동화시집』을 번역, 출간했다. 이 번역 작업이 이후 『집게네 네 형제』의 창작에 영향을 미쳤다.

1956년 1월에 백석은 「까치와 물까치」, 「집게네 네 형제」 등 동화시를 발표했다. 5월에 「동화문학의 발전을 위하여」, 9월에 「나의 항의, 나의 제의」라는 아동문학평론을 발표했는데 이 글들이 아동문학 논쟁의 불씨가 되었다. 조선작가동맹 기관지 『문학신문』의 편집위원으로 위촉되었고, 『아동문학』 편집위원, 『조쏘문화』 편집위원 등을 역임했다.

1957년 4월에 동화시집 『집게네 네 형제』를 출간했다. 총 12편의 시가 실렸는데 전래동화를 시로 쓴 동화시의 형식이나 시집의 체재, 삽화 등은 1955년에 번역한 마르샤크의 『동화시집』의 영향을 받았다. 『아동문학』 4월호에 「멧돼지」, 「강가루」, 「기린」, 「산양」 등의 동시를 발표한 뒤 격렬한 비판을 받았다. 6월에 「큰 문제, 작은 고찰」, 「아동문학의 협소화를 반대하는 위치에서」를 발표하면서 리원우와의 아동문학 논쟁이 본격화되었고, 결국 백석은 아동문학 토론회에 불려가 자아비판을 하게 된다.

　　1958년 9월 '붉은 편지 사건' 이후 창작과 번역 등 백석의 문학적인 활동이 중단되었다. 1959년 1월 초 양강도 삼수군 관평리로 현지 파견되었다. 관평리 농업협동조합의 축산반에 배치되어 양 치는 일을 맡아서 했다. 이 무렵 「이른 봄」, 「공무여인숙」 등의 시를 발표했다. 1960년에도 시 「눈」, 「전별」 등과 동시 「오리들이 운다」, 「앞산 꿩, 뒷산 꿩」 등을 발표했다. 1961년에는 「탑이 서는 거리」, 「손뼉을 침은」을, 1962년에는 「석탄이 하는 말」, 「강철장수」, 「사회주의 바다」, 「조국의 바다여」, 「나루터」를 발표했다. 10월에 북한 문화계에 복고주의에 대한 비판이 거세게 일면서 창작활동을 전면 금지당했다. 1996년 삼수군 관평리에서 세상을 떴다.

이경수

이용악

李庸岳, 1914~1971

1914년 11월 23일 함경북도 경성鏡城군 경성면 수성동 45번지에서 이석준李錫俊의 5남 2녀 중 3남으로 태어났다. 유소년기에 아버지가 객사한 경험이 「풀벌레소리 가득차 있었다」에 그려졌다. 1928년에 함경북도 부령富寧보통학교 6학년을 졸업했고 1929년 경성농업학교에 입학했으며, 1932년 경성농업학교 4학년 재학 중 도일해 히로시마廣島현 고분興文중학교 4학년에 편입했다. 1933년에 고분중학교를 졸업하고 니혼日本대학 예술과에 입학했다. 1934년에 니혼대학 예술과를 1년 수료했다.

1935년 3월『신인문학新人文學』에「패배자의 소원」을 발표하며 문단에 나왔다. 1934~1935년에 시바우라芝浦・메구로目黑・시무라シ厶ラ 등지에서 막노동에 종사했으며 이때의 경험이「나를 만나거던」,「다시 항구에 와서」 등에 나타나 있다. 1936년 4월 일본 도쿄 소재 조치上智대학 전문부 신문학과에 입학한다. 이 무렵 도쿄에서 김종한金種漢과 동인지『2인二人』을 5~6회에 걸쳐 발간한다. 1937년과 1938년에 도쿄 삼문사三文社에서 첫 시집『분수령分水嶺』과 두 번째 시집『낡은 집』을 펴낸다.

1939년 3월 조치대학 신문학과 별과 야간부를 졸업하고, 귀국해서『인문평론人文評論』의 편집기자로 근무한다. 1940년 9월 1일『삼천리』가 주최한 '관북, 만주 출신 작가의 '향토문화'를 말하는 좌담회'에 참석한다. 1941년 4월『인문평론』이 폐간되면서 인문사를 퇴사한다. 1942년 6월 『춘추』에 「구슬」을 발표한 것을 마지막으로 절필하고, 고향 경성으로 낙향한다. 일본인이 경영하던 일본어 신문 『청진일보』에 3개월, 주을읍사무소에 1년간 근무한다. 1943년에는 '모 사건'에 얽혀 함경북도 경찰부에 원고를 모두 빼앗기고 주을읍사무소 직을 퇴직한 후 해방까지 칩거한다.

이용악은 1945년 해방 직후 상경해 조선문학건설본부의 일원으로 참여한다. 11월부터 『중앙신문』 기자로 입사해 1년간 근무한다. 1946년 조선문학가동맹에 가입했으며, 8월 10일 조선문학가동맹 산하에 서울지부가 신설되고 선전부장으로 선임된다. 1947년 3월부터 7월까지 『문화일보』 편집국장으로 근무한다. 세 번째 시집 『오랑캐꽃』을 서울 아문각에서 펴낸다. 7월 15일 문화단체총연맹 '문화공작대' 제3대의 부대장을 맡아 춘천과 강원 지역을 순회했는데 순회공연 중 백색테러를 당했다. 8월 오장환의 권유로 남로당에 입당한다. 1949년 네 번째 시집 『현대시인전집 1-이용악집』을 동지사에서 출간한다. 8월 경, 조선문화단체총연맹 서울시 지부 예술과의 핵심 요원으로 선전·선동 활동을 하다가 검거된다. 1950년 2월 6일 서울지방법원에서 징역 10년형을 선고받고 서대문 형무소에서 복역한다. 6월 28일 북조선 인민군의 서울 점령시 이병철과 함께 풀려나와 월북한다.

1953년 8월 남로당계열 숙청시 "공산주의를 말로만 신봉하고 월북한 문화인"으로 지목돼 6개월 이상 집필 금지 처분을 당한다. 1955년 『조선문학』 5월호에 「석탄」을 발표하며 작품 활동을 재개한다. 6월에 백석이 번역한 마르샤크의 『동화시집』의 교열을 보았고, 12월에 산문집 『보람찬 청춘』을 발간했다. 1956년 8월 『조선문학』에 발표한 「평남관개시초」 10편으로 1957년 5월 9일 조선인민군 창건 5주년 기념 문학예술상 운문부문 1등상을 수상한다. 12

월에 『리용악 시선집』을 조선작가동맹출판사에서 발행한다. 1958년에 양강도로 현지 파견되었으며, 1963년에 김상훈과 공역으로 『풍요선집』을 펴낸다. 1968년 9월에 공화국 창건 20주년 훈장을 수훈했으며, 1971년 2월 15일 58세를 일기로 폐병으로 사망했다.

이경수

김사량

金史良, 1914~1950(?)

평안남도 평양平壤 인흥정仁興町에서 태어났다. 1928년 평양고등보통학교에 입학했으나, 1931년 11월 학내 배속 장교 및 교사에 대한 배척 운동을 하다 평양고보에서 퇴학당했다. 이후 1932년부터 1935년까지 『매일신보』를 시작으로 『동아일보』와 『조선일보』에 청소년기의 센티멘털한 감상이나 사회적 모순에 대한 울분을 토로한 수십 편의 작품(동시, 산문, 기행문)을 투고해 실었다. 1932년 말, 교토제국대학 학생이었던 친형 김시명金時明의 도움을 받아 밀항해서 일본 사가佐賀에 도착해 다음 해에 사가고등학교에 입학했다.

김사량의 초기 창작에 커다란 전기가 찾아오는 것은 1934년이다. 이 시기에 쓰인 「(학생통신) 산사음山寺吟」과 「산곡의 수첩－강원도에서」을 보면 사물을 낭만적으로 묘사하면서도, 작가 자신과 화자를 일체화 시키는 것이 아니라 거리를 확보해서 사물을 묘사하고 있다. 그러한 성장을 보여주는 것이 1934년에 초고를 완성한 후 책상 서랍에 넣어버렸다고 하는 일본어 소설 「토성랑土城廊」이다. 이 작품은 김사량이 일본에 몸을 두고 조선의 도시 강원도, 평양, 경성을 오가면서 식민지 조선이 처한 위치를 보다 중층적으로 파악하려 했음을 말해주고 있다.

김사량은 사가고등학교를 1936년 3월에 졸업하고 같은 해에 도쿄제국대학 독문과에 입학해 3년 만인 1939년 졸업했다. 도쿄제대 재학 당시 김사량의

지도 교수는 괴테 문학 연구에서 두각을 드러내고 있던 기무라 킨지木村謹治였다. 기무라 교수는 당시 독일문학회獨逸文學會의 회장으로 당시 독일문화 및 문학의 연구자의 대표적인 존재로 학생 사이에서도 명망이 높았고 그의 강의는 속속 코분도弘文堂에서 간행되었다. 김사량은 도쿄제대를 졸업하며 하인리히 하이네로 졸업 논문을 썼는데 그 제목은 「낭만주의자로서의 하인리히 하이네浪漫主義者としてのハインリヒ・ハイネ」이다. 김사량은 도쿄제대 독문과에 재학하는 동안 독일문학 전반에 대한 소양을 깊이 쌓았을 뿐만 아니라, 밀려들어오는 파시즘을 저지한다는 의미를 담은 동인지『제방堤防』1936.6~1937.6, 제5호로 폐간을 학우들과 함께 발간했다. 한편 김사량은 1939년 3월 도쿄제국대학 졸업식에 가지 않고 일주일 예정으로 북경을 방문했다. 이때의 경험은 「북경왕래北京往來」1939.8와 일본어 에세이 「에나멜 구두와 포로エナメル靴の捕虜」1939.9 그리고 일본어 소설 「향수鄕愁」1941.7에 잘 나타나 있다. 「북경왕래」에는 김사량이 대만인 작가 우쿤황吳坤煌과 우연히 천진역天津驛에서 만나는 장면이 나온다. 이에 대해서는 김사량이 대만인 작가 룽잉쭝龍瑛宗에게 1941년 2월 8일에 보낸 서간에도 언급돼 있다.

김사량의 일본어 창작이 일본문단에서 주목을 받기 시작하는 것은 1939년부터였다. 이 시기는 중일전쟁 이후 일본 내에서 외지붐조선붐, 만주붐이 일고 있던 시기여서 김사량은 신인임에도 불구하고 많은 지면을 얻을 수 있었다. 특히 1939년 봄 김사량은 장혁주張赫宙가 써준 소개장을 가지고『문예수도文藝首都』의 설립자인 야스다카 도쿠조保高德蔵를 찾아가면서 새로운 전기轉機를 맞이했다. 김사량은 이후 야스다카 도쿠조의 전폭적인 지지를 받으며『문예수도』에 12차례 글을 기고했으며 그 중 「빛 속으로光の中に」『문예수도』, 1939.10는 제10회 아쿠타가와상芥川賞 후보작에 뽑혔다. 1939년 당시 김사량이 일본문단 내에서 소설가로서는 거의 무명에 가까웠던 점을 상기해보면 신인 육성을 목적으로 창간

된 『문예수도』와의 인연은 결정적인 것이었다. 김사량은 이후 일본문단에서 식민지 조선의 현실을 예리하게 포착한 작품과 차별받는 재일조선인의 삶과 관련된 소설을 차례차례 발표했다. 그 중에서도 「빛 속으로光の中に」, 「천마天馬」 1940.6, 「풀숲 깊숙이草深し」1940.7, 「무궁일가無窮一家」1940.9, 「광명光冥」1941.2, 「벌레蟲」 1941.7, 「십장꼽새親方コブセ」1942.1 등을 대표작으로 꼽을 수 있다. 김사량은 1940 년과 1941년에 거의 매달 한 편의 소설을 써낼 정도로 일본문단에서 왕성하게 활동했지만, 1941년 12월 9일'태평양전쟁' 개전 다음날에 사상범예방구금법思想犯予防拘禁法에 의해 가마쿠라鎌倉경찰서에 구금됐다. 이때 가마쿠라에 살고 있던 시마키 겐사쿠島木健作 등의 도움을 받아 다음 해 1월 말 석방된 후 강제송환 형식으로 고향 평양으로 돌아갔다. 이로써 1932년 말 일본으로 갔던 김사량의 10년에 걸친 일본 생활은 끝이 났다.

1942년 이후 김사량은 고향 평양에 살면서 식민지 조선문단에서 활동했다. 김사량은 1943년에서 1944년 말까지 조선어 장편소설 『태백산맥太白山脈』『국민문학』, 1943.2~10과 조선어 장편소설 『바다의 노래』『매일신보』, 1943.12.14~1944.10.4를 썼다. 두 작품 중 『바다의 노래』는 조선에서 해군특별지원병제도海軍特別志願兵制度가 실시된 후 김사량이 국민총력조선연맹国民総力朝鮮連盟에서 꾸린 해군견학단의 일원으로 조선 및 일본의 해군 기지를 견학1943년 8월 28일 출발, 보름간의 일정한 후에 창작된 소설이다. 그런 사정도 있고 해서 『바다의 노래』를 김사량이 일시적 '전향'을 달성한 친일적 작품으로 보는 평가가 있다. 하지만 이 작품을 면밀히 분석해 보면 일제의 전쟁 노선에 협력하는 자세를 보이는 부분은 대단히 미미하다. 오히려 『바다의 노래』에는 김사량의 고향인 평양의 풍속, 지리, 구전 시가, 방언 등이 총체적으로 담겨 있다. 그런 만큼 단지 시국에 협력한 작품으로 『바다의 노래』를 해석하는 것은 작품 전반에 대한 이해라기보다는 부분적이고 제한된 것이다. 『바다의 노래』의 화자는 중국에서 벌어지고 있는 혁명을 교묘하게 그려서, 일본 제국이 내세운 대동아大東亞의 논리를 벗어나지 않는 범위 내에서 중국 혁명을 지지한다. 재일조선인 작가로 김사량을 자신의 문학적 전범으로 삼은 김석범金石範은 『바다의 노래』가 갖는 이러한 특징을 누구보다 일찍 간파해 이 작품을 김사량의 중국 망명으로의 도약대로 위치시켰다. 김사량은 『바다의 노래』를 연재하던 1944년 평양에 있는 대동공업전문학교大東工業專門學校에서 독일어 강사를 하면서 같은 해 6월부터 8월에 걸쳐서 중국에 갔으며, 7월 한 달 동안에는 상해에 있었다. 『바다의 노래』에 중국 내전에 관한 기술은 10장에서 13장1944.4.12~7.30에 걸쳐 나오는 만큼 중국 체험이 연재와 직접적으로 어떻게 연관이 되었는지에 대한 전후 관계를 따지는 것은 쉽지 않다. 하지만 그렇다 하더라도 중국행이 소설 집필에 직간접적으로 큰 영향을 끼쳤을 것임은 분명해 보인다.

김사량은 자신의 신변에 점차 압박을 가해오는 전시기戰時其 시국 협력에 막중한 부담을 느끼고 1945년 5월 8일 국민총력조선연맹병사후원부国民総力朝鮮連盟兵士後援部가 주도한 재지반도출신학병위문단在支半島出身學兵慰問団의 일원으로 약 한 달 반의 일정으로 조선을 떠나 중국으로 간다. 위문을 마치고 5월 말 김사량은 '북경반점北京飯店 236호실'에 투숙하고 있다가 공작원과 접선한 후 태항산에 있는 화북조선독립동맹華北朝鮮獨立同盟 조선의용군朝鮮義勇軍 본진으로 탈출했다. 김사량은 태항산太行山에서 종이부족에 시달리면서 해방된 '조선'의 새로운 독자를 꿈꾸며 망명기인 『노마만리駑馬萬里』와 희곡 〈호접胡蝶〉을 집필했다. 이로써 김사량은 일제 하 식민지 출신 작가로서의 삶을 자신의 손으로 끝내고 해방 이전부터 조선어 창작의 길로 나아갔다. 하지만 해방 이후 남과 북이 대치되는 상황에서 '재북在北' 작가 김사량은 출신 계급과 '연안파延安派'라는 제약압

^박 요소를 안고 분단돼 가는 조선의 현실에 맞서는 글쓰기를 해나갔다. '해방' 후 고향 평양으로 돌아간 김사량은 그 후 '사회주의 국가건설' 노선에 입각한 문학 형식을 요구받았다. 하지만, 그는 북한의 이데올로기에 완전히 수렴되지 않는 다양한 인물상(장애를 가진 사람 등)을 입체적으로 드러내서 북한문단의 비판에 직면했다. 이 약 5년에 걸쳐 북한에서 펼쳐진 김사량의 해방 후 창작 활동은 6·25전쟁에 종군작가로서 참전해 인천상륙작전 이후 북으로 후퇴하다 1950년 겨울 원주 부근에서 낙오한 후 행방불명(현재까지 가장 유력한 설)되며 끝을 맞이했다.

곽형덕

서정주

徐廷柱, 1915~2000

1915년 5월 전북 고창에서 태어났다. 호는 초기에는 궁발窮髮을, 해방1945 후에는 미당未堂을 주로 사용했다. 1936년 『동아일보』 신춘문예에 「벽壁」이 당선되어 등단했다. 같은 해 11월 김동리金東里, 함형수咸亨洙, 오장환吳章煥 등과 동인지 『시인부락詩人部落』을 발행했다. 임화林和류의 이념 시와 정지용鄭芝溶류의 기교 시에 맞서 육체적 생명력 중심의 순수시를 추구했다. 하지만 1938년 무렵 그는 불안정한 생활과 생명주의 시학의 좌절 때문에 극심한 고통과 동요를 겪는데, 이런 연유로 만주로의 탈출 욕구가 더욱 거세진다.

서정주는 「풀밭에 누어서」1939에서 만주를 처음 호명한다. 물론 1938년의 「바다」와 「문」, 「역려」에도 조선과 가족을 떠나겠다는 탈향 의지가 뚜렷하다. 하지만 이 시들은 그에게 큰 영향을 끼친 보들레르와 랭보, 그간 추구한 육체적 생명력에 대한 결별에 가깝다. 이에 반해 「풀밭에 누어서」에서는 생활의 불안정에 따른 가족과의 갈등, 그들 및 조선어에 대한 결별이 동시에 토로된다. 불우한 상황을 극복할 신개지로 꼽힌 공간이 외몽골과 상해, 봉천奉天, 현재의 심양(沈陽)이다. 그러나 '조선적인 것'과의 결별은 부조리한 현실과의 절연만을 뜻하지 않는다. 그것은 새로운 시세계와 생활을 구축하겠다는 의지의 강렬한 표명이기도 했다.

서정주의 만주 체험은 「만주일기滿洲日記」에서 잘 드러난다. 「만주일기」

는 1940년 10월 28일~11월 24일 사이의 총 16회분이 『매일신보』 1941년 1월 15~17일 자 및 21일 자에 발표되었다. 일기에 따르면, 시인은 1940년 10월 초순을 전후 해 연변 국자가局子街, 현재의 연길로 입만入滿, 4개월을 지낸 후 1941년 2월 초순 조선으로 귀환했다.

「만주일기」의 주요 내용은 다음과 같다. ① 생활 안정을 위한 취직 욕구가 강렬하다. 한 달여의 기다림 끝에 일제 주관의 '만주양곡회사'에 취직한다. ② 취직 이전의 편의를 위해 집에는 생활비를, 잡지사에는 원고 청탁을 부탁했으나 모두 거절당한다. ③ 관을 부여잡고 쇳소리로 울어대는 만주 여인에게서 충격을 받아 삶의 허무를 새삼 확인한다. 동시에 민요 '육자배기'로 망자와 이별하는 조선 장례식의 가치에 새로 눈뜨게 된다. ④ 어려운 여건 속에서도 문학에 대한 의지를 계속 불태운다. 『질마재 신화』 1975에 수록될 「신부」 모티프가 등장하며, 도스토예프스키의 『미성년』에 묘사된 '유아의 미소'에서 영원한 생명력을 새롭게 깨우친다. ⑤ 취직이 결정된 뒤 스스로를 '시즈오'라 부르며 새 생활을 다짐한다. 이것은 자신의 창씨명 다쓰시로 시즈오達城靜雄에서 가져온 것이다. 이즈음의 창씨개명은 일제에 대한 동조나 투항보다는 신원보증과 금융의 편의를 위한 불가피한 선택으로 읽힌다.

서정주는 1941년 4월 「만주에서」, 「멈둘레꽃」, 「무제」를 발표한다. 3편의 시는 만주 생활에서 더욱 심화된 허무주의와 그것을 극복할 새로운 가치의 탐색을 노래한다. 하지만 1942년에는 「질마재 근동近洞 야화夜話」, 「향토산화鄕土散話」, 「고향 이야기」, 「시의 이야기―주로 국민시가에 대하여」 같은 산문 쓰기에 집중한다. 앞의 3편에서는 향토 및 심미적 인간형과의 교유 과정에서 발견한 조선적·동양적 영원성의 매력이 주로 고백된다. 「시의 이야기」에서는 동양의 민중문화에 대한 시적 재가치화에 대한 주장과 함께 일제 주도의 '동아공영'

에 대한 일정한 경사도 엿보인다.

「만주일기」에서 「시의 이야기」에 걸친 서정주의 산문은 그가 동양적 영원성을 내포하는 순수시 및 생활 안정을 향한 체제 협력의 길로 분산하여 이동 중임을 암시한다. 그런 점에서 만주는 탈향의 공간이었지만 조선의 문화적 가치와 생활의 구심점임을 자각케 하는 가상의 귀향 장소이기도 했다. 1970~1980년대 자서진과 시집에서 만주 경험이 계속 고백되는 까닭도 만주 생활의 고통과 영원성의 각성에 대한 강렬한 기억 때문일 것이다.

최현식

김만선

金萬善, 1915~?

1915년 1월 16일 서울 종로구 체부동 203번지에서 아버지 김소남金小男, 樂安金氏과 어머니 최양전崔也音全, 全州 崔氏 사이에서 13남 1녀 중 장남으로 출생하였다. 1928년 정동공립보통학교를 마친 후 1929년 배재고등보통학교에 입학하였으나 4학년 때인 1933년 성행불량사상문제로 추정으로 강제 퇴학을 당했다. 1935년에는 조선중앙일보사에 입사하여 계열사인 출판사 중앙中央에서 1년 정도 근무한 경력도 있다. 이 시기 조선중앙일보와 중앙출판사에 여러 편의 글을 발표한 안회남과 교류하였고 이는 해방 후 그가 '조선문학가동맹'에 가입하는 중요한 계기가 되었다. 1936년 일본 도쿄에 잠시 유학하였다고 하나 어느 학교에 적을 두었는지는 알려지지 않았다.

일제 말인 1940년 1월 『조선일보』 신춘문예에 단편 「홍수洪水」『조선일보』, 1940.1.10~27로 등단하여 작품 활동을 시작하였다. '신춘문예 당선소감'인 「미래만이 나의 것–끝없는 모험에로 출발」에 따르면 그는 "앞으로 작가적 활동을 할 수 있는 길이 열리느냐에 불안의 초점이 걸렸었다"고 표현함으로써 작가 활동에 큰 의욕을 보인다. 그러나 일제 말 조선에서는 더 이상 작가로 활동할 수 없었던 김만선은 조선어 창작이 가능했던 만주의 신경新京, 현재의 장춘(長春)으로 떠나 『만선일보滿鮮日報』의 기자로 근무하면서 습작을 계속한다. 하지만 만주시절의 작품들은 끝내 세상에 나와 빛을 보지 못하였다. 해방 후 발간된 그의 첫 창작집 『창작집創作集－압록강鴨綠江』동지사(同志社), 1949의 「후기」에 따르면 그 이유는 첫째가 일제의 검열 때문이고 둘째는 작가 자신이 그 작품의 수준에 만족하지 못했기 때문이다.

그는 1945년 귀국하여 '조선문학가동맹'에 가입한 후 비로소 활발한 작품 활동을 시작한다. 1945년 8월 18일 발표된 「조선문화건설본부朝鮮文化建設本部」의 회원명부에 그의 이름이 올라 있는 것으로 보아 일제 말기에도 그는 '조선문학가동맹'의 주요 인사들과 꾸준히 교류하였던 것으로 보인다. 귀국 후에는 성북동에 살며 상허 이태준李泰俊과 교류했고 소설가 안회남安懷南과 함께 출판사 '육문사育文社'를 경영하면서 소설가 황순원黃順元의 『황순원 창작집－목넘이 마을의 개』1948를 발간하기도 하였다. 1948년 12월에는 자신의 작품을 모아 『창작집－압록강』을 동지사同志社에서 발간하였다. '조선문학가동맹'의 주요인물들이 월북한 이후에도 서울에 남아 있다가 1950년 10월 인민군과 함께 월북하여 종군작가로 활동했다. 이후 출판기관에 근무하면서 창작활동을 이어갔으나 1958년 작품집 『홍수洪水』 발간 이후의 행적은 알려지지 않고 있다.

그의 작품은 크게 두 가지 경향으로 구분된다. 첫 번째는 작가의 만주 체험에 근거하는 것으로 만주에서의 조선인의 삶과 해방을 맞아 만주에서 귀환하는 조선인들의 모습 그리고 내면의 기대와 갈등을 다루는 작품들이다. 8·15 광복을 신경에서 맞는 조선인의 모습은 「한글 강습소講習會」『대조(大潮)』, 1946.7와 「이중국적二重國籍」1946.9 등에 잘 드러나 있다. 이들 작품에서는 능숙한 현지어 구사능력으로 만주에서 안정적인 기반을 닦고 살아가지만 일본패망조선해방을 맞아 현지인과의 갈등으로 위기에 처하거나 그동안 잊고 있었던 민족의식을 강하게 깨달으면서 만주에서의 삶을 반성적으로 성찰하는 주인공들이 등장한다. 「압록강鴨綠江」『신천지(新天地)』, 1946.6은 만주로부터 귀환하는 조선인들의 모습을 객관적인 시선으로 그린 작품이다. 「압록강」은 8·15 광복 이후 석 달 만에 신경新京에서 봉천奉天,오늘의 심양(瀋陽)과 안동을 거쳐 신의주에 이르기까지의 귀환여로를 그린 작품이다. 이 작품에서는 소련군에 대한 호감과 일본에 대한 적개심을 보여주는 한편 중국 동북지역에 거주했던 조선인의 생활상과 혼란 속의 귀국 과정을 증언한다. 이들 작품에 나타나는 조선인들의 삶은 '에스니시티ethnicity'로서의 삶 즉 정치적인 측면보다 언어적 문화적인 요소를 공유하는 '즉자적 민족공동체'이다. 만주에서의 조선인의 삶이 즉자적이었던 이유는 이들의 사회적 위치 때문이었다. 당시 만주국은 외면적으로는 독립국이었지만 내면적으로는 일본의 괴뢰국이었기에 조선인들은 만주국 국민으로 완전히 통합되기 어려웠다. 더구나 만주국은 다섯 민족으로 이루어진 국가이므로 '민족의식'을 갖는다 해도 에스니시티의 수준을 넘을 수 없었고 침략주의를 내포한 '국가만주국'의 이념에는 더욱 동조할 수 없었기 때문에 재만 조선인은 대자적인 민족의식도 국가의식도 가질 수 없었다.

「한글강습회」, 「이중국적」, 「압록강」 등에는 만주에서 에스니시티로서의 공동체의식을 갖고 있던 주인공이 해방된 민족의 일원이자 해방 조국의 국민이 될 것이라는 기대로 민족의식을 회복하는 과정이 잘 드러나 있다. 그러나 「귀국자歸國者」에 이르면 이와 같은 기대가 쉽게 충족될 수 없음을 깨닫는 데에 이른다. 좌우 이념대립으로 혼란스러운 정치적 상황에서 어느 위치에 서야 할지 갈등하게 된 주인공 '혁'은 만주에서 현실과 타협하여 살아온 자신을 부끄럽게 생각하게 되고 조선민족의 일원이 되기 위해서는 올바른 민족의식이 필요하다는 사실을 깨닫는다. 이와 같은 작품들은 김만선 자신의 만주체험에 근거하고 있다. 김만선이 해방의 감격을 추상적으로 혹은 도식적으로 그리지 않고 냉정한 시선으로 그 현장의 명암을 직시할 수 있었던 것은 만주신경(新京)에서 양심적 지식인으로 살았던 경험이 중요한 역할을 하였다. 『만선일보』의 기자로 근무하면서 만주에서 성공적으로 정착했던 자신과 해방 후 이를 비판적으로 사유하는 모습은 「한글 강습회」와 「압록강」, 「귀국자」에 잘 나타나 있다.

두 번째 경향의 작품은 김만선이 '조선문학가동맹'의 구성원으로 활발하게 활동하면서 창작한 작품들로 「절름발이 돌쇠」『조선주보』, 1946.2, 「노래기」 1946.10, 「어떤 친구」, 「형제」, 「대설」『신천지』, 1949.2, 「해방의 노래」『백제(百濟)』, 1947.1, 「이혼」『신천지』, 1949 등을 들 수 있다. 해방 직후 귀환한 재만조선인이 민족국가의 내부로 들어가기 위해서는 특정의 정치적 입장을 선택하는 일이 마치 통과의례처럼 주어졌다. 김만선은 '인민의 문학'을 선택하면서 '조선문학가동맹'의 노선에 충실한 작품을 창작하였다. 「절름바리 돌쇠」와 「노래기」에서는 강한 반미反美, 반일反日감정을, 「어떤 친구」와 「해방의 노래」에서는 반민족적 모리배에 대한 비판의식을 보여준다. 이처럼 두 번째 경향의 작품에서는 그의 장점인 충실한 체험의 형상화보다는 강한 이념지향성과 실천적 문제의식을 보여주는 데 주력한다. 해방기 김만선의 작품들은 일제 말 만주국 붕괴 직후 조선인들의 삶과 민족 대이동의 상황 그리고 해방 직후 정치적으로 혼란스러웠던 국내의 분위기를 사실적으로 보여준다.

이양숙

이은직

李殷直, 1917~2016

　　전라북도에서 태어나 1928년 신태인新泰仁공립보통학교를 졸업했다. 이후 4년 정도 고향의 일본인 상점에서 '사환'으로 일했다. 1933년 5월 일본으로 고학을 결심하고 도일하려 하지만 지역 경찰에게 25회에 걸쳐 수속을 한 후에 도항증명서를 얻었다. 도일 후 1년 동안 시모노세키下関에서 사환으로 일하다 1934년 6월 도쿄에 있는 유리공장에서 일하면서 야간상업학교에 편입했다. 이후, 이은직은 여러 직업을 전전하면서 1937년 3월에 야간 상업을 졸업했고 같은 해 4월 작가를 지망해 니혼日本대학 예과 문과에 입학했다. 이때까지의 체험이 이은직이 써낸 일본어 소설의 근간이 됐다.

　　이은직은 니혼대학 예술과 동인지에 1939년부터 1942년까지 총 5편의 소설을 썼다. 그 중에서 특히 피차별 민족 출신으로 일본 내지에서 차별받는 이야기를 그린 「흐름ながれ」1939.11~12은 제10회 아쿠타가와상芥川賞 후보 작품에 들었다. 이 작품 외에도 다키이 고사쿠瀧井孝作의 추천을 받은 「그네-어느 총각의 이야기ぶらんこ-あるチョンガーの物語-」1940나 「나들이옷과 무靑着と大根」1940, 「회상回想」1941, 「돈주보鈍走譜」1942 등을 발표해 동인지 내에서 높은 평가를 얻었다. 이은직李殷直의 일본어 작품은 피식민자가 식민지 본국에서 느끼는 억압에 대한 우울과 분노가 주를 이루고 있다. 특히 「흐름ながれ」과 마찬가지로 제10회 아쿠타가와상芥川賞 후보작이었던 김사량金史良의 「빛 속으로光の中に」1939와 대조해 볼 수 있는 작품이다. 특히 배경이 두 작품 다 저임금 노동자들이 모여 살던 고토구江東區가 배경인 것이 특징이다. 다만 「흐름」은 일본인과 조선인 간의 민족 차별 문제를 「빛 속으로光の中に」보다 직접적인 방식으로 드러내고 있다. 이은직은 일본이 패전한 이후에도 일본에 남아서 재일본조선인연맹조련 활동에 참가했고 『민주조선民主朝鮮』 등에 작품 활동을 했다.

　　해방 이후 이은직은 조총련이 중심이 된 민족교육문화사업에 전력을 기울였다. 1960년에는 재단법인 조선장학회 이사가 돼 그 후 30년간 육영사업에 종사했다. 2016년 1월 말 일본 요코하마橫浜에서 머물다가 타계했다.

곽형덕

윤동주

尹東柱, 1917~1945

만주에서 태어나고 자라 '평양 숭실→용정→경성 연희전문→일본(릿쿄
立敎, 도시샤대학同志社大學, 후쿠오카福岡 형무소)' 그리고 죽어서 만주로 돌아온다. 윤동
주는 만 27년 2개월햇수로는 29년의 생애를 살았는데 그중 20년 8개월을 연변에
서 보냈다. 조선족 문학사의 시각에서 보면 윤동주는 '조선족의 아들'이다. 평
양숭실중학교 7개월, 서울 연희전문학교 33개월, 일본 도쿄 릿쿄대학 문학부
와 도시샤대학同志社大學 영문학과 3년, 곧 중국 이외의 지역에서 산 것은 모두 합
쳐 6년 4개월이다. 이렇게 1945년 2월 16일 일본 후쿠오카福岡 형무소에서 옥사
하기까지, 28년 남짓한 생애 중 중국에서 20년 8개월, 한국에서 4년, 일본에서
3년을 산 윤동주는 전형적인 '동아시아 조선인 디아스포라Korean Diaspora'이다.

명동촌은 1899년 만주지역의 대표적인 항일운동가 김약연金躍淵 선생을
비롯해, 문병규, 남종구 등 6가족 141명이 새로운 공동체를 이루기 위해 집단
이주하여 형성된 마을이다. 명동촌의 명동소학교를 1931년15세에 졸업한 윤동
주는 명동에서 20리8km 정도 떨어진 대랍자大拉子의 중국인 학교에 편입해 계속
공부했다.

1935년19세 9월 1일 은진중학교 4학년 1학기를 마친 윤동주는 평양 숭실
중학교로 전학했지만, 편입시험에 실패하여 3학년에 들어간다. 그렇지만 일
제가 강제로 지시하는 신사참배를 견딜 수 없었다. 이 학교 저 학교를 전전하

는 이 무렵 그의 시에서 디아스포라 이민자의 모습이 등장한다.

동시 「고향집—만주에서 부른」1936.1.6에는 두만강을 건너 북간도로 온 선조들의 이야기가 담겨 있다. 그런데 화자의 고향은 "남쪽 하늘 저 밑"에 있는 "따뜻한 내 고향" "내 어머니가 계신 곳"이다. "헌 짚신짝 끄을고" 여기에 온 화자 "나"는, 이민 3세대인 윤동주가 아니라, 윤동주의 선조 이주민들이다. 윤동주는 이렇게 생존을 위한 이주를 단행했고, 현재 이민지에서 또 다른 정체성을 형성하면서 살려고 애쓰는 디아스포라들의 그리운 고향집을 노래한다.

1938년22세 2월 17일 광명중학교 5학년을 졸업한 윤동주는 4월 9일에, 대성중학교 4학년을 졸업한 송몽규宋夢奎와 함께 연희전문 문과에 입학한다. 4학년 때 쓴 긴 시 「별 헤는 밤」은 디아스포라 윤동주의 어린 시절을 담고 있다. 이 시는 윤동주가 연희전문 졸업을 몇 달 앞둔 시기에 창작한 작품이다. "어머님 / 그리고 당신은 멀리 북간도에 계십니다"라는 표현에서 볼 때 이 시의 화자는 북간도에서 멀리 떨어진 곳에 있다. 연표를 살펴보면 윤동주는 서울에 있었다. 시에서 간간히 적어내린 "추억"과 "쓸쓸함" 그리고 "어머니"는 고향에 대한 향수를 드러내고 있다.

북간도 명동촌에는 윤동주 일가들이 모여 살았는데, 옆에 용정이 커져 윤동주 일가도 용정으로 이사간다. 그런데 명동촌에서 용정으로 이사가는 그 사이, 1년 동안 중국인 초등학교를 다닌다. 명동촌에서 중국 사람을 만날 기회가 없었던 동주는 소학교 6학년 때 처음 중국인 소학교를 다니면서, 패, 경, 옥이라는 이국의 아이들을 만났던 거 같다. 그 순간의 그리운 마음을 도저히 짧은 행간이나, 암시적 기법으로 담아낼 수 없었다. 그 마음은 이야기로 풀어내야 했던 것이다.

판소리에서 정서로만 해결되지 않아 상황을 설명하는 '아니리'라는 대목이 있다. 아니리를 통해 시간의 흐름, 배경 등을 설명한다. 랩rapping에서도 감정을 실은 노래부분이 있고, 구체적인 이야기를 할 때는 랩으로 해결한다. 판소리의 아니리나 랩의 서술부분처럼, 윤동주는 구체적인 정서를 전달하는 형태로 산문을 선택했던 것이다.

가을이 깊어가는 언덕 위에서 먼 어린 시절과 고향을 생각하고, 그들의 이름을 하나하나 불러주고는, 마지막에 자신의 이름을 쓴 다음 흙으로 덮어버리는 청년은, 9연에서 그 같은 의식儀式의 이유를, "밤을 새워 우는 벌레는 / 부끄러운 이름을 슬퍼하는 까닭"이라고, 슬그머니 벌레 한 마리로 자기를 비유하여 마친다.

시의 원본 원고를 보면, 이 9연의 끝에 '1941.11.5'라고 써 있다. 작품 아래 늘 쓴 날짜를 적어놓았던 동주는 여기서 시를 일단 끝낸다. 그렇다면 10연은 추가했다는 말이 된다. 왜 10연을 추가로 썼을까. 자기 자신을 벌레로 비유한 것을 만족할 수 없었기 때문일까.

여기서 10연이 보태진 것은 연희전문학교의 한 후배에게 받은 조언 때문이었다. 시를 읽어본 후배 정병욱鄭炳昱은 뭔가 아쉽다고 말했다고 한다. 이에 윤동주는 후배의 지적에 따라 원고를 가필한다. 원고를 수정한 것인지, 정병욱에 대한 예의로 메모한 것인지 분명치 않다. '겨울이 지나고'와 '봄이 오면' 사이에 '나의 별에도'를, 마지막 줄 앞에 '자랑처럼'을 써 넣는다. 그렇게 해서 10연이 첨부된다.

이국땅 일본에서 그리는 만주는 단순한 고토의식의 대상이 아니다. 그에게 진정한 조국은 어떤 타자와 구분되며 확인되는가. 마지막 시 「쉽게 씌어진 시詩」의 핵심은 1연과 8연에 반복되는 "육첩방六疊房은 남의 나라"라는 표현이다. 1연과 8연을 행의 순서만 바꾸어 중복시킨 의도는 변이를 통해 공간적 상황을 강조하려는 의도로 보인다. '남의 나라'인 일본에 와 있는 자신이 '살기 어려운' 처지가 되어야 하는데, 이러한 고통 속에서도 시를 쉽게 쓴다는 상황에 부끄러움을 느끼는 것이다. '육첩방=남의 나라日本'이다.

그의 부끄러움은 "어린 때 동무를 / 하나, 둘, 죄다 잃어버리고", 창씨개명된 '히라누마 도오쥬우'의 어두운 현실에서 아침을 기다리는 '최초의 나'는 그 침전, 바로 그 절망의 빈 곳에서, 오히려 "나는 나에게 적은 손을 내밀어" 자기의 정체성을 확인하는 '최초의 악수'를 한다.

1943년 7월 14일 윤동주는 끝내 현실 속에서 그의 영원한 고향과 합일을 이루지 못하고 검거된다. 일본 교토재판소의 「치안유지법 위반 피고 사건에 관한 판결문」에는, 윤동주가 '만주국 간도성滿洲國 間島省'에서 '다이쇼大正 7년'에 태어났고, 본적은 '조선 함경북도'이며, '반도半島 출신'의 '선계일본인鮮系日本人'이며 히라누마平沼東柱라고 써있다. 그는 완전한 일본인도 아니면서, 일본 이름을 쓰고 있는, 만주 출신이 아닌 반도 출신이었다. 마지막까지 그의 정체성을 모두 부정되고 있었다.

김응교

허남기

許南麒, 1918~1988

경상남도 구포龜浦에서 태어나 1931년 3월 구포공립보통학교를 졸업했다. 1932년 4월 부산제이상업학교에 입학했다. 1934년부터 1936년에 걸쳐 일본의 문예 동인지 『문예수도文藝首都』에 '조선朝鮮 H·N·K'라는 필명으로 일본어 시를 투고해 총 5편이 게재됐다. 1937년 3월 부산제2상업학교를 졸업했다. 1938년 10월에는 사상서를 윤독한 죄로 치안유지법에 걸려 이듬해 1월까지 구류됐다. 1939년 여름 도일해서 도쿄 고이시카와小石川에서 하숙하며 니혼日本대학 예술학부 편입시험을 보고 영화과에 입학했다. 이 시기 그는 신문배달을 하면서 고학을 했다. 1940년에서 1941년 사이에는 아테네프랑세アテネフランセ와 일본 주오대학中央大學, 태평양미술학교 야간부에서 배웠다. 1942년 9월에는 주오대학 법학부를 졸업한 후 증권회사에 취직했다.

1944년에는 도쿄 다치카와立川 비행장에서 강제노동에 종사했다. 허남기는 일제 말에 많은 시를 발표하지는 않았지만, 도일한 이후 법학과 어학, 그리고 미술을 배웠다. 허남기가 본격적으로 작품 활동을 펼치기 시작하는 것은 해방 이후다. 특히 해방 직후에는 재일조선인이 일본에서 발행한 『민주조선民主朝鮮』에서 활동했고, 1950년 초에는 일본의 좌파지식인이 만든 『인민문학人民文學』에 작품을 발표했다. 1959년 6월 조총련 문예동 초대 위원장에 취임하고 일본어 시를 발표하지 않았다. 1988년 11월 타계했다.

곽형덕

김달수

金達壽, 1920~1997

김달수는 1920년 1월 17일(각종 김달수 연보에 기재된 1919년 11월 27일은 음력 생일이다)경상남도 창원군昌原郡의 몰락해가는 중농 가정에서 태어났다. 어린 시절 김달수가 처음 접한 일본인은 고리대금업자였다. 1925년 부모와 형제가 일본으로 떠나자 김달수는 할머니의 손에 맡겨진다. 1930년 친형 김성수를 따라 도일해서 이후 넝마를 주워 팔고, 각종 공장에서 일하면서 오이심상야학 教大井尋常夜學校에서 일본어를 배웠다.

1936년에는 가나가와神奈川 요코스카橫須賀로 이사해 살면서 영화기사 견습생, 막노동 등을 하며 신조사新潮社의 『세계문학전집』을 탐독했다. 같은 해 장두식張斗植과 알게 돼 등사판 잡지인 『오다케비雄叫び』를 만들었다. 1939년에는 니혼日本대학 전문부 예술과에 입학해 일본인 친구들과 함께 『신생작가新生作家』라는 동인지를 만들어 처음으로 논문이 활자화 됐다. 1940년부터 1942년까지 니혼대학 예술과의 동인지에 오사와 다쓰오大澤達雄라는 필명으로 「위치位置」1940.8, 「아버지おやぢ」1940.11, 「기차 도시락汽車辨」1941.3, 「족보族譜」1941.11, 「잡초雜草」1942.7를 실었다. 이 중 「위치」는 내지에서 민족적 차별에 직면한 조선인 청년이 정체성을 자각하는 과정을 그리고 있다.

다만 「족보」는 「위치」와는 달리 조선인으로서의 정체성을 자각하는 내용이 아니다. 「족보」는 내선일체를 노골적으로 내세우거나 전쟁찬미 등을 한

국책소설은 아니지만, 조선문화에 위화감을 느끼고 일본문화에 더욱 자연스러움을 느끼는 주인공 '경태'가 마을에 찾아온 이후, 마을의 전통을 지켜온 '숙부'가 죽음을 맞이하고 뒤이어 족보가 불태워 지는 등 '조선적인 것'이 파괴돼 가는 내용을 담고 있다.

1941년 김달수는 와세다대학早稻田大學 계열의 동인지『창원蒼猿』에 가입했다. 이후 이 잡지가『문예수도文藝首都』와 합병돼 그는 김사량金史良과 처음으로 만나 교류하면서 문학적으로 큰 영향을 받았다. 김달수는 이 시기에 가네코 준金光淳이라는 필명으로「쓰레기塵芥」『문예수도』, 1942.3나「오코시 군大越君」『문예수도』, 1942.5 등을 발표했다. 1942년 1월에는 가나가와신문사神奈川新聞社에 입사했고, 다음 해 5월 경성일보사京城日報社에 입사했다. 해방 후 김달수는 경성일보사에 입사해 활동했던 것에 대해 께름칙함을 느꼈다. 1944년 2월에는 경성일보사를 그만두고 다시 가나가와신문사에 들어갔다. 패전 직전인 1945년 6월 가나가와신문사를 퇴사했다. 전후 일본에서 김달수는『민주조선』및 일본 내 전후 민주주의와 관련된 작가가 결집했던『신일본문학新日本文學』에서 활약했다.

김달수는 허남기許南麒와 더불어 재일조선인문학사에서 전후 제1세대 작가로 자리매김했으며 일본문학계에서도 가장 널리 알려진 존재였다. 1997년 5월 24일 심부전으로 타계했다.

곽형덕

만주국

만주국 ▶ 중국계 작가

왕광례

王光烈, 1880~1953

자는 시저西哲, 시저希哲, 시저昔則이며 심양沈陽 사람이다. 그는 서예가이며 구체시를 잘 지었다. 왕광례는 동북東北의 유명한 문화인사로서 잡지 『신만주新滿洲』의 편집을 주관한 바 있다. 그는 글을 잘 써 정샤오쉬鄭孝胥, 뤄전위羅振玉, 바오시寶熙 등과 함께 '만주4필滿洲四筆'이라 불렸다. 왕광례는 위만주국僞滿洲國의 미술 '국전國展'에서 제4부(서예, 전각 부분) 심사위원을 여러 번 담당했으며 그의 작품은 역대 위만주국僞滿洲國 미술 '국전'에서 모두 입선되거나 수상했다. 그의 저술은 매우 풍부한데, 대표작으로 『전각백거篆刻百擧』, 『전각만담篆刻漫談』, 『오늘날의 도장의 의미印學今義』, 『고천문대련古泉文集聯』총 2권, 『시저루 티베트 도장希哲廬藏印』총 3권, 『시저루 인보希哲廬印譜』, 『푸쟈오산민 인보夫椒山民印存』 등이 있다.

류샤오리(劉曉麗)

무루가이

穆儒丐, 1884~1961

    만주족 작가, 번역가, 편집자, 연극평론가. 본명은 무두리穆都哩이고 호는 류톈六田이며 또 다른 이름은 천궁辰公이다. 무루가이는 북경北京 서쪽의 향산건 예영香山健銳營 정남기正藍旗 가정에서 태어났다. 유년기에 기인이 운영하는 호신학당虎神學堂과 방지학사方知學社에서 공부했다. 1903년에 북경 종실 각라8기학당覺羅八旗學堂 전신인 경정학원經正學院에서 공부했다. 1905년, 청 말에 일본 와세다대학早稲田大學에서 역사지리를 공부하고 3년 후에 계속해서 정치경제학을 공부했다. 1907년에 기인 종실 신분으로 일본에서 유학하던 헝쥔恒鈞, 페이화佩華, 룽푸隆福, 룽성榮升, 우쩌성烏澤生, 위돤裕端 등과 함께 도쿄에서 『대동보大同報』를 창간했다. 그는 일본 『태평양보太平洋報』, 도리이 류조鳥居龍藏의 『경제와 몽고經濟與蒙古』를 번역했으며 「오늘날 세계 각국의 상황과 추세世界列國現今之狀勢」, 「몽고족, 회족, 장족과 국회 문제蒙回藏與國會問題」 등 2편의 논설문을 발표했다.

    1911년 전반기에 졸업하고 귀국했으며 청정부에서 유학생을 대상으로 실행하는 시험에 통과하여 '법정거인法政擧人'을 수여 받았다. 하지만 신해혁명으로 인해 벼슬길을 잃었다. 민국 초기에 무루가이는 우쩌성烏澤生이 창간한 『국화보國華報』에서 편집자로 활동했으며 창작소설 「메이란팡梅蘭芳」으로 인해 메이란팡의 팬들로부터 공격을 받았다. 1916년, 『국화보』가 정간된 후, 무루가이는 심양瀋陽으로 갔다. 1918년에 심양 『성경시보盛京時報』에서 부간副刊 『신고

잡조神皐雜俎』를 창간했는데, 이 부간은 『동북東北신문』의 첫 번째 문예부간이며 1944년에 종간되었다. 무루가이는 동북 지역의 유명한 문인이자 만주국의 문화명사였다. 그의 문학적 성과는 다음과 같다. 창작소설 「메이란팡」, 「웃음 속의 눈물자국笑裏啼痕錄」, 「북경北京」, 「향분야차香粉夜叉」, 「동명원앙同命鴛鴦」 등 극본 〈마바오뤄장군馬保羅將軍〉, 〈공리를 따지는 두 사람兩個講公理的〉 등, 극 평론 「신극과 구극新劇與舊劇」, 「중국의 사회희中國的社會戲」, 논문 「소설총화小說叢話」, 「문학에 대한 나의 견해文學的我見」, 「미학사강요美學史綱要」 등 그 밖에 대량의 구체시와 산문 등이 있다. 그는 또한 「정마지옥情魔地獄」, 「려시아군주전儷西亞郡主傳」 및 빅토르 위고의 「애사哀史」 즉 「비참한 세계」와 뒤마의 「크리스토백작庫裏斯特伯爵」, 다니자키 준이치로穀崎潤一郎의 「춘금초春琴抄」 등을 번역했다. 위만주국僞滿洲國 시기에 창작한 장편소설 「복소 창업기福昭創業記」는 제1회 민생부대신문학상民生部大臣文學奬을 수상한 바 있다. 1945년 동북 광복 후, 무루가이는 동북을 떠나 북경으로 돌아갔다. 1953년에 북경문사관北京文史館 관원직을 맡은 바 있으며 분곡岔曲과 단현單弦을 연구하고 분곡岔曲 〈경애하는 마오주석敬愛的毛主席〉을 창작했다.

리리(李麗)

자오츄훙

趙秋鴻, 1894~1976

통속소설가이고 시인, 산문가이며 평론가, 편집자이다. 본명은 자오웨이샹趙微祥이고 필명은 무신穆欣이며 또 다른 이름은 무신木心이다. 그는 요녕遼寧 요양遼陽 출신의 회족이다. 만주사변 이전에 하얼빈哈爾濱으로 건너가 소학교 교사, 국민당 하얼빈 사무처 보조간사 등 직업에 종사했다. 1933년 겨울에 『국제협보國際協報』 부간副刊 편집자로 일하다가 나중에 편집장이 되었다. 1941년에 반일 언론으로 인해 위만주국偽滿洲國 당국에 의해 체포되었다가 보석으로 풀려났다. 동북東北 광복 이후의 이력에 대해서는 잘 알려져 있지 않다. 자오츄훙은 구체시를 잘 지었다.

대표적인 소설로는 「북쪽 땅의 연지北地胭脂」, 「변방의 버드나무 피리소리塞上笳聲」, 「송포의 새로운 풍조松浦新潮」, 「월병月餅」, 「넷째 아가씨가 차례로 아름다움을 겨루다四小姐先後媲美」 등이 있다. 소설은 주로 현지와 현지인들의 이야기를 다루었고 속어를 많이 사용했으며 본토의 풍경과 풍속을 잘 표현했다. 내용적으로는 지방의 소문, 역사적 사실, 정치 소식, 청나라 역사 등 그야말로 지방 백과사전이라 할 정도로 다양하고 풍부하다. 대표적인 산문으로 산문집 『추음관잡습秋吟館雜拾』이 있는데, 그 속에는 수십 편의 작품이 수록되어 있다. 예컨대 「하얼빈 40년 회고哈爾濱四十年回顧」, 「최고의 극 한판一出絶劇」, 「무명씨의 시無名氏詩」, 「장차오탕 시張朝墉詩」, 「정반챠오 일화鄭板橋軼事」, 「왕롼팅이 요재의 하룻밤을 빌리다王阮亭借聊齋一夜」,「왕태사 일화王太史軼事」,「숭원신국공사략宋文信國公史略」 등이다. 그 중 「송문신 국공사략宋文信國公史略」은 1941년에 발표되었다. 당시는 위만주국의 『예문지도요강藝文指導要綱』이 반포된 지 얼마 되지 않았고, 태평양전쟁이 다가오는 민족 존망의 위기에 직면한 시기였다. 이 때, 자오츄흥은 작품을 통해 '충의를 실행하고 절개를 지키며 죽어도 굴하지 않는' 원톈샹文天祥의 고상한 정조와 애국정신을 칭송함으로써 동북 문인의 반식민지적 심리를 표현하여 중요한 현실적 의의를 체현했다.

잔리(詹麗)

타오밍쥔

陶明浚, 1894~1960

통속소설가이자 평론가이며 교수이다. 자는 시란犀然, 별호는 위위안豫園이
며 요녕遼寧 심양沈陽 출신의 몽고족이다. 그는 작문 성적이 뛰어나 1917년에 북
경대학 교장 차이위안페이蔡元培에 의해 전례를 깨고 북경대학 특별 합격자로
입학했다. '5·4운동' 시기에 반장을 했으며 반 전체 학생들을 인솔하여 시위
에 참여하고 차오루린曹汝霖의 집을 불태운 바 있다. 또한 재학 기간에 과외 시
간을 이용하여『북경대학 학생주간北京大學學生周刊』과『정언보正言報』편집에 참여
했다. 1920년 가을에 졸업하고 심양으로 돌아가 선후로 봉천奉天고등사범학교
와 동북대학東北大學에서 교직 생활을 했다. 동시에 '청사관淸史館'편찬직을 겸임
했으며『봉천통지奉天通志』의 편집에 참여했다. 1927년에『신아일보新亞日報』를 창
간하여 동북東北 신문사업을 발전시키는 데 주력했다. 1952년에 북경시문사연
구관北京市文史研究館 관원으로 초빙되었다. 그는 1960년에 북경에서 사망했다.

타오밍쥔은 근면한 다산 작가로 차례로 시, 필기, 문예이론과 소설 등을
100여 종 출판했으며 그 밖에 출판되지 못한 유고도 상당히 많다. 그의 활동
은 두 시기로 구분할 수 있다. 즉 1934년 이전과 이후인데, 전기에는 주로 시
와 문예이론을 창작했다. 예를 들면『순자 어의 해석荀子釋義』,『선난 시문초집沈
南詩文初集』,『문예총고 초편文藝叢考初編』등이다. 1934년 이후의 창작 절정기에는 주
로 통속소설을 창작했다. 1936년에 출판한 장편소설『홍루몽 별본紅樓夢別本』은

그의 후기 대표작으로 제2회 '성경문학상盛京文學賞'을 수상했다. 그 밖에 「홍루삼몽紅樓三夢」, 「신속 홍루몽新續紅樓」, 「홍루몽전기紅樓夢傳奇」, 신괴소설神怪小說 「여선외전呂仙外傳」, 「동유기東遊記」, 공안소설公案小說 「천공안陳公案」, 「탕공안湯公案」 및 무협소설 「소림사연의少林寺演義」, 「쌍검협객雙劍俠」 등과 같은 작품이 있다. 타오밍쥔은 중국고대장편소설을 확대하여 쓰거나 혹은 모방하여 쓰는 이른바 속사續寫와 방사倣寫에 뛰어났다. 이에 대해서는 앞으로 연구하고 논의할 가치가 있다.

잔리(詹麗)

허아이런

何靄人, 1899~?

자는 윈상雲詳이고 동북東北 지역의 중요한 작가, 교육가이자 언어문학자이며 길림吉林 신문화운동의 '용맹한 장수'이기도 하다. 1920년대 초에 허아이런은 마오둔茅盾, 정전둬鄭振鐸가 편집을 주관하던 대형 간행물 『소설월보小說月報』에 「한 줄기의 폭포一個瀑布」를 발표했다. 1922년 5월에 '국어연구회'를 조직하여 백화문白話文 창작을 적극적으로 제창함과 동시에 '국어함수학교國語函授學校'를 설립하여 백화문을 보급시켰다. 1923년 8월에 무무톈穆木天 등과 함께 동북 최초의 신문학단체인 '백양사白楊社'를 조직했으며 "문예 창작을 발표하여 길림의 새 문단을 촉진할 것"을 취지로 삼아 비정기적인 순수문예지 『백양문단白楊文壇』을 간행하고 총서를 발행했는데, 내용상 창작, 비평 및 민간문학이 포함되었으며 흔히 혼인자유에 대한 추구 및 개성해방에 대한 강조를 주요 주제로 반영했다.

1925년에 허아이런은 주이스朱藝士 등과 '탐미예술사探美藝術社'를 발기하여 월간지 『탐미探美』를 간행했다. 허아이런은 1920년대부터 1930년대까지 유명한 사립 육문중학교毓文中學와 오동중학교敖東中學에서 교직을 맡은 바 있으며 육문중학교의 교내 간행물 『춘조추충春鳥蟲』, 『대담大膽』, 『영零』 등을 지원했고, 그 간행물의 중요한 기고자로 활동하기도 했다. 1934년에 '여성 신문예 작품집 중 하나'인 『창 앞의 풀窗前草』을 편찬했다. 위만주국僞滿洲國 시기에 그는 학생들이 병사가 되는 것을 비현실적이라 생각하며 그들이 항일무장 활동에 참여하는 것을 제창하지 않았다. 하지만 본인은 줄곧 지하당과 항일 세력을 몰래 보호하고 있었다. 허아이런은 체포된 김일성을 보석하고 공산당 추투닌楚圖南을 구조한 바 있다. 하지만 위만주국僞滿洲國 후기에는 일본인에 협력하여 영구營口 교육국 국장으로 활동했다(일설에 의하면 위만주국 국무원 부위원회에서 일직을 담당하기도 했다). 위만주국 정부 기관에 종사한 이후에도 문학 창작을 견지하여 동화「유쾌섬의 진격愉快島的進擊」,「한 마을一個村子」,「아동 위생 강화兒童衛生講話」,「청대의 위업淸代的偉業」,「춘정의 약동春情的撥動」 등을 창작했다. 1949년에 허아이런은 동북사범대학 교수로 임명되었으며 언어문학과 고시 연구 분야에서 커다란 성과를 거두었다. 그 후, 1957년에 우파로 간주되어 '문화대혁명' 때 허즈완河子灣의 농촌 벽지로 하방下放되었으며, 그 후 강에 투신하여 자살했다. 그의 외조카 류옌쥔劉延君의 추측에 의하면 1974~1976년 사이에 자살했다.

천옌(陳言)

무무톈

穆木天, 1900~1971

무무톈은 길림吉林 의통伊通 사람이다. 본명은 무징시穆敬熙이고 시인이자 번역가이다. 무무톈은 7명의 창조사創造社 발기인 중 한 명이다. 1926년, 도쿄제국대학 프랑스문학전공을 졸업한 뒤, 길림성립대학吉林省立大學 등 학교에서 교직을 맡은 바 있다. 1930년에 상해로 가 좌익문학운동에 투신했다. 그의 작품『여심旅心』상해 : 창조사출판부(創造社出版部), 1927은 프랑스 상징파의 영향을 받아 '순수시가'를 추구했다.

만주사변 후, 그의 시는 소재와 풍격에 매우 큰 변화가 생겼다. 『망명자의 노래流亡者之歌』낙화도서회사(樂華圖書公司), 1937는 삶의 터전인 고향에 대한 그리움과 동북 민중들의 항일 이야기를 소재로 한 장편서사시다. 「강촌의 밤江村之夜」은 만주사변 5주년 무렵에 각계 민중들이 강촌에서 집회를 열어 항일무장투쟁의 빛나는 성과를 보고하고 식민자의 폭행을 폭로하며 여러 피압박 민족의 공통의 인식을 표현하는 내용을 다루었다. 그는 현실에 더욱 밀착하기 위해 낭송시를 쓰기 시작했으며 나아가 통속적인 고시鼓詞를 차용하기도 했다. 『항전대고시抗戰大鼓詞』한구(漢口) : 신지서점(新知書店), 1938는 북경, 동북, 상해, 소북蘇北 등 지역 군민들의 용맹한 항전 이야기를 다루었는데 통속적이고 유창하며 가독성이 높은 특징을 지닌다.

1938년 이후에는 개인적인 느낌과 깨달음을 표현하는 시가 창작으로 전향했다. 이러한 시들은 서남西南 변방에서의 일상적인 생활과 감정을 소박하게 표현했다.『새로운 여정(新的旅途)』, 중경(重慶) : 문좌출판사(文座出版社), 1942. 그는 항전문화 활동에 늘 적극적으로 참여했으며 1947년에 상해로 돌아 왔다. 신중국시기에 동북사범대학과 북경사범대학 교수로 초빙되었다. 무무톈은 1932년에 중국공산당에 가입했으나 1934년에 두 달 동안 국민정부에 구속된 후 "더 이상 중국공산당의 신분을 보류할 수 없게 되었다". 이 사건은 그에 대한 문학사적 평가에도 영향을 미쳤다.

1957년에 무무톈은 우파로 분류되었다. 그는 만주사변의 직접적인 영향으로 인해 고향을 잃은 전형적인 망명 작가는 아니다. 하지만 항전문학운동에 참여하여 일정한 업적을 이루었기 때문에 30년대 동북작가군의 주요 구성원으로 취급된다. 중국 신시사新詩史에 있어서 무무톈은 소재의 폭이 넓고 학문의 조예가 깊은 시인으로서 50여 부의 창작집과 역저 및 논저를 출간했다. 전전과 전후에 출판한 4권의 시집은 당시 시국이 무무톈이라는 모더니즘 시인에 미친 영향 및 국가와 고향의 변화 속에서 동북의 작가들이 겪었던 마음의 역정과 역사적 책임을 반영하였다.

장취안(張泉)

자오런칭

趙任情, 1900~1969

    작가, 편집자. 본명은 자오인칭趙蔭靑이고 필명은 런칭任情이며 요녕遼寧 무순撫順 사람이다. 청년기에 양위팅楊宇霆이 감독하는 심양병기공장沈陽兵工廠에서 일한 바 있다. 1933년부터 1935년까지 개인적으로 출자하여 문예, 생활, 오락 등이 결합된 간행물인『정화보晶畫報』를 간행했다. 그 후, 창작만 했는데 그 영향력은 신문업계와 문학계, 및 평론계와 영화계까지 닿았다.『기린麒麟』은 작가군상 소개에서 그를 류윈뤄劉雲若, 바이위白羽 등 화북華北 대작가들과 견주어 소개했다. 동북이 광복한 후, 자오런칭은 태묘태극권연구회太廟太極拳硏究會에 참여하여 우吳式 태극권 계승자가 되었다.

    자오런칭은 박학다식하고 '허사오지체何紹基體'의 서예에 뛰어났으며 문학과 역사 연구를 좋아했다. 위만주국僞滿洲國 시기에『대동보大同報』,『성경시보盛京時報』,『기린麒麟』,『정화보晶畫報』등 간행물에 시리즈 작품을 발표했다. 예를 들면 관리들의 사회를 장편으로 다룬 이른바 관장소설官場小說「얼경대孽鏡台」를 연재했는데, 이 작품은 웃음과 욕설을 통해 혼란스러운 사회와 민생의 질고를 풍자했다. 시리즈 유머소설「미키마우스와 우미인米老鼠與虞美人」,「퉁얼佟二」,「그릇碗」,「김 선생金老師」,「도학가道學家」,「수수께끼謎」,「난형난제難兄難弟」,「풍류소생전風流小生傳」,「새 장막 속 설법新帳中說法」,「고사 속의 인물故事裏的人物」,「만년歲暮」,「아들兒子」등은 일상생활 속에서 유머 요소를 포착하여 익살스러운 대사와 행동을 통해 불공평한 사회를 폭로했다. 1944년, 신경개명도서회사新京開明圖書公司에서『그릇碗』이라는 제목으로 유머소설집을 출판했다. 역사소설「심양비파瀋陽琵琶」는 백거이白居易의「비파행琵琶行」에서 소재를 취했는데, 작품 속 '상인부商人婦'의 경력은 매우 구슬프고 감동적이다. 전반적으로 자오런칭의 소설적 특징은 유머와 익살이다.

잔리(詹麗)

자오쉰쥬

趙恂九, 1905~1968

    소설가이며 편집자이다. 본명은 자오중천趙忠忱이고 필명은 다워大我, 주신竹心, 주신豬心 등이며 봉천 금주奉天 金州 사람이다. 1925년에 여순旅順제2중학교에 입학했는데 학업과 품행이 모두 뛰어났다. 1929년부터 1944년까지 태동일보泰東日報사에서 활동했다. 1937년에 '일본 내지 시찰단' 신분으로 일본에 가서 한 달 동안 여행했다. 일본이 항복한 후, 자오쉰쥬는 중학교 교장, 교육장, 부편집장 등 직책을 맡은 바 있다. 1938년에 태래泰來노동개조농장에서 병으로 작고했다. 자오쉰쥬는 '만주의 유일한 대중소설가'로 불린다. 그는 23부의 중·장편소설을 창작했다. 예를 들면 「나의 참회我的懺悔」, 「고향의 봄故鄉之春」, 「춘몽春夢」 등은 대부분 청춘남녀의 사랑이야기를 묘사한 작품인데 그 속에는 동북東北의 풍속인정이 잘 융합되어 있다. 또한 그 작품들은 서사변화가 풍부하고 결말이 비극적이어서 청년독자들로부터 많은 사랑을 받았다.

잔리(詹麗)

샤오쥔

萧軍, 1907~1988

작가 샤오쥔의 본명은 류훙린劉鴻霖이고 필명은 샤오쥔萧軍, 산랑三郎, 톈쥔田軍 등이며 요녕遼寧 의현義縣 사람이다. 1929년에 샤오쥔은 '퉤옌산랑酡顔三郎'이라는 필명으로 『성경시보盛京時報』에 첫 백화소설「나儒……」를 발표했는데, 이 소설은 병사들을 잔혹하게 가해하는 군벌들의 폭행을 고발한 작품이다. 1932년에 샤오쥔은 하얼빈哈爾濱에서 '산랑'이라는 필명으로 작품을 발표했으며 하얼빈 중공 지하당원 및 진보청년들과 함께 반만항일反滿抗日을 목적으로 한 문학 활동을 전개했다. 1933년 10월, 수췬舒群 등의 도움으로 샤오훙萧紅, 샤오쥔의 공동 소설·산 문집 『발섭跋涉』이 자비로 하얼빈에서 출판되었는데, 이 작품집은 당시 하얼빈 문단에 큰 반향을 불러일으켰으며 독자들로부터 큰 호평을 받았다.

한편 『발섭跋涉』은 대부분 일제 통치하의 암흑한 사회현실을 폭로하고 인민들의 각성과 반항 및 투쟁을 고취한 탓에 위만주국僞滿洲國 특무기관의 주의를 받게 되었다. 이에 샤오훙과 샤오쥔은 탄압을 피해 1934년 6월에 하얼빈을 탈출하여 대련大連에서 배를 타고 청도靑島로 건너가 망명생활을 시작했다. 상해에서 샤오쥔과 샤오훙은 루쉰鲁迅 등 문화인들의 도움을 받았다. 샤오쥔은 루쉰의 도움하에 문학 창작의 성과를 거둠과 동시에 '좌익' 문화운동의 '주장'이 되었다. 또한 장편소설 『8월의 향촌八月的鄕村』을 출판하여 중국현대문학사적 지위를 닦았다.

류샤오리(劉曉麗)

와이원

外文, 1910~?

번역가이며 시인이다. 본명은 산경성單更生이고 필명은 와이원이며 호남湖南 사람이다. 그는 북경철로대학北京鐵路大學을 졸업했고 위만주국偽滿洲國 국무원 총무청 소속 관직과 예문서방藝文書房 편집부장을 맡은 바 있다. 또한『예문지藝文志』동인이었고 위만주국문예가협회 회원이었다. 그는 위만주국 문단에서 장편 서사시에 뛰어난 것으로 유명했다. 시집『시 7수詩七首』를 출판했다. 그 밖에 시집『도총집刀叢集』미발행,번역서『루쉰전魯迅傳』오다 타케오(小田嶽夫著) 등이 있다.

류샤오리(劉曉麗)

진런

金人, 1910~1971

하북河北 남궁南宮 사람이다. 본명은 장쥔티張君悌이고 또 다른 이름은 장사오옌張少岩, 장카이녠張愷年이며 필명은 톈펑田風 등이다. 고향 및 강소江蘇, 북경에서 중고등학교를 다녔다. 1927년에 하얼빈동성哈爾濱東省 특별 지역 지방법원에 입사했다. 1928년에 『대북신보大北新報』편집자로 채용되었다. 그 후, 1934년에 동성東省 특별 지역 검찰청 러시아어 통번역으로 전임되었다. 진런은 『하얼빈공보哈爾濱公報』에 번역문과 시가를 발표한 바 있다. 1935년에 루쉰魯迅은 샤오쥔蕭軍의 소개를 통해 진런의 단편소설 번역작「퇴역普列波衣」이 상해의 잡지 『역문譯文』에 발표될 수 있도록 추천해 주었다. 동시에 이 소설은 신경新京 『대동보大同報』에 연재되었다. 그 후, 진런은 상해의 잡지에 대량의 번역작을 발표했다. 루쉰과 샤오쥔, 샤오훙蕭紅은 편지를 통해 진런을 열세 번이나 언급했으며 그의 번역을 비교적 높게 평가했다.

1937년 초에 진런은 하얼빈으로부터 상해로 이주하여 사립 배성여중培成女中에서 교사로 활동하면서 소련문학 번역에 전념했다. 출판된 번역 작품집으로 『남방의 하늘 아래에서在南方的天下』, 세라피모비치의 장편소설 『황막 속의 성荒漠中的城』해연서점(海燕書店), 숄로호프의 『고요한 돈강靜靜的頓河』 등이 있다. 1941년 11월, 상해 전체가 함락된 후, 진런은 중공 소북 항일근거지로 들어가 항일 신문사 및 소북행정공서사법처蘇北行政公署司法處에서 근무했다. 전후에 진런은 동북문협東

北文協, 동북사법부東北司法部 등 기관에 종사했다. 신중국시기에 북경출판총서번역국北京出版總署翻譯局 부국장으로 재직하기도 했다. 그는 시대출판사時代出版社와 인민문학출판사人民文學出版社에서 장기적으로 전문 번역에 종사했는데, 그 번역 글자 수가 600만 자에 달한다.

장취안(張泉)

천방즈

陳邦直, 1910~1956

호북湖北 사람이다. 그의 또 다른 이름은 천잉산陳英三이며 필명은 사오츄少螂
이다. 동북東北이 함락된 후, 위만주국僞滿洲國으로 왔으며 사법계에 종사했다.

1933년에 뤄전위羅振玉의 추천으로 만일문화협회滿日文化協會 간사로 활동했
으며 구딩ㅎ丁 등과 함께 잡지『명명明明』,『예문지藝文志』를 발행한 바 있다. 저작
으로『정샤오쉬전鄭孝胥傳』공동저자 당양저우(黨庠周), 신경(新京) : 만일문화협회, 1938 및『뤄전위
전羅振玉傳』만일문화협회, 1943 등이 있다. 부친 천정서우陳增壽, 1877~1949는 동광체파同光
體派 시인이며 위만주국에서 차례로 집정비서, 근시처장, 내정국 국장 등 직책
을 역임한 바 있다. 천방즈는 부친의 영향을 받아 구체시舊體詩를 잘 지었다. 만
청의 황족 후예 및 청 왕조의 유신들은 만주의 식민체제 속에서 빠르게 주변
화되면서 많은 사람들이 동북을 떠났다. 1942년에 북경으로 온 천방즈는 즉
시「신이辛巳년 중양절重陽節/重九에 옛 서울 백탑에 오른 감수 부賦 4수辛巳重九登舊京白塔
感賦四首」남경(南京),『동성월간(同聲月刊)』2권 5기를 발표했다. 동북에 있을 때, 그는 무덕보
사武德報社 서무 과장 및 비서직을 담당했다. 저작으로『태평천국太平天國』북경 : 신민인
서관(新民印書館), 1944이 있다. 신중국시기에 그는 중국인민구제총회中國人民救濟總會 상
해분회에서 일했으며, 1955년에 3년간 감독·관리 선고를 받았다.

장취안(張泉)

류룽광

柳龍光, 1911~1949

작가, 문학 활동가이며 출판업자이다. 그는 북경 사람이며 만주족이다. 본명은 류루이천柳瑞辰이고 필명은 홍비紅筆, 시지系己이다. 1929년 9월에 북경숭덕중학교北京崇德中學를 졸업하고, 그 후 북경보인대학輔仁大學 이공학원에 입학했으며 1933년 9월에 대학을 졸업했다. 1934년 4월에 위만주국僞滿洲國으로 가『성경시보盛京時報』에서 근무하다가 얼마 후, 일본으로 갔다. 일본에서 그는 동아고등예비학교와 일본 도쿄 특별연수대학 경제학부에서 공부했으며 1936년 4월에 졸업하고 6월에 신경新京으로 돌아와『대동보大同報』에 취직했다. 1938년에『대동보』부간副刊을 인수 받아 관리했으며 개혁을 거쳐「문예전문페이지文藝專頁」를 개설했다. 그의 기획하에 문예부간은 구딩古丁을 공격하는 글을 20여 편 게재했으며 위만주국 문단의 분화와 대립을 강화했다. 얼마 후, 류룽광은『대동보』의 편집장직을 담당하게 되면서 '신간소개란'을 개설하여 일본과 북경 등 식민지에서 새로 간행한 서적과 간행물을 소개했다. 이처럼 류룽광은 서로 다른 지식체계 사이에서 매개인 역할을 했으며 트랜스내셔널한 문화 환경 속에서 자신의 활동을 전개했다.

1938년 11월 20일에 그는『대동보』를 떠났다. 그 후, 1939년 2월에 일본의 오사카마이니치大阪每日신문사에 초빙되어 잡지『화문오사카마이니치華文大阪每日』를 편집하게 되었는데, 그 기간에 문학평론과 번역의 비중을 증가하고 '동아문예소식'과 '해외문학선집', '문단수화文壇隨話' 등 문예란을 개설했다. 그는 『화문오사카마이니치華文大阪每日』의 기자로서 점령 지역의 인류학을 고찰한 수기 『평화와 조국和平與祖國』을 남겼다. 이 수기는 전시 일본 인류학자들의 방관적이고 엽기적이며 일방적인 고찰 방식에서 벗어나 민족 생명 내부로부터 중국인들의 생존 상황을 고찰하여 식민주의와 점령지 간의 역동적인 관계를 생동하게 묘사했다. 이를 통해 점령지의 역사와 문화를 고찰하는 데 귀중한 역사 자료를 제공했다.

1941년 하반기에 사직하고 연경영화사燕京影片公司 부책임자로 입사했으며 같은 해, 가을에 무덕보사武德報社 편집장으로 부임하여 『국민잡지國民雜志』의 주편을 잠간 맡았다. 그 후, 1942년 9월에 새로 설립한 화북華北작가협회 간사가 되어 실무를 장관했다. 류룽광은 제2회, 제3회 대동아문학자대회에 참석하기도 했다. 일본이 패전한 후, 자신이 한간漢奸 명단에 오를 것이라는 소식을 미리 전해 듣고 사평四平으로 도피했다가 상해로 도주했다. 1948년 겨울에 대만으로 갔다. 1949년 1월 27일에 류룽광은 '순징孫敬'이라는 이름으로 중련윤선회사中聯輪船公司의 태평륜太平輪을 타고 상해에서 대만 기륭基隆으로 가던 중 배가 침몰되면서 조난당했다.

천옌(陳言)

리후잉

李輝英, 1911~1991

본명은 리롄추이李連萃이고 만주족이며 작가이자 문학평론가이고 길림吉林 영길永吉 사람이다. 1932년 1월에 리후잉은 딩링丁玲 주편의 좌련 잡지『북두北斗』에 첫 항일 단편소설「마지막수업最後—課」을 발표했다. 그 후, 리후잉은 길림 '만보산萬寶山사건'을 소재로 장편소설「만보산萬寶山」을 창작했다. 샤오쥔蕭軍의『8월의 향촌八月的鄕村』보다 2년 일찍 발표된「만보산」은 중국 항일 소재 단편소설의 효시로 불린다. 이 작품은 저우양周揚, 마오둔茅盾, 딩링丁玲 등으로부터 높은 평가를 받았다. 리후잉은 항일 작가로서 1930~1940년대에 활약했다. 1950년에 리후잉은 홍콩으로 이주하여『열풍熱風』,『문학천지文學天地』,『필회筆會』등 간행물을 편집한 바 있으며『중국현대문학사』,『중국소설사』등을 출판했다.

류샤오리(劉曉麗)

샤오훙

萧紅, 1911~1942

    작가이다. 본명은 장나이잉張迺瑩이고 필명은 샤오훙, 챠오인悄吟, 링링玲玲, 톈디田娣 등이며 흑룡강 호란黑龍江 呼蘭 사람이다. 1932년에 샤오쥔萧軍을 알게 되어 하얼빈哈爾濱 좌익문화조직에 참가했으며 샤오쥔, 바이랑白朗, 수췬舒群 등과 항일공연단체인 '성성극단星星劇團' 배우로 활동했다. 또한 중국공산당 진젠샤오金劍嘯가 조직한 이재민 구제를 위한 미술전시회 등에 참가했고 1933년에 챠오인悄吟이라는 필명으로 소설 「기아棄兒」를 발표하여 문단에 데뷔했다. 그 후, 『대동보大同報』, 『국제협보國際協報』 등에 작품을 발표했다. 1933년 10월, 수췬舒群 등의 도움하에 샤오훙, 샤오쥔의 공동 소설·산문집 『발섭跋涉』이 자비로 하얼빈에서 출판되었는데, 이 작품집은 당시 하얼빈 문단에 큰 반향을 불러일으켰으며 독자들로부터 큰 호평을 받았다.

    한편 『발섭』은 대부분 일제 통치하의 암흑한 사회현실을 폭로하고 인민들의 각성과 반항 및 투쟁을 고취한 탓에 위만주국僞滿洲國 특무기관의 주의를 받게 되었다. 이에 샤오훙과 샤오쥔은 탄압을 피해 1934년 6월에 하얼빈을 탈출하여 대련大連에서 배를 타고 청도靑島로 건너가 망명생활을 시작했다. 샤오훙은 상해에서 루쉰魯迅 등 문화인들의 도움 하에 장편소설 『삶과 죽음의 장生死場』을 출판하여 뛰어난 동북東北 망명 작가로 부상했다. 1936년에 샤오훙은 일본으로 건너가 산문 「고독한 생활孤獨的生活」과 장편연작시 「모래알砂粒」 등을 창작했다. 1940년, 홍콩에서 중편소설「마보러馬伯樂」, 장편소설「호란강전呼蘭河傳」 등을 발표했다. 1942년 1월 22일, 홍콩에서 31세의 나이로 작고했다.

류샤오리(劉曉麗)

쾅루

匡廬, 1911~1996

시인이자 산문가이며 평론가이다. 본명은 쾅푸匡扶, 또 다른 이름은 쥐페이晬非이고 필명은 부커덩루不可登廬, 룽위容與, 허후이禾穗, 뎬누佃奴이며 요녕遼寧 개현蓋縣 사람이다. 그는 사숙에서 공부하다가 관립소학교에 입학하였으며 독학으로 사범국문과에 입학했다. 재학 기간에 『동삼성공보東三省公報』, 『동북민중보東北民眾報』에 대량의 신시와 산문, 소설 등을 발표했다. 만주사변 발발 후, 학교가 문을 닫자 쾅루는 학교를 그만두고 다시 구체시 창작에 주력했다. 1935년에 신경新京에서 편집자로 활동했다. 1947년에 쾅루匡廬는 요동문법학원遼東文法學院에 재직했으며 1950년에는 서북西北 지역에서 교사로 활동했다. 위만주국偽滿洲國 시기의 대표작으로는 『쾅루수필匡廬隨筆』, 『동유음초東遊吟草』가 있다. 쾅루는 1937년, 1940년에 종주국 일본에 간 바 있으며 이와 관련하여 시 「만발晚發」, 「조선 평주를 지나다過朝鮮平州」, 「별부여저別府旅邸」, 「아침에 시모노세키를 떠나다朝發下關」, 「전제차소규운前題次少虬韻」, 「다시 평주를 지나다再過平州」, 「한수상작漢水上作」 등을 남겼다.

잔리(詹麗)

돤무훙량

端木蕻良, 1912~1996

　　요녕遼寧 창도현昌圖縣 자로수촌鷺鷺樹村에서 태어났다. 본명은 차오한원曹漢文 또는 차오징핑曹京平이다. 그의 증조부는 청 왕조의 관리였다. 하지만 부친대 후기에 이르러 가세가 몰락하기 시작했다. 생모는 소작농의 딸로 차오曹 씨 집 안의 강권에 의해 첩의 신분으로 그의 부친과 결혼하게 되었는데, 본처가 죽 은 뒤 정실이 되었음에도 불구하고 그 굴욕감을 씻어 내지 못했다. 돤무훙량 은 어려서부터 부친을 싫어하고 모친을 동정했으며 관외關外 대가족의 변천과 계급 대립을 절실하게 느끼면서 성장했다. 그는 1923년에 천진휘문중학교天津 彙文中學에서 공부했으며 1927년에는 고향 창도현중학교에 입학하여 공부하다 가 이듬해에 동북東北을 떠나 천진天津의 남개南開중학교로 전학했다. 1932년에 그는 순뎬잉孫殿英의 항전부대에 잠깐 몸담은 바 있으며, 그해 가을에 청화대학 淸華大學 역사학과에 입학했다. 또한 좌익작가연맹에 가입하여 그 기관지인 『과 학신문科學新聞』의 편집을 담당하기도 했다.

　　1933년, 좌련左聯이 북경 당국에 의해 탄압당한 후, 돤무훙량은 퇴학하고 천진으로 돌아와 장편소설 「커얼친기 초원科爾沁旗草原」을 창작하는 데 몰두했다. 그는 이 소설을 통해 동북東北 지역의 지주와 농민의 관계 및 만주사변 후 군민 의 항일투쟁을 보여주고자 했다. 그 후, 남하하여 상해에 정착했으며 1936년 에 「자로호의 우울鷺鷺湖的憂鬱」을 발표하며 상해 문단에 데뷔했다. 1937년에는 단편소설집 『증오와 원한^{憎恨}』을 출판했다. 『커얼친기 초원^{科爾沁旗草原}』 상권도 6년 후인 1939년에 상해개명서점^{上海開明書店}에 의해 빛을 보게 되었다. 이를 통해 뒤늦게 명성을 얻게 된 돤무홍량은 보다 일찍 명성을 알린 동북망명문학의 대표작가 반열에 오르게 되었다. 자신을 낳아 길러 준 커얼친기 초원에 대한 돤무홍량의 기억은 곧 그의 문학적 상상의 원천이었다. 돤무홍량의 작품들은 항일구국의 조류 속에서 개인의 기억 속 고향의 대지를 자유롭게 표현하여 색다른 풍격을 형성했는데, 그 속에는 고향에 대한 절절한 그리움과 우려가 충만해 있다. 전쟁 시기에 그는 줄곧 좌익 항일문화 진영에서 활약하며 무한^{武漢}, 계림^{桂林}, 중경^{重慶}, 상해, 홍콩 등 지역을 전전했으며 샤오홍^{蕭紅}과 결혼하여 4년 동안 부부로 살았다. 신중국시기에 돤무홍량은 북경문련^{北京文聯} 및 북경시^{北京市} 작가협회의 전문 작가로 활동했다.

장취안(張泉)

바이랑

白朗, 1912~1994

요녕遼寧 심양瀋陽 출신의 작가이자 편집인이다. 본명은 류둥란劉東蘭이며 필명은 류리劉莉, 거바이ㄷ白, 두웨이杜徽, 웨이徽, 바이랑白朗 등이다. 1926년에 흑룡강성립여자사범학교黑龍江省立女子師範學校에 입학했으나 1928년에 눈 질환을 앓게 되어 부득이하게 중도에서 학교를 그만두었다. 1929년에 죽마고우이자 외사촌 오빠인 중국공산당 뤄펑羅烽과 결혼했다. 그 후, 1931년에 정식으로 양징위楊靖宇가 지도하는 반일동맹회 구성원이 되었으며 뤄펑을 협조하여 반만항일反滿抗日 선전 활동을 전개하기 시작했다. 바이랑은 1933년부터 "류리劉莉"라는 필명으로 『대동보大同報』 부간副刊인 『야초夜哨』에 농후한 계급의식과 좌익색채를 지닌 작품을 게재하기 시작했다. 「한 갈래 길일 뿐이다只是一條路」와 「반역의 아들叛逆的兒子」이 그러한 작품에 속한다. 같은 해 4월, 하얼빈哈爾濱의 진보적인 신문 『국제협보國際協報』의 문예부간 편집자로 임명되었으며 이듬해부터 중국공산당 지하당이 창간한 『국제협보』 주간 『문예』의 편집을 주관했다. 『문예』는 일본 괴뢰당국이 엄밀하게 감독·통제하던 엄혹한 환경 속에서 1년 동안 출간되었는데, 그동안 당시의 사회 병폐를 우회적으로 반영하고 반항을 선전하는 작품을 대량으로 게재했다. 이는 동북윤함구東北淪陷區에서 지하당이 창간한 문예부간 중 간행 기간이 가장 길고 영향력이 가장 컸던 문화 지면이었다.

1935년에 바이랑은 뤄펑羅烽과 함께 하얼빈을 탈출하여 관내關內로 도피하기 시작했으며 상해, 무한武漢, 중경重慶 등 여러 지역을 떠돌아 다녔다. 그동안의 작품은 고향 동북에 대한 일본의 침략과 동포들의 투쟁을 많이 다루었는데, 대표작으로 단편소설 「이와루 강변伊瓦魯河畔」과 「윤하輪下」가 있다. 바이랑은 항일 작가로 구성된 '동북작가군東北作家群'의 주요 구성원이었다. 그는 1946년에 다시 하얼빈으로 돌아왔으며 1949년 이후, 한동안 중화인민공화국의 정치 무대에서 활약했다. 하지만 그 후의 '반우파투쟁' 및 '문화대혁명' 과정에서 잇따라 탄압되었다. 바이랑은 '문화대혁명' 시기부터 건강 문제로 더 이상 작품을 발표하지 못한 채 1994년에 사망했다.

우쉬엔(吳璿)

샤오숭

小松, 1912~?

작가이며 편집자이다. 본명은 자오명위안趙孟原이고 또 다른 이름은 자오 수취안趙樹權이며 필명은 샤오숭小松, 명위안夢園, 바이예웨白野月, MY 등이다. 샤오 숭은 하북河北 당산唐山에서 태어났으며 나중에 동북東北으로 갔다. 1934년에 봉 천문회奉天文會 고등학교 문과를 졸업했다. 1932년부터 창작하기 시작했으며 『만주보滿洲報』, 『태동일보泰東日報』 문예란에 글을 자주 발표했다. 1933년에 '백 광사白光社'에 가입했으며 『백광白光』 편집을 맡았다. 그 후, 시험을 통해 봉천奉天 『민생만보民生晩報』에 입사하여 『문학 7일간文學七日刊』 편집을 담당했다. 그 후, 『명 명明明』, 『영화화보電影畫報』, 『예문지藝文志』 등에서도 편집자로 활동했다. 위만주국 僞滿洲國 시기에 출판한 주요 작품으로는 단편소설집 『박쥐蝙蝠』, 『사람과 사람들 人和人們』, 『고과집苦瓜集』, 중편소설집 『개머루野葡萄』, 중편소설 「철함鐵檻」, 장편소설 「꽃 없는 장미無花的薔薇」, 시집 『뗏목木筏』 등이 있다. 1947년 이후, 소학교 교사로 활동했으며 나중에 금주錦州에 정착했다.

샤오숭은 위만주국 시기 문단에서 활약했던 인물로 '예문지藝文志' 동인들 의 기억에 의하면 그는 "보통 일본인보다 키가 크지 않고 '협화복'이 유행하는 '수도'에서 줄곧 그다지 예쁘지 않은 양복을 즐겨 입었다". 또한 위만주국 시기 의 평론가 천인陳因은 샤오숭에 대해 "종합문예의 달인이라 할 수 있다"고 칭찬 했다. 그만큼 샤오숭의 작품은 종류가 많고 형식이 다양하며 내용이 풍부하다.

그는 도시 소지식인들의 병태적인 애정생활을 다루었을 뿐만 아니라 부락민과 유랑자의 생활도 다루었다. 샤오숭의 작품은 형식적인 느낌이 강하다. 그는 문학작품에 조형예술의 기법을 이용하여 독자적인 모더니즘 풍격을 형성했다. 소설「북귀北歸」는 구성미와 색채미를 지닌 작품이다. 소설「고급 담배꽁초高級煙蒂」는 영화 장면의 변화 기법과 정련된 시가 형식의 어구를 활용하여 도시 남녀의 사통과 타락을 그려냄으로써 '신감각'적인 미를 강하게 드러냈다.

류샤오리(劉曉麗)

쑨뤄순

孔羅蓀, 1912~1996

산동山東 제남濟南 사람이다. 본명은 쿵판옌孔繁衍이고 필명으로 루순魯孫, 예리野黎, 예즈츄葉知秋, 추냥秋娘, 즈웨이紫微 등 몇십 개가 있다. 소년기에 산동, 상해, 북경에서 공부하다가 1927년에 하얼빈哈爾濱으로 갔다. 그 후, 하얼빈 길흑吉黑 우체국에 입사했다. 그는 배뢰사蓓蕾社 동인이기도 하다. 1932년 9월에 하얼빈을 떠나 상해우체국에 취직했다. 그 후, 좌익작가연맹에 참가하여 항전문예운동에 투신했으며 선후로 한구漢口『대광보大光報』,『전투순간戰鬥旬刊』의 편집장 및 중경重慶『문화월보文學月報』편집장으로 활동했다. 작품으로 전시에 출판한 평론집『야화집野火集』한구 : 일반문화출판사(一般文化出版社), 1936,『문예만필文藝漫筆』중경(重慶) : 독서출판사(讀書出版社), 1942,『작은 빗방울小雨點』계림(桂林) : 집미서점(集美書店), 1943 등이 있다. 그의 창작에는 흔히 동북東北이 언급된다. 장편「봉쇄로부터 우편이 통하기까지從封鎖到通郵」『중화우공(中華郵工)』, 1935년 1권 1기는 특정한 역사 시공간 속 우편 역사에 대한 기록이자 일본제국주의의 동북 침략에 대한 규탄이다. 산문집『최후의 깃발最後的旗幟』중경 : 당금출판사(當今出版社), 1943 속 시가는 작가의 경력을 토대로 만주사변 이후 동북 인민들의 비참한 생활과 용맹한 투쟁을 반영했고 점령 지역 친구들에 대한 그리움을 표현했으며 자신의 도망 경험과 조국에 대한 느낌을 표현했다. 신중국시기에『문예보文藝報』책임편집, 중국작가협회 서기, 중국현대문학명예관장 등 직책을 맡았다.

장취안(張泉)

스쥔

石軍, 1912~1950

작가이며 요녕遼寧 금현金縣 사람이다. 본명은 왕스쥔王世浚이며 필명은 스쥔 石軍, 지량季良, 스쥔世浚, 한쥔寒畯, 원취안文泉 등이다. 1928년에 여순사범학당旅順師範學 堂에 입학하여 1932년에 졸업한 후, 소학교 교사 및 보란점공학당普蘭店公學堂 교사 로 재직했다. 수암현공서岫岩縣公署에서 행정과 과장 등 공직을 맡은 바 있고, 또 한 '만주문예가협회' 회원, '대동아 연락부' 부부장으로 활동했으며 제3차 대 동아문학자대회에 참석한 바 있다. 1930년 무렵부터 『태동일보泰東日報』에 기고 하기 시작했으며 1934년에 톈빙田兵 등과 대련大連을 거점으로 문학단체 '향도 사響濤社'(나중에 '개척문예연구사'로 개명)를 조직하여 문학작품 발표 지면을 개척 했다. 1939년에 '작풍간행회作風刊行會'에 가입하여 비교적 오랫동안 작가 활동 을 지속했다. 1930년대 이래, 위만주국偽滿洲國의 중요한 간행물인 『태동일보泰東 日報』, 『만주보滿洲報』, 『봉황鳳凰』, 『신청년新靑年』, 『예문지藝文志』, 『문선文選』 등에 소설, 시가, 산문 등을 발표했다. 위만주국 시기 출판한 작품으로는 장편소설 『옥토 沃土』(제1회 '대동아문학상' 2등상 수상), 단편소설집 『변성집邊城集』, 『보릿가을麥秋』, 『새 부락新 部落』 등이 있다.

류샤오리(劉曉麗)

신쟈

辛嘉, 1912~?

북경 사람이다. 본명은 천숭링陳松齡이고 필명은 신쟈辛嘉, 마오리毛利, 샤졘夏簡, 숭하이宋海 등이다. 청화대학淸華大學을 졸업한 뒤, 경교京郊 기차역에서 일했다.

그는 상해 좌익작가연맹의 구성원이며 북경에서 중공에 가입했으나 나중에 탈당했다. 1937년 '7·7사변七七事變'이 발발한 후, 위만주국僞滿洲國으로 이주하여 신경新京 만일문화협회에서 일직을 담당했고 건국대학교에서 강사로 재직한 바 있다. 그는 예문지藝文志 동인이기도 했으며 『명명明明』과 『예문지藝文志』의 편집을 담당하기도 했다.

1939년 8월에 시가간행회詩歌刊行會를 조직하는 데 참여했다. 번역서로 야마모토 마모루山守本의 일본어 번역본을 중역한 『몽고민간고사蒙古民間故事』만일문화협회, 1939와 가와바타 야스나리川端康成의 『설국雪國』 및 『베이컨 수필집培根隨筆集』 등이 있다. 그는 좌익 진보 문인으로 간주되었다. 1938년 6월 6일에 개최한 '국도문화동향좌담회國都文化動向座談會'에서 정부의 문예정책을 반박한 바 있다. 1941년 말 혹은 1942년에 정치적 압박 때문에 고향 북경으로 도피했다. 교육총서편집심사회에 입사하였다가 그 후에 무덕보사武德報社와 신민인서관新民印書館에 입사했다. 동시에 신경흥아잡시사新京興亞雜志社 북경 주재원을 겸했다. 그는 신경新京 만계滿系 문원사文園社 동인이었다. 그는 문학에 대한 당국의 정치적 요구에 대해 늘 의문을 제기하는 한편 순문학을 고취했다.「문학과 농민(文學與農民)」, 『화북작가월보(華北作家月報)』, 1942.2. 수필집 『초경집草梗集』신경 : 흥아잡지사(興亞雜志社), 1944에는 고향 북경으로 돌아간 심경을 표현한 글들이 적잖게 있다. 1944년 말에 북경의 문화기구가 통폐합되자 신쟈는 영예학원影藝學院으로 들어갔다. 항전 승리 후, 그는 북경을 떠났다. 1948년에 중공화북대학中共華北大學에 들어갔다. 신중국 시기에 신쟈는 산서성태원채광기술학교山西省太原采礦技術學校 및 산서성장치재정경제학원山西省長治財經學院에 종사했다.

장취안(張泉)

쟝링페이

董靈非, 1912~1943

작가이자 편집자이다. 본명은 쟝웨이시董維璽, 쟝천董琛이며 필명은 웨이밍未名, 링페이靈非, 쟝링페이董靈非, 쥐안훙倦鴻, 웨이밍未明, 링페이零非 등이다. 그는 심양沈陽에서 태어났으며 본적은 산둥山東이다. 1930년 심양에서 공부할 때 간행물『남교南郊』를 발행한 바 있으며『상공일보商工日報』,『신민만보新民晚報』,『대아공보大亞公報』등 신문에 시가와 단편소설 등을 발표하기도 했다. 1933년에 청셴成弦, 진인金音 등과 함께 문학단체 '냉무사冷霧社'를 조직했으며『동삼성민보東三省民報』등 지면을 통해 주간『냉무冷霧』를 간행했다. 1935년 이후, 쟝링페이는『신청년新靑年』과『만주신문화월보滿洲新文化月報』의 편집을 담당했다. 작품으로는 장편소설「신토지新土地」,「잿빛 운명과 전율하는 사람灰色的運命與戰栗的人」, 단편소설「삼인행三人行」,「인생극장人生劇場」, 동화「맹인과 돼지盲人與豬」,「나비의 멸망蝴蝶的滅亡」등이 있다. 쟝링페이는 1943년에 장티푸스로 사망했다. 그 후, 친구 진인과 청셴 등은 쟝링페이를 기념하기 위해 그의 저작 및 유작을 수집하고 정리하여 소설집『인생극장人生劇場』과 장편소설「신토지新土地」, 시가와 산문집『하나의 운성一顆隕星』을 '성광문학총서星光文學叢書' 중 하나인『미명집未名集』으로 출판하고자 계획한 바 있다.

류샤오리(劉曉麗)

쟝춘팡

薑椿芳, 1912~1987

    강소江蘇 상주常州 사람이며 필명으로 린링林陵, 춘팡蠢仿, 취보綠波, 허칭賀青, 창 장常江, 사오늉少農, 니어우泥藕, 쟝어우江鷗, 산양三羊, 라오뉴老牛 등이 있다. 그는 1928 년에 하얼빈哈爾濱에서 부친과 상봉했다. 그 후, 1930년 초에 하얼빈광화통신사 哈爾濱光華通訊社에서 러시아어 통번역에 종사했다. 1931년에 중공만주성위中共滿洲省委 선전부에서 지하 간행물『만주청년滿洲青年』과『만주홍기滿洲紅旗』의 편집장을 차 례로 맡았다. 1932년 5월에 영국아시아통신사라는 간판을 건 소련타스통신사 에 입사했다. 그는 비밀 선전 공작을 전개하는 한편 진젠샤오金劍嘯와 함께『대 북신보화간大北新報畫刊』의 문예부간副刊을 편집했으며 여러 가지 필명을 바꾸어 가며 40여 편의 글을 발표했다. 그의 작품은 삶의 이상, 사회의 천태만상, 문화 적 수양 등 제반 문제를 다루었다. 이를 통해 자신의 문학적 취미를 보여줌과 동시에 청년 독자들의 시야를 넓혀 주었다. 그는 1936년 6월 13일, 흑룡강민보 사건黑龍江民報事件에 연루되어 체포되었다. 35일 동안 갇혀 있다가 석방된 후, 가 족을 거느리고 위만주국偽滿洲國을 떠나 상해 문화계로 진출했다. 쟝춘팡은 신 중국시기에 러시아 소련연방국 문학 번역가 및 번역계와 출판계의 지도자로 활동했으며, 처음으로 신중국 대백과사전을 제창했다.

장취안(張泉)

톈빙

田兵, 1912~2010

작가이자 편집자이다. 본명은 진더빈金德斌이고 현재 이름은 진탕金湯이며 필명은 톈빙田兵, 페이잉吠影, 웨이란蔚然, 헤이멍바이黑夢白, 진산金閃 등이고 요녕遼寧 심양沈陽 사람이다. 위만주국僞滿洲國 시기에 '망양사望洋社', '야구사野狗社', '향도사響濤社' 등 문학단체를 조직한 바 있으며 『태동일보泰東日報』의 「향도響濤」, 「수소水笑」, 「개척開拓」 등 주간과 『무순민보撫順民報』의 「만주필회滿洲筆會」 주간, 『만주보滿洲報』 의 「효조曉潮」, 잡지 『신청년新青年』과 『작풍作風』 등을 편집한 바 있다. 주요 작품 으로는 시가 「해조야海潮呀」, 소설 「T마을의 연말T村的年暮」, 「선생님의 위풍老師的威 風」, 「석유엔진火油機」, 「아러우阿了式」, 「동승자同車者」 등이 있다.

류샤오리(劉曉麗)

뤄퉈성

駱駝生, 1913~?

작가이다. 본명은 중퉁성仲同升이고 또 다른 이름은 중퉁성仲統生, 중궁좐仲公撰이며 필명은 뤄퉈성駱駝生이고 요녕遼寧 심양沈陽 사람이다. 1928년에 봉천3중奉天三中에서 여순제2중학교旅順第二中學로 전학했고 1931년에 여순공과대학旅順工科大學 예과에 입학했으며 1932년에 위만주국僞滿洲國 국비유학생 신분으로 일본을 유학했다. 그는 1935~1941년에 도쿄東京공업대학에서 공부했다. 뤄퉈성은 1929년부터 『만주보滿洲報』 문예부간副刊에 시가를 발표하기 시작했다. 1933년에 뤄퉈성은 도쿄에서 동북東北 문학청년을 주요 구성원으로 한 '막북청년문학회漠北青年文學會'를 조직하였으며 잡지 『녹주綠洲』를 출판할 계획이었으나 여러 가지 원인으로 인해 결국 무산되고 말았다. 도쿄 시절에 뤄퉈성은 '도쿄좌련' 활동에 참여했는데, '도쿄좌련'의 기관지에 시가를 발표하고 '도쿄좌련' 구성원이 조직한 시가낭송회와 출판기념회에 참가했다. 또한 뤄퉈성은 당시 일본의 프로작가와 일본좌익문화인사, 대만 작가 및 조선 작가와 관계를 맺었다. 그는 1942년 봄에 "잡지 등을 이용하여 만주국 사람들에게 공산주의 계몽 활동을 전개했다"는 죄명으로 투옥되었다가 나중에 일본에서 추방되었다. 그 후의 행방은 파악되지 않는다.

류샤오리(劉曉麗)

멍수

孟素, 1913~?

비평가. 본명은 왕상즈王尚志이고 필명은 멍수孟素, 왕멍수王孟素, 구잉顧盈, 왕메이望梅 등이며 요녕遼寧 신민新民 사람이다. 그는 신민문회新民文會를 졸업하고 다년간 철로회사에서 근무했다. 멍수는『문선文選』동인이며 만주문예가협회 회원을 스스로 탈퇴했다. 그는 당시 문단에서 문예평론가로 유명했다. 1940년에 1935~37년에 발표한 평론을『나의 의식我的意識』이라는 제목으로 '문선총서文選叢書' 제3집 단행본으로 출간하려고 했지만 계획대로 출판하지 못했다. 그 밖에 작품평론집으로『지화집指畫集』미발행 등이 있다.

류샤오리(劉曉麗)

수췬

舒群, 1913~1989

흑룡강黑龍江 아성 阿城 사람이며 만주족이다. 본적은 산동山東 청주 青州이다. 본명은 리수탕李書堂이고 또 다른 이름으로 리춘양李春陽, 리쉬둥李旭東, 리춘저李村哲 등이며 필명은 헤이런黑人이다. 1931년에 하얼빈哈爾濱1중을 졸업하지 못하고 항 공운송국에 입사하여 러시아 통번역을 했다. 만주사변 후, 수췬은 항일의용군 에 참가했다. 1932년에 하얼빈으로 돌아와 제3 인터내셔널 도남정보참兆南情報站 에서 활동했다. 그는 9월에 중국공산당에 가입하였으며 샤오훙蕭紅, 샤오쥔蕭軍 의 작품집『발섭跋涉』1933의 출판을 도와준 바 있다. 1934년 3월에 청도青島로 망 명하였으며 중국공산당 혐의로 단기간 체포된 이력이 있다. 상해에서 단편소 설「조국 없는 아이沒有祖國的孩子」를 발표했으며 위만주국偽滿洲國의『국제협보國際協 報』에 지속적으로 작품을 발표했다. 그 후, 무한武漢, 산서山西 계림桂林 등 지역에 서 활동했다. 수췬은 1940년에 연안延安으로 갔으며 그곳에서 연안루쉰예술학 원延安魯迅藝術學院 문학과 주임을 맡았다.

전쟁 시기에 출판한 작품으로 중편소설「노병老兵」1936, 단편소설집『조국 없는 아이沒有祖國的孩子』1936,『전지戰地』1937,『바다의 저편海的彼岸』1940, 장편보고문학 「서선수증기西線隨征記」1940 등이 있다. 그는 중동철로소련자제 제11중에서 공부 한 바 있다. 대표작「조국 없는 아이沒有祖國的孩子」에 등장하는 조선 소년과 소련 여교사의 원형은 모두 그 학교의 사생이다. 소설의 주인공은 중국 동북으로 이주한 조선 소년이다. 작품은 만주 중동철로권의 변화를 배경으로 식민담론 권속의 일본인과 만주 중국인 및 조선인과 소련인들의 식민/반식민의 관계를 다루었다. 이 작품은 세계적인 안목을 지닌 중국 좌익작가의 항일 전략을 통해 중국현대문학의 소재를 확대시켰다. 항전 승리 후, 수춴은 중공군대를 따라 동북으로 돌아와 장춘만영長春滿映의 인수 작업에 참여했다. 1955년의 반혁명숙청운동 과정에서 수춴은 "수수춴, 뤄뭐펑(羅烽), 바이바이랑(白朗) 등 반혁명 소집단"이라는 죄명에 의해 탄압당했다. 현재 4권으로 구성된 『수춴문집』심양 : 춘풍문예출판(사春風文藝出版社), 1982~1984이 전해지고 있다.

장취안(張泉)

왕츄잉

王秋螢, 1913~1996

작가, 편집자, 문학사가이다. 본명은 왕츄핑王秋平이고 필명은 츄잉秋螢, 왕
츄잉王秋螢, 무거牧歌, 황쉬안黃玄, 구스穀實, 린환林緩, 롼잉阮英, 홍황洪荒, 수커蘇克, 수커舒
柯, 뉴허즈牛何之, 순위孫育 등이며 요녕遼寧 무순撫順 사람이다. 고등학교를 졸업할
때 만주사변을 겪었고 1932년부터 『만주보滿洲報』에 기고하기 시작했다. 1933
년에 친구들과 함께 문학단체 '표령사飄零社'를 조직했고 『무순민보撫順民報』의 주
간 「표령飄零」을 간행했다. 1934년에 시험을 통해 봉천奉天의 『민생만보民生晚報』에
입사하면서 신문 업계의 삶을 시작했다. 그는 『민생만보』, 『대동보大同報』, 『성경
시보盛京時報』의 기자와 편집자를 역임했다. 1940년에 대형 민간동인문학 간행
물인 『문선文選』의 편집장으로 활동했다. 1944년에 왕츄잉은 헌병의 추적 조사
를 피해 상해로 도피했으나 그 뒤에 여비가 떨어져 한 달 후에 다시 봉천으로
돌아왔다.

위만주국偽滿洲國 시기의 작품으로는 주로 단편소설집 『거고집去故集』, 『통
근차小工車』와 장편소설 『하류의 밑바닥河流的底層』, 『비바람風雨』 등이 있다. 그
중 단편소설 『통근차小工車』는 『중국신문학대계 1937~1945 · 소설中國新文學大系
1937~1945 · 小說』에 수록되었다.

왕츄잉의 작품은 당시 동북東北 농촌의 급속한 '산업화'로 인한 농민들의
고난을 날카롭게 드러냈으며 일본 식민자들이 경제적 약탈을 가속화하기 위

해 동북 심지어 벽지인 농촌까지 신속하게 '산업화' 시켜버린 표면적인 '현대화'의 이면에 존재하는 현상들을 폭로했다. 이를테면 순박한 농민들이 희망을 잃고 타락에 빠지는 모습, 기존의 농민과 지주가 월급을 수령하는 '노동자'로 변화하는 모습, 생활 속에 새로 생겨난 광산과 제유공장, 정미공장 및 '공려조합'共勵組合 과 같은 소비형식 등 전혀 들어보지 못한 새 문물과 그 밖의 많은 기이한 일들을 폭로했다. 작품 속 이러한 생활 방식은 물질적 빈곤뿐만 아니라 정신적 막연함이라는 더욱 더 큰 고난을 초래했다. 그 밖에 왕츄잉은 작가, 편집자, 기자일 뿐만 아니라 위만주국 시기의 유명한 문학사가이기도 하다. 저서로 『만주문학사滿洲文學史』, 『만주신문학의 발전滿洲新文學之發展』, 『만주신문학의 종적滿洲新文學之蹤跡』, 『만주고대문학 검토滿洲古代文學檢討』, 『만주신문학연표滿洲新文學年表』, 『건국 10년 만주문예서 제요建國十年滿洲文藝書提要』, 『만주신문학사료滿洲新文學史料』, 『만주의 시단滿洲的詩壇』, 『만주잡지소사滿洲雜志小史』 등이 있다.

류샤오리(劉曉麗)

이츠
疑遲, 1913~2004

작가이며 번역가이다. 본명은 류위장劉玉章이고 필명은 이츠疑遲, 이츠夷馳, 이츠疑馳, 츠이遲疑, 류랑劉郎, 류츠劉遲이며 요녕遼寧 테링鐵嶺사람이다. 1932년에 '중동철로 운수부 전문분야 전습소中東鐵路車務處專科傳習所'를 졸업했다. 졸업 후, 중동철로 동선 전철수 및 부역장으로 종사했으며 1936년부터 문학창작 및 러시아어 번역을 시작했다. 1940년에 『기린麒麟』과 『영화화보電影畫報』에서 편집자로 활동했다. 이츠는 『명명明明』,『신청년新青年』,『예문지藝文志』등 간행물에 많은 문학작품을 발표했으며 『대동보大同報』에 장편소설 「동심결同心結」을 연재함과 동시에 체호프와 고리키의 소설을 번역했다.

위만주국僞滿洲國 시기에 발표한 주요 작품으로 소설집 『화월집花月集』,『풍설집風雪集』,『천운집天雲集』, 장편소설 「동심결同心結」, 「송화강에서松花江上」등이 있다. 이츠는 소설 「야광나무 꽃山丁花」을 통해 문단에 데뷔했다. 이 작품은 '향토문학'과 '사와 인寫與印' 즉 '쓰고 인쇄해야 한다'는 이른바 '사인주의寫印主義' 논쟁을 일으켰다. 이츠는 동북東北에서 처음으로 '향토문예'를 실천한 인물이라 할 수 있다. 이츠는 러시아어에 정통했고 러시아문학을 좋아하여 그로부터 깊은 영향을 받았다. 그의 작품 속 향토세계는 곧 동북東北의 밀림과 몽골의 광야이며 이를 통해 원시적인 강인한 생명력, 신음하는 토지와 삼림 및 참을 수 없는 유린 속에서 왕성하게 성장하는 각종 생명체들을 체현했다.

1948년 이후, 이츠는 동북영화사에서 종사하며 「보통일병普通一兵」, 「레닌이 10월에列寧在十月」, 「스탈린그라드 보위전斯大林格勒保衛戰」, 「고요한 돈강靜靜的頓河」, 「개간된 처녀지被開墾的處女地」 등 소련영화 번역 제작에 참여했다. 만년에 위만주국의 생활을 반영한 장편소설 「신민골목新民胡同」을 창작했다.

류샤오리(劉曉麗)

구딩

古丁, 1914~1964

소설가이자 번역가이며 출판인이다. 본명은 쉬창지徐長吉이며 나중에 쉬지핑徐汲平으로 개명했다. 필명으로 스즈즈史之子, 스충민史從民 등이 있다. 구딩은 일본 남만철로주식회사에서 설립한 장춘공학당長春公學堂과 남만중학당南滿中學堂에서 초등학교와 중학교를 졸업했다. 1930년에 구딩은 동북대학에서 공부하다가 만주사변 후, 남하하여 북경으로 갔다. 그는 1932년에 북경대학 국문학과에 입학했으며 같은 해에 중국 좌익작가연맹 북방부에 가입하여 조직위원으로 활동했다. 또한 그 기관지인『과학신문科學新文』을 무대로 일본어 소설을 번역하고 시가 창작을 하는 등 활발한 활동을 전개했다. 그러다 체포되자 구딩은 휴학하고 고향으로 돌아왔으며 1933년 말에 위만주국偽滿洲國 국무원 총무청 통계처에 취직했다.

1934년 10월, 구딩은 일본 내각통계국 통계직원양성소 청강생 신분으로 처음 일본에 방문했다. 그는 1936년 12월에 이츠疑遲 등과 함께 '예술연구회'를 결성하면서 문학 창작 활동을 시작했다. 1937년 3월에는 일본인 죠시마 슈레이城島舟禮가 출자한 중국어 종합잡지『명명明明』나중에 순 문예잡지로 변경의 창간 및 편집에 참여했다. 1938년부터『성도문고城島文庫』를 간행하기 시작했다. 1939년 6월에 예문지藝文志사무회가 설립되면서 문예잡지『예문지』의 창간에 참여했다.

1940년 2월, 와이원外文과 함께 일본을 방문했을 때, 일본 문단으로부터

열광적인 성원을 받았다. 같은 해 10월에 구딩은 흑사병에 걸려 한 달 정도 격리되었다. 그 후, 1941년 5월에 사직하고 10월에 출자하여 출판사 겸 서점인 주식회사예문서방株式會社藝文書房을 설립하고 사장직을 맡았다. 1942년, 1943년, 1944년에 위만주국僞滿洲國 문학자 대표로서 '대동아문학자대회'에 세 차례 참가했으며 제2차 대회의 분과회의에서 '국립편역관國立編譯館'을 설립할 것을 제기했다. 1943년 11월에 만주문예연맹의 중국어 기관지인 『예문지』가 예문서방藝文書房을 통해 창간되고 발행되었다. 1942년, 1944년에 구딩은 가와바타 야스나리川端康成 등과 함께 『만주국 각 민족 창작선집滿洲國各民族創作選集』을 편집·출판했다. 1946년, 1948년, 1949년에는 차례대로 길림중소우호협회吉林中蘇友好協會의 비서, 하얼빈평극원哈爾濱評劇院 관리위원회 주임 및 심양당산평극원沈陽唐山評劇院 원장 등 직무를 담당했다. 1958년에 구딩은 극우파로 몰려 탄압당했으며 1964년에 옥중에서 병사했다. 1979년에 이르러서야 우파의 모자를 벗었다.

위만주국 시기 구딩의 주요 작품으로는 단편소설집 『날아오르다奮飛』1938, 이듬해에 제 4회 문예성경상(文藝盛京賞) 수상, 잡문집 『일지반해집一知半解集』1938, 산문·시집 『부침浮沉』1939, 장편소설 「평사平沙」1939, 잡문집 『담譚』1942, 소설집 『죽림竹林』1943, 장편소설 「신생新生」1944, 제2차 대동아문학상 2등상 수상 등이 있다. 그 중 『벌판原野』, 『평사平沙』 등은 일본어로 번역·출판되었다. 그 밖에 번역작으로 『루쉰 저서 해제魯迅著書解題』1937, 이시가와 다쿠보쿠石川啄木의 『슬픈 장난감悲哀的玩具』1937, 나쓰메 소세키夏目漱石의 『마음心』1939, 나카지마 겐조中島健臧의 『학창과 사회學窓與社會』1941 등이 있다.

1949년 이후에는 평극評劇 극본을 정리하는 작업과 번역을 진행했는데, 주요 극본으로 〈입 가벼운 리추이롄快嘴李翠蓮〉이 있고, 번역 작품으로 『하코네 풍운록箱根風雲錄』쿠스노키 세이(楠木淸), 『바닷가에서 사는 사람들生活在海上的人們』하야마 요시키(葉山嘉樹) 등이 있다.

메이딩어(梅定娥)

산딩

山丁, 1914~1997

본명은 량멍겅梁夢庚이고 또 다른 이름은 덩리鄧立, 건국 이후 사용이며 필명은 샤오첸小蒨, 샤오첸小茜, 첸런蒨人, 첸蒨, 량첸梁蒨, 량첸梁茜, 산딩山丁, 량산딩梁山丁 등이다. 본적은 하북河北 기주冀州이며 요녕遼寧 개원현開原縣에서 태어났다. 중학교 때부터 신문학작품을 접촉하면서 좌익문학의 영향을 받았다. 처녀작 「불빛火光」은 동북대학 학생들이 창간한 좌익문학 경향을 지닌 잡지 『현실월간現實月刊』을 통해 발표되었다. 개원사범학교開元師範學校를 다닐 때 동창들과 홍료사紅蓼社를 조직하고 동인지 『홍료紅蓼』를 창간했다. 1933년에 세무국 사무직원으로 재직 중이던 산딩은 당시 『대동보大同報』의 편집자 리모잉李默映 및 『대동보』문예부간副刊 「대동구락부大同報俱樂部」의 편집자 순링孫陵과 알게 되면서 『대동보』, 『태동일보泰東日報』에 작품을 발표하기 시작했다. 같은 해에 『대동보』, 『야초夜哨』가 창간되었는데, 그때 산딩은 편집자 천화陳華의 소개로 하얼빈哈爾濱의 샤오쥔蕭軍, 샤오훙蕭紅, 바이랑白朗, 진젠샤오金劍嘯 등을 알게 되면서 '북만작가군北滿作家群'의 일원이 되었다. 그 후, 식민 통치가 점차 강화되자 샤오훙, 샤오쥔, 순링 등은 위만주국偽滿洲國을 탈출했고, 진젠샤오는 체포 후 희생됐으며 산딩은 잠시 붓을 꺾었다.

1937년에 산딩은 문단으로 복귀하여 '북만작가군'이 채 펼치지 못한 문학 이상을 계승하여 '향토문학'을 제기했으며 「문예전문페이지文藝專頁」 작가군 및 그 후에 형성된 문총파文叢派의 핵심인물이 되었다. 1943년에 북평北平으로 도피하여 신민인서관新民印書과 잡지『중국문학』의 편집자로 활동했으며 그 후, 위안시安犀와 함께 간행물『양휘』,『초원草原』 등을 편집했다. 1948년부터 차례로『생활보生活報』,『생활지식生活知識』,『동북청년보東北青年報』 등에서 활동했다. 산딩은『대동보』,『국제협보國際協報』,『신청년新青年』,『사민斯民』,『화문오사카마이니치華文大阪每日』 등에 많은 작품을 발표했으며 단편소설집『산풍山風』,『향수鄕愁』,『풍년豊年』, 장편소설「녹색 골짜기綠色的穀」, 시집『계계초季季草, 봉선화』 등을 출판했다. 또한『세계근대시선世界近代詩選』을 엮었는데, 그 중『산풍』은 1938년에『성경시보盛京時報』 문예상을 수상했다.

장편소설『녹색 골짜기』는 위만주국 시기 중요한 중국어 장편소설 중 하나이다. 이 소설은 출판하기 전에 위만주국 홍보처로부터 '삭제' 처리를 받아 부분적인 내용이 삭제되었으며 이는 산딩이 위만주국을 떠나는 데 간접적인 영향을 미쳤다. 산딩은 위만주국 시기 '향토문학' 주장을 제기하고 이를 실천한 중요한 인물이다. 그는 암흑한 사회 속에서 상처를 입은 하층민들의 운명을 통해 '현실 묘사'와 '암흑 폭로'의 문학을 추구했으며 이를 소박한 문학 언어로 강렬하게 규탄했다. 산딩은 탁월한 문학 활동 능력으로「문예전문페이지文藝專頁」의 작가군과 문총간행회를 형성했으며 '향토문학' 주장을 통해 위만주국 중국어 문단의 사실주의문학창작을 발전시켰다. 산딩을 비롯한 문총간행회의 작가들이 식민담론에 대해 전개한 민족주의 형식의 문화적 저항은 위만주국의 중국어문학 면모와 발전에 깊은 영향을 미쳤다.

왕웨(王越)

순링

孫陵, 1914~1983

산동성山東省 황현黃縣 사람이다. 본명은 순중치孫鍾琦이고 또 다른 이름은 순쉬성孫虛生이며 필명은 샤오메이小梅, 메이링梅陵, 링陵, 순링孫陵 등이다. 1925년에 하얼빈哈爾濱으로 이주하여 정법대학政法大學에서 공부했으며 1932년에 하얼빈우체국에 입사했다. 동호同好 양쉬楊朔와 함께 『오일화보五日畫報』, 『국제협보國際協報』 등에 구체시를 발표했다.

1935년에 『대동보大同報』 문예부간副刊 편집을 맡았다. 그의 율시는 성숙미가 강하고 옛 것에 오늘날을 투영시켜 표현했다. "나라는 망하고 강가에 흰 가루, 검은 가루만이 흩날리는데 / 인행 누각은 옛 모습 그대로구나 / 요순제의 태평성세는 어떻게 기울어졌는가 / 달빛 아래의 피리 소리에 함께 슬퍼하며 시가를 주고 받네國破湖湘遺粉黛, / 人行樓閣老煙霞. / 如何二帝歸胡日, / 膚唱同悲月下笳"「송화강의 첫눈(松花江初雪)」, 『대동보』, 1933.5.21라는 시는 희미하게나마 식민자에 대한 분노를 표현했다. 소설 「바오샹 형의 승리寶祥哥的勝利」는 그의 형의 체포와 출옥 과정『대동보』, 1935.6.25·1935.7.2·9을 다루었다. 이 소설은 상해 『문학』 잡지에도 실렸다.1936.6

『대동보』 문학부간副刊을 편집하는 기간에 현실을 반영하는 작품과 조국 및 세계와의 소통을 유지하는 글을 많이 발표했다. 소련 작가 고리키가 사망한 후 발표한 일부 보도와 추도 글 및 북경에 주둔한 일본군을 빗대어 표현한 글이 신문사 일본인들의 분노를 자아낸 바 있다. 이에 순링은 신문사의 높은

직급에 있던 중국인들의 중재로 즉시 사직하고 동북東北을 떠나 1936년 9월에 상해에 도착했다. 그는 '작가의 종군' 활동을 조직한 바 있고 북연출판사北雁出版社를 설립한 적 있으며 국민당 제5작전구역정치부 주임비서 겸 선전부장을 담당함과 동시에 『우주풍宇宙風』, 『필부대筆部隊』, 『문학보文學報』, 『자유중국自由中國』 등 네 가지 중요한 문학 간행물의 편집장을 담당한 바 있다. 장편보고문학 「변성 ─장춘에서 보냄邊聲─寄自長春」은 만주의 상황을 전면적으로 소개하여 크게 주목 받았으며 단행본은 『동북에서 왔다從東北來』계림(桂林) : 전선출판사(前線出版社), 1940로 제목을 변경했다. 그 밖에 중편소설 『포위망 돌파기突圍記』계림 : 창작출판사(創作出版社), 1940, 소설과 산문집 『홍두의 이야기紅豆的故事』중경(重慶) : 봉화사(烽火社), 1940 등이 있다. 1948년에 대만으로 건너 갔다. 『내가 잘 아는 30년대의 작가我熟識的三十年代的作家』대만 : 성문출판유한공사(成文出版有限公司), 1980 등 저작은 상당한 사료적 가치를 지닌다.

장취안(張泉)

양츠덩

楊慈燈, 1915~1996

　　작가이며 1915년 7월 1일에 교동평원膠東平原에서 태어났다. 본명은 양샤오셴楊小先이고 필명은 츠덩慈燈, 츠덩赤燈, 양잉츠楊影赤, 양광톈楊光天, 양스정楊思曾, 츠덩恥燈, 젠츄劍秋, 양상웨이楊上尉, 샤위안夏園 등이다. 1927년 무렵에 만주로 이주하여 요닝遼寧 대련大連에 정착했다. 1931년에 양츠덩의 처녀작 「눈물淚」이 『태동일보泰東日報』 '예원藝苑'에 발표되었으며 뒤이어 「부서져 버린 마음破了的心」, 「불행한 청년不幸的靑年」 등 자서전소설이 발표되었다. 처녀작을 발표해서부터 1945년 8월 15일 동북東北이 광복하기까지 15년 동안에 양츠덩은 줄곧 쉬지 않고 작품을 창작하여 대량의 작품을 출판했다. 그중에는 동화작품집 『월궁 안의 풍파月宮裏的風波』와 『동화의 밤童話之夜』 및 단편소설집 『노총단편집老總短篇集』 등 각종 소설집이 10여 부 있다. 또한 양츠덩은 『태동일보』, 『대동보大同報』 등 간행물에 천편에 달하는 글을 발표했는데, 이는 합계 500여만 자에 달하며 그 중 단편소설이 700여 편이다. 그의 작품은 주로 단편소설과 동화이다. 단편소설은 군대소설이 위주인데, 여러 가지 기법으로 위만주국僞滿洲國의 사회현실을 묘사하고 군대와 민간의 암흑면을 반영했다.

　　양츠덩은 위만주국 시기 작가들이 많이 다루지 않았던 '군대'와 '동화' 영역에서 뚜렷한 흔적을 남겼다. 1941년 12월, 태평양전쟁이 발발하자 괴뢰군대와 일본인을 위해 싸우고 싶지 않았던 양츠덩은 아픈 척 위장하여 1942년 초에 부대를 떠나 대련大連으로 잠시 돌아왔다. 그리고 그곳에서 공산당 지하당 공작에 적극 참여했다. 1945년, 동북東北이 광복한 후, 그는『평진만보平津晚報』에 배치되었다. 1946년에 양츠덩은 진예金冶, 장더밍薑德明, 뤼핑呂平 등과 함께 자금을 모아『루쉰만보魯迅晚報』를 창간했으며 해당 신문에 장편소설「가난한 청년의 표류기窮小子漂流記」를 발표했다. 1946년 말에 양츠덩은 해방구를 떠나 진찰기행정공서晉察冀行政公署에서 비서로 활동했으며 이때 '샤위안夏園'이라는 필명으로 계속하여 창작을 이어갔다. 1949년에 중앙기관이 북경北京으로 진입함에 따라 양츠덩은 차례로 공회주석, 중공업부 비서로 활동했으며 천윈陳雲, 허창궁何長工, 뤼정차오呂正操, 류젠장劉建章 등 중앙간부의 비서로도 잠시 종사한 바 있다. 1958년에 양츠덩은 귀양貴陽으로 건너가 문화사업에 종사했으며 1996년 2월 17일에 사망했다.

천스(陳實)

우잉

吳瑛, 1915~1961

작가이고 편집자이며 문학비평가이다. 본명은 우위잉吳玉瑛이며 필명으로 우위잉吳玉瑛, 잉즈瑛子, 잉즈瑛子, 샤오잉小瑛 등이 있는데, 그중 가장 애용했던 필명은 우잉吳瑛이었다. 우잉은 만주족으로 1915년, 길림성吉林省 길림시吉林市에서 태어났다. 1929년 전후에 길림성여자중학교에 입학했다. 1931년에 길림성여자중학교를 이수하고 편집인 우랑吳郎과 결혼했으며 같은 해에 『대동보大同報』 외근기자로 활동했다. 1934년에 잡지 『사민斯民』의 편집을 맡았다. 1938년 7월 1일에 『대동보』 '문예전문페이지文藝專頁'에 소설 「관상사相」을 발표했으며 '향토문학' 논쟁에 개입했다. 1939년에 단편소설집 『양극兩極』을 출판하여 위만주국僞滿洲國민간문예상—문선상文選賞을 수상하면서 점차 문단에 두각을 드러내기 시작했다. 같은 해에 『대동보』에서 함께 일했던 량산딩梁山丁, 메이냥梅娘, 우랑 등 동인들과 '문총文叢'파를 조직했다. 1940년 2월 3일에 위만주국 기자 대표로 일본에서 개최한 '동아조고자대회東亞操觚者大會' 및 관련 기념 활동에 참가했으며 귀국 후, 『대동보』에 「동유후기東遊後記」라는 제목으로 회의 참가 경과를 연재했다. 같은 해에 오우치 다카오大內隆雄가 책임편집을 맡은 『일만러 재만작가 단편선집日滿露在滿作家短篇選集』이 도쿄 산와三和서점에서 발행되었는데, 그 책에 우잉의 「백골白骨」이 수록되었다.

1941년에 우잉은 신민화보新民畫報사에 입사하여 편집 활동을 했는데, 얼마 후 이 회사는 위만주국통신사와 합병하여 만주도서주식회사로 개칭했다. 1942년 2월에 우잉은 만주도서주식회사가 간행한 잡지 『만주문예滿洲文藝』의 편집을 맡았다. 1942년 11월에는 만주국의 유일한 여성작가 대표로 일본 도쿄에서 개최한 제1회 '대동아문학자대회'에 참가했다. 1942년 6월에 화북華北 잡지 『중국문예中國文藝』에 소설 「허원墟園」을 발표했으며, 이듬해 12월에 「허원」으로 예문사藝文社 '문선상文選賞'을 수상했다. 1943년에 소설 「명鳴」이 심사를 받았는데, 당시 위만주국 관원들은 이 소설에 반만항일의 정서가 담겨 있다고 여겼다. 그 후, 우잉은 스스로 업무량 감소를 요구하면서 점차 문단을 멀리 했다.

　　1945년 동북東北이 광복한 후, 우잉은 남편 우랑과 동북을 떠났다. 1950년에 우잉 부부는 당시 국민당 측 동북 접수대원이었던 친척 장칭화張淸華를 따라 남경南京으로 가 그곳에 정착했다. 1951년에 우잉은 화동인민혁명대학華東人民革命大學에 들어가 사상개조를 받았으며, 그 후 남경건업구문화관南京建鄴區文化館에 배치되어 문화교사로 활동했다. 우잉은 1961년 6월, 신장 질병으로 46세에 작고했다.

리란(李冉)

추이수

崔束, 1916~2007

    추이수는 요녕遼寧 해성海城 사람이다. 본명은 가오보창高柏蒼이며 필명으로 추이보창崔伯常, 잉즈影子, 바이창白常, 위유위餘有虞, 경수융耿叔永 등이 있다. 1938년, 사도고등학교師道高等學校에 입학한 후, 작풍간행회作風刊行會의 활동에 참여했으며 『신청년新青年』에 소설 「차에서車上」[1939] 등을 발표했다. 1943년에 졸업한 뒤, 금주錦州 제1국민고등학교에 입학했다. 그 해에 추이수는 동북東北을 떠나 서안西安 '전시공작 간부 훈련단'에 들어갔으며 1944년 5월에 졸업했다. 같은 해, 11월에 사천삼대국립동북대학四川三台國立東北大學 중문학과에 입학했으며 녜간누聶紺弩 주편의 중경重慶 『상무일보다죄商務日報茶座』에 글을 발표하며 문학단체 활동에 참여했다. 항전 승리 후, 동북대학東北大學이 복원됨에 따라 심양沈陽으로 돌아왔다. 그는 신중국시기에 요녕遼寧의 문학·문화·교육 기관에 종사했다. 그러다 1955년에 "후펑반혁명집단胡風反革命集團"사건에 연루되었다.

장취안(張泉)

단디

但娣, 1916~1992

작가이자 편집자이다. 본명은 톈린田琳이고 필명은 단디但娣, 안디安荻, 샤오시曉希, 뤄리羅荔, 톈샹田湘 등이 있는데, 그 중 가장 애용했던 필명은 단디但娣이다. 그는 흑룡강성黑龍江省 탕원湯原현 사람이다. 1935년에 흑룡강성립여자사범학교黑龍江省立女子師範學校를 졸업했으며 재학 기간에 공산당원 진젠샤오金劍嘯의 영향을 크게 받아 그가 주편을 맡은 『무전蕪田』에 처녀작 「초혼招魂」을 발표했다.

1937년에 단디는 관비 유학생 시험을 통해 일본의 나라奈良여자고등사범학교에 입학했으며, 유학 기간에 메이냥梅娘과 류룽광柳龍光이 도쿄에서 조직한 독서회에 참가하여 재일중국유학생들과 교류함과 동시에 「코끼리象」, 「발자국 소리足音」 등 산문과 「사냥꾼獵人」, 「꿈과 고금夢與古琴」 등 시가와 「바람風」, 「장작 패는 여인砍柴婦」, 「후마강의 밤呼瑪河之夜」, 「수혈자售血者」 등 단편소설과 중편소설 「안디와 마화安荻與馬華」 등을 창작했다. 그중 대표작 「안디와 마화」는 『화문오사카마이니치華文大阪毎日』에서 공모한 "백 페이지 중편소설百頁中篇小說" 1등상을 받았다.

1942년에 졸업한 후, 위만주국僞滿洲國으로 돌아와 개원開原여자고등학교에서 교직을 맡았으며, 이듬해에 신경新京 근택서점近澤書店書에서 편집자로 활동했다. 1943년 12월 14일에 위만주국을 탈출하려다가 일본 헌병대에 잡혔는데, 그 기간에 소설집 『안디와 마화』가 신경新京 개명서점開明書店에서 출판되었다. 하지만 그 후, 발행 금지되었다. 1944년 10월, 단디는 '감옥 밖 복역' 신분으로

"만영滿映" 각본과에서 일한 바 있다. 1945년, 동북東北 광복 초기에 단디는 동북 작가 리정중李正中, 장신스張新實, 장원화張文華 등과 함께 잡지 『동북문학東北文學』을 간행했다. 그의 소설 「혈족血族」, 「태양을 잃어버린 날들失掉太陽的日子」 등은 『동북문학東北文學』을 통해 발표되었다. 1946년 5월에 단디는 동북영화회사를 따라 하얼빈哈爾濱, 가목사佳木斯, 홍산시興山市, 현 학강시(鶴崗市)까지 철퇴했으나 국민당 간첩으로 오인되어 또 다시 투옥되었다. 석방 후, 그는 치치하얼齊齊哈爾 1중과 성정부문교청省政府文教廳, 맹아학교萌芽學校에 종사했다. 그러다 1953년에 흑룡강성문련黑龍江省文聯으로 이임되어 『북방문학北方文學』의 편집자로 활동했다. 하지만 1968년에 "일본 간첩", "국민당 간첩" 등 죄명으로 또 다시 투옥되었다. 1979년에 명예를 회복하여 『북방문학北方文學』 편집부로 다시 돌아왔다. 그는 1992년에 사망했다.

단디는 소설, 산문, 시가, 보고문학 등 다양한 장르의 문학을 창작했으며 일본과 미국 작가의 작품도 번역했다. 단디는 위만주국 후기의 중요한 작가이며 그의 창작 절정기는 1939~1945년이다. 그의 작품은 어민, 빈곤한 학생, 고아, 거지, 유랑자, 장애인, 매춘부 등 사회 하층인물들의 생존군상을 통해 계급, 민족 및 젠더에 대한 억압 현상을 폭로하고 과도기 권력에 대한 반항과 권력에 배척당하는 자들에 대한 동정을 표현했다. 위만주국 시기 단디의 작품은 식민 당국에 순응하지 않았을 뿐더러 급진적인 반항정신을 드러냈다. 동북이 광복한 후, 단디는 두 번이나 투옥되면서 창작을 거의 멈추었다가 1980년대 이후에 다시 창작을 시작하여 자전체 소설 「세 번 투옥되다三入煉獄」를 썼다.

순잉치(孫瑛琦)

메이냥

梅娘, 1916~2013

작가이다. 본명은 순더팡孫德芳, 또 다른 이름은 순쟈루이孫嘉瑞, 순쟈루이孫加瑞이며 필명은 순민즈孫敏子, 민즈敏子, 팡즈芳子, 리닝麗娘, 메이린梅琳, 류샤얼柳霞兒, 순샹孫翔, 류사劉璡, 루이즈瑞芝, 가오링高翎, 류칭냥柳青娘 등이며 길림吉林 장춘長春 사람이다. 길림성여자사범학교吉林省女子師範學校 고등부를 졸업하고 대동보사大同報社에 입사했다. 1936년에 습작집 『소저집小姐集』익지서점(益智書店)을 출간했다. 1939년 2월부터 1941년 5월까지 오사카에서 살면서 소설집 『2세대第二代』1940를 출판했다. 그녀는 이 소설집을 통해 동북윤함구東北淪陷區 유명 여류작가 반열에 올랐다.

단편소설 「교민僑民」과 「여난女難」에는 조선인 이미지가 등장하는데, 이는 처음으로 종주국의 얽히고설킨 다중적인 식민의제를 윤함구淪陷區 문학 속에 담은 것이었다. 북경으로 이주한 뒤, 메이냥은 「주유侏儒」, 「물고기魚」, 「방蚌」, 「게蟹」, 「세상에 봄이 오다春到人間」, 「양춘소곡陽春小曲」, 「황혼지헌黃昏之獻」, 「행로난行路難」 등 유명한 중편소설을 발표했다. 소설집 『물고기魚』신민인서관(新民印書館), 1943는 제1차 대동아문학상 가작을 수상했고 「게蟹」무덕보사(武德報社), 1944는 제2차 대동아문학상 2등상을 수상했다. 장편소설 「작은 부인小婦人」1944과 「자귀나무꽃이 피다夜合花開」1944~1945를 연재했으나 모두 끝까지 연재되지 못했다. 그 밖에 대량의 아동문학작품을 출간했다. 일본문학 번역작으로 중장편소설 「어머니의 청춘母之青春」, 「모계가족母系家族」 등이 있다.

메이냥의 창작은 시대와 밀접한 연관성을 지닌다. 동북東北의 부유한 상인 가정의 서출로 태어난 메이냥은 유년기에 이미 인간관계의 냉혹함과 따뜻함 및 변화무상한 세태를 체험했다. 그녀가 소학교에 다닐 때 동북이 함락되었기 때문에 메이냥은 이민족의 침입이 야기한 역사적 격변 또한 몸소 경험했다. 부친이 일찍 돌아감에 따라 가족 내부의 인간관계가 더욱 긴장되고 격화되면서 전통적인 대가정이 빠른 속도로 와해되었다. 그녀의 소설은 식민지의 가족사와 지식인 남녀의 생활사 및 살길을 찾아 헤매는 최하층 민중들의 비참한 운명과 비열한 인물들의 가증스러운 행위를 여실히 묘사했다. 그 중 가장 무게를 둔 것은 전란 속의 여성들인데, 메이냥은 그녀들의 굴곡적이고 불행한 삶을 통해 남녀평등과 여성의 권리를 호소했다.

메이냥의 인생 역정은 사회와 연관되며 100여 년 이래의 근대 중국의 변천사를 담고 있다. 메이냥은 중국현대문학사의 대표적인 지역 여성작가이다. 전후에 메이냥은 동북, 북경, 상해, 대만 등 지역을 전전했다. 그 후, 신중국 초기에 상해의 신문에 많은 작품을 발표했다. 1958년에 메이냥은 우파로 몰려 탄압당하기도 했다. 1978년에 명예를 회복하고 중국농업영화제작소中國農業電影制片廠로 다시 복귀했다.

장취안(張泉)

안시

安犀, 1916~1972

요녕遼寧 요양遼陽 사람이며 필명으로 차오다曹達, 류녠허柳稔河, 안싱원安行文, 장창유張長有, 류징팅柳敬亭, 안시安西등이 있다. 30년대에 북경대학北京大學에서 공부했으며 동북東北으로 돌아와『성경시보盛京時報』에서 근무한바 있다. 1941년에 만주영화협회滿洲映畫協會에서 영화각본 창작을 담당했으며 산딩山丁 등과 함께 만영화극단滿映話劇團을 조직하기도 했다. 1943년에는 위만주국偽滿洲國에서 북경으로 도피하여 화북윤함구華北淪陷區 문단에서 문학 활동을 했다. 그 후, 국민당 통치구역으로 들어가 국민정부의 항전문화기구에서 항전연극2대의 활동에 참여했다. 항전 승리 후에는 동북東北으로 돌아와 국민정부 신육군 군보新六軍報『전진보前進報』에서 편집주임으로 활동했다. 그때, 그의 정치 신분은 중국공산당 지하당원이었다. 신중국시기에 그는 북경의 중국평극원中國評劇院에서 일했다. 안시는 위만주국의 주요 극작가로 1937년에 봉천방송화극단奉天放送話劇團에 가입한바 있다. 희곡집으로《사냥꾼의 집獵人之家》신경(新京) : 흥아잡지사(興亞雜志社), 1944이 있는데 이 작품집에는 〈청명시절淸明時節〉, 〈숙녀淑女〉, 〈돌아가자歸去來兮〉, 〈강씨네 노포董家老店〉, 〈사냥꾼의 집獵人之家〉과 〈구생문救生門〉 등이 수록되어 있다. 그 밖에 단막극 〈삼대三代〉 및 〈야점은구기野店恩仇記〉, 〈동방부인東方夫人〉, 〈주마이천朱買臣〉 등이 있다.

그의 장편소설「산성山城」은 잡지『신조新潮』에 연재되었다. 안시는 자각적인 만주 지역 문화의식을 지닌 작가로 그의 극작품은 흔히 광야, 밀림, 야점, 산촌 등 관외]關外, 산해관(山海關) 동쪽 혹은 가욕관(嘉峪關) 서쪽 일대의 지방의 전형적인 풍경을 배경으로 복수에 관한 이야기를 다루었다. 그는 '신비한 색채가 농후한' 묘사에 뛰어나고 냉혹한 분위기를 과장되게 표현하며 강직하고 용맹한 동북 사나이의 이미지를 잘 부각시킨다. 이로써 대중들의 취미에 영합하여 관객들의 호응을 이끌었다. 이와 동시에 안시는 극작품을 통해 자신의 정서를 표현하기도 했다. 〈사냥꾼의 집獵人之家〉과 〈강씨네 노포薑家老店〉는 개인적인 원한을 털어내고 원수와 함께 외적에 저항하는 이야기를 다루었는데, 이는 위만주국偽滿洲國 수도 경찰청이 그를 체포 대상으로 지목한 증거였다고 한다.

장취안(張泉)

왕저

王則, 1916~1944

요녕遼寧 영구營口 사람이다. 본명은 왕이푸王義乎이며 필명은 저즈則之, 저우 귀칭周國慶 등이다. 1935년에 봉천상과학교奉天商科學校를 졸업했다. 흑룡강 밀산현 黑龍江 密山縣 흥농합작사興農合作社에서 일한 바 있다. 1938년에 주식회사 만주영화 협회 배우양성소 제2기 과정을 수료한 뒤 잡지『만영화보滿映畫報』의 편집을 주 관했다. 그 후, 감독 연수를 목적으로 일본에 파견되었다. 1939년 11월에 만영 제작부에 배치되어 제1기 만계중국인 감독 반열에 올랐다. 그는 예문지파藝文志派 구성원이기도 하다. 장편소설 「낮과 밤晝與夜」『대동보(大同報)』, 1939.3~6은 가족 서사 구조 속에서 농촌의 신구 두 세대의 사상관념과 생활방식의 충돌을 보여주었 으며 나아가 민족정신과 습성에 대한 반성을 불러 일으켰다. 〈집家〉, 〈만정방 滿庭芳〉, 〈여장부巾幗男兒〉, 〈어린 소몰이꾼小放牛〉과 〈대지의 딸大地女兒〉, 〈주색재기酒色 財氣〉 등 6편의 영화를 연출했다. 그 중 〈대지의 딸〉, 〈주색재기〉는 심사를 통과 하지 못했다.

당시의 신문은 그가 연출한 영화에 대해 많은 호평을 남겼다. 반면 왕저 본인은 글을 통해 자신을 스스로 폄하했으며 나아가 위만주국僞滿洲國의 영화사 업을 전반적으로 부정했다. 그는 1942년에 동북東北을 떠나 북경 무덕보사武德報 社에 입사했으며 차례로『국민잡지國民雜志』의 편집장과『민중보民眾報』의 편집장 등 요직을 담당했다. 또한 원고모집 활동을 조직하는 데 참여했고 화북華北작가협회를 설립하는 준비작업과 극단 조직을 계획하는 활동 등에 참여했다. 희극戲劇과 영화평론 및 소설「전변轉變」신경(新京), 『청년문화(靑年文化)』, 1944년 1권 5기 등을 발표하기도 했다. 북경으로 이주한 후에도 동북과 내지를 빈번하게 오고 갔다. 1944년 3월에 왕저는 신경에서 북경으로 가는 기차 안에서 위만주국 수도경찰청 탐정에 체포되었으며 6개월이 지난 뒤, 병세가 악화되어 사망했다. 경찰청이 그에게 뒤집어씌운 무고한 죄행에는 만주에 대만 공작기지 설립을 계획했다는 것, 주민駐滿 왕징웨이汪精衛국민정부대사관 정보망과 연락을 한다는 것, 만주영화를 비방하는 언론을 발표했다는 것 등이 포함되었다. 왕저는 일반적으로 국민당 지하 항전 계열에 속하는 인물로 알려져 있다. 한편 영화인 직업으로 중공 신분을 은폐한 지하저항전인물이라는 설도 있다. 당대 중국공산당사연구에서 왕저는 항일열사의 명단에 올라 있다.

장취안(張泉)

진인

金音, 1916~2012

작가이자 편집자이다. 본명은 마쟈상馬家驤이고 필명은 진인金音, 마샹디馬驤弟, 샹디驤弟, 마쉰馬尋 등이며 요녕遼寧 심양沈陽 사람이다. 그는 심양제1사범沈陽第一師範과 길림국립고등사범吉林國立高等師範을 졸업했고 1938년에 치치하얼여자국민고등학교齊齊哈爾女子國民高等學校에서 교사직에 종사했으며 1942년에 신경新京에서 출판사 편집자 및 영화사 편집자로 활동했다. 진인은 '냉무사冷霧社' 시 창작 및 '문총文叢' 동인 활동에 참가했으며 '만주문예가협회滿洲文藝家協會'와 '만주방송문예협진회滿洲放送文藝協進會' 회원으로도 활동한 바 있다. 작품으로는 장편소설 「삶의 온실生之溫室」, 「명주몽明珠夢」, 소설집 『교군教群』, 『목장牧場』, 시집 『변방의 꿈塞外夢』, 『밤행宵行』 등이 있다. 1945년 항전 승리 후 동북영화제작소東北電影制片廠 및 동북화보사東北畫報社에서 활동했다.

류샤오리(劉曉麗)

청셴

成弦, 1916~1983

시인이며 작가이다. 본명은 청쥔成駿이고 청쉐주成雪竹라는 이름을 사용한
바 있으며 필명으로 청셴成弦, 쉐주雪竹, 청쉐주成雪竹, 우웨이저伍未折, 우부저伍不折, 웨
이저未哲, 웨이저魏則, 나이허탕奈何堂, 칭다오런淸道人, 댜오더우기門, 아주阿竺, 여우녠롄
尤念蓮 등이 있으며 요녕遼寧 요양遼陽 사람이다. 그는 봉천奉天미술전문학교를 졸업
했으며『봉황鳳凰』,『신청년新青年』등 잡지의 편집자로 활동했다. 주로 시가를 창
작했는데, 그의 시가는 쉬즈모徐志摩의 시가와 상당히 유사하다. 그의 시가는 구
어로 표현되었지만 시적 경지가 매우 높고 고풍스러움이 은은하게 배어 있다.

청셴의 시는 당시 동북東北에서 많은 독자들의 사랑을 받았다. 위만주국僞
滿洲國 시기에 시집『분동집焚桐集』과『청색시초青色詩抄』를 출판했다. 1949년 이후,
구딩古丁과 함께 요녕성평극원遼寧省評劇院에서 일했으며 장편역사소설「장쭤린張作
霖」을 창작했다.

류샤오리(劉曉麗)

거비

戈壁, 1917~?

요녕遼寧 개현蓋縣 사람이다. 본명은 선비申弼이고 또 다른 이름은 선수申述이다. 『신청년新青年』에 「혼자 취미를 누리다趣味的獨享」1939 등 작품을 발표했다. 1942년에 만주농업개진사滿洲農業改進社에서 출판하던 잡지 『농업개진農業改進』이 제1회 만주건국 10주년기념 중편소설 공모 활동을 진행했는데, 여기에 거비戈壁의 「낙엽落葉」 등 11작품이 입선되었다. 1943년에 거비는 북경으로 거처를 옮겼으며 그곳에서 『부녀잡지婦女雜志』의 편집장을 맡았다. 출판된 작품으로 동화집 『낙타駱駝』신민인서관(新民印書館), 1944 및 소설, 동화와 산문 합집 『이향기離鄕記』 등이 있다. 후자는 1939년부터 1944년까지 창작한 작품들을 수록했는데, 그 작품들은 거비가 위만주국僞滿洲國에서 일본으로, 일본에서 북경으로 떠도는 과정에서 끊임없이 완성시킨 것이다.

소설 『이향離鄕』은 점령 지역 농민들이 고향을 등지고 살길을 찾아 헤매는 험난한 역경 속에서도 서로 돕고 위안하는 내용을 다루었다. 동화 「못가의 봄날池邊的春天」은 사람들의 말을 흉내 내는 앵무새의 고통을 토로했으며 「라디오의 슬픔話匣子的悲哀」은 '타인의 취지를 전달해야 하는' 라디오의 고통을 토로했다. 소설 「작은 새小鳥」는 우화와 비슷하다. 작품 내용은 이제 막 날 수 있게 된 작은 새 한 마리가 죽음을 무릅쓰고 새장 속에서 벗어나려 몸부림치는 이야기다. 죽을지언정 굴하지 않는 작은 새의 군건한 정신은 정부 문화기관의 말단

직원으로 일하는 작품 속 주인공에게 큰 자극을 줌과 동시에 그로 하여금 이 기주의와 나약함 및 되는대로 구차하게 살아가는 삶의 태도를 반성하도록 했다. 이러한 동화는 점령 지역 민중들의 심리적 고민과 원하지 않는 현실에 대한 고통을 진실하게 반영한 것이었다. 거비는 나중에 중국공산당 통치구역으로 도피했다. 신중국 초기에 그는 해방군군위총정문화부解放軍軍委總政文化部에서 '지원군 1일志願軍-日' 편집부의 부편집장으로 활동했다. 그는 '역사문제'로 인해 심사를 받은 적도 있다. 군대에서 전역한 후 북경영화제작소北京電影制片廠로 분배 받아 총 편집실 주임으로 활동하기도 했다.

장취안(張泉)

뤄빈지

駱賓基, 1917~1994

길림吉林 훈춘현琿春縣 사람이며 본명은 장푸쥔張璞君이다. 그는 청소년기에 훈춘琿春, 본적 산동山東, 북평北平 등 지역을 오가며 공부했다. 1935년에 하얼빈哈爾濱의 한 외국어보충학교에서 러시아어를 공부하는 한편 학생들에게 어문중국어와 문학과 영어를 가르쳤다. 그 후, 일본인 교사와 충돌이 생겨 1936년 4월에 상해로 이주했다. 같은 해 6월에 그는 상해에서 고리키 서거 1주년을 기념하는 글인 「그는 여전히 우리들 마음속에 살아 있다他仍活在我們心中」를 발표했는데, 이는 그의 첫 번째 글이었다. 보고문학 「대상해의 하루大上海的一日」『봉화(烽火)』, 1937년 12기, 『동쪽 전장의 별동대東戰場別動隊』곤명(昆明) : 대륙출판회사(大陸出版公司), 1940 등은 1937년의 처참했던 송호회전淞滬會戰을 보도한 작품이다.

장편소설 『변경선에서邊陲線上』상해 : 문화생활출판사(文化生活出版社), 1939는 훈춘 중소 변경인 '토자계비土字界碑' 근처에서 조직된 의용군의 전투를 다루었다. 이 작품을 통해 뤄빈지는 동북東北망명문학작가군의 반열에 오르게 되었다. 마찬가지로 고향 훈춘을 배경으로 한 『죄증罪證』상해 : 민성서점(民聲書店), 1940, 쟝부웨이薑步畏의 가족사 제1부 『유년幼年』계림 : 삼호도서사三(戶圖書社), 1944 등 소설도 동북東北 망명작가로서의 그의 명예를 한층 더 높여 주었다. 뤄빈지는 신사군新四軍에서 잠깐 활동한 적 있으며 그 후, 계림, 광주廣州, 마카오, 홍콩 등 지역을 전전했다. 1941년 11월 초 홍콩에서 샤오홍蕭紅, 돤무훙량端木蕻良과 알게 되었다. 1942년 1월에 샤오홍의 장례를 치른 뒤에 계림으로 돌아왔다. 1944년 9월, 계림의 문화인들이 대대적으로 철퇴함에 따라 뤄빈지는 중경重慶으로 건너가 중학교 교사로 활동했다. 그는 국민정부에 의해 두 번이나 체포되어 투옥된 바 있다. 신중국시기에 차례로 인민일보사人民日報社, 산동성문련山東省文聯, 북경영화제작소北京電影制片廠에 종사했다. 1955년에 후펑胡風의 반혁명사건에 연루되어 흑룡강黑龍江 기층基層으로 하방되면서 임시직에 종사했다. 1962년에 북경시문련北京市文聯으로 전직된 후 오로지 창작 활동에만 전념했다.

장취안(張泉)

리싱졘

勵行健, 1917~?

본명은 마퍼우馬紓, 또 다른 이름은 마시웬馬洗園이고 필명은 리싱졘勵行健, 두 푸위杜父魚, 시웬西原, 시웬洗園, 탕충唐瓊 등이며 길림성 장춘시吉林省 長春市 사람이다. 그는 1937년에 하얼빈哈爾濱 『대북신보大北新報』 문예부간副刊 『대북풍大北風』에 글을 기고했다. 주요 작품으로 소설집 『풍아風夜』, 『영파선寧波船』, 중편소설 「이웃鄰」 등이 있다. 그 중 『풍아風夜』는 동북東北이 함락된 후, 챠오인悄吟=샤오훙(蕭紅), 산랑三 郎=샤오쥔(蕭軍)의 『발섭跋涉』에 이어 두 번째로 출판한 소설집이다. 이 소설집은 당시 괴뢰 기관의 심사를 피하기 위해 상해에서 인쇄·발행한다는 거짓말을 하고 출판했다. 소설 「궤패일족潰敗一族」은 『만주작가소설집滿洲作家小說集』에 수록되었다.

류샤오리(劉曉麗)

줴칭

爵青, 1917~1962

작가이다. 길림성吉林省 장춘시長春市에서 태어났고 본적은 하북성河北省 창려현昌黎縣이다. 본명은 류페이劉佩이며 필명은 랴오딩遼丁, 커친可欽, 라오무老穆, 류줴칭劉爵青 등이다. 장춘長春일본공학당과 봉천奉天미술학교에서 공부했으며 1933년에 '신경교통학교新京交通學校'를 졸업하고 '봉천미술전문학교'에 입학했다. 같은 해에 청쉐주成雪竹, 마쉰馬尋, 쟝링페이董靈非 등이 조직한 문학단체인 '냉무사冷霧社'에 가입했다. 1935년에 미술전문학교를 졸업하고 11월 즈음에 하얼빈哈爾濱으로 건너가 '만철 하얼빈철로국 가목사 공서滿鐵哈爾濱鐵道局佳木斯公署'와 하얼빈 철로국 부속병원에서 사무직 비서 및 통역으로 활동했다. 1935년에 잡지『신청년新青年』에 가입했고 1939년에『예문지藝文志』의 주요 구성원이 되었다.

줴칭은 1938년 5월에 소설집『군상群像』을 출판하여 동북 모더니즘 대표작가의 지위를 다졌으며 1939년 말에 사직하고 장춘으로 돌아와 위만주국僞滿洲國의 '만일문화협회滿日文化協會'에 가입했다. 1940년에 발표한 중편소설「밀맥」은 '문화회 작품상文話會作品賞'을 수상했다. 1941년에는 소설「어우양가의 사람들歐陽家底人們」을 발표하고 같은 제목의 소설집도 출판했다. 1942년에「어우양가의 사람들」은 '성경시보문학상盛京時報文學賞'을 수상했으며 같은 해 말부터『신만주新滿洲』에 장편소설「청복의 민족青服的民族」미완성을 연재하기 시작했다. 같은 해 11월 3일부터 10일까지 줴칭은 구딩古丁 등과 함께 일본 도쿄에서 열린 '제1회 대동아문학자대회'에 참가했으며 대표로서 발언하기도 했다. 1943년에 발표한 장편소설「황금의 좁은 문黃金的窄門」을 통해 제1회 '대동아문학상'을 수상했다. 같은 해 5월에 '만주문예가협회' 조직 개편에 따라 쒜칭은 심사 2부와 계획부 부부장직을 겸임했는데, 당시 그의 지위는 일본인 오우치 다카오大內隆雄와 미야가와 히로시宮靖川 다음으로 높았다. 같은 해 11월에 쒜칭은 소설집『귀향歸鄕』을 출간했다.

1944년에 쒜칭은 남경南京에서 개최한 '제3회 대동아문학자대회'에 참가했으며 회의가 끝난 뒤, 구딩 등과 함께 소주蘇州, 상해 등 지역을 관광함과 동시에 강연도 진행했다. 동북이 광복된 후, 쒜칭은 동북 참의회 참의장 비쩌위畢澤宇의 비서로 활동했다. 1952~1957년에 죄를 인정받아 투옥되었으며 출옥한 뒤에는 길림장춘대학吉林長春大學 도서관 자료과에서 도서관리직에 종사했다. 쒜칭은 1962년 10월 22일, 장춘 결핵병예방치료소에서 병사했다. 쒜칭은 플로베르, 지드, 도스토예프스키 등의 작품을 좋아했으며 문학창작에 있어서 외국 모더니즘 유파의 영향을 크게 받았다. 이를테면 쒜칭은 신감각파, 의식의 흐름, 초현실주의 등 모더니즘 문학 표현의 기법을 종합적으로 운용함과 동시에 좌익문학 요소를 첨가하여 독특한 풍격을 형성함으로써 매우 높은 문학 성과를 거두었다. 이에 따라 그는 사람들로부터 '귀재鬼才'라는 명예를 얻었다. 일본어에 정통했던 쒜칭은「얼어붙은 정원에 내려서凍った庭園に降りて」,「넘어진 사람転んでゐる人」등 일본어 작품도 발표한 적 있으며 가와바타 야스나리川端康成 등 일본 작가와 교류한 적도 있다. 그의 소설「하얼빈哈爾濱」,「어우양가의 사람들歐陽家的人們」은 오우치 다카오大內隆雄에 의해 일본어로 번역되어 일본에서 출판되었다.

세차오쿤(謝朝坤)

지평

季瘋, 1917~1945

    요녕성遼寧省 요양시遼陽市 출신의 작가이자 시인이며 문학평론가이다. 본명은 리푸위李福禹이며 필명은 지평季風, 지평季瘋, 리지평李季瘋, 레이레이성磊磊生, 이주이亦醉, 팡진方進 등이다. 북경경찰학교를 다녔으며 '7·7사변七七事變' 이후 유격전에 참여한 바 있다. 1938년에 위만주국僞滿洲國으로 돌아와 신경新京『민생보民生報』의 교직원 및『대동보大同報』의 편집원으로 활동했다. 지평은 좌익 항일단체인 '청년독서회'를 조직한 이유로 1941년의 '12·30사건' 때 체포되었다. 1942년 1월 13일에 감시를 피해 도망쳤지만 다시 체포되었다. 그 후, 1943년 11월 5일에 또 다시 탈옥했다. 1945년 4월에 세 번째로 체포되기까지 그는 줄곧 지하에 잠복하여 항일 활동을 전개했다. 동북東北이 광복한 후, 지평은 심양沈陽의 길거리에서 암살당했다. 주요 작품으로 산문집『잡감지감雜感之感』, 장편소설「덧없이 사라지다曇花一現」,「혼인의 길婚姻之路」,「밤夜」 등이 있다.

류샤오리(劉曉麗)

천우

陳蕪, 1917~1943

요녕遼寧 대련大連 사람이다. 본명은 정위쥔鄭毓鈞이며 필명은 덩둥저鄧冬遮 등이다. 1941년에 길림사도대학吉林師道大學을 졸업했다. 그는 국민당 계열의 항전인물이다. 1935년, 대련大連『태동일보泰東日報』에 동화, 산문, 시가 등을 발표했다. 천우는 봉천奉天의 신문학단체 작풍간행회體作風刊行會 동인이었으며 양예楊野와 함께 연작시집『지평선地平線』1940,『풍경선風景線』1940을 편찬한 바 있다.

그는 서양의 철학과 문화에 익숙했는데, 니체, 크로포트킨, 디오예니스 및 그리스의 사당, 연옥, 진언 등을 시가를 통해 직접적으로 표현하여 흔히 공평, 정의, 영생, 사망 등 인류의 궁극적인 문제에 대해 사유하도록 했다. 그의 작품「균菌」1940은 식민 반항에 대한 굳건한 의지를 표현했다. 일본의『화문오사카마이니치華文大阪每日』에 발표한 일부 시가, 이를테면「아폴로의 노래亞波羅之歌」,「한 사람을 위해爲一個人」,「세기의 소경世紀的小景」,「연월 없는 역사沒有年月的曆史」,「혈의 이야기血的故事」,「우리들我們」,「무색의 기억無色的記憶」,「어젯밤昨夜」등은 특이한 이미지들이 밀집되어 있으며 그 속에 표현된 '흑색', '광기', '멍에', '해골', '장의葬衣', '죄수', '강도', '도살', '백골', '고난', '사망' 등 어휘는 독자들에게 시각적 충격을 안겨 줌과 동시에 연상의 즐거움을 제공한다. 1941년, 일본이 대동아전쟁을 발동하자 그는 즉시『대동보大同報』에 산문「망원莽原」과 시가「음짐초飮鴆鈔」를 발표하여 삶의 터전에 대한 미련과 죽을 각오로 나아갈 맹세를 표현했다. 그 후, 보름이 지난 뒤인 1941년 12월 30일, 31일에 식민 당국은 신경新京, 하얼빈哈爾濱, 무순撫順 등 도시에서 저항 혐의가 있는 인물들을 동시에 체포하기 시작했다. 이에 천우는 북경으로 도피했다가 1942년 7월에 본토로 갔다.

1943년에 천우는 서안西安 중국 '국민당군사위원회 전시공작 간부 훈련단' 단원 모집을 위해 잠시 위만주국僞滿洲國으로 돌아온 적 있다. 임무를 완수하고 남쪽으로 돌아 북경으로 돌아가는 길에서 폐병이 악화되어 사망했다. 저작으로『인간과 개의 갈등人和狗的糾紛』이 있다. 1946년 북광서점北光書店에서 출판한 『병·바다·적막—동북東北 작가 12인의 산문집疾·海·寂寞—東北十二作家散文集』에 천우陳蕪의 작품이 여러 편 수록되어 있다.

장취안(張泉)

톈랑

田瑯, 1917~1990

작가이다. 본명은 위밍런於明仁이고 필명은 톈랑田瑯, 누리努力, 위이추於逸秋, 바이화白樺 등이며 흑룡강黑龍江 치치하얼齊齊哈爾 사람이다. 흑룡강성립 제2중학교黑龍江省立第二中學校를 졸업하고 일본 교토제국대학京都帝國大學 경제학부에서 유학했다. 톈랑은 『문선文選』의 동인이다. 주요 작품으로는 장편소설 「대지의 파동大地的波動」, 「신성한 밤聖夜」, 단편소설 「음혈자飮血者」, 「달빛과 소녀의 장막―대지에 바치다月光和少女的幕―獻給坤」, 「소생甦生」, 「비바람 속의 보루風雨下的堡壘」, 「굶주린 낯선 손님饑餓的生客」 등이 있다. 1945년 이후, 톈랑은 장춘長春중학교에서 교사생활을 하다가 그 후 대학교 교수로 재직했으며 북경 '경제연구소'에서 소장과 교수직을 역임했다.

류샤오리(劉曉麗)

란링

藍苓, 1918~2003

작가이며 시인이다. 본명은 주쿤화朱堃華이고 필명은 리사莉莎, 린링林苓, 아화阿華, 주화朱華 등이며 하북河北 창려昌黎 사람이다. 흑룡강성여자사범黑龍江省女子師範을 졸업하고 치치하얼동신소학교齊齊哈爾同信小學에서 교사로 재직했다. 1937년부터 시가 창작을 위주로 문학 창작을 시작했다. 대표적인 시가로「커얼친 초원의 목자科爾沁草原的牧者」,「고요한 느릅나무숲 속에서在靜靜的榆林裏」,「나는 고택을 떠났다我別了故居」등이 있다. 그 밖에 시극「대지의 딸大地的女兒」, 소설「단오절端午節」,「일출日出」,「야항夜航」등이 있다.

류샤오리(劉曉麗)

양쉬

楊絮, 1918~2004

작가, 편집자이자 가수, 배우이다. 본명은 양셴즈楊憲之이고 필명은 양쉬楊絮, 쟈오페이皎霏, 아쟈오阿皎, 셴즈憲之 등이며 요녕遼寧 심양沈陽사람이다. 1934년부터 단편소설과 시를 발표하기 시작했으며 '봉천奉天문단의 여작가'로 불렸다. 양쉬는 성립제1여자초급중학교省立第一女子初級中學와 심양곤광여자고급중학교沈陽坤光女子高級中學를 다녔으며 현지 문화인 조직인 '봉천방송화극단奉天放送話劇團'을 결성하는 데 참여했다. 고등학교를 졸업한 후 혼자 국도 신경新京으로 건너가 생계를 도모했다.

1939년 3월에 '만주국중앙은행'에 여직원으로 입사했고 4월부터 '신경음악원新京音樂院'과 '신경방송국新京放送局'에서 유행가곡을 방송했으며 5월부터 '만주영화협회' 음악조교로 활동했다. 그 해에 양쉬는 '만주축음기주식회사滿州蓄音器株式會社'의 전속 가수로 초빙되었다. 대표곡으로 〈나는 나의 만주를 사랑한다我愛我滿洲〉, 〈옛날을 그리워하다念舊〉 등이 있는데 대부분 '국책'을 선양하는 찬가와 가벼운 사랑가이다. 양쉬는 당국의 요청에 응하여 일본 문화 관리들을 위해 공연한 적 있다. 1940년에 '문예화극단文藝話劇團'에서 〈주인과 하인 사이主僕之間〉, 〈광조狂潮〉, 〈일출日出〉 등 연극의 주인공으로 출연했으며 '만주 천바이루滿洲陳白露'라는 칭호를 얻기도 했다. 같은 해 9월에 만주연예 사절의 신분으로 조선 경성박람회에 참가하여 공연했으며 「조선에서의 실연 잡기赴鮮實演雜記」라는 글을 남겼다.

1941년 4월에 위만주국僞滿洲國을 떠나 북경, 대련大連, 청도靑島 등 지역을 5개월 동안 떠돌다가 다시 돌아와 '만주축음기주식회사'를 사직하고 예문서방藝文書房에 취직했다. 1942년 봄에 양쉬는 '국민화보사國民畵報社' 기자로 입사했으며 그 후에 잡지 편집장을 담당했다. 같은 해 6월에 잡지『기린麒麟』의 1주년기념호 표지모델이 되었다.

1946년에『동북문학東北文學』과『신생보新生報』에 잇따라 시를 발표했다. 1951년에 심양신화沈陽新華 인쇄공장 자제학교 문화교사로 종사하다가 위만주국 시기의 활동으로 인해 8년간 투옥되었으며 1952년에 가석방되었다. 그 뒤, 1958년에 우파로 몰려 다시 투옥되었다가 1961년에 형을 마치고 석방되었다. 1978년에 명예를 회복하여 각 문학선집에 양쉬의 작품이 수록되거나 다시 출판되었다. 1940년부터 1943년까지는 양쉬의 문학창작 절정기였는데 당시 주요 발표 지면은『대동보大同報』,『기린』,『신만주新滿洲』,『만주영화滿洲映畫』등이었으며 량산딩梁山丁, 샤오숭小松, 줴칭爵青, 우잉吳瑛, 오우치 다카오大內隆雄 등 작가와 교류했다.

위만주국 시기에『낙영집落英集』1943,『나의 일기我的日記』1944와『아라비안나이트 신편天方夜譚新篇』1945 등 세 작품집을 출판했다. 그 중『낙영집』이 한때를 풍미했다. 그러나『나의 일기我的日記』는 경찰청의 취체로 소각되었으며 이로 인해 양쉬는 특무과의 심사를 받기도 했다. 양쉬의 글은 아름답고 진실하다. 그는 40년대 초, 자서전 형식의 '개인적인 글쓰기'를 통해 만주 문단에서 명성을 떨치며 스타작가가 되었다.

양쉬의 창작은 내용상 두 유형으로 나뉜다. 하나는 감정의 질주와 개인적인 감회를 표현하는 것이고, 다른 하나는 직업생활을 묘사하고 생존현실을 폭로하는 것이다. 양쉬는 특수한 문화 신분을 지니고 있었고 또한 복잡한 식민 환경 속에서 살았기 때문에 그의 문학작품 속에 체현된 위만주국의 생존 모습은 당대인들에게 특수한 시공간의 견고함과 유연함을 보여 준다.

쉬쥔원(徐焦文)

왕광티

王光逖, 1918~1981

　　필명은 진밍金明이며 '관동주關東州' 금주현金州縣에서 태어났다. 금주공학당錦州公學堂을 졸업한 뒤 『대북신보大北新報』 기자로 활동했으며 관모난關沐南 등이 조직한 '하얼빈哈爾濱 마르크스주의 문예학습소조'(독서회)의 활동을 지원했다. 왕광티의 집은 '독서회'의 모임 장소였다. 1940년에 왕광티는 항일유격지로 들어가 항일전쟁에 참가했다. 하지만 현실에 실망감을 안고 3개월 뒤에 하얼빈으로 돌아왔다. 일본어 특기를 살려 작품 번역을 한 동시에 단편소설 「산홍山洪」을 창작했다. 동북東北이 광복한 후, 왕광티는 대만으로 갔으며 그 후에 스마상둔司馬桑敦이라는 필명을 사용하여 『연합보聯合報』 특파원 기자 자격으로 20년 동안 일본에 체류했다. 만년에 미국으로 갔으며 1981년 7월 13일, 로스앤젤레스에서 사망했다.

류샤오리(劉曉麗)

왕두

王度, 1918~2014

길림吉林 사람이다. 스민適民, 린스민林時民, 린이민林怡民, 두바이위杜白雨, 장옌薑衍, 뤼치呂奇, 왕졔런王介人 등과 같은 이름을 사용한 적 있다. 그는 1936년 4월 니혼대학 예술학부에 입학했다. 북경北京에서 '7·7사변七七事變'이 발생한 이튿날에 일본어로 지은 『신선한 감정─린스민 시집新鮮的感情─林時民詩集』도쿄 : 시집간행회, 1937을 발행하여 무산계급문학 경향과 항일 정서를 드러냈다. 시집은 출간되자마자 일본 경찰에 취체 당했다.

1939년 5월에 만주로 송환됨과 동시에 수도경찰청특무과 감시자 명단에 오르게 되었다. 하지만 곧 만주문단에서 활약했다. 그는 예문지파藝文志派의 구성원이 되었고 만일문화협회의 촉탁 및 만주영화협회 극작가로 종사했다. 그는 일본의 '국책' 구호에 부응하는 시 「영미를 무너뜨리자粉碎英美」『성경시보(盛京時報)』도 발표했고 반어법으로 표현한 저항시 「당신을 환영합니다歡迎你」『화문오사카마이니치(華文大阪每日)』, 1940.7.1도 발표했다. 그는 번역서 『시마자키 도손집島崎藤村集』예문서방출판(藝文書房出版), 1942도 출판했다. 〈용쟁호투龍爭虎鬥〉1941, 〈거울 속의 꽃, 물 속의 달鏡花水月〉1941, 〈낭낭묘娘娘廟〉1942, 〈검은 얼굴의 도적黑臉賊〉공저, 1942, 〈영락공주纓珞公主〉1942 등 전통시대극古裝戲 시나리오도 창작했다. 〈용쟁호투〉는 만영의 첫 번째 상업영화로 상해 시장에 성공적으로 진출했다. 왕두는 이 영화를 통해 만영滿映 오락영화의 최고 시나리오 작가로 부상했다. 1943년 6월, 왕두는 신분증을 위조하여 동북東北을 탈출했다. 그 후, 북경에 정착하여 무덕보사武德報社에 입사했으며 차례로 무덕보사의 역술과장, 『신소년新少年』, 『아동화보兒童畫報』의 편집장, 무덕보사 정리과장 등 직책을 담당하며 화북華北 문단에서 활약했다. 출판 서적으로 『예술과 기술藝術與技術』신민인서관(新民印書館), 1944 시집 『앵원櫻園』신경(新京) : 흥아잡지사(興亞雜志社), 1944 등이 있다. 1945년 8월에 중국공산당 통치구역인 해방구로 간 적 있으며 중국공산당 배경을 지닌 비밀공작에 참여한 바 있다. 1945년 12월에 국민정부에 체포되었다. 1948년 3월에 출옥한 뒤, 중일보사中日報社, 중국만보사中國晚報社 등 신문사에 입사했다. 같은 해 말에 중공화북대학中共華北大學에서 공부했다. 그 후, 1949년에 장춘長春으로 돌아왔다. 신중국 초기에 길림성吉林省 직속기관인 아마추어간부정치문화학교에 재직했다.

장취안(張泉)

리챠오

李喬, 1919~?

작가, 극작가이다. 본명은 리궁웨李公越이고 필명은 리챠오李喬, 예허野鶴이며 요녕遼寧 심양沈陽사람이다. 1935년에 주간 『평범平凡』을 편집했으며 1936년부터 문학 창작을 시작했다. 『정의단보正義團報』, 『민보民報』, 『민성만보民聲晩報』 등의 편집 및 『성경시보盛京時報』의 편집장을 역임했다. 그는 또한 『문선文選』 동인이었으며 만주문예가협회의 회원이었다. 1937년부터 희곡 창작으로 전향하였으며 안시安犀, 쉬바이링徐百靈, 청쉐주成雪竹, 톈페이田菲, 판위쿠이潘玉奎 등과 아마추어 극단을 조직했다. 주요 작품으로 「소야곡小夜曲」, 「다섯 번의 밤五個夜」, 「허영虛榮」, 「비누肥皂」 등 소설과 〈생명선生命線〉, 〈혈인도血刃圖〉, 〈대지의 외침大地的呼喚〉, 〈고향의 달家鄕月〉, 〈협화혼協和魂〉, 〈야항夜航〉 등 희곡이 있다.

류샤오리(劉曉麗)

모난

沫南, 1919~2005

본명이 관둥옌關東彦이고 필명이 모난沫南, 관모난關沫南, 둥옌東彦, 둥옌冬雁, 관옌關雁, 보가이泊丐, 멍라이孟來 등이며 길림吉林 출생의 만주족이다. 모난은 샤오쥔蕭軍, 샤오훙蕭紅, 뤄펑羅烽, 바이랑白朗, 수췬舒群, 진젠샤오金劍嘯 등에 이어 하얼빈哈爾濱에서 초기 항일활동을 전개했으며 좌익 색채가 비교적 강한 문학 활동도 전개했다. 그는 '하얼빈 마르크스주의 문예학습소조'(독서회)를 조직했다. 1941년 12월 31일, 독서회가 적발된 후, 모난과 천디陳隄, 왕광티王光逖 등이 모두 체포되었다. 이것이 바로 '하얼빈 좌익문학사건'이다. 위만주국僞滿洲國 시기에 출판한 작품으로 소설집 『허송세월蹉跎』리룽(厲戎)과의 합집이 있고, 그 후 당시의 문학잡지에 발표한 작품으로 「배 위의 이야기船上的故事」, 「어느 도시 어느 밤某城某夜」, 「무암하명霧暗霞明」, 「흘러간 연정流逝的戀情」, 「안개 드리운 시절落霧時節」, 『모래땅의 가을沙地之秋』 등 20여 편의 소설이 있다. 그중 「무암하명霧暗霞明」, 「흘러간 연정流逝的戀情」, 장편소설 『모래땅의 가을沙地之秋』 등과 시나리오 『빙설진달래冰雪金達來』는 1945년 이후에 출판되었다. 모난沫南에 관한 연구자료는 『관모난 연구전집關沫南研究專集』북방문예출판사(北方文藝出版社), 1981.1에서 확인할 수 있다.

류샤오리(劉曉麗)

리광웨

李光月, 1920~1979

작가이다. 자주 쓰는 필명은 리찬李蟾이며 1920년, 장춘長春에서 태어났다. 그는 1937년 12월에 장춘양급중학교長春兩級中學를 졸업하고 1938년 4월에 쌍양현장령소학교雙陽縣長嶺小學 교사로 활동하다가 같은 해 8월에 장춘맹가둔孟家屯 농사합작사 직원으로 일했다. 1939년 3월에는 위만'신경'우편관리국偽滿"新京"郵政管理局 보험과 직원으로 일했고, 1941년 8월에는 박문인서관博文印書館 편집자로 활동했다.

1942년부터 1945년까지 리광웨는 선후로 위만잡지사 영화 화보, 강덕인서관康德印書館 편집자와 국민서점國民書店 편집주임으로 활동했다. 그의 가장 유명한 동화 작품은 흥아잡지사興亞雜志社에서 간행한 단행본『투투탐험기禿禿曆險記』인데, 이 장편동화는 1942년 여름에 완성되었으나 홍보처의 원고 심사로 인해 1945년 7월에야 인쇄되었다. 그 밖에 「촛대의 행운蠟燭台的幸運」,「작은 까마귀小鴉」,「달나라 여행기月球旅行記」,「낡은 고무공破皮球」,「12개의 초十二枝蠟燭」 등 단편동화가 있다. 지금까지 전해진 바에 의하면『투투탐험기』는 위만주국偽滿洲國 시기에 인쇄·발행되었던 유일한 장편동화이다. 현존하는 동화로 볼 때 그의 작품은 아동들의 시각에 입각하여 환상적이고 흥미로운 줄거리로 구성되었으며 식민 선전에 영합하지 않았다. 그는 아동문학작품 외에 소설 창작에서도 일정한 성과를 거두었다. 유감스러운 것은 위만주국 시기에 창작한 동화작품집 중

『투투탐험기』외의 다른 한 장편동화『흑색 국왕과 백색 국왕黑國王與白國王』및 일부 단편동화는 위만주국이 붕괴되던 몇 년 동안에 발간되지 못하고 유실되었다. 중화인민공화국 성립 후, 리광웨는 지속적으로 동화를 창작했다. 그리하여 "동북東北 해방 후부터 '문혁' 전까지 동화 창작에서 가장 큰 성과를 이룬 동화 작가"로 불리게 되었다. 1957년에 창작·출판한 동화집으로『긴 귀의 이야기長耳朵的故事』,『세 친구三個朋友』등이 있다. 리광웨는 1979년 1월 21일에 작고했다.

천스(陳實)

위안시

袁犀, 1920~1979

작가이자 번역가이다. 본명은 하오웨이렌郝維廉이고 또다른 이름은 하오칭숭郝慶松이며 필명은 마진瑪金, 하오칭숭郝慶松, 우밍스吳明世, 량다오梁稻, 리우솽李無雙, 마솽이馬雙翼, 리커이李克異 등이고 요녕遼寧 심양시沈陽市 사람이다. 1933년에 처녀작 단편소설「빵 선생面包先生」을 발표했으며 같은 해에 일본어 강연을 거절한 이유로 학적에서 제명당했다. 또한 1934년에는 국사를 논한 편지가 노출되어 위만주국偽滿洲國 경찰 측의 블랙리스트에 올랐다. 1937년 이후 월간『명명明明』에 일련의 소설을 발표했다. 예컨대「세 이웃鄰三人」,「열흘十天」등인데, 이 작품들은 야성적인 생명력에 대한 추구를 강하게 드러내고 반항의 심리를 우회적으로 표현하여 위만주국 문단의 주목을 받았다. 1941년에 출판한 단편소설집『늪泥沼』은 생활에 대한 위안시의 독특한 깨달음과 인성에 대한 깊이 있는 이해를 반영했다. 위안시는 당시의 평론가로부터 '천재작가'라는 높은 평가를 받았다.

1941년 말에 수사를 피해 위만주국을 탈출하여 북경北京으로 갔다. 1942년 1월에 위안시는 서직문西直門 폭발사건에 참여하였다가 체포되어 반년 동안 옥살이를 하고 출옥했는데, 그 뒤에도 여전히 감시를 받았다. 그는 무덕보사武德報社에 입사하여『시사화보時事畵報』를 편집했고 화북華北작가협회에 가입했으며 1943년에는 신민인서관新民印書館에서 편집자로 활동했다.『중국문예中國文藝』,『중국문학中國文學』,『화북작가월보北作家月報』등 북경의 중요한 문예 지면에 대량의 소설작품을 발표했다. 또한 소설집『삼림의 적막森林的寂寞』,『붉은 치마紅裙』,『시간時間』과 두 편의 장편소설「면사画紗」,「패각貝殼」및 한 편의 중편소설집『모 소설가의 수기某小說家的手記』를 출판하여 당시 북경 문단에서 가장 뛰어난 소설가로 거듭났다. 위안시는 제2차 대동아문학자대회에 참석한 바 있으며 작품「패각貝殼」을 통해 '대동아문학자대회상'을 수상한 바 있다. 그는『연경문학燕京文學』동인, 일본좌익화가 쿠메 코이지久米宏一, 위청스玉城實 및 작가 나카조노 에이스케中薗英助 등과 두터운 우의를 맺었다.

1945년 20월에 순수문예지『앙揮』을 편집했으며 11월에 진찰기晉察冀 변경 지역으로 건너가 혁명에 참가했다. 위안시는 차례로『하얼빈일보哈爾濱日報』부간副刊의 책임편집, 송강성松江省 인민정부 주석 펑중윈馮仲雲의 비서와 과장 및 문예지『초원草原』의 책임편집을 맡은 바 있다. 항미원조기간에 두 차례 조선을 방문하여「불후의 인간不朽的人」,「숙영차宿營車」등 인터뷰를 바탕으로 한 통신과 소설을 남겼다. 1949년 이후에는『인민철도보人民鐵道報』, 공업출판사工業出版社,『매간煤刊』, 공인출판사工人出版社(노동자출판사), 주강珠江영화제작소 등의 편집자 또는 기자로 활동했다. 이 시기에 창작한 작품은 주로 영화시나리오〈귀심사전歸心似箭〉과 장편소설「역사의 메아리曆史的回聲」등이다. 1950년대에 번역한 작품으로 중편소설「당은 살아 있다黨生活者」원작 : 고바야시 다키지(小林多喜二)와 단편소설집『거리街』원작 : 도쿠나가 스나오(德永直)가 있고 1960년대 번역작으로『일본영화사日本電影史』이와사키 아키라(岩崎昶)가 있다. 위안시는 1979년 5월 26일 문학창작 도중에 급사했다.

천옌(陳言)

쥐디

左蒂, 1920~1976

심양沈陽 사람이고 본명은 쥐시셴左希賢이며 필명은 쥐디左蒂, 쥐이左憶, 쥐신左忻, 쥐밍左鳴, 허치何琪, 웨휘嶽獲, 뤄마이羅麥, 뤄마이羅邁, 바얼巴爾, 훙핑紅蘋, 진탄今曇, 즈智 등이다. 1938년에 남만주 의과대학 부속 약제사 전문학교를 졸업했다. 『만주 부녀滿洲婦女』와 『신만주新滿洲』의 편집 및 기자로 활동한 바 있다. 그는 1943년에 편집한 『여성작가 창작선女作家創作選』장춘(長春) : 문화사(文化社), 1943에 망명한 지 몇 년 된 작가 샤오훙蕭紅과 바이랑白朗의 작품도 수록했다. 그는 산딩山丁의 장편소설 『녹색 골짜기綠色的穀』를 편집한 이유로 직장에서 해고되기도 했다. 1943년 연말 에 동북東北을 떠나 남편 산딩과 상봉했다. 그녀는 북경에서 취직하지 못했다. 쥐디의 작품으로는 소설 「빛 없는 별沒有光的星」『창작연총(創作連叢)』, 1945년 제4집과 북경 신민인서관北京新民印書館을 위해 쓴 동화 「흰 고양이가 검은 고양이로 변했다白貓變 成黑貓」, 「큰 회색마大灰馬」 등이 있다. 전쟁이 끝난 뒤, 쥐디는 심양으로 돌아와 일 하다가 1953년에 북경 『중국소년보中國少年報』로 전직했다.

장취안(張泉)

아오키 미노루

青木実, 1909~1997

　　도쿄에서 태어나 1928년 호세대학法政大學 상업학교를 졸업 후, 만철 도쿄 지사에 입사했다. 1930년 12월에 만주로 건너가 만철 대련大連도서관에 근무했다. 1940년 4월 봉천奉天 만철총국 애로과愛路課로 전근. 1932년 10월에 창간한 동인잡지 『문학文學』제3집부터 『작문(作文)』으로 개제에 참가한다. 아오키의 문학적 출발은 단카短歌였다. 만철 도쿄지사 시절에 도이 시즈오土居靜男가 주재하는 단카 잡지 『어린 갈대あしかび』에 투고하기 시작했다. 일상의 사소한 일을 접하면서 생기는 감흥을 서정적으로 그린 『꽃방석花筵』1934이나 『유묵幽黙』1943에 수록된 수필은 그런 스타일의 연장선상에 있다. 그러나 만주에 있던 시절의 아오키는 "우리의 생활은 모두 만인들 위에 성립하고 있다"고 하며, 수적으로 압도적으로 많은 중국인 서민들의 생활을 그려야 한다고 주장했다.

　　애로과로 옮긴 뒤로는 철도경찰과 철도애호단 등 현지주민과 접할 기회가 생겼고, 소재가 다양해져 리얼리티를 획득했다. 그러한 단편소설과 수필을 모은 것이 『부락의 백성部落の民』1942, 『북방의 노래北方の歌』1942이다. 당시의 '만인물'을 대표하는 작가였다. 같은 『작문作文』 동인의 선배였던 다케우치 쇼이치竹内正一는 아오키에 대해 "이민족에 대한 이해를 높이기 위한 강한 의욕"을 높이 평가하면서도 관념적인 부분이 선행해 '정책해설적 소설'로 전락해 버릴 위험성이 있다고 경고했다.

1943년에 출판된 『문예시론집文芸時論集』은 대부분이 태평양전쟁 발발 이후에 집필된 문예평론집이지만, 다케우치의 지적대로 성전聖戰 완수의 국책문예를 부르짖는 평론들로 이전의 정감 넘치는 인도주의적인 작품의 느낌이 없다.

오카다 히데키(岡田英樹)

황쥔

黄軍, 1920~1986

하북河北 창려昌黎 사람이다. 본명은 다이칭톈戴青田이고 다이광수戴光樞, 다이 멍완戴孟浣 등 이름을 사용한 적 있으며 필명은 예푸葉福, 신예莘野, 량즈梁紫, 다이투 이戴推, 돤무취안端木泉, 허관주何關珠, 모징치莫鯨奇, 다이난즈戴南枝, 난즈南枝, 루바이핑魯 百平, 멍완孟浣, 샤오칭小青, 후수이胡冰, 모쥔墨軍, 칭톈青田, 신나辛娜, 다이베이타오戴北濤, 허웨탕何月棠 등이다.

1937년에 하얼빈哈爾濱에 있는 친척에 의탁하여 시험을 통해 하얼빈항무 국哈爾濱航務局에 들어갔으며 그때부터 문학 창작을 시작했다. 1940년 여름에 사 직하고 북경 윤함구淪陷區로 가 전문 창작에 종사하면서 소설집 『산무山霧』북경 : 예 술과 생활사(藝術與生活社), 1941를 출간했다. 그 후 남경南京, 하남河南, 상해 등 지역에서 간행물을 편집한 바 있으며 기관과 군대에서 일하기도 했다. 윤함시기에 창작 한 많은 작품들은 대체적으로 방황하는 방랑자의 심리적 고통을 소설로 승화 시킨 것이다. 특히 '극도의 비통함에 빠져 있을 때' 북경에서 발표한 향토소설 의 소재는 매우 독특한 특징을 지니고 있어 당시 북경 문단을 놀라게 했으며 이를 통해 윤함구 문학의 표현 범위를 확장시켰다. 전후에 그는 복단대학複旦大 學의 궈사오위郭紹虞 교수의 소개로 대만으로 갔다.

1946년부터 1947년까지 대만 『인민도보人民導報』의 기자, 편집장으로 활동 했다. 대만의 '2·28사변' 후, 그가 다니던 신문사는 차압되고 사장 숭페이루宋

燮如는 살해당했다. 이러한 상황 하에 황쥔은 중국 본토로 도망쳐 위기를 모면했다. 신중국시기에 그는 요녕수중중학교遼寧綏中中學에서 교사로 활동했다. 하지만 인사 갈등으로 인해 많은 인생 곡절을 겪었다.

장취안(張泉)

커쥐

柯炬, 1921~

작가, 시인이자 서예가이며 길림성吉林省 의통현伊通縣 사람이다. 본명은 리정중李正中이며 필명은 커쥐柯炬, 웨이창밍韋長明, 창펑常風, 리모李莫, 리이츠李一痴, 창청텅常青藤, 리위裏予, 웨이밍魏名, 화이즈즈槐之子, 완녠칭萬年青, 위진餘金 등이다. 1941년에 위만주국僞滿洲國 '신경법정대학新京法政大學'을 졸업하고 위만주국 지방법원의 법관으로 재직했다. 1939년부터 『대동보大同報』, 『흥아興亞』, 『신만주新滿洲』, 『학예學藝』, 『기린麒麟』, 『사민斯民』, 『신조新潮』, 『성경시보盛京時報』, 『화문오사카마이니치華文大阪每日』 등 신문에 소설, 산문, 시가, 극본을 발표하기 시작했다. 위만주국 시기 커쥐의 주요 작품으로 중편소설집 『고향을 그리워하다鄕懷』, 단편소설집 『죽순筍』, 단편소설집 『화로불爐火』, 산문집 『끝없는 삶과 끝없는 여행無限之生與無限之旅』, 산문집 『대단집待旦集』, 시집 『칠월七月』 등이 있다. 동북東北이 광복한 후, 그는 잡지 『동북문학東北文學』을 창간했으며 1947년에 중국공산당이 이끄는 동북민주연군東北民主聯軍에 참가했다. 현재 커쥐는 심양시문사연구기관沈陽市文史研究館 연구원, 심양시서예가협회沈陽市書法家協會 고문이자 심양군구노전사서화회沈陽軍區老戰士書畵會 고문, 심양시영예문예가沈陽市榮譽文藝家이며 『정중필묵正中翰墨』, 『리정중 서예전李正中書法展』, 『묵해유흔墨海留痕』, 『아흔 살에 붓을 놀리다─리정중 서예집九秩揮墨─李正中書法集』 등 서적을 출판했다.

류샤오리(劉曉麗)

주티

朱媞, 1923~2012

주티의 본명은 장싱쥐안張杏娟이며 북경 출신의 작가이다. 유년기에 길림吉林으로 이주했고 1936년에 길림吉林여자중학교에 입학했으며 1941년에 길림여자중학교 부설 사범반을 졸업했다. 길림, 신경新京 등 지역에서 소학교 교사로 재직한 바 있다. 주티는 중학교 시절에 문학을 좋아하여 습작을 시작했다. 1943년, 북경『시사화보時事畫報』에 '주티朱媞'라는 필명으로 첫 소설「대흑룡강의 우울大黑龍江的憂鬱」을 발표했다. 그 후, 위만주국偽滿洲國의 신문에 잇따라 작품을 발표했다. 그의 소설은 일본 식민통치 하의 동북東北 각 민족 인민들의 여러 가지 힘든 생활을 집중적으로 반영했다. 이 때문에 소설「샤오인즈와 그의 가족小銀子和他的家族」은 위만주국 당국의 심사기관에 의해 발표가 취소되었으며「발해를 건너다渡渤海」는 강제로 일부 페이지가 삭제되었다. 1945년에 신경 국민서점을 통해 산문소설집『앵櫻』을 출판했는데, 이는 위만주국 시기 발행한 마지막 여성문학작품집이었다. 동북東北이 광복한 후, 1947년에 주티는 하얼빈哈爾濱으로 건너가 동북민주연군東北民主聯軍에 참가했다. 그는 청년간부학교 및 군사기관문화학교에서 교사, 교무주임 등 직책을 맡은 바 있다. 그 후, 요녕성 상업청遼寧省商業廳, 요녕성 과학기자재회사遼寧省 科學器材公司로 전업했다. 1983년에 이직하여 휴양했다.

류샤오리(劉曉麗)

니쿵

眺空, 생몰년 미상

작가이다. 현존하는 자료에 의하면 니쿵은 위만주국僞滿洲國 후기 문단에서 활약했던 '신세대' 작가이다. 그는 중국 전통문화와 민간문화 및 서양문화의 영향을 받았으며 『기린麒麟』, 『신만주新滿洲』 등 간행물을 진지로 독특한 풍격을 지닌 소설을 대량으로 발표했다. 이를테면 산림실화山林實話 · 비화秘話 · 수수께끼소설謎話小說 등인데, 「한변외 13도강 창업비화기韓邊外十三道崗創業秘話記」, 「대흥안령 엽승야화기大興安嶺獵乘夜話記」, 「길림 한변외 흥망기吉林韓邊外興衰記」, 「구반산의 두가지 독九盤山的二毒」 등이 바로 그러한 작품들에 속한다. 그의 소설은 전설과 문자 설명, 소설 창작기법, 동화, 신화, 전기 등을 하나로 융합하고 있고 창작기법에 있어 전통과 현대의 이중적인 서술방법을 채택하고 있으며 신비주의, 마술적 사실주의와 낭만주의 등 여러 가지 기법을 융합하여 독특한 심미 공간을 구축했다. 이를 통해 문학의 시야를 생활로부터 대자연으로 확장시키고 동북東北 문학의 새로운 영역을 개척하여 지역문화색채를 강화했다. 일련의 작품을 통해 알 수 있듯이 니쿵의 작품은 기법 면에서 러시아 작가 바이코프와 독일 자연과학자 에두와르도 아니나트 및 일본 작가들의 영향을 많이 받았다.

잔리(詹麗)

만주국 ▶ 일본계 작가

우시지마 하루코

牛島春子, 1913~2002

　　후쿠오카현福岡県 구루메시久留米市 출생. 1929년 구루메여자고등학교 졸업 후 문예활동과 고동조한 운동에 종사했다. 1933년 두 번째로 체포되어 1935년 집행유예로 판결이 난다. 이듬해 우시지마 하루오牛嶋晴男와 결혼하여 봉천奉天으로 건너간다.

　　1937년에 부현장으로 부임하는 남편과 함께 배천현拜泉県으로 옮기고 그해에 성공서에 근무하는 왕속관王屬官이 마을의 토호세력과 결탁하여 농민에게서 부정한 세금을 징수 받는 악행을 적발하는 스토리의 「왕속관王屬官」심사자에 의해 「돼지(豚)」로 제목이 변경되었다을 써서 건국기념문예상에 입선하고, 『대신경일보大新京日報』에 연재되었다. 그 후로 이 작품은 대동극단大同劇團에 의해 연극으로 상연되고, 만영에서 영화화되었으며, 류구이더劉貴德의 번역이 나오는 등 시대를 풍미했다. 이어서 『만주신문滿洲新聞』에 연재된 「주라는 남자祝といふ男」1940는 아쿠타가와상芥川賞 후보작이 되었고, 이듬해 『문예춘추文藝春秋』 3월호에 게재되었다. 현공서 소속의 통역관인 주렌텐祝廉天은 부정에 대해 철저하고 냉혹하게 대처한다는 이유로 일계 관리들에게 불편한 존재로 여겨졌었다. "만주국이 망하면 주는 가장 먼저 죽게 되겠지요"라고 중얼거리며 호신용 권총을 언제나 몸에 지니고 있다. 중국인이면서도 지배자 측에 서는 자기 자신의 위험을 인식하면서도 직무를 실행하는 냉철하고 고독한 남자를 그리고 있다.

이외에도 가혹한 노동에 종사하는 육체노동자를 지휘하는 젊은 일본인을 그린 「쿨리苦力」1937, 충실한 중년의 사환을 그린 「장봉산張鳳山」1941, 비적과의 전투를 그린 「눈 오는 하늘雪空」1938, 「복수초福壽草」1942 등 여성이라는 생각이 들지 않을 정도로 중국인의 세계를 그린 선이 굵은 작품을 많이 남겼다.

오카다 히데키(岡田英樹)

오우치 다카오

大內隆雄, 1907~1980

후쿠오카현福岡縣 야나가와초柳川町에서 출생. 1921년에 만주로 건너가 창춘長春상업고등학교에 편입학했다. 1925년 상해 동아동문학원에 입학. 격동하는 '국민혁명'의 진원지에서 학생시절을 보냈다. 1929년에 졸업한 이후, 만철 홍보과이후 경제조사회에 입사. 1931년 8월에 창간한『만주평론滿洲評論』회원이 되었고, 이듬해 2대 편집책임자가 되었다. 본명 야마구치 신이치山口慎一로 간행한『지나혁명논문집支那革命論文集』1930 등이 문제가 되어 '사상범'으로 검거되었다가 1933년에 만철에서 해고되어 도쿄로 돌아갔다. 같은 해 말, 네슬레 연유회사 봉천奉天 출장소에 자리를 얻어 다시 만주로 건너왔고, 1935년 신경실업신문사新京実業新聞社로 옮겼고, 1941년에는 만영 문예과장으로 초빙됐다.『신경일일신문』문예란 편집에 관여하게 된 이후로는 재만 중국인 작가의 번역·소개에 전력을 기울였다. 만주국에 번역자가 적고, 일본 근대중국문학연구자들로부터도 무시당하는 상황에서 오우치의 번역 작업이 해낸 역할은 크다. "만인의 문학을 혼자서 다 맡았다"고 할 정도로 그의 정력적인 번역으로 작품을 통해 일본인과의 교류가 가능해졌다. 또한 문예시평에서도 중국인문학자의 대변자로서 만주국 문학계의 구성요소로 중국문학의 존재를 강하게 주장했다. 탁월한 중국어 능력, 동북작가를 포함한 관내문학에 대한 깊은 조예, 폐색상황 하에 있었던 재만 중국인 작가에 대한 이해와 배려 등 오우치는 가장 양질의 번역가이면서 문예평론가였다고 할 수 있다.

본명은 야마구치 신이치山口慎一, 필명은 야마 고요矢間恒耀, 쉬황양徐晃陽 등을 쓴 정치·사회 평론도 무시할 수 없다. 상해上海에 있던 시절에 톈한田漢, 위다푸鬱達夫, 어우양위첸歐陽予倩 등 좌경화한 창조사, 태양사의 젊은 문학자들과 친분이 있었다. 위에 든 번역논집『지나혁명논문집支那革命論文集』이나『지나연구논고支那研究論考』1936도 제1차 국공합작에서 1927년의 4·12쿠테타 이후의 중국혁명 상황을 분석한 글로, 국민당의 추락과 공산당의 약진을 주축으로 논하고 있다. 이역시도 오우치 다카오의 또 다른 일면이었다. 그러나 태평양전쟁이 진행되면서 성전수행이라는 광적인 사상이 농밀해지고, 그의 이러한 입장도 크게 후퇴해 간다.『문예담총文芸談叢』1944, 중국어,『동아 신문화 구상東亜新文化の構想』1944 등의 문예 평론에 '대동아건설'으로 경도되어 가는 모습이 역력히 보인다.

오카다 히데키(岡田英樹)

다케우치 쇼이치

竹內正一, 1902~1974

대련시大連市에서 태어나 소학교를 마치고 중학교부터는 일본국내에서 배우고 1926년 와세다대학 문학부 불문과를 졸업했다. 그 후 만철 대련도서관 근무를 거치고, 1934년 하얼빈哈爾濱 만철도서관 광장에 취임했다. 『작문作文』발족 당시부터 동인이었고, 하얼빈에서는 문화종합잡지 성격의 『북창北窗』1939~1944을 간행해서 북만에서 문화의 횃불을 계속 지폈다는 사실은 유명하다. 단편소설집 『빙화氷花』1938. 제1회 G씨문학상 수상, 『부활제復活祭』1942에 수록된 작품은 하얼빈을 무대로 한 작품이 많다. 하얼빈의 퇴폐적인 유흥에 빠져 도시의 밑바닥을 방황하는 청년이나 방종한 생활을 보내는 댄서 등, 데카당스한 일본인의 모습을 풍속소설로 그린 작품, 돌아갈 조국을 잃은 백계 러시아인의 애수, 그리고 빈곤한 가족을 부양하며 굳세게 살아가는 중국인 여성 등 하얼빈의 한 단면을 잘라서 보여주는 작품세계가 특징이다. 평자들은 비판성의 결여나 방관자적인 태도를 비판한다. 전쟁으로 치닫는 분위기 속에서 건국장편소설 『하얼빈 입성哈爾濱入城』1942, 탄광과 개척지 시찰 보고를 모은 작품집 『해바라기向日葵』1944 등을 남겼다. 테마는 국책에 따른 것이었지만, 작자의 정서가 강하게 드러난 심경소설이라고 볼 수 있다. 제3회 대동아문학자대회에 만주국 대표로 참가했다.

오카다 히데키(岡田英樹)

하세가와 슌

長穀川濬, 1906~1973

    홋카이도 하코다테函館에서 출생. 오사카 외국어학교 노어과 졸업 후 1932년 오카와 슈메이大川周明의 조력으로 만주로 건너갔다. 자정국資政局 자치지도훈련소이후 대동학원(大同學院)으로 개조를 나온 후 치타 영사관에 근무하다가 관동군 변경조사 일을 맡기도 했다. 신경新京에 돌아온 후 홍보처에 배속되었지만, 곧 관직을 그만두고 만주영화협회에 입사했다. 1938년에 기타가와 겐지로北村謙次郎, 나카 겐레이仲賢禮 등과 잡지 『만주낭만滿洲浪曼』을 발행하고, 이를 거점으로 「헐힝골烏爾順河」, 「오리에 탄 왕鴨に乘った王」 등의 소설을 발표했다. 1940년에 바이코프의 소설 『위대한 왕偉大なる王』을 번역해 『만주일일신문滿洲日日新聞』에 연재하였고, 이듬해 일본의 문예춘추사에서 출판되어 베스트셀러가 되었다. 1942년 카자크 소설의 소재를 찾아 변경을 여행하였고, 기행문 「하이라얼의 숙소海拉爾の宿」와 소설 「어떤 막심의 수기或るマクシムの手記」를 발표했다. 1945년 만영 이사장 아마카스 마사히코甘粕正彦의 자살 현장에 있었고, 이듬 해 8월에 귀국했다. 패전 후에는 화물선 통역이나 돈 카자크 합창단 일본공연을 돕는 등 다양한 직업을 전전하다가 결핵 재발로 입퇴원을 반복하다가 1973년에 사망했다. 향년 67세.

웨이슈링(魏舒林)

히나타 노부오
日向伸夫, 1913~1945

　　본명은 다카하시 사다오高橋貞雄, 1913년에 교토 마이즈루시舞鶴市에서 태어났다. 제3고등학교를 졸업한 후, 1935년에 만주로 건너가 만철 하얼빈哈爾濱 철도국 쌍성보역雙城堡驛에 근무하다가 1940년 봉천奉天 철도총국 여객과로 옮겼다. 1943년 자진 지원해서 만철 도쿄지사로 옮긴다. 그러나 6개월 후 징집되어서 1945년에 오키나와沖繩에서 전사했다. 『작문作文』동인이었다. 히나타의 작품에는 현지 주민과의 직접교류가 있었던 솽청보 쌍성보雙城堡시절의 소재가 많다. 북만 철도의 양도로 경영이 일본인 손으로 옮겨지고 직장 규율이 엄격해지면서 지금까지의 러시아어에 대체하여 일본어 능력이 요구되었다. 그런 변화를 쫓아갈 수 없었던 고참 중국인 철도원의 불안한 매일을 그린 작품이 「제8호 전철기第八號轉轍器」1939이다. 이 작품이 제1회 만주문화회상을 수상하고 다시 아쿠타가와상芥川賞 후보작이 되었다. 작은 역 개찰계에 배속된 일본인 청년의 눈을 통해 특권의식을 누리는 거만한 일본인, 아주 작은 운임조차도 낼 수 없는 중국인 등 '유치한 인도주의와 정의감'으로는 해결할 수 없는 현실을 그린 「창구窓口」1938, 성실하게 일해서 '일본인이 되려고 했으나 될 수 없었던' 조선인 청년, 더군다나 중국인에게도 '망국의 백성'으로 멸시 받으며, 많은 수의 동족들이 마약 밀매로 떼돈을 버는 어두운 현실을 그린 「한 때一時期」1939는 이민족을 향한 따뜻한 시선을 보내면서도 '민족협화'라는 슬로건과는 거리가 먼 현실을 그리고 있다. 이런 작품을 모은 책으로『제8호 전철기第八號転轍器』1941,『동토의 기록凍原の記』1944이 있고, 이 외에 기행문이나 수필을 모은『변토여정辺土旅情』1943이 있다.

오카다 히데키(岡田英樹)

후루카와 겐이치로
古川賢一郎, 1903~1955

　　시인. 본명 외에 후유키 다쿠冬木卓, 허빙장阿冰江 등의 필명으로 작품을 발표
했다. 가가와현香川縣에서 태어났다. 수년 후 가족과 함께 나가사키현長崎縣으로
이주한다. 젊어서부터 시작에 눈뜨고 나가사키현의 시 잡지 『풀 위草上』 동인
으로 참가한다. 1922년에 나가사키 미쓰비시三菱조선소 직원양성소를 졸업하
고, 같은 회사에 근무한다. 이듬해 가족의 생활환경을 타개하기 위해 만주로
건너가고, 만철 지방부 토목과에 취직하여 만주 각지를 전전하다가 후에 대련
大連에 정착한다. 1924년 가나가와현神奈川縣 가와사키시川崎市의 사토 소노스케佐藤
惣之助가 주재한 시 잡지 『시의 집詩之家』에 입회하여 왕성하게 작품을 발표하는
한편 개인 시집 『시정詩鉦』을 발행했다. 1929년에 시집 『노자 강탄老子降誕』을 시
의집출판부에서 출판하고, 이 즈음부터 재만시인과의 교류를 갖는다. 1931년
에는 시집 『몽고 시월蒙古十月』을 대련의 연인가燕人街 편집소에서 출판한다. 이 두
권에는 만주사변 이전 재만 일본인의 가난한 생태를 스스로 꾸짖고 화내는 표
현으로 그리고 있다. 제3시집 『얼음·길氷の道』시의집출판부, 1932에서는 중국의 하층
민과 일체화된 시점에서 식민지 현실을 생생하게 고발하고 있다.

　　1937년 문예잡지 『작문作文』 동인에 참가한다. 시인 조 오우스城小碓는 후루
카와를 "그는 만몽 현실의 측량자이면서 목격자이고, 또한 우리 향토의 심장
인 쿨리의 바른 대변인"이라고 했다. 이외에도 저서로 시집 『가난한 화장貧しき

化粧』대련시서구락부(大連市西俱樂部), 1933, 『봄‧버들芽柳』시의집출판부, 1933, 수필집『대륙풍신大陸風信』오사카야고서점, 1943, 『시골 접시田舍の皿』북륙문고, 1945 등이 있다. 동생 후루카와 데쓰지로古川鉄治郎도 대련大連으로 옮겨와 문예비평을 썼다.

1938년, 화북華北교통주식회사에 입사하여 북경北京에 살았다. 1940년 대련일일신문사大連日日新聞社로 옮겨, 1943년에 관동주 토목건설업협회에 입사했다. 만주국 성립 이후, 그의 서정적인 시풍은 점차 긴장감을 늦추고, 시대에 타협해 가다가 이윽고 전쟁시, 애국시 분야 작품을 적극적으로 쓰게 되었다. 1942년, 제1회 만주시인회상을 받았다. 오랜 시작 경력을 인정받은 수상이었다. 1947년에 대련에서 일본으로 귀환하였고, 아내의 고향인 니이가타현新潟県이와후네군岩船郡에 정착했으나, 아내의 급사 후에 본인의 고향인 가가와현香川県으로 돌아갔다. 5명의 자식과 모친을 모신 생활은 힘들었지만, 시작을 게을리하지 않았다. 1955년 사카이데시坂出市에서 사망했다. 1997년, 니시하라 가즈미 편『후루카과 겐이치로 전시집古川賢一郎全詩集』민민사(泯泯社)이 출판되었다.

니시하라 가즈미(西原和海)

야마다 세이자부로

山田清三郎, 1896~1987

    교토 출생. 소학교 6학년 중퇴. 1922년에 『신흥문학新興文學』을 창간하고, 이듬해 『씨 뿌리는 사람種蒔〈人』 동인으로 참가하는 등 프롤레타리아 작가의 길을 걷다가, 1934년 2월에 해산한 프롤레타리아 작가동맹ナㅍ의 마지막 중앙위원장을 역임했다. 1934년부터 3년간 복역한 후, 1938년에 가석방되어, 1939년 대륙개척간화회의 시찰단 일원으로 만주에 파견되었다. 그 해 만주신문사 사장인 와다 히데키치和田日出吉의 권유로 영주를 결의하고, 학예과장 겸 논설위원이 되었다. 이듬해에는 문화부장이 된다. 1941년 홍보처의 알선으로 설립된 만주문예가협회 위원장에 취임했다. 재만 시기는 짧았지만, 재만일본인 작가를 대표하는 지위에 있었다. 세 번에 걸쳐 대동아문학자대회에 만주국 대표로 참가했다.

    1939년에 시찰단으로 체재했던 영안둔永安屯 하달강哈達河 개척단에서 소재를 얻은 현지보고 『나의 개척지 수기私の開拓地手記』1942, 그곳에서의 체험을 수필풍으로 정리한 글이나 문화정책에 대한 제언을 수록한 『한 톨의 쌀을 사랑하는 마음一粒の米を愛する心』1941이 있다. 개척지의 엄혹한 현실을 지적하면서도 새로운 마을을 만들기 위해 헌신하는 개척민에 대한 깊은 감동, 복합민족국가 탄생을 향한 뜨거운 기대 등을 쓰고 있어, 야마다가 만주 영주를 결심한 이유를 미루어 짐작할 수 있다. 단편소설집으로 『북만의 하룻밤北満の一夜』1941, 『라오송老

朱』1944을 남기고 있지만, 전술한 현지보고에 약간의 색을 칠한 작품이 많고, 작품으로서의 성숙도는 낮다. 그 외에도 문화정책을 논한 『만주국 문화건설론滿洲國文化建設論』1943이 있고, 『건국열전建國列伝』전4권1943~1945은 만주건국 전후의 인물을 중심으로 그려 미담화한 영웅전이다. 『신생중국유기新生中國遊記』1944는 화북華北과 화중華中을 둘러싼 '국민정부 천도 3주면' 및 '대동전쟁참전'에 의한 '신생 중국'의 숨결을 전하는 르포르타쥬이다.

오카다 히데키(岡田英樹)

만주국 조선계 작가

강경애

姜敬愛, 1906~1944

1906년 4월 20일 황해도 송화군 송화에서 가난한 농민의 딸로 태어났고, 아버지 사망 후 재혼하는 어머니를 따라 장연에서 성장했다. 평양 숭의여학교 3학년 때인 1923년 10월경, 친구 무덤에 성묘하려는 것을 미신이라고 규제하는 미국인 교장과 엄격한 기숙사 생활에 항의하여 동맹휴학을 벌였다가 퇴학 당했다. 서울의 동덕여학교에 편입, 1년 남짓 다니다가 고향에 돌아왔고 다시 중국으로 가서 2년간 '북만北滿' 지역인 해림海林시에서 교원 노릇을 했다고 한다. 강경애가 머물렀을 당시, 1927~1928년의 해림은 조선공산당 만주총국과 공산주의자들이 신민부로 대표되는 민족주의자들과 충돌하면서 세력을 넓혀 가고 있는 곳이었다. 거기서 강경애는 민족주의자와 공산주의자 사이의 심각한 이념적, 물리적 갈등을 목도하고 가난한 농민에게는 고향의 '동포' 지주나 만주의 이민족 지주나 마찬가지라는 점에서 철저하게 '계급주의'를 견지하게 되었다. 1929년 해림에서 고향으로 돌아와 근우회 활동을 하면서 본격적으로 글을 발표하기 시작했고 1931년 6월경 장하일과 결혼하고 간도 용정으로 이주했다. 용정에서 남편은 동흥중학교 교사로 일하고 강경애는 집안 살림을 하면서 작품을 썼다. 강경애가 이주한 1931년의 간도는 동란의 땅이었다. 봉건적 지주와 군벌에 저항하는 중국 민중 운동이 격렬하게 전개되는 한편으로 1931년 9월 일제는 만주사변을 일으키고 1932년 3월 '만주국'을 수립하면서 대대적인 토벌작전을 전개했다. 이 과정에서 많은 사람이 집과 가족과 목숨을 잃었다. 강경애는 이 혼란상을 피해 1932년 6월경 용정을 떠나 장연으로 돌아왔다가 1933년 9월경 다시 간도로 갔다. 강경애는 이후 중간에 간혹 서울이나 장연을 왕래하지만 주로 간도에 거주하면서 손수 물 긷고 빨래하며 한편으로는 꾸준히 작품을 발표했다.

1927~1928년의 해림 경험에서 지니게 된 계급주의, 1931~1932년에 목도한 간도의 참상과 이후 용정에 살면서 듣고 본 민중의 저항은 이후 강경애 작품 활동의 원체험이 되었다. 「그 여자」1932, 「채전」1933, 「소금」1934, 「마약」1937 등은 계급주의를 선명하게 보여주며, 이러한 경향은 식민지 조선의 모순을 총체적으로 조망한 장편소설 「인간문제」1934나 「지하촌」1936, 비판의 칼날을 지식인인 자신에게 돌린 「원고료 이백 원」1935에서도 마찬가지로 드러난다. 일본어 소설 「장산곶」1936은 당대 어느 카프 작가의 프로문학보다 분명하게 그리고 구체적으로 프롤레타리아 국제주의를 지향했다. 또한 「소금」, 「모자母子」1935, 「번뇌」1935, 「어둠」1937에서는 만주국이 초래한 황폐한 삶, 군인에 의해 지배되는 살벌한 현실, 거기에 맞서 개인적 사회적 생명을 지키려는 힘겨운 노력을 그렸다.

강경애는 1938년 무렵부터 신병이 악화되어 1939년에는 고향인 장연으로 돌아왔고 결국 1944년 4월 26일 병이 악화되어 숨졌다.

이상경

안수길
安壽吉, 1911~1977

　　일제 강점 직후인 1911년 함경도 함흥에서 태어나 어린 시절을 그곳에서 보냈다. 1921년 부친이 간도로 이주한 후 1924년에 용정으로 들어갔다. 1926년 함흥고보를 다니다가 동맹 휴학 사건으로 퇴학당하였다. 이후 서울에 있는 경신학교에 들어갔으나 광주학생 사건으로 다시 퇴학을 당한 후 일본으로 건너가 대학을 다녔다. 아버지의 병환으로 학교를 마치지 못하고 간도로 귀가하여 문학동인모임 '북향회'를 만들었다. 혼자서 문학 수업을 하다가 1935년 조선문단 현상모집에 당선되어 본격적인 작가의 길을 걸었다. 1936년에는 김국진 이주복 등과 함께 문학동인지『북향』을 창간하면서 만주국의 독자적인 조선문단을 꿈꾸었다. 서울을 중심으로 하는 조선문학장에도 관계하지만 동시에 만주국 간도의 독자적인 문단을 용정을 중심으로 건설하려는 계획을 가졌다. 1937년 간도의 조선인 사회의 중심지였던 용정에서 발간되던『간도일보』의 기자로 일하다가 당국의 정책으로『간도일보』가 신경에서 발간되던『만몽일보』와 합쳐져『만선일보』가 되자 신경으로 가서 활동한다. 신경의『만선일보』에서 국내에서 신경으로 들어와『만선일보』편집장을 하던 염상섭을 만났고 후에 자신의 단편집『북향』을 출판할 때 만주국 조선인 문단의 선배 작가로 염상섭의 서문을 받기도 하는 인연이 여기에서 비롯되었다. 또한 당시 만주국 중국인 작가인 우잉 부부와 알게되어 자신의 작품「부억녀」를 중국어로 번역하여 그들이 관여하던 문학잡지에 싣기도 하였다. 만주국의 문단이 주로 일본계 작가와 중국계 작가 사이의 소통으로만 진행되었는데 안수길의 작품이 중국계 작가의 도움을 받아 번역 소개되었다는 것은 매우 의미있는 일이었다. 1941년에 발간된 재만조선인창작집『싹트는 대지』에 단편「새벽」을 발표하면서 재만조선인문단의 싹을 보여주었다. 1942년 첫 작품집인『북향』을 출판함으로써 서울의 중앙문단과는 일정한 거리가 있는 만주국 조선인 문단의 독자적인 목소리를 냈다. 이 작품집의 서문에서 염상섭 역시 서울과는 다른 만주국 조선인 문단의 독자적인 성격을 강조하였다. 이 무렵『만선일보』에 장편소설「북향보」를 연재하였다. 안수길은 북향을 강조하면서 만주국에 사는 조선인들의 독자성을 강조하였는데 이러한 지향이 잘 드러난 작품이 단편소설「새벽」과「토성」그리고 장편소설「북향보」이다. 오족협화의 만주국 정책을 활용하여 조선인이 숨쉴 수 있는 공간을 마련하려고 하였던 안수길의 이러한 지향으로 인하여 일부의 연구자들은 그의 문학이 일본 제국주의에 협력하였다는 평가를 한다. 하지만 안수길은 염상섭과 마찬가지로 내선일체와는 다른 오족협화의 성격을 적극적으로 활용하고자 했다고 보아야 할 것이다. 해방 이후 안수길은 조선 국내로 귀향하여 자신이 펼쳤던 북향의식으로부터 단절되는 인상마저 주기도 하였다.

김재용

김창걸

金昌傑, 1911~1991

1911년 12월 20일 함경북도 명천군 동면 양천리의 가난한 농가에서 태어났다. 6세 때 부모님을 따라 만주 간도현 화룡현 지신구 장재촌로 이주하였고 1926년 은진중학 재학 중 학교의 종교교육을 반대하는 동맹휴학을 단행하였다. 김창걸 학창시절의 용정은 다양한 종교와 사회주의 사상이 급속하게 유입되던 급진적이고도 역동적인 시기였다. 김창걸 역시 그런 사회 분위기 속에서 사회주의 사상에 관심을 가지기 시작했고, 1928년 1월 동만청년총동맹東滿青年總同盟에 가입, 6월에는 지신구 고려공산단청년회에 입회하여 혁명선전활동을 시작하였다. 1930년 2월 고려공산청년회를 탈퇴하고 조선공산당재거위원회에 가입하였으며, 1931년에는 조직의 후원으로 일본 유학이 결정되었으나 무산되었다. 그 후 서울, 관북, 연해주와 간도를 오가며 방랑생활을 하면서 당조직의 연락망을 찾고자 노력했으나 실패하고, 1934년 3월 용정으로 돌아와 정착하면서 문필활동을 시작했다. 광복 후 1949년부터 동북조선인민대학연변대학의 전신 조선언어문학과의 교사로 재직했고, 반우파투쟁과 문화대혁명 중에 연이어 민족주의분자로 비판받으면서 교직에서 물러나야 했고 노동개조를 받아야 했다.

김창걸은 1939년 5월 단편소설 「암야」가 『만선일보』 신춘문예현상모집에서 2등으로 당선되면서 작가적 재능을 인정받았고 동일 작품이 『싹트는 대지』1941에 수록되면서 안수길, 현경준 등과 함께 재만조선인작가로 자리매김되었다. 만주국의 아편금지정책을 소재로 하는 「청공」 등 작품을 발표하였으나 날로 심해지는 친일문학 강요에 위기감을 느껴 1943년 「절필사」를 끝으로더 이상 글을 발표하지 않았다. 대부분 미발표작으로 남은 그의 해방 전 작품들은 1982년 요녕인민출판사에서 『김창걸 단편소설선집(해방 전편)』으로 출간되었다. 해방 후 1950년 1월 『동북조선인민보』 신춘문예에 「새로운 마을」이 2등으로 당선되면서 창작활동을 재개하였고 신중국 건설시기의 당의 노선을선전하는 「마을의 사람들」1951, 「아버지와 아들」1951 등 작품을 발표하였다.

1991년 11월 22일 숙환으로 별세하였으며, 2000년 8월 용정시문학예술계연합회, 연변대학 조선언어문학학부, 한국민족문학연구소의 주최로 장재촌에 김창걸문학비가 세워졌다.

천춘화